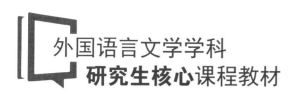

外国语言文学学科
研究生核心课程教材

U0558915

外国文学理论

主　编　乔国强　曾　军

编　者　路　程　陈　辰　刘旭光　王秀梅

　　　　胡国平　曾　军　乔国强　张文曦

　　　　王子威　马　欣　张　颖　王樱子

　　　　李缙英　吴娱玉　纪秀明　陈　瑜

上海外语教育出版社
外教社　SHANGHAI FOREIGN LANGUAGE EDUCATION PRESS

图书在版编目（CIP）数据

外国文学理论 / 乔国强，曾军主编；路程等编.--
上海：上海外语教育出版社，2024
外国语言文学学科研究生核心课程教材 / 查明建总主编
ISBN 978-7-5446-7950-3

Ⅰ.①外… Ⅱ.①乔… ②曾… ③路… Ⅲ.①外国文学—
文学研究—研究生—教材 Ⅳ.①I106

中国国家版本馆CIP数据核字（2024）第007622号

出版发行：**上海外语教育出版社**
    （上海外国语大学内）　邮编：200083
电　　话：021-65425300 (总机)
电子邮箱：bookinfo@sflep.com.cn
网　　址：http://www.sflep.com
责任编辑：杭　海

印　　刷：句容市排印厂
开　　本：710×1000　1/16　印张24　字数465千字
版　　次：2024年4月第1版　2024年4月第1次印刷
书　　号：ISBN 978-7-5446-7950-3
定　　价：65.00元

本版图书如有印装质量问题，可向本社调换
质量服务热线：4008-213-263

总 序

　　学科是以某一特定领域为对象建立起来的专门化的知识体系和学术体系。外语学科，就是以外语和语言对象国的语言、社会、历史、地理、文学、文化、哲学、思想、民族性、国民性等为对象的知识体系以及相应的学术体系和课程体系。

　　外语学科以前都是以外语语种作为专业来建设，专业意识强，学科意识薄弱，缺乏从一级学科层面来统筹、规划而进行有组织的学科建设。2013年，国务院学位委员会第六届外国语言文学学科评议组提出外语学科五大学科方向的方案，即外国语言学、外国文学、翻译学、比较文学与跨文化研究、国别和区域研究。2017年，国务院学位办公布的《学位授权审核申请基本条件（试行）》中，正式将外国语言文学一级学科下的十三个二级学科调整为五大学科方向。外语学科五大学科方向的确立，是中国高等外语教育史上第一次明确地界定外语学科的内涵和研究范围，并厘清了学科与专业的关系。这样就将原来按照外语语种划分、各自发展的二级学科、专业按五大方向统领了起来，并贯穿于二级学科的建设。五大方向既是外语学科知识体系、学术体系建设的核心内容，也是外语学科人才的培养方向，使二级学科、专业有了凝聚的向心力，从整体上形成学术资源共享、学术体系共建的合力，也极大地促进了研究生知识结构和学术能力的共育。

研究生培养是学科人才培养最高水平的体现。如果说本科阶段主要是建立专业基本知识结构，培养相应的专业能力，那么研究生阶段则注重问题意识、理论方法和研究能力的培养。国务院学位委员会组织各学科评议组编写了《学术学位研究生核心课程指南》（以下简称《课程指南》），其中《外国语言文学一级学科研究生核心课程指南》根据外语学科五大方向建设与发展的实际情况，提出了外国语言学、外国文学、翻译学等方向的核心课程，均涵盖理论和研究方法两个层面。

　　《课程指南》将理论、方法作为核心课程，这是因为理论、方法在学科领域人才培养中具有特殊的意义。

　　对刚进入研究生阶段学习的学生来说，如何发现问题，怎样开展研究，可能会有很多迷茫和困惑。在导师们"要有问题意识"的不断念叨和提醒声中，他们也学着去思辨、质疑、提问，并渐渐有了一些零碎的思想火花和片段式的想法、杂感。但如何将这些零碎、纷杂的思想火花凝聚成光束，聚焦成学术议题？如何判断自己那些片段式的想法和杂感是否有学术价值和意义，并继而建立富有学理性和学术深度的论述？这就需要理论和方法。

　　理论是从实践、经验和现象中提炼出问题，探讨事物的本质特征及其内在运行机制，提出一套系统性的认知模式。理论通过判断、演绎、推理等思维形式，以问题化、抽象化、概念化、命题化方式，对事物和现象提出认知和阐释框架。科学合理、有效地运用理论，就是研究方法。因此，我们也常将理论和方法并举或合为一体。

　　需要指出的是，运用理论不是学术研究的最终目的。无论理论多么"新颖""先进"，都只是思想工具，服务于所要探讨的问题。学术研究中，问题是第一位的。问题的学术价值和意义，决定了研究的价值和意义。研究生学术训练所强调的问题意识，不仅是指学术研究的出发点应该是问题，并且还内在地要求此问题是个值得探讨、富有学术价值和创新意义的问题。因此，不仅要有问题意识，更要有问题意义意识。

　　但另一方面，强调问题的首要性，并不是否定理论和方法的作用。理论为我们观察纷繁复杂的现象提供一个视角，为进入错综复杂的问题提供一把钥匙，为展开问题分析提供一个思路向导。运用理论的目的，是理性地、科学地、深度地分析研究对象，从纷繁复杂的表面现象发现其背后更深层次的问题。理论所指示的研究思路和方法，有助于避免问题思考和学术表达中的零散化、印象式、感性化倾向，从而保证论文写作的学理性、逻辑性和严谨性。

　　通常的学术论文写作，并不必特别说明运用了什么理论方法，理论方法应如盐溶于水，自然而然地蕴含在论文运思和具体论述之中。但研究生学位论文撰写，一般都要求说明"所运用的理论方法"。这是因为研究生阶段是学术研究规范养成的训练阶段，理论方法是学术研究的基本要求，将"所运用的理论方法"作为一个"规定动作"，意在检测，同时也是提醒研究生要有理论方法意识，论文写作的框架和研究思路要符合学术规范，论述上具有学理性、逻辑性和严谨性。

为此，我们参照《外国语言文学一级学科研究生核心课程指南》中对课程的描述、课程目标、课程内容、考核要求，组织相关专家根据外语学科的五大方向编写了"外国语言文学学科研究生核心课程教材"系列，包含《翻译学概论》《翻译研究方法》《外国语言学理论》《外国语言学研究方法》《外国文学理论》《外国文学研究方法》《比较文学理论与研究方法》《跨文化交际研究导论》《国别与区域研究导论》九种。这套教材以硕士研究生为主要使用对象，内容上注重基础理论知识和前沿性研究成果相结合，一方面帮助学生系统了解外语学科主要研究领域的理论、方法；另一方面，通过各章节设计的思考题，启发和鼓励学生"理论地"思考，从而提高理论修养和学术研究能力。

高质量发展已成为我国高等外语教育的新时代主题，外语学科的体系框架已经建立，而我们相信，"外国语言文学学科研究生核心课程教材"系列的编写出版，正是对外语学科知识体系和高端人才培养的进一步完善和探索，将为外国语言文学学科创新发展和中国式现代化建设做出贡献。

查明建

前　言

　　外国文学理论课程对从事（外国）文学理论和（外国）文学研究的学生了解外国文学思想、学习基本知识和提高理论素养有很大的帮助，编者从这一目的出发编写了《外国文学理论》这部教材。

　　这里所说的外国文学理论主要是指欧美国家的文学理论。欧洲文学理论历史悠久，源远流长。公元前5世纪伯里克利时代，古希腊文学艺术繁荣，带动了哲学和美学思想的发展，开始从自然科学和哲学的角度阐释美学思想。柏拉图和亚里士多德等人提出的文学思想在承继前人的基础上，开始关注文学艺术与社会之间的关系和文学艺术的社会功用问题。在整个欧洲文论中，这些问题就像一根红线，始终贯穿在各个时期的文学理论之中。

　　这部教材主要是根据国务院学位委员会第七届学科评议组编写的《学术学位研究生核心课程指南（一）》（以下简称《指南》）编写的。《指南》要求概括性地介绍外国文学理论的发展和历史演变，以帮助学生掌握外国文学的重要理论，并能运用理论进行文学鉴赏。

　　按照《指南》要求，这部教材分别介绍并评价的是欧洲自柏拉图以来的重要文学思想和学说等，共计十八章。除了个别章节做了拆分等调整、补充外，其他章节的编写基本上是在《指南》要求的框架内完成的。具体地说，中世纪与文艺复兴文论和新古典主义文论、俄国形式主义与英美新批评原为两章，但考虑到内容庞杂等原因，现将上述两部分拆分为四章，即中世纪与文艺复兴文论和新古典主义文论各为一章；俄国形式主义和英美新批评各为一章。

这部教材由乔国强和曾军主编，主要负责统筹安排、审读、修改和校对工作，并分别编写其中的一章。各章编写的具体分工情况如下：第一章古希腊罗马文论（上海外国语大学路程）、第二章中世纪与文艺复兴文论（浙江大学陈辰）、第三章新古典主义文论（上海大学刘旭光）、第四章启蒙主义文论（上海大学刘旭光）、第五章浪漫主义与批判现实主义（上海大学王秀梅）、第六章象征主义与意象派诗论（同济大学胡国平）、第七章俄国形式主义（上海大学曾军）、第八章英美新批评（上海外国语大学乔国强）、第九章精神分析与原型批评（广东外语外贸大学张文曦）、第十章接受美学与读者反应批评（上海大学王子威）、第十一章从马克思主义到西方马克思主义（东华大学马欣）、第十二章从结构主义到后结构主义（陕西师范大学张颖）、第十三章女性主义（广东外语外贸大学张文曦）、第十四章后现代主义（杭州师范大学王樱子）、第十五章新历史主义（山东大学威海分校李缙英）、第十六章后殖民主义（华东师范大学吴娱玉）、第十七章生态文学批评（大连外国语大学纪秀明）、第十八章叙事理论研究（上海大学陈瑜）。

教材的成功出版，还要感谢上海外国语大学教材编写指导委员会、上海外语教育出版社的谢宇副总编、许高老师和杭海老师。他们从教材的定位、体例的设计以及书稿的校正等方面提出了宝贵意见和建议，全程支持、有力推进了编写工作的顺利进行。

欢迎使用本教材的老师和学习者提出宝贵意见和建议，以使本教材不断臻于完善。

《外国文学理论》编写组于上海

目　录

第一章

古希腊罗马文论

一　古希腊罗马文论的概述与背景

古希腊文学理论是西方文学理论史的源头。它诞生于公元前 6 世纪，公元前 5—4 世纪是其高峰。古希腊时期的文论并没有形成现代意义上学科化的理论体系，它们更多出现在哲学著作中，大多是关于诗歌、戏剧等文学体裁在哲学属性、社会功能以及创作规律上的讨论和总结，对后世文学理论中的诸多命题具有开创性意义。其代表性人物有柏拉图（Plato，公元前 427—前 347）和他的弟子亚里士多德（Aristotle，前 384—前 322）。

古罗马文论延续了古希腊文论的传统，尤其是柏拉图关于诗神凭附的观念以及亚里士多德的悲剧理论。但与古希腊人对于哲学智慧的爱好和追求不同，古罗马人更重名利事功，对于演讲技巧颇为重视，因而修辞学获得了巨大发展，流传下来的文论著作也更偏重创作和修辞实践。古罗马著名诗人贺拉斯（Horace，前 65—前 8）的《诗艺》和托名朗吉努斯（Cassius Longinus，213—273）的《论崇高》就是其中的代表性著作。

古希腊有着悠久的历史，希腊文明在不同时代覆盖的地理范围也不尽相同，并不局限于现在的希腊地区。古希腊历史肇始于公元前 2000 年左右的爱琴海文明，终结于公元前 1 世纪。古希腊文明的中心在爱琴海沿岸和海中诸岛，其重中之重是爱琴海西岸的巴尔干半岛及其周边岛屿，这里诞生了希腊文明的先驱——米诺斯文明和迈锡尼文明。大约在公元前 1200 年至 1150 年，希腊联军进攻位于小亚细亚地区的城市特洛伊，掀起了著名的特洛伊战争。以多利安人为主的北方部落则向南侵入，征服了伯罗奔尼撒半岛各国，加之迈锡尼诸邦之间的争斗，迈锡尼文明至公元前 1000 年左右彻底消亡，希腊进入所谓的"黑暗时代"，持续时间约为公元前 1000 年至 750 年。

公元前 9 世纪，希腊人开始向外殖民，开展广泛的贸易，希腊各地区之间的联系逐步加强。公元前 800 年左右，希腊人从腓尼基引进字母表，形

（上）希腊雅典卫城，伊瑞克提翁神庙
（下）意大利古罗马斗兽场一角

3

成全新的书写体系，为整个西方文明的发展奠定了基础。在希腊文字形成之前，希腊文明以口传形式流传，最著名的代表就是荷马史诗《伊利亚特》和《奥德赛》。直到公元前 8 世纪，荷马史诗逐渐形成文字。文字的出现也使得个人创作成为可能，古希腊第一位个人作家通常被认为是诗人赫西俄德[1]，此外的早期作家还有抒情诗人萨福、品达、梭伦等。

公元前 6 世纪初，出身雅典贵族的政治家梭伦对雅典进行了政治改革，为雅典的民主制和未来的发展壮大奠定基础。此后，雅典又经历了较为温和的僭主统治和民主制改革，建立了以公民大会为基础的民主制度。公元前507 年，斯巴达国王率军入侵雅典，赶跑了当时的统治者克里斯提尼，雅典民众自发组织起来赶跑侵略者，恢复之前已经建立的民主制，从此开始了真正的民主政治时代。古希腊人的哲学（philosophy）原意是"爱智慧"，既有对自然知识的探求，也有对城邦政治和公民生活的辩论和探讨。以柏拉图和亚里士多德为代表的古希腊文论也特别重视文艺的政治功能，这与古希腊的民主政治语境是紧密结合在一起的。

古希腊文学是西方文学的主要源头。它的史诗、抒情诗、悲剧和喜剧等开启了伟大的西方文学传统，也构成了这些文类本身的典范和高峰。荷马史诗，抒情女诗人萨福，三大悲剧诗人埃斯库罗斯、索福克勒斯、欧里庇得斯，喜剧诗人阿里斯托芬，甚至历史学家希罗多德，都是古希腊文论讨论的对象。由于古希腊文学的主要形态是诗歌，所以这一时期文论的主要形态也是诗学。在柏拉图所处的时代，诗在文化上仍然占有强势地位，但在"诗与哲学"之争的问题上，柏拉图显然站在了哲学一边。有趣的是，柏拉图尽管对诗持有贬低的态度，认为它是真理的摹仿之摹仿，却开启了西方文论中延续 2000 多年的摹仿说。

古罗马则是在希腊化时期迅速崛起的。公元前 146 年，希腊本土全境沦为罗马行省。公元前 59 年，恺撒任执政官，大力向北扩张罗马势力，从普罗旺斯到英吉利海峡的广大地区都成为古罗马的疆域。公元前 27 年，屋大维接受议会封号"奥古斯都"，标志着罗马共和国进入了帝国时代。罗马帝国对希腊化国家的统治虽然使希腊世界最终失去了民主制的自由独立，但也带来了统一与繁荣，希腊文化甚至得到了更大范围内的继承、传播和发展。古希腊的哲学流派和文化都对罗马帝国产生了深远影响，如以斯多葛学派为代表

---

1 赫西俄德（Hesiod）是古希腊的第一位个人作家，大约生活在公元前 8 世纪，出生于中希腊波俄提亚的一个农民家庭。《工作与时日》是唯一一首公认由他创作的长诗；此外，《神谱》也被归于他名下，但可能作者另有其人。

的苦修主义、伊壁鸠鲁学派的快乐主义人生哲学，以及经过普罗提诺[1]发展的新柏拉图主义哲学等等。

为适应罗马帝国中央集权的需要，罗马的文学思想往往具有节制、中庸、追求庄严崇高风格的特征。同时，由于古罗马人不像古希腊人那样偏爱玄学，而是更偏好事功，因而为了政治和法律的需求，雄辩术得以兴起。古罗马文论中具有代表性的贺拉斯的《诗艺》和托名朗吉努斯的《论崇高》都更多地从修辞学角度出发，探讨语言和文章如何更好地影响听众、为读者所接受，同时也追求一种合乎体式、庄严崇高的文学审美趣味。

二 代表人物及其核心理论

1 柏拉图的艺术摹仿论与迷狂说

柏拉图可以说是西方哲学乃至西方文化传统中最伟大的哲学家和思想家之一。英国哲学家怀特海甚至声称一部西方哲学史不过是柏拉图哲学的注脚，此言虽有些夸张，却道出了柏拉图哲学对后世思想的影响之深。他总结了从巴门尼德到苏格拉底的早期哲学思想，奠定了诸多影响后世的哲学观念和思维方式。

柏拉图出身于雅典的贵族阶级，曾是苏格拉底的学生。他的著述多以对话录的形式展开，并经常以苏格拉底为主要人物。柏拉图早年喜爱文学，也写过诗歌和悲剧，但在遇到苏格拉底之后，回家烧掉诗稿，决定全身心投入哲学研究。所以事实上，柏拉图看似贬低诗歌，却能对荷马史诗这样的作品信手拈来。柏拉图对后世文学理论影响最大的两个观念莫过于摹仿论与迷狂说。"摹仿论"是柏拉图文艺理论的基本观念，也是在18世纪浪漫主义文论崛起之前西方文论中的主流理论。"迷狂说"或曰"神灵凭附说"，则为古罗马时期讨论的诗人天赋问题以及浪漫派的"天才说"提供了理论基础。

艺术摹仿论

柏拉图的艺术摹仿论以其哲学上的"理念论"为基础。在柏拉图看来，千变万化的事物背后存在着永恒不变的"理念"（Idea），或曰"理式""理型"；理念决定了事物的功能和形式，是其存在的真正目的。在《理想国》第十卷中，柏拉图借苏格拉底之口，以床为例阐明理念论。他认为首先存在着天然、或曰神创造的床，这是关于床的"理念／理式"，它代表"床"本身的形式和规律，是一切具体、个别的床被制造出来的依据，是

---

[1] 普罗提诺（Plotinus, 205—270）是晚期希腊最重要的哲学家之一，新柏拉图主义哲学的代表人物，流传至今的著作是其学生波菲利（Porphyry, 约234–305）编订的《九章集》。

永恒不变的。接着，工匠制造的各式各样的床是对床的"理念"的摹仿，受到时间、空间和质料的各种限制，呈现出不同外观，因而不具备永恒和普遍性，是个别和具体的。最后才是画家画出的床，他摹仿工匠制作的床进行创作。工匠的床已是对理念的摹仿，是真理的"摹本"，画家画的床，更是摹仿工匠制造的床而来，尤其摹仿了床的外观而不是其本质。这样，柏拉图就提出了艺术摹仿论，他认为绘画、诗歌这类艺术都是对真理的摹仿之摹仿，前者通过描绘事物外观，而后者通过语言和韵律，它们都与真理隔了两层，是"摹本的摹本""影子的影子"。由此可见，柏拉图的艺术摹仿论实际上是对艺术地位的贬低，因为它与真理的距离较远，他甚至斥责道："摹仿术乃是低贱的父母所生的低贱的孩子。"[1] 在他看来，真正有意义的行为是直接去做对人有益的事情，而不是沉溺于对这个行动的摹仿。同样，诗人通过花言巧语来摹仿特定角色的行为，试图唤起人们的同情怜悯，这只是等而下之的做法。

柏拉图认为，文学作为摹仿活动不仅等级较为低下，更糟糕的是诗人常常会摹仿人心中不太好的部分，展现人性中软弱、暴躁等非理性的情感。由此，他提出了将诗人逐出理想国这一著名的观点："我们完全有理由拒绝让诗人进入治理良好的城邦。因为他的作品用于激励、培育和加强心灵的低贱部分，毁坏理性部分，就像在一个城邦里把政治权力交给坏人，让他们去危害好人一样。"[2]

柏拉图的文学摹仿论从根本上来说，是为了服从良好城邦的治理，也就是"理想国"的政治制度建设。在这个理想国度中，每个人都能够根据自身的能力，各司其职、各谋其位。最富有智慧和理性的哲人领导国家，勇敢的士兵守护国家、开疆拓土，勤劳的工匠从事劳动生产，唯独诗人通过他的摹仿活动有可能破坏这个制度。柏拉图说："摹仿的诗人还在每个人的心灵里建立起一个恶的政治制度，通过制造一个远离真实的影像，通过讨好那个不能辨别大和小，把同一事物一会儿说大一会儿又说小的无理性部分。"[3] 这样，诗歌就有了一种腐蚀城邦中优秀人物的作用，助长不正义、无节制、懦弱这样的心灵之恶，不利于理想城邦的建设。由此可见，柏拉图的文学摹仿论和将诗人逐出理想国的观念不仅出自他独特的哲学观念，更是与他的政治思想有关，即从国家治理的角度看待文学艺术的功能。此外，柏拉图开创的艺术摹仿论，看似贬低艺术，但同时也是第一次将艺术与"真理"问题关联起来，变相提升了艺术的地位。

1 柏拉图：《理想国》，郭斌和、张竹明译，北京：商务印书馆，1986年，第401页。
2 柏拉图：《理想国》，第404页。
3 柏拉图：《理想国》，第404页。

迷狂说/神灵凭附说

柏拉图文学理论中的另一个重要观念是迷狂说，或曰神灵凭附说。尽管在《理想国》中，柏拉图贬低诗人的地位，但这主要是出于诗歌的摹仿属性及其可能传递出的消极情绪。事实上，柏拉图本人也很喜欢史诗，在《斐德若篇》中，柏拉图称赞伟大的诗歌是由诗神灵凭附而来，他说："它凭附到一个温柔贞节的心灵，感发它，引它到兴高采烈神飞色舞的境界，流露于各种诗歌，赞颂古代英雄的丰功伟绩，垂为后世的教训。"[1]与《理想国》中对诗歌的批评态度不同，柏拉图称赞了那些歌颂英雄的诗歌，认为它们能为后人树立英勇典范。他还指出："若是没有这种诗神的迷狂，无论谁去敲诗歌的门，他和他的作品都永远站在诗歌的门外，尽管他自己妄想单凭诗的艺术就可以成为一个诗人。他的神智清醒的诗遇到迷狂的诗就黯然无光了。"[2]

在《伊安篇》中，柏拉图同样讨论了诗人颂诗的灵感来源。苏格拉底对颂诗人伊安说：

> 你这副长于解说荷马的本领并不是一种技艺，而是一种灵感，受到了神力的驱遣。……诗神就象这块磁石，她首先给人灵感，得到这灵感的人们又把它传递给旁人，让旁人接上他们，悬成一条锁链。凡是高明的诗人，无论在史诗或抒情诗方面，都不是凭技艺来做成他们的优美的诗歌，而是因为他们得到灵感，有神力凭附着。[3]

在这里，柏拉图将诗神、诗人、听众看作环环相扣的锁链，其中诗神是灵感的真正来源，诗人是传递灵感的中间环节，凭借神灵得以存在。

柏拉图的神灵凭附说源自古希腊的酒神传统。抒情诗人受到音乐和韵节力量的支配，感受到酒神的狂欢。他将诗人比作"一种轻飘的长着羽翼的神明的东西"[4]，称他们如果不得到灵感、不失去平常理智而陷入迷狂，就没有能力创作诗歌、为神灵代言。可见，在柏拉图的文学观念中，真正的诗人地位还是非常高的，他们的才能并非普通人所及，是神灵赐予的天赋。

2　亚里士多德的悲剧理论与净化论

亚里士多德出生在希腊北部的马其顿王国，父亲是马其顿的御医。亚里士多德17岁来到雅典，就读于柏拉图创办的学园。尽管亚里士多德曾是

---

1 柏拉图：《柏拉图文艺对话集》，朱光潜译，北京：商务印书馆，2013年，第118页。
2 柏拉图：《柏拉图文艺对话集》，第118页。
3 柏拉图：《柏拉图文艺对话集》，第8页。
4 柏拉图：《柏拉图文艺对话集》，第8页。

古希腊雕像，现藏卢浮宫。左侧持杖者为酒神。

柏拉图的学生，也继承了柏拉图关于"理式"的哲学观念，但他更注重探究关于自然和实践的知识，对各门学科都充满了热情，是一位集大成式的哲学家。亚里士多德将知识或科学分为三类：思辨科学（theoria）、实践科学（praxis）和制作科学（poiesis），诗学属于制作科学和技艺的范畴。亚里士多德的文学理论观念主要集中在《诗学》中，它通常被认为是西方最早、最为系统性的文学理论著作。亚里士多德的文学观念受到了他的老师柏拉图影响，认为艺术活动的主要特点在于摹仿（mimesis），戏剧应当是一个完整的统一体。但在"诗与哲学"之争中，亚里士多德对诗歌的重要性和合理地位进行了辩护。在《理想国》第十卷中，柏拉图曾说："我们大概也要许可诗的拥护者——他们自己不是诗人，只是诗的爱好者——用无韵的散文申述理由，说明诗歌不仅是令人愉快的，而且是对有秩序的管理和人们的全部生活有益的。"[1]他的弟子亚里士多德的《诗学》实际上就做了这个工作。

为摹仿正名

与柏拉图一样，亚里士多德也将艺术视作摹仿活动。在《诗学》的开篇章节中，亚里士多德就提出史诗、悲剧、喜剧以及各种音乐都是摹仿，它们的差别主要有三点：摹仿中采用的媒介不同、对象不同以及方式不同。与柏拉图贬低艺术摹仿活动的观念不同，亚里士多德认为摹仿有自身的价值与合理性，《诗学》可以看作是一部为摹仿、为诗歌辩护的作品。

1 柏拉图：《理想国》，第 408 页。

亚里士多德首先从摹仿作为人之天性的角度进行辩护。在《诗学》第四章中，亚里士多德说：

> 从孩提时候起人就有摹仿的本能。人和动物的一个区别就在于人最善摹仿，并通过摹仿获得了最初的知识。其次，每个人都能从摹仿的成果中得到快感。可资证明的是，尽管我们在生活中讨厌看到某些实物，比如最讨人嫌的动物形体和尸体，但当我们观看此类物体的极其逼真的艺术再现时，却会产生一种快感。这是因为求知不仅于哲学家，而且对一般人来说都是一件最快乐的事，尽管后者领略此类感觉的能力差一些。[1]

这段话至少包含两层意思。一是，在亚里士多德看来，人和动物最大的区别就在于人是有理性的动物，人是要追求知识的，而"摹仿"是人从孩童时期就具备的获取知识的基本能力。所以与柏拉图将"摹仿"视作传递二手知识的途径不同，亚里士多德非常重视这种能力，将之视作人与生俱来的天赋能力。二是，亚里士多德非常敏锐地发现了人的"审丑"能力，能够从丑陋的对象中获得快感，而这种快感很大程度上来源于"摹仿"活动本身。在柏拉图的《理想国》中，"丑"被视作灵魂之善的反面，指灵魂缺乏和谐，归根结底是理念的缺乏。亚里士多德则注意到存在一种艺术上的"丑"，它恰恰是由摹仿者的精湛技艺带来，并且能给观看者带来愉悦。正如荷马史诗刻画的忒耳西忒斯[2]在身体和道德上都不能为人称道，但是荷马凭借着高超的诗艺，对其进行精心刻画，使人惊叹不已。

第二，亚里士多德还注意到，艺术作为摹仿品，它的技术处理、色彩等也能引起人的快感。对于诗而言，这种快感来源就是音调感和节奏感。由此，亚里士多德从摹仿的角度勾勒了一部从古希腊诗歌到悲喜剧的发展简史，并将人们对于音调和节奏的天然喜好作为诗歌产生的源头，而非像柏拉图那样仅仅将这些快感作为人类心灵的低级喜好。亚里士多德认为正是那些对节奏音律最有天赋的人，通过点滴积累，在即兴口占的基础上创造了诗歌。

第三，亚里士多德还从诗歌作为摹仿所具有的普遍性来对其进行辩护。

---

1 亚里士多德：《诗学》，陈中梅译注，北京：商务印书馆，1996年，第47页。
2 忒耳西忒斯（Thersites）：《伊利亚特》将其刻画为特洛伊城前面貌最丑陋的人。他与兄弟们一起篡夺了其叔父的王位，挑剔谩骂阿伽门农和其他将领，后被阿基琉斯所杀。后世用他比喻丑陋的诽谤者。

在《诗学》第九章中，亚里士多德对比了以希罗多德[1]为代表的历史学家与诗人的区别。他认为两者的核心区别不在于是否用韵文来写作，而在于他们描述的事件性质不同。其中，诗人的职责在于根据可然或必然的原则，描述可能发生的事情。所谓"可然"，在亚里士多德这里指的是一个事物是否存在或者一件事情能否发生，必须符合一般人的看法；所谓"必然"，指的是排斥选择或偶然，也就是一定如此。[2]换言之，诗人描述的是符合常理、有可能发生的事情，以及一定能发生的事情。历史学家描述的则是已经发生的、特定的事情。由此，亚里士多德认为："诗是一种比历史更富哲学性、更严肃的艺术，因为诗倾向于表现带普遍性的事，而历史却倾向于记载具体的事件。所谓'带普遍性的事'，指根据可然或必然的原则某一类人可能会说的话或会做的事。"[3]简单来说，诗人可以描写一类人会做的事情，而历史学家只能描写某个特定的个体和事件，因而前者是更具普遍性的。

亚里士多德显然注意到了诗歌中人物的普遍性和特殊性之间的关系，也就是诗人是在把握了人物的普遍性规律之后，才开始具体描写行动和事件的。这样，他就比历史学家描写单一事件显得"技高一筹"，因为在后者看来，事件是因"偶然性"而发生的。也许历史学家并不会认同亚里士多德的看法，但从古希腊哲学的角度来说，第一哲学就是要把握事物的原则和规律，而诗歌正体现了这样的原则和规律，所以诗歌要比历史更具有真理性。由此，亚里士多德提高了诗歌的地位，不再像柏拉图那样将其视为等而下之的艺术。但同时，亚里士多德依然处在柏拉图开创的传统之内，通过赋予诗歌以哲学上的重要性，将其与认知性的真理相联系，才真正确立了诗歌的地位。可见，古希腊时期的文学理论受到了哲学思想的强烈统摄，诗学仍需哲学为其正名。

此外，亚里士多德还提出了一条诗人的摹仿准则：即"诗人应尽量少以自己的身份讲话"，[4]这条准则在荷马史诗中尤为突出。亚里士多德发现平庸的史诗诗人往往只是以自己的身份表演，很少摹仿他人。而荷马先用不多的诗行作引子，也就是以自己的身份说话，接着很快就以一个男人、女人或者其他角色的身份进行表演，这些人物都各有各的性格。亚里士多德非常敏锐地发现了荷马在艺术摹仿方面具有的独特品格，即真正通过语言、行动等各个方面赋予人物本身以鲜明的性格特征，显示出高超的艺术技巧。可见，亚

1 希罗多德 (Herodotus，约公元前 484—430/20)：古希腊历史学家。他的著作《历史》记述了公元前 6 至 5 世纪波斯帝国和希腊诸城邦之间的战争，在西方被认为是最早的历史学著作。古罗马著名政治家西塞罗称他为"历史之父"。

2 亚里士多德：《诗学》，第 77 页，注 21。

3 亚里士多德：《诗学》，第 81 页。

4 亚里士多德：《诗学》，第 169 页。

里士多德不仅重视摹仿活动体现出的认知价值，也同样注意到了摹仿技巧本身的艺术价值。可以说，"诗人应尽量少以自己的身份讲话"也为后来现实主义的文艺思想开创了先河。

亚里士多德的悲剧理论

古希腊时期诞生了悲喜剧艺术的高峰，亚里士多德本人不仅谙熟荷马，对索福克勒斯这样的悲剧家也是推崇备至。他的《诗学》是古希腊第一部系统总结悲剧创作原则的著作，奠定了悲剧理论的基本形态。亚里士多德对于悲剧的定义可谓经典，被后世悲剧理论家反复提及：

> 悲剧是对一个严肃、完整、有一定长度的行动的摹仿。它的媒介是经过"装饰"的语言，以不同的形式分别被用于剧的不同部分。它的摹仿方式是借助人物的行动，而不是叙述，通过引发怜悯和恐惧使这些情感得到疏泄。[1]

亚里士多德是从摹仿的角度定义悲剧的。从摹仿的对象来说，悲剧摹仿人的行动，扩展来说，就是促使行动发生的人物性格和思想，以及由此促成的各种行动组合，也就是情节。从摹仿的媒介来说，经过"装饰"的语言包含了以格律文形式出现的"言语"，以及可以被演唱的"唱段"。从摹仿的方式来说，悲剧是通过演出的情景，也就是可以被观看到的戏剧表演进行的摹仿，即"戏景"。由此，亚里士多德将悲剧的定义展开为六个决定其性质的成分：情节、性格、言语、思想、戏景和唱段。

在这六个成分中，情节被视为悲剧的根本，是"悲剧的灵魂"，悲剧摹仿的是行动和生活，而不是人。在亚里士多德的哲学中，人之为人的本质，就是要充分实现他作为人的目的，而目的必须通过活动才能实现出来。人的目的是要实现行为上的至高善，因而就必须体现在是否能让他实现善的活动。所以，在悲剧中，也只有生活和行动才能彰显人存在的目的，而不是人的性格或品质。人物的幸与不幸，取决于他的行动，而不是他的性格。所以，亚里士多德断言："人物不是为了表现性格才行动，而是为了行动才需要性格的配合。"[2]事件，也就是情节，才是悲剧的真正目的。

当然，亚里士多德也并不是完全否定悲剧中人物性格的重要性。他虽然承认悲剧在缺少性格的情况下，只要有行动也依然成立，但也批评当时很多

---

1 亚里士多德：《诗学》，第63页。
2 亚里士多德：《诗学》，第64页。

诗人和画家刻画的人物毫无性格可言，称其为作品的"毛病"。并且只有在性格的配合下，情节才可能真正存在。因此，亚里士多德将性格的重要性列为第二位。

作为对行动的摹仿，亚里士多德最强调情节的完整性："在诗里，情节既然是对行动的摹仿，就必须摹仿一个单一而完整的行动。事件的结合要严密到这样一种程度，以至若是挪动或删减其中的任何一部分就会使整体松裂和脱节。"[1]这里的"完整"也即是说，一个故事必须有开端、有中间发展、有结尾，环环相扣。开端是指一件事情发生的起点，没有上承任何事件；中间是承上启下的事件发展；结尾则是按照可然或必然的规律，承接之前的事件，得出行动的结果。因此，一个结构完整的情节必须有头有尾，符合事理发展的逻辑，具有因果关系，不可随意删改。在他看来，荷马就是对此颇有心得的诗人。别的诗人会把发生在单个人身上的许多行动记录下来，但这并不意味着故事本身是完整的，那只是经历的叠加。荷马在创作《奥德赛》时，则是有选择性地挑选英雄事迹，而撤除了一些与主线不相关的人物经历。

此外，亚里士多德对于悲剧篇幅也提出了标准："不仅本体各部分的排列要适当，而且要有一定的、不是得之于偶然的体积，因为美取决于体积和顺序。"[2]这其中，悲剧的体积不能过长也不能过短，情节适当的长度要以能被不费事地记住为宜。而顺序则是从败逆之境到顺达之境，或者相反。

亚里士多德将"突转"和"发现"看作是"悲剧中的两个最能打动人心的成分"。[3]所谓"突转"，是"指行动的发展从一个方向转至相反的方向"，[4]也必须符合可然或必然的原则。例如在《俄狄浦斯》中，信使的到来本来是想让俄狄浦斯高兴，让他打消害怕娶母为妻的心理，结果在信使道出他的身世后却引出了完全相反的效果。这个安排既出人意料，又完全符合情理。"发现"则是"指从不知到知的转变，即使置身于顺达之境或败逆之境中的人物认识到对方原来是自己的亲人或仇敌"，[5]并且它和突转同时发生，是最佳的组合。例如《俄狄浦斯》中，俄狄浦斯对自己身世的发现，和他命运的逆转是结合在一起的。悲剧中的"突转"和"发现"都体现出诗人的高超技巧，能够对观众的心灵造成震撼，提升悲剧的美学品质和艺术趣味。

---

1 亚里士多德：《诗学》，第78页。
2 亚里士多德：《诗学》，第74页。
3 亚里士多德：《诗学》，第64页。
4 亚里士多德：《诗学》，第89页。
5 亚里士多德：《诗学》，第89页。

悲剧净化论

在对悲剧的定义中，亚里士多德提到了悲剧的最终效果是"通过引发怜悯和恐惧使这些情感得到疏泄"。[1] "疏泄"一词源自古希腊语 katharsis，音译为"卡塔西斯"。约在公元前 5 世纪，该词最初指的是一种医疗手段，指把身体中多余的、可能致病的成分疏导出去。由于当时的医学并不是严格意义上的科学，它与宗教、玄学等并无明确的界限，所以"卡塔西斯"同时也指宗教活动中对心灵的"洗涤"，例如毕达哥拉斯学派的成员就认为音乐可以洗涤不纯洁的心灵，使之变得安静和谐。因此，katharsis 就其本义而言，用"疏泄""净化""宣泄"等来翻译，都有其合理性。

在《尼各马可伦理学》中，亚里士多德认为像怜悯、恐惧、欲望、怒气、爱、恨这类情感都伴随着快乐和痛苦。在他看来，这些情感本身的存在都是正常合理的，但人和这些情绪的"关系"却存在好坏之分。[2] 如果怜悯、恐惧这样的情感适度，人就处在和这些情感良好的关系中。所以可以推测出，如果这些情感过多积压在心里，会对人产生不利影响，疏泄和净化就能起到良好的调节作用。亚里士多德在《政治学》中曾经提到过音乐具有这样的净化功能，他说："有一些人很容易产生狂热的冲动，在演奏神圣庄严的乐曲之际，只要这些乐曲使用了亢奋灵魂的旋律，我们将会看到他们如疯似狂，不能自制，仿佛得到了医治和净化——那些易受怜悯和恐惧情绪影响、以及一切富于激情的人必定会有相同的感受，其他每个情感变化显著的人都能在某种程度上感到舒畅和松快。"[3] 也就是说，对于易受怜悯和恐惧之情影响的人，激发型音乐能够使他们在如痴如狂之后进入到舒畅轻松的愉快状态，情感上得到疏导和净化。

那么悲剧如何达到净化情感的目的呢？亚里士多德从人物类型及其境遇的角度，首先排除了三种情况：第一，悲剧不应表现好人由顺达之境转入败逆之境，因为这非但不会引起人的恐惧和怜悯，还会使人产生反感。其次，也不应表现坏人由败逆之境转入顺达之境，因为这会令人感到不公，不符合悲剧精神，无法引起同情。再次，也不应表现极恶的人由顺达之境转入败逆之境，这种安排虽能引起同情，却无法引发怜悯或恐惧。亚里士多德认为，真正能够引发怜悯的对象，"是遭受了不该遭受之不幸的人，而恐惧的产生是因为遭受不幸者是和我们一样的人。"[4] 换句话说，悲剧中的英雄或者人

1 亚里士多德：《诗学》，第 63 页。
2 亚里士多德：《尼各马可伦理学》，廖申白译注，北京：商务印书馆，2015 年。第 43—44 页。
3 亚里士多德：《亚里士多德全集》第九卷"政治学"，苗力田主编，颜一、秦典华译，北京：中国人民大学出版社，1994 年，第 285 页。
4 亚里士多德：《诗学》，第 97 页。

希腊埃皮达鲁斯古剧场

物有着和普通人一样的缺点和喜怒哀乐，他们也会犯错并导致噩运。但是这些人物往往出身高贵、地位显赫，在英雄时代里有着不同寻常的经历，这又是高于普通人的，如俄狄浦斯、苏尔斯忒斯、俄瑞斯忒斯等，也符合悲剧表现高于普通人的特征。

从情节的构成角度来说，亚里士多德认为能最好实现悲剧效果的是单线情节，它表现的是上述类型人物从顺达之境转入败逆之境，而不是像有些悲剧诗人那样遇到什么故事，就不加选择地将其编成戏剧。人物之所以遭受不幸，不是因为本身的邪恶，而是犯了某种严重的错误。这才不至于引发观众的憎恶，而是引起对人物的同情怜悯，以及对命运惩罚的恐惧。亚里士多德发现，在实际的剧场中，单线情节的作品最能产生悲剧效果。尽管他在别处对悲剧家欧里庇得斯有一定批评，但就单线情节的创作而论，他称赞"欧里庇得斯是最富悲剧意识的诗人"。[1]

亚里士多德的悲剧净化论实际上也是对柏拉图悲剧观念的回应。柏拉图在《理想国》中曾经认为人们会将剧场中培养出来的习惯带到生活中来："舞台演出时诗人是在满足和迎合我们心灵的那个（在我们自己遭到不幸时被强行压抑的）本性渴望痛哭流涕以求发泄的部分。……在那种场合养肥了的怜悯之情，到了我们自己受苦时就不容易被制服了。"[2] 可见，柏拉图实际上也意识到了悲剧对于怜悯之情的疏泄功能，但他认为这种非理性的情感应该受到理性的"制服"，而不是通过艺术手段得到抒发，任由其生长，这不利于人们在真正遭遇苦难的时候变得坚强勇敢。亚里士多德则一方面承认怜悯、恐惧这类情感在人性中存在的合理性，另一方面也认为这些情感如果过度堆积将不利于身心，应该得到合理疏导，促进人们心灵的和谐健康，而悲剧正能起到这样的效果。

3 贺拉斯的"合式"原则

贺拉斯是古罗马屋大维统治时期的著名诗人，以写抒情诗和讽刺诗见长。其《诗艺》原本是一封无题的诗体信简。当时的皮索氏（Piso）父子三人中有人想写剧本，求教于贺拉斯，贺拉斯就写了这样一封回信，谈谈创作体会。发表之后被著名的古罗马修辞学家、演说家昆提利安称为《诗艺》（Ars Poetica），沿用至今。这篇作品并不像柏拉图的著作那样富有辩论的理趣，也不像亚里士多德的著作那样系统整一，但它从实践角度探讨了创作中需要注意的一些重要原则，例如"合式"（decorum）的原则，这对于当时的修辞学，以及后来的古典主义美学都具有启发意义。

---

1 亚里士多德：《诗学》，第 98 页。
2 柏拉图：《理想国》，第 405—406 页。

"合式"原则

《诗艺》主要的一项内容就是探讨了创作中的"合式"原则。贺拉斯提出"或则遵循传统，或则独创；但所创造的东西要自相一致"，[1] 即真正优秀的创作，无论是否沿袭传统，都要尊重规则、讲究分寸。贺拉斯在文章开篇就举了一个反例：如果画家创作了一幅画像，将美女的头安在马颈上，四肢用各种动物的肢体拼凑，还覆盖各色羽毛，下面还长着一条又黑又丑的鱼尾巴，那势必十分搞笑、不合时宜。可见，创作要合乎规律，避免不合理的拼凑，各部分要做到协调统一。

首先，从选材来说，贺拉斯认为诗人要选择自己能够胜任的题材，"在能力范围之内的，自然就会文辞流畅，条理分明"，[2] 对该说和不需要说的话有所选择。第二，在安排字句的时候，要考究小心，既要尊重传统的语言习惯，也要在合理范围内进行语言上的创新，不能让人觉得不伦不类、不可理解。第三，选择的诗格要与内容相称。例如长短不齐的诗句搭配成双，可以作为哀歌，也可以表现感谢神恩的心情；喜剧的主题则不能使用悲剧的诗行。

此外，贺拉斯还着重谈论了人物性格和情节统一的问题，他说：

> 你想在舞台上再现阿喀琉斯受尊崇的故事，你必须把他写得很急躁、暴戾、无情、尖刻，写他拒绝受法律的约束，写他处处要诉诸武力。写美狄娅要写得凶狠、剽悍；写伊诺要写她哭哭啼啼；写伊克西翁要写他不守信义；写伊俄要写她流浪；写俄瑞斯忒斯要写他悲哀。假如你把新的题材搬上舞台，假如你敢于创造新的人物，那么必须注意从头到尾要一致，不可自相矛盾。[3]

亚里士多德曾在《诗学》中谈到情节需要人物性格配合的问题，贺拉斯无疑继承了这个观念。从他所举的例子来看，人物的性格与他们的遭遇都是高度一致的。除却性格，贺拉斯也非常强调人物的外部特征，包括他们的语言、年龄、行为等。他说："我们不要把青年写成个老人的性格，也不要把儿童写成个成年人的性格，我们必须永远坚定不移地把年龄和特点恰当配合起来。"[4] 可以说，贺拉斯对于人物个性和典型性的捕捉，已经具有了后来现实主义"典型人物"的意味，也颇见他作为当时的重要诗人，在创作方面具有非常丰富的实践经验。

1 贺拉斯：《诗艺》，载《诗学·诗艺》，罗念生、杨周翰译，北京：人民文学出版社，1962年，第143页。
2 贺拉斯：《诗艺》，载《诗学·诗艺》，第139页。
3 贺拉斯：《诗艺》，载《诗学·诗艺》，第143—144页。
4 贺拉斯：《诗艺》，载《诗学·诗艺》，第146页。

4　朗吉努斯的崇高论

　　《论崇高》是古罗马时期流传下来的一篇经典文献，也是后来人们讨论"崇高"这个美学问题的重要源头。目前学界普遍认为它的作者已经不可考，但托名于公元 3 世纪的演说家和哲学家卡西乌斯·朗吉努斯。这篇文章原本几乎湮没无闻，但在 1674 年法国新古典主义文论家布瓦洛翻译成法语之后广为流传，被认为是新古典主义文体的"圣经"。《论崇高》继承了古希腊修辞学的传统，主要是从演说修辞的角度讨论了崇高风格形成的若干元素。据考，全文提到了 50 多位作家，但没有一位是在公元 1 世纪之后活跃文坛的作家，其浓厚的时代气息也令有些学者认为，该文可能创作于公元 1 世纪左右。

　　与贺拉斯的《诗艺》一样，《论崇高》也是一篇书信体著作，收信人叫做泰伦提阿努斯，身世如今已无从考证。作者通篇没有对"崇高"进行概念上的定义，但开篇就描述了他所认为的"崇高"应当具有何种效果：

> 　　所谓崇高，不论它在何处出现，总是体现于一种措辞的高妙之中……一段高超的文章，不必说服读者的理智，就会使之超出自己。一切使人惊叹的东西总是使理智惊诧而且使仅仅合情合理的东西黯然失色的。……所谓崇高却起着专横的，不可抗拒的作用；它会操纵一切读者，不论其愿从与否。有创见，善于安排和整理事实，不是在一两段文章里所能觉察出来，而是要在作品的总体里才显示得出。但是一个崇高的思想，如果在恰到好处的场合提出，就会以闪电般的光彩照彻整个问题，而在刹那之间显出雄辩家的全部威力。[1]

　　从这段话中可以看出，第一，作者所要谈论的"崇高"是一种修辞效果，这符合他作为修辞学家的身份。第二，这种效果具有超出理智的特征，它"专横"且"不可抗拒"，目的不是让读者冷静，而是唤起读者的情感，达到操纵读者、获得认同的目的。第三，"崇高"不是一般意义上的"创见"，后者要通过理智地谋篇布局提出来、说服他人，前者则是电光石火之间迸发出的灵感，对人的理智具有折服、压倒的效果，能够显示出修辞学家的"威力"。

　　对于"崇高"的来源，作者首先强调其先决条件是掌握语言才能。然后，他又提出了崇高的五个来源：第一也是最为重要的是庄严伟大的思想。

---

[1] 朗吉努斯：《论崇高》，载《西方文艺理论名著选编》，伍蠡甫、胡经之主编，北京：北京大学出版社，1985 年，第 115 页。

作者认为崇高是伟大灵魂的反映，因而要达到高尚的言辞，我们也需要锻炼自己的灵魂，崇高的思想源于崇高的心灵。第二，是强烈而激动的情感。这种情感的作用在于能够产生形象性思维："说话人由于其感情的专注和亢奋而似乎见到他所谈起的事物，并且使读者产生类似的幻觉。"[1] 也就是说，强烈的情感能够引发形象性思维，而正是借助"形象"，说话人和读者／听众之间能够达到共鸣。文章指出，诗人和演说家都使用"形象"，不同的是诗的形象是为了使人感到惊心动魄，而演说家使用形象是为了使意思明晰，但两者都有影响人们情感的企图。第三，是运用藻饰的技术，其中包括了思想的藻饰和语言的藻饰。第四，是高雅的措辞，它可以分为恰当地选词、恰当地使用比喻和其他措辞方面的修饰。第五，是整个结构的堂皇卓越。后三个来源主要是从技术性角度谈论了如何使用修辞手法、谋篇布局等问题。

总体来看，托名朗吉努斯的《论崇高》相当重视作家的天赋，也具有一定的浪漫主义色彩。他将崇高看作一种超越理性、与神性相关的修辞效果，认为"没有任何东西能够像恰到好处的真情流露那样导致崇高；这种真情通过一种'雅致的疯狂'和神圣的灵感而涌出，听来犹如神的声音。"[2] 这在后来的 18 世纪美学中得到了全面呼应，尤其是英国的艾迪生、伯克，德国的康德、叔本华都提出过自己的崇高理论，并将崇高视作一种超越性的审美范畴。当然，《论崇高》本身并没有那样深刻的哲学内涵，主要还是基于修辞学对创作进行的讨论。然而在文章的末尾，作者也对当时的时代精神提出了批判，认为天才的败坏源自追求利欲和精神冷漠，因而倡导崇高，实际上是倡导健康的激情、伟大的心灵，这对于当时罗马文坛，乃至当下时代精神都具有一定的启示性意义。

三　结语

古希腊罗马文论是西方文论的萌芽。从起源来说，它们主要来源于古希腊哲学家对早期诗歌、史诗和戏剧等文学形式的思考，尚未形成文学理论的自觉意识。除了亚里士多德的《诗学》，本文提及的其他作品并不是系统性的文论著作，它们有些是对文学的哲学思考，如柏拉图的《理想国》《斐德若篇》《伊安篇》中关于诗的部分；有些是从修辞学角度归纳出的创作经验，如贺拉斯的《诗艺》和托名朗吉努斯的《论崇高》。但是，这一时期的文论作品提出了一系列奠基性观念，例如摹仿论、净化说、合式原则、天才

---

1 朗吉努斯：《论崇高》，载《西方文艺理论名著选编》，第122—123 页。
2 朗吉努斯：《论崇高》，载《西方文艺理论名著选编》，第119 页。

论、崇高等等，它们对后世文论思想形成具有重大的启示意义，这些观念将在后来的文论史中被再度提及并得到深化。古希腊罗马文论亦是特定历史时期的产物，与它所处的社会状况密切相关，体现了古希腊和古罗马的不同政治体制和文学艺术的关系。我们尤其不能脱离柏拉图所处的古希腊民主城邦制度来理解他的诗学观念，也不能脱离开古罗马人对雄辩术的重视以及追逐名利的社会风气来理解《论崇高》。可以说，文学理论不仅仅是思想家对文学问题本身的思考，也是立足当时的社会情况，对个体、对国家、对艺术进行的整体性思考和探究。

思考题：

1 柏拉图和亚里士多德都认为摹仿是艺术的根本属性，你认为艺术还有哪些摹仿之外的属性和功能？

2 在亚里士多德的悲剧理论中，为什么"情节"而非"性格"被看作悲剧最重要的构成因素？你认为戏剧中的人物性格重要吗？为什么？

3 根据《论崇高》中提出的五个要素，你是否能例举出具有崇高风格的文学作品？

第二章
中世纪与文艺复兴文论

一 中世纪与文艺复兴文论的概述与背景

中世纪的文学理论表面上看虽然颇不足观——因为诗总体上在基督教的文化语境中地位很低，甚至受到驱逐，但我们今天算在文学理论范围内的许多问题，例如美的本质问题与文本的寓言问题，确实在中世纪得到了很深入的讨论——尽管其原因是它们涉及对上帝之名与上帝创世的理解，以及圣经阐释的问题。这些讨论又反过来促进了诗的地位的提升与诗人形象的改变。及至文艺复兴时期，随着古代文学与古代观念的全面复活，尤其是因为亚里士多德《诗学》的重新发现，诗学一跃成为一门显学。中世纪时期文学理论的代表性人物为阿奎那（Thomas Aquinas, 1225—1274）与但丁（Dante Alighieri, 1265—1321）。奥古斯丁（Aurelius Augustinus, 354—430）虽然是古代晚期的人物，但由于他对中世纪思想的决定性影响，我们也把他放在这里进行介绍。文艺复兴时期的文学理论家多为《诗学》的阐释者，代表性人物为斯卡里格（Julius Caesar Scaliger, 1484—1558）与卡斯特尔维特罗（Lodovico Castelvetro, 1505—1571）。

"中世纪"一名，史家通常用来称呼自公元476年西罗马帝国灭亡起至意大利文艺复兴拉开帷幕这一段时期；所谓的"中"，意指在古希腊罗马的古代与资本主义在西欧全面兴起的现代时期的中间。实际上，由于历史的连续性，中世纪的上下限殊难明确划分。以下限为例，有人划至14世纪早期彼得拉克（Francesco Petrarch, 1304—1374）等早期人文主义者之前，有人划至15世纪初库萨的尼古拉（Nicholas of Cusa, 1401—1464）诞生时，有人划至1453年拜占庭帝国灭亡时，甚至还有人划至标志着欧洲宗教战争彻底结束的《威斯特伐利亚合约》（1648）签订时。与之相应，文艺复兴的始末也难以明确划分，有划至伊拉斯谟（Desiderius Erasmus, 1469—1536）去世时的，有划至布鲁诺（Giordano Bruno, 1548—1600）被烧死在火刑柱上时的，有把文艺复兴包含在中世纪中的，也有把文艺复兴当作现代世界的开端的。抛开这些历史分期的问题，我们这里主要以文化特征看待中世纪与文艺复兴。中世纪的主要文化特征是：宗教上，基督教为全西欧的共同信仰，以罗马教宗为首的教会组织确立、鼎盛与衰落；政治上，封建制度逐渐建立与瓦解，导致统一的、中央集权的现代民族国家兴起；学术上，神学具有至高无上的地位；语言上，拉丁语为宗教上、政治上、学术上的正式语言。文艺复兴时期的文化在很大程度上延续了中世纪的文化，而其独特之处，一为推崇异教的古希腊罗马的成就，欲全面复活古罗马的光荣，开启了全面搜集、校订古籍的运动；二为由此导致的对人的关注和对现世生活的关注；三为因此而带来的科学与艺术的全面繁荣；四为各地俗语逐渐抬头，终至取代拉丁语而获得官方地位。

在很长一段时间内人们习惯于视中世纪为黑暗的世纪。然而，20世纪以来的历史研究已经无可争议地表明，中世纪有其独特、光辉而灿烂的文化，一如哥特式大教堂较之于罗马的万神庙也毫不逊色。所谓"黑暗的世纪"的形象不过是文艺复兴时期的学者对先前几个世纪的话语建构的结果（他们由此也建构了自身的形象），因那时的拉丁语著作不如古罗马西塞罗等人的著作典雅，而且许多古代学问失传的缘故。实际上，中世纪中可以被视为黑暗的世纪的时期仅为西罗马帝国灭亡后的最初三个世纪，其时社会动荡，文化湮灭。但随着加洛林王朝兴起，随着鼓励学术的查理曼统一西欧，就产生了西欧历史上第一次文化复兴运动，即加洛林文艺复兴；至12世纪起，随着西欧人与西班牙的阿拉伯人的接触以及对后者的征服，又兴起了翻译运动，即12世纪文艺复兴；更不用提中世纪一以贯之、渗透到方方面面的象征主义文化。就此而言，文艺复兴也可以被看作中世纪文艺复兴的延续，只不过它有其独特的特征和环境。

二 代表人物及其核心理论

1 奥古斯丁论美与符号

奥古斯丁出生于罗马帝国北非行省努米底亚的塔加斯特城（现阿尔及利亚境内）。尽管他的母亲莫妮卡为基督徒，并且一再希望把他引向基督教，但他起初并未信教。奥古斯丁早年先后在行省中心马道拉与迦太基学习语法与修辞，19岁那年开始信仰主张善恶二元论的摩尼教，这一信仰维持了9年。383年至米兰教授修辞学，因而受到基督教米兰主教安布罗修的影响，同时接触到新柏拉图主义的哲学著作，其中很可能包含普罗提诺。新柏拉图主义视恶为善的缺失、善一元论的观点很可能帮助他最终克服了善恶二元的摩尼教思想，也最终引导他于 386 年皈依有相似思想的基督教，并于 387 年复活节经安布罗修之手受洗后返回北非。他在希波（今阿尔及利亚安纳巴）先是任长老，后为主教直至去世（因此世称"希波的奥古斯丁"），并先后与摩尼教、基督教多纳图派异端（就基督教圣礼）、佩拉纠派异端（就原罪与救赎）以及罗马传统宗教展开论战。

奥古斯丁著作宏富，主要著作有《忏悔录》《论三位一体》《上帝之城》，此外还有一些短篇论著和对话，如《论秩序》《论教师》《论真宗教》《论基督教教义》等，释经著作，论战性著作以及讲道和书信。通过这些著作，他为基督教教义作出了巨大的贡献，被封圣。

尽管奥古斯丁生活在古代晚期，但由于他对基督教正统教义作出的贡献，他的思想决定性地影响了整个中世纪，可以说是拉丁中世纪除圣经外的最大权威，因此我们把他放在这里进行介绍是合适的。而就文学理论而言，奥古斯丁值得关注的有三点：一为美者的理论，二为对诗的指责，三为符号理论；这些方面也构成了我们论述中世纪文学理论的主线。

美者的理论

奥古斯丁对美者的理解很大程度上继承了古希腊罗马的哲学遗产，但又把它置于基督教的教义中。例如，《上帝之城》卷二十二章十九对于身体的美的界定："每个身体的美是众部分的协调加上颜色的某种甜"，[1] 几乎就是西塞罗的界定的翻版："身体具有众肢体的某种合适的形状加上颜色的某种甜，而这被称为美"，[2] 也与普罗提诺在《论美者》第一节中对身体美的界定的引述一致。而西塞罗和普罗提诺不过是继承了整个古代对身体美的普遍理解，这种理解也在古代艺术作品中得到了实践。但是，奥古斯丁并没有停留于此，而是进一步把美的来源诉诸上帝，因为上帝自身至美（《忏悔录》卷一章四），就是美（"既然你自己是你的大与你的美"[3]），上帝所创的东西通过分有上帝的美而美。在此也可看出奥古斯丁是如何以新柏拉图主义哲学来解释基督教神学的：在普罗提诺那里是太一或曰至善者使得众美者美，而在奥古斯丁那里这太一被理解为了上帝自身。

1 Aurelius Augustinus, *De civitate dei libri XXII*, *Opera Omnia*, Tom. VII, PL XLI, Paris, 1841, p. 781.

2 Cicerone, *Tuscolane*, Testo latino a fronte, Milano: BUR, 1996, p. 384.

3 Aurelius Augustinus, *Confessionum libri XIII*, *Opera Omnia*, Tom. I, PL XXXII, Paris, 1841, p. 705.

但是这里就会产生一个困难。既然万物都是上帝所创造，而上帝是美，那么为何这个世界中会有丑的东西？首先，该如何理解丑者？在此，奥古斯丁仍然遵循普罗提诺式的解决方法，不把丑视为美的真实存在的对立面（这将导致摩尼教的二元论），而是理解为美的缺乏。这样丑就是某种缺乏，而分有美越少的东西——离上帝越远的东西，越低级的东西，就越丑，但是就有它们而言，它们总是被上帝创造了，总是分有了上帝的美，总是美的。简而言之，奥古斯丁把人们所理解的两个断裂的、相反的真实存在者转换为了从高到低连续的、相同的东西：丑真正说来只是低级别的美。

其次，之所以这个世界中会有丑的东西，而非都是同样美的东西，是为了这个世界作为全体是最美的。正如《论真宗教》所言：

> 一切造物以各自的职责与目的而被安排在全体的美中，以至于在部分中我们所厌恶的，如果我们与整体一起考虑，会带来最大的快乐；因为我们既不应该在判断建筑物时仅考虑一个角度，也不应该在判断美人时只考虑头发，也不应该在判断很好地演讲的人时只考虑手指的运动，还不应该在判断月亮的运行时仅考虑三天内的一些形状。因为，如果这些最下级的东西——之所以有它们，是因为凭不完满的部分而有完满的整体——或者在静止中或者在运动中被感觉为美的，整体都应该被考虑，如果我们想正确地判断。[1]

这些关于美与丑的理论——它们糅合了古代传统与基督教思想——正是通过奥古斯丁的著作而在中世纪广为流传。

对诗的指责

相比于奥古斯丁对上帝的与世界的美的赞美，他虽然承认诗的形式也体现了美的法则，却不遗余力地攻击它。在这里，他一方面继承了柏拉图把诗驱逐出理想国的思想，另一方面也把基督教的思想融入其中。

他指责诗，首先是因为诗的内容亵渎上帝：在古希腊罗马的文学作品中，主神宙斯（朱庇特）被描述为淫荡好色之徒，其他众神也各有各的缺点，正如奥古斯丁援引西塞罗所说的那样："荷马虚构这些故事，把凡人的种种移在神身上，我宁愿把神的种种移在我们身上。"[2]但是对于基督徒而言，真正的神是完美无缺的，是至善者，因此诗人这样的描述是谎言，是对

1 Aurelius Augustinus, *De vera religione liber unus*, *Opera Omnia*, Tom. III, PL XXXIV, Paris, 1841, p. 156.
2 奥古斯丁：《忏悔录》，周士良译，北京：商务印书馆，1963年，第19页。

上帝的大不敬。

其次是因为被这样描述的神就成为了人们行事的榜样，或者恶行的借口，因此诗就会败坏道德："荷马编造这些故事，把神写成无恶不作的人，使罪恶不成为罪恶，使人犯罪作恶，不以为仿效坏人，而自以为取法于天上神灵"，"这些故事却使人在虚幻的雷声勾引之下犯了真正的奸淫时有所借口"。[1] 更何况这些内容穿着可感的美的外衣，因而就更加诱惑人了。

奥古斯丁对于诗的两大罪状的上述指责，极大地影响了中世纪学者对诗的看法：托马斯·阿奎那就曾承认诗学为"所有学问中最下级者"。[2]

符号理论

奥古斯丁在《论基督教教义》中所展示的符号理论为后世基督教神学家阐释圣经奠定了理论基础，而圣经阐释方式对于后世的诗学思想极有影响，因此该理论值得在此一提。

首先，奥古斯丁区分了物的概念与符号的概念。他用"物"专门（proprie）称呼那些不被应用于意指某东西的东西，例如木头、石头、牲畜；用"符号"称呼那些被应用于意指某东西的东西。例如《出埃及记》所记载的摩西把木头扔进水里使苦水变甜的故事中的木头，就不是专门被称呼为"物"的东西，它还意指了另外的东西（奥古斯丁认为是十字架）——《旧约》所记载的事意指《新约》所记载的事——因而是符号。但尽管如此，在"物"一词共同的意义上这木头除了是符号也是物，因为在共同的意义上，物的反面就是无。因此符号必然是物（共同的意义上），而物不必然是符号；那些不是符号的物就是在专门的意义上的物。

其次，奥古斯丁又对符号做了进一步的区分：符号被分为自然性的符号（signa naturalia）和被约定的符号（signa data）。所谓自然性的符号，是那些"无需意指的意志或任何意指的欲求而从自身中使得超出自己的、另外的东西被认识"[3] 的符号，例如木头着火时会产生烟，因此烟无需意指火的意志，而是火的自然符号。这类符号对于圣经阐释而言不是首要的。而所谓被约定的符号，是那些"任何有生命者互相约定以尽可能表明其内心的变化，即任何所感觉或所理解的东西"[4] 的符号；对于人而言最多、最重要的这类符号就是意指性的声音，即词语，还有基于其他感觉（例如视觉等）的符号

1 奥古斯丁：《忏悔录》，第 19 页。

2 Thomas Aquinas, *Summa Theologiae*, *Opera Omnia*, iussu impensaque Leonis XIII P. M. edita, T. 4, Roma: Ex Typographia Polyglotta, 1888, Ia, qu. 1, a. 9 arg 1.

3 Aurelius Augustinus, *De doctrina christiana libri IV*, *Opera Omnia*, Tom. III, PL XXXIV, Paris, 1841, p. 36.

4 Aurelius Augustinus, *De doctrina christiana libri IV*, *Opera Omnia*, Tom. III, PL XXXIV, p. 37.

（例如图像）；而词语对于圣经阐释是首要的。这一区分也可以用另一种方式表述：符号中"有一些符号，它们的全部用处就在于意指，如词语。因为人使用词语无不是为了意指某东西"；[1] 而另一些符号只是部分用处在于意指，例如摩西的木头，除了意指《新约》中的事外，也能用于使苦水变甜，或者作为普通的木头而有其他用处。这样，奥古斯丁实际上就区分出了意指物的词语、意指物的物与专门意义上的物这三个层面。

这样一套完备而系统的符号理论为中世纪的圣经阐释奠定了稳固的基础，我们将看到托马斯·阿奎那如何基于这一理论建立起系统性的圣经阐释方式，也将看到但丁如何把阿奎那的圣经阐释方式挪到了诗的阐释上。

2　托马斯·阿奎那的美者理论与圣经阐释

托马斯·阿奎那出生于意大利小城阿奎诺（Aquino，当时属于那不勒斯王国）附近的罗卡塞卡城堡，其父为当地领主。他 5 岁入城堡附近的本笃会卡西诺山（Monte Cassino）修道院学习，该修道院为古代晚期至中世纪西欧的学术中心，家族希望他将来能成为修道院院长，以加强家族影响。但托马斯于 1239 年至那不勒斯大学学习，并最终违背家族命令，于 1244 年加入托钵修会多明我会。1245 年至 1252 年他在巴黎和科隆跟随大阿尔伯特（Albertus Magnus，1193—1280）学习神学与哲学，1252年回到巴黎大学，后完成圣经篇目和伦巴德《箴言四书》（Sententiae in IV libris distinctae）的注疏，成为神学硕士（Master），获得多明我会在神学院的教席。1259 年至 1268 年在意大利各处从事教廷和修会相关事业，期间开

托马斯·阿奎那

1 Aurelius Augustinus, *De doctrina christiana libri IV*, *Opera Omnia*, Tom. III, PL XXXIV, p. 20.

始写作《神学大全》。后于 1269 年至 1272 年返回巴黎，参与到与拉丁阿维洛伊主义和激进奥古斯丁主义的争论中。1272 年起定居那不勒斯，1273 年底受到启示，认为自己所写所教与所受启示相比好似一根麦秸，因此停止写作雄心勃勃的《神学大全》。1274 年受到教宗邀请前往里昂参加公会议，于途中患病，3 月 7 日逝世于弗萨诺瓦（Fossa Nova）修道院。1323 年封圣，由于其众多关于天使的论述而被后人称为"天使博士"。

托马斯·阿奎那著述甚丰，除主要著作《〈箴言四书〉注疏》《反异教大全》和《神学大全》外，尚有亚里士多德著作注疏多种，圣经多篇注疏，经院哲学中常见的各类《问题集》以及一些神学和哲学论文等。他被公认为最伟大的经院哲学家。

托马斯·阿奎那与美学和文学理论相关的思想主要集中在两个方面：美者的理论与圣经阐释理论，下面我们将分别阐述。

美者的理论

如何理解美者是中世纪经院哲学中的一个核心问题。根据圣经，"美者"和"美"是上帝的名字，[1] 并且上帝通过创世把美传递给整个世界，因此中世纪基督教神学的一个权威文本——伪狄奥尼修斯[2] 的《论神圣的名》（*Dedivinis nominibus*）——就曾专门论述过"美者"和"美"。12、13 世纪伴随着通过拉丁欧洲与阿拉伯文化的接触而产生的翻译运动，亚里士多德哲学重新出现在西欧学术界的视野中，并逐渐占据主流地位；而这一亚里士多德主义的再生也波及了关于美者的讨论，经院哲学家们开始借助亚里士多德哲学的基本概念，如形式、材料和目的来理解美者。例如，大阿尔伯特在注疏《论神圣的名》时这样界定"美者"："美者的道理，普遍地看，在于形式闪耀在材料有比例的众部分上，或者闪耀在相异的众能力或行动上。"[3]

这样一种对美者的理解从古希腊罗马至中世纪乃至现代早期一直连绵不绝，但是大阿尔伯特通过形式和材料概念的运用，给它披上了亚里士多德式的外衣。"形式"（form）一词在亚里士多德那里有多重意义，或意指形状，或意指种、类或本质，或意指实体性的形式（作为生命原则的灵魂），或意指偶性形式（实体的各种偶性，它包含了形状）；在此如果考虑到自然物与艺术物两种情况，大阿尔伯特取的主要是后两个意义。实际上阿奎那对美的理解在这方面与其师是一致的：

---

1 例如《雅歌》第 1 首第 16 行"瞧，你多美，我的爱人"，《诗篇》第 96 首第 6 行"宏伟与美在他的面前"。

2 圣经记载狄奥尼修斯为雅典大法官，使徒保罗使他皈依基督教。中世纪被归于狄奥尼修斯的文本即托其名而作，也部分因此获得了权威。实际上它们应属于古代晚期的一位新柏拉图主义者。

3 大阿尔伯特：转引自 Edgar De Bruyne, *Etudes d'esthétique médiévale*, T. 2, Paris: Albin Michel, 1998, p. 166.

美需三者。第一是完全（integritas）或完满（perfectio），因为有缺损者，由是而丑。其次，适宜的比例（debita proportio）或共鸣（consonantia）。再则明亮（claritas），因此说具有灿烂颜色者美。[1]

"完全"指向了材料的各部分，即多样者；"适宜的比例"指向了多样者对于形式的符合；"明亮"指向了一个形式（明亮在于一个形式闪耀在多样者上）。

不过值得注意的是，中世纪所说的"比例"有比现代人所说的更丰富的指涉。现代人说到"比例"，一般限于指可感物在量上的关系；而中世纪当然也将"比例"用到可感物上，如阿奎那在《神学大全》中说："人通过不同感觉力而快乐，不仅因食物保存个体，而且因可感者的和谐（convenientiam）……正如当人快乐于听到和谐的声音时。"[2]但是，除此之外，"比例"在中世纪也能指可理解的比例，如阿奎那说："精神性的美在于，人的谈吐或行为与理性的、精神性的明亮很好地成比例（proportionata）。"[3]与此相应美也被分为外在的或身体的美和内在的或精神性的美。

但是在另一方面，阿奎那对美者的理解与其老师相比就显出了很大的差别。大阿尔伯特认为美者"即使不被任何人认识"[4]也还是美者，也就是美者仅仅依赖于物的形式与材料，而与认识者完全无关。但在阿奎那这里，美者除了必须具备形式与材料方面的要求（完全、适宜的比例、明亮）外，它与认识者的关系对它而言也是本质性的。因此阿奎那说：

> 而美者关涉认识力，既然说美者是显现而愉悦者（quae visa placent）。这就是为何美者在于适宜的比例，因为感觉力由于那些具有适宜比例的物而愉快，正如由于与自己相像者而愉快；因为感觉力也是某种考虑（ratio），正如每种认识能力都如此。并且因为通过相像化才产生认识，而相像关涉形式，所以美者专门涉及形式因的道理。[5]

1 Thomas Aquinas, *Summa Theologiae, Opera Omnia*, iussu impensaque Leonis XIII P. M. edita, T. 4, Roma: Ex Typographia Polyglotta, 1888, Ia, qu. 39, a. 8 co.

2 Thomas Aquinas, *Summa Theologiae, Opera Omnia*, iussu impensaque Leonis XIII P. M. edita, T. 9, Roma: Ex Typographia Polyglotta, 1897, IIa-IIae, qu. 141, a. 4 ad 3.

3 Thomas Aquinas, *Summa Theologiae, Opera Omnia*, iussu impensaque Leonis XIII P. M. edita, T. 9, IIa-IIae, qu. 145, a. 2 co.

4 大阿尔伯特：转引自 Edgar De Bruyne, *Etudes d'esthétique médiévale*, T. 2, p. 165.

5 Thomas Aquinas, *Summa Theologiae, Opera Omnia*, iussu impensaque Leonis XIII P. M. edita, T. 4, Ia, qu. 5, a. 4 ad 1.

这样，"显现"或者与感觉力的关系就是美者的道理或界定中不可或缺的因素。如果要用一个例子来说明这一差别，我们可以举米开朗琪罗的大卫。在这一雕像中头部与身体的比例要比正常的人体比例大，这是为了我们从下往上看这一巨型雕像时其头部显现为具有适宜的比例。

圣经阐释理论

对文本的寓意阐释（allegorical interpretation）从古代起就十分流行，希腊人就曾对荷马史诗做过这样的阐释。所谓文本的寓意阐释，是指文本除了文字所直接说的东西外，还说了或展示了其他东西。基督教神学家一方面继承了这样的阐释传统，另一方面依据圣经自身的提示，把寓意阐释应用于圣经，构成了圣经的寓意阐释传统。通常认为这一传统自犹太人菲洛（约15—50）始，奥古斯丁为它在符号学理论上奠定了基础，阿奎那则提供了一个完满的体系。

阿奎那关于圣经阐释理论的思想主要集中于《神学大全》第一部第1问第10条"是否圣经在一个词下具有众多意义"中：

> 圣经的作者是上帝，他不仅能应用声音于意指（这是人也能做的），而且也能应用物自身。并且因此，尽管在一切科学中声音都意指，这门科学具有这一特性：通过声音被意指的物自身也意指某东西。所以那第一意指——因它声音意指物——属于第一意义，它是历史或曰文字意义。而另一意指——因它通过声音被意指的物再意指他物——被称为精神意义；它建基于文字意义上，并预设它。

> 而这精神意义被三重划分。因为正如使徒在《希伯来书》卷七说的那样，《旧约》是《新约》的形象；而《新约》自身，如狄奥尼修斯在《教会等级》说的，是未来光荣的形象；在《新约》中，那些在基督中发生的，也是我们应该做的东西的符号。所以按照那些属《旧约》的东西意指那些属《新约》的东西，有寓言意义；按照那些在基督中或者在这些意指基督的东西中发生的东西，是我们应该做的东西的符号，有道德义；依据它们意指那些在永恒的光荣里的东西，有隐秘意义。

> 而因为文字意义是作者意图的意义，但圣经的作者是上帝，他以其理解力同时统握一切：这就不是不合适的，如奥古斯丁在《忏悔录》卷十二所说：即使以文字本身的意义来说，圣经的同一字句具有多种意义。[1]

1 Thomas Aquinas, *Summa Theologiae*, *Opera Omnia*, iussu impensaque Leonis XIII P. M. edita, T. 4, Ia, qu. 1, a. 10 co.

他以这样一种系统性的划分（基于奥古斯丁的符号理论），清晰地界定了各意义的内含，并回应了针对圣经词语多义的几种责难。针对多义导致混乱与欺骗的责难，阿奎那回应圣经词语的多义不是由于一个声音意指众多东西而产生的（例如，英语中 bear 既有"承受"的意义，也有"熊"的意义），而是因为通过声音被意指的物也意指他物而产生的，因此并不会导致混乱。对于四种意义（阿奎那所说的"历史或曰文字意义""精神意义""寓言意义"和"道德意义"）与奥古斯丁所说的《旧约》通过历史、究因、类比、寓言四种方式传授不同，阿奎那解释，历史、究因、类比（圣经一处的真理不与另一处的真理冲突）都属于同一个文字意义，而喻言包含了三种精神意义，因此这四种意义与奥古斯丁的权威不冲突。针对遗漏比喻意义的指责，阿奎那认为它也属于文字意义，"因为，通过声音，某物专门地被意指，并且另一物形象性地被意指；而文字意义不是形象自身，而是那被形象化的东西。"[1] 例如，当圣经写到"上帝的手臂"时，文字意义并不是上帝所具有的身体的那一部分，而是通过这一部分所意指的东西，即制造能力。这样，阿奎那就提供了一个完满的圣经阐释理论。

3　但丁论诗的多义与俗语修辞

但丁·阿利吉耶里出生于意大利佛罗伦萨共和国一个没落贵族家族——据他本人说该家族可上溯至佛罗伦萨城的古罗马建立者。他一生命运多舛，而这与当时的政治环境密不可分。但丁出生时，正当归尔甫派与吉伯林派斗争的尾声。归尔甫派与吉伯林派也称教宗派与皇帝派，为 12、13 世纪时意大利中北部分别支持罗马教宗与霍芬施陶芬家族神圣罗马帝国皇帝的两个派别。当时霍芬施陶芬家族每每进攻意大利北部诸邦，意图并意大利于德意志，因而与教宗产生利益纠纷。1268 年教宗最终取得胜利，吉伯林派被驱逐，归尔甫派统治佛罗伦萨。但 1294 年教宗卜尼法斯八世上台后欲扩张权力于佛罗伦萨，归尔甫派于是也分裂为由没落贵族构成、支持教宗的"黑党"与由富裕公民构成、主张佛罗伦萨政治自主的"白党"。但丁家族本属归尔甫派，又为贵族，但但丁本人主张佛罗伦萨的独立与自由，于是成为白党核心，并当选为共和国六大执政官之一。1301 年教宗联合法国贵族与黑党发动政变，白党成员被驱逐，但丁首当其冲，此后再未回过佛罗伦萨——他被判终身流放，否则任何佛罗伦萨士兵都可烧死他。此后二十年但丁漂泊于意大利多地，其间很长一段时间客居维罗纳，受领主斯卡拉大公的保护；1319 年

1 Thomas Aquinas, *Summa Theologiae*, *Opera Omnia*, iussu impensaque Leonis XIII P. M. edita, T. 4, Ia, qu. 1, a. 10 ad 3.

迁居拉文纳，在此完成《神曲》的《天堂篇》，并最终在此逝世。但丁流放后目睹了意大利地方自治（municipalism）的弊端（其中一项即为缺乏统一的民族语言），政治上逐渐转向亲神圣罗马帝国，寄希望于皇帝统一意大利，建立一个强有力的中央政府，并写作《君主国》（*Monarchia*）一书。然而随着亨利七世的骤然逝世（1313），这一愿望也落空了。

　　但丁被认为是当时意大利最有学养的教会外人员之一，从其著作中可以看出，他不仅熟悉经院哲学大家（如托马斯·阿奎那、大阿尔伯特、博纳文图拉）、亚里士多德和新柏拉图主义著作，也熟读古罗马经典，如西塞罗、维吉尔、贺拉斯、奥维德和波爱修斯，还浸润于中世纪俗语诗的传统。这第一点为他建立诗的多义理论提供了理论来源，最后一点为他在《关于俗语修辞》（*De vulgari eloquentia*，作于1305年左右）中建立俗语修辞学提供了模范，而第二点既有助于前者，也服务于后者。

诗的多义理论

　　在著名的致斯卡拉大公的"书信十三"中，但丁意图借献上《天堂篇》的机会为他的保护人阅读此书提供一个导论。在这个导论的开端，但丁写道：

> 　　因此为了明了将被说的，必须知道这部作品的意义不是简单的，相反可以说是 polisemos，即具有许多意义；因为第一意义是那通过文字被获得的，另一意义是通过那些通过文字被意指的东西被获得的。第一意义被称为文字意义，而第二意义被称为寓言意义或道德意义或隐秘意义。为了这一处理方式更清楚，可在这些诗行中考察："以色列出了埃及，雅各家离开说异言之民。那时犹大为主的圣所，以色列为他所治理的国度。"因为如果我们仅仅看向文字，对于我们被意指的是以色列的子民离开埃及，在摩西的时代；如果看向寓言，对于我们被意指的是通过基督而发生的、对我们的赎罪；如果看向道德意义，对于我们被意指的是灵魂从罪的哀伤与悲惨转向蒙恩的状态；如果看向隐秘意义，被意指的是被恩准的灵魂离开属于这腐败的奴役状态而到达属于光荣的永恒自由。而尽管这些神秘的意义以不同的名字称呼，笼统地一切都能被说成是寓言意义，既然它们异于（diversi）文字或历史意义。因为寓言（allegoria）一词来自希腊语的 alleon，它在拉丁语中被说成是 alienum，或 diversum。[1]

---

1 Dante Alighieri, *Epistola XIII*, *Opere*, Volume secondo, Milano: Mondadori, 2014, p. 1500.

显然，这样一种诗的多义理论直接受到阿奎那圣经阐释理论的影响。但这影响只是就四种意义的划分和内含而言。但丁并不是简单地把针对圣经意义的理论照搬到了诗上，相反，恰恰是这一挪用表明了在但丁心中诗具有和神圣文本一样的地位，而这是阿奎那所不认可的。对阿奎那而言，只有圣经才具有文字意义和精神意义；而诗只有文字意义，并不具有精神意义。这是因为，首先，按照基督教传统，写圣经的人只是圣经的工具性的作者（他们被圣灵激发），圣经的真正和首要的作者是上帝。其次，只有上帝不仅能把声音安排得意指物，还能把物自身安排得意指其他物，以使前者成为后者的形象，例如把《旧约》时代的事安排得与《新约》时代的事相像，以使前事意指后事。第三，人则没有这样的能力，而只具有运用声音意指物的能力。因此对于阿奎那，世俗的诗（不包含圣经中的诗）就只具有文字意义。

　　不过，但丁却认为自己创作的《神曲》也具有精神意义，甚至通过引用圣经的诗句来明确表明它的精神意义和圣经的是相同的。他的观点提升了世俗的诗的地位，恢复了古希腊罗马时代视诗人为神学家的传统——拉丁语中意指诗人的词 vates 本义就是先知。因此不难理解为何在《神曲》中但丁安排诗人维吉尔引导自己，他"好像是一个夜间行路的人，把灯提在背后，不

法国插画家多雷（Gustave Doré, 1832—1883）为但丁的《神曲》所绘插图

使自己受益，却使追随他的人们变得聪明"，[1]因为维吉尔在基督出生之前就写下了这样的诗句：

> 伟大的世纪的运行又要重新开始，
> 处女星已经回来，又回到沙屯的统治，
> 从高高的天上新的一代已经降临，
> 在他生时，黑铁时代就已经终停，
> 在整个世界又出现黄金的新人。
> 圣洁的露吉娜，你的阿波罗今已为主。[2]

因此它们在基督教寓意阐释传统中就被视为基督降临的寓言。在但丁看来，诗人也如圣经的工具性作者一样，受到圣灵的激荡，写下具有他们自己也没有意识到的意义的诗句，因此世俗的诗除了文字意义外也具有精神意义。

俗语修辞

在但丁的时代，拉丁语是西欧国家和基督教教会的官方语言；但这种自古代流传下来的"文言"只有教士、贵族、学者在正式场合使用，它是布道的语言，公文的语言，学术的语言，是通过接受教育修得的语言。而平民所使用的是从拉丁语衍变而来、被后世学者称为"罗曼语"的各种语言[3]和各种日耳曼语言，这些语言就属于但丁所说的"俗语"（vulgaris locutio），也就是白话。它们是"儿童最开始区分语音的时候，从周边的人习得的语言；简而言之，我们断言俗语是我们不需任何规则、通过模仿乳母而接受的语言。"[4]但丁在《关于俗语修辞》中就是要以意大利俗语为基础，历史上首次尝试建立这种俗语的修辞学；换言之，正如修辞学按照古代传统是教授怎样好地言说的科学，他要在这个意义上建立怎样好地言说意大利俗语的学说。

因此但丁首先就要指出所谓的意大利俗语是怎样的语言。他对当时意大利各地方言逐一考察，发现每一种都不够完满，各有各的优点和缺陷。它们可以被称为"罗马话""托斯卡纳话""西西里话"等，但都没有资格被

1 但丁：《神曲》，朱维基译，上海：上海译文出版社，2011年，第380页。

2 维吉尔：《牧歌》，杨宪益译，上海：上海人民出版社，2015年，第47页。

3 罗曼语在当时被分为奥依语、奥克语和意大利语，从这些语言中逐渐衍变出了现代法语、法国南部方言、西班牙语和意大利语等语言。

4 Dante Alighieri, *De vulgari eloquentia*, *Opere*, Volume primo, Milano: Mondadori, 2011, p. 1132.

称为"意大利俗语",即全意大利的共同俗语。这种全意大利的俗语是通过从语音、词语形态、句法的角度抛光各地俗语而打磨出来的,它克服了各地俗语的缺点;各地俗语以它为模范,但却只是它的低级形态——"它在任何城市都散发着香气,又不停留在任何城市"。[1]但丁追溯意大利俗语诗的传统,认为没有一位光辉的俗语诗大师(包括他本人)是以家乡的俗语创作的,而都是使用这样打磨过的俗语,正是这种语言才有资格被称为"意大利俗语"。

但丁称这种共同的意大利俗语为"光辉的、枢般的、宫廷的、法庭的俗语"。光辉的(illustre)是照耀着并且被照耀而闪光的东西,这种俗语因训练(从各地俗语中去粗取精)和威力(激荡人心)而被提高,并且以荣耀提高其拥护者。它是枢般的(cardinale),因为正如门随枢而转,各地俗语也随着家长般的、光辉的共同俗语动、静、往、返。它是宫廷的(aulicum),因为如果意大利有朝一日会有一个宫廷,那么它就属于这个宫廷;"如果宫廷是全王国共同的家,是王国一切部分威严的向导,那么一切所共有而非某部所专有的东西才适宜往来和居于其中,任何其他东西都配不上这样伟大的住客",[2]而光辉的俗语就是如此。它是法庭的(curiale),因为"法庭性不是别的,正是所应行之事的、被衡量过的规则;通常只有在最杰出的法庭中才有这样衡量的天平,所以任何在我们的行为中被好好衡量过的东西都被称为'法庭的'。既然这俗语在意大利人最杰出的法庭中被衡量过,就值得被称为'法庭的'。"[3]

由此可见,但丁所寻找的意大利俗语,就是意大利民族文学的语言,只有这种语言才配得上最好的言说。于是但丁在卷二中就开始讨论什么样的文学应该使用它。他指出最杰出的诗人在写歌(cantio)这个体裁时才适合使用它,并进而从主题、风格、诗律等角度规定歌。《关于俗语修辞》未完成,现存手稿中断于卷二章十四;从现存内容看,该书至少包含四卷,卷三应该讨论适合光辉俗语的散文,卷四讨论使用中间语言的诗,可能还有后续各卷。但丁这本著作的底色是他统一意大利的政治理想,而这种光辉的俗语及其文学是这统一的先声,召唤着这一理想的实现。

1 Dante Alighieri, *De vulgari eloquentia*, *Opere*, Volume primo, p. 1334.
2 Dante Alighieri, *De vulgari eloquentia*, *Opere*, Volume primo, p. 1348.
3 Dante Alighieri, *De vulgari eloquentia*, *Opere*, Volume primo, pp. 1350—1352.

4 文艺复兴诗学

虽然亚里士多德在中世纪晚期是哲学的无上权威，但其《诗学》的原文在整个中世纪是不为人知的，尽管那时默尔贝克的威廉曾翻译了《诗学》。人们至多通过阿拉伯的亚里士多德注疏家阿威罗伊（1126—1198）的转述（由阿勒曼人赫尔曼从阿拉伯语译为拉丁语）对它了解一二。不过由于阿威罗伊并不熟悉古希腊的文学传统，不少地方都表现出对亚里士多德的误解。文艺复兴时期，《诗学》的拉丁语译本（1498）姗姗来迟，随后又出版了第一个古希腊语版本（1508）与第一个意大利语译本（1549）。因为亚里士多德的权威，也因为当时古希腊罗马文学传统的全面复活，如何理解这一古代文学的法典式著作成为 16 世纪意大利文学理论家讨论的核心问题。而由于《诗学》所规定的那些适用于古代文学的规则与拉丁中世纪文学传统以及当时的文学创新有巨大的差别，就产生了著名的"古今之争"。所有这些构成了意大利文艺复兴时期文学理论的主要方面。

斯卡里格：制作与模仿

尤利乌斯·凯撒·斯卡里格既是诗学家，也是古典语文学家、自然科学家、医生，为文艺复兴时期意大利百科全书式的人物，当时众多的《诗学》阐释者中影响力最大的一位。他的遗著拉丁语《诗学》七卷（1561）是一部体系性的诗学著作，被认为是整个文艺复兴时期诗学研究的代表作。在这部著作中，斯卡里格把亚里士多德树立为"诗学的永恒立法者"（尽管也不时地批评他），但也体现出柏拉图哲学、贺拉斯的《诗艺》以及西塞罗和昆体良的修辞学的影响，并试图把这些古代权威结合在一个体系中。斯卡里格是意大利人，后移居法国，在欧洲文学理论的中心从意大利转移到法国的过程中扮演了关键角色，极大地影响了后一个世纪法国新古典主义文学的创作和理论，同时也影响了英国文艺复兴时期的诗学理论（如菲利普·锡德尼的《为诗辩护》），以及德意志启蒙时期的诗学和美学建构，因此有论者视斯卡里格为近代诗学的创始人。文学批评史的主流观点认为维达、斯卡里格、布瓦洛构成了新古典主义诗学的三个阶段。

斯卡里格继承了亚里士多德在《诗学》中所作的诗与历史的区分，并以此来界定诗。他指出，诗与历史在形式上同为叙述，但是：

它们是有差别的，因为一个以确定的忠实性宣称和给出真实的东西，同时以较简单的线编织话语；另一个或把虚构的东西添加给真实的东西，或以虚构的东西模仿真实的东西，当然凭借更大的装饰。但确实，正如我们说过的，虽然二者同样都承担叙述的职责，但事实是只有前者被冠以"历史"的名字，因为它满足于处理词语以阐明发生了什么。而人们称呼后者为poesis（制作/诗），因为它不仅因语词而带回存在的物自身，甚至还把那些不存在的东西呈现为如同存在的，而且如同可能或应该存在的那样。因此它整个处于模仿的范围内。[1]

在此，斯卡里格本人的创见是试图从古希腊人对诗的称呼poesis的词源意义"制作"出发，阐释诗的本质在于制作不存在的东西，即虚构，而且把它们制作得如同可能存在或应该存在的一样。这一阐释被锡德尼所继承；他在《为诗辩护》中称呼诗为making。而所谓"如同可能或应该存在的那样"是对亚里士多德的"按照必然性或逼真性"的解说。

遵循柏拉图和亚里士多德，乃至整个古希腊传统，斯卡里格也把诗置于模仿的领域，把它视为模仿性的艺术。但在这一点上，他进一步加入了贺拉斯的观点，把模仿与寓教于乐相联系："这一目的（即模仿）对于那最终的目的，即带着愉悦教育，是中介。因为事实上诗人也教育，而不像有些人所以为的那样只是愉悦人。"[2]因此，诗是通过模仿而愉悦地教育人的艺术。值得注意的是，"模仿"在此，乃至在整个文艺复兴诗学的语境中，有比我们现在的理解更广的指称。正如斯卡里格所暗示的，"因语词而带回存在的物自身"与"把那些不存在的东西呈现为如同存在的"都是模仿，这两类模仿即柏拉图的复制性的模仿（icastic imitation）与想象性的模仿（phantastic imitation）。

按照诗是制作的观点，斯卡里格进一步引申出诗人作为第二上帝的观点。其他艺术只是按照存在物所是的样子呈现它们，而诗人却好像按照物可能或应该存在的样子制作了另一个自然，因此这第二自然就比存在的自然更完满，在此诗人就好像第二个上帝。斯卡里格赋予了诗人极高的地位。

卡斯特尔维特罗：诗的愉悦与三一律

如果说斯卡里格是古代诗学传统的伟大综合者，那么卡斯特尔维特罗在其《亚里士多德〈诗学〉译释》（1570）中则在遵循古代传统的同时，对这

---

1 Julius Caesar Scaliger, *Poetices libri septem*, Geneva: Apud Johannem Crispinum, 1561, p. 1.

2 Julius Caesar Scaliger, *Poetices libri septem*, p. 1.

一传统也有所突破。

在很多方面卡斯特尔维特罗都遵循文艺复兴时期的《诗学》阐释传统，例如在诗与历史的差别上，他就与斯卡里格相距不远。但是在诗的最终目的上，卡斯特尔维特罗显现出了独创性（当然，他本人认为这是亚里士多德的本意）。文艺复兴时期的诗学家大多都遵循贺拉斯的教诲，认为诗的最终目的是"带着愉悦教育"；卡斯特尔维特罗是唯一一位提出诗的最终目的是愉悦本身的人，而且不是愉悦所有阶层，而是愉悦平民：

> 诗人的职责在于通过观察而制造人们真实的偶然遭遇的相像物，并且通过这些相像物而为观众提供愉悦，把发现源自于自然之物或偶然之物的真实留给哲学家或艺术家[1]，他们有专门的愉悦路径（远离于诗人的路径），或者带来益处的路径。此外，科学与艺术的材料由于另一个对于心智更加显然的理由而不能是诗的主题，因为诗的发明仅仅是为了愉悦与娱乐，而且是为了愉悦与娱乐粗鲁的大众和普通民众的心灵：这样的人不理解精微而远离常人用法的道理、区分和论据，但这些东西哲学家却采用以探究万物的真实，艺术家采用以安排艺术；并且既然这是不合适的，当他人对他们说话时他们感到厌烦与不快，因为当他人以一种我们不能理解的方式说话时，我们自然地感到极度不适。[2]

这一点导致他必须把净化怜悯与恐惧这一悲剧的最终目的解释为令人愉悦。而他的解释是我们通过悲剧感受到极强烈的怜悯和恐惧后，在生活中就会习惯于那些引起较弱的怜悯与恐惧的事，不为它们动摇，因此就净化或驱除了这些情感，就像通过苦药我们恢复了健康；而这样一种快乐实际上是益处带来的快乐。

一般认为，卡斯特尔维特罗通过阐释亚里士多德，首次明确提出了对后世戏剧创作影响深远的"三一律"："时间同一律"——表演的时间和所表演的行动的时间必须严格一致，且不可以超过12小时；"地点同一律"——行动的地点必须不变，不但只限于一座城市或者一所房屋，而且必须真正限于一个单一的地点，并以一个人就能看见的为范围；"行动同一律"——构成情节的行动应该是一个，并且仅属于一个角色，如果有多个行动，一个应该依赖于另一个。

---

1 "艺术"在此按照古义取"技术"的意义。
2 Ludovico Castelvetro, *Poetica d'Aristotele vulgarizzata et sposta*, Basel: Pietro de Sedabonis, 1576, p. 29.

5　古今之争

　　文艺复兴是古代文学全面复活的时代，也是接续中世纪文学传统的时代。这是两种完全不同的文学，势必产生一种冲突：人们到底应该以古代的权威为创作和评判一切文学作品的标准，还是能够突破古希腊罗马的限制而创造新型的文学？也就是说，亚里士多德和贺拉斯所制定的古典规则是否就是永恒的真理？这就是所谓的"古今之争"。

　　这一冲突集中体现在对阿里奥斯托（1474—1533）所作的传奇（romance）《疯狂的奥兰多》的评价上。传奇是中世纪发展起来的一种文学体裁，虽与史诗具有相同的素材（如国王和骑士的冒险故事），但在写法上完全不同。例如，传奇的情节经常多线并进，而史诗的情节必须是单一的；传奇经常从头开始说起，而史诗要避免贺拉斯所说的"从蛋开始"。

　　在这场争论中，革新派的代表是钦提奥（Giraldi Cinthio, 1504—1573）。针对当时一味师法古人、贬低传奇，或者千方百计、迂回曲折地证明新型作品也符合古典规则的风气，他在《论传奇体叙事诗》（1549）中为传奇作了辩护。例如，对于传奇从头开始说起的写法和多样的情节，钦提奥援引古代著名诗人奥维德的《变形记》为之辩护，后者是从创世开始写起的，并且巧妙地串联起许多神话故事，这些都不符合亚里士多德的规则，却并不妨碍它的杰出。他总结道：

15世纪法国抄本彩绘，描绘传奇故事里的骑士

39

一般地说，我认为有判断力和有熟练技巧的作家们不应该让前人所定下来的范围来缚他们的自由，而不敢离开老路走一步。这不仅辜负自然所给的资禀，而且这种约束也会妨碍诗超出前人所界定的范围，只能沿着老祖宗们所指的那条老路走。……

因此，有一些人往往使我感到可笑，他们想使传奇体叙事诗的作者受亚里斯多德和贺拉斯所定的规则约束，毫不考虑到这两位古人既不懂我们的语言，也不懂我们的写作方式。传奇体叙事诗不应受古典规律和义法的约束，只应遵守在传奇体叙事诗里享有权威和盛名的那些诗人所定的范围。正如希腊拉丁人是从他们的诗人那里学到了他们的诗艺，我们也应从我们的诗那里学到我们的诗艺，谨守我们最好的传奇体诗人替传奇体诗所定下来的形式。[1]

这就打破了古典规则为文学的永恒真理的观点，为文学与文学理论引入了变化的视角。

保守派的观点则集中体现在明屠尔诺（Antonio Sebastiano Minturno，1500—1574）的《诗的艺术》（1564）中。在这部书中，他与钦提奥针锋相对，提出要严守古人的规则：古代最伟大的作家既有天赋，也有艺术，但传奇诗的发明者却是野蛮人，"只是跟着自然的亮光走"，缺乏艺术，而"有自然资禀而没有艺术，就决不能写出完美的作品"。[2] 针对钦提奥对文学的永恒真理的否认，明屠尔诺坚持真理的唯一性，像看待自然和工艺的法则一样看待诗的规则：

但是如果这两位古人[3]，用荷马的诗作例证，拿出一种真正的诗艺来教导人，我就看不出另一种诗艺怎样能建立起来，因为真理只有一个，曾经有一次是真的东西在任何时代也会永远是真的。各时代的差异尽管可以改变生活习惯，却不能把真的改变成为不真的。时代尽管推移，真理总永远是真理。所以各时代的变化不能产生这样一种可能性：在诗中不只用一个完整的长短适度的情节，一个各部分都要真正协调一致的情节。不仅如此，这门艺术要尽一切努力去摹仿自然，它愈接近自然，也就摹仿得愈好。在一切事物中，艺术都要服从一种规律，根据它来调节自己的工作，也根据它来控制一切事物。艺术在工作中反映自然的那个意象也只是一个，艺术用来实现它的功能的那种形式也只是一个。[4]

1 钦提奥：《论传奇体叙事诗》，朱光潜译，载《西方文论选》上卷，伍蠡甫主编，上海：上海译文出版社，1988年，第179—180页。
2 明屠尔诺：《诗的艺术》，朱光潜译，载《西方文论选》上卷，第183页。
3 指亚里士多德与贺拉斯。
4 明屠尔诺：《诗的艺术》，载《西方文论选》上卷，第183页。

保守派的势力在当时古代文化复兴的背景下是更大的，明屠尔诺的观点可以说是下一个世纪新古典主义文学理论的先声。但是文学的发展将不断表明：文学是没有唯一的法典的。

三 结语

总体上看，中世纪至文艺复兴时期的文学理论有以下几条主线：

第一，美者的理论。古人对美者和美的经典理解，通过奥古斯丁的著作在整个中世纪和文艺复兴时期被延续了下来，虽然或多或少在不同理论家那里得到了不同的修正。这样一种对美者的理解通过大学中经院哲学的推广，始终维持着标准理解的地位，其影响一直波及到现代早期对美的探讨，例如启蒙运动时期的哈奇森与鲍姆加登。

第二，文本寓意阐释的理论。圣经的寓意阐释自菲洛起，经奥古斯丁与阿奎那，最终抵达其完满的形态。而通过但丁对该领域的移用，它从此也成为一种极有影响的看待诗与诗人的理论，在德国浪漫主义与法国象征主义文学中，人们都能看到其踪迹。

第三，从 9 世纪开始的几轮文化复兴运动，逐渐重建了古代的学问；而就诗学而言，关键时刻就是文艺复兴时期亚里士多德《诗学》文本的再发现。从那时起，不仅对亚里士多德这个文本的阐释层出不穷，并实际影响着文学创作，而且现代意义上的诗学研究就再也没有中断过。

> **思考题：**
> 1 奥古斯丁的符号理论与托马斯·阿奎那的圣经阐释理论有什么联系？
> 2 托马斯·阿奎那与大阿尔伯特在对美者的理解上的区别是什么？
> 3 "古今之争"中的核心问题是什么？

第三章
新古典主义文论

一　新古典主义文论的概述与背景

J. A. 卡顿在《文学词语和文学理论词典》中对"古典"一词进行概括，认为"古典的"至少有三个基本意思：（1）第一等的或者权威的；（2）古希腊或者古罗马的文学和艺术；（3）第一流的作家或者作品，一般被认为是最好的。[1]由此得来，古典主义至少也有三层含义：第一层是服从权威，并以按权威指引所创造出的作品为第一等的作品；第二层是以古希腊罗马艺术为范本，也就是说，把古希腊罗马的艺术作品作为一种风格，将这种风格称为"古典主义"；第三层是最好的、具有典范性的作品，也就是我们常说的经典作品。在这里，这个词实质上是一种评判，而且其中隐含着一个评判的尺度。

古典主义有其源流，其观念起源于古罗马人。古代罗马人征服地中海沿岸民族的过程当中吸收了古希腊的优秀文明，并且经由罗马人的扩张，"希腊文化披上了新装，被移植到广阔的土地上，扎根于整个地中海世界"，[2]最早的即罗马的古典主义就是以古希腊为榜样的意思。当文艺复兴时期的意大利人把古希腊和罗马统称为古典时期的时候，人们对古代希腊罗马，特别是罗马的古典精神的概括，主要是指异教的，现世的，人文的，自由的，以及文艺上的典雅、优美、和谐与高尚。这就是意大利人的古典主义，是西方世界出现的第二个古典主义时期。尽管这个时期离上个古典主义时期足足有一千年跨度，但习惯上人们并未过多强调两个古典主义时期的差别，而是将罗马的古典主义与文艺复兴的古典主义统称为"古典主义"。我们在这里要介绍的是在17、18世纪产生于法国、波及整个欧洲的另一个古典主义思潮，习惯上称之为"新古典主义"。当我们把那个时代文艺上的总体状况称为"新古典主义"时，说明那个时代的总体风貌中包含着古典主义一词所指称的三种含义，而且有了"新"的理论内涵。

---

1 J. A. Cuddon, *A Dictionary of Literary Term and Literary Theory*, Hoboken, N. J.: Wiley-Blackwell, 2013, p.127.
2 森谷公俊：《亚历山大的征服与神话》，徐磊译，北京：北京日报出版社，2020年，第347页。

法国巴黎凡尔赛宫中的路易十四雕像

　　新古典主义之诞生有理性主义思潮的思想背景，还原历史现场，我们可以发现除此之外，它的诞生也与当时的欧洲政治密切关联。欧洲君主集权制确立，宫廷对文艺产生了新的要求，由此便出现了沙龙雅风，也促成了法兰西学院的建立。

　　伴随文艺复兴以及宗教改革等人文主义运动的开展，欧洲逐渐走出中世纪神学束缚的阴影笼罩，与此同时近代"民族国家"的观念也在逐渐形成，这要求政治形式由封建领主统治向君主专制集权体制转变。

　　17世纪法国古典主义的政治基础正是中央集权的君主专制。法王路易十三在红衣主教黎塞留（Armand Jean du Plessis de Richelieu, 1585—1642）[1]的帮助下取得一系列欧洲争霸战的胜利，并开始其专制统治。路易十三逝世后，法国的君主专制在路易十四的统治下达到了新的高峰，他强调"朕即国家"，利用高强度的政治手段重新建立起了王室恩赏体系和皇家官僚体系。为了加强思想控制，法王抨击新教徒，并在1685年废除象征宗教宽容的《南特敕令》。[2]此时的法国，政治上专制集权，思想文化上高度统一。此外，路易十四为了树立自身在文化领域的领导权及权威性，大力鼓励、干涉文化事业。例如，他下令创办皇家舞蹈学院，亲自在《卡珊德拉》与《夜幕下的

1 黎塞留：17世纪初法兰西王国的政治家、外交家，法国专制制度的奠基人，曾任法兰西王国红衣主教及首相。在其任首相期间，法国的王权专制制度得到巩固。
2 杰克·A.戈德斯通：《早期现代世界的革命与反抗》，章延杰、黄立志、章璇译，上海：上海人民出版社，2013年，第155页。

芭蕾》中扮演"太阳神",并以"太阳王"自居;他任命莫里哀为宫廷娱宾总管,成为莫里哀剧团的保护人;1655年他为绘画雕刻学院颁发特许状,使其成为训练艺术家的学院,后又将其重组为皇家艺术学院。贵族争相奉迎,结果在宫廷中形成了繁文缛节的礼制,起居饮食、言谈举止、应对进退皆须合乎一定的规矩,产生了所谓皇家风范和宫廷习气。伏尔泰在《路易十四时代》中如此写道:"路易十四宫廷的大部分显贵都想模仿他们主子的威严和庄重气派。"[1]

其次,沙龙雅风与法兰西学院的建立也是法国新古典主义文艺思潮的一大背景。随着文化的贵族化和宫廷文化的强势,对完美的追求逐渐成为上流社会的强烈爱好。这种追求起源于17世纪最突出的组织,即"沙龙"(Salon)。1628年,朗布依耶侯爵夫人有选择地在家中招待一些艺术家和知识分子,产生了最初的沙龙。从此,法国文化界的主要人物常常出入其家中,在其沙龙内形成了一种高雅脱俗之气,参与者都着意维护彬彬有礼的气氛,唯有理论精辟、机敏幽默的谈话才受人们的欢迎。参与者为了在沙龙集会中彰显自己的优雅与学问,往往追求语言的精致,他们称"镜子"为"风韵的顾问",用"内部的洗浴"来指代"喝水",这种矫揉造作的文风后来被莫里哀的戏剧所嘲讽,但在当时却间接地拓宽了法语文学语言的表达限度。信札作家盖兹·德·巴尔扎克(Guez de Balzac, 1597—1654)[2]经常于沙龙中朗读作品,高乃依在朗布依耶公馆朗读他的《熙德》,拉封丹也喜欢让沙龙参与者们成为自己的第一听众。[3]

除了沙龙之外,"法兰西学院"也是一个推动法兰西文化繁荣的重要因素。1629年,在路易十三统治时期,八位文人在黎塞留的支持下组成了一个文学院,后黎塞留建议,学院应成为国家权威下的非官方组织,应当是官方思想的代言人,国王的专制权力由此延伸至知识界和文化界。1635年,他们起草了一项章程,规定成员数为四十人。1637年,该组织经国会批准,正式命名为"法兰西学院",由位居首批院士之列的尼古拉·法莱起草的"学院计划"明确了学院的目的在于"将我们所说的这门语言从那些未经开花的语言中抽离出来"[4],"最终得以接替拉丁语,就像拉丁语曾经接替

---

1 伏尔泰:《路易十四时代》,吴模信、沈怀洁、梁守锵译,吴模信校,北京:商务印书馆,1996年,第479页。关于路易十四在位时期宫廷艺术、礼仪与国王形象的研究,可参考彼得·伯克的《制造路易十四》,郝名玮译,北京:商务印书馆,2007年。
2 盖兹·德·巴尔扎克:法国17世纪著名散文家。
3 罗芃、冯棠、孟华:《法国文化史》,北京:北京大学出版社,1997年,第61页。
4 Paul Pellisson, *Relation contenant l'histoire de l'Academie françoise*, p. 37. 转引自陈杰:《十七世纪法国的权力与文学:以黎塞留主政时期为例》,上海:复旦大学出版社,2018年,第60页。

希腊语那样"[1]。王权扶持法兰西学院，给予入选学院的文人以"护身契"（committimus）的司法特权地位，[2]并颁发年金。建立学院对文人的保护与收编目的显而易见，即以学院建制巩固王权在语言、文学和文化上的领导地位。

新古典主义文学理论的精髓主要体现在以沙坡兰（Jean Chapelain，1595—1674）为代表的官方观点、以高乃依（Pierre Corneille, 1606—1684）为代表的从作家角度所作的表述，以及布瓦洛（Nicolas Boileau-Despréaux，1636—1711）既代表官方又代表文论家的思想理论上。由于法国文化在 17 世纪欧洲的领先地位和广泛影响，欧洲各国在建设本民族文化与宫廷文化之时，往往以法为师，以路易十四的宫廷为效法对象。因此代表法兰西文化精神的新古典主义文论广泛地影响了欧洲各国，成为一股强大思潮。新古典主义在欧洲各主要国家都有理论代表。在英国，是蒲柏、德莱顿、约翰逊；在民族文化崛起稍晚一些的德国，有高特雪特等人；甚至到了 18 世纪中期，还出现了像伏尔泰这样对新古典主义精神进行自觉总结的理论家。但总的来说，他们的理论没有超出高乃依与布瓦洛确立的理论框架。在本章中我们重点介绍代表官方的沙坡兰的理论、代表艺术家的高乃依的理论，以及代表新古典主义最高成就的布瓦洛的理论。

二 代表人物及其核心理论

1 沙坡兰的"近情近理"

沙坡兰是法国 17 世纪著名诗人与文艺评论家，出身于巴黎一个公证人家庭，自幼学习文学，年轻时在文艺沙龙中就很有名声。首相黎塞留对他信任有加，并让他实际主持法兰西学院的工作。他秉承黎塞留的旨意，执笔以法兰西学院的名义介入对围绕高乃依的悲喜剧《熙德》[3]的争论，作《法兰

---

1 Paul Pellisson, *Relation contenant l'histoire de l'Academie françoise*, p. 40. 转引自陈杰：《十七世纪法国的权力与文学：以黎塞留主政时期为例》，第 61 页。

2 该特权允许文人在诉讼过程中更换法庭，甚至选择对自己有利的法官。

3 《熙德》取材于一个中世纪的历史故事，写贵族青年罗狄克爱上了姑娘施曼娜，但他们的父亲有仇，施曼娜的父亲打了罗狄克父亲一个耳光，罗狄克为报父仇杀死了姑娘的父亲，当然也失去了爱情。后来他在异族入侵时为国立功，获"熙德"称号，国王亲自说服施曼娜，使他们重归于好。在这样一个故事中高乃依所灌注的教育意义是很明显的，英雄人物罗狄克一为家族荣誉牺牲个人爱情，二为国家驰骋疆场，充分体现了古典主义者的社会道德标准。施曼娜既想报父仇，又被"仇人"罗狄克的侠义精神所感动，最后在国王干预下，施曼娜放弃复仇而与罗狄克结合。

西学院关于悲喜剧〈熙德〉对某方所提意见的感想》一文，奠定了新古典主义文艺理论的框架。沙坡兰对前人理论成果中合于需要的部分进行了有选择的继承和宣传，并初步作了条理化、系统化处理，为后来布瓦洛写出《诗的艺术》这部权威性著作开辟了道路。

《法兰西学院关于悲喜剧〈熙德〉对某方所提意见的感想》一文，虽秉承首相黎塞留的旨意，但沙坡兰既把黎塞留的意见理论化了，又以理论的力量使这些意见具备了某些合理性。沙坡兰的这篇文章写得煞费苦心，他代表法兰西学院发言，不是以一个武断的审判官，而是以一个和善的仲裁者姿态出现。他以新古典主义的理论框架为核心，对社会上围攻《熙德》的种种意见进行提升、整理、合理化，以分析和推理的办法得出自己的结论，确立了新古典主义文学理论的逻辑线条，也确立了新古典主义的批评方法。沙坡兰的文艺思想有以下几方面内容：

法兰西学院，原在卢浮宫中，后迁入塞纳河畔的孔蒂宫现址

文艺批评的目的与方式

沙坡兰的文章既要具体地解决一场纷争，又要通过这个评论为法兰西学院扬名，为古典主义的文艺原则作宣传，同时也要为古典主义的文艺批评开一个先例、树一个榜样，所以首先谈到了批评的原则。他提出，文学批评的目的在于赞美优点，批评缺点，最终让真理得以阐明。他说："批评，只要保持适当的分寸，能使我们记住人的天生弱点，使人反省，指出他距离努力的目标尚远，因而鼓励他摆除一切取得成就的障碍。[……] 在没有文艺监督制度之下，读者群众将作品细心阅读，指出其缺点所在，既可以匡作家之不逮，又可以长自己的见识，这是一件好事。有了新的看法，一时是非难明，因而产生争论；争论的结果使真理得以阐明。"[1] 这种批评观直到 19 世纪都没被怀疑过。问题是如何进行这样的批评？在沙

---

1 沙坡兰：《法兰西学院关于悲喜剧〈熙德〉对某方所提意见的感想》，鲍文蔚译，载《古典文艺理论译丛》(5)，古典文艺理论译丛编辑委员会编，北京：人民文学出版社，1963 年，第99—100 页。

坡兰看来，进行这样的批评要服从某些规则，即上流社会礼仪的那些规矩：指责要适可而止，批评不应抬高自己贬损别人，应关注公共兴趣，较少指责而较多帮助和鼓励作者写出好作品。只有这样，批评才能保证文学的进步。沙坡兰把批评当成与科学相似的某种东西、当成达到真理的手段和促使人们认识进步的精神活动来谈论。由于对批评的目的有了这种信念，法兰西学院凭借沙坡兰的文章形成了一种教条的、理性的和分析性的批评方法：所谓教条的，是说既然文学有好坏之分，当然就得有一套规则，要建立起一套评比优劣的标准来，而批评家就是法官；所谓理性的，是要求批评必须以理性为根据和最高标准，一切以理性来加以衡量；所谓分析性的，就是要求批评建立在分析的基础上，整体由部分构成，通过分析每一部分的价值，就可以判断整体价值。

新古典主义的戏剧价值观

作为一门艺术，戏剧的意义与目的是什么？法国的戏剧是宫廷化了的艺术，也是官方化的艺术。它有别于普通以娱乐为目的的民间庸俗剧，因此必须明确，人们为什么要到剧场中去看戏？剧作家为了什么目的而创作剧本？沙坡兰说："以人的行动为模拟对象的诗作究竟以什么为目的的，还是一个没有很好解决的问题。有的人说除了群众娱乐，诗别无目的；有人说，诗的最终目标在使人们得到教益 [……] 一般读者只凭官感来定好坏，因此绝对拥护第一种意见，声称他们到戏院看戏，只是为寻娱乐。另一些人用理性考虑问题，要追索事物的最终作用，则拥护第二种意见，说娱乐只不过是诗的寻常目的，通过娱乐，诗还能于不知不觉之中涤除人们某些不良习惯。[……] 此外还有第三种意见，则是当代某人提出的。他不拥护诗是乔装的道德教训的说法，认为娱乐是诗的唯一目的；但是他说娱乐也有几种，诗的娱乐则是合乎理性的娱乐。根据这种学说，一个剧本仅能供人娱乐，如果这种娱乐不以理性为根据，如果娱乐的产生不通过某些使它合乎正规的道路，正是这些道路使娱乐成为有教益的东西，那么这个剧本仍旧不能算好剧本。"[1]

这三种回答简单地说就是"可喜""教益""有道"。在三者中，沙坡兰反对的是第一种意见，支持的是"教益说"，并希望能把第二三种结合起来。沙坡兰的"教益说"是针对《熙德》的。高乃依的《熙德》并未背弃戏剧的社会教育功能，但沙坡兰认为仍有很大差距。沙坡兰指出，戏的结局不应当如此轻松，出于教益的目的，他认为不应把《熙德》中忘却父恩的女

1 沙坡兰：《法兰西学院关于悲喜剧〈熙德〉对某方所提意见的感想》，载《古典文艺理论译丛》(5)，第 101—112 页。

主角施曼娜写成好结局；二是要写足女主角为父仇而耿耿于怀的心情。他说，戏剧中写与大义背逆的事、伤风败俗的事，都可以引导出教育意义，关键在于必须"惩罚"这种事，而不是像《熙德》那样，反而给了女主角"报酬"。沙坡兰认为施曼娜只有满足了父女的大义之后，才能满足男女的私情，并且要有勇气同归于尽。只有这样，施曼娜的爱情才显得深厚、动人、义烈。在沙坡兰这个观点中，包含着这样一种戏剧观：戏剧应当有助于教益，扬善惩恶，所以要从教益的角度安排情节。这构成了新古典主义戏剧理论的基石。

"三一律"和"近情近理"

戏剧有其创作规律，一是三一律，另一个是合情合理。这两条是统一在一起的，要让一出戏合三一律，就必须考虑怎样才能让剧情合情合理。沙坡兰十分重视戏剧的时间和空间限制。他认为《熙德》在时间限制上没什么问题，在地点限制上则"应该尽更大的努力"。他说高乃依"为求时间的一致，曾把情节尽量挤压"，于是犯了"一个场面时常代表几个地点"的毛病。他说："地点一致的必要性正不亚于时间的一致，而由于这方面的疏忽，剧本在观众心目中产生了许多混乱和不解。"

在艺术上，为了演出的可行，不得不把情节进行浓缩，但从自然规律的角度来说，这种浓缩往往会破坏事情发展的自然规律，高乃依为了三一律而使得剧情不合情理。按沙坡兰的观点，如果三一律是限制，剧作家的目的则是通过对处在限制之中的内容进行合情合理化，使限制本身也显得合情合理。这样，沙坡兰就要求把那些因服从限制而必然会变得不合情理的内容从戏剧中排除出去，以免它们败坏限制的名声。

沙坡兰的这一要求为一种新的艺术真实观开了路。舞台上上演的事件和现实发生的事件之间应当是什么关系？他从理性主义立场出发，提出戏剧的真实应是"近情近理"，而不是符合现实。

所谓"近情理的东西"，实际上就是合乎理性。这在艺术和戏剧中主要表现为两类，一是寻常事物中的"近情近理"，如"商人追求利润，儿童作事不慎，挥霍无度的人陷于极端贫困，胆怯的人见危险即退缩不前"之类，合乎生活中最普通也最常见的情理，具有毋庸置疑的天然性，这可称之为一般状态下的合情合理。二是非寻常事物的"近情近理"，不易遇见，超乎寻常，但却是真实合理的，如"聪明人或凶恶人受人愚弄，势力强大的暴君被人击败"，出乎意料但又合乎必然。作为一个戏剧家，他面对的常常是这第二种非寻常事物的情理性问题，因为司空见惯、平板无奇的合情合理往往缺少艺术魅力，更缺少戏剧性。但是，要使这种"非寻常"的东西也"不遇到听众与观众方面的抗拒"，还得借助于司空见惯、平板无奇的情理来串连，用沙坡兰的话来说，处理成"意外的、然而由于一系列近情理的事物的连锁关系而酿成的事件"。这样，再神奇、再怪诞、再机巧、再稀罕，也能成为观众所乐于接受的东西，因为观众顺着普通情理的心理线索接受了它们。

但这不是一件容易事。沙坡兰指出："从近情理这样一种平凡的东西里取得神奇这样一种难能的效果，当然是一件非常艰难的事业，所以我们谨随历代艺术大师之后，认为有人做好这种工作，其可贵之处正在这里。困难是巨大的，所以历来总是失败者居多；也就为此，许多作家，成功乏术，在作品的肌体里加进了不近情理的成分，因而产生了只能称之为怪诞的虚伪的神奇，还极力设法让一般群众把它当作应该称作神奇的真的神品。"[1]在实际创作中，困难不在于化平凡为神奇，而在于使神奇近情理。神奇凭情理（理性）而立，悖情理（理性）而毁。这就把理性提到了戏剧创作中的最高位置。

总之，服从艺术作品内容、情节本身的情理（合理性）而不跟随历史真实，顾及观众审美心理中产生的真实感而不计较事情本身是否真是如此，把艺术的理性看得高于真实，力求把理性的普遍性与历史的真实性结合起来，这就是沙坡兰的艺术理性观和真实观。这一观念的深刻之处在于发现了文艺和戏剧的真实应高于历史真实，具有普遍性的特征，是对亚里士多德"诗高于历史"的观念的进一步深化。但他把理性看得高于一切，并与真实对立起来，也是片面的。

2　高乃依的戏剧三论

彼埃尔·高乃依 1606 年出生在法国卢昂的一个法官家庭。他从小便接受良好的古典教育，1628 年进入律师行业，并开始尝试抒情短诗与戏剧的创作。到 1636 年，高乃依共写出四部喜剧、三部悲喜剧和一部悲剧。他初露锋芒的创作天才引起了红衣主教黎塞留的注意，并被黎塞留吸收进一个 5 人的写作班子，支持他创作新型牧歌式喜剧。高乃依后因与黎塞留发生龃龉而退出写作班子，这一事件给他带来了不小的麻烦。他的《熙德》（1636）发表并演出后，产生了轰动，随即便招致猛烈的抨击并引发激烈的论争。同行

---

1 沙坡兰：《法兰西学院关于悲喜剧〈熙德〉对某方所提意见的感想》，载《古典文艺理论译丛》(5)，第 105 页。

从道德与艺术标准两方面进行攻击，指责他不遵守三一律，是悲剧却以快乐收场，破坏悲剧传统，内容庞杂，不符合有机整体性要求，主题不合道德标准，不恰当地以史诗题材为悲剧内容等。高乃依及其支持者据理反击，引发了轰动一时的"熙德之争"。后来论题交由法兰西学院仲裁，在黎塞留授意下，法兰西学院院士沙坡兰执笔发表《法兰西学院关于悲喜剧〈熙德〉对某方所提意见的感想》，对高乃依进行了批评。面对指责高乃依无可奈何，并在创作实践中有所妥协。沉默几年后，他按照新古典主义的规则写出了悲剧《贺拉斯》（1640）、《西拿》（1640）、《波里厄克特》（1643）、《庞贝之死》（1643）、《罗多古娜》（1644）等，此后创作一路下滑，再没有获得他所预期的成功。在理论上，高乃依长期创作所积累的经验使他坚信自己的观念，1660年发表了著名的《戏剧三论》，正面阐明了他较成熟的戏剧观。

高乃依的《戏剧三论》由《论悲剧》《论戏剧的功用及其组成部分》《论三一律，即行动、时间、地点的一致》三篇论文组成。作为一位艺术实践者，高乃依以丰富的创作经验统摄自己的戏剧理论，以创作实践为起点讨论创作艰辛、创作中遇到的问题和自己对这些问题的认识与解决。高乃依的理论产生于新古典主义基本法则确立的过程中，或者说新古典主义原则的确立是借助于对高乃依的批判而实现的。他的《悲剧三论》总结了自己的创作，可视为把新古典主义教条、理论与创作实践相协调的结果。

法国巴黎圣艾蒂安杜蒙特教堂前的高乃依像

今胜于古

高乃依的理论体现了艺术实践者敢于创新、迎合时代所需要的理论勇气。新古典主义理论家奉古希腊罗马文学为正宗，在戏剧领域以"三一律"为圭臬，要求角色身份符合特定戏剧体裁，这导致戏剧情节僵化，没有尊重艺术与现实的关系，更忽略了戏剧家自身的创造性。高乃依作为古典理论的接受者，本身对其弊病也十分了解，为突破教条封锁，他在创作中勇于打破"三一律"，并指出："亚里斯多德关于悲剧完美性不同等级的那些话，对他的时代和他的同代人很可能是完全正确的；……但我不能不说：在喜欢这一类或者不喜欢那一类的看法上，我们的时代爱好和他的时代绝不相同。至少他的雅典人所最喜欢的，法兰西人就不一定喜欢。"[1]

高乃依质疑亚里士多德理论的时效性，他认为，亚里士多德对喜剧人物所判定的身份定义"是与他所处的那个时代的风习有关的，因为当时的喜剧是描写身份极为低下的人物。但对于我们的时代说来，这个定义便不完全正确了。如今的喜剧可以描写国王，如果他们的行为并不高出于喜剧的境界。"[2]亚里士多德是根据当时的戏剧来分析悲剧和喜剧的特征并上升为理论的，但有些东西"也许是亚理斯多德所预见不到的，因为当时的戏剧没有留下这样的例子。"[3]比如悲喜剧或者喜悲剧，也就是源自意大利的悲喜混合剧，这些艺术种类亚里士多德没有见到过，超出了亚氏理论所解释的范围，因此就不应当用这种理论来框范这些新的艺术形式。高乃依的这种观念在他的时代是可贵的，说明其戏剧理论建立在一定的历史发展观之上。因此，高乃依在对待古希腊罗马的古典主义戏剧成就时，就显示了较客观、辩证的历史主义态度，而非一味盲目尊崇。高乃依对待古典教条持一种大胆质疑和大胆创新发展的立场，他宣称对待古代典范，"我不这样做，就无法解决我心里的怀疑，也无法对亚里士多德关于《诗学》的著作表示我们应有的全部的敬意。"高乃依还引用同时代的塔斯特的话："古人的一切不都是好的，我们时代也能给后人留下许多值得赞赏的匠心之作。"[4]面对古代作品与今人作品的论争，高乃依以其富于创新意识的理论观点勇敢地站在了"今胜于古"这一方。

1 彼埃尔·高乃依：《论悲剧》，王晓峰译，吴兴华校，载《西方美学史资料选编》上卷，马奇主编，上海：上海人民出版社，1987年，第380页。
2 彼埃尔·高乃依：《论戏剧的功用及其组成部分》，孙伟译，载《西方美学史资料选编》上卷，第400页。
3 彼埃尔·高乃依：《论悲剧》，载《西方美学史资料选编》上卷，第374页。
4 彼埃尔·高乃依：《论悲剧》，载《西方美学史资料选编》上卷，第395、397、381、383页。

悲剧与喜剧的题材

高乃依在面对古典教条时，借用贺拉斯的话说出了这样的观点："使用若谨慎，就可以享受自由。"因此在古典主义的框架下，高乃依根据戏剧艺术的新发展，试图进行新的突破，他重新界定了悲剧与喜剧，并对二者的题材区别提出了新的看法。悲剧和喜剧在古希腊时代泾渭分明，在语言、表演场所、题材等方面都有严格的区分，但源自意大利的新戏剧打破了这些规定。亚里士多德认为喜剧只能摹写低下而狡猾的人物，而悲剧描写的则是那些性格有缺陷的好人的行动，因为主角是好人，其遭难受害方能引起人们的怜悯与同情。高乃依对这个定义明确地表示异议。如前所述，他指出亚里士多德的认识明显受到其时代风习的限制，而在17世纪的法国，连国王也出现在喜剧当中，成为被描写对象，如果还仅仅以戏剧人物的身份和出身来作为区分悲喜剧的标准，便不能告诉人们悲喜剧的差别何在。因此高乃依提出，当代戏剧创作题材应当超越古希腊戏剧的题材范围。

高乃依意识到人类社会历史不断发展，层出不穷的悲剧事件是后辈作家丰富的创作题材，如果再局限于古希腊传说或悲剧的有限、狭窄的题材范围，无疑是画地为牢。这是对古典主义理论家题材泥古论的一个重大突破。那么悲剧应当以什么为题材呢？高乃依主张尽可能地采用重大题材。他指出，悲剧和喜剧的不同之处在于，悲剧的题材需要崇高、不平凡和严肃的行动，喜剧只需要寻常的、滑稽可笑的事件："悲剧的庄严要求表现出某种巨大的国家利益和某种比爱情更高尚、更强烈的情欲，例如争取权力或复仇；它要求表现出比失去情妇更严重的不幸，以便引起恐惧之情。把爱情事件写入悲剧也是完全适宜的，因为它本身包含着不少的快乐，并能作为国家利益以及我在上面所说的那些情欲的基础；但必须使爱情事件安于剧中次要的地位，而要把首要地位让给国家利益和其他的情欲。"[1]高乃依精辟地指出悲剧不在其主人公高贵的身份地位，在于其是否表现了一种崇高的使命意识与庄严风格，并且是否表现了某种巨大的国家利益。因此高乃依强调悲剧首先要采用重大题材，其原因在于事关祖国、民族和家族利益，以及代表这些利益的伟大人物的生命与事业之毁灭的悲剧，比普通人的个人悲剧更加庄严重大，也具有更强的冲击与震撼，才能达到常人不及的情感深度。

---

1 彼埃尔·高乃依：《论戏剧的功用及其组成部分》，载《西方美学史资料选编》上卷，第400页。

关于悲剧的社会功用或目的

亚里士多德在《诗学》中指出"悲剧是对于一个严肃、完整、有一定长度的行动的摹仿",悲剧的目的是"借引起怜悯与恐惧来使这种情感得到陶冶(Katharsis,亦译'净化')"。[1]这种由"怜悯与恐惧"引发出来的快感能使人们的情感得到净化或宣泄,即亚里士多德所谓的"净化"。通过这一净化作用,人获得教益,戏剧创作中其他的一切技巧或手段都应服从这一目的。高乃依的悲剧曾受到道德方面的指责,据此,他对这个问题着重作了说明。亚里士多德谈到怜悯与恐惧对人情感的作用,但对净化说本身并未作出更具体的阐述。高乃依认为,怜悯是指,当看到与我们相似的人遭受厄运时,对遭受同样的厄运心怀恐惧并产生避免厄运的强烈愿望,这种愿望促使我们从心里净化、节制、改正甚至根除那使我们怜悯的人陷入苦厄的激情。这种对激情的净化,必须和惩恶扬善的道德教育目的紧密地联系起来。他认为,悲剧应该通过观众内心的惊悚达到道德教育的目的,而不单单是情绪的片刻宣泄。但是,要充分发挥悲剧惩恶扬善的作用,在创作上还必须找到一种促使怜悯之情产生的有效办法。怜悯之情的产生,有赖于戏剧中矛盾冲突的产生与解决。在古希腊的悲剧里,这种冲突在很大程度上是发生在朋友、仇敌或素不相识的人之间的血腥杀戮,而高乃依认为,只有那些以主人公虽经顽强抗争,但由于不可改变的力量,最终遭受不可避免的失败为主要内容的悲剧,才真正具有震撼人心的净化力量。因此,悲剧中的矛盾必须解决,但不能像古希腊人一样只靠毁灭来解决,高乃依希望能够找到一种更加适合时代的新型悲剧模式。他以自己的创作经验提出,先将矛盾双方置于高度紧张的情境之中,双方矛盾尖锐,似乎难有回旋余地,然而由于"更高的力量"出现,原本无法调和的矛盾得到意外而又合乎情理的解决,使情节安排显示高度的艺术技巧。需要指出的是,高乃依全部悲剧作品都以尖锐的冲突为特色,极具情感冲击力,人物都具有鲜明的个性,坚毅果断,崇理重情,在理与情的冲突中,敢于舍情而取理,因此被称为"高乃依式的悲剧人物"。《贺拉斯》《西拿》《波里厄克特》《庞贝之死》《安德罗玛克》等剧中的人物,都直面冲突,以九死不悔的态度面对苦难或死亡。悲剧人物以自己的苦难或死亡展示了自身的高尚人格,所产生的震撼力给观众以强烈的情感冲击,使人从中获得快感和教益,这显然比亚里士多德的怜悯与净化更具有说服力。

---

1 亚里士多德:《诗学》,载《诗学·诗艺》,罗念生、杨周翰译,北京:人民文学出版社,1962年,第19页。

对三一律的看法

三一律的源头在亚里士多德，他在《诗学》里对悲剧情节的完整性和演出时间等问题是有所提及的。在对亚里士多德诗学理论的接受中，特别是文艺复兴时期意大利的卡斯特尔维特罗在注释《诗学》时，指出了悲剧行动、时间、地点一致性的重要性，自此三一律被普遍接受为出自亚氏本意，在新古典主义的推崇下成为戏剧创作必须遵循的规范。然而正如马克思曾指出的，"路易十四时期的法国剧作家从理论上构想的那种三一律，是建立在对希腊戏剧（及其解释者亚里士多德）的曲解上的。但是，另一方面，同样毫无疑问，他们正是依照他们自己艺术的需要来理解希腊人的，因而在达西埃和其他人向他们正确解释了亚里士多德以后，他们还是长时间地坚持这种所谓的'古典'戏剧。"[1]

高乃依虽然基本认同三一律的原则，但他并不为其所束缚，而是从艺术实践的角度提出了诸多颇有见地的观点。首先，在情节一致律上，亚里士多德所认为的悲剧是"对于一个完整而具有一定长度的行动的模仿"，这被新古典主义者机械地理解为一剧只叙一事，绝不旁涉他事。高乃依则认为悲剧的根本特征在于它的一切行动应当具有导向危局的一致，而喜剧中行动的特征则在于导向人物间倾轧的一致。即使将几种危局同时写入悲剧，也并不必然会破坏该剧的整体一致性效果，关键看那是否是一个能够抚慰观众心灵的完整行动。其次，在时间一致律上，亚里士多德曾谈及悲剧应以太阳运行一周为时间限度，即便超出一点也是允许的，布瓦洛干脆将其规定为"一天内完成的一个故事"，而高乃依对于这一规定亦持灵活态度。对于地点一致律，在高乃依看来，这条规定在亚里士多德或者贺拉斯那里完全找不到根据，它之所以被提出，只是作为时间一致律在空间上的必然结果，因此在对时间一致律灵活把握的基础上，地点场景的转换也可以依照题材作出适度调整。

作为新古典主义戏剧理论的主要创始人，高乃依对悲剧理论的贡献是巨大的。然而高乃依的付出在许多方面没能获得同时代人的理解，保守派指责高乃依不合经典，激进派则指责高乃依死守教条。但我们应该理解高乃依既是理论家又是创作者的双重身份：作为创作者的他清楚地意识到悲剧艺术总是在不断地随时代发展而发展，时代发生了变化，悲剧艺术最终必将发生变化；另一方面，作为理论家的高乃依也明白，艺术创作必须遵从某种法则才能达到伟大与崇高，艺术有其内在规律。面对时代对文艺要求的矛盾，具有双重身份的高乃依如此说道："我喜欢遵循规律，但是我决不使我自己成为规律的奴隶，我根据题材的需要，扩大或限制它们。"[2]

1 卡尔·马克思：《致费迪南·拉萨尔》，载《马克思恩格斯全集》第三十卷，北京：人民出版社，1974年，第608页。
2 彼埃尔·高乃依：转引自《西方美学通史》第三卷，蒋孔阳、朱立元主编，上海：上海文艺出版社，1999年，第518页。

3 布瓦洛与文艺中的理性

布瓦洛是新古典主义文艺理论的集大成者和代言人，其理论既概括了法国新古典主义文艺实践的优秀成果与成功经验，又是古典精神在文艺领域内的伟大胜利，更是对文艺发展的批评与指引，是新古典主义审美精神的杰出代表。

布瓦洛的一生，与路易十四统治时期（1643—1715）相始终，他见证了路易十四的黄金时代，也见证并推动了法国文艺的黄金时代。出生于巴黎的布瓦洛，其父为高等法院的主庭书记员。布瓦洛早年攻读神学，后转攻法律，毕业后从事律师行业，1657 年其父辞世后赖其遗产而独立生活，并专门从事诗歌创作与文学批评。布瓦洛年轻时曾和当时著名作家拉辛、莫里哀、博马舍、拉封丹等结为密友，支持他们的创作。布瓦洛最初以批评家的姿态亮相，致力于维护进步的民族文学，曾在 1668—1669 年间写过若干首反对沙坡兰、基诺和德·斯居代里等当时被认为是第一流的作家的讽刺诗，公开批评这些诗人僵化的写作标准。中年时期的布瓦洛依附宫廷，被社会上层与君主所接受。由于路易十四的外室蒙代斯邦男爵夫人的引荐，他得以觐见路易十四，并写了献给国王的《书简诗》，得到这位太阳王的赏识，从而成为宫廷诗人。在此背景之下，布瓦洛在 1669—1674 年间写下了《诗的艺术》，发表后被钦定为古典主义文学的理论法典。此书为布瓦洛赢得了极大的声誉，他被世人称为古典主义诗歌的立法者。1674 年布瓦洛又翻译出版了朗吉努斯的《论崇高》，写了数篇《论崇高》的读后感，大力鼓吹该文。路易十四把他在文艺上所做的工作与首相马扎然在政治上的作为相提并论，极其倚重。1677 年，布瓦洛在关于拉辛的悲剧《费德尔》的争论中站在拉辛一边，写了书信体诗《论敌人的功用》，对一些贵族诗人非难拉辛表示不满，此举引起一些宿敌的忌恨。在这种情况下，路易十四让其暂退文坛，对其进行保护。1684 年，布瓦洛被法兰西学院接纳为院士。1711 年，布瓦洛辞世，而法国的黄金时代也在路易十四的穷兵黩武下谢幕了。

布瓦洛在文学理论方面的代表作，是用匀整的亚历山大诗体精心写作的《诗的艺术》（1674）。此书从 1669 年写起，1674 年写成，前后持续共五年。加上他为朗吉努斯的《论崇高》所写的十二篇读后感——《朗吉努斯〈论崇高〉读后感》，这两部著作构筑了法国新古典主义美学—文学理论的最高成就与最高纲领。《诗的艺术》是布瓦洛仿照贺拉斯《诗艺》的样式写成的长达一千一百行的诗体理论著作，下面介绍《诗的艺术》的主要内容和观点。

理性精神在文艺中的统帅作用

"理性"是解读布瓦洛文艺思想的关键点。作为哲学概念的"理性"指的是"进行逻辑推理的能力和过程。是与感性、知觉、情感和欲望相对的能力，凭借这种能力，基本的真理被客观地把握。"[1]而这种能力本质上就是以范畴为工具，以概念的方式对世界的认识能力，分析、判断、概括是它的基本方式。但是在西方思想的历程之中，理性不仅仅是思辨理性，它一定程度上与人的德性相关，是对人的行为的指引能力、约束力、控制力，而这种能力是以"善"为基础的，指的是以善为目的的人的实践能力，这种能力被认为是理性的目的，或者说，是理性的基础。美学史家朱光潜指出："'理性'就是笛卡儿在《论方法》里所说的'良知'，它是人人生来就有的辨别是非好坏的能力，是普遍永恒的人性中的主要组成部分。"[2]因此，在西方的文化视野中，追求理性不仅是追求真理，更重要的是在道德德性上追求善，讲求逻辑与规则，从而讲求节制与秩序。而将所有这一切概括起来，即追求合乎法则的"适度"，明白了这一点，才能理解布瓦洛和新古典主义者对理性在文艺中的作用的推崇。布瓦洛主张："首先须爱理性，愿你的一切文章永远只凭着理性获得价值和光芒。"[3]

关于艺术真实，他指出：

> 切莫演出一件事使观众难以置信，
> 有时真实的事演出来可能并不逼真。
> 我绝对不能欣赏一个背理的神奇，
> 感动人的绝不是人所不信的东西。[4]

真实的事情演出来可能并不真实，这是对的，真实并不是指原样照搬，而是亚里士多德所说的合情合理，是对生活逻辑与情感逻辑的符合，因此不应该把光怪奇异的事件搬上舞台，艺术的作用在于教化而不应让观众沉湎于奇技淫巧。布瓦洛这个主张源自对巴洛克艺术和市井民间艺术的反驳，尽管这个观点在布瓦洛身后不久就被浪漫主义运动抛到了脑后。

---

1 《简明不列颠百科全书》编辑部编：《简明不列颠百科全书·5》，北京：中国大百科全书出版社，1986年，第239页。
2 朱光潜：《西方美学史》上卷，北京：人民文学出版社，1963年，第170—171页。
3 尼古拉·布瓦洛：《诗的艺术》，任典译，王道乾校，载《西方文论选》上卷，伍蠡甫主编，上海：上海译文出版社，1979年，第290页。
4 尼古拉·布瓦洛：《诗的艺术》，载《西方文论选》上卷，第298页。

关于艺术创作，布瓦洛指出，在处理题材时，要以理性为宗旨，其中尤其强调创作者的自觉节制力："谁不知适可而止，谁就永远不会写作。"[1] 这种节制力的体现，一是选择材料，绝不能不把材料写尽就不罢休，永远要牢记材料为主题服务，要以主题约束材料；二是避免浮词滥调，避免过多藻饰，尽管可以变换文词，但是，一定"要从工巧求朴质，要雄壮而不骄矜，要优美而无虚饰。"[2]

对于戏剧文本结构的处理，布瓦洛则指出：

> 必须里面的一切都能够布置得宜；
> 必须开端和结尾都能和中间相配；
> 必须用精湛的技巧求得段落的匀称；
> 把不同的各部门构成统一和完整。[3]

这是亚里士多德的有机整体观的历史反响，他要求每一部戏剧都应当是一个逻辑整体，是技巧和智慧的结果，是理性的产物。

布瓦洛对文艺理性精神的要求是和他的身份密切相关的，他既是创作者又是研究者，既是国家官员又是诗人，这就使得他的文艺理论以维护国家精神生活的健康性、积极性、纯洁性为己任，因此他所采取的是批判立场。他反对文艺复兴以来人文主义者过度强调艺术个性化和提供官能享受的思想倾向，也反对中世纪以来宗教影响的意识偏颇，更反对庸俗下流的市井习气；他对贵族文艺的过度藻饰与矫揉造作痛加贬斥，同时对巴洛克风格的过度与怪力乱神之风，也持批判态度。因此他才极力推崇笛卡尔遵循"良知"的主张，强调具有"中庸"精神的"理性"。布瓦洛是新古典主义的立法者，应当说，他追求的是以理性为灵魂的艺术的典雅风格，是美与善的统一。

文艺描写的对象：自然人性

诗的描写对象应该是什么？"永恒的自然"——这是布瓦洛对这个问题的答案。在 17 世纪，"新古典主义""理性"与"自然"几乎是同义词，因为万物来源于自然，而自然的生成并非突然而就，是依赖某种基于理性的法则运行而成。新古典主义的思想来源中，笛卡尔（Réne Descartes, 1596—1650）的哲学思想尤其重要，他认为自然是物质运动的本源，并且曾以赞同

---

1 尼古拉·布瓦洛：《诗的艺术》，载《西方文论选》上卷，第291 页。
2 尼古拉·布瓦洛：《诗的艺术》，载《西方文论选》上卷，第293 页。
3 尼古拉·布瓦洛：《诗的艺术》，载《西方文论选》上卷，第295 页。

的口吻指出，以往哲学家们"在很多地方说过自然是运动和静止的本原，认为是自然使各种形体成为我们在经验中看到的那个样子"。[1]此种观念中的"自然"实际上指向的是事物的本质，因此以我们熟悉的术语对新古典主义中的"自然"进行转化，毋宁说它是"本质"或"本性"。

那么人的"自然"是什么呢？也就是人的本性与本质是什么呢？笛卡尔作为近代理性主义的鼻祖，把人的良知或理性，即"那种正确地作判断和辨别真假的能力"看成是人人生而有之、且"人人天然地均等的"。[2]在这种自然观的基础上，新古典主义者认为，"人的自然"，也就是人性，其中最本质的东西就是理性；而具体到个人，就是这个人最富于特征的地方，也就是他的"本性"。因此，艺术摹仿自然被理解为艺术摹仿人的理性、人的本性。布瓦洛在《诗的艺术》中说："作家啊……/你们唯一钻研的就应该是自然，/谁能善于观察人，并且能鉴识精审，/对种种人情衷曲能一眼洞彻幽深；/谁能知道什么是风流浪子、守财奴，/什么是老实、荒唐，什么是糊涂、嫉妒，/那他就能成功地把他们搬上剧场，/使他们言、动、周旋，给我们妙呈色相。"[3]因此，所谓"自然"实际上可以被理解为合乎常情常理的事物；自然物的常情常理是其法则，而人的常情常理则是其本性，二者都是真实性的保证，由此布瓦洛强调"自然就是真，一接触就能感到"[4]。

三一律与语言问题

之前的章节已然提到了三一律源自亚里士多德对希腊戏剧创作的总结，指悲剧行动、时间、地点一致，但亚里士多德对它没有作太多的解释。法国人接受的是经过意大利人重新阐释的三一律，而且在这个问题上，创作家与理论家的理解也有所不同。

作为新古典主义的旗手，布瓦洛对三一律作了如下解释："剧情发生的地点也要固定、标明，比利牛斯山那边的诗匠把许多年缩成一日，摆在台上去表演，一个主角同台时还是个顽童，到收场时已成了白发老翁。但是理性使我们服从它的规则，我们就要求按艺术去安排情节，要求舞台上表演的自始至终，只有一件事在一地一日里完成。"[5]布瓦洛对三一律的阐释不是

1 勒内·笛卡尔：《哲学原理》，载《西方哲学原著选读》上卷，北京大学哲学系外国哲学史教研室编译，北京：商务印书馆，1981年，第382页。
2 勒内·笛卡尔：《谈方法》，载《西方哲学原著选读》上卷，北京：商务印书馆，1981年，第362页。
3 尼古拉·布瓦洛：《诗的艺术》，载《西方文论选》上卷，第301页。
4 尼古拉·布瓦洛：《诗的艺术》，任典译，北京：人民文学出版社，1959年，第3页。
5 尼古拉·布瓦洛：转引自《西方美学史》上卷，朱光潜著，北京：人民文学出版社，1979年，第193页。

出于创作的需要，而是从理性的角度，从他所理解的真实的角度来理解三一律。按理性主义者的观点，舞台上所摹仿的事件的虚拟时间与该事件发生的自然时间应当一致。同时，由于舞台只是一个空间点，为了观众的真实感，必须让舞台上的事件只在一个空间点发生。而为了主题与事件的"明晰"这一理性主义的基本追求，只能演一个事件。

三一律实质上是理性和理性指引下的真实观，尽管布瓦洛并没有提出多少新见，但由于他的地位与影响，他与作家之间的亲密关系，使得他的理解成了正统，并成为指导创作的法则。这一法则实际上是对艺术家的束缚，甚至会导向僵化，也是对艺术家的极高要求，它要求艺术家们能够进行浓缩与选择，捕捉到戏剧冲突最高峰的那个点。

新古典主义的文学理论也非常重视文学语言问题。实际上文学语言问题是自文艺复兴以来古典主义思潮的主导问题之一，因为此时正是民族语言走向成熟的阶段，而民族文学对于民族语言来说具有提升和改造作用，因此，文学理论必须回答什么样的语言才是美的语言、好的语言。作为新古典主义理论的代表人物，布瓦洛是重视语言的：

> 你尤其要注意的是那语言的法程，
> 你的写作再大胆也莫犯它的神圣。
> 你的诗让我读着尽管是铿锵入耳，
> 文不顺词又不妥，再动听也是徒劳。
> 我的看法绝不容借别字立异标奇，
> 也不容诗句臃肿，不求通只求扬厉。
> 总之，语言不通畅，尽管你才由天授，
> 不论你写些什么，总归是涂抹之流。[1]

布瓦洛在语言的使用上，强调要以马莱伯（François de Malherbe, 1555—1628）[2]为典范，认为诗歌的文法结构应与散文一样，区别仅在于前者有音律和诗韵；认为"纯粹的法语"应以平民的语言为源泉，以宫廷语言为标准，即将平民语言经宫廷提炼再通用于全国；认为作家在保持"纯粹的法语"的同时，还必须注意语言的明晰和准确。他的这一系列观点成为 17 世纪正统诗歌理论的基础，从而为新古典主义的发展作出了贡献。

---

1 尼古拉·布瓦洛：《诗的艺术》，载《西方文论选》上卷，第294 页。
2 马莱伯：法国诗人，其诗作深受当时法国宫廷赏识，被称为"波旁王朝的官方诗人"。他毕生致力于法语的规范化和古典主义诗歌原则的建立。

文艺中的古典原则与真善美的统一

在布瓦洛写作《诗的艺术》之前，法国的文学家们已经逐步认识到，仅仅依赖天赋，而不接受理性和规则的训练，绝不会获得才能而在创作上有所成就，因此文艺应该培养和发展人的理性。在这种理性精神的指引下，布瓦洛的理论表现出了两个基本信条。第一个信条是文艺要有普遍永恒的绝对标准。这个标准便是理性，符合理性标准的作品才能具有永恒性，而古典作品便是理性标准的典范。布瓦洛在《朗吉努斯〈论崇高〉读后感》中认为，古典作品经过多数人凭理性作出的判断，永远是正确的；因此，一个作家的作品，不管在他生前如何轰动一时，受到多少赞扬，都是无济于事的，关键在于要经受时间的考验，这也是他的第二个信条——经历时间的考验并长久不断地受到赞赏的作品才是好作品。古希腊罗马作家的作品正是经受了时间考验，长期受到赞赏的，因此是最值得学习的。

布瓦洛认为"大多数人在长久时期里，对显有才智的作品是不会看错的。例如在现时，人们已不再追问荷马、柏拉图、西塞罗和维吉尔是否伟大；这是一个没有争论的定论，因为这是两千多年以来人们一致承认的。"[1]他认为这些圣贤的作品是以真为基础的真美善的统一，因为"只有真才美，只有真可爱，真应统治一切，寓言也非例外；一切虚构中的真正的虚假，也只为使真理显得更耀眼。"[2]

理性主义的根本标志之一是强调理性才是普遍、一般、永恒的东西，因为只有理性才能捕捉到真。既然理性是最高准则，那么美只能来自理性，只有符合理性的才是美的，因此布瓦洛说只有真才美。同时他还指出，文艺作品要想获得成功，必须将社会政治伦理行为的善与审美"趣味"及获得"妙谛真知"的"真"结合在一起。正因为这样，布瓦洛高度重视文学的社会伦理教化作用和作家的社会使命感，以及随之而来的作家的人格修养。

三　结语

随着法兰西王国在欧洲奠定自己的霸权地位，官方扶持的法国新古典主义，及其影响下的法国文学与文化，逐渐影响欧洲各国文学创作与批评的实践。新古典主义文论以理性主义为哲学根基，在创作实践上坚持对"三一律""摹仿"等"规则"的遵守。这样的创作观有可能会导致一种墨守成规，使得文学创作踏入狭隘而无有创新的境地。韦勒克认为新古典主义的尝

---

[1] 尼古拉·布瓦洛：《郎加纳斯〈论崇高〉读后感》，朱光潜译，载《西方文论选》上卷，伍蠡甫主编，上海：上海译文出版社，1979年，第304页。
[2] 尼古拉·布瓦洛：转引自《西方美学史》上卷，第187页。

试是必要的，虽然"新古典主义批评不可能全盘复兴，因为它无法灵活地对付繁复多样的近代文学机器问题"，但是新古典主义坚持"法度""规则"的做法是合理的，因为"否定这样一种尝试的必要性会产生十足的怀疑主义，造成一团混乱，终而流于整个理论上的无所作为"。[1]韦勒克精辟地点出了新古典主义的优劣，指出了新古典主义坚持"规则"与"规律"的必要性，以及走向固步自封的潜在可能。实际上，新古典主义成败优劣的原因是互相联系的。黎塞留及路易十四为建立起文化繁荣的局面，确立法兰西王国的文化领导权，大力支持扶助文人，新古典主义文论家们大多接受过王室的赞助与支持；他们于文艺领域中倡导"规则"，遵循理性原则，其背后的意识形态也致力于维护体制性文化的稳定场域。然而随着法兰西王国君主专制逐步走向奢靡腐朽，新古典主义所推崇的文艺在政治领域也逐渐失去庇护，并丧失创新的活力，因此也就不得不面对马上迎面而来的启蒙主义文论的挑战。

思考题：

1 新古典主义的"新"是相对于古希腊罗马的古典主义而言的，请尝试举例分析新古典主义文论与古希腊罗马文论的差异。

2 布瓦洛的文艺理论文本《诗的艺术》采用了诗歌体裁进行书写，请举例说明中西方文学理论中还有哪些理论文本采用诗歌体裁（或以韵文的形式）进行书写。

3 新古典主义文论对当下的文学创作与批评实践，有何借鉴意义？

---

1 雷纳·韦勒克：《近代文学批评史》第一卷，杨岂深、杨自伍译，上海：上海译文出版社，1997年，第15页。

第四章

启蒙主义文论

一　启蒙主义文论的概述与背景

启蒙（Enlightenment）的本意为"照亮"，法语"启蒙"一词写作Lumières，此词作单数使用有"灯火，灯光，光明"之意，亦可以转译为"阐明，认识，杰出人物"；作复数用则有"智慧，知识"的含义。这些词语联系在一起，实际上揭示了启蒙及启蒙运动的历史内涵，即一群杰出的思想先驱引领大众破除宗教权威的迷信，抨击专制王权，为人民带来理性之光。[1] 启蒙运动是欧洲历史上继文艺复兴之后的第二次思想解放运动，某种意义上它的出现为后来的法国大革命、美国独立运动及一系列资产阶级革命运动奠定了思想基础。启蒙主义的文艺理论是启蒙思想在文艺方面的重要成果，是当时的思想家为资产阶级思想解放的需要，在文艺理论方面实践的结果。启蒙主义文论吸收了当时启蒙思想的精华，具有鲜明的政治战斗性和开拓意识，是理性主义思潮在17、18世纪的另一种形式的涌动，为人类文艺理论留下了精彩的一页。

启蒙运动强调经验与理性，以及对宗教迷信和传统权威的破除，对自由（liberal）、世俗（secular）和民主（democratic）等理念的高举。根据《牛津哲学词典》的介绍，启蒙运动的思想源流在英国可以追溯到17世纪的培根（Francis Bacon, 1561—1626）和霍布斯（Thomas Hobbes, 1588—1679），在法国可以追溯到笛卡尔。在18世纪，启蒙之花正式盛开之处则是在法国，[2]其代表有孟德斯鸠（Montesquieu, 1689—1755）、伏尔泰（Voltaire, 1694—1778）、卢梭（Jean Jacques Rousseau, 1712—1778）和狄德罗（Denis Diderot, 1713—1784）。德国也在吸收法国启蒙运动的思想之后，掀起本民族的思想启蒙运动，并迅速产生了门德尔松（Moses Mendelssohn, 1729—1786）、莱辛（Gotthold Ephraim Lessing, 1729—1781）、康德（Immanuel Kant, 1724—1804）、赫尔德（Johann Gottfried von Herder, 1744—1803）等启蒙思想家。

---

1 罗芃、冯棠、孟华：《法国文化史》，北京：北京大学出版社，1997年，第96页。

2 西蒙·布莱克伯恩：《牛津哲学词典》（英文版），上海：上海外语教育出版社，2000年，第120页。

启蒙运动前，更确切地说是18世纪前，欧洲大陆虽然历经了文艺复兴和宗教改革等具有思想解放意义的人文主义运动，但是基督教会与封建贵族的统治依旧根深蒂固，当时欧洲大陆的工商业仍旧处于较低的发展水平，资产阶级仍旧在政治上处于劣势地位。法国在路易十四时代达到了前所未有的辉煌，然而这也是封建王权与教会高级僧侣、教职人员联合专制势力最为强盛的时代，资产阶级和市民阶层处于法国的第三等级。然而，此时的英国早已在1688年完成了"光荣革命"，在政治上建立了君主立宪制，其经济、文化得到飞速发展，而法国仍然处在君主专制集权的政体之下。随着法国在英法海外殖民竞争中落败，统治阶级与知识分子受到了强烈的冲击。18世纪中期，英国率先开展工业革命，资产阶级力量愈发壮大，而法国仍然处于封建主义的专制之中。法国的教士和贵族阶层在经济上拥有诸多特权，政治上依旧处于优势地位，这使得经济实力逐步壮大的资产阶级感到不满，国内矛盾日益尖锐。为推翻封建统治，鼓吹资产阶级民主政治，启蒙主义便在法国盛行，某种意义上为法国大革命奠定了思想基础。

与作为启蒙主义中心的法国不同，启蒙主义的另一战场——德国却显得更为落败不堪。当时的法国虽然处于封建君主专制的中央集权之下，但始终是一个统一的国家，新古典主义的文化遗产使得法国在欧洲各国中享有文化优势。然而此时的德国却处于深重的民族灾难之中，分裂成大大小小数百个封建小国和上千处骑士领地。封建割据的局面阻碍民族国家的统一，导致资产阶级力量分散，资本主义经济十分落后，思想上保守愚昧。

以上是启蒙运动发生前的主要经济政治背景，而在文化思想上，启蒙主义思潮也有其背景。启蒙运动哲学思想滥觞于英国的经验主义运动，培根是英国经验主义哲学的奠基人，他强调"知识就是力量"，总结了当时自然科学的成就，并强调认识的实践功能。法国早期启蒙思想家也都仰慕英国，伏尔泰、孟德斯鸠和卢梭都曾留居英国，并与当时英国经验哲学大师洛克和休谟有过交往。[1]与英国的频繁文化交流也促进了法国百科全书派的启蒙运动，狄德罗受到了英国张伯斯主编的《百科全书》启发，另编一套法国百科全书以宣传启蒙思想。[2]此外科学技术的发展也是促进启蒙运动的重大因素，著名学者彼得·盖伊将启蒙运动比喻为人类历史的一次"勇气重振"，而"科学革命显然是促成勇气重振的最大动因，这场革命强烈冲击了传统思维方式，对技术和道德科学产生了深远影响"。[3]这场科学革命是与伽利略发明

---

1 朱光潜：《启蒙运动》，载《西学门径》，郭君臣编，上海：上海文艺出版社，2019年，第64页。
2 朱光潜：《启蒙运动》，载《西学门径》，第64页。
3 彼得·盖伊：《启蒙时代（下）：自由的科学》，王皖强译，上海：上海人民出版社，2016年，第13页。

望远镜、笛卡尔的几何学和艾萨克·牛顿发表《自然哲学的数学原理》等科学史上的重大事件紧密相连的。根据托马斯·L. 汉金斯的《科学与启蒙运动》，17 世纪至 18 世纪一系列自然科学的突破，使 18 世纪的启蒙思想家相信科学正在改变人类的活动，而在这个改变过程中"'理性'（reason）正是正确方法的关键"。[1]可见科学技术的进步也为启蒙运动所高举的理性旗帜增添证明，使得启蒙运动的发展更为活跃。

法国和德国的启蒙主义文论在前文所述的不同背景下孕育而生。当时法国启蒙文学的代表人物伏尔泰、卢梭、狄德罗等人不但在文学创作上有建树，而且对文学理论的发展也作出了巨大贡献。比如狄德罗的严肃戏剧理论、卢梭"返回自然"的观点，都是法国启蒙主义文艺思想中有代表性的理论观点。伏尔泰在戏剧形式上则较为保守，信奉古典主义，但在文学发展观等方面依然体现出启蒙思想。

德国启蒙主义文学思潮的发展则分前后两期。18 世纪 40 年代以前为前期，这一时期的代表人物是高特舍特（Johann Christoph Gottsched, 1700—1766），他改革德国戏剧，并在戏剧理论上有所建树，但未能跳出古典主义所划定的框架。他是德国理性主义哲学家沃尔夫的追随者，并接受布瓦洛《诗的艺术》中的文艺理论，在创作上则以高乃依和拉辛为榜样。虽然这些主张对于当时的德国文学有进步意义，但他过于尊崇法国文学，对法国新古典主义有生搬硬套之嫌。40 年代之后，德国启蒙运动进入高峰，在此期间，瑞士人波特玛（Johann Jakob Bodmer, 1698—1783）和布莱丁格（Johann Jakob Breitinger, 1701—1776）与推崇法国文学的高特舍特展开争论，主张以英国为楷模，这反映了德国民族文学缺乏成熟性与独立性。在德国启蒙运动的后期，其文学与文论逐渐成熟，涌现出了莱辛这一德国启蒙主义文学和文论的奠基者，以及"美学之父"鲍姆嘉通（Alexander Gottlieb Baumgarten, 1714—1762），此外还有其他著名的美学思想家，如伊曼纽尔·康德。18 世纪 70 年代，德国兴起了"狂飙突进运动"，某种意义上是启蒙主义在德国的继续与发展，这场运动对于反封建和民族性的强调超越了启蒙时期，标志着德意志资产阶级民族意识的觉醒。这一时期涌现出赫尔德、歌德（Johann Wolfgang von Goethe, 1749—1832）和瓦格纳（Heinrich Leopold Wagner, 1747—1779）等人。

---

1 托马斯·L. 汉金斯：《科学与启蒙运动》，任定成、张爱珍译，上海：复旦大学出版社，2000 年，第 2 页。

二 代表人物及其核心理论

法国启蒙主义文论

1 伏尔泰与文艺的民族气质

　　伏尔泰真名弗·马·阿卢埃（Francois Marie Arouet），出生于巴黎一个资产阶级家庭。10 岁时，伏尔泰进耶稣会办的贵族学校圣路易国王中学就读，自幼天资聪颖，爱好文学。而后就读于法科学校，19 岁退学。他曾以随员身份陪同法国驻荷兰大使出使海牙，后在巴黎的一位检察官手下任书记。伏尔泰不顾父亲反对，执意从事文学事业，1716—1717 年间写了两首讽刺诗，触怒摄政王奥尔良公爵，被囚禁巴士底狱约一年。出狱后，他从事悲剧创作与演出。1725 年 12 月，伏尔泰不慎得罪贵族罗昂·夏博，受辱遭打，因诉诸决斗而中计，再度被投入巴士底狱，次年 4 月获释并被驱逐出境。他在英国度过了三年流放生涯，其间结识了许多英国作家、哲学家和科学家。1733 年伏尔泰发表了英文写的《哲学通信》（又叫《英国通信》），后遭法

伏尔泰曾在欧洲宫廷间
辗转周旋，图为他写给
普鲁士国王腓特烈二世
的信

国政府查禁，他也受到通缉，从1734年起避居女友夏特莱夫人的西莱别墅达10年之久。在宫廷间周旋数年后，伏尔泰于1754年迁居日内瓦，1758年底在法国和瑞士交界处购置产业，营造别墅，接待各方客人，成为法国启蒙运动领袖。其间除从事著述外，他还始终支持狄德罗等人主持的大百科全书编纂，晚年又为社会上的冤假错案伸雪。1778年2月，伏尔泰以84岁高龄回到了阔别28年之久的巴黎，受到各界热烈欢迎；3月28日出席法兰西学院大会，当选为院长，5月30日因病去世。伏尔泰谢世后，当局禁止他落葬巴黎，只得秘密安葬于香槟省塞里耶尔修道院。1789年法国大革命时，人们为其补行国葬，伏尔泰荣入巴黎先贤祠。

伏尔泰曾写过一篇著名的《论史诗》，对史诗进行讨论，认为不同时代、不同民族创作的史诗各具特性。他在《论史诗》中谈道："谁要是考察一下所有其它各种艺术，他就可以发现每种艺术都具有某种标志着产生这种艺术的国家的特殊气质。"[1]除此之外，伏尔泰还对片面强调法则的做法不能苟同，他认为荷马、维吉尔的创作是天才的作用，并指出"一大堆法则和限制只会束缚这些伟大人物的发展，而对那种缺乏才能的人，也不会有什么帮助。"[2]伏尔泰对天才的强调，实际上已经是在表达对新古典主义教条法则的不满，但是在悲剧方面，他却又维护古典主义原则，认为悲剧必须遵守三一律。他在自己的第一部悲剧《俄狄浦斯王》的1729年序言中，为三一律进行了辩护。

伏尔泰除了坚持古典主义的审美趣味之外，在文学上还秉持着狭隘的民族主义观点。他推崇高乃依而贬抑莎士比亚，声称莎士比亚的作品天才洋溢，"不过高乃依的天才比莎士比亚更伟大，正如贵族的天才比百姓的更伟大，尽管他们生来长着同样的脑袋。"[3]1778年去世前夕，他在《致法兰西学院的信》中虽然称赞莎士比亚"写过不少神来之句"，但批评他是"具有一定想象力的野蛮人"，"只能在伦敦和加拿大取悦于人"，[4]不能取得国际声誉，这与他在《论史诗》中提倡的各民族文学各具特性的观点相去甚远。

伏尔泰将文学艺术的发展与历史时代的发展相联系，认为特定的剧种只有在某一时代才能成熟。例如他曾写道："在莫里哀之前没有好的喜剧，正如在拉辛之前没有表现真实精微的思想情操的艺术一样。因为社会尚未达到

1 伏尔泰：《论史诗》，薛诗琪译，杨岂深校，载《西方文论选》上卷，伍蠡甫主编，上海：上海译文出版社，1979年，第320页。
2 伏尔泰：《论史诗》，载《西方文论选》上卷，第319页。
3 伏尔泰：转引自《近代文学批评史》第一卷，雷纳·韦勒克著，杨岂深、杨自伍译，上海：上海译文出版社，1987年，第49—50页。
4 伏尔泰：转引自《近代文学批评史》第一卷，第50页。

艺术在他们的时代所取得的完美境界。"[1] 他认为过去的法国悲剧之所以没有成功，是因为那些作品内容充斥着风流艳遇和令人厌倦的冗长的政治性议论，表演时又缺乏宽敞的剧院与漂亮的布景。不过，他对法国古典主义戏剧依然不吝赞美，在《路易十四时代》中宣称"在修辞，诗歌，文学，道德伦理以及供人娱乐消遣的书籍等方面，法国人在欧洲却是法则的制定者"，[2] 并歌颂高乃依、拉辛等新古典主义文学大师，感叹道："这些杰出的作家的美好时代过去之后，很少再出现伟大的天才。"[3]

2　卢梭与回归自然

　　让·雅克·卢梭是法国启蒙运动的三大领袖之一，著名作家、思想家，出生于瑞士"日内瓦城和日内瓦共和国"的一个新教家庭。他出身低微，父亲只是一个钟表匠，母亲在他出生后不久就去世了。10 岁时父亲与当地贵族发生纠纷，诉讼失败，逃往里昂。被父亲抛弃的卢梭在舅舅的帮助下开始读书、做学徒。12 岁时在公证人马斯龙家里打杂，随雕刻匠做学徒，翌年由于不堪师父虐待出逃流浪，曾经进过难民收养所。1728 年经人介绍投奔华伦夫人，受其资助来到意大利都灵，改信天主教，进入公教要理受讲所学习。同

1 伏尔泰：转引自《近代文学批评史》第一卷，第 54 页。
2 伏尔泰：《路易十四时代》，吴模信、沈怀洁、梁守锵译，吴模信校，北京：商务印书馆，1996 年，第 465 页。
3 伏尔泰：《路易十四时代》，第 483 页。

瑞士日内瓦湖畔的卢梭像

年秋天，成为某伯爵家的仆役，不久被逐；而后到另一贵族家当差，趁机学习拉丁文和音乐。1730年进入教会学校学习，次年在尚贝里从事测量工作，并自学数学。1732—1734年寄居在迁居尚贝里的华伦夫人家，涉猎所藏学术著作，阅读柏拉图、维吉尔、蒙田、伏尔泰等人的著作，进而接触洛克、莱布尼茨、笛卡尔等人的著作，继续研究音乐理论并作曲，举行小型音乐会。1740年结识空想社会主义者德·马布里和哲学家孔狄亚克。1742年结识狄德罗，1745年结识伏尔泰，与他们共同推进了启蒙运动的发展。

卢梭于1743年春天发表歌剧《风雅的缪斯》，在巴黎音乐界产生了一定影响。1747年创作喜剧《冒失的婚约》，1749年开始为《百科全书》写音乐条目。1749年10月，卢梭在狄德罗的鼓励下，以《论科学与艺术的复兴是否有助于敦风化俗》参加了第戎科学院有奖征文，并于次年获得头奖。1753年撰写征文《论人类不平等的起源和基础》，该文后来受到莱辛的赞扬、伏尔泰的批评。1756年写书信体小说《新哀绿丝》，1757年写《爱弥尔，或论教育》。1758年针对达朗贝尔的《百科全书》第七卷"日内瓦"条目，发表《关于戏剧演出给达朗贝尔的信》（简称《论戏剧》），该信发表后，加之他对狄德罗《私生子》的不同评价，卢梭与狄德罗和伏尔泰等百科全书派的思想出现了分歧和矛盾。相比之下，伏尔泰和狄德罗更多地强调理性，卢梭则更多地诉诸灵魂和情感，主张"天赋人权"，要求"回到自然"。自1762年《爱弥儿》和《社会契约论：政治权利的原理》出版后，卢梭一直受到查究和迫害，后在休谟的协助下逃往英国。1767年5月又离开英国，后获准返回巴黎，靠抄写乐谱糊口，在当局的监视下撰写《忏悔录》，该书记载了他从出生到1766年逃离圣皮埃尔岛之间五十多年的生活经历。他最后的著作是《一个孤独的漫步者的遐想》。1778年7月2日早晨，卢梭因严重的尿毒症引起中风而病逝。

卢梭对于文学艺术的主要思考集中在《论科学与艺术》和《论戏剧》中，接下来对这两部理论著作进行简要概括与解读。

《论科学与艺术》一文是卢梭对法国第戎科学院的征文题目——"科学和艺术的复兴能否敦风化俗"作出的回答。卢梭以推崇自然的态度认为科学与艺术的发展败坏道德，助长人类骄奢淫逸等不良品行。首先，他从历史的角度指出，自文艺复兴开始，科学艺术愈加发展，人类灵魂就越加陷于腐败。卢梭认为"我们的灵魂是随着我们的科学和我们的艺术之臻于完美而越发腐败"；"我们可以看到，随着科学与艺术的光芒在我们的地平线上升起，德行也就消逝了。"¹科学与艺术使人的自由本性受到束缚，是文明对人的一种精神铸造，使人们变得邪恶与虚伪。艺术令人追求虚饰浮华，而且艺术为贵族服务，为政治歌功颂德。他要求人们回到自然，保持淳朴的德行与风俗。至于科学，他认为科学产生于贪婪、虚荣的好奇心和人类的骄傲，并反过来再次滋长这些人类品性中不好的一面。

卢梭的《论戏剧》是针对当时法兰西科学院院士、《百科全书》副主编达朗贝尔在《百科全书》第七卷中《日内瓦》词条而写的信，意在批评伏尔泰要在日内瓦组织戏剧演出、达朗贝尔要求在日内瓦建立剧院的观点。卢梭在该文中批评了戏剧艺术的诸种缺陷，比如他认为戏剧使"劳动松弛，这是第一个损失。"²他希望人们"珍惜时间，热爱劳动，严格节约"，³而戏剧使人无法专心劳动，产生追求娱乐的欲念，进而会导致人们闲散、无所事事。又比如戏剧在效果上看与美德是不兼容的，他对亚里士多德的"净化说"表示不满，认为悲剧当中的一些凶恶成分会令人感到恐怖。对于喜剧，卢梭认为其败坏道德的影响更为严重，他写道："一个喜剧愈成功和愈能引人入胜，它对道德风尚就愈起败坏的影响。"⁴他甚至大胆指出："才华出众的莫里哀的戏剧是一所教唆干坏事和败坏风俗的学校，甚至比那些宣传恶德的书还要危险。"⁵因为在戏剧中，善良和憨直之人会成为笑料，而狡猾和撒谎之人令人同情钦慕。除了道德方面，卢梭还认为在经济上建立剧院耗费钱财，观众们也必须付出金钱。而且喜剧常常会成为政党与阴谋家的武器，作为讽刺与人身攻击的工具，甚至危及国家的安全，他写道："正是在雅典的戏剧中首先提出驱逐一批伟人，并且还想要处死苏格拉底；正是对戏剧的这种无节制的狂热陷雅典于毁灭。"⁶卢梭对戏剧艺术的批评不仅限于此，他还把目光放在演员身上，指出演员的才能在于模仿他者，最终会因职业导致自我的卑贱与奴性，并堕落。不得不说卢梭的这一观点较为前卫，实际上已经涉及到了演员自身的主体性问题和专门职业对人的异化问题。

卢梭对科学与艺术（包括戏剧）的批判，在很大程度上是基于唯道德主义立场的批判，因此难免有失偏颇，忽略了科学和艺术的积极作用，但他的思考也不无道理，表现出了他与其他百科全书派启蒙思想家的不同特点。从某种意义上说，卢梭对科学与艺术的批判是一种对启蒙主义现代性的反思，是一种以启蒙姿态对启蒙的审视性批判，具有自己独立的价值。

1 让—雅克·卢梭：《论科学与艺术》，何兆武译，北京：商务印书馆，1963 年，第 11 页。
2 让—雅克·卢梭：《论科学与艺术》，第 82 页。
3 让—雅克·卢梭：《论戏剧》，王子野译，北京：三联书店，1991 年，第 124 页。
4 让—雅克·卢梭：《论戏剧》，第 43 页。
5 让—雅克·卢梭：《论戏剧》，第 43 页。
6 让—雅克·卢梭：《论戏剧》，第 161 页。

3　狄德罗与模仿自然

狄德罗是启蒙运动重要代表人物之一，也是百科全书派的卓越领导人。他出生于法国香槟省一个富裕的制刀匠家庭，被父亲寄予成为神职人员的厚望，因此从小接受较好的教育，先于家乡的耶稣会学校学习，后进入巴黎大路易耶稣学院学习神学。然而狄德罗违背父亲的意愿，转而学习哲学和文学，因此被父亲中断了经济供养，不得不忍受贫困，独力求学。1746年，狄德罗发表《哲学沉思录》，引发轰动，该书因批判宗教而被明令焚毁。1749年出版《盲人书简》，随后被当局以"冒犯上帝"、宣传无神论的罪名判处监禁。经营救获释的他于1750年开始组织编纂《科学、艺术与手工业百科全书》，从1751年至1772年共出版了28卷。1752年《百科全书》曾中途遭到查禁与保守派的攻击，之后在1776至1780年又增补了7卷。《百科全书》致力于破除迷信、宣传理性与自然科学，是启蒙运动的重要成果。1784年7月狄德罗谢世。恩格斯曾这样评价狄德罗："如果说，有谁为了'对真理和正义的热诚'（就这句话的正面的意思说）而献出了整个生命，那末，例如狄德罗就是这样的人。"[1]以下将简要介绍狄德罗的主要文艺观点。

摹仿论

狄德罗继承了亚里士多德的看法，强调艺术对自然的摹仿，他认为"每种艺术都有自己的优点，看来艺术就跟感觉官能一样：一切感觉官能都不过是一种触觉，一切艺术都不过是摹仿，但是每一种感官都用它特有的方式去触觉，每一种艺术都用特有的方式去摹仿。"[2]而这里的摹仿，主要是摹仿自然。他认为自然是艺术的第一个模特儿，艺术应忠实地摹仿自然。因此，艺术家应该让自己的天才技巧服务于对自然的表现。他写道："切勿让旧习惯和偏见把您淹没。让您的趣味和天才指导您；把自然和真实表现给我们看。"[3]当然狄德罗所讲的对自然的摹仿，与古典主义者对自然人性的摹仿是有所不同的。古典主义者崇尚理性，强调摹仿古人和贵族的生活，狄德罗则要求艺术家到现实社会生活中去，到下层人民中间去。

1 弗里德里希·恩格斯：《路德维希·费尔巴哈》，载《马克思恩格斯选集》第四卷，中共中央马克思、恩格斯、列宁、斯大林著作编译局编译，北京：人民出版社，1972年，第228页。
2 德尼·狄德罗：《关于〈私生子〉的谈话》，张冠尧、桂裕芳译，载《狄德罗美学论文选》，北京：人民文学出版社，1984年，第121页。
3 德尼·狄德罗：《论戏剧诗》，徐继曾、陆达成译，载《狄德罗美学论文选》，北京：人民文学出版社，1984年，第213页。

ENCYCLOPEDIE,
OU
DICTIONNAIRE RAISONNÉ
DES SCIENCES,
DES ARTS ET DES METIERS.

PAR UNE SOCIÉTÉ DE GENS DE LETTRES.

Mis en ordre & publié par M. *DIDEROT*, de l'Académie Royale des Sciences & des Belles-Lettres de Prusse, & quant à la PARTIE MATHÉMATIQUE, par M. *D'ALEMBERT*, de l'Académie Royale des Sciences de Paris, de celle de Prusse, & de la Société Royale de Londres.

Tantùm series juncturaque pollet,
Tantùm de medio sumptis accedit honoris! HORAT.

TOME PREMIER.

A PARIS.

Chez
BRIASSON, rue Saint Jacques, à la Science.
DAVID l'aîné, rue Saint Jacques, à la Plume d'or.
LE BRETON, Imprimeur ordinaire du Roy, rue de la Harpe.
DURAND, rue Saint Jacques, à Saint Landry, & au Griffon.

M. DCC. LI.
AVEC APPROBATION ET PRIVILEGE DU ROI

（上）狄德罗《百科全书》初版扉页
（下）狄德罗《百科全书》中的玻璃生产工序图

想象力

狄德罗对新古典主义的突破体现在对想象力的强调，他在《论戏剧诗》中指出："想象，这是一种素质，没有它，人既不能成为诗人，也不能成为哲学家、有思想的人、有理性的生物，甚至不能算是一个人。"[1]此外他将想象当作是"人们追忆形象的机能"。[2]当然，强调想象力的同时，他并没有把想象与理性进行对立，他把想象和逻辑推理进行比较，认为推理和想象都是体现必然的，只是推理是实然的，想象则是假设的，他认为相比之下，"诗人善于想象，哲学家长于推理。"[3]这样，想象便可以帮助诗人描写出事物之间联系的逼真，而推理能力的使用则有助于哲学家揭示出事物的客观规律。

文学的逼真性

狄德罗强调诗人的想象有利于描绘事物之间联系的逼真，实际上也体现了狄德罗对亚里士多德的继承。亚里士多德指出诗比历史更为真实，因为诗描绘可能发生的事情，而历史只是描绘已经发生之事，因此诗更能揭示一种事物间的联系。狄德罗也写道："诗人却要在他的作品的整个结构中贯穿一个明显而容易觉察的联系。所以比起历史学家来，他的真实性虽然少些，而逼真性却多些。"[4]这种逼真性就是文艺所特有的真实性，它不同于、而且高于记录生活事实的历史真实。为了达到逼真的要求，作家必须充分发挥想象力，描摹出情节中的自然秩序与必然联系，要在奇异与逼真之间把握合适的度，"诗人不能完全听任想象力的狂热摆布"。[5]

严肃喜剧对新古典主义戏剧的取代

狄德罗在1757年写的《和多华尔〈关于私生子〉的谈话》和1758年写的《论戏剧诗》中，为了打破古典主义戏剧的框框，系统地阐述了自己的戏剧理论，特别提出了建立严肃喜剧的主张。狄德罗认为法国戏剧若只有悲剧和喜剧两种，不符合生活实际，应该有一个"中间的类别"，即严肃喜剧。这种严肃喜剧描绘市民社会的日常生活，表现自然中发生的一切，要用市民形象取代贵族形象，以家庭题材取代宫廷题材。这种主张实际上体现了当时新兴资产阶级市民在文化上的要求。

此外，在面对新古典主义戏剧的三一律问题时，狄德罗认为"'三一

1 德尼·狄德罗：《论戏剧诗》，载《狄德罗美学论文选》，第161页。
2 德尼·狄德罗：《论戏剧诗》，载《狄德罗美学论文选》，第161页。
3 德尼·狄德罗：《论戏剧诗》，载《狄德罗美学论文选》，第163页。
4 德尼·狄德罗：《论戏剧诗》，载《狄德罗美学论文选》，第157页。
5 德尼·狄德罗：《论戏剧诗》，载《狄德罗美学论文选》，第163页。

律’是不易遵循的，但却是合理的”，[1]给予了部分肯定；但他同时谈到，对“三一律”的遵守应该以不妨碍创新和不妨碍反映生活真实为前提，反对一味墨守成规。狄德罗对三一律的批判体现出他对古典主义文论核心尺度的怀疑和挑战。

戏剧的教化作用

狄德罗认为戏剧的道德教化功能应该得到重视，文艺作品应该能够彰显善恶的分别，他写道：“使德行显得可爱，恶行显得可憎，荒唐事显得触目，这就是一切手持笔杆、画笔或雕刻刀的正派人的宗旨。”[2]并且作品要能够“引起人们对道德的爱和对恶行的恨”。[3]狄德罗试图将戏剧作为一种移风易俗的手段，他认为文艺作品可以引起人们的深思，戏剧应该“帮助法律引导我们热爱道德而憎恨罪恶”。[4]

对于喜剧，狄德罗认为它也有教育功能，应该获得更高的地位，而不是像从前那样受到轻视，他称阿里斯托芬这样的喜剧作家“该是政府的瑰宝，假使它懂得怎样使用他的话”。[5]因此狄德罗强调为了能使戏剧具有道德教化的功能，作家理应是一个具有优良品质的人。他认为“真理和美德是艺术的两个密友，你要当作家，就请自己首先做一个有德行的人”，因为“如果道德败坏了，趣味也必然会堕落。”[6]

德国启蒙主义文论

1 鲍姆嘉通与感性认识的完善

鲍姆嘉通是德国启蒙运动时期的哲学家、美学家，被认为是第一个采用术语 Aesthetica 的人，提出并建立了美学这一特殊的哲学学科，被誉为“美学之父”。他的主要美学著作是博士学位论文《诗的哲学沉思录》（1735）和未完成的巨著《美学》（1750—1758），此外，在《形而上学》（1739）、《“真理之友”的哲学书信》（1741）和《哲学百科全书纲要》（1769）中，也谈到了美学问题。他的思想对康德、谢林、黑格尔等德国观念论美学家产生过重大影响。鲍姆嘉通的文艺思想和美学思想主要集中在

1 德尼·狄德罗：《关于〈私生子〉的谈话》，载《狄德罗美学论文选》，第45页。
2 德尼·狄德罗：《画论》，徐继曾、宋国枢译，载《狄德罗美学论文选》，第411页。
3 德尼·狄德罗：《关于〈私生子〉的谈话》，载《狄德罗美学论文选》，第106页。
4 德尼·狄德罗：《论戏剧诗》，载《狄德罗美学论文选》，第138页。
5 德尼·狄德罗：《论戏剧诗》，载《狄德罗美学论文选》，第145页。
6 德尼·狄德罗：《论戏剧诗》，载《狄德罗美学论文选》，第227页。

《诗的哲学沉思录》和《美学》之中，以下就对这两本著作中所体现的文艺思想进行简单概述。

诗的感性问题与意象问题

"诗就是一种完善的感性谈论，诗法就是诗的科学，诗的艺术就是用诗的特有构思方式创作作品，诗人则是指能欣赏诗意的人"，[1] 这是鲍姆嘉通在《诗的哲学沉思录》中对诗的定义。鲍姆嘉通首先强调诗应该具有感性，这种感性是完善的，从而才能被称为美的，并且鲍姆嘉通强调诗人应该遵循诗特有的法则，否则将无法欣赏到诗之诗意。而后，鲍姆嘉通又进一步指出诗所需的几个要素，即"一首诗的若干要素是：（1）感性表象，（2）它们之间的关联，（3）作为符号的词。"[2] 鲍姆嘉通把诗的感性表象放在前列，特别是作为意象的表象。受理性主义的影响，他强调诗的表象应该感性而明晰，生动而明确，不能过于模糊、混乱无伦次。他还说，只有作为意象的表象才是具有诗意的。他认为感性直觉表象具有刺激力，因而具有诗意。"梦幻中的表象是意象，因而具有诗意。"[3]

诗与画

鲍姆嘉通认同"诗画同一"说，但在对这一命题的解释上，呈现出与以往不同的观点。他指出诗与画的一致，"并不是指双方的艺术形式，而只是指它们所造成的相同效果"；"但画仅能在平面上呈现某个意象，而不能呈现意象的每一个方面，更不能再现运动，"[4] 诗则可以有多方面的表现及运动的呈现，在对象中呈现更多的东西，具有广延方面的明晰性。诗凭借词和谈论所得到的意象比可见事物中呈现出的意象更为清晰。因此，诗的意象比画的意象更明晰、更完善，诗也比画更完善。

灵感问题

鲍姆嘉通在《美学》里系统地讨论了灵感问题，他认为灵感是人的一种先天能力，是天赋的才情；灵感是艺术家在创作时的心理过程，这种过程不可模仿，也无法重复。但是鲍姆嘉通的灵感理论是一种理性主义的灵感理论，而非柏拉图的具有神秘主义色彩的神灵凭附说。他认为灵感来临之时，作家不是处于柏拉图所谓的迷狂状态，而是清醒的，能够将自己的思想感情表达得有序且明晰，这是理性的体现之一。

1 亚历山大·鲍姆嘉通：《美学》，简明、王旭晓译，北京：文化艺术出版社，1987 年，第 129 页。
2 亚历山大·鲍姆嘉通：《美学》，第 130 页。
3 亚历山大·鲍姆嘉通：《美学》，第 141 页。
4 亚历山大·鲍姆嘉通：《美学》，第 142 页。

德国柏林的莱辛雕像

2　莱辛论诗与画的界限

　　莱辛是德国著名的戏剧家、批评家和美学家，出生于萨克森小城卡曼茨的一个牧师家庭。他自幼学习刻苦，年少时便开始学习希腊文、拉丁文、英文和法文，对希腊罗马的古典文学和德国文学显示出了浓厚的兴趣。1746年9月，他进入莱比锡大学学习神学，后又改学医学，屡换专业却仍然志在他处，依旧对哲学与文学保持浓厚兴趣。特别是在喜剧《年轻的学者》上演获得成功后，他更是发下成为德国"莫里哀"的弘誓大愿。1748年11月，莱辛来到柏林，成为德国文学史上第一个靠写作为生的职业作家，此后的12年间在柏林、维滕贝格和莱比锡之间为生计奔波。莱辛编辑多种刊物，于1753年至1755年陆续出版了6卷本《文集》，包括诗歌、寓言、剧本和评论，被车尔尼雪夫斯基称为"德国新文学之父"。1760年10月至1765年5月，莱辛在布雷斯劳担任普鲁士将军陶恩钦的秘书，并研究古希腊的文化艺术及宗教史，在此期间也开始接触斯宾诺莎的哲学，这种经历影响了他宗教观和历史观的形成。1766年他完成了美学名著《拉奥孔》。1767年4月，莱辛应邀到汉堡担任民族剧院艺术顾问，并为第一年演出的52出戏撰写104篇评论，1769年辑成《汉堡剧评》出版，这是德国戏剧史乃至世界戏剧批评史中最为重要的著作之一。为谋求固定收入，他于1770年到不伦瑞克公爵的沃尔芬比特尔图书馆当管理员。1781年2月15日，莱辛因脑溢血逝世。莱辛的主要文艺理论著作有《文学书简》《拉奥孔》和《汉堡剧评》等，其中以《拉奥孔》和《汉堡剧评》影响最为广泛，以下基于此二种著作介绍莱辛的文艺思想。

雕塑《拉奥孔》，梵蒂冈博物馆藏

《拉奥孔》和诗与画之界限

《拉奥孔》的副标题是"论画与诗的界限，兼论《古代艺术史》的若干观点"，明确指出了该书讨论的主要内容。

拉奥孔是希腊传说中阿波罗太阳神庙里的祭司。在特洛伊战争中，希腊联军屡屡失败，久攻不下，随后希腊联军的将领奥迪苏斯想出了木马计，将士兵藏匿在木马腹中，佯装退兵，引诱特洛伊人将木马作为战利品拉进城内，然后里应外合。祭司拉奥孔识破此计，竭力劝阻特洛伊人，无奈特洛伊人一意孤行，以至于城池沦陷。拉奥孔因为告诫特洛伊人，触怒了暗中护佑希腊联军的守护神雅典娜，雅典娜便派出两条巨蛇将拉奥孔和他的两个儿子缠死。公元前 50 年前后，希腊罗德岛上的三位大雕塑家阿格桑德洛斯、波留多罗斯和阿塔诺多罗斯以拉奥孔和他的儿子们被巨蟒缠绕的故事为蓝本，集体创作了雕塑《拉奥孔》。这个作品最早安放在希腊罗德岛，后来遗失了，直到 1506 年 1 月才在罗马提图斯浴场遗址附近出土。罗马诗人维吉尔在他的史诗《伊尼德》第二卷中也描述过这一题材，但同样的题材，在造型艺术雕刻和诗中，处理方法是大不相同的。莱辛通过拉奥孔这个题材在雕塑和史诗中不同的艺术处理，论证了造型艺术和语言艺术各自所具有的不同规律，以此来论证画与诗的界限。

莱辛认为，诗与画的区别主要体现在以下几个方面：

首先，希腊的造型艺术以美为最高法则，而诗不同，诗可以表现丑。拉奥孔雕塑之所以仿佛发出轻轻的叹息，保持某种静穆，而不像维吉尔的诗中那样哀号悲痛，是造型艺术的性质决定的。莱辛指出"凡是为造型艺术所能追求的其它东西，如果和美不兼容，就须让路给美；如果和美相容，也至少须服从美。"[1] 如果在造型艺术中将人物的激情及其强弱表现出来，就会产生歪曲，无法保持平静状态中的优美线条，这样就会使人感到雕塑的狰狞，因此古希腊造型艺术总是采取淡化处理。根据这样的原则，莱辛坚决反对将丑作为绘画的题材。而诗不同，诗不像造型艺术那样直接通过感性形象诉诸视觉，因为诗人们"所描绘的是动作而不是物体，而动作则包含的动机愈多，愈错综复杂，愈互相冲突，也就愈完善。"[2] 在诗里，诗人通过描述一个过程，使丑的效果受到削弱。

第二，诗与画在塑造形象的方式上有很大区别。莱辛认为，绘画、雕塑等造型艺术是空间艺术，而诗是时间艺术，富于洞见地指出绘画与诗在媒介或手段上的不同。他写道："绘画运用在空间中的形状和颜色。诗运用在时

1 戈特霍尔德·莱辛：《拉奥孔》，朱光潜译，北京：人民文学出版社，1979 年，第 14 页。
2 戈特霍尔德·莱辛：《拉奥孔》，第 204 页。

间中明确发出的声音。前者是自然的符号，后者是人为的符号，这就是诗和画各自特有的规律的两个源泉。"[1] "绘画所用的符号是在空间中存在的，自然的，而诗所用的符号却是在时间中存在的，人为的。"[2] 莱辛在这里实际上为以后艺术的分类提供了基本思路。

第三，造型艺术是空间的艺术，只能选择最富于孕育性的瞬间，而诗的表现则完全不受时间的限制，可以自由地表现实践发展的历程。莱辛从诗与画的界限中发现了艺术中时间与空间的辩证关系及其规律。他认为，"造型艺术是通过物体来暗示物体"，在事物的静态形式中体现出动态，以有限的富有孕育性的顷刻，显示出无限丰富而深刻的意蕴。拉奥孔雕像选择拉奥孔叹息的那一顷刻，是最富有孕育性的顷刻，它给欣赏者的想象以最充分的自由活动的余地。造型艺术选择的最富于孕育性的时刻，既包含过去，又暗示未来，可以使欣赏者在反复玩味中让想象自由活动，感受到比画面本身更多的东西。"绘画在它的同时并列的构图里，只能运用动作中的某一顷刻，所以就要选择最富于孕育性的那一顷刻，使得前前后后都可以从这一顷刻中得到最清楚的理解。"[3]

《汉堡剧评》

《汉堡剧评》是莱辛戏剧批评思想的集中体现，他在其中对以高特舍特为代表的德国新古典主义莱比锡派的戏剧观进行了猛烈抨击。如前章所述，高特舍特十分推崇法国新古典主义戏剧，认为应该用法国戏剧改造德国民族的古老戏剧，莱辛则彻底否定高特舍特的观点，认为英国的莎士比亚才是德国需要模仿的对象。莱辛指出在继承古希腊罗马传统方面，莎士比亚比高乃依更能够达到神似。在《关于当代文学的通讯》第17期中，他说："高乃依只是在艺术形式上接近古人，而莎士比亚却在本质上接近他们。"[4]

莱辛对法国新古典主义的"三一律"进行了详细分析和批评，认为它们是对古代文艺理论的教条化和歪曲，是不值得依凭的。他指出古代戏剧之所以要求三一律，其原因在于演出之时歌队的在场，然而现代戏剧废除了歌队，时间与地点的一致律也应该相应地废除。他写道："依我之见，但愿伏尔泰和马菲的《墨洛珀》持续八天，发生在七个希腊的地点！但愿它们的美

1 戈特霍尔德·莱辛：《拉奥孔》，第181—182页。
2 戈特霍尔德·莱辛：《拉奥孔》，第171页。
3 戈特霍尔德·莱辛：《拉奥孔》，第83页。
4 戈特霍尔德·莱辛：《关于当代文学的通讯》，洪天富译、商承祖校，载《西方文艺理论名著选编》上卷，伍蠡甫、胡经之主编，北京：北京大学出版社，1985年，第290页。

使我完全忘却这些书本的教条！"[1]

作为启蒙主义的接受者，莱辛追求启蒙主义的社会理想，同时强调文艺的教育作用，认为作品改善人的品性。他甚至"把戏剧视为法律的补充"，可以移风易尚，可以扬善惩恶，认为剧院应该是道德教育的大课堂。

大力倡导民族化的市民戏剧也是《汉堡剧评》强调的重点。莱辛认为古典主义文风雕琢、矫揉造作的戏剧，表现了封建贵族阶层的意识，悲剧主人公都是帝王将相，市民阶层成为喜剧和滑稽剧中讽刺嘲笑的对象。莱辛要求建立民族戏剧和市民戏剧，在题材上不应该只描写王公贵族及其宫廷生活，而应该表现市民阶层的日常生活。这与德国启蒙运动要求民族统一的政治目标是一致的。

更为重要的是，莱辛强调性格在戏剧中的地位和作用。可以说，莱辛是西方文论史上，特别是戏剧理论史上由重视情节转向重视人物性格特征的重要理论家，也是由古典主义的类型性格向典型性格过渡期的重要理论家。他认为："一切与性格无关的东西，作家都可以置之不顾。对于作家来说，只有性格是神圣的，加强性格，鲜明地表现性格，是作家在表现人物特征的过程中最当着力用笔之处。"[2]莱辛也辩证地看到了性格所具有的普遍性和特殊性的问题，他指出"普遍的性格是这样的一种性格，在他身上集中了人们从许多个别人，或者从一切个别人身上观察来的东西。"[3]同时这种普遍性在一定程度上又与个别性相统一，"具有普遍性的事物在我们的想象中是一种存在方式，它与具有个别性的真实存在的关系，犹如具有可能性的事与具有真实性的事的关系一样。"[4]

3 赫尔德论文艺的历史性与民族性

赫尔德于1744年出生在东普鲁士小城莫隆根的一个手工业者家庭，双亲皆为虔诚的新教徒。赫尔德在当地学校受到良好的教育，学会了拉丁文、希腊文和希伯来文。1762年，在一个俄国军医的帮助下，赫尔德进入哥尼斯堡大学学医，后转学神学，然而他对哲学和文学艺术的兴趣更为浓厚。他此时崇尚康德，向其学习逻辑学、形而上学、道德学、数学，特别是深受康德前批判时期的宇宙学和人类学思想的影响。他喜读柏拉图、休谟、夏夫兹别里、莱布尼茨、狄德罗和卢梭等人的著作，因而同时受到了他们的影响；在社会文化和文艺观点上，还深受"北方奇人"哈曼的影响，后人称哈曼是赫

1 戈特霍尔德·莱辛：《汉堡剧评》，张黎译，上海：上海译文出版社，1981年，第242页。
2 戈特霍尔德·莱辛：《汉堡剧评》，第125页。
3 戈特霍尔德·莱辛：《汉堡剧评》，第479页。
4 戈特霍尔德·莱辛：《汉堡剧评》，第465页。

尔德的"精神之父"。1764 年末经哈曼介绍,赫尔德到里加教会学校任助理教师,并在教堂布道。1766—1767 年写作《论德国现代文学片断》,1769年写作《批评之林》。1769 年离开里加,开始旅行,由海路到巴黎,结识狄德罗和达朗贝尔等人。在回国途中,赫尔德在汉堡与莱辛相处数周。1770年 3 月中旬到秋季,赫尔德陪伴霍尔斯坦因旅行,原定三年,但到斯特拉斯堡时辞去了这个差事。其间结识了青年歌德,彼此结下了亲密的友谊,并写作出版了柏林皇家科学院悬赏获奖论文《论语言的起源》,主要讨论语言的起源及其与诗的关系,其中涉及到他对荷马、莎士比亚及民间诗歌的看法。1771—1776 年间赫尔德在比克堡任首席牧师。这时正是"狂飙突进运动"兴起的时候,他完成了启蒙运动到狂飙突进运动的过渡,并被看成德国"狂飙突进"文学运动理论纲领的制订者。其间他也因郁郁不得志而增长了宗教情绪,把《圣经》看成民间诗歌最古老的里程碑。1773 年写作《论莪相和古代民间的诗歌》和《莎士比亚》,1776 年移居魏玛。1778 年出版代表作《诗歌中各族人民的声音》等。1789 年对法国大革命持欢迎态度,受到宫廷的反对和冷遇。其间赫尔德的思想由狂飙突进转入浪漫主义,并成为浪漫主义运动的先驱,从此与古典主义彻底决裂。1803 年,赫尔德于魏玛宫廷孤寂去世。

人道的文艺

赫尔德把文艺看成人道的具体体现,他写道:"人道是人类天性的目的,上帝把这个目的连同人类自己的命运一起交给人类自己。"[1]文学艺术在人道的培养过程中起着重要作用,其根本目的就是使人类人道化,正如他所说,"人的一切制度、一切科学和艺术,只要是正当的,都只有一个目的,那就是把我们人道化。"[2]当然,赫尔德也不完全赞同所有的艺术都是促进人的人道化的,他谴责古典文学研究已经堕落成供人消遣、装点门面的角色,认为那些"使人野蛮化的艺术和科学"[3]让人类满足于自己的兽性,点缀了人们天生的骄气、无耻的狂妄和盲目的偏见等。而对于那些高度体现人道精神的作品,赫尔德则十分认同,认为艺术是"人类的形而上学","第二造物主"[4]他还高度评价希腊艺术是人道的学校,它尊重并热爱人类,培养人性。赫尔德认为艺术是凭借着感性形象来促进人道精神的,因而起到了逻辑思维所起不到的作用。

---

1 约翰·戈特弗里德·赫尔德:载《从文艺复兴到十九世纪资产阶级文学家艺术家有关人道主义人性论言论选辑》,北京大学西语系资料组编,北京:商务印书馆,1973 年,第 439 页。
2 约翰·戈特弗里德·赫尔德:载《从文艺复兴到十九世纪资产阶级文学家艺术家有关人道主义人性论论选辑》,第 455 页。
3 约翰·戈特弗里德·赫尔德:载《从文艺复兴到十九世纪资产阶级文学家艺术家有关人道主义人性论论选辑》,第 456 页。
4 约翰·戈特弗里德·赫尔德:载《从文艺复兴到十九世纪资产阶级文学家艺术家有关人道主义人性论论选辑》,第 460 页。

诗歌语言是人类孩提时代的语言

赫尔德认为诗歌是原始人类的语言，是人类孩提时代的语言，史诗与人类原始阶段的历史密切相联。他从文学的角度将人类的发展分作诗歌、散文和哲学三个阶段，认为"人类最早的语言是歌唱"，[1]而史诗属于人类的童年，它与人的自然情感及自发性是息息相通的。赫尔德强调诗的音乐性，强调诗歌的音响和格律。他要求诗人"不单单用眼睛……同时要聆听，或者尽可能地把他的诗作朗诵给别人听。抒情诗应当那样去读……它们的精神、起伏、生命随着音响而呈现出来。"[2]赫尔德热情洋溢地赞扬诗歌语言：

> 它是充满热情的并且是能唤起这种热情的一切东西的语言，是人们经历过、观察过、享受过、创造过、得到过的想象、行动、欢乐或痛苦的语言，也是人们对未来抱有希望或心存忧虑的语言——这样的语言怎么可以是不感人肺腑的呢？[3]

对德国民族文学的强调

高特舍特对法国新古典主义十分推崇，当时的德国文坛拙劣模仿法国新古典主义，被众多德国文论家批判，赫尔德也是其中一员。赫尔德要求德国作家忠实于自己和自己民族的祖先，并强调文学艺术与语言同民族是不可分割的整体，每个民族的文学艺术和情感生活，必然与民族体质和周围环境联系在一起。不仅如此，他还将民族文学的发展与政治制度和民主生活联系在一起。他认为政治上的专制会带来鉴赏的专制，从而会导致文学艺术的停滞；只有在开明的民主制度下，才会产生人道主义的文学，古希腊和共和政体时代的罗马就是范例。为此，他坚决反对宗教裁判所对作品的审查，反对文学艺术领域的垄断。

历史对文学理论研究的作用

赫尔德特别强调历史研究在文学理论研究中的重要作用，指出起源问题是推断事物性质和特征的最好切入点。赫尔德在论述诗歌问题时，就曾穷其根源，认为诗歌和语言的起源是一回事。他曾说文学理论的种种观念"产生于种类繁多、现象各异的具体事物，而在这之中起源问题则是一切的一

---

1 约翰·戈特弗里德·赫尔德：《论语言的起源》，姚小平译，北京：商务印书馆，2009年，第49页。

2 雷纳·韦勒克：《近代文学批评史》第一卷，第247页。

3 约翰·戈特弗里德·赫尔德：《论诗的艺术在古代和现代对民族道德的作用》，载《欧美古典作家论现实主义和浪漫主义》(二)，中国社会科学院外国文学研究所外国文学研究资料丛刊编辑委员会编，北京：中国社会科学出版社，1980年，第272页。

切"。[1]赫尔德的文学史观多少受到生物学研究的影响,他惯常的思维方式是比拟,并且认为这是人们认识事物的唯一方式。赫尔德常常将生物学研究比附于文学史的考察,这种起源学理论,突出地表现了其文学史观中生物学的倾向。例如他写道:

> 与树木从根部生长的道理一样,要推究一门艺术的发展和繁荣,也必须从它的起源谈起。它的起源包含着它的产品的全部生命,正如一种植物的整体连同它的各个部分全都蕴藏在一颗种子里一样。[2]

文学批评

赫尔德对于文学批评有着自己的一套观念。首先,他倡导"移情的批评概念",他写道:"全世界每个明智的批评家都会说,为了理解和阐释文学作品,就必须深入作品本身的精神中去。"[3]这要求批评家将自身情感置入作品,与作品共情才能理解作品,从而阐释作品。赫尔德认为批评家必须要"揣测作者的心灵深处",将每部作品看成一颗灵魂的印记。其次,赫尔德认为批评家应该是作者的友人和服务者,而不应成为立法者和批评的法官去试图对作家作品进行审判。因此,他也反对那种墨守成规的批评家,这种批评家试图用一种标准来衡量所有作品。实际上赫尔德是在对新古典主义的批评原则宣战,坚持这种原则的批评家们企图建立一个连贯的、系统的文学理论,以及一成不变的评判标准,然而在赫尔德眼中批评是一种移情化和非理性的过程。最后,赫尔德在进行文学批评时使用了"典型"的概念,主要指普遍与特殊的统一,他认为"一般普遍的东西都仅仅存在于特殊的东西内,仅仅从特殊的东西才产生普遍的东西",[4]而文学艺术正是以一种个性形式表现观念与理想,以美的形式表现事物的本质。虽然赫尔德对"典型"概念的论述是初步的、粗糙的,但对后来现实主义典型理念的形成具有一定影响。

---

1 约翰·戈特弗里德·赫尔德:转引自《近代文学批评史》第一卷,第249–250页。
2 约翰·戈特弗里德·赫尔德:转引自《近代文学批评史》第一卷,第250页。
3 约翰·戈特弗里德·赫尔德:转引自《西方美学通史》第三卷,蒋孔阳、朱立元主编,上海:上海文艺出版社,1999年,第919页。
4 约翰·戈特弗里德·赫尔德:转引自《西方美学通史》第三卷,第950页。

三　结语

　　启蒙主义文论以理性为核心，以"启蒙"为口号及目的，是启蒙运动的重要组成部分，其影响与启蒙运动一样深远广大。作为资产阶级思想解放运动的启蒙主义运动，强烈地抨击了专制王权与封建贵族，试图打破教会的思想垄断，并对新古典主义在文艺创作上的腐朽陈规发起了猛烈的进攻。启蒙主义文论宣传了理性精神，高扬反对权威的旗帜，更重要的是对新古典主义的批判，宣示了一种今胜于古的态度。这种态度强烈反对过往那种追溯至古希腊罗马的普遍古典趣味，将文学创作的目光转向对当时人们个体内心的关注，当然这也是启蒙主义强调个性张扬的结果。这种对个体的关注转移到国家层面，恰恰是对个体"民族"的关注，因此主张各民族国家拥有自己的民族文学与文化，使得民族文学不再与过去"言必称希腊"的普遍古典趣味捆绑。索福克勒斯在法国舞台上的失败，诚如卢梭所宣称的那样，是因为"跟我们毫无相似之处的人，我们无法设身处地"，而破除了古典普遍趣味的戏剧则能够"增强民族性格"。[1]因此，启蒙主义文论除了具有鲜明的批判性和解放性外，还深刻地影响了西欧各国民族文学，尤其是德国民族文学的形成。

思考题：

1　请举例说明启蒙主义文论对新古典主义文论进行了哪些批判。

2　请尝试结合所学内容，举例论述新古典主义文论与启蒙主义文论之间的关系。

3　莱辛的《拉奥孔》讨论诗与画的界限问题，中国古典文论对该问题也有论述。请作些了解，并试论二者异同。

---

1 雷纳·韦勒克：《近代文学批评史》第一卷，第85—86页。

第五章
浪漫主义与批判现实主义

一 浪漫主义与批判现实主义文论的概述与背景

浪漫主义（Romanticism）思潮兴起于 18 世纪末的欧洲，到 19 世纪三四十年代影响渐消。主要代表人物有德国的施莱格尔兄弟（August Wilhelm von Schlegel, 1767—1845; Friedrich von Schlegel, 1772—1829），法国的斯达尔夫人（Madame de Staël, 1766—1817）、夏多布里昂（François-René, Vicomte de Chateaubriand, 1768—1848）、雨果（Victor-Marie Hugo, 1802—1885），英国的华兹华斯（William Wordsworth, 1770—1850）、柯勒律治（Samuel Taylor Coleridge, 1772—1834）、拜伦（George Gordon Byron, 1788—1824）、雪莱（Percy Bysshe Shelley, 1792—1822）等。浪漫主义崇尚个性与创造，突出情感与想象力在文学活动中的作用，强调回归自然，其影响至今犹在。

批判现实主义（Critical Realism）思潮在 19 世纪 30 年代兴起并席卷欧洲，主要代表人物有法国的司汤达（Stendhal, 1783—1842）、巴尔扎克（Honoré de Balzac, 1799—1850）、福楼拜（Gustave Flaubert, 1821—1880），俄国的别林斯基（Vissarion Belinsky, 1811—1848）、车尔尼雪夫斯基（Nikolay Chernyshevsky, 1828—1889）、杜勃罗留波夫（Nikolay Dobrolyubov, 1836—1861）、托尔斯泰（Leo Tolstoy, 1828—1910）。批判现实主义要求文艺作品冷静、客观、真实地观察并反映现实，强调再现典型环境中的典型形象。现实主义作为一种创作实践，从亚里士多德的"摹仿说"开始就被人广泛讨论，而作为一种文学思潮，其兴起也是对浪漫主义的一种修正。

法国大革命掀开了欧洲资产阶级民主革命运动的序幕，这一时期，封建制度受到巨大冲击，资产阶级的新思想、新意识开始涌现，启蒙运动带来的理性主义思潮风起云涌。然而，封建势力依旧蠢蠢欲动，试图反扑，欧洲政治形势复杂多变，阶级矛盾、民族矛盾异常尖锐。欧洲各国资本主义经济发展不平衡，各国社会思想文化也有差异，大革命之后人们期待的美好社会并未迅速建立，启蒙运动所向往的那个理性王国也并未如约而至。这一时期也是科学技术迅速发展的时代，并给宗教和文学都带来了巨大挑战。在这种复杂的历史文化背景下，浪漫主义崇尚个性与自由、创造与想象，反对僵化理性规约等思想就有了实现的土壤。

卢梭"回归自然"的主张是浪漫主义的思想来源之一，康德对天才、想象力、崇高、审美等概念的强调和论述也对浪漫主义思潮产生了重要影响。费希特的"自我哲学"认为自我是一切实在的来源，他无限夸大了人的主观能动性，认为自我意志能够重构这个世界，这为浪漫主义张扬个性提供了依据。谢林的"自然哲学"从客体出发研究物质的本质，认为人的基础直观与自然密切相关，人的自由也可以在自然中得以实现，这种对人与自然紧密关系的强调为浪漫主义的"回归自然"又提供了更加充实和有效的依据。法国和英国的空想社会主义理论也是一股不可忽视的力量，他们批判黑暗的社会现实，试图通过思想宣传来改造社会，幻想建立一个充满理性和正义的乌托邦式大同社会，这些主张虽然缺少真正改造现实的力量，却给浪漫主义文艺思潮提供了新思路和新视野。

浪漫主义作为一种文学倾向在历史上一直存在，"浪漫诗歌"最初用来指中世纪传奇。18世纪以来，欧洲逐渐形成了针对新古典主义思潮、摒弃拉丁传统、倡导以情感表现和情感交流为主的诗歌观。"浪漫的"一词涵义得到确立是在德国完成的，席勒《论素朴的诗与感伤的诗》一文用"感伤的"来指"浪漫的"，施莱格尔兄弟则明确用"浪漫的"与"古典的"对比，"浪漫主义"成为一种文学类别和文学运动的代称，这个用法也从德国传播到世界各地。[1]韦勒克总结说，浪漫主义的特点，"就诗歌观来说是想象，就世界观来说是自然，就诗体风格来说是象征与神话"。[2]

19世纪30年代开始，英法等国的资产阶级已经稳固了自己的政权和地位，大资产阶级掌握了国家经济命脉，与中小资产阶级矛盾日益加深。随着资本主义经济的迅速发展，无产阶级作为一个独立的阶级力量逐渐形成，与资产阶级的矛盾也开始尖锐。俄国资本主义发展缓慢，沙皇专制制度和封建农奴制度阻碍了资本主义发展，俄国的资产阶级民主改革步履维艰，农民和地主之间的矛盾依旧是俄国社会主要矛盾。这一时期的另一个重要现象是自然科学知识的丰富和工业技术的飞速发展。细胞学说、能量守恒理论、生物进化思想开始在社会文化领域产生影响，推动了实证主义哲学的产生，也对文学创作和文学理论的方法论产生了影响，并引发了持续多年的"文学与科

1 雷纳·韦勒克：《批评的概念》，张金言译，杭州：中国美术学院出版社，1999年，第133页。
2 雷纳·韦勒克：《批评的概念》，第155页。

学之争"。工业革命加速了生产工具的进步与完善，生产力迅速提高；现代交通工具的出现缩短了空间距离，也对时间观念产生了新影响。新兴大型生产工具日益集中在大资产阶级手里，加剧了资产阶级对无产阶级的剥削，社会财富向少数人汇集，贫富差距逐渐扩大，工人起义和工人运动相继在欧洲出现，工人运动也开始寻求国际间的合作。资本主义的规模化生产方式使得各国间经济联系日益紧密，文化交流和传播也更为便捷，这对整个世界格局都产生了深远影响。

在这样的大背景下，德国哲学孕育出了马克思恩格斯的辩证唯物主义和历史唯物主义，他们批判地继承了德国古典哲学、法国空想社会主义、英国古典政治经济学的理论精华，结合工人运动和斗争的实际，建立了一整套完备的理论体系，为国际无产阶级革命提供了斗争武器，也为文艺思想的发展注入了丰厚的养料。与此同时，其他体现资产阶级思想的哲学观念也相继出现，如实证主义、功利主义等，而启蒙主义与古典主义思潮也依旧占有自己的一席之地。这些思想同时存在又相互交叉，影响了欧洲文艺理论的发展，批判现实主义成为主流思想，但欧洲文艺理论也表现出复杂化、多元化趋势。

广义的现实主义可以理解为一种创作手法，可追溯到亚里士多德的"摹仿说"，是造型艺术、文学作品创作传统中的主流手法之一。而作为一种文学运动，"现实主义"的概念由法国批评家古斯塔夫·普朗什最早使用，其意义是在19世纪50年代围绕法国画家库尔贝绘画展开的大辩论中最终固定下来的。[1]

现实主义显然不同于浪漫主义，却与古典主义有着很多相似之处，同样追求客观，都想描写典型。但它们也有明显的区别：现实主义的典型是社会典型，而不是古典主义追求的普遍人性；现实主义追求广泛的真实，反对古典主义对文体风格和社会等级的划分。法国现实主义强调冷静客观地反映现实，以科学方法摹写现实，又与自然主义有着纠缠不清的联系。俄国现实主义由于其特殊的社会历史文化背景影响，从一开始就带有明显的批判倾向，强调现实性、真实性和人民性。

二 代表人物及其核心理论

1 施莱格尔兄弟"诗的反讽"和雨果的"美丑对照原则"

施莱格尔兄弟是德国浪漫主义理论的先锋人物，以在耶拿主办的杂志

---

[1] 雷纳·韦勒克：《批评的概念》，第219页。

《雅典娜神殿》为主要阵地阐发主张，以他们为代表的德国早期浪漫派也被称为"耶拿派"。施莱格尔兄弟的批评实践涉及诗歌、戏剧、小说等多个领域。弗里德里希·施莱格尔是耶拿派的核心人物、主要理论的首创者；他的兄长奥古斯特·威廉·施莱格尔一方面整理和传播弟弟的主张，一方面也有自己的理论阐发。

诗与天才

弗·施莱格尔的浪漫主义主张是在批评实践中逐渐形成的，主要体现在1798年刊登在《雅典娜神殿》上的《断片》中，在这里，他宣称诗歌具有至高无上的地位，并且明确指出浪漫主义的诗是包罗万象的进步的诗，是全部诗歌的总和。同时，他也强调天才与创造力的重要性，指出诗人应该是自由的，不受任何规律的约束。[1] 奥·威·施莱格尔并不赞同单纯颂扬天才的态度，而是强调一切创造力都与内省相联系，创造性想象力与理性相关，是比幻想更高级的能力，[2] 这一观点后来被英国的柯勒律治继承并阐发。

反讽、象征与神话

耶拿派关于"反讽"、象征和神话的论述至关重要。弗·施莱格尔"反讽"概念的内涵，与席勒看待艺术的游戏观念和康德把艺术视为自由活动的观点相关。他所说的反讽是艺术家把握世界总体性的一种方式，艺术需要自由心境，而艺术家要想达到这种状态就必须凌驾于自身的艺术、德性和天才之上，是一种高度的自我意识，超验性的戏谑做法，如此才能具有冷静看待世界的意识。弗·施莱格尔声称歌德的《威廉·麦斯特》表现了这种反讽，阿里斯托芬、塞万提斯、莎士比亚、斯威夫特等人的作品也具有反讽特征。弗·施莱格尔使用"反讽"这一术语时，已经超越了修辞学含义本身，也一直是人们讨论的焦点，黑格尔和克尔凯郭尔都对其进行过批评，认为这是弗·施莱格尔信奉费希特自我哲学的结果，是一种轻率态度。[3]

在对待神话的态度上，施莱格尔兄弟观点一致，他们认为希腊神话和基督教神话都是诗歌灵感的主要源头，古代神话已经枯竭，因此需要复兴。但他所呼吁复兴的是"反讽的、有意识苦心构思的、哲理性的神话"，是一种象征系统，意味着摒弃理性和逻辑推理，让想象力带领人们回归到原始和自然状态中。这是一种全新的神话观，也代表了浪漫主义诗论的核心观点，强

1 中国社会科学院文学研究所编：《古典文艺理论译丛》卷一第二册，北京：知识产权出版社，2010年，第263—264页。
2 雷纳·韦勒克：《近代文学批评史》第二卷，杨自伍译，上海：上海译文出版社，2009年，第57—58页。
3 雷纳·韦勒克：《近代文学批评史》第二卷，第15页。

调想象和象征，以及对原始和自然的向往和回归。

弗·施莱格尔后来皈依天主教，他的浪漫主义诗歌观带有浓厚的宗教神秘主义色彩；奥·威·施莱格尔也提倡运用天主教的象征。这种诗歌观认为，诗歌、艺术反映的世界只能是宗教意义上的永恒世界，而且要依靠基督教哲学来达成信仰和知识的统一，归根结底，诗人的自由、天才、情感都是上帝心灵的反映。[1]

耶拿派的理论主张经过奥·威·施莱格尔的传播，对英国和法国浪漫主义理论都产生了重要影响。

由于新古典主义势力强大，延续时间也比较长，法国浪漫主义思潮出现较晚。前期主要代表人物是斯达尔夫人，她的观点体现在《论文学》和《论德国》中；后期主要代表人物是雨果，他的《〈克伦威尔〉序言》成为法国浪漫主义运动的宣言，而戏剧《欧那尼》的上演，则改变了法国戏剧传统，标志着浪漫主义思潮占据上风。

南方文学与北方文学

在《论文学》开篇，斯达尔夫人提出自己的主旨在于"考察宗教、风尚和法律对文学的影响以及文学对宗教、风尚、法律的影响"，[2]强调文学应与社会、历史、文化背景相联系，并在此思想指引下建构了一套完整的文学史体系。该书第一编以历史主义视角考察了"古代和现代文学"的发展历程，第二编则论述了"法国学术的现状及其将来的发展"。[3]《论文学》最重要的意义在于提出了"南方文学与北方文学"的概念：以荷马为鼻祖的南方文学，包括希腊、意大利、西班牙和路易十四时代的法兰西文学；以莪相为渊源的北方文学，包括英国、德国、丹麦和瑞典等国家的文学。南北方因为地理、气候等条件不同而形成了各不相同的民族个性与文学特征：南方文学更关心快乐，感情奔放，追求享受；北方文学则更关心痛苦，充满哲思，想象力丰富。斯达尔夫人显然更偏向充满理性、想象与忧郁气质的北方文学，这已经流露出了她的浪漫主义倾向。[4]

1 伍蠡甫主编：《西方文论选》下卷，上海：上海译文出版社，1979年，第327页。
2 斯达尔夫人：《论文学》，徐继增译，北京：人民文学出版社，1986年，第12页。
3 斯达尔夫人：《论文学》，第1—2页。
4 斯达尔夫人：《论文学》，第145—146页。

古典诗与浪漫诗

斯达尔夫人 1803 年流亡德国，见到了歌德和席勒，并结识了奥·威·施莱格尔，因此受德国浪漫派思想影响很深，这也成就了后来的《论德国》一书。她在书中详细介绍了德国文学（包括诗歌、戏剧和小说）、艺术以及重要思想家和批评家，通过对"古典诗与浪漫诗"的界说明确提出了自己的浪漫主义主张。她认为，"古典诗"不是完美的同义词，而是与浪漫诗一样，是一种文学趣味。古典诗就是古人的诗，浪漫诗就是源自骑士传统的诗，这就动摇了古典诗的权威地位，为法国浪漫主义革新运动作了铺垫。她也详细分析了古典诗与浪漫诗的不同特征，并指出："浪漫主义的文学是唯一还有可能充实完美的文学，因为它生根于我们自己的土壤，是唯一可以生长和不断更新的文学；它表现我们自己的宗教；它引起我们对我们历史的回忆；它的根源是老而不古。"[1]

斯达尔夫人关于古典诗与浪漫诗的论述显然复制了德国理论家的观点，但她的著作引起了法国国内对浪漫主义思潮的关注；关于南方文学和北方文学的界说也为后来"种族、时代、环境"决定论的出现开辟了道路。

雨果的《〈克伦威尔〉序言》

雨果的《〈克伦威尔〉序言》在文学史上占据重要地位。

首先，他的观点超出了关于规则和三一律的争论范围，将诗歌讨论引入了文学史领域，"用辩证的和象征的说法重新解释诗歌"。[2] 他把诗歌发展的历史分为三个阶段：原始时代、古代和近代。原始诗歌是抒情性的，代表作是《圣经》；古代诗歌由抒情转向叙事，是史诗性的，代表作是《荷马史诗》；近代诗歌注重描绘人生，是戏剧性的，其高

雨果

---

1 斯达尔夫人：载《西方文论选》下卷，第 144 页。
2 雷纳·韦勒克：《近代文学批评史》第二卷，第 331 页。

95

峰是莎士比亚。[1]尽管雨果详细分析并总结了不同时代诗歌的特征，但这种概括性描述还是不够精确的。不过，雨果完成了一种创造性活动，他表明了一种观点，即诗歌的基础是社会，诗歌是时代的反映，在历史演进中呈现诗歌演进的轨迹，这体现了一种历史主义观点。

其次，他创造性地提出了著名的美丑对照原则，这一原则被认为是对新古典主义三一律的彻底颠覆。

雨果认为，古代诗歌标准单一，只模仿和表现自然的一个方面，符合某一种典型美，而将滑稽丑怪的部分排除在外，这是虚伪和浅薄的。近代以来，基督教把诗引入真理，所以诗神发现："万物中的一切并非都是合乎人情的美，……丑就在美的旁边，畸形靠近着优美，丑怪藏在崇高的背后，美与恶并存，光明与黑暗相共。"[2]因此，近代诗歌出现了新形式和新变化。雨果认为，浪漫主义文学应该表现真实的人性，不仅可以表现美，更可以给滑稽丑怪一个展示的空间。崇高优美和滑稽丑怪不仅仅是对立的，更应该是统一的；通过一种更高级的综合，诗人应该全面地再造现实，通过调和对立和矛盾的两面，表现一种更完整的真实。

将滑稽丑怪纳入艺术表现的范围，就彻底否定了新古典主义的清规戒律，提倡创作自由和多样化。雨果说："我们要粉碎各种理论、诗学和体系，……什么规则、什么典范，都是不存在的。……没有别的规则，只有翱翔于整个艺术之上的普遍的自然法则，只有从每部作品特定的主题中产生出来的特殊法则。"[3]

艺术真实与自然真实

雨果还论述了艺术真实与自然真实的关系，他认为，艺术真实不是绝对现实，不是对自然刻板的照搬照抄，而是像"聚集物像的镜子"或者"魔棍"，描绘的是理想的现实；诗人应该着重描写的不是美，而是特征，这样才能完成雨果心目中的艺术真实。[4]通过雨果的这些简单论述，我们已经可以看到一些现实主义和典型理论的影子，法国的现实主义思想实际上是在浪漫主义思想中孕育出来的。

1 维克多·雨果：载《柳鸣九文集卷 13·雨果论文学、磨坊文札》，柳鸣九译，深圳：海天出版社，2015 年，第 41—57 页。
2 维克多·雨果：载《柳鸣九文集卷 13·雨果论文学、磨坊文札》，第 48 页。
3 维克多·雨果：载《柳鸣九文集卷 13·雨果论文学、磨坊文札》，第 74 页。
4 维克多·雨果：载《柳鸣九文集卷 13·雨果论文学、磨坊文札》，第 76—78 页。

华兹华斯在湖区的居处"鸽屋"

2 华兹华斯的浪漫主义诗歌宣言和柯勒律治的"想象与幻想"

　　英国浪漫主义很长时间并没有得到正式命名，英国浪漫主义诗人当时也并没有把自己当成是浪漫主义者，但是，华兹华斯的诗歌理论却无疑确立并完善了浪漫主义诗歌的创作原则和创作理念，1800 年和 1815 年的两篇《抒情歌谣集》"序言"也被看作是浪漫主义运动的宣言和纲领。

诗是一切知识的菁华

　　华兹华斯为诗歌确立了至高无上的地位："诗是一切知识的菁华，它是整个科学面部上的强烈表情。""诗是一切知识的起源和终结，——它像人的心灵一样不朽。"[1]在当时日益崇尚自然科学的社会背景下，华兹华斯捍卫了诗歌的价值，使诗歌成为英国浪漫主义运动的主要体裁，这种热情赞颂诗歌的态度更影响了后来的雪莱和马修·阿诺德。作为浪漫主义诗论的标志

---

1 威廉·华兹华斯：载《十九世纪英国诗人论诗》，刘若端编，北京：人民文学出版社，1984 年，第 17 页。

性口号，"诗是强烈情感的自然流露"几乎人尽皆知，但华兹华斯并没有宣扬情感主义，他很快补充道："它起源于在平静中回忆起来的情感。"[1] 这就给了诗人的情感延迟和沉淀的时间，原初情感难免粗糙和平庸，经过时间沉思之后的情感，因为注入了理性因素才显得更加成熟和丰满。华兹华斯强调的情感是诗人的情感，浪漫主义诗论对情感的强调就是对诗人的强调，如艾布拉姆斯所说，这标志着"批评兴趣从欣赏者转向艺术家"，"艺术家本身变成了创造艺术品并制定其判断标准的主要因素"，一种崭新的理论——表现说出现了。[2]

诗歌题材与语言

华兹华斯也分析了诗歌题材与语言问题，他认为诗应该选择日常生活中的事件进行表现，将田园生活作为题材，并使用人们的日常口语，这种题材会给情感提供更好的土壤，这样的语言也更加永久和富有哲学意味。华兹华斯的主张引起了许多非议，他的盟友柯勒律治根据实践提出了反驳意见，华兹华斯自己也并没有完全实践这一主张。总的来说，他所反对和批评的是奇崛、肆意夸张、刻意晦涩的语言风格，是刻板、固化、雕琢的"诗的辞藻"，主张以灵活生动的口语入诗，恢复诗歌最原初对听觉的触动，而不是依赖词汇固定的视觉形象；用生动的语言表达真正的趣味和情感，恢复诗歌的创造力与活力。

想象与幻想

在《抒情歌谣集》1815 年版序言中，华兹华斯谈到写诗应该具备的六种能力：观察和描绘、感受性、沉思、想象和幻想、虚构、判断。这六种能力中，最为华兹华斯所重视的是想象（imagination）与幻想（fancy）。他举了大量的诗歌实例，来证明想象力是一种心灵的活动，具有赋予、抽出、修改的能力，也有造形和创造的能力。华兹华斯认为，想象和幻想一样，都具有加重、联合、唤起和合并的能力，只是处理的素材不同。简言之，幻想并不会改变它所使用素材的性质，刺激的是人天性中暂时的部分；而想象则可以随意组合、影响意象，激发的是人天性中永久的部分，想象力是具有创造性的能力，因而也比幻想更高级。

华兹华斯关于想象和幻想的论述带有经验主义的特点，柯勒律治的相关论述则带有德国古典哲学的影子，尤其是康德的影响。

1 威廉·华兹华斯：载《十九世纪英国诗人论诗》，第 22 页。
2 M. H.艾布拉姆斯：《镜与灯：浪漫主义文论及批评传统》，郦稚牛、张照进、童庆生译，王宁校，北京：北京大学出版社，2004 年，第 19、20 页。

柯勒律治把想象力分为第一位的和第二位的两种：“第一位的想象是一切人类知觉的活力与原动力，是无限的‘我存在’中的永恒的创造活动在有限的心灵中的重演。”第一位的想象带有明显的先验色彩，而第二位的想象则是第一位的想象在普通经验中的体现，“它溶化、分解、分散，为了再创造”。[1] 想象是一个充满活力的创造性过程，它会赋予材料以新的形式；幻想则是一个联想过程，是固定不变的。不仅如此，想象还具有整合的能力：“调和同一的和殊异的、一般的和具体

柯勒律治长诗《古舟子咏》插图

的、概念和形象、个别的和有代表性的、新奇与新鲜之感和陈旧与熟悉的事物”。[2] 这也体现了柯勒律治的“有机整体论”诗学观，他认为，诗“必须是一个整体，它的各部分相互支持、彼此说明；所有这些部分都按其应有的比例与格律的安排所要达到的目的和它那众所周知的影响相谐和，并且支持它们”。[3] 在艺术作品中，整体与部分的关系是统一性与多样性的关系，诗的个性要包括普遍性。柯勒律治用这种有机整体论的诗学标准取代了新古典主义的时间、地点、情节“三一律”。

诗人与独创性天才

与华兹华斯一样，柯勒律治也把诗人放在了十分重要的位置上。他认为，定义诗是什么，也就是定义诗人是什么：“诗是诗的天才的特产，是由诗的天才对诗人心中的形象、思想、感情，一面加以支持、一面加以改变而成的。”[4] 在柯勒律治眼里，诗人几乎与天才同义，他指出了独创性天才应该具备的四个特点：第一，诗写得具有完美的佳调，切合主题；第二，诗的主题与作者的兴趣或环境相去甚远；第三，能够充分运用想象力；第四，具

1 塞缪尔·柯勒律治：载《十九世纪英国诗人论诗》，第61页。
2 塞缪尔·柯勒律治：载《十九世纪英国诗人论诗》，第69页。
3 塞缪尔·柯勒律治：载《十九世纪英国诗人论诗》，第67页。
4 塞缪尔·柯勒律治：载《西方文论选》下卷，第33页。

有思想的深度与活力。[1]他认为，天才与才能的区别，也就是想象与幻想的区别，想象是天才必备的素质。另外，天才必须是客观的，无个性的，回避自己的感情，与表现对象保持距离。这一观点在济慈的"消极能力"说中也有所体现，后来被 T. S. 艾略特发展为"非个性化"理论。

柯勒律治的莎士比亚评论也很重要，他继承了 18 世纪莎评的主要思路，以人物性格分析为主。与莎评人物性格分析法的集大成者布拉德雷[2]一样，柯勒律治也偶尔模糊现实与虚构的界限，将莎剧的人物当成真实人物来分析。

柯勒律治的文论在英国浪漫主义文论中独树一帜，他受德国哲学的影响，却并没有成为传声筒，而是融会贯通，将之与英国经验主义结合，形成了一套独具个性的理论系统。

"为诗辩护"

雪莱的诗歌理论受到柏拉图和卢梭的影响，主要体现在《麦布女王》《伊斯兰的起义》《解放了的普罗米修斯》序言中。他最重要的理论文章是为了反驳皮科克[3]《诗歌的四个时代》而创作的《为诗辩护》，在这篇论文中，雪莱以近乎疯狂的激情赋予了诗歌至高无上的地位。

雪莱认为，诗是生活惟妙惟肖的表象，它包罗万象，表现的是永恒的真实；诗歌也是想象的表现，能够以神圣的方式呈现世界上一切隐藏的美，可以再造它所表现的一切，唤醒并丰富人的心灵；诗歌同道德进步有密切联系，体现时代的伦理理想，又可以成为民族觉醒和改革最可靠的先驱和伙伴。雪莱称诗人是"法律的制定者，文明社会的创立者，人生百艺的发明者"，甚至宣称"诗人是世间未经公认的立法者"。[4]

除去那些激情高昂的辩词，雪莱也对诗歌进行了历史性考察，他梳理了古希腊罗马的史诗和戏剧、希伯来基督教诗歌和近代欧洲诗歌的发展脉络，对彼特拉克、但丁、薄伽丘、乔叟、莎士比亚、弥尔顿等人进行了评价。虽然他强调灵感对诗歌的重要作用，却并未否定历史发展的意义。他也论述了

---

1 塞缪尔·柯勒律治：载《十九世纪英国诗人论诗》，第 71 页。

2 布拉德雷（A. C. Bradley, 1851—1935）：19 世纪末 20 世纪初英国著名文学批评家和莎士比亚学者。布拉德雷的莎评以人物性格分析为主，代表作《莎士比亚悲剧》（1904）被公认为莎士比亚批评的经典之作，也是从浪漫主义批评到现代批评的承前启后之作。

3 皮科克（Thomas Love Peacock, 1785—1866）：英国著名诗人、讽刺小说家、文学批评家。他一生创作了大量作品，其中最为著名的是《诗歌的四个时代》（1820）。皮科克以"铁、金、银、铜"来比喻诗歌发展的四个时代，认为在工业文明阶段，诗歌的黄金时代已经过去，哲学家与政治家更应该承担诗人所扮演的角色。

4 珀西·雪莱：载《十九世纪英国诗人论诗》，第 122、160 页。

诗歌语言、想象力、诗歌音乐性等浪漫主义文论关心的话题。

面对皮科克直接宣称诗歌无用的态度，雪莱花大力气论述了诗歌的功用。简言之，诗歌的主要功用有两个：一是道德教化，二是审美愉悦。在《伊斯兰的起义》序言中，他强调诗歌应该在"读者心目中燃起他们对自由和正义原则的道德热诚，对善的信念和希望"。[1]雪莱所说的道德是通过运用诗歌想象力而达到的一种至美和至善，是真实、勇气和激情，因此他盛赞弥尔顿笔下的"撒旦式英雄"。诗歌也应该给人带来愉悦和快感，并使人在快感中接受诗的智慧。

雪莱如此夸大其词，显然与论辩有关，皮科克并未否定历史上伟大的诗人和诗歌，只是对他们所处时代的诗人和诗歌进行了讽刺与挖苦，认为技术、科学、历史、哲学、道德和政治等知识都在发展，诗歌则显得轻浮。在这样的背景下，雪莱的夸张就显得合理了，他的辩词虽然被韦勒克说成"陈词滥调"[2]，却在科学主义与功利主义盛行的时代捍卫了诗歌的尊严。

3 巴尔扎克的"典型理论"和福楼拜的"文学真实"

法国现实主义在欧洲最早兴起，是对浪漫主义思潮的修正，从浪漫主义过渡到现实主义的过程并没有激烈的论争，现实主义作家和文论家有些就是从浪漫主义直接转过来的，比如司汤达，有些文学史将《拉辛与莎士比亚》定义为浪漫主义宣言，有些则将其归到现实主义范畴，认为它提出了现实主义创作原则。正如朱光潜所说："法国现实主义不但朝过去看没有和浪漫主义划清界限，朝未来看也没有和自然主义划清界限。"[3]从浪漫主义到现实主义，再到自然主义，法国文学发展体现了一种内在连续性。

《拉辛与莎士比亚》是两本小册子的合集，分别出版于 1823 年和 1825 年，有些篇章以浪漫主义者与古典主义"院士"直接辩论的形式呈现，有些是浪漫主义者和古典主义者的书信论辩，文章的形式本身就生动而吸引人。

反对古典主义三一律

首先，司汤达竭力反对古典主义三一律。他说："我认为遵守地点整一律和时间整一律实在是法国的一种习惯，根深蒂固的习惯，……这种整一律对于产生深刻的情绪和真正的戏剧效果，是完全不必要的。"[4]地点整一律尤其受到司汤达的批判："对于某些动人的题材，换景是绝对必需的"，一

1 珀西·雪莱：载《西方文论选》下卷，第46页。
2 雷纳·韦勒克：《近代文学批评史》第二卷，第164页。
3 朱光潜：《西方美学史》，北京：人民文学出版社，2002年，第714页。
4 司汤达：《拉辛与莎士比亚》，王道乾译，上海：上海人民出版社，2006年，第16页。

个优秀的戏剧作家"一定会把地点整一律从悲剧中排除出去"。[1]他又用莎士比亚的《奥赛罗》《麦克白》剧情和场景转换的例子来佐证自己的观点。

浪漫主义创作原则

其次，司汤达反复强调的"浪漫主义"定义与创作原则，实际上是融合了现实主义要素的浪漫主义。他认为浪漫主义是"为人民提供文学作品的艺术，符合当前人民的习惯和信仰，所以它们可能给人民以最大的愉快"；[2]他提倡文学应该反映当前的现实，在多个场合强调文学应该是现实的一面镜子，近似自然主义的照相式还原。[3]既然文学是镜子，司汤达也就不排斥丑怪在作品中出现，他在《阿尔芒斯》序言中说："要是长相丑陋的人经过这面镜子前照见了自己，这难道是作者的错？"[4]但是，司汤达对客观再现的论点作了修正，也反对过分夸大丑怪的比重。他认为小说描写人物应该运用拉斐尔创作人物时的理想化手法，也推崇司各特的小说，认为是"浪漫的"。[5]

在创作题材问题上，司汤达认为真理唯有借助长篇小说才能获得，长篇小说应当具有社会性、心理性、时代性，甚至时势性，同时带有普遍性，探索到人的本性。[6]这也非常明确地体现在了他自己的创作实践中。

司汤达反对古典主义的清规戒律，却并不排斥其关照生活的部分；他提倡浪漫主义的自由和冒险，却并没有过分推崇天才与个性，而认为"天才永远存在于人民中间"。[7]由此可见，司汤达敏锐地捕捉到了时代的需要，使创作摆脱了古典主义清规戒律的束缚，又没有被浪漫主义的激情蒙蔽双眼，而是走出了一条为社会人生服务的现实主义道路。

巴尔扎克首先是一位伟大的批判现实主义作家，他一生共创作了91部长、中、短篇小说，也就是为人熟知的《人间喜剧》。在《论艺术家》《〈人间喜剧〉前言》等论文，以及作品序跋、书刊评论和书信中，巴尔扎克阐发了自己关于创作内容、创作目的、创作原则、创作方法等的现实主义理论和思想。

1 司汤达：《拉辛与莎士比亚》，第53、54页。
2 司汤达：《拉辛与莎士比亚》，第46页。
3 司汤达在《红与黑》第13章卷首语中将长篇小说界定为"行路时的一面镜子"（参见《近代文学批评史》第二卷，第328页），在《吕西安·勒万》序言中说"小说应当是一面镜子"，在《为〈吕西安·勒万〉所写的遗嘱》中强调"人物和事件是按照自然摹写的"（参见《拉辛与莎士比亚》，第264、273页）。
4 司汤达：《拉辛与莎士比亚》，第255页。
5 雷纳·韦勒克：《近代文学批评史》第二卷，第328—329页。
6 雷纳·韦勒克：《近代文学批评史》第二卷，第328页。
7 司汤达：转引自《欧洲文论简史》，伍蠡甫、翁义钦编，北京：人民文学出版社，2004年，第234页。

论艺术家

首先，巴尔扎克对艺术家的看法融合了浪漫主义和现实主义两种观念。

他赋予艺术家极高的地位："帝王统治人民不过一朝一代而已；而艺术家的影响却能绵延至整整几个世纪。"他也像浪漫主义理论家一样，强调天才、灵感、想象力在创作中的作用，他认为天才是极其稀少的，作家创作时"并不知道他的才能的秘密所在"。[1]他并未夸大天才、灵感的作用，坚持认为艺术家应该反映生活，心中应该有一面"镜子"，"变幻无常的宇宙就在这面镜子上面反映出来"，但这并不是机械地照抄或复现，而是"借助于思想来表现自然"，因此，他也强调文学家应当具备两项关键能力，一是观察，一是表现。[2]敏锐的观察力与丰富的表现力汇集在一起，表现为一种"透视力"，即文学应该反映现实，却并不能仅局限于

雕塑家奥古斯都·罗丹（August Rodin，1840—1917）所作巴尔扎克像，法国巴黎

眼前的现实，而要通过想象力和创造力"越过空间"，"确实看见了世界，或心灵直觉地发现了世界"；透视力可以帮助作家"在任何可能出现的情况中测知真相"。[3]巴尔扎克的这些主张也反映在他的创作实践中，《人间喜剧》包罗万象，塑造了两千多个栩栩如生的人物，这显然不可能由作家亲自去体察和采访，而正是通过观察、想象、透视完成的。

典型理论

巴尔扎克主张文学应该反映现实，但不能机械地复制现实，应该塑造典型。

他曾宣称自己的任务是写"男人、女人和事物，也就是个人和他们思想的物质表现；就是写人与生活"；"法国社会将写它的历史，我只能当它的书记"；"从来小说家就是自己同时代人们的秘书"。[4]但是，在巴尔扎克

1 奥诺雷·德·巴尔扎克：《巴尔扎克论文学》，王秋荣编，北京：中国社会科学出版社，1986年，第2、5页。

2 奥诺雷·德·巴尔扎克：《巴尔扎克论文学》，第94页。

3 奥诺雷·德·巴尔扎克：《巴尔扎克论文学》，第95、96页。

4 奥诺雷·德·巴尔扎克：《巴尔扎克论文学》，第60、62、143页。

看来，生活本身要么过分充满戏剧性，要么缺少生动性，因此，文学表现生活时需要对现实生活进行筛选和加工，"为了塑造一个人物，往往必须掌握几个相似的人物"，在塑造美丽形象的时候，用绘画的方法，"取这个模特的手，取另一个模特的脚，取这个的胸，取那个的肩。艺术家的使命就是把生命灌注到他所塑造的这个人体里去，把描绘变成真实"。¹ 这样塑造出来的人物，就是巴尔扎克所说的"典型"。他认为："典型指的是人物，这个人物身上包括着所有那些在某种程度跟他相似的人们的最鲜明的性格特征；典型是类的样本。"² 典型既具有普遍性，又具有鲜明的个性，既取自现实，又要高于现实。除了典型人物，巴尔扎克也注重描写典型环境："有在各种各样生活中都出现的处境，有典型的人生演变时期，而这就是我可以追求的准确性之一。"³

恩格斯在《致玛·哈克奈斯》中对巴尔扎克和《人间喜剧》作出了极高的评价，称其为"现实主义最伟大的胜利之一"，正是在这个意义上，他给了现实主义一个经典概括："除了细节的真实外，还要真实地再现典型环境中的典型人物。"⁴ 可以说，在现实主义和典型问题上，巴尔扎克做到了理论与实践的高度统一。

福楼拜的创作理论和文艺思想主要体现在他与乔治·桑、莫泊桑、圣伯夫及其他友人的书信中，其理论主张可以概括为三个方面：第一，冷静客观地还原现实；第二，塑造具有普遍性和典型性的人物；第三，追求艺术性，重视形式美。

文学应当描述真实

福楼拜首先主张文学应当描述真实，作家要对现实耳熟能详，有了真实，文学色彩才能显现出来；同时要注意细节，"像近视眼那样观察事物，看到事物的'毛孔'"。他提倡应以科学方法创作小说和进行文学批评，"像搞动植物学一样"，不泛泛而论，详实描述事物的具体样态，以及同其他事物的联系。⁵ 艺术将具有科学性，科学也将带有艺术色彩。为了达到这样的效果，作家必须做到绝对客观："作家不应该表露自己的信念；艺术家

1 奥诺雷·德·巴尔扎克：《巴尔扎克论文学》，第142、143页。
2 奥诺雷·德·巴尔扎克：《巴尔扎克论文学》，第169页。
3 奥诺雷·德·巴尔扎克：《巴尔扎克论文学》，第71页。
4 弗里德里希·恩格斯：《致玛·哈克奈斯》，载《马克思恩格斯选集》第四卷，中共中央马克思、恩格斯、列宁、斯大林著作编译局编译，北京：人民出版社，1995年，第683—684页。
5 居斯塔夫·福楼拜：《福楼拜文学书简》，丁世忠译，桂林：广西师范大学出版社，2020年，第147、93页。

在自己的作品里，就像上帝在自然界一样不露面。"[1]这种态度要求作家排除任何个人因素，隐匿在作品中，不对作品进行任何干预，保持彻底中立，作家越能做到客观，作品就越真实。

客观描述现实不等于机械反映现实，福楼拜也提出，艺术不是现实，而应该在现实的各种因素中做选择。在给乔治·桑的信中，福楼拜特意强调："我总是强迫自己深入事物的灵魂，停止在最广泛的普遍上，而且特意回避偶然性和戏剧性。"[2]他认为，人物应该具有一般性，也因此具有典型性。

文学的形式与风格

对于形式与风格的重视是福楼拜文艺思想的特点。他认为"形式与内容是两种细致东西、两种实体，活在一起，永远谁也离不开谁"；[3]"美的思想，若无美的形式，则无法存在，反之亦然"。[4]但在有些场合，他把形式放在更重要的位置上，认为在一些好的作品中，主题并不重要，仅仅通过风格的力量就可以使作品完备，主题甚至可隐没，素材可以很少，只要表达贴近思想，文字贴切，就是美的作品。他甚至说过："艺术的真谛，在于自身的美，而我首要风格，其次是真实。"称赞波德莱尔的作品时，他感叹："大作我最喜欢之处，就是艺术至上。"[5]福楼拜的这些主张已经与唯美主义"为艺术而艺术"的思想有了共鸣。

尽管福楼拜不喜欢现实主义这个称呼，也一直否认自己是个现实主义者，[6]但他关于真实、典型、客观性以及艺术美的论述却无疑为现实主义理论注入了重要养分。

4　别林斯基的"典型与形象思维"和托尔斯泰论"什么是艺术"

俄国现实主义一开始就与俄国废除封建农奴制的革命民主主义运动紧密相关，以别林斯基、车尔尼雪夫斯基、杜勃罗留波夫为代表的批评家旗帜鲜明地提出了一整套现实主义文艺理论和美学思想，把批判现实主义运动推向高潮，并对后世产生了深远影响。托尔斯泰的现实主义理论则融合了情感和宗教因素，独具特色。

别林斯基的重要地位毋庸置疑，韦勒克甚至称他为"俄国文学有史以

---

1 居斯塔夫·福楼拜：《福楼拜文学书简》，第36页。
2 居斯塔夫·福楼拜：《福楼拜文学书简》，第273页。
3 居斯塔夫·福楼拜：载《西方文论选》下卷，第216页。
4 居斯塔夫·福楼拜：转引自《近代文学批评史》第四卷，杨自伍译，上海：上海译文出版社，2009年，第14页。
5 居斯塔夫·福楼拜：《福楼拜文学书简》，第333、200页。
6 福楼拜本人既不喜欢现实主义称号，也不喜欢自然主义称号，在他看来，这些都是"空洞的术语"。他在给乔治·桑、莫泊桑、勒莫尼埃等人的书信中都提到过这一想法。(参见《福楼拜文学书简》第179、299页。)

来最重要的批评家"，[1]他是俄国现实主义文论的引领者和奠基人，车尔尼雪夫斯基和杜勃罗留波夫都是他的继承者和追随者。理论界经常将别林斯基的文学批评分为两个阶段，前期受黑格尔唯心论影响，后期则克服了唯心主义。韦勒克认为，尽管别林斯基前后批评侧重点有所不同，政治信念有所改变，但他运用的范畴、概念、程序和基本理论用语是一致的。朱光潜也认为："别林斯基在他的思想发展中始终是一个现实主义者，也始终没有完全摆脱黑格尔的影响。"[2]在《文学的幻想》《论俄国中篇小说和果戈里君的中篇小说》《现代人》《智慧的痛苦》《艺术的概念》《一八四七年俄国文学一瞥》等论文中，别林斯基阐述了文学的真实性、客观性、典型性、形象思维等重要思想和原则。

文学表现真实的内涵

别林斯基坚信文艺作品应当表现真实，但是真实的内容和载体却有所变化。在早期论文《文学的幻想》中，真实是"自然生活的理念"的表现，"艺术是宇宙的伟大理念在它的无数多样的现象中的表现"。[3]在《论俄国中篇小说》中，别林斯基提出了"理想的诗"和"现实的诗"对立问题，前者是诗人按照自己的理想再造生活，后者则忠实于生活的现实性，在赤裸的真实中再现生活。在这里，"真实"开始与"现实"相联系。紧接着，他又论述说，生活的诗歌、现实性的诗歌才是属于那个时代的真正的诗歌，其最显著特点在于忠于现实，现实的诗尤其体现了艺术与生活的密切结合，更符合当时时代的特点和发展趋势。[4]只有跟生活和现实接近，文学才可能取得雄伟成熟的成就，而"理想"也只有在靠近现实时才会获得真正的意义。[5]最高的现实就是真实，诗的内容既然是真实，诗就是最高的现实。真实同时应当客观，诗应当描写现实本来的样子。[6]

典型理论

别林斯基十分重视文学作品的典型性问题，他说："典型性是创作的基本法则之一，没有典型性，就没有创作。"[7]真正有才能、有独创性的创作者，其著作的显著标志就是具有典型性。别林斯基强调的典型性包含两层意思：首先要具有普遍性和一般性，典型应该是同一概念无限众多的现象的

1 雷纳·韦勒克：《近代文学批评史》第三卷，杨自伍译，上海：上海译文出版社，2009年，第325页。
2 朱光潜：《西方美学史》，第511页。
3 维萨里昂·别林斯基：《别林斯基选集》第一卷，满涛译，上海：上海译文出版社，1979年，第21、24页。
4 维萨里昂·别林斯基：《别林斯基选集》第一卷，第147、154页。
5 维萨里昂·别林斯基：《别林斯基选集》第三卷，满涛译，上海：上海译文出版社，1980年，第699页。
6 维萨里昂·别林斯基：《别林斯基选集》第二卷，满涛译，上海：上海译文出版社，1979年，第97页。
7 维萨里昂·别林斯基：《别林斯基选集》第二卷，第25页。

代表；其次要有个性和特殊性，它必须是生动的、有生命和美的、独一无二的形态。一个完美的典型，需要是普遍、有代表性的，同时又是完整、个别的，通过这两个对立物的调和，首先否定自己的普遍性而成为个别现象，变成个别现象之后，又能回到普遍性上来。[1]

形象思维理论

别林斯基文论的另一重要贡献是提出了形象思维理论。他说："艺术是对真理的直感的观察，或者说是用形象来思维。"[2]这一论断显然是受到了黑格尔"理念的感性显现"影响而提出的。他认为，诗人用形象思索，他不证明真理，却显示真理，诗人的形象不由自主地发生在想象之中。[3]在《一八四七年俄国文学一瞥》中，他又进一步借助艺术与科学的区别来说明，艺术中起主导作用的是想象，科学中起主导作用的是智慧和理性；艺术用形象说话，哲学用三段论说话。[4]他反对教诲诗，认为这是抽象思维的显现而不是形象的呈现。别林斯基关于形象思维的理论在文论史上具有开拓性意义，对后世影响很大。

车尔尼雪夫斯基是别林斯基的忠实信徒，在文章中经常提及并肯定别林斯基的地位和作用，但他们的哲学基础却有所不同。别林斯基受黑格尔影响比较明显，车尔尼雪夫斯基则称自己的作品是"应用费尔巴哈的思想来解决美学的基本问题的尝试"。[5]《艺术与现实的审美关系》是中华人民共和国成立前就翻译到我国的完整的西方美学专著，对我国理论界影响深远。[6]车氏的文学批评思想主要体现在《俄国文学在果戈理时期概观》以及其他评价俄国、法国、德国作家的文章中。

美的定义

车尔尼雪夫斯基确立了美的定义："美是生活；任何事物，凡是我们在那里面看得见依照我们的理解应当如此的生活，那就是美的；任何东西，凡是显示出生活或使我们想起生活的，那就是美的。"[7]这个定义包含三层含义：第一，美具有客观性和一般性，客观现实中的美才是彻底的美。第二，

1 维萨里昂·别林斯基：《别林斯基选集》第二卷，第24—25、102、110页。
2 维萨里昂·别林斯基：《别林斯基选集》第三卷，第93页。
3 维萨里昂·别林斯基：《别林斯基选集》第二卷，第96页。
4 维萨里昂·别林斯基：《别林斯基选集》第六卷，辛未艾译，上海：上海译文出版社，2006年，第588、597页。
5 尼古拉·车尔尼雪夫斯基：《艺术与现实的审美关系》，第三版序言，周扬译，北京：人民文学出版社，2009年，第4页。
6 朱光潜：《西方美学史》，第547页。
7 尼古拉·车尔尼雪夫斯基：《艺术与现实的审美关系》，第6页。

肯定了美的理想性，即美不仅可以表现生活本来的样子，也可以表现生活应该有的样子。这就与亚里士多德一致，而与别林斯基有所区别了，别林斯基曾经强调最高的真实应当描写生活原有的样子，而不是应该有的样子。第三，艺术只有在暗示或显示生活时才是美的。

生活高于艺术

在这一定义的基础上，车尔尼雪夫斯基进一步强化了他的观点，认为生活高于艺术。他分析了绘画和雕塑在生活面前的苍白和无力，指出这两种艺术在轮廓的美、制作的完善、表情的丰富等诸多重要方面都远远不及自然的生活。音乐也是如此，人工的歌唱尽管形式优美，却缺少情感，器乐则是对声乐的模仿和附属物。诗歌虽然从内容上说优于其他艺术，但由于其他艺术直接作用于人的感觉，而诗歌则作用于想象力，因此诗歌在对人的主观印象的力量和影响上，不仅低于现实，甚至低于其他艺术。浪漫主义批评家们高度赞扬的想象力，被车尔尼雪夫斯基认为"力量有限"，相比于形象显得黯淡无光。[1]

即使生活高于艺术，但艺术依旧有它的作用。车尔尼雪夫斯基认为，艺术的作用表现在三个方面：第一，再现生活中引人兴趣的一切事物；第二，说明生活，像教科书一样用形象的方式帮助人们更好地理解生活；第三，对生活现象做出判断，艺术家要表现自己的思想倾向，艺术也成了一种道德活动，在社会生活和政治活动中发挥重要作用。[2]

车尔尼雪夫斯基尖锐抨击纯艺术。在《俄国文学在果戈理时期概观》中，他多次提到"纯艺术"是不存在的，那些倡导纯艺术的人，只是打着艺术的幌子倡导享乐主义，以艺术的名义来反对自己不喜欢的文学倾向。他批判纯艺术和鼓吹纯艺术的人，其本质目的还是强调文学必须与生活紧密相关，必须表现时代的思想和愿望，必须具有人道精神和改善人类生活的决心。[3]

杜勃罗留波夫的批评生涯十分短暂，他直接继承了车尔尼雪夫斯基的文艺思想，强调文学的现实性与社会意义，对艺术价值关注较少。他的文艺思想体现在《俄国文学发展中人民性渗透的程度》《什么是奥勃罗莫夫性格？》《黑暗的王国》《黑暗王国的一线光明》等文章中。

---

1 尼古拉·车尔尼雪夫斯基：《艺术与现实的审美关系》，第61—72页。
2 尼古拉·车尔尼雪夫斯基：《艺术与现实的审美关系》，第81—98页。
3 尼古拉·车尔尼雪夫斯基：《车尔尼雪夫斯基论文学》上卷，辛未艾译，上海：上海译文出版社，1978年，第463、543—548页。

文学作品的"人民性"

杜勃罗留波夫突出强调了文学作品的"人民性"问题，把别林斯基的"民族性"加以改造，强调文学要有更广泛的人民基础。他认为文学应当"描写当地自然的美丽，运用从民众那里听到的鞭辟入里的词汇，忠实地表现其仪式、风习等等的本领"；真正的人民的诗人则应当把握人民的精神，体验人民的生活，丢弃阶级偏见，感受人民拥有的一切质朴的感情。[1]文学的使命是"表现人民的生活，人民的愿望"；文学的最高境界是"吐露或者表现在人民中间有一种美好的东西"。[2]

与车尔尼雪夫斯基一样，杜勃罗留波夫认为文学必须根植于现实生活，但文学只能反映现实，无法改变现实，"不是生活按照文学理论而前进，而是文学随着生活的趋向而改变"。[3]他甚至认为，在人类追求自然原则的运动中，文学家所起的作用并不大，"文学并没有行动的意义，文学或者只是提出需要做什么，或者描写正在进行以及已经完成的事情"，"文学是一种服务的力量，它的意义是在宣传"，[4]这就几乎把文学定义为政治宣传的工具了。不过他又自相矛盾地宣称，有一类天才作家是人类最高阶段的最充分代表，可以从高处观察自然生活，这样的天才能够使文学超越其本身的服务作用。只不过，杜勃罗留波夫的条件非常苛刻，在他看来，似乎只有莎士比亚符合这一天才标准，连但丁、歌德、拜伦都难以跻身其中。[5]

客观的批评原则

在《黑暗的王国》中，杜勃罗留波夫提出了现实而客观的批评原则。他分析了当时批评界对奥斯特罗夫斯基戏剧的评价，指责一些批评家故意歪曲作品原意，指出批评工作应当从事实出发，依据事实作出判断；同时，批评工作也要尊重艺术的特点和规律，根据作家塑造的形象和内容进行分析。批评的一项重要工作就是发现作品隐含的意义，包括作家意识到的和没有意识到、甚至不同于作家主观意图的那部分意义，也就是强调要从艺术作品本身出发去分析作品的内涵。

---

[1] 尼古拉·杜勃罗留波夫：《杜勃罗留波夫选集》第二卷，辛未艾译，上海：上海文艺出版社，1961年，第184页。
[2] 尼古拉·杜勃罗留波夫：《杜勃罗留波夫选集》第二卷，第187—188页。
[3] 尼古拉·杜勃罗留波夫：《杜勃罗留波夫选集》第二卷，第130页。
[4] 尼古拉·杜勃罗留波夫：《杜勃罗留波夫选集》第二卷，第360页。
[5] 尼古拉·杜勃罗留波夫：《杜勃罗留波夫选集》第二卷，第361页。

俄罗斯画家列宾(Ilya Repin 1844—1930)的油画《作家托尔斯泰》(1891)

托尔斯泰是俄国文学乃至世界文学史上的巨人，给我们留下了宝贵的文学遗产，同时他也是思想家和批评家。托尔斯泰于1855年结识了车尔尼雪夫斯基、屠格涅夫、冈察洛夫等人，受到俄国批判现实主义思想的影响，但他并不赞同车尔尼雪夫斯基的观点，加上他特殊的生活、成长经历及创作经历，使他的批评思想别具一格。托尔斯泰的文艺思想主要体现在1898年创作的《什么是艺术》（又译《艺术论》）及相关书信、日记、序言等文章中。

艺术与现实

与现实主义批评家一样，托尔斯泰强调艺术应当关注生活，反映现实。他提到，"任何艺术流派都不可避免要参与社会生活"，"艺术家的目的不在于无可争辩地解决问题，而在于迫使人们在永无穷尽的、无限多样的表现形式中热爱生活。"[1] "艺术家之所以是艺术家，只是因为他不是按照他所希望看到的样子，而是照事物本来的样子来看事物。"[2] 艺术家不能过分表现自己，而要忠于生活。真实性是托尔斯泰最为看重的创作原则，但他也区分了艺术真实与生活真实，反对机械记录与摹写现实。作家需要观察生活，吸取生活素材，通过艺术的想象对素材进行加工，运用典型化的手段，提取出有代表性的主要特点，塑造出"特定的典型"，[3] 这才是艺术的真实。

什么是艺术

在《什么是艺术》中，托尔斯泰为艺术下了定义："艺术起始于一个人为了要把自己体验过的感情传达给别人，便在自己心里重新唤起这种感情，并用某种外在的标志表达出来。"与浪漫主义的"情感流溢"说有所不同，托尔斯泰的情感表现不仅仅是自我表达，更重要的是情感的交流与传递，他强调的是艺术对他人的感染力，让观众感染到创作者体验过的感情，才是艺术的真谛。与此同时，艺术所传递的情感也不是一般情感，而是美好而严肃的情感，能够促进全人类幸福，使人类在这样的情感中结为一体。[4]

正因为艺术的本质在于情感传达，托尔斯泰将艺术感染力确定为区分真艺术与伪艺术的标志。他认为，真艺术就是要让感受者觉得作品想要表达的正是他早已想表达的；真正的艺术品可以消除感受者与艺术家及其他艺术

1 列夫·托尔斯泰：《列夫·托尔斯泰论创作》，戴启篁译，桂林：漓江出版社，1982年，第2、4页。
2 列夫·托尔斯泰：《列夫·托尔斯泰文集》第十四卷，陈燊，丰陈宝等译，北京：人民文学出版社，2000年，第84页。
3 中国社会科学院外国文学研究所、外国文学研究资料丛刊编辑委员会编，《外国理论家、作家论形象思维》，北京：中国社会科学出版社，1979年，第115—116页。
4 列夫·托尔斯泰：《列夫·托尔斯泰文集》第十四卷，第173—176页。

感受者之间的界限，能够使得感受者从孤单和离群的状态中解脱出来，使个人与其他人融合在一起。简言之，感染力越强，艺术就越优秀。托尔斯泰认为，艺术感染力的深浅取决于三个条件：第一，所传达的感情具有多大的独特性；第二，感情的传达有多清晰；第三，艺术家的真挚程度如何。这三个条件中，对艺术影响力最大的是艺术家的真挚程度，感情越真挚、越独特，对感受者的影响越大。因此，托尔斯泰反对矫揉造作的艺术，更反对以享乐为目的的艺术。[1]

就艺术的内容而言，每个社会都有一种宗教意识，艺术所表达的情感的好坏就是由这种宗教意识决定的。在托尔斯泰看来，人类的进步是在宗教的指引下完成的，只有传达了当前社会宗教意识的艺术才应该受到鼓励。艺术的特性是将人们联合在一起，但是非基督教艺术只能联合某一些人，还容易把一些人和另一些人隔开，甚至使他们敌对；基督教艺术却可以把所有人毫无例外地联合起来，让他们感受到自己与上帝及其他人都处于同等地位，使人们产生同一种朴素的感情。[2]在这里，托尔斯泰把他的宗教情感融入到了艺术标准中。

在《什么是艺术》的结论部分，托尔斯泰对艺术的任务和未来提出了自己的希望："真正的艺术，在宗教的指导和科学的协助之下，应该用人的自由而愉快的活动来求得人们和平共居的关系，而这种和平共居的关系现在是用法院、警察局、慈善机关、作品检查所等外来的措施维持的。艺术应该取消暴力。""基督教艺术的任务在于实际人类的兄弟般的团结。"[3]托尔斯泰心理想的艺术不应该只由社会优秀分子创造和享有，而应该归属于社会全体成员，人们根据自己的需求参与到艺术创作中，并由此唤起人们的情谊和爱，达到全人类大团结。这种美好愿景带有明显的乌托邦色彩，宗教说教意味也很浓厚。

1 列夫·托尔斯泰：《列夫·托尔斯泰文集》第十四卷，第272—275 页。

2 列夫·托尔斯泰：《列夫·托尔斯泰文集》第十四卷，第276—282 页。

3 列夫·托尔斯泰：《列夫·托尔斯泰文集》第十四卷，第322—324 页。

三　结语

浪漫主义是对新古典主义文学的反动，更是对西方自古希腊以来崇尚理性观念的一次颠覆，"它是发生在西方意识领域里最伟大的一次转折"。[1]浪漫主义崇尚天才、灵感、创造力、想象力与艺术自由，同时，它打破了一种根深蒂固的观念，即"理性主义者推崇的人类事务可以用理性来统一回答和解决"，并告诉人们，多元的、非完美的、突破规则的艺术形式可以存在。浪漫主义的影响不仅限于文学与艺术领域，它同时影响着人们的意识、观念、道德、政治等各个方面。

浪漫主义对情感和个性的过分推崇也容易陷入情感主义的旋涡，现实主义正是在这个意义上对浪漫主义进行了修正。现实主义认为文学应该广泛反映现实，对真实性、典型性的推崇至今依然在文艺创作中具有指导意义。但是，如果过分强调文学是现实的附庸，则容易使文学成为政治和社会的宣传品，损害文学艺术的价值。艾布拉姆斯用"镜与灯"来比喻欧洲文学的两大传统：心灵是外界事物的反映者，就像镜子；心灵是自我情感的表现，就像一盏明灯。前者代表着从柏拉图到18世纪的主要思维特征，后者代表着浪漫主义的主导观念。[2]"镜与灯"的比喻正是现实主义与浪漫主义思想倾向的最佳概括。

思考题：

1 华兹华斯与柯勒律治如何论"想象"与"幻想"？

2 简述雨果的浪漫主义创作原则。

3 谈一谈现实主义文论中的真实性与典型性问题。

4 如何看待浪漫主义文论与现实主义文论在当今时代的影响？中国与西方对它们的接受有什么不同？

---

1 以赛亚·柏林：《浪漫主义的根源》，吕梁、张箭飞等译，南京：译林出版社，2020年，第2页。

2 M. H.艾布拉姆斯：《镜与灯》，序言，第2页。

第六章

象征主义与意象派诗论

一　象征主义与意象派诗论的概述与背景

象征主义（Symbolism）出现于 19 世纪下半叶和 20 世纪初，是现代主义文艺初期最重要的文学思潮之一。它兴起于法国，之后逐渐蔓延到欧美各国甚至东亚的日本、中国等，主要流行于诗歌、戏剧、艺术领域。1886 年 9 月 18 日，诗人和批评家莫雷亚斯（Jean Moréas, 1856—1910）在《费加罗报》（*Le Figaro*）上发表《象征主义宣言》。在宣言中，他开始使用"象征主义"这一概念，用以指称此前一二十年间一批法国诗人所表现出来的创造精神的新倾向。这批诗人包括：被追认为象征主义诗人先驱的波德莱尔（Charles Baudelaire, 1821—1867），以及魏尔伦（Paul Verlaine, 1844—1896）、兰波（Arthur Rimbaud, 1854—1891）、马拉美（Stéphane Mallarmé, 1842—1898）等。

1891 年 9 月 14 日，莫雷亚斯在《费加罗报》上再一次发表宣言，宣告象征主义结束。然而象征主义运动非但没有结束，声势反而更加浩大。除了法国后期象征主义诗人瓦雷里（Paul Valéry, 1871—1945），英国、爱尔兰、德国、奥地利、比利时、美国等地诞生了众多象征主义诗人，如爱尔兰的叶芝（William Butler Yeats, 1865—1939）、英国的艾略特（T. S. Eliot, 1888—1965）、德国的格奥尔格（Stefan George, 1868—1933）、奥地利的霍夫曼斯塔尔 (Hugo von Hofmannstahl, 1874—1929)、比利时的梅特林克（Maurice Maeterlinck, 1862—1949）等。在俄国，很多重要诗人在象征主义运动中涌现出来，如勃留索夫（Valery Bryusov, 1873—1924）、勃洛克（Alexander Blok, 1880—1921）、别雷（Andrei Bely, 1880—1934）等。受到象征主义的影响，一些美国诗人和英国诗人，例如庞德（Ezra Pound, 1885—1972）和休姆（Thomas Ernest Hulme, 1883—1917），在 20 世纪初期创立了"意象派"。在诗歌创作之外，这些诗人都有重要的诗学著述，是象征主义诗歌理论的主要阐发者。

象征主义并非简单地以物代物，而是"使用具体之意象，以表达抽象的观念与情感"。[1]进一步而言，这种观念与情感是神秘莫测的，通过暗示、混沌的方式传达出来。因此，象征主义与神秘主义传统有着很深的渊源。概括而言，"象征主义是一种表达思想与情感的艺术，其技巧不在直接描述，亦不藉与具体意象的公开比较来界说这些思想与情感，它利用暗示的方法来展现这些思想与情感，或透过一些不落言诠的象征，在读者心中重新创造出这些思想与情感。"[2]象征主义诗论以象征的方式表达绝对真理的"客观对应物"，呈现为高度隐喻化甚至神秘化的语言和意象，奠定了现代主义基本的美学原则。

"象征"（symbol）思想在欧洲文化中源远流长。艾布拉姆斯和哈珀姆指出，"从最广泛的意义上说，象征是指任何能够指代某事物的事物，就此意义而言，所有的词都是象征。不过，在讨论文学时，'象征'这个词仅用来指代某一事物或事件的词或短语，被指代的事物或事件本身又指代了另一事物，或具有超越自身的参照范围。"[3]所以，象征指向事物和事件之间的暗示性的替代关系。象征和隐喻紧密相关，隐喻是偶然的、个别的，而象征是必然的、系统的。

就词源而言，"象征"的希腊语词源是 σύμβολον（symbolon），意为"投掷"或"投掷在一起"，逐渐演化为"对比""比较"。这个词后来进入拉丁语和英语，在斯宾塞（Edmund Spenser，1552—1599）的史诗《仙后》（*Faerie Queene*, 1590—1596）中具有了"代表另一事物的事物"的意涵。

《圣经》中就存在大量象征，是象征主义的重要源头。英国诗人威廉·布莱克（William Blake, 1757—1827）借用了大量《圣经》中的象征语言进行诗歌创作——《天真之歌》（1789）、《经验之歌》(1794) 等，比如羔羊象征耶稣，蛇象征堕落，老虎象征上帝的创造力，葡萄象征秋天，鸟象征灵魂等等。他的诗歌艺术对象征主义诗人兰波产生了很大影响。

浪漫主义是象征主义的另一个源头。关于"象征"的经典表述形成于

---

1 查尔斯·查德威克：《象征主义》，张汉良译，台北：黎明文化出版有限公司，1973年，第1页。
2 查尔斯·查德威克：《象征主义》，第2页。
3 M. H. 艾布拉姆斯、杰弗里·高尔特·哈珀姆：《文学术语词典》（第10版），北京：北京大学出版社，2014年，第392—394页。

19 世纪早期的柯勒律治和歌德，[1]他们不约而同地区分了寓言/讽喻 (allegory) 和象征。柯勒律治在《政治家手册》中认为，寓言仅仅是把抽象意念转换成象形语言（picture-language），只不过是空洞的回声，而象征则把回声与物体的幻影联想在一起，因为象征具有幻想的半透明性。歌德在《格言和感想集》里指出寓言把现象转换成概念，又将概念转换成意象（image），其意象完全束缚住了概念，具有强制性和约束性。而象征把现象转换成观念，又把观念转化成某一意象，并且具有无限的活跃性和含混性。柯勒律治和歌德的论述代表了浪漫主义的象征概念，象征具有丰富而无限的意涵，且以不稳定、含混甚至神秘的事物来表现。象征主义是浪漫主义的象征观念在 19 世纪中后期现代性处境里的变形版本，准确地说，法国浪漫主义中的波西米亚一翼联结起了浪漫主义和象征主义。

19 世纪的欧洲现代哲学极大地启发了象征主义。在叔本华的唯意志论、柏格森的直觉论、尼采的权力意志论等哲学思想影响下，象征主义崇尚生命意志的自由显现，借此拒绝了浪漫主义对自然的膜拜，转而推崇智性的创造。浪漫主义关于世界的整体性观念在象征主义这里开始破碎、瓦解。

象征主义与 19 世纪中叶的颓废主义（Décadentisme）相伴而生。随着法国社会尤其是巴黎的审美现代性逐渐萌生，一大批诗人、作家、艺术家对启蒙、光明、进步的现代性进行公开拒斥，表达出"强烈的否定激情"，"厌恶中产阶级的价值标准，并通过极其多样的手段来表达这种厌恶，从反叛、无政府、天启主义直到自我流放"。[2]象征主义与颓废主义都对资产阶级社会表现出极端绝望和叛逆。颓废主义诗人戈蒂耶（Théophile Gautier, 1811—1872）对波德莱尔的诗歌产生了深刻影响。

象征主义反对现实主义和自然主义美学原则。泰纳（Hippolyte Taine, 1828—1893）的《艺术哲学》（1865—1869）对现实主义和自然主义的理论进行了高度概括，认为文学书写不是个人心理的表现，而是取决于种族、环境、时代三要素。自然主义和象征主义都反对资产阶级的文化艺术和伦理原则，自然主义为下层阶级尤其是工人阶级辩护，象征主义则倾向于贵族阶层。在美学上，象征主义反对自然主义与科学的联结，反对屈从于自然和真实。

1 参见 M. H. 艾布拉姆斯、杰弗里·高尔特·哈珀姆：《文学术语词典》（第 10 版），第 394—396 页。
2 马泰·卡林内斯库：《现代性的五副面孔》，顾爱彬、李瑞华译，北京：商务印书馆，2002 年，第 48 页。

二 代表人物及其核心理论

法国象征主义诗论

象征主义诞生于法国。1870 年的普法战争和 1871 年的巴黎公社革命把法国社会卷入了动荡时期，动荡不安、颓废压抑的现代性语境推动了象征主义的诞生。颓废的现代性意味着时间上的迅速、短暂和混沌，空间上的碎裂、对抗和缠绕，使得浪漫主义象征的完整性不再可能。象征主义运动重新确认了诗人与都市的关系。在人群、商品构建起来的现代都市世界，诗人作为现代生活的英雄，获得了新的经验——震惊体验和颓废体验。这类体验增强了象征意象的内在性，也使得它无从把握和不可解读。所以，象征主义诗歌对意象的使用并非是描写的、直接的，而是暗示的、审美的，甚至可以说是神秘的、超验的。象征主义拒绝直抒胸臆，又比浪漫主义更加积极地吸纳并转化庸常的世俗生活经验，尤其是都市经验。波德莱尔的诗集《恶之花》

法国象征主义画家雷东
（Odilon Redon, 1840—1916）
为《恶之花》所作系列画之一

（*Les Fleurs du Mal*）可以说是这种书写方式的始作俑者。但象征主义真正的目的是要弥合资本主义割裂的主客二元对立，所以其诗歌总是偏向于主观一侧，强调主观世界与客观世界的融汇、应和。象征主义的主要特点是在意象上追求暗示性，在语言上追求音乐性，在观念上追求超验性，在情感上追求怪诞性。当然，后期象征主义在诗学观念上与前期象征主义形成了一定的差异，怪诞性和超验性逐渐减少，而更加重视艺术本位和审美自由。

莫雷亚斯成为象征主义运动的命名者。在《象征主义宣言》中，他指出浪漫主义已经过时，帕尔纳斯派（Le Parnasse，高蹈派）和自然主义已是明日黄花，一种精神创造的新倾向已经登上舞台，这就是象征主义。他认为象征主义追求敏感的形式，建立与神秘体验之间的亲缘关系，反对空洞的情感和客观的描述，"象征主义诗歌作为'教诲、阅读技巧、不真实的感受力和客观的描述'的敌人，它所探索的是：赋予思想一种敏感的形式，但这形式又并非是探索的目的，它既有助于表达思想，又从属于思想。同时，就思想而言，绝不能将它和与其外表雷同的华丽长袍剥离开来。因为象征艺术的基本特征就在于它从来不深入到思想观念的本质。因此，在这种艺术中，自然景色、人类的行为、所有具体的表象都不表现它们自身，这些富于感受力的表象要体现它们与初发的思想之间的秘密的亲缘关系。"[1] 莫雷亚斯认为波德莱尔是"真正的先驱"（le véritable précurseur），魏尔伦的贡献是打破了格律的束缚，马拉美给了象征主义诗歌神秘而不可描述的感觉，兰波在他的论述中则是缺席的。

1 波德莱尔的"通感论"

波德莱尔的诗学思想主要体现在《一八四五年沙龙》（1845）、《一八四六年沙龙》（1846）、《现代生活的画家》（1863）等著作中。他的贡献在于率先提出了"现代性"理论，并给出了经典的定义："现代性就是过渡、短暂、偶然。"[2] 波德莱尔开始直面现代都市所代表的现代世界，这一观念源于戈蒂耶。戈蒂耶拒绝了浪漫主义对自然以及自然事物的膜拜，他在《一八三七年沙龙》（1837）中指出，"自然是愚蠢的，对自身毫无意识，没有思想和激情……艺术比自然更美、更真实、更有力。"[3] 在诗歌创

---

1 让·莫雷亚斯：《象征主义宣言》，载《象征主义、意象派》，黄晋凯、张秉真、杨恒达主编，北京：中国人民大学出版社，1989年，第44页。

2 夏尔·波德莱尔：《现代生活的画家》，载《波德莱尔美学论文选》，郭宏安译，北京：人民文学出版社，1987年，第485页。

3 泰奥菲尔·戈蒂耶：转引自 Richard Hartland, *Literary Theory from Plato to Barthes*, London: Palgrave Macmillan, 1999, p. 103.

作中，戈蒂耶弃绝了自然场景，而选择事物的幻影。由此，他否定了浪漫主义的灵感自发性和对现代都市经验的拒绝，并认为诗歌不能追求日常生活、道德关切、社会功利等自然主义审美原则。[1]波德莱尔在戈蒂耶的道路上继续思考和写作，极力反对自然主义。不过波德莱尔有着不同于戈蒂耶的艺术追求，戈蒂耶热衷于表现世界的外在图景，而波德莱尔则力图表达外在图景背后的隐秘真实和神奇幻象。

反对道德说教，让艺术获得自律；肯定智性在诗歌创作中的作用，反对灵感论；追寻忧郁和怪诞的美学原则——这些是波德莱尔与戈蒂耶共同拥有的艺术思想。波德莱尔还从戈蒂耶身上发现了"通感/应和"（correspondance）及"万有象征"的书写力量，这恰恰是他对其诗学思想的进一步发展。在《论泰奥菲尔·戈蒂耶》一文中，波德莱尔认为戈蒂耶的诗歌能"说清楚大自然的万物在人的目光前摆出的神秘的姿态"。这样的诗歌在各种感觉、意象、想象之间相互转化、渗透、融合，这种关系以语言为媒介传达出来，是一种"巫术"，与神圣之物之间有着隐秘的呼应。他在《通感》一诗中实践了这一诗学思想。

此外，波德莱尔的文学思想在对戈蒂耶的继承中，也加入了对美国诗人爱伦·坡（Edgar Allan Poe, 1809—1849）的接受。在《埃德加·爱伦·坡的生平及作品》《再论埃德加·爱伦·坡》两篇文章中，波德莱尔总结了爱伦·坡的艺术原则：充满短暂的梦幻，充盈着令人惊奇并清醒的庄严，追求怪诞和恐怖，富于作为近乎神的能力的想象力，觉察事物之间内在隐秘的关系等。他在诗歌写作中发展了爱伦·坡的诗学原则——通过离散的意象或符号唤起永恒的心灵和精神状态。

象征主义和欧洲神秘主义传统之间渊源颇深。波德莱尔等法国诗人从瑞典神学家斯威登堡（Emanuel Swedenborg, 1688—1772）那里继承了具有神秘主义色彩的"通感"理论。这种思想认为事物不仅仅是事物，其背后隐藏着一个幽密的、不可触及的理想世界。但是，象征主义的神秘性并不仅仅意味着通过暗示的方式来传达情感和意涵，还要对整个现实世界进行整体性的想象，甚至不避讳对现实世界的恐惧体验。波德莱尔是第一个将巴黎当作抒情诗题材的诗人，他以"闲荡者"的"深刻的疏离"，体验到了都市所催生的痛苦"幻境"（phantasmagoria）。[2]

1 参见 Richard Hartland, *Literary Theory from Plato to Barthes*, p. 104.

2 参见 Walter Benjamin, "Paris, Capital of the Nineteenth Century (Exposé <of 1939>)", *The Arcades Project*, trans. Howard Eiland and Kevin Mclaughlin, Cambridge and London: Harvard University Press, 1999, pp. 21-22.

2 兰波的"通灵论"

除了先驱波德莱尔，象征主义诗论的代表人物还有兰波、马拉美、瓦雷里等。兰波没有专门的理论著述，但他在书信中常常与诗友探讨与象征主义相关的诗学问题，最为人熟知的是 1871 年 5 月 15 日写给诗人保罗·德梅尼（Paul Demeny）的《通灵者书信》（*La Lettre du Voyant*）。这封信发表在 1921 年的《新法兰西杂志》上。兰波的"通灵者"是承受感觉的错轨、痛苦与疯狂的诗人："我认为诗人应该是一个通灵者，使自己成为一个通灵者。必使各种感觉经历长期的、广泛的、有意识的错轨，各种形式的情爱、痛苦和疯狂，诗人才能成为一个通灵者。"[1] 兰波的"通灵论"来源于戈蒂耶为波德莱尔诗集《恶之花》所写的前言。和戈蒂耶一样，兰波认为诗人的劳作并非源于自我陶醉，而是呕心沥血的自我锤炼。因此，诗人需要发明与内心观念契合的新语言形式。但兰波更为激进的地方在于，他要诗人自觉违反因循守旧的模式，彻底解放感觉、语言和形式。在书信中，兰波将法国诗歌斥为老掉牙的"韵文"，其形式令人窒息。他谴责老诗人们都没有找到"自我"，甚至认为他心目中的英雄——"第一位通灵者""诗人的皇帝"波德莱尔的诗歌过于精雕细琢，形式庸常。

兰波的"通灵者"概念向世人提示，象征主义并不停留在经验主义的人性层面，其意象往往并非只是个人的思想情感，还透过真实世界表现理念世界的神秘本性，其目的是"以神来之笔，将现实世界变形为该超越的世界"。[2] 诗歌"未知的创造"必须召唤一种全新的形式，超越一切清规戒律，让心灵自由地流淌在自动到来的语言中："如果它（指诗人的创造）有一种形式，就赋予它形式；如果它本无定型，就任其自流。找到一种语言——再者，每句话都是思想，语言打通的时代必将来临！"[3] 而这种语言来自灵魂，是综合的、融汇的、包容一切的：芳香、音调和色彩，并通过思想的碰撞放射光芒。这一创造性的语言观念对 20 世纪上半叶的超现实主义运动"自动写作"影响深远。兰波在《元音》《醉舟》等诗作中实践了他的诗学思想。

3 马拉美的"诗句理论"

1880 年代是法国象征主义的鼎盛期，马拉美是这一时期的领袖，甚至被称为"象征主义的象征"。从 1880 年开始，马拉美每周二都在位于罗马街 5

---

1 阿瑟·兰波：《兰波作品全集》，王以培译，北京：作家出版社，2011 年，第 305 页。
2 查尔斯·查德威克：《象征主义》，第 3 页。
3 阿瑟·兰波：《兰波作品全集》，第 306 页。

号的寓所举办文化沙龙。出入"马拉美的星期二"沙龙的都是文化名流：画家马奈和塞尚，雕塑家罗丹和卡米耶·克洛岱尔，诗人兰波、魏尔伦、拉弗格、古尔蒙、凡尔哈伦、瓦雷里和格奥尔格，小说家王尔德、纪德和普鲁斯特等。马拉美在诗艺上成就甚高，但没有写下成体系的诗学论著，只有一些关于诗歌的散文随笔，其诗学思想主要体现在《漫谈集》（1897）中。他本人并不承认"象征主义"这一流派，但他的诗学思想却是典型的象征主义。类似于兰波，马拉美将诗歌视为"一种诅咒"。他认为，诗人必须"避免任何倾向于过分直接或精确地安排（材料）的想法"，而要寻求"在两个形象之间建立一种谨慎的联系，从中提炼出第三种元素，清晰而可融合，并被我们的想象力所捕捉"。[1]马拉美提倡事物之间的诗性关系，这种关系不受日常语法的约束和控制。他追求"韵律的神秘法则"，这种神秘法则所依据的是"最终的和谐"，让句子以独特的形式显现：成双成对或几句一起出现，这就形成了马拉美自己所谓的"诗句理论"。[2]《骰子一投，改变不了偶然》等诗作体现了他的诗学观。

虽然查德威克将马拉美的诗论称为"超验象征主义理论"，[3]但马拉美诗学思想中缺少神秘主义因素。马拉美继承了波德莱尔的反灵感论、诗歌自律性、对语言的推崇，但去除了波德莱尔和兰波观念中语言的"巫术""通灵"性质。他并不信奉创造性想象力，这是他与波德莱尔的分歧所在。他反复声称"精神"（l'esprit）是超越自然的，将诗歌视为完成"精神任务"的媒介：诗歌"赋予了我们的人世生活以真实性，并构成了唯一的精神任务"。[4]但对于马拉美而言，诗歌的精神任务是区分日常语言和诗性语言，而不是区分世俗世界和超验世界。日常语言叙述性、说教性、描绘性的用法被马拉美斥为不宜于诗歌的材料，他认为诗歌要尽力脱离集体性、民族性和通俗性。[5]

1 斯特芳·马拉美：转引自 Richard Hartland, *Literary Theory from Plato to Barthes*, p. 105.

2 斯特芳·马拉美：《诗句理论 I》，载《马拉美：塞壬的政治》，雅克·朗西埃著，曹丹红译，开封：河南大学出版社，2017年，第171页。

3 查尔斯·查德威克：《象征主义》，郭洋生译，石家庄：花山文艺出版社，1989年，第54页。

4 斯特芳·马拉美：《给莱奥·道尔费的信》，1884年6月27日，载《马拉美：塞壬的政治》，第32页。

5 参见雷纳·韦勒克：《近代文学批评史》，第四卷，杨自伍译，上海：上海译文出版社，1997年，第533、538页。

4 瓦雷里的"纯诗"

象征主义诗歌非常注重意象和声音。意象是理念世界的曲折表达，而音乐是美和理念的原型，是质疑笛卡尔以来主客二元对立的最重要方式之一，也是将诗歌从其与理念论的联系中释放出来的载体。在这个意义上，音乐是象征主义诗歌超越性的一条重要路径。诗歌和音乐的关系，从根本上改写了象征主义的诗歌语言，也改变了从语言中解放出来的愿望。[1] 无论是在人性还是超验层面，象征主义都认为诗与音乐具有相等关系，比如佩特提出"一切艺术都趋向音乐的状态"，而魏尔伦《诗艺》（Art Poétique, 1874）一诗的开场白就是"音乐超越一切"。[2] 马拉美和瓦雷里都十分重视诗歌的音乐性，拒绝诗歌的社会责任和伦理负担，要让诗歌语言获得最大限度的自治。因此，诗歌的音乐性最终表明了象征主义语言观的自由性和神秘性。

波德莱尔、马拉美等人的诗或艺术的自律观念影响了瓦雷里。他们均将诗歌视为封闭的结构，尤其是具有音乐性的结构，从而反抗社会。诗歌面向自身，不承担任何社会职责，只有语言的职责。瓦雷里为此甚至发明了"纯诗"(Poèsie Pure) 理论。1890 年代随着马拉美的"星期二沙龙"停办，前期象征主义运动逐渐衰退。瓦雷里成为法国后期象征主义思潮中最重要的代表，被誉为"最纯正的象征主义诗人"。他在出版了诗集《年轻的命运女神》（1917）和《幻美集》（1922）之后，开始转入以文学评论和随笔为主的写作，代表作为《杂论集》（1924—1944）、《注目当今世界》（1931）。1937 年，他被任命为法兰西学院诗歌讲座教授。他关于诗歌的讲座大多收入《杂论集》。瓦雷里在为法国作家法布尔《认识女神》所写的前言中提出了"纯诗"理论，此外，他曾将《一个诗人的笔记本》《纯诗》两篇文章合成《关于诗学和诗人随笔》，发表于法国《诗刊》杂志（1928 年 8 月）。

"纯诗"理论是对波德莱尔以来象征主义诗歌艺术观的总结：暗示性、音乐性、自律性均被融合在了这一诗学思想里，使得象征主义理论得以更加完备。他把纯诗定义为"完全除去非诗成分"的诗。纯诗是一个纯粹理想，并不能彻底实现，"诗歌就是接近这一纯理想境界的一种不懈的努力。"[3] 他要求考察诗歌本身，因此将诗歌创作与读者的阐释截然区分开来，将诗歌视为自律的艺术，同时也将诗歌视为永远进行着探索的艺术。"纯诗"理论主要观点如下：一、诗的内容与形式不可分，重视对诗歌形式的研究。二、

---

1 参见 Joseph Acquisto, *French Symbolist Poetry and the Idea of Music*, Abingdon and New York: Routledge, 2016, pp. 5-6.
2 查尔斯·查德威克：《象征主义》，第 4—5 页。
3 保尔·瓦雷里：《纯诗》，载《瓦莱里散文选》，唐祖论、钱春绮译，天津：百花文艺出版社，2006 年，第 299 页。

诗和日常言语截然不同，日常言语是散步，诗是舞蹈。三，诗是一种纯粹的形式，即饱含诗情的诗；语言的实践或实用主义、逻辑的习惯和结构、词汇的混乱使纯诗无法实现。四，诗歌创作是清醒自觉的意识活动，要把最抽象的理智引入诗歌。五，诗的艺术由象征、对立和韵律构成，诗具有独特的音乐性。¹诗的音乐化在瓦雷里的理论体系中得以增强，诗情是诗歌音乐化表达的方式，是诗歌语言组合后产生的独有情感。诗的音乐化理论使得象征主义关于语言、意象、情感之间的神秘联系获得了清晰的理论表述。怪诞性和超验性因素在瓦雷里的诗学体系中减少了。

英语世界的象征主义诗论及意象派诗论

1 艾略特的"客观对应物"

魏尔伦的朋友阿瑟·西蒙斯（Arthur Symons, 1865—1945）的《文学中的象征主义运动》（*The Symbolist Movement in Literature*, 1899）将象征主义介绍到了英语世界。他认为，象征主义是语言和文学的本质：我们的第一个词是象征性的，所有真正有想象力的作家都是象征主义者。他将"象征"视为"一种开端"，它是"一种表达形式，处于最佳状态却又只是近似，是根本的却又是任意的，直到它获得一种惯例的力量，用于表达意识所领悟到的潜在现实。有时我们可以希望，我们的惯例确实是潜在现实的映像而不只是记号。如果我们找到了一个可识别的记号，我们已付出很多"。²

西蒙斯在理论上缺少原创性，但他对象征主义的引介影响了叶芝和 T. S. 艾略特。这两位诗人虽然没有在英语世界发起一场象征主义运动，却成为后期象征主义在英语世界的代表人物。艾略特在《哈姆雷特》（1919）一文中提出了著名的"客观对应物"（objective correlative）概念。客观对应物作为象征的具体化存在表现为实物和场，并且要唤起感情："用艺术形式表现情感的唯一方法是寻找一个'客观对应物'；换句话说，是用一系列实物、场景，一连串事件来表现某种特定的情感，要做到最终形式必然是感觉经验的外部事实，一旦出现，便能立刻唤起那种情感。"³"客观对应物"概念让意象理论得到了发展，澄清了意象与情感、经验之间的关系，增强了象征主义意象的客观性。

---

1 参见唐祖论：《保尔·瓦莱里——人类精神不懈的探索者》，载《瓦雷里散文选》，第 7—9 页。

2 Arthur Symons, *The Symbolist Movement in Literature*, London: Archibald Constable, 1908, pp. 1-2.

3 T. S. 艾略特：《哈姆雷特》，载《艾略特诗学文集》，王恩衷编译，北京：国际文化出版公司，1989 年，第 13 页。

叶芝

2　叶芝的"理性的象征"

　　在西蒙斯的著作出版后一年，叶芝就写下了《诗歌的象征主义》等文章，成为系统阐述象征主义思想的诗人和批评家，其思考对早期法国象征主义诗论有所推进。叶芝早年的诗作中有着强烈的神秘主义色彩，这一点保留在了他对象征主义的接受和理解中，尤其是他的理论著作《幻象：生命的阐释》（1925）。借助神秘主义传统，他在人类身上总结出四种机能：意志、创造性心灵、命运的躯体和面具，这四种机能构成了生命"巨轮"。叶芝以二十八月相为结构，形成各种对宇宙和生命的阐释，进而完成对艺术创造的阐释。通过这个神秘的象征系统，叶芝试图解释人类和历史的发展：每一相都代表不同的历史时期、生命阶段和性格类型，每一相都拥有自己的意志、创造性心灵、命运的躯体和面具，以及代表性的历史人物、诗人、作家和艺术家。例如第二十二相的"意志"是"野心与冥想之间的平衡"；"面具"是"真——自我杀戮；假——自我保证"；"创造性心灵"是"真——混合；假——失望"；"命运的躯体"是"力量的崩溃"。这一相的代表人物是福楼拜、赫伯特·斯宾塞、斯威登堡、陀思妥耶夫斯基等。历史是螺旋形发展的，从顶点到外围逐步发展到最大时标志着一个时代的结束。他要为历史和生命的创造建立一个象征系统："我渴望一种思想系统，可以解放我的想象力，让它想创造什么就创造什么，并使它所创造出来或将创造出来的成为历史的一部分，灵魂的一部分。"[1]

叶芝深入探究了"象征"的内涵，在理论上对象征和隐喻进行了区分。隐喻是个别的、随机的、偶然的，而象征虽然有隐喻成分，却是整体的、系统的、超验的。象征将意象融汇成一个有机的整体，是隐喻的体系化过程。叶芝把象征手法分为三种：暗示、主观随意的结构和唯一真正的象征手法；象征手法是超自然的发现或展示。象征可以分为感情的象征（比如声音、色彩和形状唤起的难以定义的情感）和理性的象征。他指出，"除了感情的象征，即只唤起感情的那些象征之外——在这种意义上一切引人向往的或令人憎恨的事物都是象征，虽然它们彼此之间的关系，除了韵律和格式之外，都太难捉摸，并不令人十分感兴趣——还有理性的象征，这种象征只唤起观念，或混杂着感情的观念；除了神秘主义的非常固定的传统以及某些现代诗人的不太固定的评论之外，只有这两种叫作象征。"[2]所谓"理性的象征只唤起观念或混杂着感情的观念"，比如我们在月光下注视着一个蒲草丛生的池塘，对池塘的美的情感会与自己的回忆交织在一起，回忆起池塘边见到过的锄地的人，回忆起前一夜在池边见到的恋人，这是情感的象征；但也可以唤起理性的象征，看见月光，想起月亮这个名词的词源和含义，思绪驰骋于神明天地或超越于道德至上的事物，如象牙塔、海中王后、迷人树林中闪闪发光的牡鹿、坐在山巅的白兔、傻仙人和他装满了梦的闪光的杯子。叶芝特意强调理性的象征，显然是受到了法国象征主义反灵感论的影响。此外，象征克服了主客二元对立，也跨越了感官与心灵之间的鸿沟。艺术是人格的表现，但必然是超越个人的，是人格的非自我的呈现。在象征中，个人与集体、特殊与一般、感性物质和超自然物质、传统和个人才能、联想与实在而固定的象征是统一的、共存的。[3]叶芝同样强调形式、韵律、音乐的作用。

1 威廉·巴特勒·叶芝：《幻象：生命的阐释》，西蒙译，上海：上海文艺出版社，2005年，第3—4页。
2 威廉·巴特勒·叶芝：《诗歌的象征主义》，载《象征主义、意象派》，第92页。
3 参见雷纳·韦勒克：《近代文学批评史》，第五卷，章安棋、杨恒达译，上海：上海译文出版社，2002年，第11页。

20世纪60年代庞德在意大利威尼斯

3 庞德和"意象派"

象征主义的通感理论让后期象征主义者强调诗歌创作要寻找思想的"客观对应物"——意象，在理念世界和客观世界之间找到具体化的媒介。这一思想启示了休姆和庞德等人，他们在1912—1917年间发起了"意象派"（Imagism），以反对世纪之交模糊、混乱、感伤造作的诗歌。意象派进一步舍弃了早期象征主义的神秘主义，转而直面现实生活，尤其是现代都市生活。他们的诗歌探寻客观世界，但不是描述纯客观的世界，而是强调依靠直觉去捕捉生活中的"意象"（image）。庞德是这场运动的首位领袖。"意象派诗歌主张抛弃对诗歌题材和韵律的传统限制，自由选择题材，创造出自己的韵律，采用口语，并要表现出坚实、清晰与凝聚的意象（描写生动的感觉）。典型的意象派诗歌采用自由诗形式，它不需要任何评注或概括就可以尽可能确切而简洁地反映诗人对可视事物或场景的印象；这种印象往往是通过隐喻或者通过并列描写来表现，描述一个物体之后，接着描述另一个不同的对象，并不指明一种关联。"¹典型的例子就是庞德的诗歌《在地铁车站》："人群中这些面孔幽灵般显现；/ 湿漉漉的黑枝条上朵朵花瓣。"（杜运燮译）

中国和日本古典诗歌独特的意象表达方式对意象派诗歌也产生了积极影响。庞德将对中国古代诗歌的翻译集成《神州集》（*Cathay*, 1914），在这本译诗集里，他引入了中国古典诗独有的意象运用方式，从而创造性地进行了翻译。

英国诗人 F. S. 弗林特（Frank Stuart Flint, 1885—1960）在《意象主义》（1913）一文中为意象派总结了三条律令：一，直接处理"事物"，无论是主观的还是客观的。二，绝不使用任何无益于呈现的词。三，至于节奏，用音乐性断句的反复演奏，而不是用节拍器反复演奏来进行创作。²对此，庞德的《〈意象主义诗人〉（1915）序》就语言、节奏、题材等方面作了进一步阐发，提出了六条原则：一，运用日常会话的语言，但要使用精确的词，不是几乎精确的词，更不是仅仅装饰性的词。二，创造新的节奏——作为新的情绪的表达——不要去模仿老的节奏，老的节奏只是老的情绪的回响。三，在题材选择上允许绝对的自由。四，呈现一个意象。五，写出硬朗、清晰的诗，决不要模糊的或无边无际的诗。六，最后，凝炼是诗歌的灵魂。³

---

1 M. H. 艾布拉姆斯、杰弗里·高尔特·哈珀姆：《文学术语词典》（第10版），第171页。
2 F. S. 弗林特：《意象主义》，载《意象派诗选》，彼得·琼斯编，裘小龙译，桂林：漓江出版社，1986年，第150页。
3 埃兹拉·庞德：《意象主义者的几"不"》，载《意象派诗选》，第158—159页。

可见意象派诗学理论主要集中在语言、节奏、意象等方面。形式上，比象征主义诗歌更加自由灵活；语言上，要求简洁、精准；节奏上，要创新，把握当代生活的律动气息，语言要富于音乐性；意象上，要有主观或客观的直接性，寻找意念和思想的精确对应物。意象派诗论可以说是象征主义的世俗化版本，保留了主客观融合的一面，继承了语言的音乐性，舍弃了神秘性、怪诞性和超验性，更加突出了对事物的出其不意的形象性表达。

德奥和俄国象征主义诗论

1　德奥象征主义与里尔克的"物诗"

法国象征主义在后期阶段扩展到欧美各国甚至东方的日本、中国等。德国"格奥尔格圈"(George-Kreis)、奥地利"维也纳现代派"(Wiener Moderne)的文学写作均具有浓厚的象征主义色彩。德奥的象征主义受到德国浪漫派诗学、德国古典美学、尼采超人哲学、狄尔泰生命哲学的浸润，更加注重民族情感、哲学思辨、宗教神秘主义、唯美主义。其理论代表人物有赫尔曼·巴尔(Hermann Bahr, 1863—1934)、贡多尔夫(Friedrich Gundolf, 1880—1931)、霍夫曼斯塔尔、里尔克(Rainer Maria Rilke, 1875—1926)等。1891年10月，德国诗人格奥尔格与奥地利诗人霍夫曼斯塔尔一起创办文学杂志《艺术之页》(Blätter für die Kunst, 1891—1919)。格奥尔格的象征主义思想发展了法国象征主义的艺术自律性（艺术之美、语言之美），通过援引希腊思想，又加入了凸显身体和"精神"(Geist)之美的哲学内容。1897年11月出版的《艺术之页》第4期1—2号上，他在"编者的话"里凸显了身体和精神的美："一道希腊之光落到我们身上：我们的年轻人现在开始不再卑微地而是热情地看待生活：他们在身体上与精神上都追求美……"[1]

1890年，"维也纳现代派"理论奠基人赫尔曼·巴尔在维也纳《现代评论》(Moderne Rundschau)杂志上发表文章《论现代派》，认为现代人的生存失去了"精神"，迫切需要一种复活"精神"的"新艺术"，由此宣告了维也纳现代派的诞生。1891年，他发表文章《克服自然主义》，宣称与自然主义决裂，创立"新理念主义"。1894年，他写下诗学论著《象征主义者》(Symbolisten)。

---

[1] 斯特凡·格奥尔格：转引自杨宏芹：《格奥尔格圈子：以"教育的爱"为核心的共同体》，载《国外文学》，2015年第4期（总第140期），第25页。

霍夫曼斯塔尔推崇拥有精神的"完整的人"，这一思想来源于德国古典主义和浪漫派，尤其是歌德。他认为，法国象征主义的"暗示"不足以说明问题，他要"探求表象背后的一个奥秘"，"将象征理解为体现殊相与共相的同一性，是人与自然融合起来的一个过程"。[1]作为格奥尔格的追随者，贡多尔夫同样推崇歌德。他对象征的理解渗透着歌德的"精神"理念：他认为象征"是指经过某种特别组织过的东西：人物和行动构成的一个世界，一个与理智的、经营出来的讽喻世界形成对照的神话"。[2]

贡多尔夫区分了象征和寓言/讽喻（allegory），认为象征表达了事物的本质，而寓言表达了符号，只是对传统的陈陈相因，只是表达了事物之间的关系。象征让主体与客观世界合一，这一点与艾略特的"客观对应物"概念不谋而合。但是，贡多尔夫又认为，象征型艺术低于抒情诗，因为抒情诗才是最高层次的艺术。在抒情诗里，自我与世界等同，主体和客体之间的区别荡然无存。

另一个与艾略特"客观对应物"类似的概念是奥地利诗人里尔克提出的"物诗"（Dinggedicht）。1906年12月，里尔克前往意大利卡布里岛旅行，开始写作"物诗"。这一象征主义诗学思想体现在他1907年出版的诗集《新诗》里，尤其是其名作《豹——在巴黎植物园》。作为雕塑家罗丹助手的体验，也催生了里尔克的"物诗"思想。在里尔克看来，现代社会割裂了主体和客体，主体失去了自己的生命意志，造成人性的堕落，因此必须重新建立主客体之间的有机联系。"物诗"就是这一努力的体现，加入了法国象征主义所反对的自然观念。他认为，要解放作为对象的物，因为物属于自然，处于本真状态。人需要在物面前保持敬畏和谦逊，面向物的过程，就是重新激发精神创造的过程。

2　梅列日科夫斯基和"颓废派"

19世纪末和20世纪初，在俄国"白银时代"形成了一个声势浩大的象征主义诗歌流派。在诗歌理论方面，一些诗人著述丰富，如梅列日科夫斯基(Dmitry Sergeyevich Merezhkovsky, 1865—1941)、勃留索夫、勃洛克、别雷等。他们受到法国象征主义、德国浪漫派、叔本华唯意志论、尼采权力意志论的影响，也继承了俄国浪漫主义诗歌和纯艺术论传统。老一辈俄国象征派阵营明显可以分成两个派别：以梅列日科夫斯基、沃伦斯基（Akim Lvovich

1 雷纳·韦勒克：《近代文学批评史》，第七卷，杨自伍译，上海：上海译文出版社，2006年，第84页。
2 雷纳·韦勒克：《近代文学批评史》，第七卷，第35页。

Volynsky, 1861—1926）、明斯基（Nikolai Minsky, 1855—1937）、吉皮乌斯
（Zinaida Nikolayevna Gippius, 1869—1945）等人为代表的"颓废派"和以勃
留索夫、巴尔蒙特（Konstantin Dmitriyevich Balmont, 1867—1942）为代表的
"唯美派"。[1]

颓废派主张通过诗歌表达宗教神秘主义感受，以"美"拯救"精神"。
明斯基的《在良知的照耀下》（1890）将悲观主义哲学与尼采的超人思想结
合在一起，阐明了象征主义的伦理观，认为唯我独尊的价值取向是一种神秘
的力量、存在的本质。沃伦斯基的《俄国批评家》（1896）被称为俄国象征
主义的宣言，他认为理想主义是象征主义的核心内容，象征主义与颓废主义
是完全对立的，颓废主义只是艺术创作中的一种病态情绪，一种与唯物主义
和自然主义的抗衡姿态，一种会自生自灭的思潮。象征主义则不然，它古已
有之，并非象征派诗人的发明，象征派诗人的任务只是凭借全新的意识、救
赎性的力量去激活它。他在《文学宣言：从象征主义到"十月"》中对象征
主义进行了界说："象征主义就是在艺术描写中对现象世界与神的世界的
结合。"[2]而梅列日科夫斯基在《论当代俄国文学衰落的原因及其新流派》
（1893）中对象征主义的审美思想进行了较为详尽的论述，认为艺术的根基
是由永恒的宗教神秘主义情感构成的。他的著作《论当代文学》是俄国象征
主义的奠基之作，提出了象征主义三要素：神秘的内容、象征、扩大艺术感
染力。梅列日科夫斯基的审美思想中充盈着强烈的"新宗教意识"。吉皮乌
斯继续执行梅列日可夫斯基"新宗教意识"的理论建设，呼请人们克服性灵
的疲惫状态，让艺术成为祷告，去理解神，与神融为一体。

3 勃留索夫和"唯美派"

"唯美派"的理论家们倡导"纯艺术"，强调艺术自律。勃留索夫是老
一辈俄国象征派诗人的领袖，他把象征主义定位为纯文学流派。在给"俄国象
征主义者"诗丛撰写的前言中，他指出象征主义有三个特点：一是表达细腻
的、隐约可以捕捉到的情绪；二是善于感染读者，唤起读者的情绪；三是使
用奇特的、非同寻常的修辞格和比喻。他在《打开秘密之门的钥匙》一文中
猛烈抨击"艺术实用论"，同时也批评了"艺术无用论"。世界的本质是不

---

[1] 参见郑体武：《老一辈俄国象征派的"象征"观》，载《俄罗斯文艺》，2008年第4期。以下关于俄国颓废派和唯美派诗学思想的描述大多出自此文，不再一一指出。

[2] 阿基姆·沃伦斯基：转引自周启超：《俄国象征派文学理论的建树》，合肥：安徽教育出版社，1998年，第37页。

可知的，只有摆脱理性认知而通过直觉才能进入世界的本质。浪漫主义、现实主义、象征主义是艺术为自由而斗争的三个阶段，艺术自由在象征主义阶段才最终实现，因为"艺术就开始于艺术家企图了解那些自己模糊不清的神秘感觉的瞬间。不存在艺术家的这种企图，就没有艺术创作。没有这种神秘感觉，也就没有艺术。"[1]巴尔蒙特同样强调艺术的唯美性，他认为艺术的目的是捕捉瞬间的印象，将隐蔽的抽象性与鲜明的美感有机地结合起来。他指出，诗有别于外在现实，"是一种内在的音乐，用井然有序的和谐的词语表现出来的音乐。"[2]这一点与马拉美、瓦雷里等人的象征主义思想有着继承性。

颓废派和唯美派的产生有时间上的先后。梅列日可夫斯基、明斯基、吉皮乌斯等人的颓废派构成了"第一浪潮"，而勃留索夫、巴尔蒙特等人的唯美派构成了"第二浪潮"。受勃留索夫、梅列日可夫斯基等的影响，勃洛克和别雷等年轻一代诗人继续投入象征主义运动，开启了俄国的后期象征主义，同时构成了"第三浪潮"。新的浪潮对第一浪潮沉浸其中的宗教布道无甚兴趣，对第二浪潮埋头于文学本位也感到不满，他们试图通过象征艺术进行精神救赎，并激发生命创造，拥有着"超文学"的境界。[3]1907—1908年，勃洛克主持象征派文艺刊物《金羊毛》的批评栏目，撰写了大量关于文学艺术的评论文章，探讨的核心问题是"知识分子与人民"的关系。在他的理论认知里，人民、革命、艺术等概念被转化为拥有"原生力"的"音乐性"。"音乐性"是勃洛克美学思想的核心范畴，他将音乐视为原生的、自发的创造机制。他在《论俄国象征主义的现状》（1910）一文中开宗明义地指出："艺术家的直接使命是表现，而不是证明。"[4]在1906—1909年发表于《山隘》上的一系列争鸣文章里，别雷则自觉护卫艺术的自主性。在文集《象征主义》（1910）中，他指出，"象征化"是通过审美不断提升自己境界的创作过程，而不是僵死凝固的概念和方法。"象征主义是在象征化中生成的。象征化是在一系列象征形象中实现。象征不是概念，犹如象征主义不是概念。象征不是方法，犹如象征主义不是方法。"[5]

1 瓦列里·勃留索夫：《打开秘密之门的钥匙》，载《象征主义、意象派》，第172页。
2 康斯坦丁·巴尔蒙特·转引自周启超：《俄国象征派文学理论的建树》，第86页。
3 参见周启超：《俄国象征派文学理论的建树》，第98页。
4 亚历山大·勃洛克：《论俄国象征主义的现状》，载《象征主义、意象派》，第187页。
5 安德烈·别雷·转引自周启超：《俄国象征派文学理论的建树》，第138页。

三 结语

象征主义的美学原则深入影响了欧美甚至东亚各国的诗歌、戏剧、小说、绘画、音乐等艺术形式，"象征"概念渗透到了美学、哲学、语言学、心理学、人类学、宗教学等各种学科。象征主义的"通感"理论、语言音乐性、直觉论、理性创作论成为 20 世纪以来诗歌和其他文艺思想的内在组成部分。通过"象征"手法，象征主义在实证主义之外，给我们开辟了一条通往意志、自我、直觉、内心的艺术道路。在后世的诸多文艺思潮（比如表现主义、超现实主义、意识流小说、隐逸派、存在主义、荒诞派戏剧、魔幻现实主义等）中，"象征"成为基本的审美因素之一。美国的文学批评家艾德蒙·威尔逊在《阿克瑟尔的城堡》中从象征主义角度切入，不仅分析叶芝、艾略特、瓦雷里等人的诗歌作品，也阐述了乔伊斯、斯坦因、普鲁斯特等人的小说创作。

然而，象征主义作为一个特定历史阶段兴起的文艺思潮，有着自己的局限，主要如下：

其一，虽然象征主义对诗歌自律性、艺术本体的追求，为形式主义文学理论（如俄国形式主义、英美新批评、原型批评）铺平了道路，对现代社会的异化等问题形成了批判，但是象征主义有对现代性进行反叛和撤离的倾向，从而无法正面解释人类在现代性中的历史和现实处境，更无法应对消费主义、技术主义时代的艺术境况和人类存在。

其二，象征主义的直觉论往往有神秘主义、超验主义的倾向，甚至将语言视为"巫术""通灵术"，虽然一定程度上可以弥合主客二元割裂，挽救人的异化，但无法形成有效的方法论，缺少操作性和对话性。象征主义的象征、暗示等艺术手段具有极大的不确定性和含混性，使得象征主义诗论和诗歌作品显示出巨大的晦涩性。尽管波德莱尔、马拉美、瓦雷里等人强调诗歌是智性的劳作，却又推崇智性的超越性，使得这种劳作本身就具有矛盾性和歧义性，无法变成一套稳定的、系统的理论践行方法。

其三，象征主义强调诗歌语言的音乐性，的确可以让诗歌挣脱传统形式的束缚。但音乐的流动性、朦胧性只能借助直觉的描述来接近，无法形成有效的诗学策略和手段。音乐和语言之间的类比也模糊了语言自身的本体属性，因而忽视了语言的符号性、文本的结构性等因素。象征主义诗论留下了它不愿意处理的诸多空白，后来的形式主义和结构主义等文论思想就是在象征主义的空白处发展起来的。

思考题：

1 法国前期象征主义和后期象征主义诗学思想之间有什么差异？

2 意象派继承了哪些象征主义诗学思想？主要的变化是什么？

3 象征主义诗论的基本特征是什么？如何评价这些特征的价值和局限？

第七章

俄国形式主义

一 俄国形式主义的概述与背景

俄国形式主义是一场发端于 1914 年，终结于 1930 年的文学批评思潮。它酝酿于群星璀璨的俄罗斯白银时代，先后经历了从第一次世界大战、沙皇俄国到社会主义苏联时期的风云激荡，其学术影响力扩散到世界，并延续至今。

俄国形式主义的出现首先是出于对俄国学院派文艺学传统的不满。19 世纪中期开始，以神话学派、历史文化学派、历史比较文艺学、心理学派等为代表的俄国学院派文艺学逐渐形成，支撑他们的主要文艺思想是俄国革命民主主义和欧洲实证主义。历史文化学派的代表学者是佩平、季洪拉沃等，他们强调文学与现实的联系，将文学视为民族历史生活的反映，并将文学作品对社会现实反映的程度视为评价作家的首要标准。历史比较文艺学的代表人物是亚历山大·维谢洛夫斯基，他们主张建立科学的文学史，探寻艺术形式变化的普遍规律。心理学派的代表人物是 A. 波捷勃尼亚等人，他们认为文学就是作家的精神活动和心理情绪的表现，如果要探索文学的规律，就要从心理学入手。

俄国形式主义发端于两个成立于 1914 年的学术团体。一个是莫斯科语言学学派，其成员以莫斯科大学的大学生为主，代表人物是罗曼·雅各布森（Roman Jakobson, 1896—1982），还有维诺库尔（Grigoriy Vinokur, 1896—1947）、布里克（Osip Brik, 1888—1945）、托马舍夫斯基（Boris Tomashevsky, 1890—1957）等。另一个是彼得堡学派，全称是"诗歌语言研究会"（简称"奥波亚兹"），主要是彼得堡的大学生，代表人物是什克洛夫斯基（Viktor Shklovsky, 1893—1984），此外还有艾亨鲍姆（Boris Eikhenbaum, 1886—1959）、雅库宾斯基（Lav Jakubinski, 1892—1945）、鲍里瓦诺夫（Yevgeny Polivanov, 1891—1938）、梯里亚诺夫（Yury Tynyanov, 1894—1943）、日尔蒙斯基（Viktor Zhirmunsky, 1891—1971）、维诺格拉多

夫（Viktor Vinogradov, 1895—1969）等人。从 1916 年开始，他们出版发行了刊物《诗学·诗学语言理论文集》，至 1923 年共出版 6 辑，这一理论阵地也为俄国形式主义成为一个具有流派性的组织奠定了重要基础。针对以俄国学院派文艺学为代表的侧重于从文学的外部因素——作家生平、创作心理和社会历史文化背景——来研究文学的理论，俄国形式主义明确提出了一切从语言出发，从语言的形式、结构、手法出发，从分析文学作品本身出发来研究文学的主张。这一主张虽然针对的是俄国学院派文艺学传统，但无疑也具有世界性意义。整个西方文学传统在 19 世纪占据支配性地位的也正是从浪漫主义到批判现实主义、自然主义以及前期象征主义的文学思潮。正是在这个意义上，俄国形式主义开启了一个全新的学术传统。正如韦勒克、沃伦所说的，"文学研究的合情合理的出发点是解释和分析作品本身。无论怎么说，毕竟只有作品能够判断我们对作家的生平、社会环境及其文学创作的全过程所产生的兴趣是否正确。然而，奇怪的是，过去的文学史却过分地关注文学的背景，对于作品本身的分析极不重视，反而把大量的精力消耗在对环境及背景的研究上。"[1] 从俄国形式主义到英美新批评、法国结构主义以及符号学，构成了 20 世纪西方文论中关注"内部研究"的形式主义一脉。

俄国形式主义作为理论思潮的发展历程可以分为前后两个时期，但是俄国形式主义代表人物的学术生涯并未随思潮的终结而结束，因此还可以增加一个"俄国形式主义之后"的时期。

前期：为俄国未来派辩护

早期的俄国形式主义学派与俄国现代派文学保持了极为密切的关联。他们既是对俄国象征主义文学的反动，也积极为俄国未来派诗歌展开辩护。

首先，俄国形式主义将俄国象征主义作为批判和超越的对象。象征主义是俄国 19 世纪一个非常特殊的文学派别，一方面高度重视诗歌的艺术性，尤其重视创作技巧，对诗歌的语言、节奏、格律等问题极其重视，另一方面在对诗歌意义的解释方面又滑向神秘主义。正如鲍·艾亨鲍姆所说的，"我们和象征派之间发生了冲突，目的是要从他们手中夺回诗学，使诗学摆脱他们的美学和哲学主观主义理论，使诗学重新回到科学地研究事实的道路上来。未来派（赫列勃尼科夫、克鲁乔内赫、马雅克夫斯基）掀起的反对象征主义诗歌体系的革命，对形式主义者是一种支持，因为这种革命使形式主义者的

1 雷纳·韦勒克、奥斯汀·沃伦：《文学理论》，刘象愚等译，北京：生活·读书·新知三联书店，1984 年，第 145 页。

战斗更具有现实意义。"[1]所谓"美学和哲学主观主义"即针对象征主义在解释象征及其意义的过程中出现的那种对抽象、神秘思想的强调，尤其是重视诗歌中那种难以言传的"神秘本质"的表达方式。俄国形式主义所要反对的正是俄国象征主义的这种基于直觉主义和神秘主义的哲学基础。

其次，俄国形式主义对俄国未来主义予以支持并为之进行理论辩护。未来主义是西方现代主义思潮中的一种，发端于意大利，然后传入俄、英、法、德等国。俄国未来派活跃于1910年至1920年之间，代表人物有谢维里亚宁、马雅克夫斯基、赫列勃尼科夫等人。他们在诗歌上以激进的姿态表达了与传统、过去的决裂，正如马雅克夫斯基所说的，"我们在美的各个部门中为了未来的艺术——未来主义者的艺术而开始了大破坏。"[2]俄国未来主义这种致力于创新的姿态深得什克洛夫斯基等的欣赏。立体未来派有一份《给社会趣味一记耳光》的宣言，集中表达了他们的文艺主张：

> 我们命令尊重诗人们的下述权利：
> 一、有任意造词和派生词（造新词）以增加词汇数量的权利；
> 二、有不可遏止地痛恨存在于他们之前的语言的权利；
> 三、有以愤慨的心情从我们高傲的额头上摘下用浴帚编成的、一文不值的光荣桂冠的权利；
> 四、有在呼啸和怒吼声中站在"我们"这个词构成的巨块上的权利。
> ……[3]

俄国形式主义者与未来派诗人马雅克夫斯基和赫列勃尼科夫交往密切，对语言和艺术技巧的高度重视成为双方共同的艺术理想和追求。什克洛夫斯基在《词语的复活》文章开篇即指出，"造词是人类最古老的诗歌创作。现在，词语僵死了，语言也宛若一座坟墓。"[4]这是对当时俄国诗歌现实的批判，当然也是对既有的文学传统的批判。

1 鲍里斯·艾亨鲍姆：《"形式方法"的理论》，载《俄苏形式主义文论选》，茨维坦·托多罗夫编，蔡鸿滨译，北京：中国社会科学出版社，1989年，第23页。
2 弗拉基米尔·马雅克夫斯基：《戏剧、电影、未来主义》，载《现代西方文论选》，伍蠡甫主编，上海：上海译文出版社，1983年，第78页。
3 大卫·布尔柳克、阿列克谢·克鲁乔内赫、弗拉基米尔·马雅克夫斯基、维克多·赫列勃尼科夫等：《给社会趣味一记耳光》，张捷译，载《文艺理论研究》1982年第2期，第131页。
4 维克托·什克洛夫斯基：《词语的复活》，载《外国文学评论》1993年第2期，第25页。

中期：受俄苏马克思主义文艺思想批评

1920 年代初，俄国形式主义内部开始"分化"，开始出现不同的学术倾向：雅各布森、什克洛夫斯基、艾亨鲍姆等人继续坚持文艺的自主性，重视对文学自身规律的研究；奥·勃里克主张重新建立起形式与内容、形式主义方法与社会学方法的联系，建立一门以形式主义基本原则为核心的新美学；日尔蒙斯基则对什克洛夫斯基等人的文艺自主性思想提出批评。不过，俄国形式主义者内部的争论并非说明其衰亡是从内部瓦解开始的，内部的讨论和分歧从某种意义上说正是其学术活力不断释放的表现。真正导致俄国形式主义衰亡的原因来自外部，来自以卢那察尔斯基和托洛茨基为代表的苏维埃马克思主义文艺思想学者的严厉批评。"马克思列宁主义文艺学最初遇到的，并且也是最危险的思想反对者之一，就是各种各样的形式主义。"[1]虽然俄国形式主义是这各种各样形式主义中最具代表性的思潮，但也从另外一方面反映出，"形式主义"一词其实具有泛化的特点。

卢那察尔斯基在《艺术科学中的形式主义》一文中开宗明义地指出，"我们马克思主义者决不否认纯形式的艺术的存在"，不过这种"无内容艺术"是毫无价值的。卢那察尔斯基从社会历史批评的角度，对形式主义的观点进行了批判。首先，艺术并不仅仅指"以自己特有的方式组织的事物"，而且"还延及最崇高和最复杂的感情及它们的综合系统、观念及其体系的世界"，而后者显示"艺术已经完全属于意识形态领域了"。"这种意识形态的艺术"有一个显著的特点，即"说教可以占主导地位"。在此，卢那察尔斯基表达出与形式主义截然相反的艺术观念和立场：在他看来，"一切艺术都是意识形态性的，它来源于强烈的感受，它使艺术家仿佛情不自禁地伸展开来，抓住别人的心灵，扩大自己对这些心灵的控制"；而形式主义者却将艺术视为非阶级或者超阶级的。卢那察尔斯基从社会阶级的分化来谈不同阶级的艺术趣味，认为无内容的纯艺术只有统治阶级才会喜欢，因为他们不再需要改善自己的地位，也不再相信自己的使命，内心空虚、娱乐至上。因此，卢那察尔斯基才将"艺术上的形式主义和艺术研究上的形式主义"视为"成长中的革命艺术和初露端倪的马克思主义艺术研究的强大竞争对手"。[2]

托洛茨基在《文学与革命》一书中用"诗歌的形式主义学派与马克思主义"一章的篇幅来批判俄国形式主义。相较卢那察尔斯基而言，托洛茨基批判的味道更浓，认为"形式主义的艺术理论大概是这些年来在苏维埃的土壤

---

1 谢·马申斯基：《苏联批评界和文艺学界反对形式主义的斗争》，载《世界艺术与美学》第 7 辑，北京：文化艺术出版社，1986 年，第 6 页。

2 阿纳托利·卢那察尔斯基：《艺术科学中的形式主义》，载《艺术及其最新形式》，郭家申译，天津：百花文艺出版社，1998 年，第 312 页。

上与马克思主义相对立的唯一理论"。托洛茨基首先区分了俄国形式主义与俄国未来主义，在他看来，随着时代的发展，俄国未来主义已经在政治上投降了共产主义，而俄国形式主义"却竭尽全力地在理论上把自己与马克思主义对立起来"。托洛茨基将俄国形式主义学派视为"极端傲慢的早产儿"，因为形式主义者将那些本来只能起辅助性、技术服务性作用的手法视为文学的本质。托洛茨基针对什克洛夫斯基《马步》中对历史唯物主义艺术标准的批评理由逐条批驳，并将双方围绕文学观念的分歧上升到政治斗争的高度，认为是"什克洛夫斯基对马克思主义的五点攻击"，[1]其火药味可见一斑。

1920年代的苏联文坛学派林立，各种主义盛行。无论是马克思主义还是形式主义，都只是众多思潮中的一种，因此当时的马克思主义文艺思想面临着如何掌握领导权的问题，交锋和批判便在所难免。同样，各种文艺思潮要想为自己争取学术上的合法性，也会不断强化自己的学术立场。随着新生的苏维埃政权不断稳固，文艺思想也逐渐获得统一。在这个时期，形式主义者一方面为自己辩护，如什克洛夫斯基在《马步》中就对"斯基福""共产主义的未来主义者""无产阶级文化派"等所认为的"新世界、新阶级的意识形态应当具有相应的新艺术"提出批评，认为"艺术从来都是独立于生活之外的，在它的颜色中，从未反映过城堡上空旗帜的色彩。"[2]"我的文学理论是研究文学的内部规律。如果用工厂的情况作比喻，那么，我感兴趣的就不是世界棉纱市场的行情，不是托拉斯的政策，而只是棉纱的支数及其纺织方法。因此，全书整个是谈文学的形式变化问题。"[3]但另一方面他们也不得不开始检讨自己的不足，如托马舍夫斯基就在1927年发表声明："现在形式主义者正在向社会学方法靠拢，我认为，在他们看来，社会学方法在解释体裁时是必须采用的。"[4]到1930年，什克洛夫斯基写下《一个科学错误的纪念碑》正式检讨俄国形式主义的理论问题，称形式主义"是一个深刻的错误"。文学不仅仅是通过陌生化手段恢复对生活的感知的手法，而且也是一种认识现实的手段。

1 列夫·托洛茨基：《文学与革命》，刘文飞等译，北京：外国文学出版社，1992年，第155、165页。

2 维克托·什克洛夫斯基：《马步（选译）》，张冰译，载《苏联文学》，1989年第2期。

3 维克托·什克洛夫斯基："前言"，《散文理论》，刘宗次译，南昌：百花洲文艺出版社，1997年，第3页。

4 鲍里斯·托马舍夫斯基：转引自谢·马申斯基：《苏联批评界和文艺学界反对形式主义的斗争》，载《世界艺术与美学》第7辑，第25页。

学派终结之后的学术转向

俄国形式主义作为一个学派虽然终结于 1930 年，但这些学者的学术生命仍然得以延续。他们纷纷转向了文学史、电影剧本、回忆录等领域继续展开研究，如什克洛夫斯基转向电影、剧本、回忆录及报导，艾亨鲍姆和托马舍夫斯基主要从事 19 世纪经典作家（普希金、莱蒙托夫、果戈理、陀思妥耶夫斯基等）的校勘编辑注释等工作。虽然他们的学术研究不再具有思潮学派的性质，但他们的学术创造力并未因此而受到影响。正如什克洛夫斯基所说的："我要离题地说：诗学已大功告成，散文理论则尚未开始。对我自己在《散文理论》中写下的东西，我既不坚持，也不放弃。"[1]

这或许是俄国形式主义学派及其学人思想的最佳注脚。

二　代表人物及其核心理论

1　什克洛夫斯基的"陌生化"

维克多·鲍里索维奇·什克洛夫斯基是俄国形式主义最重要的代表性学者。正是他在彼得堡大学求学期间，发起并组织了"诗歌语言研究会"。一战爆发后，什克洛夫斯基曾参战，20 年代初受聘彼得堡大学任教，30 年代之后从事过小说写作，并对托尔斯泰、陀思妥耶夫斯基等作家作品进行了细致的研究。其代表作有：《词语的复活》（1914）、《散文理论》（1925）、《感伤的旅行，回忆》（1918—1923）、《赞成和反对：陀斯妥耶夫斯基评论》（1957）、《列夫·托尔斯泰》（1963）等。

词的复活

《词语的复活》是什克洛夫斯基早期的重要论文，也是俄国形式主义的纲领性文献。在这篇论文中，什克洛夫斯基秉承对象征主义的批判和对未来主义的辩护态度，从词语的角度对诗歌乃至整个艺术的创新问题提出了自己的看法。在什克洛夫斯基看来，"'艺术的'认识——是这样一种认知，在认识中，感觉到的是一种形式（可能不只是形式，但形式是必定的）。"[2]这是对艺术的形式主义定义，也成为日后"艺术即手法"观点的萌芽。

词语是如何僵死的？一是用习见的词，即用日常的大家所熟悉的词语来表述。二是外在形式的消失，如将诗歌的诗行取消，则不再有诗歌的节奏和

---

1 维克托·什克洛夫斯基：《散文理论》，第 126 页。
2 维克托·什克洛夫斯基：《词语的复活》，载《外国文学评论》，1993 年第 2 期，第 26 页。

韵律的外在表现方式，便沦为散文体。三是修辞语不再新鲜，比如有些修辞刚开始出现时能够给人强烈的印象，但用的人多了，便逐渐失去了可感性。四是艺术原则的僵化，这一点已经超过了"词语"的范围，如什克洛夫斯基文中所举的例子："在巴格达版的阿拉伯神话中，一个被强盗抢光了的旅行者爬到山上，在绝望中'撕碎了自己身上的衣服'。在这个片断中整个画面都僵化到了毫无意识的地步。"五是艺术的市场化，这已经不再局限于形式内部，而成为社会历史文化批评了。什克洛夫斯基明确指出"市场艺术却是说明艺术的死亡"。[1]

那么，如何才能让词语复活？什克洛夫斯基提出"变形"说，认为"艺术家希望使用生动的形式和生动的词语，而不是僵死的词语。他希望为词语提供一个面貌，便去拆散这个词，使它完全变形。"[2]比如拆开韵脚、赋予韵律以不正确的重音以及各种随意的、派生的词等等。这里的"艺术家"并非泛指，而是特指未来主义者。

陌生化

"陌生化"是《作为手法的艺术》中提出的关键概念。什克洛夫斯基批评波捷勃尼亚"没有形象就没有艺术，包括诗歌"的观点，认为他得出"诗歌=形象性""形象性=象征性"这一看法的原因在于没有区分诗歌语言与散文语言。诗歌追求形象性并非为了"节约创造力"，相反是为了增加读者感受的难度。在什克洛夫斯基看来，

> 那种被称为艺术的东西的存在，正是为了唤回人对生活的感受，使人感受到事物，使石头更成其为石头。艺术的目的是使你对事物的感觉如同你所见的视象那样，而不是如同你所认知的那样；艺术的手法是事物的"反常化"手法，是复杂化形式的手法，它增加了感受的难度和时延，既然艺术中的领悟过程是以自身为目的的，它就理应延长；艺术是一种体验事物之创造的方式，而被创造物在艺术中已无足轻重。[3]

这里的"反常化"即"陌生化"的另一译法。在什克洛夫斯基的这段表述中，包含着关于"陌生化"的几个极为重要的判断：首先，"陌生化"是艺

1 维克托·什克洛夫斯基：《词语的复活》，载《外国文学评论》，1993年第2期，第28页。
2 维克托·什克洛夫斯基：《词语的复活》，载《外国文学评论》，1993年第2期，第28页。
3 维克托·什克洛夫斯基：《作为手法的艺术》，载《俄国形式主义文论选》，方珊等译，北京：生活·读书·新知三联书店，1989年，第6页。

术创作的根本原则，即艺术创作的目的不是为了产生对事物的认知，而是形成对事物的感觉，即恢复事物的感性（"视象"呈现为视觉，当然还会有听觉、嗅觉、触觉等）。其次，"陌生化"作为艺术手法，根本的特点就是"使陌生化"，即增加读者/观众感受事物的难度和时延，并在这一过程中获得艺术的体验和领悟。最后，艺术作品的艺术性体现在"陌生化"手法之中。读者对艺术作品艺术性的把握在于对这一特定方式和手法的体验，而非艺术所反映或再现的事物，或被创造物。在该文中，什克洛夫斯基还从不同方面扩展了"陌生化"的表现手法，如小说的陌生化手法。什克洛夫斯基通过分析列夫·托尔斯泰的小说认为，小说中的陌生化手法可以概括为"不用事物的名称来指称事物，而是象描述第一次看到的事物那样去加以描述，就象是初次发生的事情"。[1] 再比如诗歌的陌生化手法，什克洛夫斯基通过区分诗歌语言和散文语言认为，"诗就是受阻的、扭曲的言语"。[2]

"形式"观

破除"内容/形式"二元的"形式"观。俄国形式主义者反对建立在"内容/形式"二分基础上对他们的批判，他们为自己正名的方式就是重新阐释"内容/形式"的关系。如什克洛夫斯基所指出的，"童话，小说，长篇小说——是各种动机的综合；歌曲——是各种风格动机的综合。所以情节与情节性是与韵脚一样的形式。在分析艺术作品时，从情节性的观点而言，'内容'这个概念是不需要的。"[3] 他还将"形式"一词所包含的内容泛化，认为"文学作品是纯形式，它不是物，不是材料，而是材料之比。正如任何比一样，它也是零维比。因此作品的规模、作品的分子和分母的算术意义无关紧要，重要的是它们的比。"[4] 这些看法也得到了其他俄国形式主义者的支持。如日尔蒙斯基就认为，"简言之，如果说形式成分意味着审美成分，那么，艺术中的所有内容事实也都成为形式的现象。"[5] 艾亨鲍姆也认为，"'材料'的概念超不出形式的范围，材料也是形式的东西；把材料与外在于结构的要素混同起来是错误的。……文学作品的形式应当被感觉为一种动

1 维克托·什克洛夫斯基：《作为手法的艺术》，载《俄国形式主义文论选》，第 7 页。

2 维克托·什克洛夫斯基：《作为手法的艺术》，载《俄国形式主义文论选》，第 9 页。

3 维克托·什克洛夫斯基：《情节编构手法与一般风格手法的联系》，载《散文理论》，第 64 页。

4 维克托·什克洛夫斯基：《罗扎诺夫》，载《俄国形式主义文论选》，第 369 页。

5 维克托·日尔蒙斯基：《诗学的任务》，载《俄国形式主义文论选》，第 212 页。

态的形式。"[1]他们所努力的方向就是不再将"内容"和"形式"理解为可以明确切分的要素，而是强调彼此之间相互包含、渗透、转化的关系。

2　雅各布森的"文学性"

罗曼·雅各布森是俄国形式主义的代表性学者之一。以他为首的七位大学生在莫斯科大学组成莫斯科语言小组。1918 年毕业后，雅各布森任教于莫斯科戏剧学院，1920 年移居布拉格，并成立布拉格学派。1939 年捷克被德国占领，雅各布森流亡北欧，并于 1940 年定居美国，执教于哥伦比亚大学，后任哈佛大学斯拉夫语文学及普通语言学教授。代表作有：《现代俄罗斯诗歌》（1921）、《诗学问题》（1973）、《对话》（1983）等。

文学性

"文学性"是雅各布森提出的重要概念。《俄罗斯新诗》是雅各布森的第一部诗学专论。通过对俄国未来派诗人赫列勃尼科夫的诗歌语言的分析，雅各布森系统地提出了自己的诗学主张。该文最初来源于其 1919 年所作的报告《论赫列勃尼科夫的诗歌语言》，1921 年首次出版。如同什克洛夫斯基"词语的复活"一样，雅各布森也在文章一开头即表达了对当时诗歌创作和文学研究的不满："语言学久已不满足于研究过去时代僵死的语言。"因此，只有研究当代话语、研究方言、研究鲜活的语言，"才能深入探索过去时代已经僵死的语言结构之谜。"[2]雅各布森在分析了未来派诗人的创作观念和诗歌技巧之后，明确提出了俄国形式主义关于"文学性"的看法：

> 诗即在审美功能中呈现的语言。因此，文学科学的对象不是文学，而是文学性，即使得一部作品成其为文学作品的那种东西。然而，到目前为止，文学史研究者们经常表现得像警察，他们想逮捕某个人，却以防万一，把在公寓里的所有人都抓起来，连碰巧在街上经过的人也不放过。同样，文学史研究者们使用了手中的任何东西：生活日常、心理学、政治学、哲学。他们创造各门蹩脚学科的大杂烩来取代文学科学。他们似乎忘记了，他们这些文章分属于哲学史、文化史、心理学等其他学科方向，这些学科当然可以利用文学作品，但只是将其作为有缺陷的二流的材料。如果文学学科希望成为一门科学，它必须承认"手法"是其唯一的"主人公"。然后，核心的问题就是如何应用手法，证明手法。[3]

1 鲍里斯·艾亨鲍姆：《"形式方法"的理论》，载《俄苏形式主义文论选》，第 47 页。
2 罗曼·雅各布森：《俄罗斯新诗》，黄玫译，载《社会科学战线》，2020 年第 3 期，第 138 页。
3 罗曼·雅各布森：《俄罗斯新诗》，载《社会科学战线》，2020 年第 3 期，第 141 页。

雅各布森关于"文学性"的形式主义定义，确定了几条基本原则：其一，区分了"文学"和"文学性"。"文学"相当于外延，即凡是与文学有关的，都可以被纳入到"文学"的范围；而"文学性"则相当于内涵，即只有体现符合文学之所以为文学的标准的因素，才有资格被称为"文学性"。其二，"文学性"的标准是什么？是具有审美功能的、体现诗性原则的，呈现为"手法"的因素。这便是雅各布森将"手法"视为文学研究"唯一的'主人公'"的原因。其三，对文学的日常生活、心理学、政治学、哲学等意义的分析算不算文学研究？当然算。但在雅各布森看来，这只是有缺陷的二流材料。"诗歌性表现在哪里呢？表现在词使人感觉到是词，而不是所指对象的表示者或者情绪的发作。表现在词和词序、词义及其外部和内部形式，不只是无区别的现实引据，而都获得了自身的分量和意义。"[1]

布拉格学派时期对索绪尔结构主义思想的吸收

　　《文学与语言研究诸问题》是雅各布森与尤里·特尼亚诺夫于1928年在苏联联合发表的一篇短文。这篇文章发表时，雅各布森已成立布拉格学派，而俄国形式主义学派也正在分崩离析。因此，这篇文章可以被视为后期俄国形式主义（同时也代表布拉格学派）对形式主义的总论性文献。全文最突出的特点是引入索绪尔（Ferdinand de Saussure, 1857—1913）的结构语言学思想，并将之作为文学和语言科学研究的理论基础和方法论基础。他们认为"文学（艺术）的历史同其他的历史序列是同时展开的，因此也同其他历史序列一样，具有某种极为复杂的特殊的结构规

索绪尔《普通语言学教程》（1916年）

律。"如何展开这一结构规律？他们提出需要借鉴"共时性/历时性"的思想来回应文学史演变中的"系统/进化"对立。依据这些结构主义的思想，对复杂多样的文学史演变规律的探讨必然会删繁就简，凝练出"数量有限的一系列真实存在的结构类型（结构演变的类型）。"[2]

---

1 罗曼·雅各布森：《何谓诗》，载《文艺学美学方法论》，胡经之、王岳川编，北京：北京大学出版社，1994年，第191页。

2 尤里·特尼亚诺夫、罗曼·雅各布森：《文学与语言研究诸问题》，载《符号学文学论文集》，滕守尧译，赵毅衡编，天津：百花文艺出版社，2004年，第4—6页。

3 托马舍夫斯基的"主题"

托马舍夫斯基也是俄国形式主义的代表性学者。他早年毕业于比利时，1915 年发表第一篇文章，并参与诗歌语言研究会的活动。后在莫斯科大学任教，参加俄罗斯文学研究所工作，1957 年任该所普希金研究室主任。他的学术研究主要集中在普希金研究、版本学和俄诗创作法研究，代表作有《文学理论·诗学》（1925）、《普希金·文学史研究的当代问题》（1925）、《作家与书籍：版本学概论》（1928）。他还重新校勘了奥斯特罗夫斯基、陀思妥耶夫斯基、契诃夫等重要作家的作品。

主题

《主题》一文是托马舍夫斯基《文学理论·诗学》一书的摘录。因为是作为教材来写作的，因此全文写得通俗易懂，且选取的是一般性的材料。托多罗夫在"编选说明"中指出，"这本书虽然没有追求什么独创性，但它把形式主义者的成就，尤其是散文方面的成就作了系统的归纳，这在当时还是唯一的尝试。"[1]也因为其教材的属性，这篇文章也不再停留在为俄国未来派的辩护上，而是出现明显的"泛文学理论"（文学普遍规律的研究），在研究对象上出现"后撤"倾向，即从现代主义的拥护者，到将现实主义文学，甚至民间故事、寓言等俗文学体裁也全部吸纳进来予以关注。因而，这本书也可以被视为用俄国形式主义观念建构普遍性文学理论和一般诗学的著作。

在《主题》中，托马舍夫斯基强化了关注文学内部结构规律的视角。将内容（意义）进行形式化处理成为其非常重要的方法。在他看来，"主题"这一概念的定义即"主题是作品具体要素的意义统一"。[2]在此，"主题"并非一个纯粹属于形式、结构、技巧方面的概念，而是"所谈论的东西"，是属于内容、意义方面的问题。这一"内容"被分解为"作品具体要素"，其最小的不可分解的主题单位，被命名为"细节"。因此，所有文学作品都是由大量的"细节"围绕"中心主题"进行有机组织而成的意义统一体。

根据主题材料内部因果—时间联系的性质不同，文学作品可以分为"有情节作品"（如小说、史诗）和"无情节作品"（如诗歌、散文）。在"有情节作品"中，主题材料内部的因果—时间联系的事件之总和，被命名为"情节"。"情节是通过若干有着利害关系或其他关系（如亲属关系）的人物（'主人公''角色'）在叙述中的出现而展开的。人物之间在每一瞬间所形成的相互关系都是一个情境（状态）。"[3]其中，典型的情境就是那

---

1 茨维坦·托多罗夫：《编选说明》，载《俄苏形式主义文论选》，第 15 页。

2 鲍里斯·托马舍夫斯基：《主题》，载《俄国形式主义文论选》，第 107 页。

3 鲍里斯·托马舍夫斯基：《主题》，载《俄国形式主义文论选》，第 111 页。

种带有矛盾冲突关系的情境，而情节的发展就是从一种情境向另一情境的过渡。所有的情节都有一个"开端"，一般都是从相对平衡、静止的情境向平衡被打破、运动的情境转换，这种转换被命名为"突变"。在具有矛盾冲突的情境中，人物关系愈对立，情境就愈紧张，而紧张的顶点通常会出现在临近结局之时，形成高潮。从托马舍夫斯基的这一情节分析来看，其实是用形式主义的思路、术语重新解释了传统的基于阅读经验的小说情节理论。

真正具有形式主义特色的小说理论创新在于，托马舍夫斯基提出了情节的"分布""程序"等概念，从而极大地拓展了小说情节分析。这也就是托马舍夫斯基所说的：

> 不能只局限于事件的开始和结尾去创造其引人入胜的链条。还须把这些事件加以分布，应当按一定的顺序加以建构和叙述，以便从情节材料中产生文学联合体。作品中事件的艺术建构分布叫做作品的情节分布。[1]

这就有了"细节"概念的出现。细节还进一步被区分为不可或减的"关联细节"和可以减掉而并不影响事件完整性的"自由细节"。不同的细节地位和作用还不一样，有些细节是需要其他细节来加以具体补充的，这些细节被命名为"主导细节"；根据是否推进情境发生变化，细节还可以被区分为"动态细节"和"静态细节"。在对"细节"类型作了不同角度的区分之后，托马舍夫斯基进一步指出，所有的细节都需要被纳入到作品意义的统一体之中，"为具体细节及其总体之引入提供理由的程序系统就叫细节印证"。[2]换言之，细节印证即细节在作品中发挥的作用，或者说细节居于作品之中特定位置的理由。比如说，有的是提供结构作用的"结构细节印证"，有的是提供真实可靠性质的"求实细节印证"，有的则是体现作品艺术特征的"艺术细节印证"。在讨论"艺术细节印证"时，托马舍夫斯基特别提到了"反常化"（即什克洛夫斯基的"陌生化"手法）问题，认为"要把旧的和习惯的东西当作新的和尚未习惯的东西来谈；要把司空见惯的东西当作反常的东西来谈。这种把常见事物反常化的程序的细节印证就在于：这些题材在不谙于此的主人公那里得到心理上的折射"。[3]

---

1 鲍里斯·托马舍夫斯基：《主题》，载《俄国形式主义文论选》，第113页。
2 鲍里斯·托马舍夫斯基：《主题》，载《俄国形式主义文论选》，第125页。
3 鲍里斯·托马舍夫斯基：《主题》，载《俄国形式主义文论选》，第132页。

托马舍夫斯基小说分析的特点

从以上对《主题》的介绍来看，托马舍夫斯基的小说分析具有如下几个显著的特点：其一，对传统小说理论的继承。如他侧重于从创作动机和心理角度来分析文学作品的形式结构特征，使之天然地与文艺心理学发生了关联。他的分析非常重视来自读者视角的"兴趣""注意""情感"（同情或厌恶）等因素；其对小说分析的视角，基本上基于普通读者正常阅读时的经验和感受，即传统小说理论"人物、情节、环境"三分法中的"（故事）情节"，及人物行动的线性发展特征。其二，对俄国形式主义其他学者小说理论的继承。如"情节分布构造程序""反常化"等直接与什克洛夫斯基的理论有密切关系，在《故事和小说的结构》中，什克洛夫斯基即是用"细节""情节分布"等来分析小说结构的。"我在动手写这篇文章时，首先应当说明，我并没有一个关于小说的定义，也就是说，我不知道，细节应具有什么样的特性，或者说，应当怎样安排细节，最后形成情节分布。""在以前的著作里（指《诗学·情节分布构造程序与一般风格程序的联系》，也写于 1918—1921 年），我试图说明情节分布构造程序和一般风格程序的联系。特别是，我指出了细节层次展开的典型。"[1]小说体裁结构规律中所概括的"梯形结构""环形结构"和"平行结构"，差不多就是什克洛夫斯基的照搬（什克洛夫斯基概括的是"圆形结构"）。其三，具有了结构主义叙事学的某些萌芽。如主题—细节问题中对最小叙事单位的寻找。又比如叙述问题开始引起关注，《主题》中已开始讨论叙述者、主人公与读者的关系，以及叙述时间和叙述空间问题。再比如对"读者"的重视，《主题》中论述的亦非现实中具体的（作为个体或群体的）读者，而是"抽象读者"，是创作者在创作过程中"对抽象读者的期望"（布斯［Wayne Clayson Booth, 1921—2005］小说修辞学中的"理想读者""隐含读者"）。

4　普罗普的"故事形态"

普罗普（Vladimir Yakovlevich Propp, 1895—1970）是俄罗斯著名的民俗学家，对结构主义叙事学影响至深，其代表作有《故事形态学》（1928）、《神奇故事的历史根源》（1964）、《滑稽与笑的问题》（1976）等。普罗普之于俄国形式主义的关系一直被描述为"外围"，这一方面说明普罗普并非俄国形式主义的中坚分子，也并没有直接参与他们的学术组织和学术活动，另一方面则显示普罗普的研究具有很明显的"形式主义色彩"。从现有

---

1 维克托·什克洛夫斯基：《故事和小说的结构》，载《俄国形式主义文论选》，第 11 页。

的材料来看，普罗普的学术生涯与俄国形式主义略有交集，如他 1913 年进入彼得堡大学历史语文系学习，而这正是什克洛夫斯基成立彼得堡大学"诗歌语言研究会"的时期。

在《故事形态学》一书中，普罗普开宗明义提出："'形态学'一词意味着关于形式的学说。在植物学中，形态学指的是关于植物的各个组成部分、关于这些组成部分之间的相互关系以及它们与整体的关系的学说，换句话说，指的是植物结构的学说。"[1]不难发现，普罗普的"形态"其实类似于"结构"，而且是科学的系统论式的要素间结构性关系。为此，普罗普确立了自己的方法论："为了比较，我们要按特殊的方法来划分神奇故事的组成成分，然后再根据其组成成分对故事进行比较。最终会得出一套形态学来，即按照组成成分和各个成分之间、各个成分与整体的关系对故事进行描述。"[2]这里的"成分"即托马舍夫斯基所说的区分情节的最小单位（主题），普罗普将这一最小单位确定为"功能"。

为此，普罗普从众多神奇故事中抽取出一批相似的情节模式：

1. 沙皇赠给好汉一只鹰。鹰将好汉送到了另一个王国。（阿法纳西耶夫，171）

2. 老人赠给苏钦科一匹马。马将苏钦科驮到了另一个王国。（同上132）

3. 巫师赠给伊万一艘小船。小船将伊万载到了另一个王国。（同上138）

4. 公主赠给伊万一个指环。从指环中出来的好汉们将伊万送到了另一个王国。（同上156）

普罗普发现，"在上述例子中可以看出不变的因素和可变的因素。变换的是角色的名称（以及他们的物品），不变的是他们的行动或功能。由此可以得出结论说，故事常常将相同的行动分派给不同的人物。这就使我们有可能根据角色的功能来研究故事。"[3]普罗普的这一发现使得我们对神奇故事的分析不再停留在单个具体的故事内容层面，而能够从众多故事中抽离出共性和相似的因素来展开分析。如普罗普所举的这个例子，在这些神奇故事中，无论角色如何变换，其"赠"和"送"两个行动是不变的。换言之，这些不同的角色其实承担着相同或相似的功能。因此，只要我们抓住"功

1 弗拉基米尔·普罗普：《故事形态学》，贾放译，北京：中华书局，2006年，第7页。
2 弗拉基米尔·普罗普：《故事形态学》，第16页。
3 弗拉基米尔·普罗普：《故事形态学》，第16—17页。

能"，便能获得这些神奇故事的共性成分。正是在这个意义上，普罗普认为"角色的功能这一概念，是可以代替维谢洛夫斯基所说的母题或贝迪所说的要素的那种组成成分。"[1]之所以是"替代"而非"等价"或者"相同"，是因为"功能"更抽象，更具有普遍性。用普罗普自己的话说，"功能项极少，而人物极多。以此便可以解释神奇故事的双重特性：一方面是它的惊人的多样性，它的五花八门和五光十色；另一方面，是它亦很惊人的单一性，它的重复性。"[2]这种"一"与"多"的双重性，正预示了法国结构主义运动的理论旨趣。

到了《神奇故事的历史根源》一书中，普罗普讨论了故事作为一种具有上层建筑性质的现象，与往昔的社会法规、与仪式、与神话、与原始思维、与历史之间的复杂关系。此时的普罗普已经能够非常纯熟地运用马克思主义分析方法，"我们生活在社会主义时代。……必须在此基础上研究精神文化现象，但有别于其他将人文科学引入死胡同的时代的前提，我们时代的前提将人文科学导向了惟一正确的道路"。[3]这显示普罗普的神奇故事研究从早期的形式—结构分析转向了历史—社会分析，更具有了文化人类学的味道。

三　结语

作为俄国形式主义运动的重要推动者之一，罗曼·雅各布森将这一学术努力定义为"那是青年人在艺术和科学领域进行探索"。对于这一运动的评价，雅各布森认为"首先应依据创作的作品来评判，而不是根据运动的宣言的华丽词藻来判断"。[4]在此，雅各布森提醒我们，评价俄国形式主义，既不能凭借对"形式主义"想当然的认识来评价（更不用说"形式主义"这一帽子是被俄国形式主义的批判者所强加的），也不能过分夸大俄国形式主义出于辩护或辩论的需要而发布的口号式宣言，因为这些宣言虽然极其醒目，但也容易失之偏颇，往往并不能真正概括俄国形式主义者们所不懈努力的诗学探索。

与俄国形式主义相关的另一误解是它与结构主义语言学的关联。长期以来，"受索绪尔结构语言学的影响"一直被作为俄国形式主义理论得以形成的重要理论渊源来看待，其实不然。索绪尔的《普通语言学教程》初版于

1 弗拉基米尔·普罗普：《故事形态学》，第 17 页。
2 弗拉基米尔·普罗普：《故事形态学》，第 18 页。
3 弗拉基米尔·普罗普：《神奇故事的历史根源》，贾放译，北京：中华书局，2006 年，第 6 页。
4 罗曼·雅各布森：《序言：诗学科学的探索》，载《俄苏形式主义文论选》，第 1、2 页。

1916 年，晚于俄国形式主义发端的 1914 年；其结构语言学思想开始溢出语言学而进入文学研究的时间已到了 1920 年代，待雅各布森成立布拉格语言学学派引入诗歌分析，才真正引起俄国形式主义者们的注意。因此，托多罗夫的评价是"形式主义理论是结构语言学的起始，至少是布拉格语言学学会所代表的潮流的起始"。[1] 从这个角度来看，法国结构主义运动其实是在索绪尔结构语言学和俄国形式主义（包括布拉格学派）共同影响下形成的新的学术运动。

正如 V. 厄利希在《俄国形式主义：历史与学说》中所指出的，俄国形式主义"'死'得略有些过早"。但是"一个批评流派所取得的成就是不能用其寿命来衡量的。关键问题不在于特定运动持续的时间有多长，或其被允许存在的时间有多长，而在于它是否有效地充分利用了历史给予它的这一机遇期。"[2] 按此标准来衡量，俄国形式主义无疑是在非常短暂的学术运动中，创造了极其丰富且影响深远的学术思想。

思考题：

1 如何理解俄国形式主义的"陌生化"理论？

2 俄国形式主义是从哪些角度分析文学语言的？

3 俄国形式主义对法国结构主义运动的影响是如何体现的？

1 茨维坦·托多罗夫：《编选说明》，载《俄苏形式主义文论选》，第 5 页。
2 V. 厄利希：《俄国形式主义：历史与学说》，张冰译，北京：商务印书馆，2017 年，第 6 页。

第八章

英美新批评

一　英美新批评的概述与背景

英美新批评（Anglo-American New Criticism）[1]主要是指 20 世纪初发生在英国和美国的一个形式主义批评流派。不过严格说来，"新批评"这个批评流派的冠名并非是因为某个组织或团体推行了一套完整的理论体系，而是文学批评史家为分类方便，将一批出现在 20 世纪上半叶、主张大致相同的形式主义批评原则的英美批评家划归一类。

一般说来，新批评肇始于英国，形成并繁荣于美国。它从肇始到退出大致经历了早期、形成期、鼎盛期三个阶段，[2]历时四十余年。

早期以 T. E. 休姆（Thomas Ernest Hulme, 1883—1917）写于 1915 年的《浪漫主义与古典主义》[3]一文为起点。休姆在该文中从以下三个方面为新批评定下了理论基调：（1）倡导一种现代古典主义。他提出应以宗教原罪说为基础，以"一种遏止、一种保留"并"不能忘记这种有限的"意识和秩序为自律。（2）强调语言分析的重要性。他指出："必须与语言作一番可怕的斗争，不管是对词汇还是对别种艺术技巧作斗争"。（3）提出了部分与整体的观点。他认为，一首诗中，每个词都与其他词语相关联，"各个部分不可以称之为成分，因为每一个部分是因另一个部分的存在而受到影响，而在某种程度上每一个部分又是这个整体。"[4]这一观点后来被瑞恰慈发展为"语境"理论。

---

1 本章评介的"英美新批评"部分参考或引用了乔国强和薛春霞合著的《什么是新批评》一书（上海：上海外语教育出版社，2011 年版），下文不再一一注明。
2 此种分期参考赵毅衡先生在《新批评——一种独特的形式文论》（北京：中国社会科学出版社，1986 年）一书中所作的分期。
3 1924 年，英国文论家赫伯特·里德（Herbert Read）整理休姆部分遗稿并出版了《意度集》（Speculations），该文得以面世。
4 T. E. 休姆：《浪漫主义与古典主义》，刘若端译，载《"新批评"文集》，赵毅衡编选，北京：中国社会科学出版社，1988 年，第 8、17、22 页。

T. S. 艾略特

　　新批评的直接开拓者是 T. S. 艾略特和 I. A. 瑞恰慈（Ivor Armstrong Richards, 1893—1979）。[1]虽说艾略特从未表示同意新批评的形式主义，但他在一些早期论文如《传统与个人才能》和《玄学派诗人》中分别提出的"非个性"论和"感觉性融合"论，却为新批评的发生和发展开辟了道路。瑞恰慈运用语义学分析的方法并借助心理学研究，在20世纪20—30年代撰写了七本文学理论与美学著作，为新批评提供了基本的方法论。他提出的"细读法"（close reading）和"语境"（context）理论对新批评产生了深刻的影响，并对新批评理论构建起到了重要作用。

　　新批评形成期的一个标志性事件是瑞恰慈的学生威廉·燕卜荪（William Empson, 1906—1984）在1930年出版了《朦胧的七种类型》（*Seven Types of Ambiguity*）一书。这是第一部将瑞恰慈的语义学文学理论用于批评实践的著作。燕卜荪在书中详细讨论了三十九位诗人、五位剧作家、五位散文家的两百多部作品或片断，并在此基础上提出了"朦胧"的七种类型。尽管他对朦胧的定义"并非严格新批评式的"，[2]但是，他采用语义学方法分析文学作品，不仅对以往的文学批评方法作出了有力的挑战，而且还为新批评的批评实践作出了榜样。

1 参见赵毅衡：《重访新批评》，天津：百花文艺出版社，2009年，第10页。
2 赵毅衡：《新批评——一种独特的形式文论》，第161页。

不过，也有人说 1941 年兰瑟姆（John Crowe Ransom, 1888—1974）出版《新批评》（*The New Criticism*）一书是"新批评"作为批评流派出现的滥觞。[1]兰瑟姆在该书的前三章中称新批评的三位前驱者 I. A. 瑞恰慈、T. S. 艾略特和 Y. 温特斯（Yvor Winters, 1900—1968）为"新批评者"，并依次分析和评价了他们的批评理论和实践。在该书的最后一章"征求本体论批评家"里，兰瑟姆提出期望出现一种能够回归到本体论的新批评者。兰瑟姆此书一出，"新批评"作为一个批评流派的名称旋即流传开来。

新批评的鼎盛期发生在第二次世界大战结束后的美国。其主要标志是新批评以一种统治者的姿态占据了美国大学的文学课堂，大批文学理论家、批评家以及大学文学教授皈依了新批评，如威廉·K. 维姆萨特（William K. Wimsatt, 1907—1975）、雷纳·韦勒克（René Wellek, 1903—1995）等。他们两人与克林斯·布鲁克斯（Cleanth Brooks, 1906—1994）、罗伯特·潘·沃伦（Robert Penn Warren, 1905—1989）等形成了新批评鼎盛期的中心。另因他们都在耶鲁大学工作，时称"耶鲁集团"（Yale Group）。

新批评理论较为芜杂。在许多问题上，内部成员意见不一。例如，克林斯·布鲁克斯在《新批评》一文中曾指出："瑞恰慈就非常重视读者而不是作品本身 [……] 艾伦·退特一开始就对历史方面表现出浓厚的兴趣 [……] 简而言之，找不到货真价实的斯纳克[2]就用布拉姆[3]来充数。"[4]不过综合起来

---

1 "新批评"（New Criticism）这个词语在 20 世纪美国文论中出现过三次：第一次是美国学者 J. E. 斯宾加恩（Joel Elias Spingarn, 1875—1939）于 1910 年 3 月 9 日在哥伦比亚大学作讲演时提出的，其演讲稿，即《新批评》（*The New Criticism*），于次年由哥伦比亚大学出版社出版。他在书中倡导的新批评实际上是克罗齐（Benedetto Croce, 1866—1952）的一些美学思想，即表现论美学思想。由于斯宾加恩没有提出系统的批评原则，也缺乏具体的批评实践，所以他所倡导的批评没有得到多少人的响应，更没能形成一个批评流派。第二次出现在美国批评家 E. B. 伯格姆（Edwin Berry Burgum, 1894—1979）编辑出版的一本美学与文学论文集《新批评：现代美学与文学批评文选》（*The New Criticism: An Anthology of Modern Aesthetics and Literary Criticism*, 1930）中。这本论文集收入了斯宾加恩等人的文章，但这些文章也没有一篇提出系统的或明确具体的理论主张。第三次是美国批评家、诗人 J. C.兰瑟姆在 1941 年出版的《新批评》（*The New Criticism*）一书中所具体阐述的。该书所介绍的不是哪一部以"新批评"冠名的具体著作，而是那个 20 世纪初肇始于英国，30 年代形成于美国，并于 40—50 年代在美国文学批评界占有主导地位的新批评流派。

2 斯纳克（Snark）：英国著名作家路易士·卡洛尔在其作品《猎捕斯纳克》（*The Hunting of Snark*）中给一种想象出来的动物取的名字。——引文原注

3 布拉姆（Boolum）：卡洛尔在同一书中对一种属于斯纳克但更危险的想象出来的动物取的名字。——引文原注

4 克林斯·布鲁克斯：《新批评》，载《"新批评"文集》，赵毅衡编选，北京：中国社会科学出版社，1988 年，第 538 页。

看，新批评的理论主张在以下几点上还是较为一致的：（1）把文学作品看成是一个独立自足的客体，反对文学研究与社会、历史、文化、作者、读者等文学作品以外的因素相联系。换句话说，他们主张文学研究不应关心社会背景、思想史、社会效果等文学作品以外的事情，特别反对以往只重作家，不重文本的做法。（2）以文学语言研究为基础，以语义分析为基本方法，对文学作品——包括诗歌和小说——的语言和结构进行分析。（3）主张文学作品的"有机论"，即关注文本内的词语与整部作品语境之间的关系："每一个词语对独特的语境都起到一定的作用，并从诗的语境中获得自己所在之处的确切意义。"[1]（4）理论建构和批评实践相结合，在对具体作品分析基础上，提出了一些虽有些偏颇但却很有启发性的理论主张，如"构架—肌质"论、"反讽"论、"朦胧"论、"张力"论、"细读法"、"意图谬见"、"感受缪见"、"语境"等。

新批评的主要理论家有T. E. 休姆、I. A. 瑞恰慈、T. S. 艾略特、威廉·燕卜荪、埃兹拉·庞德、约翰·克娄·兰瑟姆、阿伦·退特（Allen Tate, 1899—1979）、罗伯特·潘·沃伦、克林斯·布鲁克斯、肯尼思·勃克（Kenneth Burke, 1897—1993）、威廉·K.维姆萨特、雷内·韦勒克、艾沃·温特斯等。

新批评产生的理论背景可以远溯到18世纪末德国唯心主义哲学和美学，尤其是康德的美学。例如，在其著名的"三大批判"书[2]之中，康德并不曾考虑到知识在实际经验中情形如何，只考虑就理性分析来说，知识的情形应该如何。也就是说，他采用的批判策略是追问知识的形式，而不是知识的内容。同样，他在对美的分析上也强调美的形式。[3]

20世纪初，发生在英国的"意象派"诗歌运动为新批评的肇始提供了基础。1908年，T. E. 休姆组织了他的

康 德

1 Vincent B. Leitch, *American Literary Criticism, from the Thirties to the Eighties*, New York: Columbia University Press, 1988, p. 26.

2 康德的"三大批判"是指他的三部著作：《纯粹理性批判》《实践理性批判》和《判断力批判》。

3 参见朱光潜：《西方美学史》（下卷），北京：人民文学出版社，1979年，第353、367页。

第一个诗歌俱乐部，开始了意象派诗歌创作，被庞德称为"被忘却了的团体"（forgotten school of 1909）的后裔。

埃兹拉·庞德（Ezra Pound, 1885—1972）对英美新批评的产生也作出了贡献：他"更像是一个战地指挥官"，既对文坛"战事"运筹帷幄，掀起一波又一波的文坛论争，又"调兵遣将"，发现一些文坛新人并在一定程度上帮助他们后来成为文坛巨匠，如乔伊斯、艾略特、弗罗斯特、H. D.等，对推动西方现代文学的发生和发展起到了很大的作用。另一方面，庞德在现代诗歌理论方面的创见催生了现代诗歌批评理论。[1]他早在 T. E. 休姆之前就提出了现代诗歌创作中的一些重要问题。例如，他在《我抱住了俄西瑞斯的四肢》（"I Gather the Limbs of Osiris", 1911—1912）一文中提出使用"效率的词汇"和像工程师那样精确地写诗："成为工程师特性的是精确——诗人也是如此。"[2] 1913 年，庞德提出了意象派诗歌创作的宣言，即《意象派诗人的一些禁忌》（"A Few Don'ts by an Imagiste"）。1915 年，美国诗人艾米·洛威尔（Amy Lowell, 1874—1925）出版诗集《几位意象派诗人》（Some Imagist Poets, 1915），[3]并在该诗集的序言中提出了六条意象派诗歌创作原则，[4]为新批评落地美国起到了重要的作用。

直接运用到新批评实践中的是语义学批评理论。新批评的主将之一 I. A. 瑞恰慈提出要回向"想象力与知解力协和一致"的康德思想，为英美新批评奠定了理论基础。他运用语义分析并借助心理学研究的方法，构建了一种所谓科学的文学批评方法。他在剑桥大学任教时所做的著名实验并藉此提出的"细读法"也彰显了他运用语义学批评理论的自觉性。另外，他提出的理论构想与新批评的另一位主将兰瑟姆不谋而合，兰瑟姆也曾主张回归到"想象与理性携手共居于这个真实世界"的康德主义。[5]

---

1 参见 A. Walton Litz and Lawrence Rainey, "Ezra Pound", in A. Walton Litz, Louis Menand and Lawrence Rainey, eds., *The Cambridge History of Literary Criticism*, Vol. VII, p. 57.

2 Ezra Pound, "I Gather the Limbs of Osiris," in Leah Baechler, James Longenbach and A. Walton Litz, eds., *Ezra Pound's Poetry and Prose*, New York: 1991, p. 47; 转引自 A. Walton Litz, Louis Menand and Lawrence Rainey, eds., *The Cambridge History of Literary Criticism*, Vol. VII, p. 62.

3 庞德用 Imagiste 一词来称呼意象派；洛威尔改用 Imagist，以示与庞德的意象派的区别。

4 实际上，洛威尔提出的诗歌创作原则与庞德提出的《意象派诗人的一些禁忌》基本相同。但是，她暗示受到庞德的影响，却并没有提到庞德、F. S. 弗林特及其他有类似主张的诗人的名字。参见 Stanley K. Coffman, Jr., *Imagism: A Chapter for the History of Modern Poetry*, New York: Octagon Books, 1977, p. 28.

5 分别见 I. A. Richards, C. K. Ogden and James Wood, *The Foundation of Aesthetics*, New York: Lear Publishers, 1925, p. 8 和 John Crowe Ransom, *Beating the Bushes, Selected Essays, 1941–1970*, New York: New Directions, 1972, p. 66; 转引自赵毅衡：《重访新批评》，第 8 页。

当然，构成新批评理论的背景还远不止于上述几个方面。实证主义、心理学研究、唯美主义等理论主张都直接间接地或为新批评的出现铺垫了道路，或为新批评的构建提供了重要参照。实证主义主张将哲学的任务归结为现象研究，并认为只有通过严格而科学的方法才能获取真正的知识，这一主张见诸瑞恰慈及其他新批评者的批评理论和实践。心理学研究关注阅读和批评中产生的误读和偏差，这种关注对瑞恰慈并且对新批评理论的发展产生了很大影响——"新批评派理论似乎是在与瑞恰慈的心理主义论战中形成的"；[1] 而唯美主义则成为新批评派论战的重要靶子之一。兰瑟姆就曾撰文指出："为艺术而艺术和一切不称职的主义一样，是空洞的。在理论上对批评家很少用处。"[2]

除了受到英国新批评理论的影响之外，美国的新批评理论也与美国南方"农耕主义"（Agrarianism）思想有一定的关联。有学者认为，这些新批评家们从"农耕主义"立场出发，拒绝"重塑外部世界的所有可能性 [……] 通过严格的文学生活体验，获得完善内部世界、情感的社会理智。"[3] 换句话说，他们既不主张参与社会政治，也不信任所谓的科学，而是主张回到农耕生活，让生命优越性体现在与土地的接触之中。他们将这种用我们的话说"接地气"的"一体性"用于诗歌创作和批评，即把诗歌作为一个有机整体的概念，严格区别艺术和科学话语模式。1937 年，兰瑟姆离开范德比尔特大学，出任《肯庸评论》（Kenyon Review）主编后，对自己以前持有的农耕主义思想产生了怀疑，认为参与政治活动妨碍了他作为诗人的发展。不过，美国新批评家也不是铁板一块，都持有与兰瑟姆同样的态度。譬如，艾伦·泰特认为，农耕主义与新批评之间并不矛盾，是一种互补关系，目标都是与抽象和科学进行斗争。[4]

总之，新批评从康德关注想象力与知解力协和一致、提倡形式研究出发，在整合实证主义、语义学批评等诸种形式主义文论的基础上，以及在与其他各种文学理论的互动中，提出了一系列的理论主张。

---

1 赵毅衡：《"新批评"文集》（引言），第 3 页。
2 参见 John Crowe Ransom, "Criticism as Pure Speculation", in Morton D. Zabel, ed., *Literary Opinion in America*, New York: Harper Brothers, 1962, p. 442.
3 John, Fekete, *The Critical Twilight*, London: Routledge & Kegan Paul, 1977, p. 45.
4 参见 Paul K. Conkin, *The Southern Agrarians*, Nashville: Vanderbilt University Press, 2001, p. 141.

二 代表人物及其核心理论

1 瑞恰慈的诗歌批评理论

I. A. 瑞恰慈是英美新批评的主要肇始者之一，在英美文学批评界享有很高的声誉，诚如有学者所言，"很少有当代英国美学作家占据瑞恰慈的权威地位"。[1]他的主要著作有《美学基础》（*The Foundation of Aesthetics*, 1922，与 C. K. 奥格登和 J. 伍德合作）、《意义之意义》（*The Meaning of Meaning*, 1923）、《文学批评原理》（*Principles of Literary Criticism*, 1924）、《科学与诗歌》（*Science and Poetry*, 1925）和《实用批评》（*Practical Criticism*, 1929）等。瑞恰慈的这些著作与新批评理论开创者如庞德、艾略特和休姆等人提出的理论和观点共同构成了早期英美新批评的理论基础。

瑞恰慈在《文学批评原理》一书的第 34 章"两种语言用法"中提出了"语言的科学用法"和"语言的感情用法"。在他看来，语言可分为科学语言与诗歌语言。二者之间的区别在于：科学语言是"指称性的"（referential），即直接指向语词所指的对象或外部存在的真实，它或是真的，或是假的，不容混淆；而诗歌语言是"情感性的"（emotive），即用于表达情感。它虽也指向语词所指的对象，却不必或不可能被这一对象所证实，所谓非真非假，亦真亦假。他认为，要判断使用的某种语言是指称性的还是情感性的，方法其实很简单，就看该语言所表达的意思能否在严格科学意义上得到证实。例如，听到划火柴的声音时，我们期待看到火焰，这个暗示"符号"（划火柴）的存在引起了一个"指称"（根据经验火焰会随之出现）。不过，这个"指称"能够或不一定能够被某一具体"指称"（真正出现的火焰）所证实。[2]

两年后，瑞恰慈在《科学与诗》一书中，在区分"语言的科学用法"和"语言的感情用法"的基础上，又进一步把诗定义为一种"非指称性伪陈述"（non-referential pseudo-statement）。[3]即是说，诗的陈述是一种虚构的陈述，它与情感相关，而无需在现实中予以求证。不过，它同样具有真理性，这种真理性指的是"一种态度的可接受性"。[4]它能激起我们前后一致的

---

1 Eliseo Vivas, "Four Notes on I. A. Richards' Aesthetic Theory", *The Philosophical Review*, Vol. 44, No. 4 (Jul., 1935), p. 354.

2 参见 Paul H. Fry, "I. A. Richards", in A. Walton Litz, Louis Menand and Lawrence Rainey, eds., *The Cambridge History of Literary Criticism*, Vol. VII, p. 184.

3 赵毅衡在《新批评——一种独特的形式文论》中译为"非指称性伪陈述"，他在前书修订版（《重访新批评》）中改译为"非指称性拟陈述"。此处仍用他的旧译名。

4 I. A. Richards, *Science and Poetry*, London: Kegan Paul, Trench, Trubner, pp. 67—68.

情感反应，具有一种使人信服的力量。它是否具有指称性的真理性无碍于诗的功能和效果。

瑞恰慈之所以提出"非指称性伪陈述"这一命题，主要是因为在他看来，诗歌语言的真理性与现实无关——"诗歌与其他的艺术是从这个玄秘的世界观产生出来的"，[1]而"科学永远地摧毁了这个玄秘的世界观，让人无法占据正统的宗教，并威胁人们与周围世界一体化。"[2]他的这一认识对匡正以往文学批评与作者、时代、意识形态等相联系、求证文学作品与现实之间关系的做法，起到一定的作用。但是，他在论证诗的真理性中强调的"情感反应"却是实证主义心理学的，这一点后来遭到艾伦·退特等人的强烈反对，[3]成为新批评派论争的一个重要话题。

瑞恰慈在《实用批评：文学评价研究》（*Practical Criticism, A Study of Literary Judgment*, 1929）一书中，运用他在剑桥大学任教时所做的阅读试验的一些资料，总结出十种"典型的阅读障碍"。[4]

1. 平庸地理解一首诗作（making out of plain sense）："他们[诗歌读者]无法理解它的散文意义，无法理解它的朴素，无法理解一组普通的、易懂的英语句子，更无法理解它的诗意。同样地，它的情感、语气和意图都是用一种释义的方法来进行嘲弄"；

2. 感官恐惧（sensuous apprehensions）："即使在默读的时候，[诗中]按顺序排列的单词对大脑的舌头和喉咙也有一种形式，而且可能还有节奏。尽管可能感觉迥异，[读者]也会很自然地立刻就感觉到这种形式是感官、智力和情感的结合。另一种读者要么忽视它，要么数手指、敲桌子等等；其读诗的效果有天壤之别"；

3. 视觉意象（visual imagery）："有些读者在阅读中天生就倾向于强调意象，重视意象，并根据意象中激发的意象来判断诗歌的价值，这些意象是不稳定的东西；充满需要的生动形象与另一行诗中同样生动的形象没有相似之处，这两组形象都不需要与诗人头脑中可能存在的任何形象有关"；

4. 无关记忆（mnemonic irrelevancies）：被提醒某些个人场景或冒险、

---

1 I. A. Richards, *Science and Poetry*, p. 45.

2 Paul H. Fry, "I. A. Richards", in A. Walton Litz, Louis Menand and Lawrence Rainey, eds., *The Cambridge History of Literary Criticism*, Vol. VII, p. 184.

3 Allen Tate, *The Man of Letters in Modern World*, New Haven, Meridian Books, 1955, p. 212.

4 以下所列十条"阅读障碍"部分参见或译自 Robert E. Shafer, "The Practical Criticism of I. A. Richards and Reading Comprehension", *Journal of Reading*, Vol. 14, No. 2 (Nov., 1970), pp. 101–108；另参见瑞恰慈：《〈实用批评〉序言》，载《"新批评"文集》，赵毅衡编选，第364页。

交往或情绪回响干扰的误导性影响，这些可能与事件无关，它因退而求助诗中并未提供的个人形象和自传经验而曲解诗的含义；

5. "陈腐的反应"（stock response）："无论什么时候，一首诗似乎或确实包含了读者的观点，并且读者的头脑中已经做好了充分的准备，那么，读者所做的事情比诗人所做的事情更多"，并因诉诸于现成的思想而曲解了诗的含义；

6. 多愁善感（sentimentality）：瑞恰慈将情感界定为一个反应的分寸问题。他说，"当一个人的情绪太容易被激发或触发得太迟时，可以说他是多愁善感的。"他认为，诗人不应回避激发情感，而应在诗的表达中尝试给予"足够的接近性、具体性和连贯性，以支持和控制随后的反应"；

7. 压抑（inhibitions）：压抑与多愁善感一样，也是一个反应分寸问题。不过，在他看来，"所有的秩序和比例都是抑制的结果；我们不能放纵一种没有抑制的精神活动。"

8. 教条主义（doctrinal adhesions）：这一障碍是在读者阅读中遇到某种暗示着"对世界的看法或信仰"的东西时产生的——许多读者都被一种无论是否与所阅读的诗篇价值相关的信念表达打断了。这种执意某种观念的阅读不是一种诗性阅读。

9. "技术上的先入之见"（technical presuppositions）：这一阅读障碍主要是指读者固守成见，认为所谓正式的诗体更有价值，如十四行诗比民歌更有价值。瑞恰慈将此喻为"将手段置于目的之前"，并将其比作试图"根据头发判断钢琴家"。

10. 总括式批评（general critical preconceptions）：这一阅读障碍指的是一些先入之见，即读者在阅读中脑海中自觉或不自觉地出现某种理论（如关于诗歌的性质和价值的理论），没完没了地插入读者与诗的中间。

瑞恰慈的教学试验实际上是在对学生独立评价中所遇到的"障碍"作语义和结构的文本细读分析，并由此提出了"提高分辨能力"的方法。瑞恰慈主张，阅读时要排除先入之见等"外在"干扰，如作者的声誉、时代的风尚、宗教信仰、政治信条、伦理道德规范等，而把阅读集中在文本之内，特别是要学会从语义和结构上来分析把握诗歌的要义。他的这一试验对日后新批评派理论构建和批判实践产生了重要的影响，批评史家习惯上把瑞恰慈看成是"细读法"的首创者。

有学者认为，瑞恰慈的理论能够帮助读者对任何一部文学作品进行恰当的批评。或可将其喻为批评机器：将一首诗输入其中，即可从中产生对它的明确判断。[1] 不过，瑞恰慈对学生们"阅读障碍"的分析也暴露出他的不纯粹性，即语义分析中的心理学偏向，如"陈腐的反应""多愁善感""压抑"等。这一点遭到多数新批评者的拒绝和批判。

瑞恰慈在诗歌批评与创作过程、诗歌批评与伦理、价值与传播、反讽等方面也均有论述，尤其是他对"反讽性观照"（ironic contemplation）的论述对丰富英美新批评理论作出了贡献。美国新批评家克林斯·布鲁克斯对此作出了进一步的论述。[2]

2　燕卜荪的"朦胧说"

　　威廉·燕卜荪是继 I. A. 瑞恰慈之后另一位重要的新批评理论家。他的主要著作有《朦胧的七种类型》（*Seven Types of Ambiguity*, 1930）、《田园诗的几种形式》（*Some Versions of Pastoral: Literary Criticism*, 1935）、《复合词的结构》（*The Structure of Complex Word*, 1951）、《使用传记》（*Using Biography*, 1984）等。燕卜荪的这些著作不仅讨论了诗歌的美学问题，也对社会问题予以关注。应该说，它们共同构成了其新批评思想。

《朦胧的七种类型》

　　英国学界对他的著述褒贬不一：褒者认为他"足智多谋、才华横溢"；贬者则从道德的层面来反对他，认为他"危险"且"不负责任"和"不可靠"。[3] 对燕卜荪既褒又贬的学者则一方面把他比作一个充满好奇心的男孩，认为他就像拆解手表的零部件一样将词语的语义或意蕴进行分解；另一方面又认为燕卜荪是一个超级恶棍，竟然同意叶芝和艾略特所编织的有关历史的神话。[4] 但

1 参见 Manuel Bilsky, "I. A. Richards' Theory of Value", *Philosophy and Phenomenological Research*, Vol. 14, No. 4 (Jun., 1954), p. 536.
2 参见 Cleanth Brooks, *The Well Wrought Urn: Studies in the Structure of Poetry*. New York: The Harvest Book, 1956; "Irony and 'Ironic' Poetry", *The English Journal*. Vol. 371, February, 1948.
3 Roger Sale, "The Achievement of William Empson", *The Hudson Review*, Vol. 19, No. 3 (Autumn, 1966), p. 369.
4 参见 Roger Sale, "The Achievement of William Empson", *The Hudson Review*, Vol. 19, No. 3 (Autumn, 1966), p. 370.

总的来说，英国学术界多从教学、道德和诗歌欣赏的角度来评价燕卜苏，而从新批评理论角度来评价其诗歌理论的却并不多，此为后话。

应该说，最能反映燕卜苏新批评思想的著作是他的那本《朦胧的七种类型》（"朦胧"一词又译为"含混""歧义"或"复义"）。他在这本书中采用的是"语言的分析方法"，[1] 即从语义的角度来谈词语的意义朦胧，其目的是解释诗歌中词语语义朦胧所能达到的效果，以有助于区分语言的细微差别和对这些差别所作出的各种反应。用他的话来说，"朦胧"指的是，"当我们感到作者所指的东西并不清楚明了，同时，即使对原文没有误解也可能产生多种解释的时候，作品该处便可称之为朦胧。如果双关是明显的，一般我们不会说它朦胧，因为它没有使我们不解的东西。但是如果作者意在用一个反讽来蒙蔽一部分读者，我们就多半会说它是朦胧的。"[2] 换句话说，这种朦胧可以从两个角度来看，一是与作者相关：作者在创作中遣词造句时有意为之，即故意使用词语来表示多种含义，或表达多种情感或态度，有意无意地使用能指语义朦胧的词语，以起到丰富该词语所指意蕴的目的。二是与读者相关：读者在阅读中面对语义朦胧的词语，出现认识困惑或歧义时，对作者所用词语产生多种不同的理解。

具体地说，燕卜苏针对这两个方面，罗列了七种不同性质的"朦胧"[3]：

1. 参照的朦胧（ambiguity of reference）："细节同时以几种方式产生效果，比如与几种相似点比较，几种不同处对仗"[4]，即指一个细节同时在几个方面发挥效力，亦即在好几个参照系里产生作用。

2. 所指的朦胧（ambiguity of referent），"两种或两种以上的选择意义溶为一种意义"，即指两个或两个以上的意义合二为一的时候，词义或句法上的朦胧。这种朦胧往往与词义的多样性和语法的疏漏有关。

3. 意味的朦胧（ambiguity of sense），"必须要具备这样的条件：即同时出现两种表面上完全无联系的意义 [……] 当叙述的领域不止一个时的那种一般化形式"，即指所说的内容有效地指涉好几种不同的

1 威廉·燕卜苏：《朦胧的七种类型·第二版序言》，周邦宪等译，北京：中国美术学院出版社，1996年，第2页。

2 威廉·燕卜苏：《朦胧的七种类型·第二版序言》，第4页。

3 此处总结的七种朦胧的类型除引用燕卜苏原话外，还参见殷企平："朦胧"，见赵一凡等编：《西方文论关键词》（北京：外语教学与研究出版社，2017年），第158—163页；赵毅衡：《重访新批评》，第141—144页。以下不再一一注明。

4 以下七种"朦胧"中的引语均出自威廉·燕卜苏：《朦胧的七种类型·目录》，周邦宪等译，北京：中国美术学院出版社，1996年，第1、2页。以下不再一一注明。

话题、好几种话语体系、好几种判断模式或情感模式。属于此类朦胧的有双关语、暗喻和讽喻等等。

4. 意图的朦胧（ambiguity of intent），"各种选择意义结合在一起，表明作者的一种复杂的思想状态"，即指某一表述中的两个或更多的意义之间发生龃龉，但其合力却昭示了作者的矛盾心态。这类朦胧主要试图表现作者创作意图的混乱。

5. 过渡式朦胧（ambiguity of transition），"一种侥幸的混乱。作者在写作过程中才发现自己要表达的思想，或者在写作过程中才怀有该种思想"，即指作者在写作过程中发现了新的想法，或者说作者没有把这种想法封闭起来时产生的朦胧。此种朦胧反映了作者写作中对某种比喻有了新的认识变化，使得所使用的比喻在写作中可以用来比喻文本中的另一种事物，使之产生了寓意的过渡。

6. 矛盾式朦胧（ambiguity of contradiction），"所表述的东西是矛盾的，或互不相干的，读者必须自己解释这些东西"，即指陈述语同义反复，是文本自身形成矛盾，迫使读者用朦胧来解释朦胧。

7. 意义的朦胧（ambiguity of meaning），"一种完全的矛盾，表明了作者思想中的分歧"，即指一个词的两种意义，一个朦胧语的两种价值，正是上下文所规定的恰好相反的意思。此类朦胧在很大程度上也要取决于具体的文本语境。

可以说，燕卜荪对于朦胧类型的划分证实了语言的多义性和复杂性是诗歌的主要表现手段。同时，因为新批评的朦胧论强调对上下文或者语境的依赖，以及不同内涵之间、内涵与外延之间的微妙差别，由此也为艾伦·退特的张力论提供了有力的论证。

不过，这些类型并非泾渭分明，燕卜荪在界定七种类型的朦胧时并没有将它们截然分开。在阐释这些不同类型的朦胧时，燕卜荪本人也有些朦胧，这直接反映在他的表述用词朦胧不清。例如，第一类型的朦胧中"一个细节在好几个方面发生效力"的说法，就包含了比喻和对照的使用，读者只能依据朦胧作出不同的阅读理解。一般来说，新批评派认为，诗歌的语言特性有赖于朦胧的使用，语言的朦胧使得读者对作品产生多种美学体验，而批评家的任务就是阐释这类朦胧。

3　兰瑟姆的本体论

约翰·克娄·兰瑟姆是美国新批评的主要理论家。他与原《逃亡者》（*The Fugitives*）诗派的三位弟子阿伦·退特、克林斯·布鲁克斯以及罗伯特·潘·沃伦一起转向了文学批评。他们在批判地接受瑞恰慈语义学文学批评的基础上，旗帜鲜明地提出了一些夯实新批评理论基础的观点和方法，如"本体论批评"、"构架—肌质"论、"张力"论、"戏剧性原则"等等，时称"南方批评派"（The Southern Critics）。主要著述有兰瑟姆的《诗歌：本体论札记》（*Poetry, A Note on Ontology*, 1934）、《世界的肉体》（*The World's Body*, 1938）、《新批评》（*The New Criticism*, 1941）；退特的《论诗的张力》（*Tension in Poetry*, 1938）和布鲁克斯与沃伦合著的《怎样读诗》（*Understanding Poetry*, 1938）等。

1934年，兰瑟姆在《诗歌：本体论札记》中提出了诗歌的本体论问题。他说："一种诗歌可因其主题而不同于另一种诗歌，而主题又可因其本体即其存在的现实而各不相同 [……] 批评或许再次像康德当初想做的那样能以本体分析为依据。"[1] 他在这里说了两层意思：

1. 他认为诗歌有不同的"主题"，或为概念诗（坚决论述概念的诗，或柏拉图式的诗），或为事物诗（详细论述事物的诗），或为玄学诗（其含义是简单、超自然、奇迹般的）。[2] 它们虽因其"主题"不同或"本体上的区别"[3] 而各不相同，但都是以本体的身份而存在的。

2. 他主张批评要以对诗歌本体的分析为依据，即不考虑文本以外的因素。兰瑟姆在这里并没有充分展开讨论本体论批评的主旨和内涵，而是借助推崇事物诗来表达这一观点。他认为，事物具有本体的地位——"事物是不变的，变化的是概念 [……] 概念总得把事物看作其起源的 [……] 不论哪些概念把事物作为出发点而起飞离去，事物是既不变更也不缩小。"[4] 归结到一点就是，兰瑟姆实际上主张把作品作为一个独立自足的存在物加以研究。

1941年，兰瑟姆在《新批评》一书中再次论及诗歌的本体论问题，认为诗歌的本体性就在于它与"本原世界"的联系，即"表现现实生活"，并能

---

1 约翰·克娄·兰瑟姆：《诗歌：本体论札记》，蒋一平译，载《"新批评"文集》，赵毅衡编选，第46页。

2 约翰·克娄·兰瑟姆：《诗歌：本体论札记》，载《"新批评"文集》，第49页。兰瑟姆在行文中有时将"事物"与"意象"混用。

3 约翰·克娄·兰瑟姆：《诗歌：本体论札记》，载《"新批评"文集》，第47页。

4 约翰·克娄·兰瑟姆：《诗歌：本体论札记》，载《"新批评"文集》，第56页。

168

够恢复"本原世界"的存在状态。[1]兰瑟姆在这里提出的观点似乎与最初提出的诗歌本体论相互矛盾：他最初认为诗歌作为一个独立自足的存在物，与外部世界没有联系；而后来又提出诗歌与"本原世界"的联系，即是说，诗歌其实也并不是一个独立自足的存在物，与外部世界中一切，诸如宗教、道德等，均有联系。不过，纵观兰瑟姆的全部论述，他的诗歌本体论似乎更多地强调诗歌文本的独立自足性，甚或可以说即便他提出诗歌与"本原世界"的联系，也旨在说明诗歌本身就构成了一个"本原世界"，并因此而具有本体论的地位。

需要指出的是，兰瑟姆提出的诗歌本体论至少存在两个问题：一是似是而非地主张要回到康德的本体论批评。如果兰瑟姆所说的康德的本体论批评指的是康德早期对自然科学的研究，还有一定道理，但如果他所指的是1770年后的康德，就是一种误解了。因为康德从1770年发表《论感觉界和理智界的形式和原则》起，就从自然科学转向哲学，从探索自然的奥秘转向心灵的奥秘，其哲学观也从朴素的唯物主义转向唯心主义。他在这一时期是反对本体论研究的，认为"物自体"在经验之外，是无法认识的。[2]二是兰瑟姆的本体论诗学排斥文本外因素，即不考虑文本外因素的干扰，从而将批评的目光专注于文本本身。在某种意义上说，兰瑟姆提出的本体论诗学演化了艾略特的"非个性化"论，[3]"非个性化"论将作者的个性、感情排除在外，即反对创作中的表现论，从而实现文本的回归。

兰瑟姆的"本体论"强调诗歌文本的独立自主性，即文本独立的本体论地位，并强调诗歌本体性的自由特性，即那些组成这个自主世界的特有话语结构：格律、意义、声音、格律与意义之间的相互作用，以及诗歌如何由异质属性相互作用以形成独特的本体个性。他从本体论的立场，提出文学批评应当从文本出发，关注文学作品本身，而不应当受到社会背景、历史观、作者的生平传记、伦理道德等外在因素的影响。兰瑟姆认为，"文学批评的任务应该完全是美学的。伦理家的任务，自然地、并且本分地，应该是别的东西。"[4]从这一角度出发，兰瑟姆对文学批评中的伦理学倾向表示了明确的反对立场。

在《无所不在的伦理学家》一文中，兰瑟姆对伦理学家的批评直率而严厉。他直言伦理学批评家不是真正意义上的批评家，他们总是想抽取诗歌中的"意识形态"，或是诗歌主题，或是任何可以概括的意义，把它孤立起来

1 参见约翰·克娄·兰瑟姆：《新批评》，王腊宝、张哲译，南京：江苏教育出版社，2006年，第192页。
2 参见赵毅衡：《重访新批评》，第12页。
3 参见赵毅衡：《重访新批评》，第13页。
4 兰瑟姆：《纯属思考推理的文学批评》，载《"新批评"文集》，第91页。

进行讨论，而忽略了对诗歌本身的讨论。他们不懂艺术的美学价值，也就看不到艺术作品中的美。如果让伦理学家去评论文学作品，他们只会用道德的视角来审视文学作品，就如同用无知的利斧对文学作品进行不道德的打磨，这样的做法只会损害文学的艺术价值。[1]像艾沃·温特斯这样的批评家，如果他只对诗歌中的道德内容给予关注，仅以道德为诗歌的决定性内容，那么他的批评就算不上是文学批评。[2]

在兰瑟姆看来，真正的艺术是不掺杂道德说教内容的，"诗和道德文章，不仅不互相契合，而且还有些互相抵触"。[3]换句话说，兰瑟姆并不认为伦理价值是文学艺术的必要品质。虽然为艺术而艺术太过于空洞，但这并不意味着艺术要走向另一个极端，即必须要有一定积极的内容。对于诗歌和道德的关系，兰瑟姆的观点是，"诗歌考虑道德情境，不等于以道德观点来考虑诗"。[4]如果要阐释道德价值，须得用更加明了的散文陈述来表现这种人的意志活动。在诗歌中存在的内容或者意义，"既不是非道德内容，也不是反道德内容"。[5]对于诗歌来说，逻辑内容就是诗的伦理。[6]

由于文学是所有艺术形式当中最为含混的一种表现方式，诗歌格律与逻辑结构之间存在不确定性，因而无法用某种预设的意志倾向来评价文学作品。因为诗歌音韵和意义的随意性就判定诗歌道德观有缺陷是完全错误的。[7]对于艺术的欣赏和处理需要冷静的客观性，道德伦理的热情和偏狭会有损于对艺术作品的客观评价。兰瑟姆用一个法国人看裸体画的故事来说明，审美经验超出道德意志；而道德意志的存在是因为人欲望的存在，是低于审美体验的。[8]如果用道德观点来评判诗歌，不可避免会影响到对诗歌本性的理解。因而，兰瑟姆认为伦理批评无法真正反映文学作品的价值，真正的文学批评应该以作品的美学品质为标准，而不应该以道德为标准。

另外，兰瑟姆还反对思想与情感的二元关系论，反对将诗歌体验中的情感活动与认知活动分离开来。在他看来，阅读所产生的感情或冲动属于人的心理特质，它们细微多变，无从把握。用无法确指的感性反应来对诗歌作出

---

1 Ransom: "Ubiquitous Moralists", *The Kenyon Review*, New Series, Vol. 11. No. 1 (Winter, 1989), p. 129.
2 参见兰瑟姆：《新批评》，第 143—187 页。
3 兰瑟姆：《纯属思考推理的文学批评》，载《"新批评"文集》，第 89 页。
4 兰瑟姆：《纯属思考推理的文学批评》，载《"新批评"文集》，第 92 页。
5 兰瑟姆：《纯属思考推理的文学批评》，载《"新批评"文集》，第 92 页。
6 兰瑟姆：《纯属思考推理的文学批评》，载《"新批评"文集》，第 98 页。
7 参见兰瑟姆：《新批评》，第 156 页。
8 兰瑟姆：《纯属思考推理的文学批评》，载《"新批评"文集》，第 93 页。

评价，这种方式是很令人怀疑的。用他的话说，"艺术主冷而不主热，不管现实生活如何，艺术对于世间万物的重构之中，激情不会凌驾于认知之上；艺术是一种具有高度思想性或认知性的活动 [……] 艺术的立意所在，在于寻求适当的物体使感觉和激情客体化，从而将其忘却。"[1] 也就是说，在他所说的这种客体化的重构中，需要识别在诗歌阅读活动中产生的直接感受，与被唤起的、由想象力混合而成的哲学性情感。前者属于现实性情感，后者属于一种审美情感。诗人的情感存在于诗歌整体情境与这一情境中各色细节当中。也就是说，诗歌情感与思想的表述是共存于诗歌一体的。

为了说明诗歌体验与诗歌语境的关系，兰瑟姆将语境分为以下五种类型：

1. 生理学语境：有机生命组织的最小元素是次心理的微小神经内核，它们将从诗歌中接受刺激 [……] 但是这只能是一种精心编织的虚构，多数场合无法在诗歌中进行观察。

2. 心理学语境：[……] 情感中心自给自足，它们无须通过认知活动与认知客体发生关系。

3. 生物学—心理学语境：[……] 情感中心与客观的认知活动密切相关，后者为之提供有关这个世界的真实情况。

4. 生物学—逻辑学语境：第三语境总是不知不觉地滑入第四语境 [……]。在这一语境里，所有逻辑细节都进入了诗歌的探讨范围。[……] 在研究诗歌时，探讨的却是它的科学和逻辑价值，而不是它所特有的价值。

5. 美学语境：在这一语境中，我们第一次不再从科学或散文的话语中获取材料，而真正就诗歌分析而讨论诗歌。我们寻找诗篇中的非结构要素，研究作品的肌质。[2]

兰瑟姆的语境分类区分了诗歌体验的不同层面，旨在说明对诗歌的探讨重心不在于读者自身的反应，而在于诗歌再现的世界；诗歌对于诗歌体验的价值不在于它是一种感官的刺激，而是对其美学效果的认知。

除了上面评介的三位新批评家外，新批评群体中还有退特、维姆萨特、布鲁克斯等。他们也提出了一些重要的理念或概念，如"反讽""悖论""张力""意图谬见""感受谬见""细读法""主题语象"等，也值得我们仔细学习和研究。

1 兰瑟姆：《新批评》，第11页。
2 参见兰瑟姆：《新批评》，第59—60页，引文有所节选。

三 结语

新批评运动主要是针对实证主义批评、马克思主义批评、浪漫主义批评等而兴起的。新批评理论关注诗歌本身，有效地扭转了西方文学批评在伦理学、心理学和文体学方面的过分关注，被许多学者认为是真正意义上的文学评论。但是，任何批评方法都有其局限性，新批评用以支撑自己的理论、反驳其他批评理论的地方，也有可能因其偏激而恰好成为自己的缺陷所在。

由于新批评派内部存在很大的分歧，对这一理论局限性的简要讨论也主要针对其所拥有的共同特征来进行。

首先，在本体论的认识下，新批评派认定文学批评的核心是作品本身，因而，新批评的实践注重对文本本身，即语言、反讽、含混、张力等各种诗歌技巧因素的分析。这种"诗是自给自足的符号客体"[1]的观点在反对新批评的评论家看来是新批评的一大缺陷，因为"语言是永远处于变化过程中，所以存在于作品中的是一系列意思的可能性。换句话说，作品的意思绝非一种，它们允许多种解释"。[2]此外，由于新批评对诗歌结构和组织成分过分关注，它无法摆脱形式主义的嫌疑。

其次，在文学作品与现实的关系问题上，新批评自诩对语言本身的研究最能纯粹地展现文字的美和艺术价值，因而它要摆脱道德、历史、诗人传记等等外在的影响。但是，有评论家指出，这种试图将意思界定于一个单一领域的结果是产生"纸面上的文字"，[3]因为"诗并不能凭空创造出它们自己的意思和逻辑；它们使用的语言从外界带进来概念或概念的结构 [……] 诗的语言确保它从根本上与外部世界联系在一起"。[4]新批评对文学的人文特质、社会作用忽视不见，等于"割断了自己与除了诗以外的所有语言交流形式的联系"。[5]虽然在这一问题上兰瑟姆和艾伦·退特竭力证明诗歌具有认知性，诗歌提供给人们一种"特殊的、独一无二的和完整的知识"，[6]但是，从总体上来说，新批评理论降低了诗歌与现实的联系。

第三，新批评派强调诗歌的有机性，致力于将"作品看成一个全局、一个结构、一个实体、一个整体"，[7]旨在建立一种真正意义上的文学批评，即，将文学批评提升到一个可以与科学相抗衡的地位。但是，对新批评的反

---

1 史亮：《新批评》，成都：四川文艺出版社，1989 年，第 299 页。
2 史亮：《新批评》，第 308 页。
3 史亮：《新批评》，第 308 页。
4 史亮：《新批评》，第 300 页。
5 史亮：《新批评》，第 309 页。
6 赵毅衡：《重访新批评》，第 9 页。
7 史亮：《新批评》，第 343 页。

对者来说，这种脱离作家生平、文学史、社会、文化因素的批评方法突出了文本的审美价值，但也可能会导致文学批评一元论。而且，由于新批评理论尤其是细读法的普及，对文学作品进行解剖式的分析和阐释走向程序化、固定化，也使得新批评理论失去创造力，走向僵化。

最后，新批评的局限性还在于其研究对象。新批评派的研究对象主要是诗歌，尤其是抒情诗和某些短篇小说。在新批评者看来，诗歌最能够体现文学的本质和特性，但是，它所提出的诗歌评判标准，如反讽、张力、比喻的要求并非适用于全部文学作品，完全使用新批评的评判标准来评判全部文学作品无疑会过于狭隘。此外，新批评派所选取并进行阐释的文本非常有限，新批评派为了支持自己的理论，对于文学经典的重新定位和阐释有着明显的倾向性。这种对文学经典的重新评价可以反映一个时期的文学偏向，但也极有可能忽视其他优秀文学作品的价值。

总之，任何批评方法都是在反拨传统的过程中形成、发展和走向成熟的。当一个理论发展到一定的程度，自恃气高而不能与时代的变化相吻合时，新的理论就会萌发并取代原有的理论。然而，不可否认的是，新批评理论以其对文本内部审美特性的关注，对理解作品起到了很大的作用，特别是为课堂教学提供了很多方便。它在这些方面的成功，也使其在文学批评史上占有重要的一席之地。

思考题：

1 新批评派提出的"有机整体论"有何意义和局限？

2 兰瑟姆的"本体论"和瑞恰慈的"伪陈述"有何异同？

3 新批评派是如何看待感性和理性的？

4 何谓"意图谬见"？何谓"感受谬见"？何谓"细读法"？

5 新批评理论对文学研究有何意义？

第九章
精神分析与原型批评

一 精神分析与原型批评理论的概述与背景

精神分析理论始于 19 世纪末 20 世纪初,由奥地利精神科医生西格蒙德·弗洛伊德(Sigmund Freud, 1856—1939)建立,首次将现代心理学的医疗实践所关注的梦境、性格、日常生活应用在文学作品的阐释上。随后,弗洛伊德的弟子与合作者卡尔·荣格(Carl Gustav Jung, 1875—1961)自立门户,开创分析心理学,将精神分析的范围扩展到人类学、社会学乃至宗教领域,并强调人类心灵的原始风貌,以及心理对象关系的传统职责。进入 20 世纪,弗洛伊德的追随者雅克·拉康(Jacques Lacan, 1901—1981)提出"镜像理论",关注语言结构对无意识领域的再造,重新将弗洛伊德的无意识理论视为精神分析的根本,弗洛伊德思想也重获西方学界的重视。精神分析理论强调人类本能和自然性等非理性因素,探究心灵中意识与无意识层面的互动,探讨潜意识对个人经验和人类关系的影响,也激起了同时代文学批评家对潜文本内涵的广泛兴趣,其中包括 I. A. 理查兹、威廉·燕卜逊、莱昂内尔·特里林(Lionel Trilling, 1905—1975)[1],以及神话—原型批评理论的创立者诺斯罗普·弗莱(Northrop Frye, 1912—1991)。

20 世纪风起云涌的历史更迭与变化莫测的世界格局,加剧了西方文学、批评和理论思想复杂求变的现代型特征。从两次世界大战到 30 年代的经济大萧条,从冷战到东欧解体,世界政治经济中心由欧洲向世界各地的转移,第三世界国家的解放——众多跨区域、跨文化的历史事件激发了文学与批评的论战,也促使文学理论反思实证性、唯美追求等传统的经验主义和理性主义思维模式。这种反思印证了 20 世纪文学批评的繁荣,也说明美学经验逐渐摆脱道德关注和宗教关注,超越理性、功利、实用价值等思想范例。如果援引当代马克思主义批评家特里·伊格尔顿(Terry Eagleton, 1943—)在《二十世纪西方文学理论》中的评价,我们不难发现,政治意识形态的动荡不仅辐射

---

1 特里林的《弗洛伊德与文学》("Freud and Literature", 1904)是较早关注精神分析与文学关系的文章。

西班牙画家巴勃罗·毕加索（Pablo Picasso, 1881—1973）的作品《格尔尼卡》，作于1937年。画家因当年4月26日德国纳粹轰炸西班牙北部格尔尼卡事件而愤然命笔，巨作记录与表现了20世纪的人类困境。

社会结构或国家利益，文学理论更在新世纪与参与者的切身体验息息相关，因为这种动荡"既是社会的骚动，也是种种人的关系的危机，以及人的个性的危机"[1]。诚然，人类历史上对焦虑、恐惧以及自我破碎等个人经验的反思由来已久，而精神分析法将这些问题从传统的历史经验、人物传记、道德准绳等外部环境引向了人类的意识乃至无意识领域，对于文学批评传统的革新，无异于人类精神史上的"宗教改革"。

自亚里士多德以降，文学心理学的研究或多或少出现在哲学家和修辞学家对作者动机和意图的实践中。柏拉图曾因诗歌远离本质，更因诗人情感充沛并滋长多愁善感的非理性情绪，而将其驱逐出"理想国"。亚里士多德反驳柏拉图理式世界的空中楼阁，肯定文学真理性价值，认为悲剧能够帮助人们抒发情感，同时"净化"心灵。"悲剧的净化作用"虽在随后的几千年因语焉不详而备受争议，但也成为了西方文艺理论分析文学与心灵关系的重要起始。古希腊演说家、哲学家卡西乌斯·朗吉努斯通过系统的语言行为（措辞、隐喻、演说样式等）细数了"崇高"的情感效果，阐释了修辞学与情感形成的重要功用。在随后漫长的中世纪和新古典主义时期，人类欲望的主体性思想散落在《坎特伯雷故事集》（The Canterbury Tales）的"巴斯夫人"和文艺复兴时期人文主义的光辉之中，到了18世纪的浪漫主义诗论，才真正让诗人意图作为文学创作灵感的"缪斯"，登上了人类思想史的舞台。20世

---

1 特里·伊格尔顿：《二十世纪西方文学理论》，吴晓明译，北京：北京大学出版社，2007年，第132页。

纪初期，美国的"新批评"思潮虽跳出了"意图谬误"与"感受谬误"的藩篱，但也极大地秉承了语言的修辞性内涵，为西方文学发展的"语言转向"做了充分的准备。这一时期的文学理论延续了浪漫主义的先锋性和反抗精神，拒绝宏大叙事，把感知手段作为美学评价的标准，并在"新批评"运动之后，开启了对文字、语言、结构等内部研究的隐喻性和准确性的探索，无意识冲动与意识，感性与理性，主体与客体的阐释桥梁，成为这一时期重要的文学范畴。

可以说，精神分析理论涉及的"无意识"概念根源于20世纪非理性主义的风尚。它的产生和建构继承了启蒙运动以来叔本华（Arthur Schopenhauer, 1788—1860）、尼采（Friedrich Nietzsche, 1844—1900）、施莱格尔兄弟等建构的，与黑格尔（G. W. F. Hegel, 1770—1831）和康德等主流思想家完全相悖的"异端传统"。与传统的辩证逻辑学或经验主义思维模式不同，精神分析理论将无意识视为人类思想和行为的终极根源和理由，极大地冲击了西方以理性存在和道德选择为基础的思想传统，对整个西方人文学科的各个领域均有重要意义。实际上，"说无意识支配着我们的行为举止，就是要将哲学、神学乃至文学批评在惯例上所依赖的一切概念问题化：认识自我的理想，认识他人的能力，做出道德评判的能力，相信我们能够按照理性去行动，相信我们能够战胜自己的激情和本能，关于道德力量和政治力量的理念意图，以及这一看法——它延续了很多个世纪，即文学创作可以作为一种理性的过程"，[1] 而西格蒙德·弗洛伊德理论的重要意义就在于对西方延续多年的理论传统的颠覆性挑战，也为解构主义的到来吹起了时代的号角。

二　代表人物及其核心理论

1　弗洛伊德论潜意识与"梦的解析"

1856年5月6日，西格蒙德·弗洛伊德出生于维也纳南部的传统犹太商人家庭。这是一个秉承犹太民族自由与独立思维模式的家庭，"对生活的悲欢离合持有敏锐的怀疑，并善于用犹太人轶事来表达道德观。"[2] 在弗洛伊德大多数著作中，如《梦的解析》（ *The Interpretation of Dreams*, 1900 ）、《日常生活心理病理学》（ *The Psychopathology of Everyday Life*, 1904 ）、《创造性作家与白日梦》（ *Creative Writers and Daydreaming*, 1908 ），日常生活的风格和方式也成为精神分析思想理论的重要根据。而《图腾与禁忌》（ *Totem and Taboo*,

1 M. A. R. 哈比布：《文学批评史：从柏拉图到现在》，闫嘉译，南京：南京大学出版社，2017年，第571页。
2 厄内斯特·琼斯：《弗洛伊德传》，张洪量译，北京：中央编译出版社，2018年，第4页。

1912—1913）、《精神分析引论》（*Introductory Lectures on Psychoanalysis*, 1915—1917）、《文明及其缺憾》（*Civilization and Its Discontents*, 1930）等专著，虽看似为精神疾病的医疗记录和研究服务，也因与荣格与阿德勒（Alfred Adler, 1870—1937）等人的分歧和争论，[1]加剧了弗洛伊德对宗教、艺术、原始文化乃至文学领域的兴趣和关注。

1938年，82岁高龄的弗洛伊德与女儿安娜逃离纳粹占领的奥地利，抵达巴黎。他们随后去了伦敦，次年弗洛伊德去世。

《梦的解析》

从1895年与布罗伊尔合作发表《歇斯底里症研究》（*Studies on Hysteria*）开始，弗洛伊德对心理行为的研究对象从有意识转化到无意识理念。弗洛伊德追随记录精神疾病患者的自由联想和幻觉症状，系统解析了梦境结构，开启了人类对无意识理论研究的先河。在《梦的解析》中，弗洛伊德认为梦是发掘人类被压抑的本能欲望的重要载体，通过浓缩（condensation）和移置（displacement）等阐释模式，展现梦的隐意（潜意识）如何转变成显意（意识）的精神过程。

首先，由于梦中"每个元素似乎都已被隐意多重限定"，[2]因此呈现出来的内容通常比实际意义更加的节俭、贫乏和紧凑。弗洛伊德随后以"植物学专著"的梦境为例，展现了梦中的同一内容如何被压缩，而这一联想链条又是如何向两个或多个方向发散。"浓缩作用是通过省略的途径展开的。梦不是对隐意的忠实翻译，不是一种点对点的投射，而是对隐意极不完整、残缺不全的复现"，[3]正如弗洛伊德提醒的，人们习惯于受意识支配，具有目的明确和路径精准的线性思维，而潜意识模式则如同织布飞梭。弗洛伊德援引歌德在《浮士德》中对织工杰作的暗喻来类比浓缩在梦境中的作用："一踏足就牵动千丝万缕，梭子飞一般来去匆匆，纱线目不暇接地流动，一拍就接好

1 厄内斯特·琼斯：《弗洛伊德传》，第266—268页。
2 西格蒙德·弗洛伊德：《梦的解析》，方厚升译，杭州：浙江文艺出版社，2016年，第267页。
3 西格蒙德·弗洛伊德：《梦的解析》，第265页。

千头万绪。"[1]（如下图）

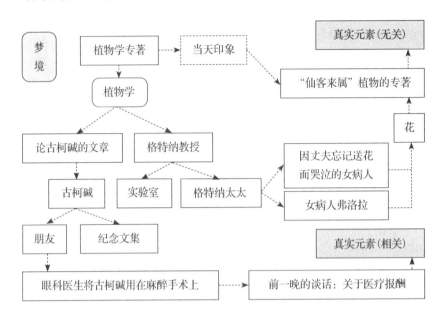

浓缩的产生揭示了梦境模糊和光怪陆离的本质，而找到梦中的枢纽意象（如植物学专著），是释梦工作的关键所在。弗洛伊德提醒，如果梦中出现的人物名字和外貌来自于现实生活中两个不同的人，就需要精神批评家去寻找两者中哪一个是被隐藏的潜意识，因为浓缩牺牲或过滤看似无意义的语言，"将反复在隐意中出现的元素选择出来，形成新的单元（集合形象、复合形象），生成一个介质性质的共同体"。[2]

与梦境的浓缩工作同时发生的，是梦的移置。弗洛伊德认为梦境不仅会筛选潜意识意象的类别，还会对其进行移置，这也进一步解释了梦境中光怪陆离的内容与潜意识之间极不稳定的关系："可以假设，在梦的工作中有一种精神力量在发挥着作用：一方面，对于那些具有高度精神价值的元素，它会剥除其强度；另一方面，它会通过多重限定的途径，从那些精神价值较低的元素中创造出新的价值来，从而让这些元素可以进入梦的内容。如果真是这样，在梦的形成过程中，就会出现各元素精神强度的传导和移置现象，结果是梦的内容和隐意看起来会很不同"，[3]这种精神力量实际上是潜意识为了躲避内部精神防御措施的审查，避免如尴尬、羞耻、遗忘等人们想要自我麻痹的念头。为了躲避这些精神防御，梦将各种思想材料打乱，以共时性

1 西格蒙德·弗洛伊德：《梦的解析》，第266页。
2 西格蒙德·弗洛伊德：《梦的解析》，第276页。
3 西格蒙德·弗洛伊德：《梦的解析》，第286页。

的逻辑关系重组，如同句子结构中的主句与从句一般，只有先后或并列，避免因果、矛盾、否定等复杂的逻辑关系。再次回到弗洛伊德关于"植物学专著"的梦：虽然由这本专著铺陈出丰富的隐含内容，但梦境真正的含义在于"医生同仁之间在医疗付费方面的麻烦和冲突，此外，还有对我的责备，因为我为嗜好做出的牺牲太大了。"[1]由此可见，"植物学"虽被压缩出无数隐意，却并非核心地位，此时弗洛伊德（做梦者）本人客观的研究兴趣，即精神价值起到了关键性作用。综上所述，梦境并非对无意识的忠实展现，压缩将梦的核心象征物提炼成多重含义的整体，欲望由梦中的特定象征关系表现。梦中最受压抑的特定元素，避开了压缩的象征物，被移置到看似无关紧要的视觉形象中。

梦的解析与创造性写作

值得注意的是，在弗洛伊德以诸多梦例来论证释梦工作模式时，文学作品成为对应无意识体系的重要类比，其数量多达50余部。[2]弗洛伊德曾经以歌德的小说《萨福》中主人公梦中抱着心上人爬楼梯的场景为例，说明梦境隐意与童年记忆的关联。萨福在梦中路过的客栈、哥哥在楼上的空间位置，都与萨福童年时期的奶妈与哥哥居高临下的社会地位密切相关。而"爬楼梯"这一意象更成为梦的象征表现中典型性幻想梦境之一。弗洛伊德从不否认梦的象征功能，并认为这种潜意识的多义性一方面基于做梦者的联想，同时也依赖释梦者的象征知识。诚然，无论是浓缩的发散性想象还是移置的扩展性叙事，都不由让人想起文学阐释时，读者、作品、批评家之间休戚与共的创造性过程。

在《创造性作家与白日梦》一文中，弗洛伊德坦言，梦的解析与创造性写作是十分相似的活动："现代作家倾向于通过自我观察将自我分裂成许多部分，结果是，将不同主角在其精神世界中的冲突涌动人格化"，正因为"作家们本身也喜欢缩短他们自己本性与人类一般共性之间的差距"，创作型作家的创造过程就与白日梦者因羞涩而小心隐藏个人幻想的过程如出一辙。创造性作家的作品就是一个白日梦，"是童年游戏的延续，也是童年游戏的替代"。[3]

弗洛伊德对《俄狄浦斯王》《哈姆雷特》《李尔王》《威尼斯商人》等经典戏剧的分析虽被韦勒克视为有"穿凿附会"之嫌（如俄狄浦斯的歇斯

1 西格蒙德·弗洛伊德：《梦的解析》，第284页。
2 杨冬：《文学理论：从柏拉图到德里达》，北京：北京大学出版社，2012年，第404页。
3 西格蒙德·弗洛伊德：《创造性作家与白日梦》，载《论弗洛伊德的〈创造性作家与白日梦〉》，埃塞尔、珀森等著，吴珏译，北京：化学工业出版社，2018年，第17—23页。

底里、陀斯妥耶夫斯基的癫痫症等论断），¹但也的确揭示了无意识冲动在文学创作中的重要角色。而这些隐藏在人类困惑与恐惧中的深层次原因也成为随后的文学批评家重要的研究方向。从"最早认识到弗洛伊德的移置与雅各布森的隐喻与转喻有丰富联系的雅克·拉康"，²到解构主义大师德里达（Jacques Derrida, 1930—2004）的延异，实际上都依赖于意识裂变产生的差异。而自我同一性的爆裂导致的散播，预示着主体的衰落，甚至是"死亡"。因此法国哲学家福柯（Michel Foucault, 1926—1984）将弗洛伊德视为"话语性的创始人"，并将其地位放置在人在客体化同时也是主体化思想的关键位置上，甚至在型塑现代欧洲主体方面的范式结构上意义非凡。³

2 荣格论集体无意识与"原型"

卡尔·古斯塔夫·荣格是与弗洛伊德齐名的当代心理学家。他对弗洛伊德理论的丰富和发展几乎翻版了柏拉图与亚里士多德的师承模式：荣格在坚持无意识领域合法性的同时，也进一步修正和颠覆了弗洛伊德关于压抑的"精神性性欲"假设，以更加开阔的视野将心理学与哲学、美学和文艺密切结合。荣格与弗洛伊德的基本分歧，在于对无意识的实质和基本结构的定位，"荣格批评弗洛伊德虽然看到了无意识往往具有古老的普遍的形式和性质，却仍然赋予无意识以完全个人的特性"。⁴荣格曾在《自传》中坦言，弗洛伊德对性学的坚持包含强烈的神秘主义的倾向，听起来也颇具猜测性和信仰性，很难让人信服。⁵总的来说，荣格抛弃了弗洛伊德精神崇拜式的个人"力比多"决定论，转向了物质的形而上学观。实际上，荣格的心理学分析与欧洲自文艺复兴以来的世俗主义之乐息息相关，人们不再满足于宗教或信仰式的神秘力量，科学主义和实用主义盛行的背景下，弗洛伊德理论中对"俄狄浦斯情节"毫无抵抗的无助也显得非常不合时宜。⁶荣格在论文《分析心理学的基本假设》中开宗明义："如果我们坚持精神的和心理的现象来自内分泌活动，我们肯定会受到同时代人的尊敬和赞扬，而如果我们企图把太阳核子的裂变说成是创造性的世界精神的辐射，我们就会被看作是头脑不健全"，⁷

---

1 雷纳·韦勒克：《近代文学批评史》第七卷，杨自伍译，上海：上海译文出版社，2006年，第125—135页。

2 保罗·弗莱：《文学理论》，吕黎译，北京：北京联合出版社，2017年，第172页。

3 张锦，《作者弗洛伊德——福柯论弗洛伊德》，载《外国文学》，2017年第4期，第2页。

4 卡尔·荣格：《心理学与文学》，冯川、苏克译，南京：译林出版社，2011年，第4页。

5 卡尔·荣格：《荣格自传》，艾琦译，广州：广东旅游出版社，2021年，第173页。

6 乔治·莱文：《世俗主义之乐》，赵元译，南京：译林出版社，2019年，第142—144页。

7 卡尔·荣格：《心理学与文学》，第29页。

约1908年摄于美国马萨诸塞州克拉克大学，前排左一为弗洛伊德，右一为荣格。

由此可见，荣格的分析心理学兼顾了心理学生物性与人文性的共同特征。

集体无意识

了解荣格独树一帜的精神分析理念可以从几个重要的文学概念入手，其中最为重要的就是集体无意识。荣格避开了弗洛伊德的神秘主义倾向，强调"集体无意识概念既不是思辨的，也不是哲学的，它是一种经验质料"。[1]荣格认为弗洛伊德以隐喻的方式赋予无意识概念以完全个人的特性，无意识沦为遗忘和压抑的代名词。荣格并不同意弗洛伊德过分关注无意识的隐含含义，认为任何无意识的行为都不仅仅是一桩私事，而是具有普遍意义的"集体无意识"，它们无关乎种族、历史、背景乃至其他差异："构成个人无意识的主要是一些我们曾经意识到，但以后由于遗忘或压抑而从意识中消失了的内容；集体无意识的内容从来就没有出现在意识之中，因此也就从未为个人所获得过，它们的存在完全得自于遗传"，[2]即生而为人，普遍都要面临的焦虑、危险、两性关系、爱恨、生死等生命母题。

1 卡尔·荣格：《心理学与文学》，第85页。
2 卡尔·荣格：《心理学与文学》，第84页。

原型理论

荣格将无意识行为中出现的反复闪现的意象定义为"原型",并尝试从原始人类心理学中寻找原型的继承和遗传。荣格不满足于将所有无意识行为归结为人类身上的动物性,而尝试追溯其遗传因素的形成动因。如果将弗洛伊德的"力比多"比作柏拉图看不见摸不到的理式世界,那么荣格的"原型"则如亚里士多德的模仿论一样,扎根于真实心理"器官"的生物性和精神性。人类学家詹姆斯·弗雷泽(James George Frazer, 1854—1941)的《金枝》(The Golden Bough)成为荣格探讨原型理论不可或缺的田野调查也就不足为奇,更有学者认为,这也是他与弗洛伊德决裂的众多原因之一。[1]这里值得注意的是,荣格的原型并非简单地将神话视为文化基础,而是要追溯神话、宗教传统、仪式等领域内基本人性的遗传性原型。

荣格将原型形成的过程分成幻想、积极想象、狂想三个层次。首先,幻想层面的无意识与弗洛伊德所热爱的不自觉地、自发的、没有任何目的的日常行为略有不同。荣格曾将文学作品分成心理模式和幻想模式两种类型。心理模式的文学作品秉承了人类意识经验的教训、情感、激情乃至命运危机等意识领域,而幻想模式则"是一种超越了人类理解力的原始经验……它彻底粉碎了我们人类的价值标准和美学形式的标准"。[2]荣格曾撰文提及《尤利西斯》与毕加索艺术的共同之处,就来自对丑陋、病态、怪诞、晦涩和平庸的"反艺术"处理形式。然而,受限于人类能力的边界,弗洛伊德所依赖的个人生活经验在幻想模式的文学作品中失去了可依赖的权威性,在荣格的无意识结构中也只负责底层的、毫无关联的语料。而那些曾经让人半信半疑的梦、夜间的恐惧和心灵深处的黑暗则为幻想模式铺平了道路。

在幻想模式之后,荣格着重讨论了积极想象的意义。这种由蓄意专注状态中产生的一系列想象,更强调对幻想材料的观察和审视,荣格将其看作更深层无意识理念释放的结果。这些想象通常包含丰富的原型形象和联想材料。荣格谈及文学与心理学的关系时特别强调,当艺术作品超越个人艺术目的,"就像雅典娜从宙斯的脑袋中跳出来那样",[3]专横地凌驾于作者之上,涌现出仿佛与生俱来的创造性冲动时,艺术作品原型就此产生了。然而,想要揭开作者与原型之间关系的秘密,展现原型材料的可能性,并非易事,由此荣格提出了第三层次的狂想。

荣格坦言,狂想并非简单地将梦中的意象与神话意象相结合,论证工

---

1 Glen Robert Gill, "Archetypal Criticism: Jung and Frye", in David H. Richter, ed., *A Companion to Literary Theory*, John Wiley & Sons Ltd., 2018, p. 397.

2 卡尔·荣格:《心理学与文学》,第 114 页。

3 卡尔·荣格:《心理学与文学》,第 98 页。

作必不可少，其中最重要的是"要得出一个相似的类比，首先必须知道在单个象征中起作用的意义，然后找出与之表面上相似的神话象征是否也有一个相似的上下文背景，从而决定那起作用的意义是否也相同"。¹讨论狂想层面，就不得不提及荣格的分析心理学语言中的一个重要内容"自主情结"（autonomous complex）。荣格认为心理矛盾是人类天性中唯一不变的规律，意识与无意识在这个过程中相互阻挠又相互补偿，最终实现心理的平衡。基于这种悖论模式，情结作为诗人意识层面的症候，恰恰映射了情结背后无意识的真实目的，同时也是原型狂想层面最可靠的依据。荣格指出：

> 仅仅知道诗人属于内倾型或属于外倾型，这还不够，因为任何一种类型的诗人，都可能一会儿以内倾心态进行创作，另一会儿又以外倾心态进行创作。从席勒的剧本不同于他的哲学著作，从歌德有着完美形式的诗歌不同于《浮士德》第二部中材料的难以驾驭，从尼采优美的格言不同于《查拉图斯特拉如是说》的激情迸发，都特别容易看出这一点来。同一个诗人在不同的时期可以采用不同的态度创作他的作品，正因为这样，才有了我们现在所不得不应用的这一标准。²

荣格的分析心理学延展了弗洛伊德无意识领域的公共特征，将意识与无意识的流动能量之和视为心理系统新的力比多。作为心理学家的荣格同时也赋予想象力以特殊地位，将作家视为灵感有机组合的整体，对作家人格和作品一视同仁。他对无意识领域的扩展、对原型理论与神话和艺术关系的揭示，都对文学批评所关注的灵感、作者意图、社会价值、历史起源等问题给予了重要的借鉴和启示。

3 弗莱论文学想象与神话

加拿大文学批评家诺斯罗普·弗莱是20世纪重要的文学理论家和批评家。弗莱出生于加拿大魁北克省南部一个名为舍布鲁克（Sherbrooke）的小镇，父母是虔诚信奉基督教卫斯理宗的加拿大第三代移民。与韦勒克等同时代批评家不同，弗莱以宗教神学开启学术研究，随后以加拿大联合教会牧师的身份转向了对《圣经》等神话、原型体系的文本化研究。从1947年入职到1967年以维多利亚学院院长身份卸任，弗莱始终执教于多伦多大学。其享誉世界的学术影响力，也让他成为20世纪加拿大文学重要的代表人物。

---

1 卡尔·荣格：《心理学与文学》，第92页。
2 卡尔·荣格：《心理学与文学》，第102页。

《批评的剖析》（*Anatomy of Criticism*）出版于 1957 年，第一次将文学批评当作独立、自治的系统学科，并开创性地提出了神话—原型批评的文学理论思想，是西方文学领域的"当代经典"。书中将一切可能发生的文本放置在神话—原型批评的框架之内，将虚构文本的文类、象征类型、主题以及批评的其他要素与历史中文学作品的背景和语境进行对比，进而探讨文学理论自主、独立的发展规律。在《辩论式的前言》中弗莱批判朴素归纳法式的文学批评只见树木不见森林的近视症，强调正如"物理学是从'自然哲学'中产生出来的，社会学是从'道德哲学'中产生出来的"，[1] 文学理论视阈需要一种紧密结合的整体性。弗莱的这一论断一方面大刀阔斧地批判文学理论史上"托马斯主义的、自由人文主义的，新古典主义的，弗洛伊德的，荣格的，或存在主义的"[2] 等批评态度的隔靴搔痒，另一方面也将文学研究从新批评文本细读的局限性中剥离出来，以更开阔的视野和百科全书式的学术思维空间，与西方现代主义之后风起云涌的流派更迭积极对话。

弗莱在书中援引了《诗学》开场白中，亚里士多德对诗的艺术最初的定义："关于诗的艺术本身、它的种类、各种类的特殊功能，各种类有多少成分，这些成分是什么性质，诗要写得好，情节应如何安排，以及这门研究所有的其他问题，我们都要讨论，现在就依自然的顺序，先从首要原理开头。"[3] 正如他所秉承的理论思想那样，《批评的剖析》也将跨越两千年的历史长河，尝试重新审视模式、象征、神话、文类等涉及阐释有效性、文学价值、创作意图溯源、作者责任，以及异质世界中的现实感等的批评母题。

文类

在第一章《历史批评：模式理论》中，弗莱首先回到了亚里士多德提出的虚构作品中人物的好（spoudaios）与坏（phaulos）这一对道德评判名词。弗莱选取了概念背后"轻"与"重"的隐喻含义，声称主人公行动力量的轻重差别是区分虚构模式从神话、浪漫传奇、高模仿、低模仿到反讽模式的指征。在这一章中弗莱指出西方文学模式的周期演变，跳出了文学传统流变过程中，不同时期或思潮对某几个模式或类型的过分强调，而认识到文学史的流变和发展中各种因素的相互渗透和组合过程。

当然，模式理论的分析也并非简单地替代历史主义，弗莱将这些富含深意的文体分类，分别放置在悲剧、喜剧及主题性虚构模式上，并尝试回应

---

1 诺斯罗普·弗莱：《批评的剖析》，陈慧译，北京：北京大学出版社，2017 年，第 9 页。
2 诺斯罗普·弗莱：《批评的剖析》，第 6 页。
3 亚里士多德：《诗学》，罗念生译，北京：人民文学出版社，1962 年，第 3 页。

了亚里士多德所谓悲剧的"净化"作用在不同文类中的变形，探讨悲剧净化作用的具体方式。弗莱将怜悯和恐惧等情感放置在情感活动的两极，随着模仿模式的循环而情感活动逐级更替变换。由此，弗莱的理论建构了横向（历史）和纵向（模式）的多维坐标，以动态方式回应了文学史中对于文类功用的争论。值得注意的是，主题模式部分特别提及了外向虚构作品以及作者和作者的社会之间的关系内涵，认为"主人公、主人公的社会、诗人和诗人的读者在文学作品中总是潜在地在场的"。[1]弗莱的神话原型并非如前言所争论的那样陷在文学内部研究的漩涡里，弗莱提醒模式结构的原则在于："一种想象的总体，它是具体表现在一种百科全书型的形式之中，这种想象的总体托付给整个神话诗人的阶层去操作，而这种形式可以由一个有充分学识和灵感的诗人来尝试，也可以为一种具有充分的文化共同性的诗派或传统所采用。"[2]由此可见，弗莱的理论模式强调毫无偏见的读者、作者、批评家等多视角的总体性想象，这也为他的文学价值判断标准提供了基础。

价值判断

柏拉图对诗人远离理式世界的责难使文学的真实性问题始终回荡在西方文学史的长河中。雪莱曾经奋起"为诗一辩"，新批评学者则嘲讽文学赏析式批评的情感主义色调。弗莱在第二章《伦理批评：象征理论》中，试图跳出混战，将象征结构分解为文字和描述相位（Literal and Descriptive Phases）、形式相位（Formal Phase）、神话相位（Mythical Phase）和总解相位（Anagogic Phase），瓦解了文学价值判断在文学批评中不可动摇的位置。

西方文学批评诟病文学非真实性本质的论调，通常来自于象征逻辑和语义结构的含混。弗莱认为，文学的多重释意本质并非迷信，而是一个既定的事实："学者们要么承认多义原则，要么选择这些流派中的一个，然后努力去证明其他的流派是不大合理的。"[3]而作为母题和符号等文字和描述相位的象征结构，这种内向意义和自我包容的语词是为了满足人们在阅读过程中对"超然的布局的沉思，……是美感和随之而来的快感的主要来源"。[4]因此，这种约定俗成的公知程式，既应该是作者写作的特权，也应该是阅读者的先验。

文学价值的另一种争论来自于与现实生活的反讽距离。弗莱再次回到了亚里士多德"模仿行动"（mimesis praxeos）中行为模仿与叙事结构的密切关系。如果说人的思维是通过言说方式的模仿得以展现，那么思想的模仿

---

1 诺斯罗普·弗莱：《批评的剖析》，第 73 页。
2 诺斯罗普·弗莱：《批评的剖析》，第 77 页。
3 诺斯罗普·弗莱：《批评的剖析》，第 97 页。
4 诺斯罗普·弗莱：《批评的剖析》，第 101 页。

则体现在同类型的思维模式——形式相位中。"每一首诗都有其特殊的意象系列，它犹如光谱，是由其文类的要求、其作者的偏爱和无数其他因素所决定的"，正如《麦克白》中血和失眠主题的重要，《围城》中"当境厌境，离境羡境"的人生哲学的共鸣。可想而知，当象征意味到了神话和总解相位，文字和形式对自然的个别模仿扩展到对其他诗乃至整体人类技巧活动的模仿，意象从文字到形式，继而形成意象原型，乃至独立相连且有启示意义的宇宙体。这也解释了弗莱为何从未将文学价值判断作为文学批评的重要话题，"文学是一种假设的创造实体，它没有必要进入真实和事实的世界里，也没有必要同其背离，而是可以进入同它们的任何一种关系之中，从最清晰的到最不清晰的。"[1]

从文学象征意义的定义很容易联想到对荣格的集体无意识的继承，然而当我们走进原型理论的内核，也容易意识到弗莱的原型理念兼顾了弗洛伊德的移置与荣格对文化和历史的看重。弗莱将无意识的精神选择转换成了文学的不同想象，因此所有论证素材紧密地与文学传统和思维结合。弗莱的原型象征，更多的是人类文学想象中不同隐喻与转喻之间的对话，而非遗传基因等认知心理或人类学的视角。从某个层面来说，这种隐喻关系与弗洛伊德的移置和浓缩关系似乎更为密切。总之，弗莱的原型思想虽与精神分析理论的两位大师息息相关，但与他们对文学作品精挑细选、用以佐证不同，弗莱理论身体力行地强化了文学批评自身的独立性。

神话—原型

弗莱在第三章《原型批评：神话理论》中运用《圣经》象征系统和若干古典神话来说明文学原型的基本原则。弗莱首先拆分了"基督"这一概念的象征结构，"基督既是一位神又是一个人；还是神的绵羊、生命之树，或者说是藤蔓，而我们是枝梢，还是建筑者所抛弃的石块；还有重建的庙宇，而这座庙宇与他升入天堂的躯体是被视为一体的"，[2]随后提出，文学意象虽与耶稣的同一体非常类似，但最大的差别在于基督是存在的，而文学意象多为隐喻。

在弗莱的理论中，弗洛伊德笔下的梦境变成了文学，而那些日常生活中的意识行为，则是人类对美好世界的想象和憧憬。与基督形象类似的神启意象，如人类世界的"理想国"、动物世界的"牧羊人"、植物范畴内的"生命之树"与"果实"，通常移置了人类所向往的种种现实，与之对立的魔怪

1 诺斯罗普·弗莱：《批评的剖析》，第125页。
2 诺斯罗普·弗莱：《批评的剖析》，第190页。

意象是人类愿望的堕落与否定，而类比意象则居位其中，是前两者在现实中的虚构模式。弗莱开创性地将各种意义原型用叙述结构串联，构成了与自然界相仿的冬去春来、循环反复的哲学宇宙观：春天（喜剧）——夏天（浪漫传奇）——秋天（悲剧）——冬天（反讽与讽刺）。这种循环体系，不仅与第一章的虚构模式环环相扣，也再次回应了文学批评得以自治、与自然环境脉脉相通的内在动力。

文学的修辞

　　弗莱在第四章《修辞批评：文类理论》中以文类和整合节奏来讨论文学的修辞性。这个问题源于"教"与"乐"这对诗学功能在古典主义时期引发的具有辩证意味的思考。在弗莱看来，文学无法跳出修辞的范畴，即便是看似无关的语法、逻辑、推理等抽象语言模式，也包含隐喻功能。弗莱认为，即便是文字表达的最小单位——表意符号，本质上也是"一种隐喻，是两个保持各自形式却彼此等同的东西，要认识到在目前这个语境中，你所说的 X 与我所说的 Y 含义相同。这样的表意符号虽不同于诗歌中纯属假设性的隐喻，但其中还是包含了我们思想上因隐喻而引起的跳跃，摆脱仅把这种符号视为'X 的意思是 Y'的局限"。[1]可见无论是多么抽象的词语和观念，都能够从辞源中发现不同词语之间的联想域，并在使用这些词语或观念的过程中

1 诺斯罗普·弗莱：《批评的剖析》，第 478—479 页。

意大利画家桑德罗·波提切利（Sandro Botticelli, 1445—1510）的作品《春》（1482），取材于古典神话

实现隐喻。弗莱对修辞传统的继承和发展，不仅扩大了新批评学者文本细读的思想领域，结合了结构主义文本符号化的解读，也在很大程度上呼应了同时代学者对文学公共领域建构的基本观点。

不得不说，《批评的剖析》作为弗莱的理论代表作，是神话—原型批评理论的集大成之作，然而弗莱理论思想的博大精深远非一言可以蔽之。弗莱以英国浪漫主义诗人威廉·布莱克（William Blake, 1757—1827）研究作为学术思想的开端，《可怕的对称》（Fearful Symmetry, 1947）的出版是他跻身西方重要文学理论家行列的重要一步，也吸引了布鲁姆（Harold Bloom, 1930—2019）等重要弗莱研究者的关注和讨论。弗莱一生著作等身，《批评的剖析》之后，《伟大的密码》（The Great Code, 1982）、《神力的语言》（Words with Power, 1990）和《双重幻象》（The Double Vision, 1991）等逐渐奠定了神话—原型理论的经典地位。西方弗莱研究的重要学者罗伯特·丹纳姆（Robert D. Denham）曾在《诺斯罗普·弗莱和他的批评方法》（Northrop Frye on Critical Method, 1978）中沿用弗莱对文学文本"向后站"的宏观视角，绘制了 24 张图例，[1]以客观全面地体现弗莱理论体系的庞大与精密。弗莱理论丰富的阐释张力也吸引了中国学者的注意。弗莱研究于 20 世纪 80 年代初进入中国，虽然进入时间较晚，但发展势头良好，在很短的时间内便产生出丰硕的研究成果。1994 年和 1996 年国内分别召开两次弗莱研究的国际研讨会，《批评的剖析》中文版也于 1998 年首次翻译出版。2021年，原译者陈慧将《批评的剖析》增补、修订并再次出版，也再次证明了弗莱理论在新时期的读者保有量。

三 结语

可以说，弗洛伊德的思想开启了后人对无意识领域的创建，在《诺顿文学理论与批评选集》中，编者更将弗洛伊德与查尔斯·达尔文、卡尔·马克思和阿尔伯特·爱因斯坦相提并论，认为其思想分别处于文学与科学时代的两端。[2]荣格的分析心理学在历史、文化等方面的强调让无意识领域的空间无限延伸，弗莱则兼容并蓄地将无意识元理论拉回了文学批评的领域。然而，在精神分析的哲学脉络中，拉康镜像理论对弗洛伊德义无反顾的回归，让精神分析在二战后仍旧保有鲜活的生命力。拉康强调"大他者"对主体的宿命式重塑，将影响意识主体性的因素散布在本我、镜像中的自我、他者的

---

1 Robert D. Denham, *Northrop Frye on Critical Method*, University Park: Pennsylvania State University Press, 1978.

2 Vincent B. Leitch, ed., *The Norton Anthology of Theory and Criticism*, New York: W. W. Norton & Company, p. 808.

"能指链"之中，更为布鲁姆的《影响的焦虑》（*Anxiety of Influence*）奠定了方向。拉康对无意识文字力量的揭示，在路易·阿尔都塞的马克思主义思想中得以延续，更与詹姆逊的《政治无意识》脉脉相通。

然而，正如伊格尔顿坦言，"弗洛伊德的理论认为所有人类行为的基本动机都是避苦求乐"，[1] 最终容易陷入文学价值与快乐的悖论之中：即评价文学作品的优劣变成了审美趣味的陈词滥调，从而忽视了社会生产带来的竞争对快乐的压抑。精神分析无法像科学实验那样被测试、证伪和客观化，因此文学批评家一方面热衷弗洛伊德式的多重阐释，也因为这种"判断"而引起多重争议。此外，虽然弗洛伊德早期对歇斯底里的研究和《梦的解析》并不依赖性别标记的叙事方式，但他在阐述俄狄浦斯概念的时候，明显的男性身份现实和父权制倾向在第二阶段女性主义运动之后受到了激烈挑战。波伏瓦在《第二性》中提醒人们，弗洛伊德理论所关注的欲望是彻头彻尾的男性欲望，女性则是男性的异化行为，这无疑加强了社会风俗对女性的禁锢作用。[2] 女性主义批评家同时批评布鲁姆"影响的焦虑"强烈的精神性别语境，表面上是文学艺术家之间的历史性继承，但也同样复刻了弗洛伊德式的父子关系，是"男性色彩""父权中心意识的"文学史。[3]

思考题：

1 在无意识研究领域，弗洛伊德的精神分析法与荣格的分析心理学有哪些相同和不同？这些理论对文学批评有什么意义？

2 荣格原型理论的基本内涵是什么？

3 《批评的剖析》中的理论特征主要有哪些？弗莱的理论回应了哪些西方文学批评传统的经典问题？

---

1 特里·伊格尔顿：《二十世纪西方文学理论》，第 193 页。
2 西蒙娜·德·波伏瓦：《第二性 I》，郑克鲁译，上海：上海译文出版社，2011 年，第 76 页。
3 桑德拉·吉尔伯特、苏珊·古芭：《阁楼上的疯女人：女性作家与 19 世纪文学想象》，杨莉馨译，上海：上海人民出版社，2014 年。

第十章

接受美学与读者反应批评

一 接受美学与读者反应批评思潮的概述与背景

20世纪60年代，接受美学与读者反应批评作为接受理论极为重要的两支流派蓬勃兴起，迅速成为文学理论从文本中心向读者中心范式转型大潮中的主流学派。接受美学诞生于20世纪60年代末70年代初的德国，因其理论活动中心位于康士坦茨大学，也被称为康士坦茨学派，主要代表人物为汉斯·罗伯特·姚斯（Hans Robert Jauß, 1921—1997）和沃尔夫冈·伊瑟尔（Wolfgang Iser, 1926—2007）。他们两人对文本中心论的封闭阐释进行反拨，都主张重视文学的接受维度，主张将被忽视的读者引入文学批评理论的核心。与此同时在大洋彼岸的美国，以斯坦利·费什（Stanley Fish, 1938— ）、乔纳森·卡勒（Jonathan Culler, 1944— ）等多位理论家的主张为代表的读者反应批评也深入参与了这场批判文本中心论，并强调要重视接受维度的浪潮。接受美学与读者反应批评反思将文本作为封闭本体的研究取向，认为文学理论需要突破自我束缚的文本中心论范式，需要向读者的接受之维投以更多关注，需要集中研究文本与读者之间的互动关系。这两个接受理论流派在20世纪60年代之后对欧洲各国和北美大陆的文学批评都产生了广泛的影响。

接受美学和读者反应批评的兴起有其深远的社会政治和思想文化背景。20世纪60年代开始，资本主义经济出现衰退和萧条，西欧各国的青年一代普遍对僵化的传统和权威失去信念，对资本主义制度产生怀疑，强烈要求获取新观念、新思想的发声权。同时，来自中国的红色思潮传入西欧，与法兰克福学派承继马克思主义的批判取向合流，共同对西欧的思想发展产生刺激和影响。在这样的社会政治背景下，西欧各国相继爆发了声势浩大的青年学生运动，主张摆脱无政治化的思想倾向，高呼理论要关注现实和政治。同时，以青年学生为主体的新左派运动也是60年代美国激进社会运动的主流，新左派以反叛的姿态掀起社会抗议浪潮，对整个美国社会的传统思想和政治体制都提出了挑战。

在矛盾和冲突复杂交织的社会政治背景下，这一时期的思想文化呈现出冲破保守和封闭的倾向，多种多样的社会思潮活跃且繁荣，普遍体现为对现有政治体制和思想文化的批判和对科学至上忽视个体的不满，体现为对现实个体和政治生活的强烈关注，如1968年爆发的法国"五月风暴"、20世纪60—70年代英国与德国的学生抗议运动、60年代美国的新左派学生运动、妇女运动、黑人运动、反战运动及反正统文化运动等。

这一时期德国出现了两大具有世界性影响的哲学思潮：一是承继现象学和存在主义流脉的伽达默尔（Hans-Georg Gadamer, 1900—2002）的哲学诠释学，二是源于马克思主义的法兰克福学派的社会批判理论。前者将历史和存在观念反思性地带入到哲学发展中，反对客观历史主义所呈现的盲目和狂妄，提倡人文科学的研究方法和存在价值，重视个体的当下体验和感受。后者深入发展马克思主义，对资本主义制度、生产方式和意识形态进行深刻的剖析和批判，强烈介入政治现实。由此，社会政治和思想文化的发展都为学术范式的突破和转型提供了生长土壤。

以上背景反映在文学理论的发展历程中，就呈现为20世纪60年代文本中心范式的没落。20世纪上半叶，俄国形式主义、英美新批评以及结构主义等批评流派以回归文本内部的主张反对并最终取代了作者中心范式的文学批评模式，这些流派持续活跃于文学批评理论的舞台上，直至它们从维护自给自足的文学本体走向保守和封闭的末路。文本中心论的诸多流派为文学理论

1963年8月28日，美国华盛顿，"为工作与自由向华盛顿进军"游行，约25万人参与。在林肯纪念堂的台阶上，马丁·路德·金(Martin Luther King Jr., 1929—1968)发表了著名演讲《我有一个梦想》。

的发展作出了非常巨大的贡献，完成了意义从作者到文本的归属性转移，且这种向文学内部的转向极大地挖掘了文本本身从形式到结构、从符号到语言等多方面的特点，使文本作为研究对象有了十分丰富的理论扩充，是一次极为重要的理论范式转型。

但文本中心论发展至后期，由于其过度封闭于文本本身的内部研究，导致理论割裂了文学与社会，尤其是与政治、历史、文化以及意识形态乃至读者阐释之间的密切联系，深陷并迷失在意义深渊和形式窠臼之中。这种对绝对文本本意的追求首先受到了历史主义的冲击，以海德格尔（Martin Heidegger, 1889—1976）和伽达默尔为代表的当代诠释学一反传统诠释学对经典文本的本意寻求，强调将历史观念带入诠释过程，主张艺术作品的意义在当下读者的阅读过程中会遭遇读者视域与历史视域的对话和交融，伊格尔顿称"关于意义始终是历史性的这一坚持打开了通向完全相对主义的大门"。[1]由此，文本本意的绝对客观性受到了质疑和否定。其次，文本中心论追求的这种科学式的绝对和客观也受到了接受理论的强烈批判。新批评和结构主义将研究对象限定于文本内部，主张一种绝对的"客观"分析，认为以文本为"科学"分析对象，对其展开自然科学式的说明研究，就可以保证文本意义的绝对"客观性"，但这种客观性追求被发现实则是一种狂妄的自以为是。文学作为一种受诸多因素影响的主观性产物，首先不可脱离作者的时代背景与个体经历，更不能隔离与整个接受活动密切联系的社会历史过程。仅仅在文本内部寻求客观意义，只能造成各种不同阐释模式之间的矛盾，且最终无法解决。

更重要的是，面对文本中心论无法走出封闭性的这种困境，文学研究方法也就出现了难以解决的危机。霍拉勃（Robert C. Holub）总结称"文学研究中的危机最明显的表现发生于德国语言与文学领域内……60年代的年轻学者试图重新思考未来研究的诸种可能性"。他提到当时对寻找"解痛"之方的迫切，提到向接受理论的转向"可能解决文学方法论的危机"，[2]也就是伊格尔顿总结的"考察读者在文学中的作用"是个"相当新颖的发展"。[3]文学理论在作者—文本—读者三方关系的研究中逐渐发现了被忽视的巨大空白——读者维度，文学理论自身的发展逻辑呼唤着一种向开放性的追寻和接受之维的转向。因此，从20世纪60年代开始，诸多关切读者研究的文学理论开始陆续诞生，接受美学和读者反应批评就是这股理论思潮中极为重要的两个理论流派。

1 特里·伊格尔顿：《二十世纪西方文学理论》，吴晓明译，北京：北京大学出版社，2007年，第69页。
2 H. R. 姚斯、R. C. 霍拉勃：《接受美学与接受理论》，周宁、金元浦译，沈阳：辽宁人民出版社，1987年，第283—284页。
3 特里·伊格尔顿：《二十世纪西方文学理论》，第73页。

二　代表人物及其核心理论

1　姚斯的接受美学

姚斯作为伽达默尔的学生，继承哲学诠释学的效果历史观念和视域融合概念，以当代诠释学为自身理论的哲学基础，从文学史危机入手，引入库恩的范式理论，向文本中心论发起挑战。

作为接受史和效应史的文学史

姚斯首先通过恢复文学与历史的粘合关系来让读者维度进入研究视野。1967 年，他在康士坦茨大学发表题为《文学史作为向文学理论的挑战》的教授就职演讲，针对长期占据文学批评理论的重文本、轻历史取向发起挑战。姚斯振聋发聩地提出文学史在当时逐渐"声名狼藉"，仅仅是编年史式的事实材料堆积，若文学史家囿于"客观性理想"，只将自己限于描述封闭的过去，则只能是一种追求无过无失的"被动的读者"。他批评当时的文学史将文学事实局限于生产和再现中，割裂了文学与历史，使文学空缺了一个重要维度的发掘——文学的接受和影响之维度。他提出，"艺术作品的历史本质不仅在于它再现或表现的功能，而且在于它的影响之中。"[1]

> 一部文学作品，并不是一个自身独立、向每一时代的每一读者均提供同样观点的客体。它不是一尊纪念碑，形而上学地展示其超时代的本质。它更多地象一部管弦乐谱，在其演奏中不断获得读者新的反响，使本文从词的物质形态中解放出来，成为一种当代的存在。[2]

如此，他主张建立一种新的文学史书写方式，不是去罗列和堆积大量文本的僵化意义，而是去书写"作品与人类之间的相互作用"。姚斯将读者纳入文学史的视野，提出作品之所以具有时间上的延续性，最重要的是通过与读者之间的相互作用来发挥过程性特征的。在作者、作品和读者的三方关系中，读者并非是被动的、无声的，而是作为一种解读和阐释作品的能动主体构成了文学史中不可或缺的一环。因此姚斯认为一部文学作品的历史生命中缺少接受者的维度完全是"不可思议的"，因为只有通过读者的接受和传递，作品才真正成为连续的历史性生命。

姚斯通过引入读者的接受维度，将文学史转化为一种接受史和效应史，

---

[1] H.R. 姚斯、R.C. 霍拉勃：《接受美学与接受理论》，第 19 页。
[2] H.R. 姚斯、R.C. 霍拉勃：《接受美学与接受理论》，第 26 页。

称其理论为"接受美学"（Rezeptionsästhetik），认为应将文学置于更宏大的历史过程中，也就是将接受主体作为文学研究的中心，从而使堆积文本意义的传统文学史书写转变为文学作品在不同时代中的影响史书写，进而研究接受者的阐释又如何返回性地影响作品的历史性流传，即"文学的文学性不仅是共时性的，而且也是历时性的"。[1]

期待视野

那么，如何将读者从被忽视的位置转变为参与文本意义建构的能动者，从而真正完成文学理论范式从文本中心到读者中心的转型呢？姚斯使用"期待视野"（Erwartungshorizont）作为自己接受美学的核心概念，也就是认为每位读者在接触和阅读一部文学作品之前就已经在头脑中形成了先有的理解期待和理解结构，是读者"对文学的期待、记忆和预设所组成的、生发意义的视野之总和"。[2]区别于读者面对作为权威文本的文学作品时只被动地居于语言结构分析的位置，姚斯的期待视野概念释放了读者自身的阐释能力，将文本意义的寻求从作品内部转移到了读者与作品之间，甚至转移到了读者的接受行为上。读者并非处于真空中直接面对崭新的文本，而是提前就通过暗示和预告形成了一种特定的视野或态度，并携带着这种期待与文本相遇。整个阅读过程并非是主体对客体的真理式发现，而是当下视野与历史视野的碰撞和对话。正是这种视野唤醒了读者过去阅读的记忆，使审美经验成为"在感知定向过程中特殊指令的实现"，[3]并且读者的这种期待会面临被改变和转向的可能。

姚斯所用的"视野"概念最直接地继承了伽达默尔哲学诠释学的思想资源。伽达默尔解释"视野"（Horizont）为一种"处境概念"，是"看视的区域"（Gesichtskreis），"囊括和包容了从某个立足点出发所能看到的一切"。[4]同时，姚斯还提到他将期待视野引入文学和历史阐释受益于卡尔·曼海姆（Karl Mannheim, 1893—1947）和卡尔·波普尔（Karl R. Popper, 1902—1994）。但区别于波普尔，姚斯认为阅读经验可以"赋予人们一种对事物的新的感觉"，[5]是区别于过去所讲的生活实践的期待视野的。这就意味着读者的期待视野不仅构成了在理解和阐释文本时的先在结构，更通过与文

1 H. R. 姚斯、R. C. 霍拉勃：《接受美学与接受理论》，第 21 页。
2 Hans Robert Jauß, "Literaturgeschichte als Provokation der Literaturwissenschaft", *Literaturgeschichte als Provokation*, Suhrkamp, 1970, 171.
3 H. R. 姚斯、R. C. 霍拉勃：《接受美学与接受理论》，第 29 页。
4 汉斯－格奥尔格·伽达默尔：《伽达默尔著作集第 1 卷　诠释学 I 哲学诠释学的基本特征》，洪汉鼎译，北京：商务印书馆，2021 年，第 437—438 页。
5 H. R. 姚斯、R. C. 霍拉勃：《接受美学与接受理论》，第 51 页。

本的对话和交流修正着经验并拓宽着主体感知范围。如此建构文学接受史使得对文学作品的本意追求变成了空文和教条，文学作品不再具有绝对的客观意义，决定文本意义的主导权从文本转移到了读者手上。

审美距离

那么，拥有期待视野的读者如何来建构文本意义，进行创造性的阅读活动？当读者具有了一种对文学作品的"先在经验"，读者的阅读活动可以被视为读者期待视野的对象化过程。在这样的对象化过程中，读者会面对自身的期待视野与所面对文本的不一致，姚斯将这样的不一致描绘为读者与作品之间存在"审美距离"。这种审美距离决定着文学作品的"艺术特性"。

> 一部文学作品在其出现的历史时刻，对它的第一读者的期待视野是满足、超越、失望或反驳，这种方法明显地提供了一个决定其审美价值的尺度。期待视野与作品间的距离，熟识的先在审美经验与新作品的接受所需求的"视野的变化"之间的距离，决定着文学作品的艺术特性。[1]

因此在阅读中读者在接受文本时可能会否定自己过去的熟悉经验，也可能刷新自己的经验，将经验提高到意识层次，造成"视野的变化"，这种复杂的接受过程正是姚斯强调的文学的历史性。姚斯反对文学社会学的客观主义确定性，认为作品对读者的决定性是"可逆的"，当读者的视野有所改变，文学作品也会因此失去或重获"可欣赏性"。对此他举福楼拜的《包法利夫人》与费多的《范妮》两部作品在不同时期的流行程度来作例子，认为"作品的意图与社会群体期待"之间存在着一种一致性寻求，当读者的期待视野达到了作品意图的实现标准，匹配即畅销。因此在姚斯的视野中，不存在永远伟大的作品，只存在由于期待视域的一致性所带来的匹配性成功。

大写的"读者"

通过姚斯对意义接受的差异性诠释和可变性塑造，僵化的文学史转变为可调节的效应史，他不仅共时性地研究当下时代的期待视野，也历时性地关注文本在不同时代的接受状况，真正将历史带入了文学研究的视野。姚斯将文学发展与一般历史的关系置于文学研究的中心，强调"文学的社会功能，只有在读者进入他的生活实践的期待视野，形成他对世界的理解，并因之也对其社会行为有所影响、从中获得文学体验的时候，才真正有可能实现自

---

1 H.R.姚斯、R.C.霍拉勃：《接受美学与接受理论》，第31页。

身"，'即只有重视接受维度的效应史才能真正重续文学与社会的联系，切实体现文学的社会功能。

姚斯的接受美学思想在《文学史作为向文学理论的挑战》一文发表后对文学理论发展产生了极为深远的影响，推动了德国文学批评界的重大转变，且随着英译本的传播，姚斯在美国的文学批评理论界也引起了诸多研究和回应。但姚斯在后期阶段将研究调整至对审美经验的深入探讨，深化前期的研究。他在《审美经验与文学解释学》的序言中讲，正是由于人们对其《文学史作为向文学理论的挑战》一文的批判才促成了他后期的研究纲要。因为要研究文本与读者的双方对话，要看两种视域的融合过程，就需要同时考察文本的本身视域与读者的期待视域。而相对于文本的内部视域，显然形成读者期待视域的经验世界和历史生活要更加巨大，所以姚斯后期的研究重点在于如何通过文学阅读的交流活动来呈现历史生活世界的结构，集中在研究如何去描述读者的审美实践，如何去寻求审美经验上的认同。

姚斯将"期待视野"逐渐移出自己的关注中心，通过对阿多诺（Theodor Adorno, 1903—1969）否定性美学的批判引出审美经验愉快感的三个范畴：创造（poiesis）、感受（aisthesis）和净化（catharsis）。创造指审美者参与审美客体的构成，接受者成为了作品意义的共同创造者。感受指处于感受层

1 H.R.姚斯、R.C.霍拉勃：《接受美学与接受理论》，第48—49页。

克劳德·夏布洛尔（Claude Chabrol, 1930—2010）导演的电影《包法利夫人》（1991年）

200

次的审美经验承担了对抗社会异化的功能，这种功能可以通过"保存其他人对世界的经验"来捍卫"共同的视域"。[1]净化对应的是审美经验的"交流功能"，这种功能在接受者身上可以引起"情感的享受"，从而造成"信仰的变化和思想的解放"。[2]

总的来讲，姚斯从挑战文学史危机出发，引入期待视野来强调读者维度，而后又深潜至审美经验的研究中。姚斯的"文化概念摇摆于一种具有历史意识的观点和一种来自康德的互为主体性模式的观点之间，它最终依赖于汇集起来的共同体意识，作为其现实原则"。[3]在姚斯的接受美学思想中，围绕的核心始终都是接受者。

2 伊瑟尔的效果理论

伊瑟尔与姚斯同为德国接受美学的奠基人和主要代表人物，二人在诸多方面都有相同点，比如二人都是伽达默尔的学生，都先后在康士坦茨大学的教授就职演讲上发表了接受美学的纲领性观点，都对文本中心范式发起挑战，并主张读者的能动性和创造性。伊瑟尔于1970年发表《文本的召唤结构》一文，副标题为"不确定性作为文学散文产生效果的条件"，虽然这篇文章不及姚斯《文学史作为向文学理论的挑战》一文产生的影响巨大和持久，但自此开始姚斯和伊瑟尔二人在学术思想上交辉呼应。随后伊瑟尔在1976年出版《阅读行为——审美反应理论》一书，被姚斯评论为"以一种关于审美效果的理论补充了接受理论"，姚斯称伊瑟尔用这种理论详尽阐述了读者从同化到创造意义的过程，并强调了文本的交流结构。[4]二人在整个20世纪70年代共同成就了接受美学在德国乃至整个欧洲北美的广泛影响，被后来的评论称为德国接受理论的双璧。

文本空白

虽然伊瑟尔同姚斯有着诸多相同，且从一些方面对姚斯的接受美学进行了补充和修正，但还是要看到伊瑟尔在自身理论建设中的特殊创见。相较于姚斯更加关注文学与社会、历史之间联系的宏观视野，伊瑟尔从微观的文本入手，提出用一种功能性的结构填补方式来描述意义的构建过程。他借鉴和吸收英伽登（Roman Ingarden, 1893—1970）的现象学理论，为文本描绘了一幅充满"空白"的框架式图像，用这种对不确定性的填补来强调接受维度的重要性，强调读者对意义的创造能力。

---

1 H. R. 姚斯：《审美经验与文学解释学》，顾建光、顾静宇、张乐天译，上海：上海译文出版社，2006年，第112页。
2 H. R. 姚斯：《审美经验与文学解释学》，第112页。
3 H. R. 姚斯：《审美经验与文学解释学》，第19页
4 H. R. 姚斯：《审美经验与文学解释学》，第9页。

伊瑟尔首先反对执意寻求本文内涵的传统阐释学，否定文本的自给自足性，认为"文学作品文本的含义只有在阅读过程中才会产生，它是文本和读者相互作用的产物，而不是隐藏在文本之中等待阐释学去发现的神秘之物"。[1]在伊瑟尔看来，文学作品不是封闭的，而是交流的，阅读不是深入文本去做考古式的僵化挖掘，而是读者与本文之间积极的交流活动。他突破了结构主义对语言结构过度的形而上式依赖，提出要超越结构本身，去发现文本与读者、与现实之间的交互过程，去发现意义的动态形成过程。

文本的不确定性

所以伊瑟尔通过三步来阐明文本与读者之间的交流关系：第一步是考察作品文本自身的特殊性；第二步是强调文本内在的不确定性；第三步是研究文本不确定性的持续增长。正如他自己所讲，"一部作品愈是失去确定性，在实现它的可能的意向时便愈是需要读者的参与"。[2]他认为文学作品的文本使用的是"描写性语言"（不同于"陈述性语言"），因而可以说是"虚构"的，是不创造现实对象的，"最多也只是表达了对某种对象的反应而已"。[3]文本必须通过和读者经验及世界观念联系起来才能减少不确定性，从而获得现实性，因为只有经由读者的阅读，文本才能够将这些不确定性"常规化"。文本的不确定性是非常重要的，正是这种不确定性才使得文本与读者自身经验、与世界观念联系起来，从封闭走向开放。

循着重视接受维度和强调交流的诉求，伊瑟尔将其理论前提置于文本意义的"不确定性"之上，从论证文本具备这种"不确定性"入手延伸其理论演进。他借用英伽登的"模式化观点"，认为文本表达采取的是"代表性的方式"，因此在数量上无法完全覆盖经验世界中的对象，并且由于作者的剪裁拼接会出现冲突和重叠现象。当读者在处理作者不同线索、不同观点之间出现的冲突和联系时，会面对"完全无法通过本文来消除"的"空白"。[4]他举乔伊斯的《尤利西斯》与《为芬尼根守灵》两部作品为例，认为小说描写得越细致，文本的空白越多，不确定性大大增加。但伊瑟尔不认为作品文

---

1 沃尔夫冈·伊瑟尔：《本文的召唤结构——不确定性作为文学散文产生效果的条件》，章国锋译，载《外国文学季刊》，1987年第1期，第197页。

2 沃尔夫冈·伊瑟尔：《本文的召唤结构——不确定性作为文学散文产生效果的条件》，载《外国文学季刊》，1987年第1期，第198页。

3 沃尔夫冈·伊瑟尔：《本文的召唤结构——不确定性作为文学散文产生效果的条件》，载《外国文学季刊》，1987年第1期，第198页。

4 沃尔夫冈·伊瑟尔：《本文的召唤结构——不确定性作为文学散文产生效果的条件》，载《外国文学季刊》，1987年第1期，第200页。

2013年6月16日，爱尔兰都柏林民众穿着《尤利西斯》主人公利奥波德·布鲁姆的服装聚会。6月16日是当地一年一度的"布鲁姆日"（Bloomsday），该节日为纪念詹姆斯·乔伊斯的巨著《尤利西斯》而设，因为6月16日是小说中布鲁姆在爱尔兰街头游荡的日子。

本的空白是一种缺陷，他将这种"空白"视为文本自身的结构，一种积极的可召唤读者来"填补或消除"的结构。得益于文本的空白结构，读者在阅读过程中就会不断去"填补或消除"这些空白，并"通过消灭这种空白……利用空白提供的想象的余地自行恢复了各个观点之间没有明确表述出来的关系"，[1]而经由参与空白填充进入文本意义构建的读者也就自然走到了理论视野的中心。

读者创造

作者运用各种拼贴剪接的写作技巧，迫使读者不断在不同的情节和线索间徘徊和寻觅，从而得出纷繁不一的理解和阐释。伊瑟尔还指出，作者会刻意使用技巧去调动读者的推断能力，通过省略和提供判断可能性去吸引读者参与到故事的发展中来，也引导着读者做出价值判断，比如狄更斯在《奥列佛·特维斯特》中用展现错误价值观的情节去激发读者纠正性的道德评判。伊瑟尔更是通过对菲尔丁、萨克雷、乔伊斯以及贝克特作品的分析强调文本不确定性的增加趋势，认为这种发展正是呼唤着读者将自身的全部想象投入到与文本的交流之中，只有这种想象才能够使接受者的理解产生飞跃。因此，"不确定性是本文结构的基础"。[2]

1 沃尔夫冈·伊瑟尔：《本文的召唤结构——不确定性作为文学散文产生效果的条件》，载《外国文学季刊》，1987年第1期，第200页。
2 沃尔夫冈·伊瑟尔：《本文的召唤结构——不确定性作为文学散文产生效果的条件》，载《外国文学季刊》，1987年第1期，第207页。

《阅读活动——审美反应理论》作为伊瑟尔极为重要的代表作，相对于具体例证分析的《隐含的读者》一书而言更具有理论论证特征。伊瑟尔在书中集中探讨了文本之于读者如何具有意义并产生意义，以此展示"文学作品阅读的核心是作品结构与接受者的相互作用"。他从现象学入手，认为"文学作品的研究不应该只关心具体文本，而必须同样注意对文本的反应活动"。[1]他打破主客之间的静观审美习惯，将文本研究从静止的转变为运动的，从机械地考察转变为辩证地互动。他不仅从本文的召唤性框架结构入手，还进一步考察阅读活动如何引发读者的审美运作过程，着重论述意义在文本和读者的交互作用之间如何得以实现，更探寻了这种实现的动力和条件。

暗隐的读者

在延续对文本不确定性的确证中，伊瑟尔提出了"暗隐的读者"和"游移视点"概念。他反驳了诸多读者概念（如理想的读者、现实的读者、超级读者、精通的读者、意向的读者），认为这些对读者的描述具有局限性，且会破坏理论的普适性，认为我们不可以去"界定读者其人或历史环境"。伊瑟尔受到美国文学批评家布斯在《小说修辞学》（1961）中提出的"隐含作者"（implied author）概念[2]的启发，超越英伽登"不定点"和"空白点"的说法，进一步阐发读者介入意义生产的创造性价值。"暗隐的读者包含着一部文学作品实现其效应所必需的一切规定"，深深植根于文本的内部结构中。[3]正是文本的不确定性产生了这种居于文本之中的读者，这意味着作者在编排文本时设置了与文本所匹配的虚构读者。伊瑟尔的这种构想是带有理想性质的，而且他并未对这个概念有更明确的解释。"游移视点"概念也同样伴随文本的不确定性而来，伊瑟尔认为读者在阅读过程中始终在不同未定点之间穿梭和徘徊，从而造成了自身期待视野焦点的不停转移，在一直出现的一个又一个新相关物之间不断地产生新的期待。

因为每一个句子只能以超越自身追求句子之外的东西为目标，才能到达其终点。这就是文本中所有这些句子的真实本性。那些相关物不断交互作用，最终达到语义的完成。但这一完成并不是在文本中实现的，而是在读者身上最终完成的。[4]

---

1 沃尔夫冈·伊瑟尔：《阅读活动——审美反应理论》，金元浦、周宁译，北京：中国社会科学出版社，1991年，第29页。

2 韦恩·布斯：《小说修辞学》，华明、胡晓苏、周宪译，北京：北京大学出版社，1987年，第294—296、302—303页。

3 沃尔夫冈·伊瑟尔：《阅读活动——审美反应理论》，第43页。

4 沃尔夫冈·伊瑟尔：《阅读活动——审美反应理论》，第132页。

伊瑟尔的接受美学思想展现了十分明显的交流性、互动性、动态性和辩证性，反复强调文本与读者在阅读活动中和意义建构上相互制约、相互作用、相互依存的特点，文本意义的不确定性和读者参与意义构建成为他现象学接受理论的核心基础。伊瑟尔选择从文本内部的微观角度切入，重视文本与读者的交流，不仅打破了文本中心论封闭的话语分析，也推动了文学理论范式从文本中心向读者中心的进一步转移，延续了姚斯对于接受维度的强调和重视，极大地开拓了读者这一研究领域。但伊瑟尔在指出文本极端不确定性的积极方面时，并没有明确指出是何种当代意义的缺失，没有在社会历史的语境中阐释文学不断增长的不确定性，因此他的文学理论整体上缺乏一种社会视野，他在以现象学为根基去批判新批评的同时也落入了与新批评类似的处境。当效应研究只建基于文本的结构分析时，反而会更加远离现实的读者。

3 费什的读者反应批评

在德国接受美学兴起与发展的同时，美国也开始出现挑战文本中心范式、有意识地关注读者阐释的理论转型浪潮。从 50 年代末到 80 年代，这种思潮的范围逐渐扩大，影响日渐广泛，涵盖了美国批评界众多知名理论家的思想主张，如戴维·布莱奇（David Bleich, 1940—）提出的"主观批评"；乔纳森·卡勒提出的读者具有阅读程式，具备文学能力；斯坦利·费什的感受文体学以及诺曼·霍兰德（Norman Holland, 1927—2017）提出的反应动力学与交往理论等。1980 年，将这次思潮中的重要论文编辑在内的两部论文集《文本中的读者：读者与解读论文集》和《读者反应批评：从形式主义到后结构主义》相继出版，随后不断再版，标志着美国的文学研究在文本中心向读者中心的范式转型上达成了学界的广泛共识。

60 年代开始，斯坦利·费什被视为读者反应批评理论最著名的代表人物之一。1967 年费什发表《为罪恶所震撼：失乐园中的读者》（*Surprised by Sin: The Reader in Paradise Lost*），对英国诗人弥尔顿《失乐园》的读者接受问题进行焦点式的关注和研究。随后他在《自我吞噬的人造物：17 世纪文学的经验》（*Self-Consuming Artifacts: The Experience of Seventieth-Century Literature*）中持续把研究重点放在读者的文学经验上。1970 年费什发表《读者的文学：感受文体学》（*Literature in the Reader: Affective Stylistics*），详细表述他的读者反应批评理论，此文与后来的《阐释集注本》（*Interpreting the Variorum*）共同成为他的代表作。

意义不确定与经验性阅读

费什的读者反应批评理论体现在他对意义确定性的摒弃和对经验性阅读的强调上。他反对将文本作为自足客体的形式主义观点，认为作品的客观性只是一种假象，作品中其实什么都没有。伊格尔顿曾提到费什有趣且坦率地回答自己在阅读时解释的到底是什么，费什说他不知道，而且认为其他任何人也都不会知道。[1]

> 意义是话语，即分析对象的一种（部分的）结果，但并不等同于话语——对象本身。在这一理论中，话语所传达的信息……总是处于运动状态……这种信息，仅仅只是一种效果，产生另一种反应，是意义经验中的另一组成部分。但这种信息绝不是意义本身，没有什么是意义本身。
>
> 这样一来，或许"意义"一词也该被摒弃，因为它本身传达的只不过是信息或某一观点。我要再次强调的是，话语的意义就是其经验。[2]

费什批评文本中心论向艺术作品寻求静态解释的倾向，认为我们将时间经验转移为了一种空间经验，将作品置于一种有形的范围内，力图去通过图解的方式分析其中的情感，从而完全忽视了文本阅读的运动性。他认为我们根本就不应该"试图对语言作任何分析"，而应该更加关注经验和效果。这种经验是阅读和阐释行为本身，这种效果是对文本语言进行感受的效果——更重要的是这个句子要"做什么"而不是"是什么意思"的问题。费什主张将文学作品视为一种活动、一种经验，应"将语言视作一种经验，而不是提取意义的贮存库"；[3]主张作品意义是通过阅读这一活动——也就是接受过程——被创造和收获的。也就是说，文学批评的思维经验与读者的阅读行为之间具备强烈的参与感和互动性，意义并不属于文本本身，并不是超验性的，而是经验性的，是随着文本在阅读过程中的发展在读者身上创造出来的，"一个句子的全部经验……才是它的意义"。[4]

在费什的理论中，意义的产生是一种事件，他将主体审视客体的二元对立关系代之以从阅读经验到获取意义的一元生成关系。意义阐释总是一个过程，其本身就是一种经验，关注的中心永远都是一种效果，因为经验就是一种效果。阅读是事件的，是经验的，意义是不确定的，阅读同时具有动态

1 特里·伊格尔顿：《二十世纪西方文学理论》，第83页。
2 斯坦利·费什：《读者反应批评：理论与实践》，文楚安译，北京：中国社会科学出版社，1998年，第188页。
3 斯坦利·费什：《读者反应批评：理论与实践》，第189页。
4 斯坦利·费什：《读者反应批评：理论与实践》，第144页。

性和意义不确定性的特点，所以读者的反应是创造性的。每个读者对同一个句子的经验绝非完全一致，所以句子的意义也绝不可能相同。顺着这样的理论目标，费什自然将自己的注意力从个体的读者转移到了群体的读者上，因为寻求经验会面临个别性和一致性的问题，他时刻都谨慎提防自己的理论会陷于无主无序的阐释状态。对于意义到底存在于何处，费什认为既不在文本之中也不在读者之中，他修正了之前"知识读者"的说法，提出是解释共同体（interpretive communities）使得文本的外形或特征与读者的行为能够被理解。在文本和读者两种具有独立性的实体争夺解释主导权时，解释共同体可以消解这对所谓的对立双方的孤立性，从而将文本与读者共同置于阅读语境、阅读经验中。

解释共同体

在追寻读者个体经验的多样性和稳定性时，费什认为对于文本的理解和再写来自特定的解释共同体既存和先有的实践传统。"所有的客体是制作的，而不是被发现的，它们是我们所实施的解释策略（interpretive strategies）的制成品……通过解释策略，我们创造了它们；但归根结蒂，解释策略的根源并不在我们本身，而是存在于一个适用于公众的理解系统中，"也就是读者本身也是"社会和文化思想模式的产物"。[1]每个解释共同体都具有自己独特的解读策略，属于解释共同体的读者会根据这样的解读策略去解码文本，并且无论读者如何改变自己对不同解释共同体的归属，他在阅读活动中总要运用一种业已存在的解读策略。传统的新批评范式普遍认为意义蕴含于文本内部，是在阅读活动发生之前就已经存在且不依赖于读者阐释的，是封闭且不变的，费什则认为文本意义产生于读者对文本的时刻经验中，并且是通过特定的解读策略来形成的。费什消解了文本的客观意义，用解释共同体的信念价值和思维体系来塑造文学批评和意义阐释，"一个人只能读到他自身早已阅读过的东西"。[2]

总体来讲，费什的读者反应批评理论经历了从对文本中心论的批判到对意义开放性的提倡，经历了从呼唤读者的经验性创造到推崇解释共同体的解释策略的过程，这体现了他从反对形式主义到主张接受理论再到后结构主义、实用主义的思想历程。在这种理论经历中，费什直击形式主义和新批评的僵化弊端，解构了文本意义，释放了读者的能动性，推动了文学批评范式从文本中心到读者中心的转移进程。同时，他也将阐释的确定性转移到了解

---

1 斯坦利·费什：《读者反应批评：理论与实践》，第 57 页。
2 Stanley Fish, *The Living Temple: George Herbert and Catechizing*, Berkeley: University of California Press, 1978, p. 172.

释共同体所具有的稳定性上，在过度强调文本意义的不确定性这一缺陷上又叠加了一种"唯美主义者的孤立主义的重复"。[1]费什后期开始了对知识社会学和文学的职业特性的研究，并朝着社会、历史、政治等外部因素的研究方向走得更远，而这种外部研究并没有进一步过渡到意识形态分析，因此也招致了诸多左翼批评家猛烈的批评。

三　结语

接受美学与读者反应批评理论于 20 世纪 80 年代随翻译热潮进入中国文学理论界，较早的专著有 1987 年周宁、金元浦翻译的《接受美学与接受理论》、1989 年朱立元所著的《接受美学》和 1989 年的《读者反应批评》，其他论文类研究也成果颇丰。接受美学与读者反应批评理论对国内文学理论尤其是读者审美理论的发展有很大启发意义和借鉴价值，同时国内学者也对接受美学与读者反应批评理论提出了相对客观的评价和总结。

从以上对接受美学和读者反应批评理论以及相关代表人物的概观和介绍中可见，两个流派对读者中心论范式进入西方当代文学批评理论的发展核心都作出了重大贡献。它们打破了文本中心论的封闭与僵化，完成了从文本中心向读者中心的转向，将西方当代文学理论中被严重忽略的读者问题和研究不足的接受维度推到了研究关注的中心地带。接受美学和读者反应批评都强调文本意义的开放性、动态性和不确定性，"对于接受理论来说，阅读过程始终是一个动态过程，一个通过事件开展的复杂运动"。[2]两种理论都主张读者参与构建意义的能动性，深入挖掘了文本阅读中读者与文本的互动和交流，使文本与外部的读者、社会、历史建立了更紧密的联系，极大地开拓了文学理论的研究领域和理论视野。自此，读者正式进入了文学的本体研究层次，不再作为被动的接受对象，而是成为充满能动性的主体。自此，文学史从固定的作品堆积变为具有历史性的接受研究，文学开始作为一种共时性与历史性的交叉点被深入研究和思考。文学批评开始重视对文本的历史性理解，而非回归幻觉中的原意追寻；开始否定科学主义虚假的客观性，转而向历史中寻找真正的"客观性"；这也标志着一种人本主义思潮的复兴。

但从 70 年代后期开始，接受理论慢慢退向舞台幕后，未再有更重大的理论突破，理论经由逻辑延伸逐渐面临为继困境。一方面，接受美学逐渐成为后续许多接受理论的思想资源，另一方面，接受美学思想在实际操作上较

---

1 Frank Lentricchia, *After the New Criticism*, Chicago: University of Chicago Press, 1980, p. 147.
2 特里·伊格尔顿：《二十世纪西方文学理论》，第 75 页。

难实现。同时，接受美学与读者反应批评在理论的内部建设上并没有统一和公认的学派纲领和思想体系，各个理论家之间亦出现矛盾和论争。理论内部缺陷集中于两点：其一是在处理文本与读者二者关系上无法避免走向相对主义和主观主义。他们对文本意义不确定性的强调会导致滑向相对主义的危险，文本从动态走向了过度的不稳定并最终被彻底消解。当我们承认了意义的归属不可只被封闭于文本内部时，过度的焦点迷失也强烈否定了文本中原本存在的那部分同一性和确定性，从而使阐释丧失了获得认同的可能性。正如伽达默尔对姚斯切中要害的批评："利用这种永无止境的多样性来反对艺术作品不可动摇的同一性乃是一种谬见"。[1]其二是在重视读者经验时没有建立起明晰和可行的理论进路，在如何真正把读者接受延伸到文学批评理论的研究实践中出现了探索困难；在文本消失后，读者的创造性如何走向解释共同体出现了实现困境。

思考题：

1 谈一谈你在阅读文本时是否感受到文本内容的"空白点"，以及如何理解文本意义的不确定性。

2 分析费什理论中"解释策略"的决定性因素。

3 谈一谈读者中心论与历史主义的关系。

---

1 汉斯–格奥尔格·伽达默尔：《伽达默尔著作集第2卷 诠释学II 真理与方法——补充和索引》，洪汉鼎译，北京：商务印书馆，2021年，第9页。

第十一章

从马克思主义到西方马克思主义

一 马克思主义与西方马克思主义文艺思潮的概述与背景

本章将主要梳理西方马克思主义（Western Marxism）的文艺思潮，但在进行具体的介绍之前，有必要先搞清楚什么是马克思主义（Marxism），以及它和西方马克思主义文艺思潮之间究竟是怎样一种关系。马克思主义首先是一种诞生于19世纪的世界观，具体地说，是由马克思和恩格斯创立并为后继者所不断发展的世界观，西方马克思主义文艺思潮是这种世界观的衍生与组成部分。

马克思主义的诞生，以1848年《共产党宣言》（*Manifesto of the Communist Party*）的问世为标志，它运用历史唯物主义原理，对资本主义作了鞭辟入里的分析，揭示了资本主义的内在矛盾及其必然灭亡的规律。其中关于"世界文学"的论述，预言了人类文学未来发展的总体趋势，描述了一种基于世界市场的跨地域、跨民族、跨语言的文学交流语境。此外，《1844年经济学哲学手稿》（*Economic and Philosophic Manuscripts of 1844*）、《神圣家族》（*The Holy Family*）、《德意志意识形态》（*The German Ideology*）、《路易·波拿巴的雾月十八日》（*The Eighteenth Brumaire of Louis Bonaparte*）及《资本论》（*Capital*）第一卷等多部马克思主义经典著作，蕴含着丰富的美学思想，以及对文学、艺术的深入见解。

值得注意的是，马克思在1857年专门摘录了各种辞书中涉及美学的内容，特别摘录了德国美学家费舍（Friedrich Theodor Vischer, 1807—1887）所著的《美学或美的科学》，这本摘录后被称为《美学笔记》，它为马克思撰写《政治经济学批判》《资本论》等论著提供了丰富的素材。但从总体上说，马克思并不是严格意义上的美学家或文艺理论家，他主要是提供了一种在辩证唯物主义与历史唯物主义的框架当中，去思考和把握文艺现象的崭新路径。他对异化劳动、意识形态、商品拜物教、生产性消费等问题的看法，对生产力与生产关系、经济基础与上层建筑关系的理解，作为一种分析视角被纳入西方马克思主义对资本主义社会诸种文化现象的批判当中。

西方马克思主义发端于20世纪20年代的德语知识界，以对发达资本主义社会的激烈批判而著称，采用了许多不同于以梅林（Franz Mehring，1846—1919）、普列汉诺夫（Georgi Valentinovich Plekhanov，1856—1918）为代表的将马克思主义教科书化的理解方式，因此也被一些学者称为"新马克思主义"。[1]匈牙利哲学家、文学批评家捷尔吉·卢卡奇（György Lukács，1885—1971）在1923年出版的《历史与阶级意识：关于马克思主义辩证法的研究》（*History and Class Consciousness: Studies in Marxist Dialectics*），整部书贯穿着必须要恢复马克思主义哲学真义的思想，被视为西方马克思主义的奠基之作。

西方马克思主义作为一种针对现代资本主义文化病症的文艺批评方法，在20世纪30年代至60年代逐步走向成熟，涌现出一大批经典之作，不乏新的理论创见。它作为一种文艺理论思潮发展至今，自觉吸收了现象学、心理学、语言学、社会学等领域的重要理论成果，呈现出多样化的表述形态，备受学界瞩目。下面我们将以时间为主轴，简要概述西方马克思主义学者、学派或思潮在文艺理论、哲学美学领域的代表性作品及其产生背景。

卢卡奇是西方马克思主义文艺理论的奠基者，青年时期深受黑格尔的理性哲学、西美尔的文化哲学、马克斯·韦伯的社会学、马克思恩格斯的剩余价值学说及唯物史观的影响，形成了对资本主义的否定性批判态度，并寄希望于社会主义。他在文学理论、哲学美学领域的代表性作品有《现代戏剧发展史》（*History of the Modern Drama*）、《心灵与形式》（*Soul and Form*）、《小说理论》（*Theory of the Novel*）、《审美特性》（*The Specificity of the Aesthetic*）等。

恩斯特·布洛赫（Ernst Bloch，1885—1977）与卢卡奇一同开创了西方马克思主义的传统，亦被称为20世纪"希望哲学家"。他继承和发展了经典马克思主义的意识形态批判方法，从人本主义立场出发把矛头指向现代科学与技术的全面统治。他的《乌托邦精神》（*The Spirit of Utopia*）与《希望的原理》（*The Principle of Hope*），是20世纪马克思主义文艺理论与哲学美学中无法绕过的重要作品。

安东尼奥·葛兰西（Antonio Gramsci，1891—1937）是意大利共产党创始人之一，杰出的无产阶级革命家。他在继承马克思主义的基础上，结合意大利社会主义实践与国际共运的经验，提出了极具启发意义的文化领导权理论，打开了历史唯物主义研究的新视域。20世纪20年代，葛兰西由于开展反

---

[1] 参见衣俊卿：《西方马克思主义概论》，北京：北京大学出版社，2008年，第2页。

法西斯活动不幸被捕，他在狱中写下篇幅达300余页的笔记，后经人整理出版，题名为《狱中札记》（*The Prison Notebooks*）。

法兰克福学派（The Frankfurt School）始于20世纪20年代，隶属德国法兰克福大学社会研究所，鼎盛期为1949年到20世纪60年代末。学派在创立之初，便确立了马克思主义研究方向，以对现代社会、特别是对当代资本主义社会进行多学科综合性研究与批判为主要任务。法兰克福学派的代表人物有马克斯·霍克海默（Max Horkheimer, 1895—1973）、西奥多·阿多诺（Theodor Adorno, 1903—1969）、瓦尔特·本雅明（Walter Benjamin, 1892—1940）、哈贝马斯（Jürgen Habermas, 1929— ）、霍耐特（Axel Honneth, 1949— ）等，在文艺理论方面的代表性著作有霍克海默与阿多诺合著的《启蒙辩证法》（*Dialectic of Enlightenment*）、本雅明的《机械复制时代的艺术作品》（*The Work of Art in the Age of Mechanical Reproduction*）、阿多诺的《美学理论》（*Aesthetic Theory*）等。

昂利·列斐伏尔（Henri Lefebvre, 1901—1991）是法国哲学家、社会学家，"人本主义马克思主义"的重要代表人物，强调马克思主义哲学本质上是从黑格尔哲学那里批判继承来的、以改造世界为目的的辩证法。他的主要著作有《辩证唯物主义》（*Dialectical Materialism*）、《日常生活批判》（*Critique of Everyday Life*）、《空间的生产》（*The Production of Space*）等。

路易·阿尔都塞（Louis Althusser, 1918—1990）是法国哲学家，被誉为"结构主义马克思主义"的奠基人，他从马克思主义哲学的基本问题出发，吸收了结构主义的方法和精神分析学说，形成了一种独具特色的结构主义意识形态理论。代表作品有《保卫马克思》（*For Marx*）、《阅读〈资本论〉》（*Reading Capital*）、《论资本主义的再生产》（*The Reproduction of Capitalism*）等。

特里·伊格尔顿（Terry Eagleton, 1943— ）是英国马克思主义文化批评家，师承英国著名的马克思主义文化理论家雷蒙·威廉斯（Raymond Williams, 1921—1988），在其影响下广泛阅读了马克思主义的理论著作，又受阿尔都塞的意识形态理论影响，考察了意识形态与文学文本之间的复杂关联。其代表作有《文学事件》（*The Event of Literature*）、《马克思为什么是对的》（*Why Marx Was Right*）、《理论之后》（*After Theory*）、《文化的观念》（*The Idea of Culture*）等。

弗雷德里克·詹姆逊（Fredric Jameson, 1934—　）是马克思主义文化理论的领军人物，被誉为"二战"之后美国最重要的马克思主义文学批评家，强调马克思主义的意识形态分析。他在文艺理论方面的代表作有《萨特：一种风格的始源》（*Startre: The Origins of a Style*）、《语言的牢笼》（*The Prison-House of Language*）、《后现代主义，或晚期资本主义的文化逻辑》（*Postmodernism, or, the Cultural Logic of Late Capitalism*）等。

20 世纪 70 年代逐渐兴起激进左翼思潮，大体也可归入广义的西方马克思主义。代表人物有解构主义大师、法国哲学家雅克·德里达（Jacques Derrida, 1930—2004），法国哲学家、文化批评家吉尔·德勒兹（Gilles Deleuze, 1925—1995），法国哲学家、后现代主义思想家让·鲍德里亚（Jean Baudrillard, 1929—2007），法国社会学家、哲学家皮埃尔·布尔迪厄（Pierre Bourdieu, 1930—2002），欧陆哲学家、文化批判家斯拉沃热·齐泽克（Slavoj Žižek, 1949—　）等等，不一而足。

总而言之，西方马克思主义是 20 世纪 20 年代以来，西方学者在深入把握马克思恩格斯基本思想的基础上，根据自身所面临的历史境遇、社会问题，在不同程度上对经典马克思主义理论进行的借鉴与回应，并且发展出了以批判资本主义意识形态为主体、以实现人的自由与解放为归旨的文艺批评理论。他们所提出的一些概念、问题在中国现代化的语境中也值得探讨，而他们趋向多元化的理论视角、摆脱宏大叙事的理论构建方式也值得借鉴。本章将通过以下四个小节，从细部逐一呈现马克思恩格斯的艺术生产理论、文学批评思想，以及西方马克思主义代表人物卢卡奇、布洛赫、霍克海默、阿多诺与本雅明的文艺批评范式。

二　代表人物及其核心理论

1　马克思、恩格斯的艺术生产理论与文学批评实践

马克思与恩格斯的文艺思想内嵌于马克思主义学说。马克思与恩格斯文艺思想与其之前及同时代的哲学、美学与文艺思想，如以歌德为代表的德国浪漫主义、以卢梭为代表的启蒙主义、以黑格尔为代表的德国古典哲学与美学等，均有着密切的关联，并且伴随着 19 世纪 40 年代马克思主义的产生而产生。马克思与恩格斯立足于 19 世纪工业资本主义的历史背景，经过艰苦的理论探索与实践，批判地继承且超越了黑格尔的法哲学、费尔巴哈的人本主

义学说等前人的理论成果，创立了剩余价值学说，揭示了资本逻辑的内在矛盾，论证了资本主义必将由社会主义和共产主义替代的历史必然性，最终形成了辩证唯物主义和历史唯物主义，并且将这样一套世界观与方法论运用到了美学及文艺批评领域。下面将着重介绍马克思与恩格斯的艺术生产理论，及其对 20 世纪西方马克思主义文艺思潮的影响。

马克思、恩格斯的艺术生产理论

马克思、恩格斯的艺术生产理论，贯穿其早期的哲学著作与中后期的政治经济学著作。一般认为，马克思青年时期所著的《1844 年经济学哲学手稿》（亦称《巴黎手稿》，下文简称《手稿》）是研究马克思主义美学及文艺思想绕不开的一部作品。《手稿》集中讨论了异化劳动概念，围绕着此概念将人的类本质界定为"自由自觉的活动"。所谓"自由自觉的活动"是指人自由的有意识的活动，并且在这样的一种活动中，人使自己的生命活动变成自己意志的和意识的对象，进而将活动结果视为人的本质力量的对象化、现实化。于是，马克思对艺术的理解在与人的这一类本质的联系中展开：

> 私有财产的运动——生产和消费——是迄今为止全部生产运动的感性展现，就是说，是人的实现或人的现实。宗教、家庭、国家、法、道德、科学、艺术等等，都不过是生产的一些特殊的方式，并且受生产的普遍规律的支配。[1]

这里所说的"生产的普遍规律"是指社会存在发展的物质基础是不能任意选择的物质力量，是历史活动的前提。马克思在《手稿》中初步确立了实践的观点，从人的生产实践出发去理解艺术。他在 1845 年撰写的《关于费尔巴哈的提纲》（*Theses on Feuerbach*）中也强调社会生活在本质上是实践的，人的本质是一切社会关系的总和，人通过实践活动不断改变人类自身与人类社会。而在此之前，费尔巴哈的人本学一方面将人作为世界上最高的价值，另一方面则片面地强调人的自然属性，忽视了人的社会性，对决定人的社会性的实践更是缺乏深入了解，并因此得出结论说，人的感性需求、爱与意志是

---

1 卡尔·马克思：《1844 年经济学哲学手稿》，中共中央马克思、恩格斯、列宁、斯大林著作编译局编译，北京：人民出版社，2018 年，第 78 页。

人的绝对本质。由此可见，在对人的理解上，马克思与费尔巴哈存在着根本性的分歧，这一分歧构成了马克思主义艺术生产理论的基础与出发点。

将艺术视为一种生产方式的观点，在马克思1857—1858年经济学手稿的《导言》中得到了重申，并进一步发展为艺术生产与物质生产的辩证关系。马克思首先强调，艺术生产与物质生产的发展是不平衡的，或者说，二者的发展并不同步。马克思以古希腊的艺术形式史诗为例，认为它在艺术的领域内具有重大的意义，甚至可以说是一种范本，但却出现在艺术发展的早期阶段，这个阶段的物质生产并不发达。但他同时看到，希腊艺术生产的土壤是希腊神话，而希腊神话源出于人们在生产力不发达阶段须借助想象以征服自然力的尝试，随着自然力被人所支配，神话也就消失了。[1]可见，艺术生产既同社会一般发展紧密关联，又具有一定的特殊性，艺术类型与具体的艺术形象是人与自然关系的某种映射，但是艺术的发展又与社会的物质生产发展状况不成比例，艺术的繁盛期并不一定是物质生产蓬勃发展的阶段。马克思将荷马史诗视为划时代的作品、高不可及的艺术范本，并且敏锐地注意到史诗诞生之时艺术生产还处在自发状态，而现代的艺术生产条件较之古希腊时期更加自觉且富有组织性，却无法再产生出希腊史诗那样的艺术形式。由此他得出结论：在艺术自身的领域当中，艺术形式与艺术发展阶段具有不平衡性；艺术的发展与社会的一般发展也具有不平衡性。

关于艺术生产与物质生产的关系问题，马克思恩格斯早在1845—1846年合著的《德意志意识形态》中曾有过笼统的表述，即社会生活决定着人的精神世界，低层次的、基本的需要制约着高层次的精神需求，于是人类精神生产也只能建立在物质生产的基础之上并受到物质生产的制约。他们在谈到文艺复兴时期意大利画家拉斐尔的绘画时说，"和其他任何一个艺术家一样，拉斐尔也受到他以前的艺术所达到的技术成就、社会组织、当地的分工以及与当地有交往的各国的分工的制约。"[2]可见，马克思与恩格斯把技术发展状况、社会组织结构列为艺术生产的决定性因素。

---

1 参见卡尔·马克思：《〈政治经济学批判〉序言、导言》，中共中央马克思、恩格斯、列宁、斯大林著作编译局编译，北京：人民出版社，1971年，第32—33页。
2 卡尔·马克思、弗里德里希·恩格斯：《德意志意识形态》，中共中央马克思、恩格斯、列宁、斯大林著作编译局编译，北京：人民出版社，2018年，第123页。

精神生产受物质生产制约的观点，在 1859 年马克思写的《〈政治经济学批判〉序言》（*A Contribution to the Critique of Political Economy*）中得到了经典性的表述：

> 人们在自己生活的社会生产中发生一定的、必然的、不以他们的意志为转移的关系，即同他们的物质生产力的一定发展阶段相适应的生产关系。这些生产关系的总和构成社会的经济结构，即有法律的和政治的上层建筑竖立其上并有一定的社会意识形式与之相适应的现实基础。物质生活的生产方式制约着整个社会生活、政治生活和精神生活的过程。[1]

马克思在这篇《序言》中，将唯物主义的历史观概括为生产力与生产关系、经济基础和上层建筑、社会存在与社会意识的辩证关系，揭示了社会基本矛盾及其运动规律、社会发展的动力等。可以说，唯物史观是马克思主义艺术生产理论最重要的基石。

在马克思与恩格斯看来，资本主义制度下的艺术生产，具有一般商品生产的特性，艺术家的创作活动也具有雇佣劳动的特征。马克思与恩格斯在《共产党宣言》中指出，资产阶级让以往那些受人尊崇的职业都失去了光环，医生、律师、诗人和学者都成了受雇佣的劳动者。[2] 马克思早年深受浪漫主义思潮的影响，认为艺术创作应该是一种天性与精神的能动表现，而受雇于书商的作家，由于他的产品从一开始就从属于资本，因此作品也就是成了作家谋生的手段，艺术生产的自由性也就丧失掉了。可见，他们在批判资本主义私有制的过程中，在肯定物质生产对于精神生产的制约性的前提下，对资本主义社会当中、商业规模日趋扩大的状况下，艺术生产的自主性与个体性的潜在危机进行了自觉的反思。马克思恩格斯的艺术生产理论，是在对 19 世纪的资本主义展开政治经济学批判的过程中形成的，暗含着艺术与社会、技术、意识形态等深层问题的探讨，也直接影响了 20 世纪西方马克思主义的文艺理论思潮。

---

1 卡尔·马克思：《〈政治经济学批判〉序言、导言》，中共中央马克思、恩格斯、列宁、斯大林著作编译局编译，北京：人民出版社，1971 年，第 2 页。
2 参见卡尔·马克思、弗里德里希·恩格斯：《共产党宣言》，中共中央马克思、恩格斯、列宁、斯大林著作编译局编译，北京：人民出版社，2018 年，第 30 页。

马克思、恩格斯的文学批评——以《神圣家族》为例

这一节我们集中介绍马克思、恩格斯合著的《神圣家族》（全名为《神圣家族，或对批判的批判所作的批判。驳布鲁诺·鲍威尔及其伙伴》）中的文学批评思想。这部作品中的文学批评思想相对比较集中，出现在第五与第八章，全部出自马克思之手，以"青年黑格尔派"的一名骨干——普鲁士中尉弗兰茨·齐赫林斯基（笔名为"施里加"）发表在布鲁诺·鲍威尔主编的《文学总汇报》上的文章《欧仁·苏的〈巴黎的秘密〉》为对象，展开了对以布鲁诺·鲍威尔为代表的"批判的批判"，即对它们的唯心主义哲学体系的批判。

《神圣家族》写于 1844 年 9 月至 11 月，1845 年 2 月发表。此时的马克思恩格斯已经与"青年黑格尔派"彻底决裂，他们针对布鲁诺·鲍威尔等人宣扬的唯心史观初步地阐述了唯物史观，指出在历史发展进程中起决定作用的是物质生产，而不是自我意识，强调必须从社会物质生产出发来观察历史，论证了人民群众在历史发展中的重要作用。可见，文学并不是此番批判的目的，而是作为中介对象而引入的，它实际上是对文学批评的批判性分析，因此它亦可视为一个哲学美学的文本。

《巴黎的秘密》是法国 19 世纪重要作家、人道主义者欧仁·苏的长篇小说，写于 1842 年到 1843 年间，在长达一年有余的时间里，在法国巴黎的《评论报》上连载，引发社会轰动。小说汇集成书出版后又成为畅销书，很快就被译成英文、德文、意大利文、荷兰文、比利时文等多国文字出版，还被多次改编，搬上舞台和银幕。《巴黎的秘密》中展现了 19 世纪初巴黎下层社会的广阔生活，真实地揭露了贫富不均、道德堕落、人性沦丧的社会现实，塑造了一大批形形色色的犯罪分子和无辜的穷苦人民形象。现实主义大师巴尔扎克的《外省的秘密》、雨果的《悲惨世界》与大仲马的《基督山伯爵》都在一定程度上受到《巴黎的秘密》的影响。

马克思对施里加《欧仁·苏的〈巴黎的秘密〉》的评论主要包括两个方面：一是对施里加在评论中采用的黑格尔思辨结构（把实体理解为主体，理解为内部的过程、绝对的人格）的"各个细节方面的运用"予以批判。马克思通过"果品"概念与现实中个别水果的例子，揭开了黑格尔思辨结构的秘密：思辨哲学的方法是，将思想作为实体、本质，现实作为单纯的存在形式、实体的样态，例如将"果品"作为梨子、苹果等的"实体"，千差万别的水果是"果品"的不同的生命表现。[1]在他看来，施里加对《巴黎的秘

---

1 参见姜海波：《〈神圣家族〉郭沫若译本考》，沈阳：辽宁人民出版社，2019 年，第 52 页。

密》的批判逻辑与黑格尔的精神现象学如出一辙，即先从现实世界提取"秘密"这一范畴，再把现实的法、文明等消融在"秘密"这个范畴中，进而把"秘密"变为实体，从而小说中诸角色、事件就成了这一主体的生命表征。二是对小说人物塑造中表现出的虚伪的人道主义思想，以及施里加对这种思想的肯定的分析批判。马克思认为《巴黎的秘密》的男主人公鲁道夫的性格呈现出一种纯粹的伪善。他提出用奖善惩恶的方法来维护社会的新理论，实际上是巧妙地把自己邪恶情欲的发泄伪装成对恶人情欲的愤怒。马克思将这种做法视为与"批判的批判"相类似的手法，即将自己的利己主义硬说成群众对精神的利己主义式的抵抗。[1]

马克思通过对《欧仁·苏的〈巴黎的秘密〉》的批判性分析，揭示出资本主义社会道德原则的虚伪性，他认为这种道德原则就像宗教教义那样，不是肯定人的本性，而是扼杀人的本性。这种扼杀是通过将人的本性异化的方式来实现的，即，使人不是按照应有的方式来行动、来思考，而是按照某种抽象原则、某种说教来行动和思考；人一旦被这种道德所束缚，就不再具有独立人格，而是成为没有灵魂的躯壳。正如书中的女主人公玛丽花，在鲁道夫的"拯救"（改造）下从身陷淫窟却朝气蓬勃、合乎人性的少女变成了郁郁寡欢、终日忏悔的罪人、修女，成了福音书的化身与基督教教谕的牺牲品。可见，马克思在《神圣家族》中，将《手稿》中所表述的人本学的思想运用于文学批评，其中流露出的对于人性的理解，与《手稿》中是完全一致的，即：一切有益于人的潜能的发展、有利于人类发展的东西都是合乎人性的；一切表现了人的生命存在、肯定人的人性价值、表现人的天性的东西都是合乎人性的；在这样的标准下，那些现实社会中束缚扭曲人性的道德、宗教、法律等等都是违反人性的。

2 卢卡奇的"统一的文化"与布洛赫的"更美好生活的梦"

卢卡奇与布洛赫同为早期西方马克思主义的代表人物，他们关注的文艺理论问题有：文学与社会的关系是怎样的，人类如何才能实现"更美好生活的梦"等等，整体上带有深邃的人文关怀与思辨特质。卢卡奇在其早期著作《小说理论》中指出，希腊文化是一种具有总体性特质的文化，是囊括了历史哲学、美学、心理学等各类学问的综合体；而现代资本主义社会中，传统价值瓦解，生活分崩离析，失落了古希腊那种以史诗、悲剧与哲学为表现形式的完整的文化。布洛赫在其代表作《希望的原理》中指出，人们总是被

1 参见卡尔·马克思、弗里德里希·恩格斯：《神圣家族，或对批判的批判所做的批判》，中共中央马克思、恩格斯、列宁、斯大林著作编译局编译，北京：人民出版社，1958年，第261—262页。

"更美好生活的梦"所激励，因为希望高于恐惧，它不似恐惧那般消极，并且也没有被封闭在某种虚空之中，希望的冲动让人变得心胸辽阔，促使人重新反思自己的生活。

"统一的文化"

"统一的文化"（Integrated Civilisations）或曰具有"总体性"（totality）特质的文化，是卢卡奇在其早期著作《小说理论》中提出的理念。他通过这一理念高扬作为"统一的文化"之代表的史诗及其时代，而对失落了"总体性"的小说及其诞生的时代进行了批评，贯穿着作者对文学艺术类型普遍辩证法的探寻，或者说是对文学艺术历史经验总体的寻找。

根据卢卡奇的自述，他写作《小说理论》（最初只是一篇论文，于1916年发表在《美学和一般艺术哲学》杂志上，1920年出版单行本）的契机是1914年"一战"的爆发，他对这场战争及当时的资产阶级社会均持强烈拒斥的态度，与此同时开始以哲学家的视角来思考西方文明自身的痼疾，并且在精神科学领域中将黑格尔的哲学具体运用于美学问题。因此，他写作时心境沉郁绝望，提出的问题也是极其严肃的。

希腊文化或希腊精神，在卢卡奇眼中既完美又陌生，它既是自然统一的整体，又是为个别现象赋形的居先者，产生于"知识就是美德、美德就是幸福的地方……美使世界的意义变得显而易见的地方"。[1]这让我们联想到柏拉图《美诺篇》中关于美德是否为知识的深入讨论，《会饮篇》中最高的美——美的理念本身即为真与善的统一体，以及亚里士多德《尼各马可伦理学》中对于幸福的经典定义：幸福是灵魂合于完美德性的实现活动。

卢卡奇将希腊文化的发展看成是一部历史哲学，提出希腊文化发展的三阶段论：希腊文化经过史诗、悲剧与哲学依次发展的三个阶段，我们精神生活的原型地图才得以绘成，生活的本质问题方清晰可见。为三个阶段命名的三种文化形式，共同特征是总体性、超验性与内在性，表现为：反映生活世界的总体，彰显经验生活的内在意义，探讨共同体（Gemeinschaft）的命运等等。

卢卡奇将自己身处的时代看成是世界整一面貌被撕裂，艺术诸形式不再受一般性原则统摄的时代。在这个时代，史诗消失了，取而代之的是小说，"对这个时代来说，生活的外延整体不再是显而易见的了，感性的生活内在性（die Lebensimmanenz des Sinnes）已经变成了难题"。[2]这并不意味着总体性信念的丧失，正相反，小说也使自己达到一种总体，看到并塑造出一个同一

---

1 捷尔吉·卢卡奇：《小说理论》，燕宏远、李怀涛译，北京：商务印书馆，2012年，第25页。
2 捷尔吉·卢卡奇：《小说理论》，第49页。

的世界，但在卢卡奇看来，这个世界宛如抽象概念的系统，是一种纯粹形式上的统一，原因在于它反映的不是生活之总体，而是对同一总体的主观方面。

在"统一的文化"这一理念的指引下，卢卡奇细致研究了塞万提斯在《堂吉诃德》中对当时诸骑士小说的戏仿与反讽，分析了福楼拜在《情感教育》中对时间体验的理解与把握，探讨了歌德《威廉·迈斯特的学习时代》中理想个人与社会现实的和解问题，概括出三种小说类型：理想主义、浪漫主义、前二者的综合，并且在对19世纪俄国文学（以托尔斯泰与陀思妥耶夫斯基为代表）进行考察的基础上提出，小说作为现代社会的典型艺术形式，能够揭示生活中隐藏着的总体性，且蕴含着重构古希腊那种总体性文化的潜能。

布洛赫的"更美好生活的梦"

在布洛赫的描述中，"更美好生活的梦"（die Träume vom besseren Leben）是朝向未来的梦，这个"梦"是复数形式，表明人们关于更美好生活的设想不止一种，并且每个人在不同阶段的美好生活的梦也迥然相异。他着力探寻的是，美好生活、未来和乌托邦这样一些概念，如何在一般意义上与个体的存在产生内在关联，并且创造性地将"尚未"（Noch-Nicht）置于这一关联的中心。在他看来，马克思主义哲学是一种"未来哲学"，即在过去中蕴含着未来的哲学，其标志为"尚未"。

在此基础上布洛赫指出，马克思所开启的新哲学——未来哲学，是可能存在的、更美好的生活的根基，因为它充满生命力并尊重历史，抓住未来趋势且献身于创新的理论和实践。与之相对，黑格尔的辩证法受制于柏拉图的"回忆"说——与过去相联系但与未来相距甚远。在布洛赫看来，马克思在德国古典哲学的基础上，重新确立"变化的激情"，并且放弃了"直观与阐释"的理论，打破了过去与未来之间的隔阂，让未来在过去之中变得可见，使已经完成的过去出现在未来之中。因而他运用马克思主义的批判视角，去观省人生不同阶段的"更美好生活的梦"，并追问一般意义上的个体与美好生活的内在关联。

布洛赫观察到，童年到少年时期"更美好生活的梦"是去体验对他们而言并非清晰可见的、充满奇异色彩的外部世界。这一时期"更美好生活的梦"的变化，体现出人在成长过程中自我意识的逐步觉醒，这种觉醒让他们更愿意去拥抱奇异陌生的外部世界，同时更容易与熟知的世界发生决裂，从追求消极自由过渡到积极自由。不论成败与否，积极进取的愿望颇为值得肯定。

青年到中年时期"更美好生活的梦"是人生成熟期的梦。成熟之处体现在，这一时期人们开始对愿望设定范围，即所憧憬的是过去可能及应当实现的愿望，很明显这些愿望来自于某种遗憾或事与愿违。所以，这种梦更多的不是培育未来的美好生活，而是通过想象可避免损失的那个瞬间，来填补那些可能发生却最终擦肩而过的美好生活。成年时期"更美好生活的梦"在资产阶级小市民那里体现为：由于自己未能成为剥削者，而将对自身无能的愤怒报复在犹太人身上；沉溺于对物欲的追逐和满足，梦想着拥有橱窗中昂贵的陈列品，或者在异国纵情享乐。

老年人"更美好生活的梦"则是一种舒适安逸的宁静生活。年老之时，人往往会感到身体机能日渐衰退，因此万念俱灰、闷闷不乐、怨天尤人、吝啬自私等消极心态油然而生，并且在胸中长久萦绕。对此，布洛赫提出的建议是将目光从末日移向硕果累累的收获。在他看来老年阶段可以体验各种幸福的结局，如：充沛的学识可以让老年期过得像采葡萄、酿葡萄汁时期一般充实，奉献而非索取可以让老年人生活得更加舒适。

在探讨如何满足老年人最一以贯之的愿望——"宁静地生活"时，布洛赫强调，社会主义社会较之晚期资本主义社会，可以更好地实现老年期的美好生活。他将社会主义理想的实现作为老年人过上美好生活的客观条件，并预见，社会主义社会的老年人能够拥有丰富的精神生活、高雅的旨趣和达观的态度，即人的本质存在与美好生活的理想具有内在的统一性。

3 霍克海默与阿多诺的"文化工业"

法兰克福学派的代表人物霍克海默与阿多诺在其合著的《启蒙辩证法》一书中提出与"大众文化"相对应的"文化工业"概念。简而言之，"文化工业"是一种自上而下利用现代技术手段将文化产品标准化、商品化、娱乐化的生产机制。阿多诺和霍克海默亲历了20世纪中期德国法西斯的国家社会主义和美国资本主义，他们借助"文化工业"概念，批判为大众消费量身定做的控制性文化。文化工业在某种程度上能填补人们空虚的精神世界，但其实质是制造一种虚假的满足感并让人沉沦其中。

"文化工业"的特征

何谓"文化工业"？《启蒙辩证法》中有一章题为"文化工业：作为大众欺骗的启蒙"，通篇仅有关于文化工业的片段性描述，而没有确切的定义。这里将其总结为：一种用带有娱乐成分的文化产品对大众进行控制和迷惑的生产机制。文化工业与文化的大批量生产紧密相关，实际上是一个带有讽刺意味的概念，意指工业化、批量化的精神活动。在工业化生产模式下，大批量、伪个性的文化产品被制造和消费，从而将大众控制在一种越来越盲目的状态之中。

阿多诺在《再论文化工业》这篇文章中，详细地论述了文化工业的诸多特点：第一，系统性。文化工业的所有部门都为大众量身定做，而各个部门之间相互适应，构成一个几乎没有缺陷的系统。这一方面得益于日新月异的科学技术，另一方面得益于经济和行政上管理的集中。第二，控制性。文化工业自上而下有意识地整合它的消费主体，将高雅艺术与低俗艺术强行结合。大众是被算计的对象，是机器的附属物，其影响通过"大众传媒"的确立来确立，大众传媒强化他们被给予、被假定的心理，广告就是控制人最好的媒介。第三，标准化或伪个性化。"工业"这个词本身就很容易让人联想到"规格"和"标准"，阿多诺举例，经常看电影的人会发现，电影的制作过程即传播技术合理化的过程。每一个文化工业产品都好像是有个性的，但个性本身却为意识形态服务。文化工业所使用的传播技术和机械复制技术，总是外在于它的对象，并且已被标准化，因此，在文化工业中，个性就是一种幻象。

"文化工业"中的艺术

阿多诺从一开始就对艺术提出了明确的要求：艺术应具有超越现实的要素，为人们现实当中无法安放的灵魂提供家园。他评价勋伯格的《月光下的皮埃罗》（Pierrot Lunaire）是"为我们灵魂无家可归的状态而吟唱"。[1]当他身处美国爵士乐氛围中，内心对古典音乐的缅怀油然而生。他看到在文化工业的主宰下，艺术不仅与真理无涉，甚至成为商业用来哗众取宠的工具。

于是，阿多诺站在批判现实的立场上，持一种非同一的、在风格上实现一种自我否定的艺术观："所有伟大的艺术作品都会在风格上实现一种自我否定，而拙劣的艺术作品则常常要依赖于与其他作品的相似性，依赖于一种具有替代性特征的一致性。"[2]阿多诺在《美学理论》中更是主张，艺术作品是靠否定其起源而称为艺术的，这意味着艺术的本意在革新，一种立足于自身的革新；艺术不是靠一种永恒不变的概念范畴被一次性界定的，每件艺术作品都是艺术观念运动过程中的一个瞬间，而艺术有史以来如同瞬息万变的星座（Konstellation）。总之，在阿多诺看来，艺术在现存社会中应具有自律的、否定的特性。真正的艺术既抗拒现存的秩序，同时又提供一种新形态

---

1 西奥多·阿多诺：转引自《法兰克福学派：历史、理论及政治影响》（上），罗尔夫·魏格豪斯著，孟登迎等译，上海：上海人民出版社，2010年，第90页。

2 马克斯·霍克海默、西奥多·阿多诺：《启蒙辩证法》，渠敬东等译，上海：上海人民出版社，2006年，第117页。

超越现实的因素。艺术的使命在于破除那些占支配地位的意识形态和日常经验。艺术应引人思索，激发人的创造，既产生于现实又拒绝以同一的姿态去肯定现实；它追求非现实之物，因而具有异在性、超前性、否定性、超越性。

在文化工业的控制下，艺术丧失自主性，沦为商品。阿多诺指出，艺术在现代社会已经完全将自己与需求等同起来，与一般商品无异，以欺骗为手段，让人无法摆脱一切以效用为准的原则。[1]他在《论音乐的拜物教性质和听觉的堕落》中，批评流行音乐导致音乐感知能力的退化。他敏锐地指出，流行音乐被无可救药地标准化了，它们的曲调基本如出一辙，为的是迎合听众早已形成的习惯。文化工业将流行音乐陈腐的因子巧妙隐藏，用虚假的创新和个性加以包装，艺术本应具有的自律性和否定性，成了来自审美乌托邦的遥远回响。

4　本雅明的"救赎批评"

20世纪20—30年代，本雅明发表了一系列文艺批评著作，具有代表性的有《陀思妥耶夫斯基的〈白痴〉》（1921年）、《论歌德的〈亲合力〉》（1924—1925年）、《普鲁斯特的肖像》（1929年）、《卡尔·克劳斯》（1931年）、《卡夫卡——纪念卡夫卡逝世十周年》（1934年）、《讲故事的人——尼古拉·列斯科夫作品沉思录》（1936年）、《爱德华·福克斯：收藏家与历史学家》（1937年）、《论波德莱尔的几个主题》（1939年）。这些以作家、作品为主体的文艺批评，理论视角独特、观点新颖，可视为本雅明美学思想的重要组成。《论歌德的〈亲合力〉》在这些文艺批评当中颇具代表性。对于本雅明而言，《亲合力》（*Die Wahlverwandtschaften*）是问世一百多年、经过批评洗礼的经典文本，他重新审视历史上批评家们对《亲合力》主题的分析，最终将其主题判定为"救赎"，并且提出了极富创见的"救赎批评"方法。

作为文艺批评方法的"救赎"

"救赎"（die Erlösung，或译为"拯救"）一词，本意是通过死亡来获得永恒生命；将这一概念纳入文学批评领域可理解为：由于"真理内容"（der Wahrheitsgehalt）在作品中经常是隐而不显的，因此在分析过程中需要适当地去"剥除"遮蔽它的"事实内容"，故"救赎"在隐喻的层面，成了这一批评方法的显著特征。

---

1 参见马克斯·霍克海默、西奥多·阿多诺：《启蒙辩证法》，第143页。

"救赎批评"其实具有早期浪漫派艺术批评概念"内在批评"（Immanente Kritik）的某些印迹。本雅明在《德国浪漫派的艺术批评概念》（Der Begriff der Kunstkritik in der deutschen Romantik）中谈到以施莱格尔和诺瓦利斯为代表的浪漫派的艺术批评观念：小说与艺术作品一样，都是以某个理念为基础的，理念是批评的源头。"内在批评"的尺度是"反思"（die Reflexion），批评家从作品内部固有的批评萌芽出发，将其自身所包含着的自我认识与判断呈现出来，从而使作品内部并不显豁却最为核心的意识得到强化。

　　但是本雅明并未局限于早期浪漫派的批评方法，而是将其转化为"救赎批评"。"救赎批评"包涵两个关键环节："批评"（die Kritik）与"评论"（der Kommentar）。本雅明在《论歌德的〈亲合力〉》一开头就为"批评"和"评论"作出区分，"批评"追求的是艺术作品的"真理内容"，而"评论"则追求作品的"事实内容"。表面上看，"真理内容"与"事实内容"截然分离，实际则统一于作品，它们之间的关系决定着文学作品的规律："作品的真理内容愈是意味深长，它就愈是含而不露，并紧密地与事实内容系在一块。当那些传世之作的真理内容逐渐沉入到事实内容的最深处，那么在传世过程中，作品中的事实内容就会变得越发的清晰……"。[1]由此可见，"真理内容"与"事实内容"在开始时统一于作品，但随着作品的流传而逐渐分离，并且，"事实内容"越是显豁，"真理内容"在作品中就越是隐晦。但是，小说晦暗不明的"真理内容"总还是会在"事实内容"中呈现，因此艺术批评不能仅停留在撩起"事实内容"这层面纱（Hülle）上，而是要精确地认知这层面纱。

　　因而，批评家拯救作品"真理内容"的第一步，是要先了解它的"事实内容"。本雅明将批评家比作面对羊皮纸的古文字学家，古文字学家必须首先阅读羊皮纸上经过描摹的文字，而批评家也必须先看评论的文字，即小说的"事实内容"，它实际上是艺术作品的外部表现（der Schein），由此才可找寻到"真理内容"——艺术作品的灵魂。

　　作品当中具有生命力的东西才是批评家的拯救对象，而不是像评论家那样只关注分析事实的构成、为作品提供必要的注解："如果将在历史中长成的作品比作燃烧的柴堆，那么评论者就是化学家，批评家则等同于炼丹术士。对于评论家而言，他所要分析的遗留物是木柴和灰烬；而对于批评家而言，火焰自身中保存着生命力的秘密。他所追寻的金丹——真理，在过去厚

---

1 W. Benjamin, "Goethes Wahlverwandtschaften", *Walter Benjamin Gesammelte Schriften Band I. 1*, Frankfurt am Main: Suhrkamp Verlag, 1974, p.125.

重的柴堆和余烬之上继续燃烧，闪耀着具有生命力的火焰。"¹ 可见，拯救"真理内容"的关键步骤是"作品的损毁"，即作品在成长中（流传过程中）燃烧掉的那些作为外部表现的"事实内容"，唯有损毁了无价值之物才能得到真理的金丹。

批评的任务是找到作为作品"真理内容"的问题范式，也就是将作品的精髓，那种深不可测的、神秘的、诗意的内涵从一大堆"事实内容"里拯救出来。如此，小说的文本结构、寓言形式就成了探索"真理内容"的第一向导，阐释作品依靠的是内在阅读，而无须借助外在的标准。

作为小说主题的"救赎"

本雅明在"救赎批评"当中，将小说的"事实内容"逐层剥开，最后揭示出《亲合力》的主题是"救赎"。他首先将小说对婚姻的表达与康德在《道德形而上学》中对婚姻的定义，以及莫扎特歌剧《魔笛》所描绘的"夫妻之爱"略作对比，发现歌德并没有更加接近婚姻的"事实内容"，并提出"神话式的东西"（das Mythische）才是小说的"事实内容"。

本雅明将"婚姻"排除出《亲合力》的"事实内容"，理由是小说中没有关于婚姻的伦理力量和社会力量的痕迹显露。在本雅明看来，歌德是想表现婚姻在衰败时从内部产生的力量，这无疑是律法的神话式的力量，婚姻在这神话的权柄当中只是一项它所不能隐藏的衰落的执行。² 也仅仅在这一点上歌德才触及到了婚姻。但是歌德并没有要去讨论婚姻的道德、法律基础，因为在这部小说当中，有关社会、伦理等世俗问题一直未曾出现，既没有来自上层社会对夫妻二人移情别恋的指责或嘲笑，也没有来自内部的激烈斗争，有的只是在命运的重压下人物内心的挣扎。

在排除掉《亲合力》的题材是婚姻之后，本雅明进而指出，歌德是以"神话式的东西"作为小说的基础，也即"事实内容"。小说中的人物超越世俗的行迹，其根据并不是内在精神本质的调和，而唯独是深层自然与历史的和解，他们身上的罪责无一例外地与命运相关，整部作品充满了死亡的预兆。³ 在本雅明看来，《亲合力》中人物所要反抗的深不可测的力量，正是来自神话世界的律令，而婚姻只是这种神话囚禁的象征，唯有通过死亡才能超越来自神话世界的命运的符咒，也即获得"救赎"。

歌德本人在谈到这部小说时提到情感与道德，可是在本雅明那里，了解

---

1 W. Benjamin, "Goethes Wahlverwandtschaften", *Walter Benjamin Gesammelte Schriften Band I. 1*, p. 126.

2 W. Benjamin, "Goethes Wahlverwandtschaften", *Walter Benjamin Gesammelte Schriften Band I. 1*, p. 130.

3 W. Benjamin, "Goethes Wahlverwandtschaften", *Walter Benjamin Gesammelte Schriften Band I. 1*, pp. 140-141.

一部作品的"真理内容"不能对作家的言论马首是瞻，作者会为了避免同时代人的批评、责难，在公开的声明里隐藏作品的"真理内容"。本雅明倾向于从作品的内部结构出发来揭开谜底，他认为《亲合力》当中一段构思精巧的中篇故事《奇异》（*Wunderlich*），与长篇故事相呼应，这篇描写邻家恋人战胜了死亡的考验，最终喜结良缘，并与家人达成和解的故事，与长篇故事的"救赎"主题是对应的，它们是一悲一喜的对应，是女主人公反抗和屈从命运的对应，是主人公自动走上祭坛与拒绝献祭的对应，最终是绝望与希望的对应。

本雅明认为，《亲合力》这部作品展示了歌德晚期的生活及其本质，其中最重要的一点就是：歌德崇敬自然的力量，并对死亡怀有深深的恐惧。因而他终其一生都在寻求救赎，一边对死亡讳莫如深，一边怀着对于"不死的可能"（Nicht-Sterben-Können）的向往和憧憬。于是他虚构了一个表面上与宗教献祭相关联的故事，但是其中包含着救赎的愿望，由此引出"救赎"主题为小说的"真理内容"：

> 悲剧的因素仅仅存在于戏剧当中，也就是在进行表演的人物那里，而从不会在一个人的生活当中，至少不会在歌德宁静的生活里，这里鲜有戏剧化的时刻。对于这样的生活来说，就像每一个常人的生活那样，有价值的不是悲剧英雄在死亡中获得自由，而是在永恒生命里的救赎。[1]

这里的"救赎"显然包涵着神学寓意，即面向未来的人的拯救。在本雅明看来，歌德将自己获得救赎的愿望寄寓在了小说当中，小说也就成了作家本质生活的一种表达。对于小说的"真理内容"——"救赎"主题而言，它是从"事实内容"——"神话式的东西"当中剥离出来的，主人公奥蒂莉的死被理解为神话似的牺牲，一方面她臣服于命运的力量，另一方面死亡使她的罪过得以消弭，从而获得永恒生命的拯救。

总之，本雅明正是借助"拯救批评"方法，最终将歌德《亲合力》的主题判定为"救赎"，从而将"真理内容"从一片与世俗的和解声中拯救出来。[2]本雅明将文学批评比喻为音乐，将文学作品比作神话，认为文学批评若没有寻找到神话中的秘密，即便是伟大的作品也只能陷入永恒的沉默。可见，文学批评是通往本雅明美学思想的必要中介，而不能简单理解为本雅明美学思想的来源与印证。

1 W. Benjamin, "Goethes Wahlverwandtschaften", in *Walter Benjamin Gesammelte Schriften Band I. 1*, p. 154.
2 W. Benjamin, "Goethes Wahlverwandtschaften", in *Walter Benjamin Gesammelte Schriften Band I. 1*, p. 201.

三 结语

本章所论的马克思主义主要是指经典马克思主义，即马克思、恩格斯本人的哲学思想；西方马克思主义则是指在马克思、恩格斯的理论启发下，在两次世界大战的现实影响下，自20世纪20年代起在西欧出现的马克思主义思潮，在理论宗旨上不同于苏联的马克思主义。因此，马克思主义文艺理论与西方马克思主义文艺思潮之间是一种源与流的关系。西方马克思主义文艺理论家，或从马克思、恩格斯关于美学、艺术的评述中提取出系统性的文艺、美学观点，或直接从其哲学、政治经济学构架出发把握新出现的文艺、美学问题，衍生出符合马克思主义核心思想的文学或艺术理论。

值得注意的是，西方马克思主义并不是指在一个明确的时间段，或特定的地理区域出现的理论、思潮、流派。如果我们以第二次世界大战为分界，在此之前西方马克思主义的重要代表人物有卢卡奇、布洛赫、科尔施、葛兰西，他们一般被称为人本主义的西方马克思主义者。第二次世界大战之后，西方马克思主义逐渐形成百花齐放的发展态势，如法国哲学家阿尔都塞的结构主义的马克思主义、法国存在主义的马克思主义、德国以社会批判理论著称的法兰克福学派、以文学批评著称的英国伊格尔顿的马克思主义，还有以巴迪欧、齐泽克为代表的当代欧陆激进左翼的马克思主义等。

西方马克思主义的文艺批评整体上具有深邃的人文关怀与思辨特质，对资本主义社会的批判更多地从政治、经济的层面深入到文化的层面。20世纪西方马克思主义的文艺思潮有着共同的理论源泉，即以马克思和恩格斯的哲学及文艺思想为基本内涵或研究起点，但是西方马克思主义也并非铁板一块，即便在颇具代表性的法兰克福学派内部，也有着不同的理论主张与研究方法。因此可以说，西方马克思主义的文艺批评范式不是单数而是复数，并且可作为始终敞开着的、不断生成的理论矩阵，在对话与修正中不断演进，甚至重建，显示出内在的创造力和批判的张力。

思考题：

1 如何理解经典马克思主义与西方马克思主义之间的关系？

2 马克思、恩格斯的文艺思想对20世纪西方马克思主义文艺理论思潮提供了哪些启示？

3 如何评价马克斯·霍克海默、西奥多·阿多诺的文化工业理论及其当代价值？

4 如何看待瓦尔特·本雅明作为文学批评方法的"救赎批评"？

第十二章

从结构主义到后结构主义

一　结构–后结构主义文论的概述与背景

出现在 20 世纪六七十年代的结构–后结构主义文论，是法国知识生活史上一笔光彩夺目的遗产，也是理论的"黄金时期"。[1]其内涵丰富而深刻，既挑战了传统现实主义文论，颠覆了整个传统文学观念，同时还影响了当代人文思想与社会科学领域，"无可逆转地改变了我们对人类的理解"。[2]

结构–后结构主义文论虽然并非法国所专有，但代表性人物和影响均在法国。其发展态势呈现为以法国巴黎为核心，迅速席卷欧美其他各国。从 20 世纪 50 年代中期到 60 年代中后期，克洛德·列维–斯特劳斯（Claude Lévi-Strauss, 1908—2009）的结构主义人类学，罗兰·巴特（Roland Barthes, 1915—1980）、茨维坦·托多罗夫（Tzvetan Todorov, 1939—2017）、热拉尔·热奈特（Gérard Genette, 1930—2018）、茱莉亚·克里斯蒂娃（Julia Kristeva, 1941—）等的符号学和叙事学理论，雅克·拉康的结构主义精神分析，路易·阿尔都塞的结构主义马克思主义等，共同推动了结构主义超越传统学科领域的限制，在人文社会科学领域强劲有力地传播。然而到了 20 世纪 60 年代中后期，尤其是从 1967 年开始，结构主义自身的理论困境和局限性开始暴露无遗。以雅克·德里达为代表的解构主义风潮蓬勃兴起，诸多结构主义文论的主将如罗兰·巴特、茱莉亚·克里斯蒂娃等，纷纷转向，寻求超越结构主义的新路径，后结构主义文论登上历史舞台的中心。

法国结构–后结构主义文论是一个通称，既指结构主义文论探索，也指后结构主义理论家对其进行的反拨与拓展。"结构–后结构主义"中间之所以用"–"连接，在于这种研究范式的转变，是结构主义按照自身逻辑发展的必然结果，法国大部分的结构主义者都自觉或不自觉地转向后结构主义。若差异是结构主义最根本的原则，那么结构主义向后结构主义的推进，本身就是结构主义自身逻辑发展的结果。

---

1 特里·伊格尔顿：《理论之后》，商正译，北京：商务印书馆，2009 年，第 9 页。
2 弗朗索瓦·多斯：《结构主义史》，季光茂译，北京：金城出版社，2012 年，第 8 页。

结构-后结构主义文论的兴起有其深远的社会政治和思想文化背景。从
20 世纪 50 年代中后期开始，人的意识是否能成为一切文学活动和哲学活动
的出发点，成为知识分子圈争论不休的问题。存在主义思潮的代表人物萨特
在《什么是文学？》（*Qu'est-ce que la littérature?*）一文中号召建立一种回应
现实政治与社会、具有感召意识的"介入型文学"（littérature engagée），[1]
但这一时期的知识分子普遍对"介入"的观念持怀疑乃至反对态度，因为他
们发现自身根本无法介入政治与社会，无法解释西方世界出现的各种社会问
题。知识分子这个群体不再被允许在所有的领域发表见解，批判意识日益萎
缩，介入政治的富有意义的出路被阻止，幻灭感在 20 世纪后半叶逐渐加深。
以文学的形式主义为核心的结构主义紧跟在存在主义之后，作为一种与前者
相对的革命性理论范式异军突起。

结构主义讨论"功能""符号系统""意指作用""共时性关系"等
概念，对存在主义一些基本概念如"主体""历史性""自我意识""存
在""本质"等提出反驳。"人们不敢再提出有关人的本质的问题，而是把
注意力集中到他在某种文化体和亚文化体范围内的特殊功能。历史模式，在
很大程度上被一种科学模式，特别是理论系统模式所取代。"[2]

从全世界范围来看，20 世纪六七十年代是罕见的社会运动和转型的活跃
期。此时美国社会正处在混乱和变革中，嬉皮士运动、女权运动的浪潮一次
次袭来；日本的青年们正上街游行，极左翼的青年成立了"赤军"。法国社
会则危机重重：戴高乐政府控制法国政治局势，实行"帝王式总统制"；消
费社会来临，无处不在的"物"充斥整个世界，人成为物的附属品；大学扩
招导致就业压力；快速发展的高等教育与枯燥乏味、令人窒息的课程之间的
矛盾，令法国青年人极度压抑，苦恼不堪，青年人对日常生活变革的需求与
参与政治生活的新路径受到严重阻碍。在这种矛盾与冲突相互激发、重叠、
交织的社会背景下，哲学、文学、艺术等与政治生态互动活跃，多种多样的
社会思潮竞相登场，新观念、新思想纷纷争夺话语权，结构-后结构主义理
论活动在这一阶段一跃成为知识时尚，占据首屈一指的位置。

1 Jean-Paul Sartre, *Situations II: Qu'est-ce que la littérature?* Paris:
Gallimard, 1948, 中译本参见《萨特文集 7：文论卷》，施康强
译，北京：人民文学出版社，2000 年，第 94—321 页。
2 J. M. 布洛克曼：《结构主义：莫斯科—布拉格—巴黎》，李幼
蒸译，北京：中国人民大学出版社，2003 年，第 2 页。

1967年伦敦街头的嬉皮士

结构主义蓬勃发展的时代，语言学成为领先学科，占据原创模型的位置，带领社会和人文科学逐步获得一种科学性。斐迪南·德·索绪尔的著作《普通语言学教程》（*Course in General Linguistics*, 1916）为结构主义思想的推演提供了思想模型和知识模型。索绪尔认为语言是一个符号系统，这个系统应该被"共时地"（synchoronically）研究，即将其作为时间截面上的一个完整的系统而不是从历史发展角度去研究；每个符号均由能指和所指组成，二者之间的关系是任意的，是约定俗成的结果，符号的意义来自符号系统内部的差异与对立；意义并非神秘地内在于符号，它只是功能性的，是符号与其他符号之间的区别的结果；语言学研究的对象不是人们使用语言实际所说的内容（言语行为），而是使得人们的言语从根本上成为可能的客观的符号结构，即作为系统、体制与规范的语言。

索绪尔的结构语言学理论成为结构主义批评家理论路径、对象和假设的基本出发点。结构主义专注于考察结构借以工作的种种一般规律，文学作品成为一种建构，其种种机制能像其他科学的对象一样被归类与分析，而文学作品的意义是一些共享的表意系统的产物，结构分析以描述一个文学作品潜在规则系统的特点为目标。然而，索绪尔的方法遮蔽了语言研究中同等重要的历史或者历时的维度，历史与主体均被置于括号之内。后结构主义文论家对封闭结构中被排斥的主体、历史的重新关注，是对结构主义文论的拓展和反拨。

从结构主义的发展史来看，法国结构主义文论是俄国形式主义与布拉格结构主义在逻辑层面的延伸，如布洛克曼所言，"莫斯科和圣彼得堡、布拉格、巴黎，是结构主义思想发展路程上的三站。"[1] 1920 年雅各布森移居捷克斯洛伐克后，于 1928 年成立布拉格语言学派，随后一年提出了著名的布拉格学派"提纲"。学派的代表人物雅各布森、穆卡洛夫斯基、特鲁别茨科伊等在阐释形式主义者观点时，将诸多观点如功能系统，结构语音学等在索绪尔语言学框架下进一步系统化，"结构"的基本概念才出现，这一站代表着从俄国形式主义向现代结构主义的过渡。1942 年，人类学家列维–斯特劳斯与雅各布森在美国纽约相遇，成为现代结构主义理论真正的滥觞。1962 年列维–斯特劳斯《野性的思维》一书出版，其中末章《历史与辩证》与萨特在《辩证理性批判》中的观点针锋相对，对萨特进行猛烈抨击，引起巴黎学术圈的巨大震动，这标志着结构主义取代存在主义，在法国正式登上历史舞台中心，结构主义思想的核心已迁移至法国。

二 代表人物及其核心理论

1 列维–斯特劳斯的"神话素"与"二元对立"的结构分析法

列维–斯特劳斯是 20 世纪最富有成果的人类学家之一，结构主义人类学的开拓者，积极倡导将语言学的研究方法和概念应用于人类学研究，对社会科学和人文科学中结构主义的兴起产生了巨大的推动作用。列维–斯特劳斯与语言学家雅各布森上世纪 40 年代在纽约相遇，受到后者讲授语音和意义的课程启发，从语音学中借用模型，抽取某些基本原则，将其应用于复杂的社会领域。正是从列维–斯特劳斯开始，结构人类学家沿着结构语言学开辟的道路，不再对语言进行历时性的阐释，而是将语言的复杂材料分解成有限的几种音素，用这种方法处理在原始社会中发挥作用的深层系统问题。

1962 年，列维–斯特劳斯与雅各布森发表了一篇对夏尔·波德莱尔的

---

1 J. M. 布洛克曼：《结构主义：莫斯科 — 布拉格 — 巴黎》，第 21 页。

诗《猫》（Les chats）的分析，这篇文章成为结构主义批评实践中的经典之作，显示了结构主义式批评可以做得如何精巧细腻。在这篇文章中，两人对这首小诗进行形式分析，谈对称、平衡、音素重复变化所产生的效果，认为语音作为文学作品的第一层次，是以一定的结构形成的。这两位理论大师通过分析，认为这首小诗的语义层面几乎天衣无缝，环环紧扣，以中间两行为枢纽，呈现出一系列的对立和呼应。整篇文章从诗的语义层、句法层和音位层发掘出众多对等和对立，这些对等与对立可以延展到种种个别的音素。其实早在《结构人类学》一书中，列维-斯特劳斯已经对神话进行过结构分析，其研究思路和具体操作方法，与对《猫》的文学形式批评异曲同工。

《结构人类学》中的文章《神话的结构》为如何应用结构分析方法提供了具体有效的实例。与俄国形式主义文论家弗拉迪米尔·普罗普很相似，斯特劳斯并不考察完整、统一的故事本身，而是专注于叙事中最小的结构单位——神话素。分析每一个个别的神话，将故事分解成神话素，是结构分析的第一步。但神话素与语言的基本单位—音素并不相同，"我们把那些纯属神话的成分叫做大构成单位（它们也是所有成分当中最复杂的）。怎样识别或者分离出这些大构成单位或者说神话素呢？我们知道它们不可以跟音素、词素和义素等量齐观，而只能在一个更高的层面上找到；否则神话就会跟任何其他的话语没有区别了。所以应当在语句的层面上寻找它们。"[1] 简言之，从叙述中被切割的尽可能短的句子即神话素。将这些被分割的神话素按照历时和共时的原则分别加以纵横排列和比较，以便找出它们共同的关系束，是结构分析的第二步。"真正构成神话的成分并不是一些孤立的关系，而是一些关系束，构成成分只能以这些关系束的组合的形式才能获得表意功能。"[2] 当神话素被以种种特定的方式（关系束）组合在一起，意义才可能产生。列维-斯特劳斯将潜含在神话中的各种相关系统组织成各种符码，每个符码各个组成元素之间的关系都与其他符码各个组成要素的关系相互关联，组合成一种复杂的相关模式，并具有各种不同的关系层次：比如元素之间、符码之间、同一神话的各个情节片段之间以及神话之间所形成的关系。

神话作为一种以口头方式传播并在文化意义上选择的叙事方式，可以为我们透视人类思维的"集体无意识"提供一个与众不同的视角。结构分析最核心的步骤则是将这种组合现实材料的方式寻找、合并和还原为二元对立关系，人类通过调解这些二元对立关系来看到神话的深层结构，从而来研究人类思维活动规律。在形形色色的各类神话下面，存在着某些永恒的普遍结

---

1 克洛德·列维-斯特劳斯：《结构人类学》，张祖建译，北京：中国人民大学出版社，2006年，第225页。
2 克洛德·列维-斯特劳斯：《结构人类学》，第226页。

构，任何个别的神话都可以还原成为这些结构。换言之，支配神话素组合的种种规则，是一种语法，即叙事表层之下的一组关系，构成神话的真正意义。这些关系，在列维–斯特劳斯看来是内在于人类心智本身的，所以对神话的研究，并不在于它的叙事内容，而是注意连接着这些叙事内容的普遍精神活动，比如二元对立，是人用于思维的手段，是分解与组合现实材料的方式。

列维–斯特劳斯把神话研究融入一个符号系统，通过把神话分割成神话素，并将其置入范式之类，旨在从内部破解神话话语，从而强调系统、结构、建构这些观念的重要性。他关注的重心并不是神话交流和发挥功能的环境，而是旨在通过对某一类神话的研究，找到它们的共同结构。神话结构最终指向的是人类的心智和普遍的精神活动。

早期《神话的结构》中，列维–斯特劳斯是运用语言学中音位学的方法，识别并确定神话的构成成分，旨在发现每一神话内部或背后存在的二元对立关系模式，而在四卷本《神话学》中，他则通过各种神话的比较，解释神话所运用的一些习俗准则的内在逻辑。例如在《神话学：生食与熟食》一书中，他试图以生的与煮熟的、新鲜的与腐败的、湿的与干的等对立的烹饪及感官特质建立一套严谨的逻辑架构。

> 本书旨在表明，一些经验范畴，诸如生和熟，新鲜和腐败，湿和干等等，虽然只能凭借种族志观察，且每每得采取一种特定文化的观点，方可精确地加以定义，却仍可用作概念工具，借以澄清一些抽象概念，把它们结合成命题。[1]

神话所具有的形式结构呈现出原始人类从自然到文化的过程。例如，食物在所有的文化中都占有重要地位，"生/熟"对立在原始社会中是一个根本性质区分的问题，这一对立在发展程度高的文明中同样存在、列维–斯特劳斯的结构主义利用食物的"生/熟"二元对立来进行神话的结构研究。"生/熟"这个对立项是在神话中一再出现的主题，"生"属于自然的范畴，"熟"属于文化的范畴，这两个范畴的差异及变换以火的发现为指涉的焦点。建立在生与熟之上的轴线，标志着从自然向文化的过渡，烹调使生的东西完成向文化的转化；而"新鲜"和"腐败"的对立则建立在新鲜与腐烂的轴线上，标志着向自然的回归，原因是腐烂的过程帮助完成从文化向自然的转化。他还发现了下列层次上各对立项的对应关系：在食物层次上是"生/熟"，在社会层次上是"自然/文化"，在宗教层次上是"世俗/神圣"，

1 克洛德·列维–斯特劳斯：《神话学：生食与熟食》，周昌忠译，北京：中国人民大学出版社，2007年，第7页。

乃至在声音层次上是"静默/音响"。在《神话学》的第二卷《从蜂蜜到烟灰》[1]中,他通过对神话进一步的结构分析,认为神话思维可以超越经验和抽象的层面,即从可感觉的物质品质"生和熟、新鲜和腐败、湿和干"之间的对立,转向形式的范畴如"虚空和充实、容器与内容、内与外、包含和排除"之间的对立。这种讨论有助于把握人类思维活动的本性与发展,列维–斯特劳斯将这种二元对立使用于更为复杂的人类思想层面,在讲述复杂的神话故事时,挖掘隐藏层面上的一层潜在意义,这层潜在意义正是在不同的对立组合中生成的。

总体而言,列维–斯特劳斯通过发展索绪尔的结构主义语言学,破译神话的结构及其意义,体现了结构主义方法以二元对立关系来运作的特色。对神话的结构分析,促成了神话研究的系统化与科学化,神话的结构研究强调拆解后的成分、要素在组合关系中产生整体的意义,并且往往引起整体结构的变化,对后来的结构主义文论产生了示范性影响。

2 罗兰·巴特:从"结构主义活动"到"可写文本"

罗兰·巴特被弗朗索瓦·多斯在《结构主义史》中称为"结构主义之母",他既是结构主义大潮中神话般的人物,结构主义的风向标和化身,又是结构主义向后结构主义过渡的旗手。他运用索绪尔的语言学理论研究语言自身之外的种种事物与活动,将时装、脱衣舞、拉辛悲剧等看成符号表意系统,对其进行结构分析,通过对符号的种种内在关系的分析,总结出使得这些符号结合成意义的一组潜在规则,试图建立起一种有关文学的科学。

在《结构主义:一种活动》(L'activité structuraliste, 1963)一文中,他旗帜鲜明地阐述了结构主义的性质,推动了结构主义运动的发展。其核心观点包括以下四个方面:

第一,结构主义不是以往所理解的哲学思潮和哲学运动,不能通过观念和概念来理解它,而应将其看成是一种活动。"结构主义基本上是一种摹仿活动(activité imitation),严格说来,这也就是为什么作为一种智力活动的结构主义,与具体的文学或笼统的艺术之间,并没有多少技术性的区别:二者均产生于一种摹仿,并非以实体类比(analogie des substance)为基础,而是以功能类比(analogie des fonctions)为基础。"[2]考察的对象从实体变成功能,是结构主义的重要特征,通过重新建构认识的对象,使得结构主义的某些功能呈现出来。

---

1 克洛德·列维–斯特劳斯:《从蜂蜜到烟灰》,周昌忠译,北京:中国人民大学出版社,2007年。

2 Roland Barthes, "L'activité structuraliste", *Œuvres complètes, tome 2: Livres, textes, entretiens, 1962–1967*, Paris: Seuil, 2002, p. 468.

第二，研究作为活动的结构主义，需要通过运作来理解它。结构主义活动这种形式会表现在各种各样的人类智力运作当中，呈现出一种共同的结构主义特点，即体现某种智力运作的程序，通过这种方式构成或者消解意义。而能体现这种特点的人，即结构的人，这种人可以是诗人、画家、思想者、理论家、普通人，只要他能够进行结构主义的活动。所以结构主义是所有人都能参与的一种活动，不受领域与学科的限制。

第三，"结构主义活动包含两个典型动作：拆开（découpage）和组装（agencement）。拆开最初的对象，那个受制于幻象活动的对象，目的是从中找到某些活动的片段，它们的特殊关系会生成某种意义。片段本身并不具有意义，但从片段的形态中提炼出的任何一点细微的改变都会引起整体的变化。"[1] 结构主义活动将拆开的片段放置入聚合关系，对拆解内容进行重新装配，从而理解原先被拆开的东西的组合规律和原则。这一点与列维-斯特劳斯"神话素"的功能是一致的，即通过对研究对象的拆开和组装去理解意义活动与意义的产生过程。

第四，神话与自然的关系问题。古希腊人用神话的表象完成对自然的人为化过程，而现代人所谓的自然是二度的、人化的自然，于现代人而言，充满人类意义的世界已经成为自然。神话的意义在古希腊人那里针对第一度的自然，现代人的自然本身就是一套神话，是一套虚假的乌托邦，是可望不可即的东西。而结构主义分析具有"去自然化"的功能，旨在揭示自然作为人类意义的构成物，是如何成为想象的自然的。结构主义分析是对被建构出来的物与观念的试金石，目的是将包裹着人类的虚假的自然性破坏掉，将一些看似天衣无缝的内容拆开，去除原始的信仰，进行分析，考虑每一个陈述背后的证据。符号学的根本目的就是去自然化，符号根本没有任何自然的理据和联系，完全是人造的、约定俗成的、建构起来的内容。

这篇纲领性的论文总结了巴特关于结构主义的性质与结构分析方法的基本主张。在其早期的代表性著作《神话学》《符号学原理》中，均贯穿了这一结构主义方法论，体现出他早期的结构主义文论中追求文学批评的客观性、科学性的核心立场。

罗兰·巴特在上世纪 60 年代末到 70 年代初经历了由结构主义向后结构主义的转向，而这一戏剧性的突破的标志，就是他的《S/Z》一书。这本书是其最重要、也最具影响力的文学作品批判性分析实践，作为一种文本分析实验，展现出其杰出的阐释技巧和方法。更重要的是，《S/Z》反映出巴特基本

---

1 Roland Barthes, "L'activité structuraliste", *Œuvres complètes, tome 2: Livres, textes, entretiens, 1962–1967*, p. 469.

文学观念的转变，文学作品不再是完整的、等待被开掘的对象和精神实体，而成为一种生成中的文本，自身处在游戏的过程之中，任何单一意义的体系的可能性被打破。

巴特以巴尔扎克的一部仅30多页的中短篇小说《萨拉辛》（Sarrasine，1830）为研究对象，将这篇小说划分为561个语义单元，不拘句式，视需要而定，短至寥寥数字，长则若干句列，目的是通过对小说文本的切割，证明小说看似是连贯的意义系统，实际上只是众多能指碎片或者简短易操作的断片的集合，这些碎片（断片）本身无意义，与所指之间并无直接的关系。561个阅读单位被归诸预先设定的五种"符码"（les cinq codes），在巴特看来，符码是将功能相类同的单位归结在一起而组成，是相似功能的集合。这五种符码分别是：情节符码（ACT）、与故事中谜团相关的阐释代码（HER），考察作品需利用的种种文化符码（无字母组合），处理人物、地点和事物之间种种内在含义的内涵符码（SEM）以及建构文本所建立起来的各种象征符码（SYM）。[1]

《S/Z》中以功能为集合单位，对文本中多个阅读单位进行最大限度的碎片化切割，以及对五种符码的预设与挑选，很明显是一种结构分析，符合巴特在《结构主义：一种活动》中所论及的结构主义活动包含两个典型动作：拆开和组装，是一种结构主义的实践。但这种结构分析的目的并不是为了将作品系统地总体化为一种连贯统一的意义，文本被切割得粉碎，成为五种符码之间的任意性游戏，巴特借此有意排除任何总体性结构的可能。

这本书的重要之处在于借由文本分析实践所提出的全新文学观念。作为批评者的巴特重写了《萨拉辛》，这种文学批评模式一反结构主义非评价性的批评立场，将评价渗透进作品中，不再将作者创作—文学文本—读者阅读看成一组有序的活动，并不探究文学文本中所指，五种符码的选择与分类引用与巴尔扎克无关。作为批评者的巴特所进行的操作，既不是阐释还原巴尔扎克的意图，也不是对其进行批判，而是将自己作为读者的评价性书写重新编织进入文本中，对作品进行语义上的重新分配。

在全新的批评眼光之下，巴特将文本分为单义的、封闭的、仅供消费的、意义被固定的"可读文本"（texte lisible）和多义的、开放的、不断再生成的、意义不可能确定的"可写文本"（texte scriptible）。他所推崇的"可写文本"实质上是一种再生成式批评，一反传统的小说批评假定文本蕴含某一特定意义，批评家的工作则是通过文本分析，呈现出其中的意义；后

---

1 五种符码的具体分类，参见《S/Z》中的《萨拉辛》(Sarrasine) 和《五种符码》(Les cinq codes) 两章。(Roland Barthes: S/Z, Paris: Seuil, 1970.)

结构主义批评模式下，任何作品都是意义不固定的复杂符码网络。

如果说巴尔扎克的作家创作意图与作品本身代表着一种旧的话语秩序，那么《萨拉辛》解读所代表的就是对这一秩序的越界和彻底反叛。不言自明，此处体现的是对经典文学文本所代表的传统价值体系的颠覆。这种新的价值体系，即反对一切稳固的价值体系与旧的话语秩序，打破了文学体制对文本生产者（作者）与使用者（读者）的分裂，通过对文本的拆解与重新编织，实现文本的游戏，将"可读文本"改造成"可写文本"，阐释文本多声部的意义，从而走向意义的无限。

在对《萨拉辛》的创造性阅读中，巴特呈现出一种全新的阅读伦理，阅读成为一种基本的实践，而不像传统阅读行为一般，仅仅是文学作品的消费。通过文本的观念以及对作者的放逐、对读者的推崇，阅读与书写行为之间的区分被消解，身份的界限被打破。文本是随时等待加工和重新编织的东西，是一种游戏、生产、工作和实践。写作与阅读之间的距离逐步缩小，二者处在同一意义实践过程之中。换言之，读者成为创作者，成为具有独立个体意识的文本的生产者。

3 克里斯蒂娃的"互文性"与"符义分析"理论

弗朗索瓦·多斯《结构主义史》第一卷的第 35 章，题目是"1966：奇妙岁月（3）：克里斯蒂娃来巴黎了"。1966 年是法国结构主义范式转折年，克里斯蒂娃从保加利亚到法国恰逢其时，迅速融入理论范式从结构主义向后结构主义的转变，成为后结构主义理论的开拓者。这一转变的核心是 20 世纪六七十年代她的"互文性"（intertextualité）与"符义分析"（sémanalyse）理论。

"互文性"概念最早出现在茱莉亚·克里斯蒂娃在罗兰·巴特的研讨班上介绍巴赫金（Mikhail Mikhailovich Bakhtin, 1895—1975）的理论之时，后以《词语、对话与小说》（Le mot, le dialogue et le roman）一文发表。[1] 20 世纪 60 年代的结构主义文论强调语言符号的任意性、系统的封闭性以及语言的不及物特征，普遍的、静态的、具有科学性的体系，是这一时期学者们理论建构的目标。克里斯蒂娃在 1974 年出版的《诗性语言的革命》导言中嘲笑结构主义语言学的刻板与静态，及其"一成不变的思维模式"："我们的语言哲学，作为理念的化身，仅仅呈现出一种档案管理员、考古学家甚至恋尸癖

---

1 《词语、对话与小说》收录在克里斯蒂娃 1969 年出版的符号学论文集《符号学：符义分析研究》（Séméiôtiké: Recherches pour une sémanalyse）中。这本符号学论文集跨越了符号学、语言学、文学理论等学科范畴，将文本看成是超语言的生产活动，并以此为基础讨论文本的意义生成过程。

式的思维方式。它们醉心于过程终结之后所遗留的残骸，这一过程在某种程度上脱离了主题，用恋物癖取代了产生恋物癖的事物本身。"[1] 她不再满足于对语言本身的系统或结构探讨，而是以如何建构一种新的理论范式，打破结构主义的静态结构与过分形式化的局限为旨归。

词语是克里斯蒂娃提炼出的巴赫金理论的一个关键词。克里斯蒂娃强调了词语的功能和角色，将词语看成最小的结构单位，其内部的各个要素间相互关联，同时词在句子中与其他的词相互关联，从而扩展到段落、篇章等更大的语义单位，这成为讨论文本之间相互关系的起点。词语，成为连接作者、读者和整个社会语境的核心词，它在这三个维度之间发挥作用，确保作者与读者，文本与先前文本和同时文本之间的相互作用关系。正是在文本空间的基础上，克里斯蒂娃提出"任何文本的建构都是引文的镶嵌组合，任何文本都是对其他文本的吸收与转化"[2] 先前文本和同时文本均进入文本意义的生产之中，语言及语言之外所有类型的其他文本均纳入到文本的历史中，社会、政治、宗教等的历史均参与意义的生成。由此动态的因素被注入封闭的系统内部，文本的对话性被凸显出来，结构主义的过分形式化也得以改造。

克里斯蒂娃在考察文本间的相互关系时发现，发生中和作用的文本之间往往是不同质的，并非是一种 A 对 B 的简单模拟，而是不同文本所代表的不同符号系统之间的转换。萨莫瓦约（Tiphaine Samoyault）在《互文性》（L'intertextualité）一书中明晰了克里斯蒂娃的互文性与传统考据研究的区别，认为前者"用一个关联的体系（système de relation）来替代实证和隐喻的链条，在这个链条上，隐喻是变换的、连续的和流动的，而在关联的体系中，隐喻却结成网，互相纠缠和对应"。[3] 传统的考据研究与互文性均是在表述文本间的相互关系，但存在着本质的区别，考据的实证目的是将所有的材料整合到对作品的解释之上，而互文性则处在网络之中，意义处在生成的过程之中。互文性所强调的关联，文本与文本间的关系，并不以结果为导向，而更重视系统之间的转移以及新系统产生的可能性。异质文本间的对话能最大限度地将不同类型的社会实践纳入到对文本的考察中来，这也是与克里斯蒂娃对于文本的广义界定相吻合的。

无论是"互文性"中对文本历史如何进入意义生成装置的考察，还是在《定式的产出》（L'engenderment de la formule）一文中对"符义分析"方法的探索，克里斯蒂娃均在探究意义活动的发生发展以及呈现意义的过程。早

1 茱莉亚·克里斯蒂娃：《诗性语言的革命》，张颖、王小姣译，成都：四川大学出版社，2016 年，第 1 页。
2 Julia Kristeva, "Le mot, le dialogue et le roman", *Séméiôtiké: Recherches pour une sémanalyse*, Paris: Seuil, 1969, p. 85.
3 Tiphaine Samoyault, *L'intertextualité: Mémoire de la littérature*, Paris: Armand Colin, 2008, p. 10.

期的"符义分析"理论成分驳杂，掺杂了微积分、逻辑律和数论知识中抽象数（le nombre）和"能指的微分"（différentielle signifiante）的概念。克里斯蒂娃常使用"数"的概念指代文本符号超出单纯的表意范畴，具有排列、组合和标志功能，活动空间广泛。传统意义上的文本是静态的、描述性的，由一两个字母或者音位构成的意义单位叠加而成，而"数"被视为超越语句的文本序列，可穿越并违背词、句、段的规律，拥有无限的意义单位。各种语言及表意实践将已使用过和将会使用的无限的语言组合方式和意义资源引入其中，于是，文本就呈现为无限数列的动态组合过程。

微分本是数学常用术语，克里斯蒂娃将其借用于对语言能指的分析中，认为"微分是能指和所指的重铸（refonte），它变成了供读者同时阅读的多功能熔炉（foyer）。这些功能是：①该语音集或书写符号集可以涵盖的全部意义（同音异义词或同形异义词 homonymes）；②所有与该集的所指一致的全部意义（同义词/近义词 synonymes）；③这些集的所有同音异义词或同形异义词和所有近义词，不仅存在于某种既定的语言中，而且存在于它作为无限的点所从属的所有语言中；④各种不同的神话、科学、意识形态文集等中的所有象征性词义（acceptions symboliques）"。[1]从性质上来看，"微分"是对能指和所指之间的意指关系的重新改写，它强调的是意指活动的过程。当这种意指过程向读者敞开时，读者可以通过阅读，从中分析出多元的意义。从内容层面看，微分涵盖了构成文本的义素成分和语音成分，涵盖它的全部意义，包括同音异义、同形异义、所从属的词汇、其他各种象征的含义等。这个概念可从两方面理解：一方面能指的单位划分趋向无限小；另一方面能指的组合选项又趋于无限多。文本意义不是用于阐明结构的已知内容，而具有再生性或生产性。在承认符号系统存在的前提下，在系统内部开辟一个空间，通过细微到不可再分割的能指层面，向外部世界开放。"符义分析"中的符义生产，则是将外部环境、不同符号之间的拆解与组合均引入意义的生产过程中，文本在此时是作为一种结构过程，一种异质的要素之间相互斡旋、斗争的过程而存在。

"符义分析"与先锋诗歌文本存在着天然的亲近关系，如克里斯蒂娃曾以马拉美的《骰子一掷，改变不了偶然》这一怪诞文本中唯一的主句 Un coup de dés jamais n'abolira la hasard 为例，将句子以词为单位进行拆分，并分析了"能指的微分"如何在句中的每一个词上实现。"马拉美诗歌并非抽象的象征主义，而是表达一种'狂喜和恐怖的旋风'……每个元音、辅音、音

1 Julia Kristeva, "L'engenderment de la formule", *Séméiôtik: Recherches pour une sémanalyse,* Paris: Seuil, 1969, p. 240.

节或单词都是一堆光彩夺目的东西（constellation），一种无限的界限（borne à l'infini）……这种特点可称为'能指微分'（différentielle signifiante），目的是邀请读者以不同的方式来阅读，就像《骰子一掷，改变不了偶然》，它是由意义和感官的运动所带动的。"[1]

"符义分析"发展到 20 世纪 70 年代初由于精神分析理论的全面渗透，问题域被扩展。这一理论不仅克服了结构主义将语言分析限制在语言学（语言形式）范围内的局限，而且创造性地将弗洛伊德的无意识理论和拉康的结构主义精神分析思想引入符号学研究，将"无意识""欲望""主体""身体"等因素引入语言分析。"符义分析"理论将以超语言学的意义生成为核心的符号学理论，与以无意识为核心的精神分析学理论联系在一起，而中间勾连二者的是由言语行为活动构成的主体。"我们需要改进特定情形下对语言实践的分析，尤其是对精神病或者思想错乱的边界状态的关注……符号语言学家需要更新我们对意指现象的分析，关注到言说主体，因为正是言说主体将意义结构和神经元联系在一起"[2]。符号学的研究对象转移到言说主体的语言实践边界状态，研究重心由语言结构分析转向言语活动研究，尤其关注言说主体的言语行为活动存在的异质因素。文学文本尤其是先锋文本中活跃的驱力以及驱力的运作机制、不同话语之间的消融与分裂成为其研究对象。

具体来说，语言成为一种具有生成性的意指作用过程。这种意指作用包含两种模态：与无意识相关的"符号态"（le sémiotique）以及与意识相关的"象征态"（le symbolique），它们共同形成了语言内部的对话，在任何意义系统中都密不可分、缺一不可。"符号态"所指的是被形式论所排除的、语言形式的维度，如本能的驱力，语言形式的运作（比如压缩和置换），以及元音、语调的差异。而"象征态"所指的则存在于语言学的语用和语义层面，表现为用于交流的、符合句法规范的句子，是主体和意识能够掌控的意义领域。借由这两种模态，克里斯蒂娃试图对感受性和无限性等难以界定和表述的内容进行表达。

"在巴赫金理论的基础上，我发展出被结构主义研究所忽略的两个方向；这两方面的研究把我推到后结构主义开拓者的位置。第一个方向是对'说话主体'的研究，包括主体性与阐述行为（acte de l'énonciation）的研究，而不仅关注作为阐述结果的话语……第二个方向是对文本历史的开拓，某一文本与此前文本乃至此后文本之间的关系……互文性一开始只是一种形

1 Julia Kristeva, *Je me voyage*, Paris: Fayard, 2016, pp. 181–182.
2 Julia Kristeva, "General Principles in Semiotics", in Ross Mitchell Guberman, ed., *Julia Kristeva, Interviews*, New York: Columbia University Press, 1996, p. 186.

式研究，'互文性'使他得以进入人类精神发展史。"[1]克里斯蒂娃对主体问题的研究，晚于她在《词语、对话与小说》中对文本历史面向的关注，且她所讨论的主体是一种新型主体——"过程中的主体"（sujet en procès），这类主体是被语言和文本建构起来的，不再是理性的、意识统一的主体，而是成为无意识与意识的统一体，能置换语言活动的边界与法则，总是处在自我形成与崩坏的过程中，是一种伴随着文本深层结构或者转换性规则而形成与崩坏的主体。言语活动的表意行为，由于无意识的参与，变得极其复杂。意义与非意义的混杂使得意义的单一逻辑被分割，呈现出一种多元化的特征。

4　德里达对"逻各斯中心主义"的批判与"延异"的解构策略

1966 年 10 月，雅克·德里达前往美国约翰·霍普金斯大学参加"批评语言与人文科学"国际学术研讨会，与会的众多法国学者如罗兰·巴特、吕西安·戈德曼（Lucien Goldmann, 1913—1970）、茨维坦·托多罗夫、雅克·拉康等聚集在结构主义的旗帜下，多数参会者都是结构主义者。然而，德里达在会上提交了一篇针对列维-斯特劳斯和结构主义的论文《人文科学话语中的结构、符号与游戏》（La structure, le signe et le jeu dans le discours des sciences humaines），将攻击矛头对准结构的中心，对结构的中心地位的反叛构成了德里达超越结构主义文论的起点。

> 这个中心不仅具有定向和平衡的功能，还具有组织结构的功能。事实上，人们无法想象一个无组织的结构，但最重要的是，确保结构的组织原则限制了我们所谓的结构游戏的内容。毫无疑问，结构的中心在引导和组织系统的连贯性的同时，也使得组成部分的游戏在整体形式中发挥作用。即使在今天，缺乏任何核心的结构是难以想象的。然而，这种中心也关闭了由它开启并使之成为可能的游戏。中心是一个点，在那里内容、构成要素和术语的替换不再可能。[2]

1967 年，德里达的三部著作《声音与现象》（La voix et le phénomène）、《论文字学》（De la grammatologie）、《书写与差异》（L'écriture et la différence）出版，系统地对结构主义的观念与方法提出质疑，阐释自己的后

1 茱莉亚·克里斯蒂娃：《互文性理论对结构主义的继承与突破》，载《当代修辞学》，2013 年第 5 期，第 3 页。
2 Jacques Derrida, "La structure, le signe et le jeu dans le discours des sciences humaines", *L'écriture et la différence*, Paris: Seuil, 1967, pp. 409–410.

结构主义思想，代表着法国后结构主义的来临。

在德里达看来，西方自柏拉图以来的形而上学哲学传统有一个寻找中心的倾向——"逻各斯中心主义"，即认为存在一个作为所有思想和行为基础的最终现实，或者真理的中心，指称的是某种不变性。这种逻各斯中心的思维模式不仅设置各种各样的二元对立，如上帝/人类，男人/女人，人类/动物，自然/文化，主体/客体，能指/所指等，而且为这些对立设立了等级，对立双方并非对等平衡的关系，第一项处于统治和优先地位。德里达认为结构主义文论以结构主义语言学为基础，并没有走出形而上学的中心论。以列维-斯特劳斯为代表的诸多结构主义者正是将二元对立的思维模式作为结构分析的工具，而德里达的工作是质疑和拆解这些两级对立的范畴，"一套完整的德里达式词汇动摇了传统的两级对立，因为它弃用了许多不可判定的因素，将其视为真正的拟像单元，视作崭新的狂欢节似的理性秩序的组织者。"¹德里达试图从内到外消解二元对立，他认为结构分析的基本出发点二元对立是一种代表着各类意识形态的典型认识方式，消解二元对立，就是消解这种形而上学的思维方式。

德里达的《论文字学》正是以消解语音/书写之间的二元对立为讨论基础的。他认为西方文明中有一个根深蒂固的二元对立观念，即压抑书写而推崇语音，文字学是一门关于书写的科学，而西方思想中认定言语优于文字的倾向，是一种"语音中心主义"。逻各斯中心主义或语音中心主义将语音视为意义和所指的载体，书写被排除在西方文明之外，而文字学这门新的科学，则是将书写重新拉回西方文明史，用一种书写的能指来取代语音的能指，从而超越语音结构主义。

德里达质疑了索绪尔所谓的符号是由能指与所指所形成的整齐对称的统一体的观点，认为意义是各个能指所形成的能指链之间无休无止进行下去的游戏的副产品，能指层与所指层之间并非和谐整齐、一一对应的关系。意义并非直接存在于符号之内，而是被打散和分布在一条能指链上，它并非完全存在于任何一个单独的符号之中。"我们从中得到的第一个结果就是，所指的概念从来都不会在它自身上出现（présent），即在一个自足的显现中完全回到自身。一切概念在本质上都完全属于一个链条或者系统，在这个系统中，通过延异的系统运转，它所指向的是另一个，或者很多其他概念。这种延异的运转，就不再仅仅是一个概念，总体而言，它使概念系统和运作的概念性（conceptualité）成为可能，它是这种可能性。"²

1 弗朗索瓦·多斯：《结构主义史》，第 27 页。
2 Jacques Derrida, "La Différance", *Tel Quel, Théorie d'ensemble*, Paris: Seuil, 1968, p. 49.

德里达创造的概念"延异"（différance）来自法语的动词 différer，这个词有两层意思：1. 不同、不一样、有差别、意见不一致；2. 延期、展期、推迟。法语中的另一个相关词汇 différence（差异）在索绪尔的语言学理论中占有重要地位，语言系统中各个要素的功能和价值，以及意义的来源，均不是由自身性质决定的，而是由差异决定的。"延异"不仅具有普遍的差异意义，指向不一致之物，而且将动词 différer 所具有的两个不同层面的意思均名词化，一方面表现空间的差异，另一方面表现时间层面的延迟、延期。德里达从差异中引申出来的时间与空间上的推迟，"是一种时间化（temporalisation）和空间化（espacement），是空间的时间化和时间的空间化"，[1]使得表意活动永远处于过程之中，没有结果，表意行为本身变成一种难以定位和确定的活动。这一概念使得一切形式的再现（représentation）变得无法企及，一切话语均处在表意系统的未确定之中。"延异"中的字母"a"将差异的意义与延迟具有的时间性意义糅合在一起，将时间化的观念引入结构的观念中。同时，"延异"是运转之中的，指向另一个或者很多的概念，动力将其引向无限表意的远方，这就引入了结构观念中不存在的运动，使结构具有一种动态性和时间性。

符号的意义被无限期宣布延迟，话语不再能够清晰准确地表达信息，更不用说用于交流，只能是一些含糊的声音，能指与所指之间的距离被拉大，无法计算。读者或者符号接收者所拥有的只是一些言语活动的痕迹，指向过去或者未来，但并不能指向现在。"延异意味着，如果要素说出的是在场的场景上的'现在'，那么它就要转向它之外的另一个东西，在它身上保留以前的要素的标记，并且已经留下了它与将来的要素之间的关系的标记，痕迹与未来的关系并不比与历史的关系少，痕迹建构人们所说的现在，也是通过与那个与它不同的东西的关系：完全不是它，也就是说作为过去或将来，是变化了的现在。"[2]

符号在时间上的延迟将话语封闭在词语的领域，使得语言的指涉功能不可能实现。痕迹即词语的外在内容本身，它无法给出一个意义，因为它在写下来的同时会被抹去，所有的词语或者痕迹都既没有根源，也没有目标。这样，话语与世界的关系被切割，话语失去了现实经验世界的参照，话语秩序本身的建立则无从谈起。"现在成为符号的符号，痕迹的痕迹。它不再是一个最终确保所有的指涉都得以回归的保证。它在普遍化的转换结构中变成一种功能。它是痕迹，而且是抹除痕迹的痕迹。"[3]痕迹，既无起点，又无

1 Jacques Derrida, "La Différance", *Tel Quel, Théorie d'ensemble*, p. 49.
2 Jacques Derrida, "La Différance", *Tel Quel, Théorie d'ensemble*, p. 51.
3 Jacques Derrida, "La Différance", *Tel Quel, Théorie d'ensemble*, p. 63.

终点，是在变动中的结构过程，并没有定义外部世界的能力。延异或痕迹的概念不再关心任何本质或存在，"中心并不存在，中心也不能以在场者的形式去被思考，中心并无自然的场所，中心并非一个固定的地点，而是一种功能（fonction），一种非场所（non lieu），而且在这个非场所中符号替换（substitutions de signes）无止境地相互游戏着。"[1]永不停息的消解逻各斯的解构性游戏成为全部的内容，结构所假定的中心、固定原则、意义等级和牢靠基础等概念被书写的无穷无尽的差异和延异活动抛入疑问之中。"延异的概念中，词与物的传统关系被彻底解体。"[2]德里达的理论使得从索绪尔开始的结构主义者将语言学打造成一门类科学的野心和努力，变成语言的自我否定与消解。德里达通过书写和延异概念批判了逻各斯中心主义，将动力和时间性渗透进结构中，彻底改变了结构主义的视野。

三　结语

结构主义–后结构文论以现代语言学为基本的知识模型，颠覆了传统文学观念，革新文学话语，创造出一个崭新的知识王国，其基本理论假设、研究思路与文本分析实践，均深刻地影响了20世纪下半叶的文论与批评。结构主义和后结构主义文论自上世纪70年代末相继被引介进入中国，对中国文学理论建构和文学实践均产生了深远的影响。[3]

其对文学观念的革新表现在：1. 深刻地改变了对文学活动和文学现象的理解。文学作品内在地决定于结构和系统，是一个多层次的、等级化的结构性意指系统。其种种运作机制可以像其他科学的研究对象一样被归类与分析。2. 要理解一部文学作品，关键在于把握结构、系统的深层运作规则，文学作品的意义，可以通过分析和把握作品的结构与系统而获得，文学不再是对现实的摹仿，也不再是对情感与个性的表现，个体主观经验与价值判断被搁置，科学的客观性、一致性与精确性占据文本分析的中心位置。3. 一切人类活动的意义是被建构起来的，意义不与某种私人经验或者超验的神意相关联，而是一些可共享的符号表意系统的产物，这使得意义本身被去魅，成为可以分析和理解的对象。

---

1 Jacques Derrida, "La structure, le signe et le jeu dans le discours des sciences humaines", *L'écriture et la différence*, p. 411.
2 钱翰：《二十世纪法国先锋文学理论和批评的"文本"概念研究》，北京：北京大学出版社，2015年，第53页。
3 结构主义和后结构主义理论在中国的接受与影响，可以参阅陈晓明《20世纪西方哲学东渐史：结构主义与后结构主义在中国》(北京：首都师范大学出版社，2011年)中的相关章节。

然而，这套理论话语停留在一套复杂的、远离实质内容的话语当中，一个满足于形式游戏的学科当中，作为一种革命性的话语本身是高度形式化、抽象与晦涩的。这种语言的形式主义在后结构主义阶段变成了各种各样的语言游戏，其对语言的诗性价值、自我指涉价值的过度关注，使得它仅仅是也只能是语言内部的一场虚假的革命。结构主义文论过分强调结构的整体性和功能性，作品与其所处理的现实之间的关系被悬置，非个人性的结构功能占据绝对上风，意义与个人经验之间的关系被割裂开。而后结构主义文论将意义看成是无限能指游戏的副产品，表意成为过程，变动不居，难以定位，主体的身份变得模糊，价值判断永久性离场。

思考题：

1 罗兰·巴特在《S/Z》中对巴尔扎克小说《萨拉辛》的分析非常有趣，试着选择一个文本进行这种分析，并对该方法的有效性及价值进行评价。

2 尝试理解茱莉亚·克里斯蒂娃"符义分析"理论中"能指的微分"概念，并对这一文本分析方法的有效性和局限性进行评价。

3 雅克·德里达的"延异"对后结构主义文论有哪些贡献？

第十三章

女性主义

一　女性主义文论的概述与背景

尽管有关女性主义问题的讨论由来已久，但女性主义批评实际上直到20世纪60年代出现的第二次"妇女运动"后才得以展开。女性主义批评以反对父权制和性别歧视为根本目的，从政治、经济、教育、法律乃至文学传统上，揭示女性的从属和他者地位，具有较强的政治性和理论活力。纵观西方文学批评的发展，女性主义批评不仅参与了文学史和文学传统权威的标准重构，更从女性主体对话主体危机后的思想反思。20世纪70年代兴起的女性主义诗学，不仅全面涵盖了文学艺术的经典标准、价值尺度、研究方法以及话语叙事等方面的思考，也与同时期的西方马克思主义、后殖民主义、精神分析理论、结构主义、生态主义和后结构主义等文化诗学保持了密切的参证与互动。该理论的核心理念包括父权制、双性同体、女性气质、性别研究、身体写作等与女性密切相关问题的思辨，同时也为权威、自传、经典、文类、神话、无意识等传统批评母题提供了全新的视角。

女性主义批评以多样性著称，即便是英美与法国的女性主义发展路径也并非整齐划一。英美流派更加注重文学传统，从弗吉尼亚·伍尔夫（Virginia Woolf, 1882—1941）的《一间自己的房间》（*A Room of One's Own*）到伊莱恩·肖瓦尔特（Elaine Showalter, 1941—）的《她们自己的文学》（*A Literature of Their Own: British Women Novelists from Brontë to Lessing*），以及桑德拉·吉尔伯特（Sandra Gilbert, 1936—）和苏珊·古芭（Susan Gubar, 1944—）合著的《阁楼上的疯女人》（*The Madwoman in the Attic: The Woman Writer and the Nineteenth-Century Literary Imagination*），英美流派的女性主义者大多从作品出发，重视文本的细读与阐释。而正如西蒙娜·德·波伏娃（Simone de Beauvoir, 1908—1986）在其重要著作《第二性》（*The Second Sex*）中所表现出的强烈的存在主义哲思一样，背靠欧陆理论的法国女性主义者对女性理论的建设与思辨显得更为迫切。不过尽管如此，与大多明确话语开创和体系建构的理论不同，女性主义各个流派在建构初始都不约而同地为女性在某一领域的缺席而发声。

人们的确可以追溯古希腊女诗人萨福或《坎特伯雷故事集》里"巴斯夫人"对五位丈夫的嘲讽，来证明女性主义的历史悠长，然而与对女性充满敌意的文字数量相比，这些较为正面的女性形象可谓凤毛麟角。而这些性属意识形态的建构者，竟也不乏西方文学历史中熠熠生辉的名字：亚里士多德认定女性天生缺乏某些品质；托马斯·阿奎纳明确把女性界定为"不完满的人"（imperfect man）[1]；杰勒德·霍普金斯（Gerard Hopkins）[2]更认为创造性的天赋"仅仅是男性拥有的品格"[3]。这一现实背后的原因，是长久以来女性在经济、教育、政治和社会地位上的沉默和压抑。

不难想象，早期女性主义运动只能在男性社会的夹缝之中萌芽和生存。在思想禁锢的中世纪，遁世的女隐修院赋予女性识文断字和独立思考的空间和机会。在动荡不安的 17 世纪，宗教制度的多变、难民及异教徒向欧洲的涌入，让女性在教堂中获得传教工作，从而得到更多学习和发声的契机。18 世纪末，玛丽·沃尔斯通克拉夫特（Mary Wollstonecraft）[4]在法国大革命之后写下了《为女权一辩》（*A Vindication of the Rights of Woman*），提倡女性理性，质疑传统的男性权威。进入 18 世纪，女性写作蓬勃发展，无论是玛丽·雪莱（Mary Shelley）、勃朗特三姐妹（Brontë sisters）还是简·奥斯丁（Jane Austen），女性作家在这一时期很大程度上改写了西方文学史的脉络，"女性读者群的形成和女性小说家的崛起是 18 世纪英国文化生活中最意义深远的事件之一"[5]。值得注意的是，文学和艺术的书写创作和阅读能力始终伴随着女性运动的呐喊和斗争，系统化的女性主义文学批评随之应运而生。

西方的女性主义运动随着社会和历史的变迁，衍化出自由女性主义、激进女性主义、社会女性主义和后现代女性主义等社会运动。而女性主义文

1 R. Selden, P. Widdowson and P. Brooker, *A Reader's Guide to Contemporary Literary Theory*，北京：外语教学与研究出版社，1997 年，第 121 页。

2 杰勒德·霍普金斯（Gerard Hopkins, 1844—1889）：英国维多利亚时代宗教诗人、自然诗人。霍普金斯最为人所知的是他使用的"跳韵"（sprung rhythm），这种韵律更关注重音的出现，而不是音节数量本身。他在写作技巧上的变革影响了 20 世纪的很多诗人。

3 Gerard Hopkins, *The Correspondence of Gerard Manley Hopkins and Richard Watson Dixon*, ed. C. C. Abbott, London: Oxford University Press, 1935, p. 133.

4 玛丽·沃尔斯通克拉夫特（Mary Wollstonecraft, 1759—1797）：18 世纪英国作家、哲学家、女权主义者。她呼吁给予女性同男性一样的教育权、工作权和政治权，并最早提出妇女选举权运动。

5 黄梅：《18 世纪英国女性小说家》，载《码字的女人》，南京：南京师范大学出版社，2012 年，第 113 页。

学批评的发展则在女性创作穿梭在小说、文学批评和社会批评之间的作品中产生。最具代表性的应属英国女性作家弗吉尼亚·伍尔夫和她在 1929 年出版的《一间自己的房间》。伍尔夫提醒人们，在社会生活的各个领域，两性之间始终存在着显而易见的不平等现象。这一现象不仅跨越文化和时代，也贯穿在公共领域和私人领域之中。应该说，英美女性主义文学理论的谱系始于弗吉尼亚·伍尔夫，随后通过凯特·米利特（Kate Millett, 1934—2017）[1] 在《性政治》（Sexual Politics）中对男性创作文学的激烈批评，以及伊莱恩·肖瓦尔特的《她们自己的文学》得到更加系统和学理化的建构。

在《她们自己的文学》一书中，肖瓦尔特对女性文本作出了重新解读，提出了一种承认女性写作特殊性的女性传统方法，称之为"女性批评主义"（gynocriticism）。女性批评主义更加关注有性别偏见的男性小说家，批判父权制对文学传统的钳制，揭示"厌女症"和被扭曲的女性形象。肖瓦尔特在 1977 年曾经回顾女性写作两百年的发展历程，将其划分为三个主要阶段：

> 首先，有一个很长的模仿阶段，模仿主导传统的流行模式，并把它的艺术标准和对社会角色的观点国际化。然后是抗议阶段，反对这样的标准和价值观，并提倡少数群体的权利和价值，其中就有获得自主权的要求。最后是自我发现的阶段，适度地摆脱了对于对抗的依赖，转向内心，寻求认同。对女作家来说，用以指称这三个阶段的恰当用语是：女性的，女权的，女人的（Feminine, Feminist, and Female）。[2]

这一理论的提出，让女性主义批评逐渐摆脱模仿模式，跳出等级秩序和逻辑结构的男性话语体系，提高了对自身语言、书写模式、叙事方式、阅读体验等女性自我传统的关注。

随后，女性主义文学批评关注的内容逐渐多样，话题包括了重写文学史、追寻女性文学的传统、发掘男性文学中的女性形象、性属文学创作与功用、题材和韵律等文学形式的意义等。[3] 随着女性运动的深入发展，女性批评家在哲学、社会思想方面的贡献也逐渐超越了女性领域。法国女性主义理论家茱莉亚·克里斯蒂娃（Julia Kristeva）对女性语言"前俄狄浦斯情结"的

1 凯特·米利特：美国作家、艺术家、女权主义者。她于 1970 年凭《性政治》获哥伦比亚大学博士学位，该书出版当年就畅销美国，她也成为全美妇女运动的代言人和领袖人物。
2 伊莱恩·肖瓦尔特：《她们自己的文学 英国女小说家：从勃朗特到莱辛》，韩敏中译，杭州：浙江大学出版社，2012 年，第 10 页。
3 M. A. R. 哈比布：《文学批评史：从柏拉图到现在》，阎嘉译，南京：南京大学出版社，2017 年，第 611 页。

讨论，就是女性文学批评与主流话语研究互动和重叠的重要代表。诚然，女性主义批评的核心问题因涉及广泛而很难整齐划一，但女性写作、女性语言与女性文学传统的构建，仍是现代女性主义文学批评者孜孜不倦追求的重要课题。

二 代表人物及其核心理论

1 弗吉尼亚·伍尔夫论女性写作与私人空间

弗吉尼亚·伍尔夫对女性主义批评的贡献经久不衰。作为 20 世纪意识流小说的先锋，伍尔夫的经典性源于她出色的文学创作能力和超出时代的现代性思想，源于她的作品中对潜意识、事件、感知、城市和战争冲击等现代关键性议题的敏感和反思。可以说，伍尔夫的文学创作与同时代的卡夫卡、普鲁斯特、乔伊斯、艾略特、叶芝等先锋作家的作品一样，为 20 世纪初动荡不安的世界寻找到全新的文学表达方式。与此同时，作为一名女性，伍尔夫也以优雅和睿智的灵魂成为女性主义文学批评的先驱，特别是她对于父权制、女性气质、双性同体等问题的讨论，成为女性主义文学批评在社会性别研究、雌雄同体思想、女性写作理论等方面的重要积淀。伍

弗吉尼亚·伍尔夫，摄于1939年

尔夫一生笔耕不辍，作品不仅包含《达洛维夫人》（ *Mrs. Dalloway* ）、《到灯塔去》（ *To the Lighthouse* ）、《奥兰多》（ *Orlando: A Biography* ）、《一间自己的房间》（ *A Room of One's Own* ）等 10 余部长篇文学创作，还留下大量短篇小说、日记、散文、传记和文学批评，合计百余篇。可以毫不夸张地说，伍尔夫是文学批评史上为数不多的同时以文学创作与理论思想享誉于世的女性。

《到灯塔去》：父权、婚姻、两性关系

在伍尔夫的小说创作和理论文集中，女性主义思想重点体现在以下几个方面：首先，伍尔夫在 1927 年出版的《到灯塔去》一书中，以现实主义的视角向人们展现了 19 世纪女性在婚姻中的禁锢和压抑。《到灯塔去》是伍尔夫的自传体小说，是她对文化父权制和家庭暴政的控诉，倡导人们重新评估女性家庭劳动的无形重担。书中以"灯塔"为线索，以"窗""岁月流逝""灯塔"三个章节讲述拉姆齐一家望塔、离塔、达塔的人生过程。

19 世纪末期，由于社会发展与政治、文化思想的进步，女性在婚姻、文化、服饰传统等问题上的束缚虽然得到了前所未有的改善，然而父权统治的阴影始终不曾消散。例如，当时的社会环境始终致力于将婚姻作为文化义务强加到女性身上，而伍尔夫在小说中偏偏以拉姆齐夫妇并不完美的婚姻关系，向人们展现了其中的失落甚至残酷。詹姆斯，那个最早提出去灯塔的六岁男孩，被伍尔夫赋予展现其父母婚姻状况的重要角色，他与父亲和母亲之间俄狄浦斯式的权力关系经历了象征性的成长和变化。六岁的詹姆斯对父亲的愤怒让人印象深刻："要是手边有一把斧子，或者一根拨火棍，任何一种可以捅穿他父亲心窝的致命凶器，詹姆斯在当时当地就会把它抓到手中。"[1] 詹姆斯作为母亲辛劳的见证者，伍尔夫借用他的愤怒，向世人揭示了传统女性"家中天使"的形象背后，是社会、家庭以及丈夫对女性心理得的无度索取。拉姆齐太太的悲剧是 19 世纪社会想象中那个完美、顺从、忠诚的妻子形象的悲剧，而伍尔夫对这一角色的"谋杀"，让拉姆齐太太成为这一悲剧的殉道者，也体现了伍尔夫对女性悲剧最为深刻和讽刺的批判。[2]

当然，面对两性矛盾和危机，伍尔夫的女性主义批评也不断尝试在旧秩序中绘制一幅愈合的地图，重新审视传统的家庭结构。在《到灯塔去》的尾声，当齐拉姆一家终于抵达灯塔，家庭成员的变化再次证明了"灯塔"蕴含的希望和改变。拉姆齐先生父权的衰落与沉默、詹姆斯和凯姆对父亲有所保留的服从、莉丽女性创作意识的迸发等细节，也让小说人物间的矛盾最终在人性层面得到和解，这也体现了伍尔夫女性主义批评中的理智与情感。

《一间自己的房间》：经济基础、女性写作与雌雄同体

伍尔夫在 1929 年出版的《一间自己的房间》中对两性矛盾进行了更为深入的讨论。"房间"这一巧妙隐喻将女性写作与社会语境、经济语境紧密

---

1 弗吉尼亚·伍尔夫：《到灯塔去》，瞿世镜译，上海：上海译文出版社，2008 年，第 2 页。
2 Gabrielle McIntire, "Feminism and Gender in *To the Lighthouse*", in Pease Allision, ed., *The Cambridge Companion to To the Lighthouse*, New York: Cambridge University Press, 2015, pp. 84–88.

结合，她的核心观点是："女人要想写小说，必须有钱，再加一间自己的房间"，[1]这其中实际上包含了女性主义批评几个至关重要的话题：女性写作、经济基础和私人空间。在《一件自己的房间》中对女性经济基础的倡导，时至今日仍旧是女性主义的重要话题。伍尔夫认为女性必须继承每年至少500英镑的财产，才能保证写作的可能，这500英镑的背后是对女性经济地位、受教育权利，甚至人身安全的重要保障。伍尔夫对"莎士比亚的妹妹"的想象，生动地向人们揭示了即便具有非凡创作才能的女性，也一定会面临身无分文、无依无靠的现实状况和悲惨境遇，也让这500英镑财产更显珍贵。伍尔夫进一步指出，拥有足够的财富能够让女性获得精神和心理上的独立，"实际上，姑姑的遗产拓宽了我的眼界，以一方开放的天地，取代了弥尔顿要我去无限景仰的一位绅士的高大而威严的身影"，小说创作也因这500英镑才能真正做到心无杂念，真诚以待。随后，伍尔夫重申了女性写作的重要。

实际上，私人空间与经济基础等物质语境最终是为了实现女性精神上的富足和自由。伍尔夫在书中写道"想到我的那一点写作才能，虽然没有什么了不起，但对个人却弥足珍贵，任其埋没，会让我觉得生不如死，然而，它却渐渐消亡，连同我自己，我的灵魂"，[2]可见，面对生活的艰难，伍尔夫将写作看作帮助女性获得心智自由、表达细腻情感的特殊方式，而写作过程中逐渐建构的言说方式，对于承载女性文学传统至关重要。伍尔夫指出，女性语言"机敏活泛，让人运用自如，最平淡的场合，也能脱口而出，最细微处，也能见出精妙"，[3]这与男性话语的"沉闷无趣"全然不同。可以想象，伍尔夫认为男性创作不可避免地禁锢在其漫长而强势的文学传统之中，与女性相比，他们几乎无法跳出诸如《战争与和平》《名利场》《包法利夫人》等伟大作品的影响。

实际上，伍尔夫对语言的建构，最终要面对的是女性文学传统的失语。伍尔夫首先从文类上做出选择，尤其推崇女性写作最初的形式——书信，以及随后产生的虚构小说。她赞扬莎士比亚的写作，因为其中没有牢骚、怨愤和憎恶，只有明净的、消除了窒碍的头脑，而实现这种精神状态下的创作，伍尔夫坦言，书信乃至小说比诗歌更加适合女性细腻情感的表达，小说创作对想象力的复杂要求也给予女性更多创作的空间和可能。"小说，显然，整个结构，建立在无限的复杂性上，它是由许多不同的判断，许多不同的情感拼成的。奇就奇在，如此这般成就的一本书，竟然处处契合，维持下来，或

1 弗吉尼亚·伍尔夫：《一间自己的房间》，贾辉丰译，北京：人民文学出版社，2013年，第2页。
2 弗吉尼亚·伍尔夫：《一间自己的房间》，第40页。
3 弗吉尼亚·伍尔夫：《关于阅读》，贾辉丰译，北京：人民文学出版社，2013年，第205页。

者英国读者，乃至俄国或中国读者对它都能有同样的理解。"[1]可见，小说不仅成为女性抒发情感的载体，也更加适合向世人展示女性独有的审美原则。

关于女性文学传统的建构路径，伍尔夫回应了在《到灯塔去》中展现的两性矛盾的难题。伍尔夫倡导女性不要因为性别意识而遮蔽文字创作的真诚，同样也不否认男性文学传统的源远流长。伍尔夫延续了柯勒律治对睿智头脑雌雄同体的看法，认为两性交融的头脑才能充分汲取营养，发挥它的所有功能。她在《一间自己的房间》篇尾写道："任何写作者，念念不忘自己的性别，都是致命的。任何纯粹的、单一的男性或女性，都是致命的；你必须成为男性化的女人或女性化的男人。女人哪怕去计较一点点委屈，哪怕不无道理地去诉求任何利益，哪怕或多或少刻意像女人那样去讲话，都是致命的。……任何写作，只要怀有此类有意识的偏见，注定都将死亡。"[2]

伍尔夫对于雌雄同体的看法，从经济、空间上为女性寻求创作可能的开拓性努力，让她成为影响力经久不衰的女性主义批评家，而《一间自己的房间》自身所展现的写作风格，也将她提倡的女性叙事形式表现得淋漓尽致。在书中，伍尔夫并没有一味追求结构明确、条理清楚的结论性语言，而是通过与听众或读者的共情、对细节亦步亦趋的描绘，将观点剥茧抽丝般地呈现出来，且通篇锦绣，字字珠玑。通过"一间自己的房间"这一高度隐喻的女性书写，伍尔夫作品那细腻而丰富、灵动又温润的阅读体验，时刻影响着后世读者。《一间自己的房间》与《到灯塔去》等一系列现代主义里程碑式的杰作，成为英语世界阅读量最大的作品之一。值得注意的是，国内外伍尔夫研究者对伍尔夫创作与理论的看法，大多秉承类似的观点：要将"伍尔夫的创作和理论方面的实验探索作为一个打破传统规范、建立新型规范的文化艺术发展过程来考察"[3]；"读者们喜欢这部小说光芒万丈的散文体、它对家庭的爱与失去的缅怀、对时间流逝的大胆书写；有些人陶醉于它女性主义的智慧和抵抗，思想和心灵的微妙且发散，或者它对文学典故的巧妙应用"[4]。可以说，伍尔夫灵活运用思绪、回忆、想象甚至恐惧情绪等意识流形式，不仅表达了她女性主义批评的智慧，也完成了对人生意义和自我本质的深刻探讨。

1 弗吉尼亚·伍尔夫：《一间自己的房间》，第80页。
2 弗吉尼亚·伍尔夫：《一间自己的房间》，第116页。
3 瞿世镜：《意识流小说家伍尔夫》，上海：上海译文出版社，2015年，序。
4 Allision Pease, ed., Introduction, *The Cambridge Companion to To the Lighthouse*, New York: Cambridge University Press, 2015, p. i.

西蒙娜·德·波伏瓦，摄于1953年

2　西蒙娜·德·波伏瓦论性别身份与社会建构

法国作家、女性主义哲学家西蒙娜·德·波伏瓦是 20 世纪思想界最重要的女性之一。她的代表作《第二性》被誉为当代西方女性主义的"圣经"。该书在 1949 年出版后，引起了广泛讨论，也让女性主义运动在"大萧条"和二战的低迷之后，重返大众视野。1908 年，波伏瓦出生于法国勃艮第的贵族家庭，是家中长女，童年生活富足，阅读兴趣广泛，并很早开始对宗教、性别等问题展开独立思考。1929 年，波伏瓦作为为数不多的女性学生，获得巴黎大学哲学学位。波伏瓦一生饱受争议，她的理论思想也因其"惊世骇俗"的爱情选择，与存在主义哲学家让-保罗·萨特（Jean-Paul Sartre）始终捆绑在一起。波伏瓦逝世后，随着她的日记和一些未曾发表的通信手稿逐渐公开，她在存在主义哲学领域的成就才逐渐进入了公众视野。人们惊讶地发现，在与萨特的爱情阴影之下，波伏瓦哲学思想家的身份受到了如此不公的漠视。[1]和大多数 20 世纪的女性主义学者一样，波伏瓦一生笔耕不辍，除《第二性》外，她还创作了包括《女宾》（*She Came to Stay*）、《告别的仪式》（*Adieux: A Farewell to Sartre*）、《模糊性的道德》（*The Ethics of Ambiguity*）在内的大量小说、传记、政治评论等作品。1954 年，波伏瓦凭借小说《名士风流》（*The Mandarins*）获得法国龚古尔文学奖。

《第二性》是波伏瓦女性主义批评的核心著作。书中通过对西方文化的检视，揭示女性气质的社会构成根源，对后续女性主义哲学的发展影响深

---

1 凯特·柯克帕特里克：《成为波伏瓦》，刘海平译，北京：中信出版集团，2021 年，第 7 页。

远。《第二性》开篇向世人提出了振聋发聩的女性主义宣言："当下人不太清楚，女人是否还存在，是否将来会始终存在，是否应该希望她们存在，女人在这个世界上占据什么位置，女人本应在世界上占据什么位置。"[1]波伏瓦以深刻的哲学反思"什么是女人"揭示女性的"第二性别"这一他者身份。《第二性》分上下两卷，在第一卷中，波伏瓦论述了科学对女性描述的失败，认为生物学、精神分析、历史唯物主义给出的女性定义忽略了无处不在的社会价值观对女性从属地位的决定性影响。波伏娃随后在第二卷中，沿着女性从童年到老年的生命路线，从特殊群体（女同性恋、妓女、情妇、修女、职业女性等）出发，揭示社会价值观体系如何影响她们对自我的认知，如何否定女性气质的先天性，并再次重申女性气质的人为因素。在书中最后一章，波伏娃提出选举权等政治意识的前提是女性的平权运动。女性即便获得了表达政治思想的机会，也无法实现真正的平等，男性主导的社会意识让她们的工作环境始终处于被剥削的状态，"这种公民自由如若不是伴随以经济独立，就仍然是抽象的。"[2]

性别身份的社会性建构

在《第二性》的导言中，波伏瓦提出了男性气质与女性气质在文化生活上的不可调和性，打破了伍尔夫雌雄同体的乌托邦想象。与伍尔夫相比，波伏瓦对女性不平等的社会地位开启了更加激烈的批评模式，揭示了父权制下的社会舆论让女性成为他者的原因，也打破了"约定俗成"的女性气质对女性的隐形压迫。因此西方学者普遍认为，《第二性》的出版标志着西方女性主义哲学进入了更深层次的思考，西方女性主义运动进入了第二个发展阶段。

《第二性》分析了女性他者地位的社会根源，强调性别身份的社会构建性，它主要来自以下几个方面：首先，社会既定风俗的压制，是女性在人类文明历史中失语的重要原因。在《第二性》的第一卷中，波伏瓦回溯女性历史的发展历程，认为女性的大部分历史书写都来自男性，男性同时也成为价值、风俗和宗教等社会规范的立法者，而"大多数女性对命运逆来顺受，不想做出任何行动，而是想加以克服。当她们进入世界的进程时，是采取男人的观点，跟男人保持一致。"[3]波伏瓦进一步指出，女性"逆来顺受"的背后，是法律、政治与风俗之间的现实悖论：从社会形态的早期开始，男性就已经根据自身的利益，制定了与之相符的规则；女性一方面逐渐获得了法律

1 西蒙娜·德·波伏瓦：《第二性Ⅰ》，郑克鲁译，上海：上海译文出版社，2011年，第5页。
2 西蒙娜·德·波伏瓦：《第二性Ⅰ》，第543页。
3 西蒙娜·德·波伏瓦：《第二性Ⅰ》，第187页。

和政治上的合理地位，一方面仍旧会受社会风俗的强烈制约。在古罗马共和国，女性有经济权力，却丧失了独立身份；在农业和小商贩社会，女人在家中是掌管家事的主妇，但在社会上是二等角色；当社会发展到女性不再隶属于男性时，也同时失去了古代女性拥有的采邑。[1]

这种悖论的结果就是已婚女性拥有社会地位，却没有权利，而单身的女性即便拥有某些权力，却始终无法获得合理的社会地位。即便是历史上那些做出重大社会贡献的女性，例如英国女王伊丽莎白一世、俄罗斯沙皇叶卡捷琳娜二世、西班牙女王伊莎贝拉一世，也同样面临一面获得历史赞誉，一面丢失女性身份的困境。此外，波伏瓦认为，当下的新文明社会同样残存着那些古老传统的弊病，女性拥有了更多发声的机会，但风俗强加给女性的家务、养育职责并没有减少，生活失衡也使处境变得愈加艰难。当女性微弱的性别身份在文化、艺术等领域看似获得喘息之机时（如女性作家或艺术家），波伏瓦毫不留情地指出："艺术和思想活生生的源泉是在行动，对于想再现世界，又处于世界边缘的人，……为了超越既定，仍然首先要深深根植于其中。"[2]当男性的经济特权、社会价值、婚姻观念，都鼓励女性像男性希望的那样做出选择时，文学、艺术领域的努力不足以动摇根本，只有改变其他者身份和劣势的社会地位，女性对文化传统的建构才成为可能。

其次，男性制定的文化法典规训了女性的社会形象，迫使女性通过自我"洗涤"和"净化"，参与到父权文化价值的生产之中。《第二性》的第二卷中，波伏瓦用十章篇幅记录女性从童年到老年的成长历程，其中包含女性对"女性化"特征的认识过程。在性格、性器官、性启蒙等第二性征发育阶段，波伏瓦强调，女性在童年时期就被赋予与男性完全不同的成长路径，而这些差异并非来自生物性，而是"教师和社会强加给她的命运"，[3]是由女性的处境特征所决定。波伏瓦提出，男性在童年时期较早地被赋予坚强和独立的品格，通过不寻求讨人喜欢，来获得人们对他更大的期待。而女性在童年时期看似获得比男性更多的拥抱、宽容和温和，这些所谓的特权却让女性很早便失去了生存必经的"暴力课堂"，女性主体与"他者"之间始终是附庸关系，即为"讨人喜欢"而不遗余力。这种对自我认知的伤害最后逐渐体现为女性与男性世界的隔绝乃至前者对后者的服从。

当女性独自面对生育、周期变化等内在的身体法则，过早地意识到女性职责（如做家务和培育后代），在婚恋中也更加轻易地接受了男性的世界和规则。以"恋爱的女人"（《第二性II》第十二章）为例，恋爱中的女性

1 西蒙娜·德·波伏瓦：《第二性I》，第188—196页。
2 西蒙娜·德·波伏瓦：《第二性I》，第191页。
3 西蒙娜·德·波伏瓦：《第二性I》，第23页。

接受服从的命运，通过将爱人神圣化的方式实现理想爱情。例如，年轻女性在爱情中追求完美父亲的形象，是对童年情景再现的期待，本质上也是寻求男性眼中的赞扬和褒奖，并通过男性的规则发现自己。波伏瓦不无担忧地指出，女性自我的虚无让她不得不追求与意中人存在的统一，"人的爱情和神秘之爱的最高目的，是与被爱者同化。价值的衡量，世界的真相，都在他的意识中"，[1]最终女性也就成为了意中人的化身和倒影，即第二性别。

存在主义哲思

实际上，波伏瓦的《第二性》中对女性处境的反思并未跳出存在主义的哲学思考。她一方面提出女性作为"他者"的现实处境，一方面向世人展示，女性"他者"地位实际上是由男性界定和区分的。波伏瓦并不否认黑格尔式的主客体二分法，认为"主体只有在对立中才呈现出来，它力图作为本质得以确立，而将他者构成非本质，构成客体"，但与此同时也提出"他者的意识会回敬以相同的对待"，[2]即主客体之间存在一种相互阐释、相互考察并相互承认的对称关系，而这种相互性在两性之间却并没得到实现。

波伏娃认为，通常主体对客体绝对的主宰范畴包括数量优势、文明超前、资产丰厚等因素，且随着时代变更，这种领导权会自动解体。但女性不仅在数量和创建文明的时间上与男性不相上下，地位也没有因为历史更迭而有所变迁。进一步分析后波伏瓦认为，因为主客体的相对性本质，意味着它们可能随时产生互换，正如一个"本地人"到了新的环境也会变为"异乡人"一样，"他者"通常是与主体拥有相同自我意识和内在性存在，而女性"没有具体的方法汇聚成一个整体……，她们没有过去、历史、适合她们的宗教；她们不像无产者那样在劳动和利益上是一致的；她们甚至不混杂居住；……她们分散地生活在男人中间，通过居所、工作、经济利益、社会条件和某些男人——父亲或者丈夫——联结起来，比和其他女人连结得更加紧密"。[3]因此，波伏瓦通过揭示女性作为"他者"的构造性和非客观性，也以存在主义的哲学思考明确回答了开篇即向世人提出的问题，并强调和赋予女性存在的根本意义。"什么是女性"？女性应该首先是人，是自由又自主的人。

1 西蒙娜·德·波伏瓦：《第二性I》，第 509 页。
2 西蒙娜·德·波伏瓦：《第二性I》，第 10—11 页。
3 西蒙娜·德·波伏瓦：《第二性I》，第 12 页。

神话中的女性

波伏娃对神话中女性角色的社会性阐释也受到了诸多批评家的关注。艾布拉姆斯称赞波伏瓦书中"男性作家虚构的女人的'伟大的集体神话'"[1]。波伏瓦认为，所有创世神话都表现了男性的优先性，女人以一种非主体的方式补充男性对自然的美好希望，即一方面实现男性对自然的对抗又顺从的矛盾情感，同时又因神话的永恒性和绝对真理性将女性固定在他者位置上。波伏瓦旨在通过神话揭示父权制的运行机制，运用马克思主义神话的概念，将神话视为维持父权制最有效的信仰和意识形态。伊丽莎白·法莱兹（Elizabeth Fallaize）认为，波伏瓦的神话理论为女性主义文学批评提供了一系列活跃在现有文化中的女性神话原型，而这些例子都从不同角度证明了神话的社会建构性。此外，波伏瓦结合马克思主义、精神分析、人类学领域的理念，延伸了神话的社会功用。它代表父权制真理，以及这一真理在与现实、偶然性、经济基础的共同作用下对女性的压制。[2]

《第二性》这一理论巨著出版至今已有 80 余年，仍旧为当下女性主义乃至存在主义研究者提供重要的论述逻辑和思维方式。它的读者不仅包括贝蒂·弗里丹（Betty Friedan, 1921—2006），凯特·米利特、朱丽叶·米切尔（Juliet Mitchell, 1940— ）等女性主义者，波伏瓦在唯物主义和历史框架下对压迫的主体分析在后结构主义研究领域中也仍旧焕发活力。2021 年出版的《牛津女性主义哲学指南》高度强调了波伏瓦的学术经典价值，认为她批判性地让人们重新审视"什么是人类"这一传统定义，揭示了人类范式的男性本质这一事实，并开创性地将什么是女性划入了哲学范畴。[3]

3　桑德拉·吉尔伯特论女性文学批评与文学传统

作为女性主义批评的开创者和先驱者，伍尔夫和波伏娃的女性主义思想对揭示女性的社会现实与话语体系的开创意义深远，而随后的 20 世纪 70 年代，大量女性研究转向了女性创作、女性阅读和女性书写的相关内容（literary representations of women, by women, and for women）。[4] "早期的女性主义批评家似乎都认为女性并不缺少写好文章的天赋，他们只是缺乏经

M. H. 艾布拉姆斯等：《文学术语词典》，吴淞江等编译，北京：北京大学出版社，2014 年，第 121 页。

2 Elizabeth Fallaize, "Beauvoir and the demystification of woman", in Kim Q. Hall and Asta eds., *The Oxford Handbook of Feminist Philosophy*, New York. Oxford University Press, 2021, p. 97.

3 Celine Leboeuf, "The Legacy of Simone De Beauvoir", in Kim Q. Hall and Asta eds., *The Oxford Handbook of Feminist Philosophy*, p. 74.

4 Mary Eagleton, "Literary Representations of Woman", in Gill Plain and Susan Sellers, eds., *A History of Feminist Literary Criticism*, Cambridge: Cambridge University Press, 2007, p. 107.

济独立、社会地位或时间上的自由。然而，如今批评家的重点转向了女性创作过程中遇到的困难以及克服这些困难之后的伟大成就。"[1]如果说伊莱恩·肖瓦尔特的《他们自己的文学》实现了女性主义诗学从无到有的积淀，那么《阁楼上的疯女人》则是女性主义文学批评与精神分析领域互动阐释的代表作。

"疯女人"与"影响的焦虑"

桑德拉·吉尔伯特和苏珊·古芭于1979年合作出版的《阁楼上的疯女人——女性作家与19世纪文学想象》可以说是20世纪后期里程碑式的女性文学著作。该书初始于美国印第安纳大学英文系的女性文学课程，两位作者通过寻找女性文本和阅读的想象共同体，重新定义了女性文学的历史轮廓，将19世纪视为女性主义文学的黄金时代。二人在1985年编选的《诺顿女性文选——文学传统》（*The Norton Anthology of Literature by Women: The Tradition in English*）[2]，也进一步以编年史的模式将19世纪定义为女性文学的文艺复兴。吉尔伯特在《阁楼上的疯女人》第二版导言中坦言："如果要对加强了姐妹情谊的那些过程做出界定的话，就不仅要与传统的历史拉开距离，还要与常规的文学地形图拉开距离。"[3]可以说《阁楼上的疯女人》的学术价值在于其打破了政治和种族的藩篱，将研究对象聚焦在女性文学传统的建构上，最终从想象层面实现女性作家身份的确立。

《阁楼上的疯女人》看似借用了夏洛蒂·勃朗特（Charlotte Brontë）的代表作《简·爱》（*Jane Eyre*）中疯女人伯莎·罗切斯特的形象，讨论19世纪女性文学史中与"家中天使"相悖的"疯女人"意象。然而正如该书的副标题——"女性作家与19世纪文学想象"所示，该书旨在揭示"疯女人"黑暗重影的背后（如伯莎与简的告诫性对应关系），女性作家在创作中产生的"著述焦虑"，即作家对自身文化身份的焦虑与愤怒。"正是对那种自我克制、自我否定的拒绝，才使得勃朗特的'饥饿、反叛和愤怒'驱使着她写下了《简·爱》这部作品，并使它成为对约翰·班杨的天路历程版本进行'反基督教的'重新定义，甚至是滑稽模仿的作品。"[4]由此可见，《阁楼上的

---

1 Hellen Carr, "A History of Women's Writing", in Gill Plain and Susan Sellers, eds., *A History of Feminist Literary Criticism*, p. 125.

2 Sandra M. Gilbert and Susan Gubar, eds., *The Norton Anthology of Literature by Woman: The Tradition in English*, New York: W. W. Norton & Company, 1985.

3 桑德拉·吉尔伯特、苏珊·古芭：《阁楼上的疯女人：女性作家与19世纪文学想象》，杨莉馨译，上海：上海人民出版社，2014年，第25页。

4 桑德拉·吉尔伯特、苏珊·古芭：《阁楼上的疯女人：女性作家与19世纪文学想象》，第473页。

疯女人》通过文本–作者的双重结构和双重声音，分析女性作家在面对漫长而强势的男性文学传统时，在女性身份、女性情感、女性创作心理等方面不可抗拒的"影响的焦虑"。面对这一压力，该书试图挖掘女性在修正偏离和误读前人的影响时，与男性迥然不同的风格方式，其中"不仅包括'明修栈道、暗度陈仓'式的对旧文本的重构、戏拟，还包括对女性前辈的认同与继承"。[1]这些讨论也开启了女性文学传统建构的路径和方式。

显然，《阁楼上的疯女人》一书与20世纪重要评论家哈罗德·布鲁姆在1973年出版的《影响的焦虑》中的理论关系密切。布鲁姆将西方文学的发展视为一部"互文本"的历史，任何一个文本的基础都来自于另外一个文本，这种文本间关系指涉的误读不仅存在于从事阐释性工作的批评家身上，也在作者与作者之间产生了不可抗拒的误读囚笼。由于弗洛伊德理论过于明显的父性特征，布鲁姆对文学史开展的精神分析式的解析也毫不意外地受到了女性主义批评家的抨击。《阁楼上的疯女人》在开篇第一部分"走向女性主义诗学"中，提出在以父权为中心的文学权威下，女性作家面临的"焦虑"应更为准确地称为"作者身份的焦虑"（anxiety of authorship），即她们不仅要面对自身创造力枯竭的恐惧，也挣扎在如何获得女性作者权威的困境之中。而在女性之笔从男性文本的囚牢逃脱的过程中，"屋中天使"和怪物般的女性形象总是交替出现。因此，如果说"影响的焦虑"的确驱策着男性作家的创作过程，那么在女性艺术家身上，由于作者身份焦虑来自于社会偏见的构建，"这一焦虑还在女性之间形成了一种独一无二的联系纽带，对此，我们或许可以称之为文学的亚文化之中秘密的姐妹情谊，这一焦虑在那一亚文化中成为一个关键词的标志"，[2]即一种由恐惧、愤怒、压抑、失望等病态情感为基础的文学传统：

19世纪英国文坛的勃朗特三姐妹。绘画者为其兄弟布兰威尔·勃朗特，约作于1834年。

1 杨莉馨：《译跋：标出那新崛起的亚特兰蒂斯》，载《阁楼上的疯女人：女性作家与19世纪文学想象》，桑德拉·吉尔伯特、苏珊·古芭著，杨莉馨译，上海：上海人民出版社，2014年，第473页。
2 桑德拉·吉尔伯特、苏珊·古芭：《阁楼上的疯女人：女性作家与19世纪文学想象》，第66—67页。

我们在对 19 世纪文学进行研究时，会发现这位疯女人的形象一次又一次地从女性作家们用以映照自己的本质和她们对于自己本质认识的镜子之中浮现出来。即便是表面上最保守、最端庄的女性作家，也会着迷似的创造出强悍有力的、独立的女性人物形象来，竭力要摧毁作家和作家笔下顺从的女主人公视为理所当然的父权制结构。当然，这种反叛的冲动不是投射到她们笔下的女主人公身上，而是通过疯女人或怪物般的女人（她们在小说或诗歌后来的情节发展中都受到了恰如其分的惩罚）体现出来的，由此，女性作家们戏剧性地呈现了自己身上的分裂状态，表现出既想接受父权制社会的严苛评判又有意抵制和拒绝它的双重渴望。[⋯⋯] 从某种意义上说，她通常更有可能是作者的重影或替身（double），表达了作者自己焦虑和愤怒的形象。[1]

女性文学传统的探索

《阁楼上的疯女人》的重要性一方面体现在它对女性写作传统全新的发现和阐释，另一方面更在于书中大量对传统文本开创性的见解。书中对简·奥斯丁作品的讨论，不仅成为女性主义文本分析的经典，也在奥斯丁研究领域产生了重要的影响和借鉴作用。书中对奥斯丁少女时代的作品《爱情和友谊》赞赏不已，认为它对"错误的文学传统做了荒诞化的夸张"，并以戏拟的方式来掩饰自己与文化的格格不入，这一特点也愈加练地体现在奥斯丁之后的作品之中。而作品中对小说修辞效果的关注，即"那些造作的角色模式和虚假的情节有可能造成的心理上的毁灭作用"[2]，也体现了奥斯丁将矫揉造作的女性等同于被动和压抑的道德准绳。奥斯丁对文学传统的态度正如《理智与情感》对《李尔王》的性别颠倒的处理，是叛逆和颠覆的；而奥斯丁笔下所有女性对远足的渴望，对马匹和马车意象的持续性描述，则表达了作者冲破家庭领地、体验世界的渴望。吉尔伯特和古芭认为，奥斯丁无可争议的双重叙述、繁复的文字风格背后是其对女性想象力的不懈追求。然而，奥斯丁通常将精力充沛的特质赋予次要角色，并与堪称楷模的女主角形成鲜明的对比，而故事主线的幸福结局也成为奥斯丁掩饰其对文化不满情绪的吸墨纸：表面上像是持性别歧视立场的人驯服悍妇的故事为奥斯丁提供了能为社会所接纳的覆盖物，从而表达自己的思想。[3]这一观点在美国女性主义批评家苏珊·兰瑟（Susan S. Lanser, 1944 — ）1992 年出版的《虚构的权威：女性作家与叙述声音》（*Fictions of Authority: Women Writers and Narrative Voice*）中得到进一步延续。该书从叙事学的角度分析了奥斯丁"吸墨纸"式的叙事模式，认为在《诺桑觉寺》（*Northanger Abbey*）中，奥斯丁这种间

---

1 桑德拉·吉尔伯特、苏珊·古芭：《阁楼上的疯女人：女性作家与 19 世纪文学想象》，第 99—100 页。

2 桑德拉·吉尔伯特、苏珊·古芭：《阁楼上的疯女人：女性作家与 19 世纪文学想象》，第 153 页。

3 桑德拉·吉尔伯特、苏珊·古芭：《阁楼上的疯女人：女性作家与 19 世纪文学想象》，第 197 页。

接而含混的叙事模式最终获得了作者权威，是典型的作者型叙述声音："如此，奥斯丁这个名字意味着一种两可的身份，它一方面赋予女性叙述声音以权威地位，另一方面又指明这种权威声音只能'侧面讲述'。"[1]

三 结语

可以说，女性主义批评作为女性主义研究的一个分支，向父权制的文学传统提出了挑战，试图通过女性身份，寻找女性写作的共通之处，并建立全新的文学概念和话语体系。然而，由于群体身份的庞杂，对女性主义最精准的批评，都来自于女性主义内部。女性主义第二阶段的主要任务是质疑虚构文本中女性作为父权制的工具，以及识别和分析女性写作失落的历史以及其中共同的女性美学。而到了 20 世纪 80 年代，这一现象受到了越来越多女性批评家的质疑，她们批评这些研究前提狭隘而排他，并且过分关注白人、中产阶级、西方、异性恋女性，以"女性写作"为大标题，将阶级、性别、种族、殖民等问题边缘化。[2]这些从语言学到精神分析等一系列理论的互补成为辩论的核心主题：后结构主义关注语言对个人与社会形成的作用，精神分析讨论性别认同的建构，后殖民主义将注意力集中于"他者"的社会经济现实。可以说，不同流派的批评家对语言透明度、意义的稳定、普遍主义和单一真理的怀疑，乃至对欧洲中心主义的凝视的批判都逐渐渗透和影响了女性主义文学批评的发展。正如布莱斯勒（Charles E. Bressler）在《文学批评：理论与实践导论》（*Literary Criticism: An Introduction to Theory and Practice*）一书中认为的，"由于存在着这些分歧，有些批评者公开宣称，女性主义批评的多重声音并不能支撑起一个统一的思想体系。"[3]

> **思考题：**
>
> **1** 请简述"女性主义批评"（gynocriticism）的基本内涵，包括定义、批评家、作品以及历史意义。
>
> **2** 在《阁楼上的疯女人》中，"疯女人"的意象承载着哪些内涵？
>
> **3** 请简述伍尔夫作品的写作特点及理论意义。

1 苏珊·兰瑟：《虚构的权威：女性作家与叙述声音》，黄必康译，北京：北京大学出版社，2001 年，第 89 页。
2 Chris Weedon, "Postcolonial Feminist Criticism", in Gill Plain and Susan Sellers, eds., *A History of Feminist Literary Criticism*, p. 282.
3 查尔斯·E. 布莱斯勒：《文学批评：理论与实践导论》，赵勇等译，北京：中国人民大学出版社，2014 年，第 201 页。

第十四章

后现代主义

一　后现代主义文论的概述与背景

后现代主义（Postmodernism）出现于 20 世纪二三十年代，它作为一个词汇被首次提出是在 1934 年西班牙作家德·奥尼斯的著作《西班牙与西班牙语类诗选》中。从时间上来看，学界基本一致认为文学理论上的后现代主义思潮应起源于 20 世纪 50 年代。

后现代主义文学理论是后现代主义思潮的一部分。显然，后现代主义不是"后"与"现代主义"的简单拼贴，对于现代主义和后现代主义的关系，学界存在着两种截然不同的看法。一方认为后现代主义是对现代主义带来的社会问题的反思，是试图解决现代主义弊端的一次转向，是对现代主义的彻底粉碎和瓦解。另一种观念则恰恰相反，认为后现代主义只是现代主义在不同时代的投射结果，其本质仍包含着大量的现代性。

抛开对于其外延的严苛界定，后现代主义文论思潮则可以被具体地梳理和讨论。比起更加宽泛地涉及更多社会学及哲学层面意义的后现代性问题（一个特定的文化时期），后现代主义指向一种风格，其视角更为聚焦，更加侧重于文学、文化和美学的特征。该思潮的发生范围主要集中于以德国、法国、英国等国家为主的西方世界，代表学者包括德里达、福柯、迦达默尔等。作为一个看似与现代主义相对立的概念，后现代主义并不仅仅是对前者的继承和推翻，其性质本身发生了极大的变动，对于后世的影响也十分深刻。

战争是造成时代重大转折、"后现代"思潮涌现的直接原因。20 世纪中叶以来，随着第二次世界大战的发生，西方世界发生巨变。冷战结束后，美国在军备等方面进行了升级转型，苏联解体也促使俄罗斯在军事战略上完成了调整，整个西方世界的安全秩序呈现一种新的模式，即大力推行战争的强力手段，这种霸权主义和强权政治的思维与维护和平发展、建立公正合理的国际新秩序的主流愿望是相违背的。战争促进了科学技术和经济生产的高速发展，获得的高新成果和财富累积都为后现代主义提供了萌芽的最基本机会。高新的科学技术在战争中的应用，使得军事装备的杀伤力和毁灭性空前强大，亦对人类社会的和平发展造成了极大的威胁。面对信息化、科技化的军事革命，人类却越发渴望公正和平的世界新秩序。因此，在这二者的矛盾之中，人们渴求一个社会发展的新思路，后现代主义便是战争与和平的矛盾碰撞中产生的火花。

后工业时代，社会结构也随着科学技术的极快发展而经历了诸多剧烈的动荡，经济水平迅猛提升，消费文化随之兴起，并且社会文化的发展态势呈现出鲜明的分化、多元、强调个体意识等特征。从文化传播媒介上看，依托于广播、电视、电影等媒介技术的成果，大众传播业得到了极大的发展。现代主义传统的同一性理想破灭，一种更适应大众个性化、差异性需求的宽容与开放的文化格局逐步建立，人们审美观念中多了对于不确定性的追求，边缘性少数群体的利益也被更多地考虑。例如女性长久以来被视为男性的附属品，而在社会动荡与急剧变化之时，青年女性知识分子奋起反抗，其后现代主义艺术作品多表现为随意的、混杂的、无中心的、拼贴模仿的创作风格，以表现自身对于男性中心地位、社会主流话语的反抗。与此同时，第三世界国家群情激愤，反帝国主义、反殖民主义思潮和民族解放运动热情高涨，这其中又以青年知识分子为最前沿的带头人。后工业社会及此基础上极富特殊性的文化结构是后现代主义发展的土壤，青年力量引领着强大的激情进入到文论领域，带着强烈而鲜明的先锋性、批判性、反思性。具体到文论思潮，则表现为民族主义、女性主义、文化冲突、生态危机等具有深切人文关怀的论题，相应的文学理论流派也应运而生。

后现代主义思潮在文学叙事理论、文化研究等方面均有着极深的渗透。20 世纪 40 年代，法兰克福学派的霍克海默和阿多诺率先指出人文理性。表现在文学理论的发展方面，去中心化、消解宏大叙事是其最具有代表性的特色。语言学和哲学上的后结构主义是后现代主义文论的滥觞之一。结构主义与后结构主义之间的继承、对立、争论关系与现代主义和后现代主义之间颇为类似。后现代主义前期阶段的核心人物里，詹姆斯·乔伊斯（James Joyce, 1882—1941）、纳博科夫（Vladimir Nabokov, 1899—1977）等相当一部分思想家本就是现代主义文论的中坚人物，随着他们思想的转向，后现代主义呈现出与现代主义迥然不同又难舍难分的关系。后现代主义文论以其抽象与晦涩闻名，本身看起来也常与文学文本并无太大关联，但其强烈的跨学科性和对话性恰恰是 20 世纪中后期至今文学界乃至整个文化界的理论趋势之一。后现代主义是从"破"中"立","破"显然最能体现在其与现代主义之间的变动性关系之中，而"立"则是后现代主义相对薄弱且饱受争议的部分。史蒂文·康纳（Steven Connor）的《后现代主义文化：当代理论导引》在总结概括后现代主义基本特征的基础之上，结合其在文学、艺术、文化等多个领域内的具体呈现，谈论了后现代风格的逐步确立，并展现出后现代主义自诞生开始便具备的强烈的跨学科特色：西方后现代主义文论的一个强烈特性，即不拘泥于文学理论本身，甚至不直接讨论文学，而是高屋建瓴，与哲学、语言学、社会学、精神分析甚至自然科学展开紧密联动。从具体的流派来看，后现代主义文论在俄国形式主义、女性主义、新历史主义、后结构主义、后殖民主义、生态批评等领域都留下了自己的身影，彼此之间呈现出交互、重叠、对话的联系。例如利奥塔（Jean-François Lyotard, 1924—1998）认为后现代主义是对宏大叙事的消解；哈桑（Ihab Hassan, 1925—2015）、伊格尔顿、鲍德里亚等为后现代主义赋予了不确定性和碎片化风格。与此同时，后现代主义也受到了流于相对主义和虚无主义的诟病。

弗雷德里克·詹姆逊是后现代主义理论界具有重要位置的学者之一，其著作《单一的现代性》《文化转向》《后现代主义与文化理论》《后现代主义，或晚期资本主义的文化逻辑》等对中国的后现代理论研究亦产生了极大的影响。在以詹姆逊为代表的理解中，后现代主义绝非现代主义的某个阶段，也不只是短暂出现的艺术风格，而是一种全新的具有结构性意义的文化形式。詹姆逊以其犀利的语言和鲜明的立场对后现代主义作出了总体性观察，认为它是全球化发展下机遇与问题并生的文化产物，并反作用于各类社会现象之中。大卫·格里芬（David Griffin）则认为后现代主义是一种具有修辞性的情感，试图以一种建设性的态度构建对后现代主义的概念性理解。这些后现代主义理论在 20 世纪 80 年代末、90 年代初被引介至中国后，学者们将本土的文学文论与之结合，生发出一系列新的批评维度。王岳川主编的《后现代主义文化与美学》、张颐武对于文化性与后现代性的结合讨论、陈晓明在《无边的挑战：中国先锋文学的后现代性》中对后现代主义的专门论述等等，将充满着多元化、差异性、边缘性和不确定性的后现代主义带进了整个中国文论界的视野之中，有关后现代主义文学、文论问题的讨论层出不穷。

总体来说，后现代主义有着明确的哲学与社会学色彩，关注当下时代的社会经验与具体现象，是理论与现实的结合。从文论角度而言，无论是后现代主义本身的内涵，还是对于后现代主义的外延探索，都呈现出碎片化的特质，但这种内外皆破碎的形态却并不阻碍人们对后现代主义进行一般性思考的脚步，其间涌现的思想家们亦散发出自己独特的学术光辉。

二　代表人物及其核心理论

对后现代主义文学理论似乎难以作出历时性的梳理。因此，我们选取其中几位最具代表性的学者，提炼其观点，或可展现后现代主义文论的共时性架构。

1　利奥塔的"元叙事终结"

让-弗朗索瓦·利奥塔是法国著名思想家、哲学家，著有《后现代状况：关于知识的报告》《非人：时间漫谈》《力比多经济》等。利奥塔受到德国古典哲学、拉康以及福柯的影响，在叙事理论领域具有极高的研究造诣，是广为人知的"元叙事终结论"的提出者。除此之外，他在政治、美学、社会学等问题上都有极具先锋性的立场，并涉及当代新媒体艺术理论的多个维度，其思想对于后现代主义的发展与广泛传播具有重要的影响作用。

元叙事的终结

利奥塔的叙事理论在其思想中占据举足轻重的地位，在文学、社会学、哲学等领域也得到了大量的延伸性研究。在《后现代状况：关于知识的报告》一书中，利奥塔以"知识"为起点，探寻其所区分的两种不同的话语（discourse）类型（即科学知识 [scientific knowledge] 和叙事知识 [narrative knowledge]）如何合作共生，并运用于人对自身身份的认识和建构。

利奥塔把人们在日常生活或日常语言中认可的知识称为叙事知识，它是多种能力的综合。利奥塔认为叙事知识是其他知识的基础，与日常语言和生活世界处于相同的层面。叙事知识的建构能力或实践作用体现在这五个方面：规定与评价、建构秩序、指示角色、遗忘、合法化。利奥塔认为，叙事是由主述者、聆听者及言辞中提及的第三者来共同完成的，而通过这三者的交融互动，"社会自身内部的关系和社会与环境的关系便得到了完整的演绎。经由叙事说法所传达的是一整套构成社会契约的语用学规则"。[1]在其叙事理论中，最为核心的概念即元叙事（meta-narrative）。元叙事也被称为"大叙事"，主要指的是一种整体性的、对于人类历史发展的构想和叙述。

---

1 让-弗朗索瓦·利奥塔：《后现代状况：关于知识的报告》，岛子译，长沙：湖南美术出版社，1996年，第80页。

它的内容十分广泛，但具有一定的主题性和连贯性，并且具有合法化的功能。利奥塔将合法化叙事分为两个主要派别，一派倾向于政治性，另一派倾向于哲学性；前者以人文研究为中心，后者则主张科学要遵从它自身的法则。在利奥塔看来，这两个派别应该共享其中有益的精神，尊重科学与知识本身的一些客观法则，同时意识到知识的探索和传播并不仅仅是为了找出完全实用性的法则，而应该考虑到人文层面的影响。

利奥塔思想的前瞻性体现在其并不像传统理性思维那样认为科学知识必须对社会结构的建立起决定性作用，而是主张它与叙事知识并驾齐驱、各司其职。这种关系被利奥塔称为"语言游戏"，他认为社会结构正是由这种语言游戏的规则所组成的。叙事在社会中的作用决定了人们如何建构自身的身份："从一方面看，各种叙事性的说法是源自于社会，但换个角度来看，这些说法又让社会自身去界定社会的法定标准，然后再按照这些标准去评价。"[1]因此，叙事性知识要发挥其真正的角色功能，不能只局限于实证性或者定义性的范围，即创作一本"百科全书"，而是应该超越性地发展出内在的思辨价值："关于每种可能对象的一切论述，并不是靠具有直接的真理价值而被接受，而是视其在精神或生命的发展过程中所占的地位以及所获得的价值而定。"[2]所以，叙事知识的合法性不在于提供描述现实的实用物质资料，其终极目的还是在于将自身发展成一种批判性的知识形式和解放性的人文精神。

现代性批判

利奥塔认为拯救社会结构的方式是"重写现代性"。在现代性与后现代性的问题上，利奥塔以后现代的异质性反对现代的总体性，因而对于现代性的重写显然不是重复和回忆现代性，而是具有能动性和颠覆意义的发现、揭秘和显现。具体理念就是揭开后工业社会各种原本被遮蔽的假象，在此基础上重构人们的思考模式和行为模式，培养创造性的思维，以追求更为开放、包容、具有创新性的新世界。

利奥塔始终致力于以知识推动社会的进步。他将语用学分为科学语用学和社会语用学，强调科学的发展不仅要追求效率，还应该始终将合法化问题纳入考虑。利奥塔提出，我们对于自然科学和人文科学的区分实际上表明了人文科学强烈的能动性。在自然科学当中，我们研究的对象是"沉默"的，科学家们以自身的研究对自然作出不同的定义，建立不同的方法论，并互相

---

1 让－弗朗索瓦·利奥塔：《后现代状况：关于知识的报告》，第77页。

2 让－弗朗索瓦·利奥塔：《后现代状况：关于知识的报告》，第114页。

探讨。而在人文科学当中，研究的指涉物（即人）是一个参与竞争的角色，"能够言说，并能够制定战略去对抗那些科学家们所使用的战略。此时，科学家面对的机杼不是客观根据的有或无，也不是是否冷酷的问题，而是行为或战略的问题，属于竞赛的学问。"[1]利奥塔认为，这种竞赛理论主要的功用在于产生观念和主意（Ideas），在这种模式下培养出的科学家不应有完全同质化的研究方法。利奥塔甚至形象地将其比喻为故事大王，认为他们和一般说故事的人唯一区别是，科学家"必须承诺一种责任，去印证他所说出的故事"。[2]

利奥塔的社会结构理论亦与其对现代性的批判立场紧密相连。利奥塔认为要反对现代性中对于普遍性的追求，提倡具体性和多样性。随着科学技术的飞速发展，在此基础上建立起来的一系列知识状态，亦呈现出与过往完全不同的局面。计算机的强大功能改变了人类消费与生活的方式，亦引发了思维过程的变迁。利奥塔认为，面对如今复杂多变的知识形态，现代性思维所追求的普遍性原则已不能完全适应和处理，人们必须改变自己的感觉方式、理解方式和行动方式，进入具体的生活世界，直面现象和问题，而不是以理性静观的方式去处理一切对象。他指出，后现代科学关心的对象往往是不连续和突变的，获得的结果也常常模棱两可，难以定论，但这恰恰是科学性在当今时代的社会结构中焕发出的生机。利奥塔的根本要求是呼唤知识分子从抽象回到具体真实的、多样性的现实世界。

崇高美学

利奥塔的研究领域不仅细微至具体的叙事理论之中，艺术、审美问题亦是其关注的焦点。利奥塔认为，语言游戏之间的和解不是艺术的目标，艺术的任务是用崇高感（sublime）揭示真理。利奥塔把崇高解读为一种构成现代性特征的艺术感觉模式，它并不仅仅存在于历史之中，而应与当下紧密相连。"崇高是不可教授的，教学法对此无能为力。崇高与可由诗学确定的规则无关，它只要求读者或听众有所领会、有所品味，只要他'感觉到大家都能感觉到的东西'。"[3]利奥塔区分三种艺术和文化的呈现方式：现实主义、现代主义和后现代主义。现实主义是所有文化的主流艺术，是知道现实并且知道如何制造现实的艺术，而现代主义和后现代主义都尝试"质问统治着图像和叙事的规则"来挑战现实主义，即利奥塔语境下的崇高。

---

1 让－弗朗索瓦·利奥塔：《后现代状况：关于知识的报告》，第168页。

2 让－弗朗索瓦·利奥塔：《后现代状况：关于知识的报告》，第173页。

3 让－弗朗索瓦·利奥塔：《非人：时间漫谈》，罗国祥译，北京：商务印书馆，2000年，第107页。

在利奥塔这里，崇高是属于精神层面的，它不同于形式和内容上的"完美"，甚至允许瑕疵的出现："技艺领域内的可臻完美性不必然地是一种有关崇高情感的性质。"[1]利奥塔认为，作为传统艺术家教学法的诗学和修辞学，仅仅可以呈现出艺术品在形式层面的美学价值，但是从接受层面来说，对于艺术爱好者的情感分析等等，才是崇高所能为艺术创作提供的最珍贵的价值，即问题的重点不是怎样创作艺术，而是怎样感受艺术。"在崇高美学的推动下，追求强烈效果的艺术，无论用什么样的材料，都能够和应该忽略对仅仅漂亮之实物的模仿，试着做出令人意外的、不寻常的、令人不快的组合。"[2]强调技艺完美的理念，会把艺术创作者桎梏于学院派的精致模式之中，这种模式让艺术家自诩为上帝意识的传送者或者天才，或只是灵感的表达者而已。但是，在崇高的指引下，艺术的任务改变了，"艺术不摹仿自然，它另创一个世界。"[3]利奥塔的崇高美学理念打破了传统艺术作品中单向的意识传递，而强调读者的接受，以及对于艺术的反思。

利奥塔在美学上的理念与其对大众文化氛围中人类异化的批判有着紧密联系。利奥塔认为，艺术作品不再是纯粹的艺术品，而成为了人们的消费品，艺术作品中崇高的真正概念与纯粹的美感可能在这些外界因素的影响下变得荡然无存。在消费社会中，科技发展限制了人类情感的发展，大众的审美趣味被消费社会无形的大手所引导。"科学不可避免地不得不尽力而为，从各方面探讨自身是否合法。科学所含有的特质，不但是认识论的，同时也是社会政治的。"[4]因此，科学所得出的结论必须是经得起反复验证的，因为以其为基础所发展出的理论将产生广泛的社会影响。

2　鲍德里亚的"消费社会"

让·鲍德里亚是当代法国思想家、后现代理论的杰出代表。作为法国传统社会理论的批判者，鲍德里亚发表了一系列十分激进的后现代理论。他早年受到萨特、陀思妥耶夫斯基以及尼采等人的影响，提出我们通过大众媒体所看到的世界并不是一个真实的世界，甚至因为只能通过大众媒体来认识世界，真正的"真实"已经消失了，我们只能透过媒介去感知生活，因此现实世界被重构为由符号组成和操控的集合体。

1 让—弗朗索瓦·利奥塔：《非人：时间漫谈》，第107页。
2 让—弗朗索瓦·利奥塔：《非人：时间漫谈》，第112页。
3 让—弗朗索瓦·利奥塔：《非人：时间漫谈》，第109页。
4 让—弗朗索瓦·利奥塔：《后现代状况：关于知识的报告》，第74页。

超现实主义

　　"超现实主义"（hyperrealism）是鲍德里亚最具影响力的学术理念之一。他认为超现实作为一个后现代概念，不是对现实或者真实的背叛，而是指一种"比真实更真实"的状况。鲍德里亚鞭辟入里地阐释了他所理解的超现实主义："一切都是在形式上发生了改变：无论何处，在真实的地点和场所之中，都有完全产自编码规则要素组合的一种'新现实'的替代品。"[1]他认为从前的超现实主义总体来说都属于艺术或者想象的范围，然而到了今天，现实生活中的种种重要领域，例如政治、社会、历史、经济等全都进入了一种"超现实主义的仿真纬度"，我们生存在一种现实的美学幻觉之中，甚至达到了现实胜于虚构的超越阶段。在这意义上独属于我们这一时代的符号拟真更加彰显出某种独特的"先进性"。

　　在鲍德里亚的后现代语境中，模拟并不需要某种现实物作为原型，而只需依托于超现实之物的生产。"规定了大众传媒消费的，正是这种以编码规则取代参照物的普及。"[2]在此基础上，鲍德里亚提出了专属于符号的"象征交换"。象征交换区别于经济学性质的一般等价交换，在象征交换中，物作为符号参与交换，不具有价值与使用价值。例如在阐释其媒介理论中的"广告"这一概念时，鲍德里亚彻底解构了它，认为广告不再是主体的创造

1 让·鲍德里亚：《消费社会》，刘成富、全志钢译，南京：南京大学出版社，2014年，第133页。
2 让·鲍德里亚：《消费社会》，第131页。

20世纪60年代的大众汽车广告

Volkswagen Commercials deliver the goods ... for less

物，而是一个独立的符号："广告既不让人去理解，也不让人去学习，而是让人去希望，在此意义上，它是一种预言性话语。"[1] 鲍德里亚对广告给予了较高的评价，认为其本身虽不生产新的信息，只是把已有的信息传递给受众，但是却能在此过程之中，调查人的喜好，进行二次信息收集，最终以己之力改变人的观念。在鲍德里亚看来，媒介所传播的信息不是在生产意义，而是在消解意义。同时，模式和符号也变成了控制这个世界的方式。

鲍德里亚的超现实主义理论一方面表现为一种碎片化、幻觉式的模糊性，主体的中心化地位荡然无存；另一方面，超现实主义又被认为是"另一种真实"：它以仿真超越再现，始终对现实保持反思态度，使主体永远不至于陷入纯粹的梦境之中。正是这样的"超级现实"让符码与现象对话，让真实与艺术合作。

仿像

仿像（simulacrum）与模拟（simulation），或者译为拟像与仿真，是鲍德里亚创立的用于形容社会制度的术语，也是其影响力最为广泛的理论要点之一。鲍德里亚认为，不确定性是当今社会现实的一大特征，所有现实之物常常以符号化的形式呈现，甚至被其吞噬。因此控制社会生活的也不再是现实原则，而是他所谓的模拟原则。它显然不等于单纯的模仿或者还原，也不是全然的重复或者戏仿。该理论体系内还有另外一词，即"拟像"（simulacra），它是"仿像"（simulacrum）的复数形式。在鲍德里亚看来，它们都是某种特殊的模拟"真实"的形式。

鲍德里亚指出，仿像的世界比传统理念中的现实世界要更"真实"。值得注意的是，鲍德里亚不仅针对消费社会中的文化行为进行表层的批判和反思，他也敏锐地注意到，随着媒介的快速更迭和发展，现代电子媒介时代所产生的实际影响已经不仅仅局限于文化层面，而是涉及到了更为核心和深层的哲学领域："实际上，使消费社会区分出来的并不在于仪式的令人遗憾的缺席，而在于这种仪式般的通灵再也用不着通过代表着肉和血的面包和红酒来进行了，而是通过大众传媒来进行。"[2] 因此，过往的传统哲学中的一些理念，可能都会随着电子时代新秩序的产生而发生根本性的改变。

其中，"真实"就是传统哲学体系里不断思考的核心问题之一，而在鲍德里亚看来，随着电子媒介时代的到来，关于"真"的讨论也应得到概念上的更新。基于这一观念，鲍德里亚对过往的超现实主义这一概念进行了抨

1 让·鲍德里亚：《消费社会》，第 133 页。
2 让·鲍德里亚：《消费社会》，第 107 页。

击，他认为，过往的超现实主义看似是将现实主义中"理性的内容大于虚构想象的内容"这一逻辑颠倒过来，并主张想象与梦境是更为真实的存在，但是这种逻辑与现实主义的逻辑并没有根本区别。"曾经是偶然和异质的需要，根据这个体系的模式被同质化和合理化了。过去被压抑的性欲，作为符号的游戏被解放了。信息被解放了，但只是为了能被媒介更好地管理和程式化。"[1]鲍德里亚认为，"真实"的概念已经完全被颠覆了，传统意义上的真实已经不复存在，由电子媒介制造出来的、被鲍德里亚称为"超真实"的产物，它是一种符号化或者概念化的对象，也是现代消费社会的真正对象。从这一点可以看到，在鲍德里亚的理念当中，消费并不仅仅是一种表层的文化概念，而是直接影响到理念体系的。不过，鲍德里亚对于超真实的种种解读也正如电子媒介时代所呈现的信息形态一样，往往是碎片化、充满着重叠和变动性的。或许这也正是学者的本意，即他并不力求构造一个完整的理性体系，而是着重强调意义不断被消解的过程。

消费社会

如同鲍德里亚在谈论真实时所陈述的那样，我们需要警惕，在后工业时代可能已经不存在纯粹的机械性，尤其是在文化和艺术品的生成方式上。"不管人们是否能够证明消费的潜在性会实现自我平衡，那都丝毫不能说明什么问题，因为用消费平均化的术语来提出问题，其本身就已经意味着通过寻求商品与标志来替代真正的问题，以及要对其进行逻辑的和社会学的分析。"[2]这其中便存在着消费社会的悖论，即在现代艺术之中，艺术品和消费品之间的界限变得越来越模糊，并且这种差异将继续缩小。然而艺术品仍然在这种极小的差异之中彰显着自己的魅力。

鲍德里亚认为，当前我们所消费的并不是商品或者物品的实在，而是一种概念中的物，一个符号。在消费社会的新系统之中，艺术亦成为一种符号，象征交换特性变成了其第一属性。鲍德里亚对消费符号进行再编码，并形象地将这种逻辑与化妆相类比："这与面部化妆是同样的操作：以出自技术要素以及某种强加意义的编码规则（'美'的编码规则）的抽象而协调的信息之网来系统地取代真实却杂乱的容貌。"[3]鲍德里亚对艺术的分析最早见于其《消费社会》一书，他从 20 世纪初期艺术品形式剧烈变化的角度对大众艺术作了讨论。消费社会的逻辑被鲍德里亚定义为符号操纵，它取消了

1 让·鲍德里亚：《生产之镜》，仰海峰译，北京：中央编译出版社，2005 年，第 133 页。
2 让·鲍德里亚：《消费社会》，第 51 页。
3 让·鲍德里亚：《消费社会》，第 131 页。

艺术表现的传统崇高地位。鲍德里亚的理论思维呈现出强烈的辩证性和融合性，这一点在其关于波普艺术的理论中表现得尤为明显。他认为波普艺术既是一种客观的独立物，是纯粹的风潮、效应和消费品，同时也是抽象意义上符号和消费社会的艺术性呈现。"流行（即波普）以前的一切艺术都是建立在某种'深刻'世界观基础上的，而流行则希望自己与符号的这种内在秩序同质。"[1]于是，艺术品与商品的界限在波普艺术中弥合，一方面，它的作品就像其他商品一样，也服从于同样的规则和符号意义系统，遵从市场和商业化对价值所作的决定；另一方面，波普艺术的存在即包含着与普通商品完全不同的符号化意义，在鲍德里亚看来，波普艺术最主要的价值就在于它是一种复制过程的符号化。

在详细阐释消费社会与波普艺术之时，鲍德里亚也看到了这一思想趋势下暗藏的危险性。他认为不仅是波普艺术，其他诸如广告、时尚等也是一样，一方面遵循着消费的逻辑，以符号价值消解了再现（representation）的传统特权，另一方面又从不抛弃甚至总是试图解释和回应现实，以一种积极能动的姿态共同构建事物的新秩序。

3 德勒兹的"去中心化"

吉尔·德勒兹是法国影响巨大的后现代哲学家，20 世纪 60 年代以来法国复兴尼采运动的关键人物。德勒兹的影响遍布人文科学的各个角落，其主要学术著作包括《差异与重复》《反俄狄浦斯》《千高原》等。德勒兹借用弗洛伊德、马克思、尼采等人的理论力量，对一切中心化和权威性独裁发起了暴风骤雨般的攻击，全面分析了语言、资本主义、哲学等多个层面的问题。到了八九十年代，德勒兹的作品被大量翻译成英文并广泛传播，强烈影响了北美人文学科，特别是文学理论领域。

---

1 让·鲍德里亚：《消费社会》，第 139 页。

差异与重复

在与加塔利（Pierre-Félix Guattari, 1930—1992，也译作瓜塔里）合作之前，德勒兹早期的哲学工作主要围绕着差异与重复的哲学论题展开。经典形而上学认为，差异源于同一，然而德勒兹持相反意见，认为同一性是由无尽的差异构建出的，同一并不逻辑或形而上地先于差异。这一看似晦涩的哲学观点反映在现实世界中，就是德勒兹所认为的与物的真实关联，即"存在的真实所是"。《差异与重复》是德勒兹在这种形而上学中最为坚持和系统性的著作。他的其他著作中则发展了相似的概念，如《反俄狄浦斯》中的"无器官身体"、《什么是哲学》中的"内在性的平面"和"混沌"等。

德勒兹的哲学思考受尼采的影响很深，例如他在谈论生成与历史之间的区别时说道："尼采说，如果没有'非历史的模糊概念'，任何重要的事物都不会形成……尼采是在谈论正在形成的事物，谈论事件本身或生成。"[1]在此基础之上，德勒兹谈论了自己对于二者的理解："历史从事件中抓到的是其在一定事物状况下的实现，而事件则在其生成中避开了历史。"[2]德勒兹有关差异的说法不是实践的空谈抽象，它是一套确实起作用的系统——差异物之关系结构，这个系统构建出了真实的空间、时间和感知。从他独特的认识论出发，德勒兹对哲学史有着自己独特的解读。阅读哲学著作不再是寻求一个确定解释，而是呈现哲学家试图抓住真实的困难尝试。德勒兹认为资本主义在历史上曾是非常革命的力量，它是对原始的和封建的部落社会的彻底否定，而资本主义的发展是由欲望的生产向欲望的潜抑的转化。"主体化从本质上构成了有限的线性进程，在其中，一个进程终结，另一个进程才得以开始：因而，我思始终要被重新开始，一种激情或请求始终要被不断重复。"[3]借用精神分析学的概念，德勒兹将资本主义的前期比喻为精神分裂的社会，资本主义后期则是对精神分裂加以治疗和制止的社会。从这些概念强烈的先锋性和批判性可以看到，以德勒兹为代表的后现代观念对西方传统理性基础上建立起的现代文明作出了极大反抗，传统的理性意义在这些学者眼中变得不再重要，甚至需要被消解，他们反对现代文明中产生的一系列不平等的糟粕（如男权主义、种族主义、人类中心主义等），同时强烈批判工业文明。在理论上，他们企图打破传统理性建立起的思维枷锁，提醒人们对于理性模式不应绝对依赖，对社会文化、艺术创作等各个方面都产生了深刻而重大的影响。就此而言，尽管德勒兹并未直接使用过"后现代"一词，但他仍是典型的后现代立场的代表人物。

---

1 吉尔·德勒兹：《哲学与权力的谈判》，刘汉全译，北京：商务印书馆，2000年，第194页。
2 吉尔·德勒兹、皮埃尔–菲利克斯·加塔利：《资本主义与精神分裂：千高原》，姜宇辉译，上海：上海书店出版社，2010年，第237页。
3 吉尔·德勒兹：《哲学与权力的谈判》，第194页。

反俄狄浦斯与精神分析

德勒兹以其独特的革命性论调书写出一种反俄狄浦斯的欲望政治。作为与加塔利合写的《资本主义与精神分裂》的第一卷,《反俄狄浦斯》以一种唯物主义和历史主义的视角对资本主义和当时举足轻重的拉康式精神分析进行批判。加塔利是一位哲学家与临床精神分析学家,他曾接受过拉康式精神分析学的训练,这也为二人合作提出的精神分裂分析方法提供了学术基础。

德勒兹欲望政治中的欲望是碎片化的、去中心化的、动态的。他认为,正像福柯所说的权力一样,欲望本质上也是积极的和生产性的,欲望的运作并非在于寻找其所欠缺的、能够满足它的客体,而是在它自己充沛的能量的驱动下去寻求常新的连接(connection)和展现(instantiation)。从方法论维度,德勒兹认为,社会发展的首要任务就是将欲望"界域化"(territorialization),以符码化和可控制的欲望驱动社会生产:"界域化的标记自身展开为动机和对位,与此同时,它们对功能进行重组,对力量进行重聚。"[1] 通过驯服和限制欲望的生产性能量来压抑欲望的过程被称为"界域化",而将物质生产和欲望从社会限制力量之枷锁下解放出来的过程被称为"解域化"(deterritorialization):"无论何种物质被介入,它必需被充分解域化,以便进入到网络之中,从属于极化,遵循着城市和道路的再编码的循环。"[2] 德勒兹强烈批评了妨碍"欲望之生产"(desiring-production)的一切社会形式和结构性障碍,并试图造就一种新的后现代"分裂主体"(schizo-subjects)以及游牧式的欲望机器(nomadic desiring-machines),具体理论点涉及再现、解释、现代主体和"能指之暴政"等,这些激进的立场使得德勒兹和加塔利一时名声大噪。

在德勒兹看来,资本主义解域化最为明显的例子就是产生了精神分裂。这里的精神分裂显然并不是一种医学疾病或生理状态,而是对资本主义社会的去中心化和解码:"精神分裂分析既不依赖于要素或整体,也不依赖于主体、关系和结构。它只着眼于线条,后者既贯穿着群体、也贯穿着个体。"[3] 通过这种精神分裂方法,主体都可以控制个人欲望的生产,以此反抗资本主义对精神的钳制和社会压迫。通过诸如此类的欲望政治及精神分裂分析,德勒兹对资本主义体系进行了猛烈攻击,将三个主要的历史阶段与三种基本的社会机器类型相对应,即"原始界域机器"(primitive

1 吉尔·德勒兹、皮埃尔-菲利克斯·加塔利:《资本主义与精神分裂:千高原》,第 553 页。
2 吉尔·德勒兹、皮埃尔-菲利克斯·加塔利:《资本主义与精神分裂:千高原》,第 751 页。
3 吉尔·德勒兹、皮埃尔-菲利克斯·加塔利:《资本主义与精神分裂:千高原》,第 351 页。

territorial machine）、"专制机器"（despotic machine）和"资本主义机器"（capitalist machine），其中资本主义机器被视作一种新的社会体系，以欲望的生产控制社会结构的建设。

块茎与二元解构

在与加塔利合著的《千高原》中，德勒兹二人以"块茎"（rhizome）概念为基础，形象且创造性地提出了一种关于多样性与二元解构的后现代理论。和充满复杂哲学论辩和批判色彩的《反俄狄浦斯》不同，《千高原》更多的是将后现代思维方式正面地运用于对自然、社会以及个人现实的块茎性质的分析。

块茎理论的核心即是犹如块茎一般的形象性。德勒兹将西方思想的认识论区分为"树状的"（arborescent）与"块茎状的"（rhizome）两种模式，其中树状思维是典型的基础化、中心化的二元思维，具有强烈的层级性，而在块茎概念的分析模式中，主体被视为去中心化和非层级化的系统。与传统的根–树结构不同，块茎由众多的"线"组成，彼此之间的联系是充满着随意性的，并形成于一个"光滑的"而非有纹路的平面之上，无始无终、没有边际。与树之中总是存在着某种谱系之物不同，块茎理论"对语言的分析只能使其偏离中心，向其他的维度和领域展开。除非是作为一种无力的功能，否则一种语言绝不会自我封闭"。[1]在块茎分析中不存在同质性的语言共同体，主体就像是一只手，把信息去中心化并散播开来，以达到解构与呈现多样性的效果。为了深入阐释这一概念，德勒兹与加塔利还为他们的分析工作加入了一系列重要术语——分裂分析、块茎学、语用学（pragmatics）、图表学（diagrammatism）、制图学（cartography）、微观政治学等等。德勒兹二人的块茎理论创新性地以自然之物来形象地比喻语言学和哲学中的诸多概念，并且将其逻辑一一对应："书模仿世界，正如艺术模仿自然；通过其自身所特有的手段，这些手段产生出那些自然不能或不再能创造出的东西。"[2]通过这些理论的生长与整合，块茎分析方法把语言去中心化，并解读为多重的符号，对抗了西方世界的传统理性，将现实重新解释为异质性的和非二元对立的。

---

1 吉尔·德勒兹、皮埃尔–菲利克斯·加塔利：《资本主义与精神分裂：千高原》，第 29 页。
2 吉尔·德勒兹、皮埃尔–菲利克斯·加塔利：《资本主义与精神分裂：千高原》，第 25 页。

除却强烈的多样性之外，块茎理论具有动态化本质，这一点尤其体现在思想与流动世界（the world of flow）之间的块茎式联系："一个符号链就像是一个凝聚了异常多样的行动的块茎——不仅仅是语言的行为，还包括知觉的、模仿的、姿态的、认知的行动：不存在语言自身，也不存在语言的共相（universality），而只有一种方言、土语、行话、专业术语的集聚。"[1] 这一理念主张，当内部的任何一根线发生改变，其本身的结构也就随之发生改变。从德勒兹二人的理论也可以看到，整个后现代思潮都共享着一个特色，即目标不在于建立完整的理念模式，不着重区分主次和层级，而是以一种开放的态度，将各种概念平行地连接。大多数现代理论都试图从某个核心概念出发，在统一的、线性的、层级化的思维模式中，采用稳定的概念来再现真实；与此相反，德勒兹与加塔利避免陷入终极性的体系，以不同层次的符号、隐喻和分析共同构成了他们后现代式的千高原。

三　结语

后现代主义文学理论是晚进文论思潮的重要组成部分。在整体学术立场上，后现代主义文学理论具有强烈的跨学科性质，其中政治和文化的参与性十分突出，伴随着强烈的批判性和颠覆性，因此对于西方传统的知识结构和逻辑结构具有先锋性的反思意义。在研究对象上，后现代文学理论所涉及的层面十分广泛，包容性强，晦涩与通俗兼具，甚至常常超越文学文本本身，而进行哲学意义上的思考。后现代主义文论的发展成果打破了学科间严密的界限，拓宽了文论研究的领域。

后现代主义以反基础论为其思维逻辑，强调非指向性与拒绝对象化，并以时刻自我审视的态度关注内在思维的矛盾性。在后现代主义的视野中，现代性时期所倡导的明确的文化和艺术秩序被打破，精英和大众之间的界限变得模糊，精英艺术可以被商品化，消费文化甚嚣尘上，甚至大众亦可成为艺术品的创作者，而绝不止停留在过往传统模式中的文化接受者。

同时，后现代主义过于强调理论性与形式上的思考，而与实践和具体文本之间的结合不够紧密，这导致了后现代主义文论看起来富于思辨性，却常

---

1 吉尔·德勒兹、皮埃尔–菲利克斯·加塔利：《资本主义与精神分裂：千高原》，第 29 页。

常直接绕开了文本而进行抽象性的讨论。政治化倾向也十分严重，文论批评常常被人诟病为政治正确和政治批评的附属品，文论研究与文化研究之间的差异性也愈发模糊。从研究方法上来看，后现代主义文论的批判和推翻多于建设，解构意味大于建构意味。

思考题：

1 后现代主义文论的基本特征有哪些？

2 后现代主义学者的代表性观点之间存在着哪些共性？

3 如何理解后现代主义的"后"？

第十五章

新历史主义

一 新历史主义文论的概述与背景

在 20 世纪 80 年代，新历史主义（New Historicism）作为一种不同于旧历史主义和形式主义的文学批评方法，一种对历史和文学进行文本阐释的文化诗学，诞生于英美文学和文化界。这种批评强调以政治化的方式解读文学和文化，注重文化赖以生存的历史语境，以边缘和颠覆的姿态解构正统的学术，质疑现存的政治社会秩序，将文学和文本重构为历史的客体，并最终从文本历史化发展到历史文本化，从政治的批评发展到批评的政治。[1]

新历史主义流派主要包括美国新历史主义和英国文化唯物主义两大分支。在美国，为新历史主义命名的斯蒂芬·格林布拉特（Stephen Greenblatt, 1943—）是该流派的精神领袖，海登·怀特（Hayden White, 1928—2018）是理论先锋，而路易斯·蒙特洛斯（Louis Montrose）是最积极的实践者和推动者。英国的乔纳森·多利莫尔（Jonathan Dollimore, 1948—）和艾伦·辛菲尔德（Alan Sinfield, 1941—2017）等，则是"文化唯物主义"的代表人物。此外，理查·勒翰（Richard Lehan, 1930—）和卡瑞利·伯特（Carolyn Porter）等批评家，对新历史主义的相关理论问题、观点和主张进行了深入的讨论和评价。

应该说，这并非旗帜鲜明的理论流派，其成员的研究也分属不同的领域或阵地，更没有明确的宗旨或准则。根据编辑《新历史主义》文集的阿兰姆·威瑟（Harold Aram Veeser）对新历史主义批评实践概括出的"五个假设"，我们可以大致了解该流派的特征：

1. 每个陈述行为都植根于物质实践的复杂网络；
2. 批评家在揭露、批判和树立对立面时常常使用对方的方法，因而可能陷入揭露对象之实践的漩涡；
3. 在文学文本与非文学文本之间并不存在严格的界线，它们彼此之间处于不间断的"流通""商讨"状态；

---

1 王岳川：《新历史主义的文化诗学》，载《北京大学学报》，1997 年第 3 期，第 23—31 页。

4. 既没有任何话语能引导人走向亘古不变的真理，也没有任何话语可以表达不可更改的人的本质；

5. 那些恰当地描述资本主义文化的语言和批评范式，却可能参与并维护它们所描述的经济。[1]

这些"假设"确实体现出新历史主义批评的某些普遍性、规律性的特征。在理论方面，"文化诗学"、元史学、话语转义学以及"文本的历史性"和"历史的本文性"等，虽杂取百家，各有所长，却在强调历史的非连续性和中断性、否定历史的乌托邦而坚持历史的现实斗争、拒斥历史决定论而强调主体的能动性等方面，体现出共通之处，并构建出新历史主义的文学批评理论。

新历史主义不仅质疑了旧历史主义的整体性历史观，颠覆了新批评的形式主义范式，而且对历史决定论和文本中心论进行了清算，使"历史的文本性"和"文本的历史性"、"历史"和"意识形态"等得到关注，由此形成了自己的文化品格。

在西方，"历史主义"（Historicism）是指研究历史的历史哲学方法。自近代以来，卢梭、赫尔德、柏克、黑格尔、维柯等历史学家或历史哲学家，大多强调历史的总体性发展观，在思考人类历史的基础上理解社会生活，或以注重思辨的历史哲学为人类历史提供一种解释的模式，或以注重批判的历史哲学将历史看作一种独立自主的思维模式。随着社会和文化的发展，这种历史主义的历史整体论、乌托邦主义、历史决定论暴露出思想的盲点。从 20 世纪初开始，俄国形式主义、结构主义和英美新批评等开始批评历史主义，而形式主义文论的发展也使文艺理论越出"历史"的轨迹而滑入"形式"的漩涡。最终，历史主义让位于形式主义，而历史意义、文化灵魂也在语言的解析中变成了意义的碎片。为了应对解构主义和后现代主义的语言操作和意义拆卸，美国的文化符号学、德国的法兰克福学派、法意新历史学派等，开始将"历史意识""历史批判""文化诗学"等作为文化解释和审美分析的代码。[2] 这就是新历史主义出现的时代背景和理论语境。

首先，新历史主义的名称显现出它与历史主义相对的姿态。早在 1972 年，威斯利·莫里斯（Wesley Morris）在《走向一种新历史主义》中提倡一种与历史主义相对的新历史主义，但并未在理论层面进行详细的论

---

1 Aram Veeser, ed., *The New Historicism*, London: Routledge, 1989, p. xi.

2 王岳川：《新历史主义的文化诗学》，载《北京大学学报》1997 年第 3 期，第 23—31 页。

述。[1] 1982 年，格林布拉特在《文类》（*Genre*）期刊中以"新历史主义"为一种新的文学批评方法命名，并指出它与 20 世纪初实证论历史研究的区别在于它对理论热所秉持的开放态度。[2] 这是新历史主义真正起步的标志。对他而言，与其将"新历史主义"界定为一种教义，不如界定为一种实践，并且他更倾向于使用"文化诗学"这一标签。这是因为格林布拉特等人相信，追求历史解释的逻辑意味着理解过去不再像发现客体的科学活动那样，而是像解释文本的文学、批评活动。正如蒙特洛斯所言："我们的分析和理解必然以我们特定的历史、社会和学术现状为出发点，而我们所重构的历史，都是作为历史之人的批评家所作的文本结构。"[3] 可以说，新历史主义是一种探讨文学文本、社会文本与历史文本之间"诗性"本质之生成的文本阐释实践，它在理论热和方法论上所持有的自觉，是它区别于那种笃信符号与阐释之透明性的历史主义的关键标志。

其次，新历史主义是作为解构主义的新挑战者而走向历史前台的。在 20 世纪中后期，后结构主义思潮，尤其是解构主义，对英美文学批评以及历史研究产生了重大影响。格林布拉特指出，解构主义打破了能指与所指之间的稳定性关系及其导向的封闭世界，而"解构性阅读"使我们无法透过文本看到任何东西。因此，他在学术研究中秉持一条重要原则，就是意识到并承认文本的费解性，将具有"文字优势"的人所摹写的文本作为一种"新世界的材料"。[4] 而更具建构性的是，新历史主义试图重新撕开历史话语的意识形态内涵。正如解构主义理论家希利斯·米勒（Hillis Miller）所说，新历史主义是文学批评思潮中的"突变"和"大规模的转移"；是从对文学作修辞式的"内部"研究转为研究文学的"外部"联系，并确定它在心理学、历史或社会学中的位置；是从关注语言本体转向历史、文化、社会、政治、体制、阶级和性属的研究。[5]

可以说，新历史主义通过反思历史主义和形式主义，使"历史"和"意识形态"重新进入当代文学、艺术的批评视野。

1 Wesley Morris, *Toward a New Historicism*, Princeton: Princeton University Press, 1972.

2 斯蒂芬·格林布拉特：《通向一种文化诗学》，载《新历史主义与文学批评》，张京媛主编，北京：北京大学出版社，1993 年，第 1—2 页。

3 Louis Adrian Montrose, "The Poetics and Politics of Culture", in Aram Veeser, ed., *The New Historicism*, London: Routledge, 1989, p. 23.

4 Stephen Greenblatt, "'Intensifying the surprise as well as the school': Stephen Greenblatt interviewed by Noel King", *Textual Practice* 8 (1994), pp. 114–127.

5 Hillis Miller, "Presidential Address (1986): The Triumph of Theory, the Resistance to Reading, and the Question of the Material Base", *PMLA* 102 (1987), pp. 281–291.

二 代表人物及其核心理论

1 格林布拉特的"自我塑造"与文化诗学

新历史主义流派的精神领袖是美国文学理论家、批评家斯蒂芬·格林布拉特。他的主要研究著作包括《文艺复兴人物瓦尔特·罗利爵士及其作用》（*Sir Walter Raleigh: The Renaissance Man and His Roles*）、《文艺复兴时期的自我塑造：从莫尔到莎士比亚》（*Renaissance Self-Fashioning: From More to Shakespeare*）、《再现英国文艺复兴》（*Representing the English Renaissance*）、《炼狱中的哈姆莱特》（*Hamlet in Purgatory*）、《莎士比亚式的协商》（*Shakespearean Negotiations*）、《学会诅咒》（*Learning to Curse*）、《俗世威尔——莎士比亚新传》（*Will in the World: How Shakespeare Became Shakespeare*）等。他强调新历史主义应是一种实践而非教义，并在文艺复兴戏剧、旅行文学研究等实践中，构建出一种文化诗学。

文艺复兴时期的自我塑造

在文艺复兴研究中，格林布拉特提出"自我塑造"理论。这一理论的出发点在于，他相信英国文艺复兴时期产生了"自我"，而且"自我"能够塑造成型。对他而言，"自我"不仅涉及个人存在的感受，是个人藉此向世界言说的独特方式，而且文艺复兴时期生成了一种日益强大的自我意识，这种意识将人类个性的规训、塑造作为一种巧妙处理的艺术性过程。而"造型/塑造"不仅可以指称制造物的特殊容貌、外形及其显著风格或模式，还可以指自我形成或某种形状的获得方式。这样，"自我塑造"就具有了新的意义范畴：它既涉及所谓的风度或品格，能够像过度讲究外表礼仪那样显示出虚伪与欺骗，还表示在语言行为中个人本性或意图的再现。[1]

格林布拉特强调，这种社会行为植根于公共意义系统，因而对此进行阐释的任务，就是对文学文本世界的社会存在以及社会存在对于文学的影响进行双向考察。在传统人类学中将人类看作一种文化制成品的观念，或在文学研究中将文学风格与行为风度相隔绝的做法，都相当于将文学的象征主义隔绝于其他领域的象征性结构之外，也就意味着思考某一特定文化体系中各个要素复杂互动的意识的湮灭。事实上，正是"特定意义的文化系统，即处于从抽象潜能到具体历史象征物的流通状态的操控，创造了独特的个人"。[2]而"文艺复兴时期的自我塑造"是这种操控机制的文艺复兴版本。

1 Stephen Greenblatt, *Renaissance Self-Fashioning: From More to Shakespeare*, Chicago: University of Chicago Press, 1980, pp. 1–4.

2 Stephen Greenblatt, *Renaissance Self-Fashioning: From More to Shakespeare*, pp. 1–4.

16世纪托马斯·莫尔书中的乌托邦插图

瑞士画家约翰·詹姆斯·查隆(John James Chalon, 1778—1854) 所绘油画，描绘莎士比亚为伊丽莎白一世读剧本

为了从文学、艺术与权力之间的关系来揭示这种控制机制，格林布拉特强调文艺复兴时期的戏剧作为一种人类特殊活动的艺术再现意义，将戏剧视为一种"高度的社会艺术形式"，而非抽象的游戏。[1]

　　他还指出，在社会对自我的控制机制中，文学功能的发挥被限定在三种环环相扣的方式中：一是作为特定作者具体行为的显现；二是作为文学自身对被塑造行为之符号的表征；三是作为对这些符号的反省。也就是说，文学通过这些环环相扣的方式参与了社会对自我的控制与塑造。从这个角度出发，他概括出"自我造型"的统辖性条件：这些作家的自我造型既涉及向某些专制权力或权威的顺从、承认，也包括以权威意识来辨识异端、陌生或可恨的事物，以此发现或伪造异己形象。由于自我将外在的权威与异己视为内在的需要，因而自我的顺从与破坏的双重动机常常是内在化的，是以语言为媒介的，并且涉及某些威胁性的经验、自我的抹杀与破坏，以及一定程度的自我丧失。[2]

　　其实，以莎士比亚戏剧研究为切入点绝非钻故纸堆，而是为探讨当下社会提供一种"文化诗学"或"文化政治学"方法。

文化诗学

　　在《通向一种文化诗学》一文中，格林布拉特试图从文学、艺术与社会的关系角度，探讨20世纪末资本主义社会的矛盾，并通过解析历史话语的意识形态内涵，揭示历史主义的整体性历史观、乌托邦主义等局限性，构建出一种文化诗学。马克思主义文学理论家詹姆逊指出，社会性、政治性的文化文本与其他文化文本的功能性分化，是私有化和物化的邪恶征兆及其强调，而且这种资本主义社会的倾向性法则，会使人在个人言语中异化。[3]但是，格林布拉特认为，政治与诗学之间的功能性分化是由话语机制的不同造成的，而且话语与经济、政治之间有着复杂的历史关系，资本主义也并非必然导向艺术话语的私有化。在詹姆逊那里，任何关于审美的界定都与私人的相联系，而私人的又与诗学的、心理的相联系，以此区别于公共的、政治的，而这种话语区分被归咎于资本主义。由此，资本主义成为一种类似原罪的存在，而政治与诗学的整体性则被寄希望于未来。这种"天堂式的起源或乌托

1 斯蒂芬·格林布拉特：《前言》，《俗世威尔——莎士比亚新传》，辜正坤、邵雪萍、刘昊译，北京：北京大学出版社，2007年，第3页。

2 Stephen Greenblatt, *Renaissance Self-Fashioning: From More to Shakespeare*, pp. 4–9.

3 弗雷德里克·詹姆逊：《政治无意识》，王逢振、陈永国译，北京：中国社会科学出版社，1999年，第10页。

邦式的、世界末日式的终结"的看法，是"最根本的有机统一性"。[1]也就是说，这种对詹姆逊而言具有语义优先权的话语，其指涉的意识形态仍是一种整体性的历史观。

从20世纪80年代开始，后结构主义、后现代主义等流派的理论家开始对这样的话语提出质疑。利奥塔指出，当下资本主义的作用不再是表明不同话语领域的位置，而是使这些领域分崩离析。也就是说，资本设置并提供单一体系和单一语言，即"独白话语"。

然而，格林布拉特指出，这种后结构主义话语同样存在问题。在詹姆逊和利奥塔的论述中，"资本主义"已成为社会现实上升至话语层面而形成的表述。这些关于资本主义的话语，都是各自理论寻找阻遏实现其世界末日式想象之障碍的逻辑结果，而在这些逻辑背后，存在一种"建立在笃信符号和阐释过程的透明性基础之上的历史主义"。这种历史主义假定出一种内在和谐一致的视野，指导文学阐释，造成了独白式的批评。其实，在资本主义社会中，文化与其他话语之间功能性分化的确立与取消是同时发生的。从社会文化结构来看，这种存在于统一和分化、统一名称和各具其名、唯一真实与不同实体的无限分化之间的摆动，尤其是审美与真实之间功能性分化的确立与取消，恰恰形成了资本主义所独有的力量。[2]这也成为20世纪末的"资本主义美学"。

那么，如何才能避免历史主义的独白式批评，揭示文学、艺术与社会之间的复杂矛盾呢？在格林布拉特看来，需要构建一种文化诗学的研究方法。所谓"文化诗学"是指一种更加文化、更加人类学的批评，它不可避免地走向一种对现实的隐喻性把握。而与这种实践密切相关的文学批评，也必须对自己作为一种阐释的地位保持自觉，有目的地将文学理解为构成特定文化的符号系统的一部分。[3]

文化诗学具有以下主要特征：

第一，文化诗学具有跨学科属性。这种批评不仅跨越文学与历史学、艺术学、哲学、政治学、经济学等学科的界线，还广泛涉及西方马克思主义的批评理论、解构主义的消解手段、后现代主义的游戏策略以及福柯的权力话语等，并且在文艺复兴、旅行文学等领域的批评实践中，构建出跨学科的研究方法。

第二，文化诗学具有文化政治学特征。格林布拉特意识到，意识形态与

1 斯蒂芬·格林布拉特：《通向一种文化诗学》，载《新历史主义与文学批评》，第2—3页。
2 斯蒂芬·格林布拉特：《通向一种文化诗学》，载《新历史主义与文学批评》，第3—14页。
3 Stephen Greenblatt, *Renaissance Self-Fashioning: From More to Shakespeare*, pp. 4–5.

社会生活形态、权力话语与个人话语、文化统治与文化反抗、中心与边缘之间不仅具有对抗关系，还有认同、化解、破坏等关系。他研究文艺复兴以及资本主义社会的真实意图，就是打破历史与文学的二元对立，将文学看作历史的组成部分，一种在历史语境中重新塑造自我乃至人类思想的符号系统。由此，在文学与社会不可截然划分的关系所构成的复杂网络中，自我性格的塑造，即那种被外力塑造的经验以及改塑他人的动机，才体现为一种权力的运作。[1]可见，这是一种具有政治批评倾向和话语权力解析功能的"文化诗学"或"文化政治学"。

第三，文化诗学具有历史意识形态性。格林布拉特指出，当我们在探讨文学批评及艺术作品与其反映的历史事件之间的关系时，或者说，在描述一些私人信件、官方文件、报纸等材料，如何由一种话语转移至另一种话语而成为审美财产时，摹仿、再现、象征、隐喻等术语已不合时宜。而且，将这一过程视为从社会话语转向审美话语的单向过程也是错误的，这不单是因为审美话语已经与经济活动相融合，更因为社会话语也负载审美的能量。换句话说，文化物品、艺术作品既不存在于政治领域，也不存在于审美领域，而是在政治与审美、真实与虚构等不同话语领域之间不断地"流通""商讨"。[2]因此，他以这些经济术语来揭示审美实践的核心，并重建一种揭示物质与话语之间意识形态内涵的方法。

总之，文化诗学具有跨学科的杂糅特性，又具有政治批判的姿态，既有以文学和非文学来将"大历史"化为"小历史"的策略，又有以经济术语来阐释文学的新术语体系。从这个角度来看，新历史主义确实体现出海登·怀特所说的从"文化诗学"发展为"历史诗学"的趋势。

2 海登·怀特的元史学和话语转义学

美国历史哲学家、文学理论家海登·怀特是新历史主义流派的理论领袖，他的代表性著作包括《历史的负担》（*The Burden of History*）、《元史学：十九世纪欧洲的历史想象》（*Metahistory: The Historical Imagination in Nineteenth-Century Europe*）、《话语的转义——文化批评文集》（*Tropics of Discourse: Essays in Cultural Criticism*）、《形式的内容：叙事话语与历史再现》（*The Content of the Form: Narrative Discourse and Historical Representation*）等。在20世纪70年代，他从历史史实的研究转向"元历史"研究，探讨历史的话语层面及其本质、历史话语与文学话语的关系等问题，并在文化与叙事层面将历史编纂与文学批评结合起来。

1 王岳川：《新历史主义的文化诗学》，载《北京大学学报》，1997年第3期，第23—31页。
2 斯蒂芬·格林布拉特：《通向一种文化诗学》，载《新历史主义与文学批评》，第12—15页。

元史学

在《元史学》中，海登·怀特打破了历史学与历史哲学的界限，突破了文学与历史的疆界。通过分析黑格尔、米什莱、兰克、托克维尔、布克哈特、马克思、尼采、克罗齐等西方历史理论家、历史哲学家的著作，他指出，这些人之所以成为历史再现/表征或概念化的楷模，与其说依赖于他们所概括的"材料"的性质或用以说明"材料"的理论，毋宁说依赖于对历史领域形成洞见的那种保持连贯一致和富有启迪的能力，即以预设的诗性来思考历史及其过程的方式。[1]换句话说，历史叙事的深层结构是诗性的，而且历史具有语言的特性，也就是说，历史在本质上是一种语言的阐释，不可避免地带有一切语言构成物所共有的虚构性。[2]因此，他试图从话语层面揭示历史文本的阐释策略及其深层结构。

首先，海登·怀特将历史著作分为编年史和故事。在他看来，史学家按照事件发生的时间顺序对历史领域的要素进行排列、组织，就可以形成编年史，而将其中的事件编排至某种具体的"场景"或过程中，就可以构成故事。这种从编年史到故事的转变，取决于关于事件的描述。具体来说，史学家通过赋予不同动机的方式对一组特定的事件进行编码，使得历时性的编年史转变为共时性的故事。他们通过揭露一组事件在形式上的一贯性，而将其视为可理解的对象，再将不同事件确定为充当故事要素的不同功能，从而将其编排至一种意义的等级之中。[3]换句话说，史学家借助一些手法，来编排、组织事件之间的联系以及被视为完整故事的整组事件的结构，并为它们赋予意义。

那么，史学家所使用的是何种方法？其实，与其说历史阐释使用的是科学阐释的方法，不如说是历史编纂学（historiography）的方法。

海登·怀特分析了 19 世纪历史学家、历史哲学家的经典著作，从历史话语在自我解释时所采用的策略中概括出三种解释模式——"情节化解释""形式论证式解释"与"意识形态蕴涵式解释"。"情节化解释"是指在叙述故事时使故事的事件序列呈现为浪漫剧、喜剧、悲剧、讽刺剧等某一特定类型的故事（即情节化），并以故事类型来解释故事的意义。"形式论证式解释"是指以合成原则充当历史解释推定律，为事件提供说明其中心思想或主旨的解释方式。这种解释可分解为三段论，也就是，关于实际发生事件的结论被认定是依据大前提和小前提所推导出来的，而推理性论证的历史

---

1 海登·怀特：《元史学：十九世纪欧洲的历史想象》，陈新译，南京：译林出版社，2004 年，第 1—5 页。
2 盛宁：《二十世纪美国文论》，北京：北京大学出版社，1994 年，第 256—257 页。
3 海登·怀特：《元史学：十九世纪欧洲的历史想象》，第 6—8 页。

解释可采取情境论、形式论、机械论和有机论等。"意识形态蕴涵式解释"是指将史学家所假设的无政府主义、保守主义、激进主义和自由主义等特殊立场中的伦理因素，作为一般意识形态偏好的代名词，这样，每种历史观也就伴随或被赋予了特殊的意识形态蕴涵。（见下图）[1]这三种解释模式位于不同的层面，而不同层面的解释模式基于结构上的同质性选择亲和关系，就构成了多种组合，也形成了历史编纂的不同风格。

情节化解释模式	形式论证式模式	意识形态蕴涵式模式
浪漫式的	形式论的	无政府主义的
悲剧式的	机械论的	激进主义的
喜剧式的	有机论的	保守主义的
讽刺式的	情境论的	自由主义的

其次，海登·怀特还根据历史著作的比喻方式及其修辞，揭示出历史的诗性本质。他指出，史学家和历史哲学家组织、编排各种解释模式而构成的特定组合，在整个历史领域形式的一致性图景和主导性想象的情境内，释放出一种辩证的张力，这使他们关于该领域的概念获得一致性和融贯性。然而，在本质上，确定这种一致性和融贯性的基础是语言学的，是预设的诗性。而这种语言学的规则的特征，可以根据塑造它的主导性修辞方式来表述。[2]换句话说，历史著作所采用的主导型比喻方式及其修辞规则，构成其不可还原的基础。

海登·怀特以维柯的比喻理论来探讨历史、话语与意识形态的关系问题。[3]在他看来，比喻的基本类型即隐喻、转喻、提喻与反讽，在对意义的文字层面与比喻层面的关系处理上存在差异——隐喻是表现式的，转喻是还原式的，提喻是综合式的，而反讽是否定式的。这种比喻理论为理解语言、意识和世界之间的关系提供了一种工具。具体来说，比喻是由语言规定的操作范式，而意识以这些范式来预构在认识上悬而未决的经验领域。当思想在语言规则中选择某种解释范式时，每种比喻也促成不同的语言规则的形成，即同一性语言、外在性语言与内存性语言，以及元比喻式的语言

1 海登·怀特：《元史学：十九世纪欧洲的历史想象》，第9—38页。
2 海登·怀特：《元史学：十九世纪欧洲的历史想象》，第39—49页。
3 Hyden White, *The Fiction of Narrative: Essays on History, Literature, and Theory, 1957–2007*, ed. Robert Doran, Baltimore, Maryland: The Johns Hopkins University Press, 2010, pp. xvii–xix.

（见下图）。[1]

这样，历史通过语言以及比喻、修辞，就可以为新的事物赋予意义，使其被理解。因此，海登·怀特元史学的任务就是以比喻来分析历史话语的本体论与认识论层面、伦理与意识形态层面、美学与形式层面的复杂关系。

比喻/话语转义方式	语言操作范式	语言规则
隐喻	表现式的	同一性语言
转喻	还原式的	外在性语言
提喻	综合式的	内存性语言
反讽	否定式的	元比喻式语言

话语的转义

如果说，海登·怀特的《元历史》既是历史书写、历史意识的理论，又是揭示历史文本的诗性本质的"元史学"理论，那么，在《话语的转义》《形式的内容》等后期理论中，他则断然将历史与文学等量齐观，揭示出历史话语的转义机制及其美学意义，并构建出叙事形式的理论。

首先，海登·怀特揭示出构成历史之诗性的话语转义学。在《话语的转义》中，他假设，当话语试图标示出人类经验的新领域以便对其进行分析，界定这一领域的轮廓、辨识其中的因素及其各种关系时，话语要确保语言能够描述占据该领域的对象，并通过预构的策略来影响描述的充分性。但是，与其说这种预构是逻辑的，不如说是转义的。海登·怀特相信，没有任何叙事要体现某种逻辑推演的融贯性，也就是说，历史语言不仅不是科学的话语，还使修辞之间的联系成为一种比喻性关系，而非逻辑性关系。[2]因此，他试图以比喻理论揭示出转义对历史叙事方式的意义，并构建出话语转义的机制。

对他来说，转义是所有话语建构客体的过程。在这一过程中，话语假装给予客体以现实的描写和客观的分析，并且无论是虚构话语还是实在话语，都无法逃脱转义。这样，"转义"既是从有关事物关联方式的一种观念向另一种观念的运动，也使事物能用一种语言来加以表达同时又可以用其他方式来表达，由此形成了事物之间关联的机制。而话语本身是意识诸过程的一种

1 海登·怀特：《元史学：十九世纪欧洲的历史想象》，第39—49页。
2 海登·怀特：《后现代历史叙事学》，陈永国、张万娟译，北京：中国社会科学出版社，2003年，第1—2页。

模式，它借助类比使原先被看作是需要理解的现象领域，同化到本质已被理解的经验领域之中。[1] 简言之，他以比喻的美学意义，以一种诗性的方式，揭示出历史、话语与思想相互作用的机制。

其次，海登·怀特还探讨了历史叙事的形式，即叙事化、情节化所具有的美学意义。在《形式的内容》中，他指出，审美形式可以传达内容与意义；形式与传达的信息密不可分，而故事的生成也需要技艺。同样，史学话语研究的内容与其推论形式无法区分，因此"故事是被创造的，不是被发现的"，而且创造既有情节化、艺术创作之意，又有诗学、元史学层面的建构之意。[2] 叙事不仅是一种用以再现真实事件的中性推论形式，而且是一种具有特殊作用的意义生产系统，涉及蕴含着鲜明意识形态甚至特殊政治意蕴的本体论和认识论选择。

可以说，叙事及其虚构性为陌生的事件和情节赋予意义，因而也属于文学虚构，具有重要的美学意义。这也是为什么海登·怀特将自己的研究描述为探讨历史写作的诗学（而非哲学）努力。

3 蒙特洛斯的"历史的文本性"与"文本的历史性"

美国学者路易斯·蒙特洛斯在莎士比亚戏剧批评和文化诗学研究等实践中，逐渐发展为新历史主义的积极推动者和实践者。

20 世纪 70 年代末，蒙特洛斯发表了一系列关于新历史主义的研究论著，分析了文化诗学的理论宗旨及其特征，并自觉运用到批评实践中。在这一时期，他强调文学与世界之间的关联，认为即便像伊丽莎白时期的田园诗歌这样的文学作品，也具有一种调节那个时期经济与政治矛盾关系的深远意义。[3] 蒙特洛斯试图在对田园诗等文本的分析中，考察文学与社会意识形态之间的关联，尤其重视对文本中权力意识形态问题的揭示。这种研究与文化诗学较为相似。

与之不同的是，早期蒙特洛斯更重视文学在历史中的作用，并注重从历史发展的角度来把握文学作品，将文学视为外在世界的反映。他坚持文学能够"调节"特定经济和政治体制造成的紧张关系及内心深处的矛盾，强调历史剧总是通过掩盖断裂的现象而达到调节社会问题的目的。但他怀疑那种过分巧合或过分集中偶然性来表现戏剧冲突，从而丧失了真实性的作品。他认

1 海登·怀特：《话语的转义——文化批评文集》，董立河译，郑州：大象出版社，2011 年，第 1—6 页。
2 Hyden White, *The Fiction of Narrative: Essays on History, Literature, and Theory, 1957–2007*, pp. xxii–xxxi.
3 Louis Adrian Montrose, "'Eliza, Queen of Shepherds', and the Pastoral of Power", in Aram Veeser ed., *The New Historicism*, New York and London: Routledge, 1989, pp. 88–89.

为，文学应注重普遍永恒的问题，而不是反映具体历史时期和物质构成中的问题，或特定的政治权力所构成的现实产物。[1]在这个方面，蒙特洛斯的思想显现出旧历史主义的痕迹。

文本的历史性和历史的文本性

20世纪80年代中期，由于受到雷蒙·威廉斯后期著作的影响，蒙特洛斯的研究越来越趋近于新历史主义，并构建出新的理论。

第一，蒙特洛斯提出"文本的历史性"和"历史的文本性"的阐释范式。"文本的历史性"是指所有书写形式的历史具体性和社会物质性等内容，这既包括批评家研究的文本及其所身处的社会文化文本，又涉及所有阅读形式的历史性、社会性和物质性等内容。而"历史的文本性"首先是指批评家若不以社会的文本踪迹为媒介，就没有接近完整的、真正的过去以及一个物质性存在的途径，而那些文本踪迹不能仅仅被视为是偶然形成的，更应被设定为类似于生产人文学科规划的过程，或至少在某些部分上，是源于选择性保存和涂抹的过程。其次，"历史的文本性"是指那些在物质以及意识形态选择中获胜的文本踪迹，被转化成"文献"，并在人们将人文学科阵地视为描述和解释性文本的基础时，再次充当阐释的媒介。[2]在这种文本与历史互动的批评中，原本独一无二的"非文本化"形式的历史（History）衍变为复数的"由文本再现"的历史（histories）。而"文本的历史性"和"历史的文本性"，不仅成为蒙特洛斯的新的阐释范式，更成为一种对新历史主义特征的界说。

第二，蒙特洛斯强调主体的主观能动性和事件意义的相对性。他不仅通过主体、文学和历史语境突破文本的内外界限，将历史的流变与权力意识形态的关系贯通起来，而且强调主体具有能动性与自主性的统一。主体既受到历史的制约，又能够超越历史对其进行深切的反思，甚至对历史话语进行全新的创造。主体，尤其是历史阐释的主体，不是无限趋近于对客观历史事实的认同，而是消解这种客观性神话而建立历史的主体性。[3]可以说，历史就是历史学家的主观构造物，这是其主体性的鲜明体现，而历史被阉割的意义也被再度阐释生发出来。不仅如此，蒙特洛斯还强调话语领域与物质领域之间存在动态的、交互式的关系，而文本就成为塑造历史的能动力量，文学成

---

1 李圣传：《实践"新历史主义"：格林布拉特及其同伴们》，《学术研究》，2020年第2期。

2 Louis Adrian Montrose, "The Poetics and Politics of Culture," in Aram Veeser ed., *The New Historicism*, pp. 15–17.

3 Louis Adrian Montrose, "Shaping Fantasies: Figurations of Gender and Power in Elizabethan Culture", *Representations* 2 (Spring 1983), pp. 61–94.

了文化与物质实践、"讲述话语的年代"与"话语讲述的年代"双向辩证对话的动力场。所以，他的任务就是考察在异己的社会历史背景下，"自我"的观念如何形成并浮出历史地表，并发掘自我作为当时矛盾话语的产物，如何通过一种非人化的历史去加以重新命名，使文学再生产历史，甚至创造和虚构一种更真实的历史。[1]这样，通过强调文学与社会历史文本的相互转化、彼此作用，而非历史决定论，蒙特洛斯以能动地再生产意义的新历史主义，替代了旧历史主义。

第三，蒙特洛斯主张，用文化系统中的共时性文本替代过去自主的文学历史的历时性文本。他甚至不惜以牺牲连续性进程为代价来强调结构关系，将文本视为文化系统的文本，而非自足的文学史的文本。[2]海登·怀特指出，蒙特洛斯在文本与历史、历时与共时的相互阐释中，修改了新历史主义研究的基础和兴趣，使新历史主义者关注的中心问题，从历时性转向共时性方面。[3]

可以说，蒙特洛斯不仅将批评视角从对历史的考据式分析和形式主义把握，转向文学与政治、经济、宗教、社会制度等的相互调节，还使原先封闭自足的文本及思想在其他社会话语、社会实践的关联中获得新的阐释意义，实现了文学与历史的流通与相互作用。他不仅细化了实践新历史主义的方法，还使新历史主义批评更具开放的理论张力。

4　多利莫尔和辛菲尔德的文化唯物主义

乔纳森·多利莫尔是英国文化唯物主义的开创者和实践者，主要从事文艺复兴时期的文学研究，而他和艾伦·辛菲尔德合编的《政治的莎士比亚：文化唯物主义论文集》一书，更推动了文化唯物主义在英国的传播、影响和发展。

文化唯物主义

20世纪80年代初，文化唯物主义兴起于文艺复兴研究，尤其是莎士比亚戏剧研究领域，后来逐步过渡到探讨女性主义、后殖民以及同性恋等问题。然而，"文化唯物主义"一词可追溯至文化研究理论家雷蒙·威廉斯对一个从事文化分析的工人团体的用语。[4]这个英国二战时期的团体以威廉斯

---

1 王岳川：《后殖民主义与新历史主义文论》，济南：山东教育出版社，1999年，第177—179页。

2 S. Greenblatt and G. Gunn, eds., *Redrawing the Boundaries*, New York: Modern Language Association of America, 1992, p. 401.

3 海登·怀特：《评新历史主义》，载《新历史主义与文学批评》，张京媛主编，北京：北京大学出版社，1993年，第95—97页。

4 Raymond Williams, *Marxism and Literature*, Oxford: Oxford University Press, 1977.

本人的研究为主，汇集了文化研究中的历史、社会、英语等方面研究，女权运动中的某些问题，以及阿尔都塞、马舍雷、葛兰西以及福柯等人的结构主义马克思主义和后结构主义理论。英国文化唯物主义不仅延续了威廉斯的理论，而且探讨了格林布拉特的文化诗学，重视从文化、历史、政治与权力等多个角度来分析文学，并且由于不同学科以及不同理论的分析相互纠缠，产生出一种"实践的政治"。

具体来说，文化唯物主义的思想主要包括以下几个方面。

第一，文化唯物主义主张消除文学与非文学之间的界限，对文学、历史与权力意识形态进行一种总体性批评。多利莫尔拒斥那种特别重视文学，而将文学、艺术同其他社会实践相分离的唯心主义文艺批评的做法。这种批评全神贯注于假想中的普遍真理，及其在人的根本性质中的对应，而将历史视为无关宏旨，或者在肯定某种超越历史的人类状况时，将历史当作某种约束。与之相比，他更认同威廉斯的理论主张，即消除文学与其背景、文本、上下文之间的分野，认为艺术"作为实践可能具有十分独特的品性，但不能从一般的社会进程中分割开来"。而在文艺复兴研究领域，多利莫尔更加认同格林布拉特对文学与权力的研究，将戏剧视为权力的主要表现和法统所在。[1] 可见，文化唯物主义批评主张"从后结构主义的观点出发，把文学和历史解作建构的文本性"，[2] 注重对文学、历史与权力、意识形态进行互文性、总体性研究。

第二，文化唯物主义注重对意义与合法性之间的多种文化联系进行意识形态批评。与文化诗学相类似，唯物主义批评也拒斥格林布拉特所说的"单声道"的、自说自话的历史主义批评。多利莫尔指出，蒂利亚德的《伊丽莎白时代的世界图景》等历史主义著作，以人们"集体心理"的名义虚情假意地将历史与社会进程统一起来。在他看来，这种看重秩序的说教，是对突然出现的、具有威胁性的力量所作的焦虑反应，而这种"世界图景"是在意识形态方面将现存的社会秩序合法化。他根据威廉斯的理论，揭示出这种"单声道"话语背后"单一的政治幻象"。蒂利亚德的"世界图景"在某些方面可以看作是主要意识形态，在另外一些方面可以看作是残余意识形态，但这种"图景"忽略了这两者正在遭受新兴文化形式的对抗，而这些正是在伊丽莎白时代处于

---

1 乔纳森·多利莫尔：《莎士比亚，文化物质主义和新历史主义》，载《文艺学和新历史主义》，中国社会科学院外国文学研究所《世界文论》编辑委员会编，北京：社会科学文献出版社，1993年，第141—145页。

2 霍华德·菲尔皮林：《"文化诗学"与"文化唯物主义"：文艺复兴研究中的两种新历史主义》，载《2000年度新译西方文论选》，王逢振主编，桂林：漓江出版社，2001年，第200页。

中心的问题。从更普遍的层面来说，无论是漫无边际的想象，还是文学的想象，文化都不是单一的整体。而在另外一些文学形式中，我们可以约略看到超越"世界图景"之外的文学形式，即处于次要地位的文化。因此，多利莫尔强调从意义与合法性之间的种种文化联系，来揭示意识形态的意义。通过这种批评角度，他们揭示了信仰、实践和机制如何使社会秩序或社会现状合法化，以及为了加强现存的社会秩序，把局部利益表现为总体利益的合法化过程。[1]可以说，文化唯物主义试图以社会政治分析来恢复戏剧的政治空间。

第三，文化唯物主义批评注重权力的巩固、颠覆与遏制。文艺复兴时期的文学批评家大多强调文学的效果，而当时关于戏剧的效果存在两种观点：一种观点强调戏剧教育群众的功能，另一种观点强调戏剧具有打消甚至推翻权力的神秘感的力量。在文化唯物主义看来，这一时期关于文学的功利主义观念，恰恰说明了文学的社会政治效果的"付诸实践"，就是文学的接受性。当时对悲剧因素的表述既涉及普遍性，又绝对是政治性的。而作为再现暴政的表现以及剧本本身，在"付诸实践"时，就既是对权力的维护，也是对权力的挑战。简言之，"文学是一种实践，在它再现当代历史的时候就干预历史了"。文艺复兴时期的文学就是在它对某些具体的权力形式进行理想化或消除它们的神秘色彩时，展现出它们的政治性。正是这种再现使作品在艺术上取得成功。为了探讨文学的效果或"付诸实践"的问题，多利莫尔反思了在历史文化进程和文学中体现出的三个方面，即巩固、颠覆和遏制。第一个方面强调权力通过共享的文化而巩固其意识形态的过程，第二个方面强调对权力巩固过程的颠覆，第三个方面则强调对颠覆力量的遏制与包容。他指出，权力结构并非一成不变，而是由各种不同的、互相竞争的因素所构成的。这些因素不仅产生文化，还在付诸实践过程中产生文化。这样，在某种程度上矛盾也就消失了。也就是说，"付诸实践"表现出某种生成或转变的过程，因此，文化唯物主义批评也应在分析和方法论方面表现出转变，即把文本的、历史的、社会学的和理论的分析结合起来考察的转变。[2]这样，文化唯物主义就形成了一种"实践的政治"。

应该说，英国文化唯物主义与美国新历史主义在叙述宗旨、理论意向和政治话语等方面较为接近。然而，由于地域文化、知识传统、理论方法和研究趣味迥异，作为另一种"新历史主义"的英国文化唯物主义，开辟出一条新的文学批评路径，拓宽了新历史主义的理论意涵。

1 乔纳森·多利莫尔：《莎士比亚，文化物质主义和新历史主义》，载《文艺学和新历史主义》，第145—149页。
2 乔纳森·多利莫尔：《莎士比亚，文化物质主义和新历史主义》，载《文艺学和新历史主义》，第149—157页。

三 结语

作为重要的西方文艺思潮，新历史主义对文学批评、历史研究、叙事学等产生了重要的影响，然而也遭受了许多批评。

第一，新历史主义显现出历史文本化的批评策略，打破了历史与文学、历史话语与文学话语之间的界限。在历史与文学的关系上，格林布拉特、蒙特洛斯等在文学文本研究中采用历史文本化研究，因为正如詹姆逊所言，"尽管批评家没有意识到，但所有有关文学作品形式上的陈述都必须以一个潜在的历史维度来支撑。"[1]而海登·怀特等的历史理论研究，在借鉴文学理论及其方法的基础上，形成了一种诗意直觉的、本文细读式的方法，甚至构建出叙事的理论。

对理查·勒翰来说，历史的文本化策略潜藏着时间空间化以及历史虚无主义的危险。由于受到解构主义、后现代主义的影响，新历史主义批评在本质上排斥历史的线性发展以及历史的深度，总是将时间并置，即将时间空间化。当历史成为非历史的空间化存在时，历史的言说变成一种言说取代另一种言说的话语，而这种历史的事物秩序仅仅是人类文字秩序言说的再现。勒翰认为，这将使历史进入"时间的凝定"，并引申出一种先定的、以主观性决定历史意义的倾向。而且，这种文本化策略会割裂时间，既瓦解历史的连续性，又脱离意识，使历史和意识变成不可理解、无法把握的东西。[2]其实，这种看法存在一定的片面性。新历史主义强调主体对历史进行文本细读，强调探讨文化与社会结构之间的总体性关系，因而"历史的文本化"与"文本的历史化"只是一种研究策略，而并非"语言决定论"或"历史虚无主义"。

第二，新历史主义批评以福柯的权力分析法，来探讨历史话语、文学话语与意识形态的关系，构建出一种意识形态话语分析。新历史主义理论家反对解构主义的"非历史化游戏"，以话语分析代替了意识形态批判，而从另一角度来看，他们并未抛弃"意识形态"概念，而是改变了它的内涵。格林布拉特的文化诗学具有意识形态性、政治解码性和反主流姿态，多利莫尔也强调文本解读的意识形态性。这些研究以政治化的方式解读文学和文化，关注文化赖以生存的历史语境，并以边缘和颠覆的姿态解构正统的学术，质疑政治社会秩序。[3]

当然，这也使新历史主义显现出混杂多义、立场不确定等弊端。新历史主义既受到福柯权力观的影响，又试图在政治立场上与马克思主义划清界

---

1 Fredric Jameson, "Criticism in History", *The Ideologies of Theory, 1971–1986*, Minneapolis: University of Minnesota Press,1988, p. 120.

2 Richard Lehan, "The Theoretical Limits of the New Historicism", *New Literary History*, 21.3 (Spring 1990): 533–553.

3 Brook Thomas, *The New Historicism and Other Old-Fashioned Topics*, Princeton: Princeton University Press, 1991.

线，强调政治上的不偏不倚，避免因单一的立场或观点而将历史纳入"独白"的表述，从而遮蔽历史的复杂面目。可以说，新历史主义是为应对历史主义而构建出的新研究方法，但这种新的研究方法也带来新的问题。

第三，新历史主义，尤其是海登·怀特的理论，不仅肯定了叙事的虚构性及其诗学意义，还推动了叙事学的发展。他指出，历史编纂的形式是历史在哲学思辨意义上的存在形式，也就是说，在撰写历史时，要为历史表述形成之前在人们思维中已然存在的诗性灼见赋予某种形式，才可以使历史表述呈现出某种合理性。通过这种方式，他将历史事实、历史意识和历史阐释的差异填平了。[1]而从另一个角度来看，历史的思辨哲学编纂使历史呈现出历史哲学的形态，并带有诗人看世界的想象的虚构性。由此，他使我们意识到历史意识、阐释模式和语言的虚构性之间的关系。这有助于对居于统治地位，或特定时空中占优势的社会、政治、文化以及其他符码进行破译和削弱。在解构性、颠覆性和挑战性这些意义上，历史语言的虚构性类似于诗学语言。[2]

可以说，海登·怀特的理论建构在西方历史哲学的发展脉络中具有开创性的意义，不仅推动了历史哲学的"叙事转向"，还推动了叙事学、修辞学的发展。但是，这种将历史诗意化的研究方法，也遭到来自文学批评和历史研究领域的双重批评。

总而言之，新历史主义颠覆了旧历史主义的整体性观念以及新批评的形式主义方法，还打破了历史决定论和文本中心说，既具有跨学科的杂交品质，又呈现出意识形态性和政治性批判的姿态。应当说，新历史主义研究的目的并非回归历史本身，而是为历史提供一种新的话语阐释范式，一种文化政治学、文化人类学的批评方法。

思考题：

1 在文艺复兴研究领域，格林布拉特的"文化诗学"和多利莫尔、辛菲尔德的"文化唯物主义"有什么联系和区别？

2 新历史主义文论的基本特征是什么？如何评价这些特征的价值与局限？

3 新历史主义文艺思潮与中国的新历史主义小说有什么关系？

---

1 盛宁：《二十世纪美国文论》，第258—259页。
2 海登·怀特：《评新历史主义》，载《新历史主义与文学批评》，第106页。

第十六章

后殖民主义

一　后殖民主义文论的概述与背景

后殖民主义（Postcolonialism）又叫后殖民批判主义（Postcolonial Criticism），20世纪70年代兴起于西方学术界，是一种具有强烈的政治性和文化批判色彩的学术思潮。它主要是一种着眼于宗主国和前殖民地之间关系的话语。后殖民主义不是铁板一块的、僵化的理论；自诞生之初它就常常变化，以适应不同的历史时刻、地理区域、文化身份、政治境况、从属关系以及阅读实践。它揭示了一种由来已久，因而被视作理所当然的世界格局——处于弱势的东方总是被西方话语霸权塑造或遮蔽，东方成了一个始终失语、任人打扮，甚至用来衬托西方世界的"镜像"。它不是用真刀真枪进行肉体上压制，而是潜移默化地进行思想的殖民。暴力压制必然激起反抗，而文化熏染却让人沉湎其中而不自知，殊不知这才是更可怕的文化霸权。与其说后殖民主义是一系列理论和教义的策源地，不如说它是一个巨大的话语场，或"理论批评策略的集合体"，其特点可以归纳为：后殖民主义话语主要是关于文化差异的理论研究。这里的差异主要指原宗主国与殖民地和第三世界之间不同于殖民主义的复杂关系。后殖民主义特别倚重福柯关于"话语"和"权力"关系的学说，按照这一学说，世界上任何"知识"归根结底都是一种"话语/权力"的较量。后殖民主义否认一切主导叙述（master-narratives），认为一切主导叙述都是欧洲中心主义的，因此批判欧洲中心主义是后殖民主义的基本任务。后殖民主义把现代性、民族国家、知识生产和欧美文化霸权同时纳入自己的批评视野，从而开拓了文化研究的新阶段。代表人物有爱德华·萨义德（Edward W. Said, 1935—2003）、霍米·巴巴（Homi K. Bhabha, 1949— ）、佳亚特里·斯皮瓦克（Gayatri C. Spivak, 1942— ）、弗雷德里克·詹姆逊等。

萨义德、巴巴、斯皮瓦克来自东方，就读于西方大学并在美国高校有体面的教职。他们认同西方文化，但在西方世界或多或少受到区别对待，无法彻底融入其中；但也因为他们的"边缘身份"，本民族特有的文化背景使他们对西方主流文化有强大的批判能力，这也是他们的独到之处、生存之本，令他们在西方大学中占有一席之地。对西方文化的矛盾心态使他们不反对第三世界民族意识，但也并不拥护批判性极强的马克思主义。后现代思潮的风行与他们的文化位置相契合，他们获得了新的视野，沿袭解构主义的思潮，在福柯、德里达等人的影响之下，根据本民族经验完成了自己的理论建构。例如萨义德的"东方主义"抵抗西方又拒绝革命，认同西方文化又有强烈的民族责任；他批判无处不在的文化霸权，但也拒绝毁灭式的革命暴力，而是采用温和的文化抵抗策略。

巴巴根据自己文化融合的经验，张扬一种少数族的、流散的和移民的视角："最真的眼睛现在也许属于移民的双重视界。"[1] 他认同一种"之外"的微妙的干预性空间，质疑西方传统的宏大叙事和本质主义。所以，巴巴的"文化定位"理论反对宗主国所宣扬的文化普遍性，也反对完全抹平差异的"多元"话语，而是聚焦于"处于中心之外"的非主流文化领域，这意味着后殖民主义将是一个开放的、未完成的、拥有无限可能的文化场域。在崇尚普遍性的潮流中，巴巴标举边缘文化立场，让被遮蔽、非主流的弱势文化自我生长、自我发挥，获取合法性和抵抗力，形成对殖民文化的修改。

斯皮瓦克抵抗文化霸权的方式是打捞第三世界"属下"的独特经验。在她对殖民主体的生产进行批判的过程中，"这个难以言表的、非超验的（'历史的'）"[2] 的"属下"经验被集中再现。在《底层研究——解构历史编撰学》一文中，斯皮瓦克认为："符号系统中的功能变化是一次暴力事件。甚至在被认为是'逐渐的'，或'失败的'，或还没有'扭转方向'时，变化也只能由危机之力所支配。然而，如果变化的空间（必然还有附加的因素）并没有出现在符号系统以前的功能之中，那么危机就不会促使变化发生。意指功能的变化增补了以前的功能。底层研究集体地认真解释了这场双重运动。"[3] 这意味着对"属下"意识的呈现和添补是对于过去连续符号链的打断，符号链碎裂的地方，"属下"的经验和形象得到"模糊"的呈现，她试图在断裂处、破碎处重拾被文化霸权遮蔽、改写的"属下"。

马克思主义更倾向于社会历史维度，强调阶级对抗，而后现代主义偏向于在书写维度中获得抵抗的可能。詹姆逊和德里克（Arif Dirlik, 1940—

---

1 霍米·巴巴：转引自生安锋：《后殖民主义的"流亡诗学"》，载《外语教学》2004年第25卷第5期，第62页。

2 Gayatri C. Spivak, "Can the Subaltern Speak?" in Cary Nelson and Larry Grossberg, eds., *Marxism and the Interpretation of Culture*, Urbana: University of Illinois Press, 1988, p. 293.

3 斯皮瓦克：《底层研究——解构历史编撰学》，载《从解构到全球化批判：斯皮瓦克读本》，陈永国、赖立里、郭英剑主编，北京：北京大学出版社，2007年，第137页。

2017）都受马克思主义影响深远。具体来说，詹姆逊挣脱第一世界晚期资本主义困境的路径是经由马克思抵达"政治无意识"。詹姆逊对马克思在《政治经济学批判》序言中提到的"有法律的和政治的上层建筑竖立其上并有一定的社会意识形式与之相适应的现实基础"[1]这一判断甚为推崇，并把它当作自己整个阐释理论的基础。在詹姆逊看来，有效挣脱这一境遇的前提是意识到"一切事物都是社会的和历史的，事实上，一切事物说到底都是政治的"。[2]他认为一切文本都具有政治无意识，政治无意识是阐释一切文本的最终视域，它提供"一种最终的分析（final analysis），并为作为社会象征性行为的文化制品的祛伪过程探索着诸多途径"。[3]正是因为把一切文本最终都归结到政治无意识，詹姆逊才会呼唤一种新型的政治知识分子，并试图通过他们建构出第三世界文化来对抗和拯救没落的第一世界文化。

　　德里克也持马克思主义立场，但更加激进。后殖民主义理论的命脉即文化主义的分析方法，将文化看作社会发展的决定性变量，以文化手段消解和颠覆西方霸权，以一种文化来反对另一种文化，以一种理论来抵制另一种理论，甚至以弱小的、零散的思想对抗有着严密结构和体系的整个西方文化霸权，他对此充满质疑：文化有那么大的威力吗？后殖民主义理论最终落到马克思在《德意志意识形态》中所批判的那种"仅仅反对这个世界的词句"[4]的境地，马克思认为"批判的武器不能代替武器的批判，物质力量最终需要物质力量来摧毁"[5]，德里克强化了马克思的批判精神和革命精神，更倾向于从批判走向革命。

　　相比之下，后现代理论更注重从文本维度进行解构。萨义德受福柯的影响，他强调的是前缀"re-"的"重新、再度改写"的意义，通过被殖民者"逆写"帝国的能力建构起一种文化抵抗的可能。"逆写"帝国这一过程重构了自我与他者之间的关系。他们的过去"作为屈辱留下的伤疤，作为不同实践的刺激，作为对趋向于一种后殖民未来的过去的种种修正的观点"，[6]而更有力量的是作为"急需重新解释和重新利用的经验，在这些经验中，曾经沉默的土著作为总的抵抗运动的一部分，在从殖民者手中重新夺回的领土上

1 卡尔·马克思：《马克思恩格斯全集》第十三卷，中共中央马克思、恩格斯、列宁、斯大林著作编译局编译，北京：人民出版社，2006年，第8页。

2 Fredric Jameson, *The Political Unconscious: Narrative as a Socially Symbolic Act*, New York: Cornell University Press, 1981, p. 20.

3 Fredric Jameson, *The Political Unconscious: Narrative as a Socially Symbolic Act*, p. 20.

4 卡尔·马克思：载《马克思恩格斯选集》第一卷，中共中央马克思、恩格斯、列宁、斯大林著作编译局编译，北京：人民出版社，1995年，第66页。

5 卡尔·马克思：载《马克思恩格斯选集》第一卷，第9页。

6 Edward W. Said, *Culture and Imperialism*, London: Vintage Books, 1994, p. 212.

发言和行动了"。¹这样的改写或重写是面对帝国主义话语霸权时有效的干预形式和重要的文化抵抗策略，它随时随地、无时无刻不以潜移默化的形式进行，可以细致入微地渗入每一次接受和书写，不被压制，无法禁止。它"不仅是政治运动必不可少的一部分，而且是这个运动成功引导的想象"，可以说，文化抵抗以一种潜能的方式完成它的批判使命。

而霍米·巴巴、斯皮瓦克受到德里达解构理论的影响，强调异质经验的重要性。解构思维的特殊之处在于，它所"设定"的一切前提都只具有临时的、"踪迹"性的意义，采用一种"策略"性思维。它不同于"再现"逻辑：其目的不是为了同一，也不是追求本质，而是尽可能地释放差异。在"再现"逻辑框架中，作品构成一个明确的、有逻辑的、连贯的有机整体，是对于历史的完美诠释；而"策略"性思维却认为，作品中那些不能表达的东西，那些无法刻意避免的非连贯性，那些突兀的断裂所露出的白生生的断茬，所有这些"沉默"和"不在场"诉说着作品所不能诉说的东西，这才是需要被打捞、需要被发现之处。

二 代表人物及其核心理论

1 萨义德的"东方主义"

在《东方主义》中，萨义德借助福柯的权力/话语与葛兰西的文化霸权理论别开生面地重新阐释和反思了东方学。他提出一个重要的观点，即自 18 世纪以来的东方是西方构建的东方，当东方被认定为野蛮、粗鄙、神秘的东方时，与之相对的理性、文明的西方才浮出水面。也正是在他的凝视中，一直被遮蔽的、无法言说的东方被重新发现，并引起东西方学者的重视。萨义德遵循后现代话语建构理论的思路，认为"东方并非一种自然的存在"，²"像'西方'一样，'东方'这一观念有着自身的历史以及思维、意象和词汇传统"，³然而，作为一种地理的、文化的、历史的实体，"东方"和"西方"这样的地理文化区域是人为建构而成的，即在西方的学者、旅行者和东方人的话语锁链中被凸显、被塑造。东西方只有在相互映衬、相互对照中才能确立自身——借用拉康的"镜像"理论，"自我"要在"他者"的映衬下才能获得自身；当"东方"被描述成与"西方"不同、甚至对立的"东方"时，"西方"的主体性才真正地浮出水面。而在这种建构背后是一种无时不在、无处不在的权力关系。萨义德试图揭示隐藏在司空见惯的话语背后的一种支

---

1 Edward W. Said, *Culture and Imperialism*, p. 212.
2 Edward W. Said, *Orientalism*, New York: Vintage Books, 1978, p. 4.
3 Edward W. Said, *Orientalism*, p. 5.

配关系，且这种话语的支配权力不是孤立的，而是与其他权力交织缠绕，宛如毛细血管一样遍布全身。为了说明这一点，萨义德将葛兰西的"文化霸权"和福柯的话语/权力理论进行嫁接，首先通过葛兰西的"霸权理论"将对资产阶级霸权的批判从身体统治和阶级压迫维度转向意识形态领域。具体来说，葛兰西认为资产阶级只靠国家权力机构来维护统治权威显然不够，他们更专注于获得意识形态的领导权，以便将符合自身利益的意识形态经过有效宣传植根于大众的思维观念中，从而在文化上获得认同感。[1] 在萨义德看来，"东方主义"就是这样一种"文化霸权"，它的威力并非通过对各个阶级直接的政治压迫来完成，而是通过隐匿在意识形态领域的、彼此交错勾连的政治、文化、道德和知识体系中的权力锁链进行的。也正因如此，西方对东方的霸权才更加持久有效和隐秘，让人们在潜移默化中丧失了独立思考和自由判断的能力，却浑然不知。

随着后现代主义的兴起，萨义德受到福柯话语/权力理论的启示，将霸权从意识形态这一空泛所指锚定到"话语"这一具体、可操作的领域。70年代，福柯提出了"权力/知识"理论：一、权力如何产生。话语可以不断生产运作，发挥作用，以知识、科学、真理的名义进入我们的日常生活与认知领域，而权力也伴随着话语被生产出来。可以说，"权力和知识是直接相互连带的，不相应地建构一种知识领域就不可能有权力关系，不同时预设和建构权力关系也不会有任何知识。"[2] 也就是说，权力和话语相互生产，相辅相成。二、权力如何运作。福柯认为"权力无所不在"，任何事物都一定会受到其所置身的权力网络的牵制，权力通过话语形成的知识网络以微观模式在整个社会机制中运作。从这个意义上，萨义德认为"东方"是由一整套操作机制完成的："关于东方的知识，由于是从强力中产生的，在某种意义上创造了东方、东方人和东方人的世界。"[3]

萨义德将"文化霸权"和"权力/话语"进行了巧妙的对接，无疑非常精妙，然而，在两者对接的裂缝处，葛兰西和福柯关于权力理论的差异与矛盾也就涌现出来，萨义德在两者之间来回游走，暧昧不定。具体来说，葛兰西"文化霸权"理论有明确的现实指向性，而福柯只在文本之中完成批判，对文本阐释转变为实践行动的做法避之千里。萨义德也深知这一点："福柯所说的历史最终是文本的，或者说文本化的，其模式与博尔赫斯的相近，但与

---

1 葛兰西的"霸权"概念是与他的市民社会/政治社会区分理论分不开的。葛兰西认为马克思主义的上层建筑包括两层含义：一、"市民社会"，即"民间的"社会组织的集合体；二、"政治社会"或"国家"。政治社会作为专政的工具，代表的是暴力；市民社会是政治社会的基础。

2 福柯：《规训与惩罚》，刘北成、杨远婴译，北京：生活·读书·新知三联书店，1999年，第29页。

3 Edward W. Said, *Orientalism*, p. 40.

葛兰西的大相径庭。葛兰西当然会赏识福柯考古学的精致性，但会发现他的考古学竟然匪夷所思地丝毫没有提到那些纷涌的运动，只字不提革命、反霸权。在人类历史上，即使再严密的统治制度，也总是有无力顾及的地方；正是这些地方使变革成为可能，限制了福柯所说的权力，使那种权力理论举步维艰。"[1]可以看出，尽管萨义德将批判殖民主义的理论根基落在福柯的文化阐释上，却并不满足于此，心心念念想着葛兰西的文化现实指向。所以，当萨义德批判文化领域的西方霸权时，采用的是福柯的文本阐释策略，指向含糊，而涉及巴以、中东等现实问题时，他将批判的矛头指向现实存在，即以欧美为代表的西方世界。那么，是什么样的羁绊使他从福柯的文本阐释框架中出走，进入义愤填膺的现实指向？这一切实际源于他心中挥之不去的民族情结。

2　霍米·巴巴的"文化杂交"

巴巴的理论是对福柯的话语理论和德里达的"延异"理论的奇思妙用，他将一种形而上的理论落实到对具体问题的解释层面。具体来看，福柯认为，陈述是话语的最基本单位，否定了传统语言学将陈述与对象看作一一对应、等量代换的关系。陈述无法抵达自然对象，而是一种建构效果；陈述多种多样，并与其他陈述盘根错节地交织成一个知识网络，每一个微弱的调整都可能导致全部的变化；即便是同样的陈述，由于语境不同、视角不同、方式不同，意义也会发生翻天覆地的变化，差异就此产生。[2]德里达的"书写"理论更像一种隐喻，仿佛置身于原始丛林，要在其中"拓路"而行，每一次行走都会留下踪迹，而反复行走的过程中，必然有无数"间隔"存在，差异由此产生。德里达提出"延异"（différance），在差异之外增加"延迟"的意项，意味着语言包含了在时间维度进行意义的延展，也通过词语位置关系的变幻在空间维度中进行着意义的变更。这颠覆的是西方表音文字背后掩藏着的线性、连贯的时间秩序，形成一种间断、反复、非连续的书写模式。因为间断而留下的"空白"需要不断地"涂抹""替补"，那么就没有固定、唯一的意义存在，也就是说任何"原初意义"都不可能安然存在，所谓的中心、本质、二元对立也被一一解构。[3]巴巴受福柯、德里达的影响颇深，基于此提出了他的抵抗策略，即"文化翻译"。当书写变得不再具有连续性、同一性，而充满了间隙和差异，意义也就不再占据一成不变的位置，

---

1 爱德华·W.萨义德：《理论旅行》，载《萨义德自选集》，谢少波、韩刚译，北京：中国社会科学出版社，1999年，第158页。

2 米歇尔·福柯：《知识考古学》，谢强、马月译，北京：生活·读书·新知三联书店，2003年，第84—147页。

3 雅克·德里达：《书写与差异》，张宁译，北京：生活·读书·新知三联书店，2001年，第357—416页。

那么，就不可能存在两个完全对立的立场，所有意义都处于模棱两可的间隙之间，用巴巴的话来说就是"居间"和"之外"。于是，原先的灌输模式被打乱，殖民与被殖民者的文化接受是游离于驳杂多重边界中的相互"协商"过程。"协商"的方式摧毁了表达主体的言说立场，扰乱了它们固定不变的思维套路和陈述模式，间接地实现了不同立场、不同方式的共存。这种"协商"与碰撞每时每刻都在发生，意义正是在"协商"中被建构、被生成，所以说意义总是延异的结果，表达总是瞬间的捕捉。

在这个非此非彼、亦此亦彼的"间隙性"中，新的文化样态才有了生成的可能。所以说"文化翻译"开辟出一块多种文化的"协商"空间，这是一个充满矛盾、相互博弈、游离嬉戏的场域，呈现出临时、偶然、策略性的文化生态。这意味着每个符号在传递和接受中都被无数次改写和变形，原有的意义早已变得千疮百孔、面目全非，也意味着任何意义都不可能一劳永逸地获得某种确定性，文化霸权随之冰消瓦解，抵抗正由此而生。正如巴巴所说的，"那些重要性以抽象的能指与自由嬉戏的方式，解构了根深蒂固的传统的本质主义和逻各斯中心主义。"

3　斯皮瓦克的"属下"

2006年，斯皮瓦克应邀访问中国，她在清华大学再度发表了重要演讲《属下可以说话吗？》。[1]斯皮瓦克发问：第三世界发出的声音真是被遮蔽、被压抑的本真声音吗？真正的属下——处于第三世界底层的女性受到西方、精英、男权的三重压迫，根本不可能具有独立意识、言说平台和平等语境，她们甚至都不是一个能够言说的主体，她们的言说如何可能？如此说来，那些从第三世界发出的声音也许是接受了西方世界的启蒙，被现代性熏染过的知识精英的言说，他们的言说难道不是对于第三世界的另一种遮蔽，是更深层次的文化霸权？

"属下"（subaltern）一词来自葛兰西。在论述阶级斗争时，葛兰西迫于政治压力，用"属下"替代了马克思的"无产阶级"，特指"没有权力的人群和阶级"。斯皮瓦克之所以弃经典的"无产阶级"而取有些陌生的"属下"，有其深刻的理论原因，她这样解释："这个词语是葛兰西在审查制度下不得已才使用的：他把马克思主义称作'一元论'，把无产阶级称作

---

1 早在1983年夏，斯皮瓦克作为德里达著述的英译者应邀在伊利诺伊大学举行的"马克思主义的文化解释：局限，前沿和疆界（Marxist Interpretations of Culture: Limits, Frontiers, Boundaries）上作了一个著名演讲，这篇演讲后来改名为"底层人能发言吗？"（Can the Subaltern Speak?）参见 Gayatri C. Spivak, "Can the Subaltern Speak?" in Cary Nelson and Larry Grossberg, eds., *Marxism and the Interpretation of Culture*, Urbana: University of Illinois Press, 1988, pp. 271–313.

英国殖民者在印度仆从成群的生活

'属下'。这个词语，因形势所迫而被采用，现在已然被转换为对那些没有被纳入严格阶级分析的事物的一种描述。我喜欢它，因为它没有理论的严格性。"[1]可以看出，两个概念的不同处在于："无产阶级"是一个有着鲜明的主体意识、强烈的社会组织性和明确的历史使命感的群体，"属下"则是一个缺乏主体性、没有历史意识、临时麇集在一处的集合；他们处在"沉默"之中，又因缺乏统一纲领和意志而是临时的、变动不居的，这些特性恰恰契合了解构主义的精髓。

斯皮瓦克在与以古哈为代表的印度"庶民研究小组"合作研究时，敏感地意识到"属下"问题的重要性。经研究发现，对于印度的表述不是来自本土印度人民的言说，而是长时间被殖民者和本地精英垄断，甚至殖民主义研究者认为就连印度民族意识的形成也归功于殖民者，即便是本地民族主义者坚称其民族意识源于印度本土的资产阶级，也说明在印度，"属下"毫无言说的权力和能力，几乎是无声的。斯皮瓦克更大的洞见在于对自身的反观和质疑："庶民研究小组"就能反映"属下"的声音？显然不能，因为"庶民研究小组"虽然希望站在底层的立场表达大众的声音，但他们大都受过西方的高等教育并与西方知识有着暧昧不清的关系，因而只能"表现"而非"再现""属下"——他们的"表现"是一个与西方话语相互妥协、相互"协商"的过程，寄希望于他们单凭第三世界的出身就能获得一个清白无瑕的论述立场和不证自明的言说身份，如同缘木求鱼。

---

1 Sarah Harasym, ed., *The Post-Colonial Critic*, New York: Routledge, 1990, p. 141.

斯皮瓦克进一步分析，被殖民国家的民族独立斗争一般由接受过现代性洗礼的知识精英领导，知识精英站在民族的立场与文化帝国主义形成对抗，但他们藉以对抗的力量、知识和思想资源却源自西方文化，这样一来，第三世界怎么能摆脱西方政治、经济、文化的控制？也即是说，殖民时期的政治、经济格局依然在全球化时代的世界体系继续存活，甚至愈演愈烈。其实，本土的知识精英不是没有自身的民族文化和愿景，但无奈他们尚没有十足的能力把自己的民族国家引向现代化，何况他们早在被殖民过程中就已被冲击得七零八落。更重要的是，本土知识精英认同殖民时代遗留下来的规训模式和等级结构，并且发现他们同样可以利用这一结构来巩固自己的地位并从中获利，[1] 如此一来，詹姆逊所谓的"政治知识分子"几乎不出意料地都成为了第一世界在第三世界的传声筒和代言人，他们发出的怎么可能是"属下"的本真声音？

在这个问题上，斯皮瓦克也不可避免地面临着被解构的伦理困境，因为她与自己所批评的西方批评家和本土知识精英一样，不属于这个"沉默的""无声的"群体，而沉默的"属下"本身并不具有回应批评主体的可能，因此对"属下"声音的探讨就只能是单向度的解读，甚至只能是一厢情愿的猜测。换句话说，"属下"的发声只能由"非属下"完成，而"非属下"的发声却是对"属下"的表现和征用。

4 詹姆逊的"民族寓言"

后殖民理论家在中国的地位和影响并不是按照后殖民理论产生的时间先后或主次轻重顺序决定的，而是由中国学者的文化口味和理论亲近程度所左右。20 世纪 90 年代初，也就是后殖民理论进入中国时，中国学者采取了大致相近的文化选择策略。这些理论阐述虽然经过他们的自主选择，但隐藏了无意识的文化内驱力：显然，后殖民主义理论中的民族元素与中国本土的民族意识一拍即合，相关理论家首推詹姆逊。正如赵稀方指出的："张京媛编选的《后殖民理论与文化批评》是国内第一本译介后殖民理论的论集，此书的首篇是由张京媛本人翻译的杰姆逊（原文翻译）的《现代主义与帝国主义》一文，其次才是后殖民理论的代表作萨伊德的《东方主义》的部分章节及斯皮娃克的文章，这一编排显示出后殖民理论在中国的出场顺序，也表明了杰姆逊在中国不同凡响的地位。"1989 年詹姆逊的《处于跨国资本主义时代的第三世界文学》译文在中国发表，成为 20 世纪 90 年代中国后殖民理论之滥觞。

什么是"民族寓言"？詹姆逊说："第三世界的文本，甚至那些看起来好像是关于个人和力比多驱力的文本，总是以民族寓言的形式来投射一种

1 Sarah Harasym, ed., *The Post-Colonial Critic*, p. 77.

政治：关于个人命运的故事包含着第三世界的大众文化和社会受到冲击的寓言。”[1] 也就是说，第三世界文本就算是在描摹个人的情感、经历和生存状态，最终也一定会指向整个民族的历史、政治和文化，就像茅盾《春蚕》中那只被小火轮冲击得东摇西摆的小舢板并不只是它自身，而是在欧风美雨的凭陵之下日渐凋敝、破败的中国农村的隐喻。

往深处说，“民族寓言说”脱胎于本雅明的“寓言”理论。本雅明在分析德国古典悲剧时认为，在衰微与破碎的时代，“思想王国的寓言，就是在事物（物质）王国里的废墟”，[2] “寓言”中蕴藏着对于世俗、残破、堕落社会的救赎之路和乌托邦理想，所以，“寓言”不只是一种文体，更是展现政治、文化和历史的巨大载体。詹姆逊对此理论激赏不已，并有了进一步的引申，他认为，“寓言性是文学的特性”，[3] “所谓寓言性就是说表面的故事总是含有另外一个隐秘的意义，希腊文的 allos（allegory）就意味着‘另外’。因此故事并不是它表面所呈现的那样，其真正的意义是需要解释的。寓言的意思就是从思想观念的角度重新讲或再写一个故事。”[4] 可以看出，“寓言”是言在此而意在彼的文学样式，它在碎片式、差异化的个体生命经验书写中展现整个社会的意识形态、生产方式，是联缀“个体”和“社会”的纽带。需要指出的是，“寓言”和象征不同，“寓言模式是向异体性或差异性的一种开放；象征模式是让一切事物回到同一事物统一性的一种折叠，毫无疑问，寓言自身渴望象征的终极统一”。[5] 也就是说，“寓言”向着多样性、差异性开放却最终指向总体性，故它更适用于一个流动的、不稳定的时代，可以有效地展现固有价值被瓦解后呈现出的断片式特征，同时又有总体性的指向，而不只是停留于断片本身。在一切坚固的东西早已烟消云散的时代，“寓言”文本提供了一条透过艺术碎片直抵历史的巨大真实的有效路径。

“民族寓言”是一种特殊的“寓言”形式，它比“寓言”又多了两层意味：一、“民族寓言”是指在第三世界文本中体现出的一种特有的民族国家焦虑，无论是个人欲望的抒发，还是私人生活的书写，都无一例外地烙上了民族国家的烙印。比如鲁迅，如果不在“民族寓言”的框架下去考察“吃人”，我们看到的只是一些个人执迷、个人创伤的疯魔书写，而一放置进“民族寓言”的框架，我们看到的则是大雾弥天一般的社会和历史梦魇——

1　Fredric Jameson, "Third World Literature in the Era of Multinational Capitalism", *Social Text*, No.15 (Autumn, 1986), p. 69.
2　朱立元主编：《法兰克福学派美学思想论稿》，上海：复旦大学出版社，1997 年，第 112 页。
3　Fredric Jameson, "Third World Literature in the Era of Multinational Capitalism", *Social Text*, No.15 (Autumn, 1986), p. 69.
4　弗雷德里克·詹姆逊：《后现代主义与文化理论》，唐小兵译，北京：北京大学出版社，2005 年，第 117 页。
5　Fredric Jameson, *Marxism and Form: 20th Century Dialectical Theories of Literature*, Princeton: Princeton University Press, 1974, p. 124.

"从无业游民和农民直到最有特权的中国官僚贵族阶级"，[1]无处不在、无人能够幸免的"吃人"现象。二、"民族寓言"是一种追求独立的文本形式。詹姆逊说："这些文化在许多显著的地方处于同第一世界文化帝国主义进行生死搏斗之中——这种文化搏斗的本身反映了这些地区的经济受到资本的不同阶段或有时委婉地称为现代化的渗透。"[2]由此可见，"民族寓言"是在与文化帝国主义生死搏斗中产生的一种既似此似彼又非此非彼的文化现象，是带有帝国主义疤痕的自主的文学样态。

我们可以提炼出詹姆逊"民族寓言"的核心观点：一个是文学（文化）与政治密不可分，一个是重建主体性。先看文学（文化）与政治的关系。詹姆逊认为一切文学（文化）都负荷着自己的意识形态，这是"民族寓言"的理论基础。他说："一切文学，不管多虚弱，都必定渗透着我们称之为的政治无意识，一切文学都可以解作对群体命运的象征性沉思。"[3]这里的"政治无意识"（詹姆逊文化阐释的基本视域）是指文本或叙事作为一种社会象征行为所潜隐的社会集团或阶级的意识形态愿望或政治幻想。在"政治无意识"理论的指引下，我们发现所有的文本都是一个潜藏着政治欲望、阶级话语、文化革命的多元空间，在这个多元空间中，意识形态和文本叙事交织、缠绕，不分你我。批评家的任务就是在突然中断的叙事裂缝，或被压抑被埋没的历史现实表象之中搜寻意识形态的蛛丝马迹。

再看"重建主体性"，这是詹姆逊提出"民族寓言"的旨归。实际上，"民族寓言"拥有潜在指向，意在矫正西方资本主义文本呈现的两种误区：一、现代主义文学更倾向个人的意识流表达，是一种脱离政治的私人话语，如此一来，集体意识在艺术建构过程中被强制性地剥离出来，艺术被神圣化为个人意识形态的符码组合。这样的趋势看起来是让文学回归到个人，赋予"我"之为"我"的意义，但是，詹姆逊一针见血地指出，现代主义文学"一直被封锁在个别主题范畴中，其中个体所采取的形式已不再是自我或我，而是个体的肉体"。[4]也就是说，脱离集体意识形态的自我不可能具备健全的主体性，主体性诞生于自我与集体意识形态不断"争执"的过程中。二、后现代主义文化以决绝的姿态告别传统、孤立自我、消解自我，甚至宣判主体已死，意在"去中心化""非主体化"，主体性的特殊价值也随之烟消云散。在这样的语境下，这是对于西方文化主体性的重唤和再建。

1 Fredric Jameson, "Third World Literature in the Era of Multinational Capitalism", *Social Text*, No.15 (Autumn, 1986), p. 71.
2 Fredric Jameson, "Third World Literature in the Era of Multinational Capitalism", *Social Text*, No.15 (Autumn, 1986), p. 68.
3 Fredric Jameson, *The Political Unconscious*, Ithaca: Cornell University Press, 1981, p. 70.
4 Fredric Jameson, *The Political Unconscious*, p. 68.

三　结语

　　不少学者认为后殖民主义可以说是一个"困难重重"的概念。德里克曾指出："现在我们所谈论的后殖民涉及的领域如此之广，而且又显得那样地内在不一致，因而连那些赋予它们理论地位的学者们，对这个术语阐述完毕随即对它敬而远之。"后殖民批评在时间与空间上巨大的包容力使得这一理论的建构工作显得极其庞杂。而这一理论与生俱来的一些局限与缺点也限制了它的运用。萨义德和巴巴警惕用民族主义来抵抗西方霸权的激进模式，采用"逆写帝国""文化翻译"话语策略在文化内部进行抵抗和改写。他们的抵抗如此温和，因而遭到不少较为激进的学者的质疑，尤其是那些强调革命、注重底层的左派学者认为这是既得利益者对帝国主义文化霸权的变相掩盖，甚至是一次不怀好意的合谋，主要的质疑来自两个方面。

文化杂交成为文化霸权的障眼法

　　巴巴的"文化杂交是抵御文化霸权的有力武器"之说一经发表，质疑声便接踵而至，其中艾贾兹·阿赫默德（Aijaz Ahmad）一针见血地指出："到底要把自己杂交进谁的文化？按谁的条件进行？"[1]他的言论振聋发聩，试图戳破文化杂交的逻辑障眼法。具体来看，文化杂交暗含了一个逻辑预设，即东西方处于一个彼此平等、相互对话的语境中，殊不知东西方的权力配比关系严重失衡，而文化杂交避重就轻，对文化权力的等级关系只字不提，无形中营造了一种文化平等共享的幻影，让人们遭受文化霸权的压迫却在文化影响交融的假象中自我麻痹，如此一来，文化杂交如精神鸦片一样让人丧失斗志而不自知。文化杂交背后的深层逻辑是资本主义全球化市场自由贸易，这种逻辑隐患有两点，一是它以资本主义全球化的逻辑来框定被殖民的国家，讽刺的是制定游戏规则的主人就是主导全球化的殖民国家，被殖民国家服从全球化的游戏规则就注定了不平等的开始。二是全球化的消费逻辑其实是一种商品逻辑，而文化与商品不同，文化有自己的特殊性和历史感，如果按照商品逻辑，就剥离了它不可被归类、不能被量化的特性，进而被化约成扁平、同质的数字化形态。即便如此，营造出的也不是文化平等，而是全球化市场中的文化商品，一种符合资本主义逻辑的同质化的、不能称之为文化的文化。阿赫默德甚至说："漫不经心地津津乐道什么跨民族文化杂交性和偶然性政治实际上等于赞同跨国资本自己的文化声明。"[2]如此一来，文化

---

1 艾贾兹·阿赫默德：《文学后殖民的政治》，载《后殖民主义文化理论》，罗钢，刘象愚主编，北京：中国社会科学出版社，1999年，第272页。
2 艾贾兹·阿赫默德：《文学后殖民的政治》，载《后殖民主义文化理论》，第266页。

杂交不仅没有揭示不平等的权力关系，反而使这种不平等扩大化、永久化。巴特·穆尔-吉尔伯特（Bart Moore-Gilbert）也认为推崇文化混杂极有可能遮蔽不平等关系。因为混杂性正暗合统治阶层的治理逻辑，看起来予以社会阶层以多元性，实际是维护殖民统治的一种宣传策略，一种辅证统治权力的有效措辞。左翼理论家德里克也认为"乌托邦化的混杂性以聪明的手法排除了甚至'混杂着'进行严肃的革命行动的能力"，"后殖民主义的混杂性概念可以与当代的权力构成同谋"，[1]意在指出文化杂交理论回避了意识形态、权力关系、等级制度等要素在文化接受中的压倒性作用，忽视了不平等的结构和位置所造成的权力运作。所以，无论后殖民知识分子怎样坚持文化的混杂性和位置的流动性，都无法解决历史遗留的等级差异和权力关系；如果不在消除等级差异的基础上提倡文化混杂，会让原本的不平等愈演愈烈。

文化策略意味着抵抗的倒退

艾贾兹·阿赫默认为后殖民主义理论是一种抵抗的倒退，它将反西方殖民主义的抵抗运动，转变成一场在安全地带进行文化操演的纸上空谈，被规训为西方文化霸权笼罩下的一次舒缓压抑的自我麻痹策略。它回避了当代全球化中迫在眉睫的诸多问题，却集中在殖民话语进行隔靴搔痒进而不痛不痒的一次语言斗争策略，这不仅是反帝反殖民斗争的撤离，更可悲的是后殖民理论家变成了与殖民者同一逻辑，甚至为其言说的传声筒和合作者，起着推波助澜的作用，背叛了被殖民者的抵抗立场，在压迫和被压迫者之间和稀泥，让亲者痛、仇者快。由此来看，后殖民主义理论斗争性、反抗性的文化阐释策略就变成了西方秩序的配合者和实施者，原本的文化斗争变成了殖民者对被殖民者进行文化规范的一次合谋。德里克认为后殖民理论多"以概念或理论替代真实经验"，消弭了物质层面的殖民压迫，也消解了实践斗争中的抵抗运动。巴特·穆尔-吉尔伯特认为文化杂交理论"采用的是精神游击战和破坏给予殖民者身份及其对海外土地控制的象征秩序的办法"，[2]以至于巴巴在《后殖民与后现代》一文中也不由得自我反思："整个事情不就是把任何形式的政治批评降为一场白日梦的理论幻想吗？"[3]可以看出在实践斗争还是文化阐释，激烈抵抗还是温和改写这两个维度间，巴巴也在游移、困惑，也在寻求更好的解决方法。

---

1 阿里夫·德里克：《后殖民还是后革命？后殖民批评中历史的问题》，载《后革命氛围》，王宁等译，北京：中国社会科学出版社，1999年，第102、103页。
2 巴特·穆尔-吉尔伯特：《后殖民理论——语境·实践·政治》，陈仲丹译，南京：南京大学出版社，2001年，第169页。
3 霍米·巴巴：转引自巴特·穆尔-吉尔伯特：《后殖民理论——语境·实践·政治》，第179页。

基于同样的认识，左派理论家詹姆逊在 1989 年提出了"第三世界民族寓言"，试图以"第三世界民族寓言"来抵抗晚期资本主义文化霸权，在资本主义总体制度的内部建构起抵制第一世界文学的一块区域。相较于萨义德、巴巴，身为左翼知识分子的詹姆逊更加激进，更加重视文化抵抗的重要性。也就是说，站在马克思主义的立场上，詹姆逊不只是需要从被压迫、被殖民的国家汲取抵抗西方文化霸权的资源，还考虑到第三世界对西方资本主义全球化的抵抗本身，这是一种更激进、更政治化的双重抵抗。这样一来，詹姆逊就结合了文化抵抗和第三世界民族意识这两方面的资源，催生出"民族寓言"理论。他以亚非拉诸多作家作品为有力证据，试图阐明这些来自第三世界的不同文本如何与本民族的历史发展、政治意识、社会形态以及经济基础紧密相联，个体经验和个人命运无不展现了本民族的文化焦虑和历史意识。不同民族的文化都有自己的特殊性和主体性，人民是本土文化的创造者，也是裁判者；文化无法被征服、被垄断，如果有任何形式的文化霸权，一定要以本民族的文化力量进行绝地反击。可以看出，詹姆逊相较于萨义德和巴巴，更倾向于从民族意识获取抵抗的资源。但需要指出的是，詹姆逊从现实斗争中汲取养分，但依然坚守在文化阐释的维度，也就是说他在话语层面是激进的，却并不指向实际斗争。

思考题：

1 上个世纪90年代，张艺谋的《大红灯笼高高挂》《红高粱》《菊豆》等作品在国际上获得了不小的声誉，第五代导演带领中国电影进入了西方视野。试运用后殖民理论解读张艺谋电影中的"东方元素"，并分析西方世界对中国文化的审美倾向。

2 后殖民理论看似是一个理论流派，但其内部充满差异和矛盾。试着从后殖民理论家的文化背景和立场谈谈他们学说的差异。

3 后殖民理论进入中国语境发生了哪些变化？对中国当代文艺理论产生了怎样的影响？

4 霍米·巴巴的"文化杂交"理论受到左翼理论家的诟病，认为它预设了东西方可以平等对话，从而掩盖了西方对东方的文化霸权。你是怎么看这个问题的？

第十七章

生态文学批评

一　生态文学批评的概述与背景

当代生态文学批评（Ecocriticism）肇始于 20 世纪 70 年代，是针对当代生态环境与生态问题而兴起的涵盖并超越"文学–环境"互联关系的文学理论思潮。美国批评家威廉·鲁克尔特（William Rueckert, 1926—2006）1978 年在《文学与生态学：一次生态批评实验》（《衣阿华评论》1978 冬季号）中，将"文学与生态学结合起来研究"，明确提出了"生态批评"这一概念，强调批评家"必须具有生态学视野"，认为文艺理论家应当"构建出一个生态诗学体系"。之后，一系列重要会议（1991 年现代语言学会举办的"生态批评：文学研究的绿化"研讨会等）、重要研究机构（1992 年美国西部文学学会年会创立的"文学与环境研究会"等）以及专业期刊（1993 年创刊的《文学与环境跨学科研究》等）推动了生态文学批评运动的兴起。

美国生态文学批评的倡导者之一彻丽尔·格罗费尔蒂（Cheryll Glotfelty, 1958— ）认为，生态文学批评是对文学与自然环境的关系的研究。随着生态批评研究的深入，"生态批评"成为一个人言人殊的话语体（诸多界定可参见王诺[1]）。虽然大多数人认同彻丽尔·格罗费尔蒂的定义，但是相对于有独立体系的很多其他文艺批评而言，生态批评目前尚具有零散性与内部冲突性，很难有一套放之四海而皆准的内在法则与理论框架。四十多年间，浮出水面的主要代表批评者有乔纳森·贝特（Jonathan Bate, 1958— ）、威廉·鲁克尔特、彻丽尔·格罗费尔蒂、劳伦斯·布伊尔（Lawrence Buell, 1939— ）、格伦·A. 洛夫（Glen A. Love, 1932—2022）、斯科特·斯洛维克（Scott Slovic, 1960— ）、帕特里克·D. 墨菲（Patrick D. Murphy, 1951— ）等。经过四十年的理论孵化与阐释，生态文学批评逐渐形成较为清晰的三次浪潮，成为世界范围内的重要文学思潮。

生态文学批评源于人类和整个地球生存危机的大背景，是学界始于生态哲学思想指导、直面全球困境的文学批评反应。生态文学批评思潮的背景简

---

1 王诺：《生态批评——界定与任务》，载《文学评论》，2009 年第 1 期。

要可以分为三部分：历史时代背景、社会文化背景、学术思想背景。

生态思潮是"在人类和整个地球存在危机这个大背景下形成并壮大的，是人类对防止和减轻生态灾难的迫切需要在思想文化领域里的表现，是在具有社会和自然使命感的人文社科学者拯救地球生态的强烈责任心驱使下出现的。"[1]20世纪工业革命加速，现代化进程迅猛，这些成绩多以自然与环境为巨大的代价。随着世界工业化、城市化的进一步发展，环境问题愈演愈烈，类似著名的"八大公害"事件频发。世界范围内风起云涌的群众性反污染反公害的生态环境运动，唤醒了群体社会生态意识，也推动了生态文学批评的发生与发展，因此它是在"自然环境日益遭到破坏，酸臭的空气迫使批评家抬头审视天空的情况下应运而生的。"[2]

后现代思想对现代理性的反思与批判也催生了生态思潮。西方现代理性的"逻各斯"主义强调理性与权力的结合，构建出庞大的话语体系。后现代话语以去中心化、解构为方法，意图打破规约化、模式化与概念化，寻求"去中心化""非边缘化"的意义突围。对逻各斯中心主义的质疑在不同的批评语境中以不同的面目出现，就人与自然的关系与秩序而言，则体现为对以人类中心主义为特征的理性"逻各斯"的批判。现代理性逻各斯主张人类中心主义、以人为法则，强调自然的附庸价值。这种人类中心主义思想的起源曾被追溯到犹太-基督教教义。美国史学家怀特在他那篇被誉为"生态批评里程碑"的文章《我们的生态危机的历史根源》里指出，"犹太-基督教的人类中心主义"是"生态危机的思想文化根源"。它"构成了我们一切信念和价值观的基础"，"指导着我们的科学和技术"，鼓励着人们"以统治者的态度对待自然。"[3]而以生态整体观为认知前提、具有后现代反逻各斯特征的生态文学批评就是要"去中心化"，要强调整体性。"生态文学批评具有天然的中心解构倾向，其矛盾直指人类中心主义，其策略是消解形而上学的二元对立，使主客体合一。"[4]

生态文学批评也备受后现代女性主义与后殖民批评的启发。生态文学批评是"批评家受到女性主义批评和后殖民批评的启发，在外部批评的延展趋势中将类似的研究手段应用于审视人与自然关系的产物。如果说从马克思

1 王诺：《生态危机的思想文化根源——当代西方生态思潮的核心问题》，载《南京大学学报（哲社）》，2006年第4期。
2 韦清琦：《绿袖子舞起来：对生态批评的阐发研究》，南京；南京师范大学出版社，2010年，第35页。
3 Lynn White, Jr., "The Historical Roots of Our Ecologic Crisis", in Cheryll Glotfelty and Harold Fromm, eds., *The Ecocriticism Reader: Landmarks in Literary Ecology*, Athens: The University of Georgia Press, 1996, pp. 6–14.
4 韦清琦：《绿袖子舞起来：对生态批评的阐发研究》，第39页。

主义批评开始，到女性主义批评、后殖民批评，批评具有了社会正义感，那么生态批评则是这股思潮的再延续。"¹瑞格比说："对许多生态批评家而言，对自然的辩护是与对社会正义的追求紧密联系在一起的。"²女性与男性/被殖民与殖民的关系，往往被延展隐喻至自然与人的关系中。女性主义与后殖民批评中的公平与正义问题，往往被深化到生态批评的第二个阶段"生态正义"环节中。

综合以上背景，也就不难理解生态文学批评为什么逐步形成，并出现较为分明、比较公认的三次浪潮或曰三个阶段。³

第一个阶段是生态中心主义型生态批评学派的创立及其理论建构时期（20世纪70—90年代）。主要代表作家有：奥尔多·利奥波德（Aldo Leopold, 1887—1948）、威廉·鲁克尔特、劳伦斯·伊布尔、格伦·洛夫、斯科特·斯洛维克、帕特里克·D. 墨菲等。他们大体都是站在生态中心主义的立场，拒斥人类中心主义，倡导以生态中心主义范式取而代之，承认自然万物本身的固有价值，拒绝按人的标准、人的尺度来判定自然内在价值或自然风景之美，倡导应该从生态学的角度来审视自然万物独特的魅力与价值。此外他们也探讨自然、人、生态意识与环境之间的辩证关系，强调自然书写可提高人们的生态意识，认为意识的提高是解决环境危机的关键文化策略。

第二个阶段是环境正义阶段，本阶段在生态视域内融合了女性与后殖民理论，让正义问题延展到生态文学批评。至20世纪90年代中期，生态文学批评已构建了较为完善的以生态中心主义为思想基础的理论框架，但生态中心主义哲学理论的先天局限，使生态批评遭到了来自环境公正人士和环境哲学内部多方的批判，导致生态批评发生转型，走向环境正义生态批评，从而极大丰富了生态批评的内容，拓展了学术空间。具体来说，环境正义批评观不再将批评局限于人与自然关系的思考，而将种族、性别、阶级等引入生态文学批评领域。英国批评家劳伦斯·库普（Laurence Coupe）的生态批评文集《绿色研究读本：从浪漫主义到生态批评》（2000）、卡拉·安布鲁斯特（Karla Armbruster）和凯思林·R. 华莱士（Kathleen R. Wallace）共同编辑出版的《超越自然书写：扩大生态批评的边界》（2001）、斯科特·斯洛维克的《生态多义性、社群及发展》（2014）和《全球南方生态批评》（2015）、帕特里克·D. 墨菲的《自然取向的文学研究之广阔天地》（2000）等都是代表之作。他们主张在坚守环境公正诉求的大前提下，与

1 韦清琦：《绿袖子舞起来：对生态批评的阐发研究》，第35页。
2 凯特·瑞格比：转引自韦清琦：《绿袖子舞起来：对生态批评的阐发研究》，第35页。
3 关于生态批评三次浪潮的论述，可以参见胡志红：《西方生态批评史》，北京：人民出版社，2015年。

前期生态批评开展对话，凸显种族视野，融合阶级和性别视野，从而揭示环境经验的多样性与环境问题的复杂性，探寻走出环境困局的多元文化与社会化路径。值得一提的是，强调生态批评的多种族视野、将环境由自然环境拓展到种族与殖民范畴，已经逐渐凸显出生态文学批评的政治属性。

第三个阶段：多元行动、跨际生态文学批评。总体上看，第三个阶段延续了第二阶段环境正义的开放性，将生态文学批评从女性主义、种族与环境等拓展到多元性与跨界性领域，代表作如唐奈·德莱斯（Donelle N. Dreese）的《生态批评：环境文学与美国印第安文学中的自我与地域》（2002）、杰弗里·迈尔斯（Jeffrey Myers）的《故事会：种族、生态学及美国文学中的环境公正》（2005）等。无论是西方文论中关于生态文学批评、绿色文化对政府决策意识的浸入探讨，还是探讨多元行动论对具体社会生态事务的介入性，抑或斯洛维克在"9-11"事件之后所大声疾呼的"对非自然的社会的不能忽视"，这些都标志着生态文学批评的多元化转向。

毫无疑问，生态文学批评理论家众多，观点异彩纷呈。此处我们选取几位代表性理论家进行分析，他们分别是：对人与自然伦理关系有标志性理解与突破的奥尔多·利奥波德与汤姆·雷根（Tom Regan, 1938—2017），对自然价值问题有重大建树的霍尔姆斯·罗尔斯顿（Holmes Rolston, 1932— ），以及对自然绿色写作与创作实践有突出观点的劳伦斯·布伊尔。

二 代表人物及其核心理论

1 利奥波德与雷根论大地伦理与动物权利

现代伦理对自然与人关系的界定，基本上是基于以人类为中心的伦理观。在现代人类中心主义意识形态里，行为关系与价值关系的准则是以"人"为核心的，自然是人的客体对象，是为人的价值所主体化的外物。"人类中心主义者充分肯定人类的价值高于自然的价值，认为人类是一切价值的来源：非人类的自然存在物只有外在性的工具价值，离开了人的需要，自然环境及自然物种便失去存在意义。"[1]

然而，当人类发展到后现代，当经济技术使自然与人产生异化时，后现代语境下自然与人的伦理关系开始重新获得反思与调整，自然在伦理层面走向了复魅之路。奥尔多·利奥波德《沙乡年鉴》中著名的"大地伦理"观，较早对自然与人的传统伦理关系进行了反思。正如苏珊·福莱德（Susan

1 赵勇等：《西方人与自然伦理关系思想述评》，载《西北林业科技大学学报（社科）》，2005 年第 6 期。

美国画家乔治·卡特林（George Catlin，1796—1872）所作油画，描绘美国威斯康星州景色

Flader）所言："最近四十年，从唤起环境意识的角度上说，在美国，有一本书显然是最为突出的，它对人和土地之间的生态和伦理关系，作了最经得起考验的表述。"[1]（尽管《沙乡年鉴》是最早出版于 1949 年的自然随笔和哲学论文集，但是因其对生态意识的自觉以及大地整体伦理观的前瞻性与经典性，我们依然把其纳入生态文学批评重要代表作之列。）利奥波德学说的价值与意义主要体现在以下几点：

1 苏珊·福莱德：《序〈沙乡年鉴〉》，载《沙乡年鉴》，奥尔多·利奥波德著，侯文蕙译，北京：商务印书馆，2016 年。

大地伦理观

在《沙乡年鉴》"土地伦理"章节开篇，利奥波德讲述了古希腊神话中俄底修斯绞死女奴的故事。俄底修斯从特洛伊战争中归来，由于怀疑女奴在他离家时行为不轨，绞死了女奴。利奥波德指出："这种绞刑是否正确，并不会引起质疑，因为女奴不过是一种财产，而财产的处置在当时和现在一样，只是一个划算不划算的问题，而无所谓正确与否。"[1]利奥波德在这里把女奴和土地作类比，说明土地在相当长的岁月中被人类作为客体与财富处理，从来没有从伦理层面进行过关照与审视。因此他说："迄今还没有一种处理人与土地，以及人与土地上生长的动物和植物之间关系的伦理观。土地，就如同俄底修斯的女奴一样，只是一种财富。人与土地之间的关系仍然是以经济为基础的，人只需要特权，而无须尽任何义务。"[2]生态伦理学的基本要旨就是将原本适用于人与人之间的伦理关系，扩展至人之外的自然存在物，即"土地伦理只是扩大了这个共同体的界限，它包括土壤、水、植物和动物，或者把它们概括起来：土地"。[3]这就将作为财富关系、附属关系出现的传统土地与人的关系，转换为人伦关系模式，将人与人之间的伦理关怀扩展至自然界其他存在物。利奥波德提出了以大地作为伦理主体、兼顾人与自然关系的整体性自然观。

1982 年联合国大会通过的《世纪自然宪章》具有浓重的自然伦理立法意味："生命的每种形式都是独特的，不管它对人类的价值如何，都应当受到尊重。为使其他生命得到这种尊重，人类的行为必须受到道德准则的支配，从而给自然的权利以理论上的支持。"[4]这在伦理层面肯定了自然万物的平等地位，推翻了现代文明以"人"为中心的价值判断，也在一定意义上呼应了利奥波德的观点。后续关于人与自然伦理的很多理论是呼应而动的，比如"大自然的各个不同部分就如同一个生物体内部一样，是如此紧密地相互依赖，如此紧密地编织成一张唯一的存在之网，以致没有哪部分能够被单独抽出来而不改变其自有特征和整体特征。"[5]

"共同体"概念

利奥波德扩大了传统以人为核心的伦理观念，提出了"共同体"的概念。生物中心主义者泰勒（Paul W. Taylor, 1923—2015）也谈到过"生物共同

---

1 奥尔多·利奥波德：《沙乡年鉴》，侯文蕙译，北京：商务印书馆：2016 年，第 228 页。
2 奥尔多·利奥波德：《沙乡年鉴》，第 230 页。
3 奥尔多·利奥波德：《沙乡年鉴》，第 231 页。
4 联合国大会：《世纪自然宪章》，1982 年。
5 唐纳德·沃斯特：《自然的经济体系——生态思想史》，侯文蕙译，北京：商务印书馆，2007 年，第 370 页。

体"问题，认为人类仅仅是生物共同体的普通成员："没有它们我们无法生存，而没有我们它们却可以生存。"[1] 但是泰勒在肯定生物与人的共同性的前提下，弱化了人的价值，其隐含之意是人不如其他生物重要。而利奥波德的"共同体"概念则更强调整体性，强调人之于整体的部分性，人与土地、生物、植物等是平等的："土地伦理是要把人类共同体中以征服者面目出现的角色，变成这个共同体中平等的一员和公民。它暗含着对每个成员的尊敬，也包括对这个共同体本身的尊敬。"[2]

　　基于伦理整体共同体观，利奥波德进一步阐释了对土地与自然的价值判断。"在一个全部以经济动机为出发点的资源保护系统中，一个最基本的弱点是，土地共同体的大部分成员都不具有经济价值。[……] 然而，这些生物都是这些生物共同体的成员，因此，如果这个共同体的稳定是依赖它的综合性，那么这些生物就值得继续生存下去。"[3] 这里的综合性，是除经济价值之外的，包含社会的价值、哲学的价值、生态圈整体运作价值、可能"为休闲而用的"价值、"为科学而用的"价值、"为荒野动物而用的"价值（利奥波德语）等等。"一个孤立的以经济的个人利益为基础的资源保护主义体系，是绝对片面性的。它倾向于忽视，从而也就最终要灭绝很多在土地共同体中缺乏商业价值，但却是它得以健康运转的基础的成分。"[4]

土地伦理的道德判断

　　利奥波德"大地伦理观"具有理论突破性，将自然群体的行为与道德正当与否纳入伦理道德判断："当一个事物有助于保护生物共同体的和谐、稳定和美丽的时候，它就是正确的，当它走向反面时，就是错误的。"[5] 对自然作为主体的行为和道德正当性的肯定，不仅突破了现代伦理以人为价值规约的壁垒，而且超越了自然工具价值认知沉疴，肯定了自然作为主体的自为目的的内在价值。

　　此外，谈到伦理与道德判断，另一个重要代表性理论家雷根的动物伦理观必须一提。美国学者汤姆·雷根从康德的道义论出发，为动物解放运动提供了另一种道德依据，这就是动物权利论。主要论点包括：

1 保罗·沃伦·泰勒：《尊重自然：一种环境伦理学理论》，雷毅、李小重、高山译，北京：首都师范大学出版社，2010 年，第 64 页。
2 奥尔多·利奥波德：《沙乡年鉴》，第 231 页。
3 奥尔多·利奥波德：《沙乡年鉴》，第 238 页。
4 奥尔多·利奥波德：《沙乡年鉴》，第 241 页。
5 奥尔多·利奥波德：《沙乡年鉴》，第 252 页。

第一，动物与人一样拥有不可侵犯的道德权利，这种权利的基础在于"天赋价值"。"天赋价值"同等地存在于所有有生命、有意识的生命主体，因为他(它)们都拥有期望、偏好、感受、记忆、认同感和实现自己意愿的能力，拥有一种伴随着愉快和痛苦的生活以及独立于他人的功用性个体幸福状态。动物的这种权利决定了人类应该尊重它们，不能把它们仅仅当作促进我们福祉的工具来对待，就像不能以这种方式来对待其他人那样。换句话说，避免不应遭受的痛苦和享受应有的愉快是动物的权利。第二，动物权利运动有三大目标，即完全废除把动物应用于科学研究、完全取消商业性的动物饲养、完全禁止商业性和娱乐性的打猎及捕兽行为；同时，人类有义务做素食主义者。动物解放/权利论无疑是对传统道德观念和生活习惯的巨大挑战，它把道德关怀的视野从人类自身扩展到了人类以外的动物。[1]

雷根的动物伦理观尊重动物与人的平等，强调了动物的独立价值和权利合法性，强调了动物与人的休戚相关性，为传统"人与动物"关系的价值判断提供了新的立场乃至关系实践指导法则。但是，正如有学者所指出的，其在理论实践层面的确存在诸多可争议之处，比如"完全废除把动物应用于科学研究、完全取消商业性的动物饲养、完全禁止商业性和娱乐性的打猎及捕兽行为"，以及"人类有义务做素食主义者"等。尤其是，如果把动物个体权利作为关注焦点的话，如何处理动物与动物、动物与人、动物与整个生态系统之间的"整体性""系统性"问题？如果一味强调动物法则的独立性，那么生态系统中的、当下作为能动实践者的"人"的价值与意义在哪里？很显然，其观点无法为生态与环境保护运动的理论与实践提供坚实的支持。在这个意义上，利奥波德以"整体性"和"共同体"为重要特征的大地伦理观更有理论价值。

2　罗尔斯顿的荒野哲学与内在价值

霍尔姆斯·罗尔斯顿是美国当代著名的环境伦理学家，被誉为"环境伦理学之父"，《哲学走向荒野》《环境伦理学》是其重要代表作。荒野哲学观与内在价值论是罗尔斯顿的两个重要学术观点。

---

1 Tom Regan, *The Case for Animal Rights*, University of California Press, 1986. 转引自赵勇等：《西方人与自然伦理关系思想述评》，载《西北林业科技大学学报(社科)》, 2005 年第 6 期。

荒野哲学观

荒野是罗尔斯顿自然环境思想的载体，也是我们把握罗尔斯顿环境哲学与文化美学思想的入口。"荒野"指原生自然和原野，"是人类尚未涉足的原始大自然，人工的痕迹几乎不明显，而只显现出自然力量的影响"。[1]作为自然学家，罗尔斯顿将荒野作为其探索与阐释人与自然关系的载体，荒野作为万物的栖息地，是自然环境的代言者，是自然环境思想发生、实践的根基。在《哲学走向荒野》这本书中，他基本以荒野为主要载体，具体分析伦理与价值的关系、自然中的价值、实践中的环境哲学，并以荒野为主要载体分析情感与自然的复合关系。

除了荒野的原初状态与自然载体功能，荒野具有浓重的自由与文化寓意，正如赵红梅所指出的，"在哲学走向荒野、价值走向荒野与美学走向荒野的主张背后，罗尔斯顿的荒野表达着自由的精神，荒野与文化相互交织又相互联系。"[2]"荒野"一词在西方的环境伦理学、美学、文学中占有举足轻重的地位，具有很深的思想渊源和极强的文化特性。在美国生态思想史与文学史上，"荒野"经常以文学隐喻的方式进入政治与民族国家构建想象，是人心灵与自我实现的家园隐喻，也承载着丰富的个体与自然、社会及宇宙关系的辩证性哲学思想。[3]在《哲学走向荒野》中，罗尔斯顿尤其强调"荒野"的有限性蕴含无限性，物质性蕴含精神性，自然性蕴含自由性。

在某种意义上，荒野是人类世界与自然最深层的精神、价值、文化与审美的缔结与和解。比如罗尔斯顿在探讨荒野价值时就指出，"荒野是最有价值或者说最有价值能力的领域，因为它是最能孕育这一切价值的发源地，不管是涉及我们的'根''邻居'还是'陌生人'的价值。"[4]这"其实在某种意义上是倡导人们重新拾起与'自然的自然'世界的情感联系，通过真、善、美的荒野回溯，重建人与世界的完整性。"[5]

自然内在价值论

对自然价值的思考是罗尔斯顿另一个重要理论贡献。基于人本主义以及现代二元逻辑的影响，传统伦理价值论者以人为本，强调人的主体性，或者

1 参见纪秀明：《想象与抵牾：生态视角中的文学荒野及现代启示》，载《外国语文》2021年第1期。

2 赵红梅：《罗尔斯顿"荒野"三题》，载《鄱阳湖学刊》2017年第1期。

3 纪秀明：《想象与抵牾：生态视角中的文学荒野及现代启示》，载《外国语文》2021年第1期。

4 霍尔姆斯·罗尔斯顿：《哲学走向荒野》，刘耳、叶平译，长春：吉林人民出版社，2000年，第233页。

5 赵红梅：《罗尔斯顿"荒野"三题》，载《鄱阳湖学刊》2017年第1期。

强调自然价值作为人观念产物的属性，认为价值是纯粹观念性的东西。他们强调事实与价值分离的二元论，认为客观的自然事物和自然规律没有任何价值可言，只有当人类把自己的偏好附加其上时，自然才有了价值。

生态文学批评意识到自然价值的独立与自足性，价值就成为其重要的理论问题。利奥波德强调了自然（土地）具有非经济价值的其他价值，比如科学、休闲、荒野价值等，同时强调自然价值的共同体性和整体性。罗尔斯顿赓续与发展了利奥波德的理论，提出了以自然内在价值为核心的自然价值观。罗尔斯顿的自然价值观具有系统性和客观思辨性，在强调价值的自然法则的同时，兼顾对系统性与变动性的思考。

其一，他反思人与自然的伦理关系。针对传统伦理的人类主体性观点，他重视自然的独立价值，扩大价值的主体范畴，同时关注自然价值的系统性，提出"我们伦理学的传统主要是把人作为价值和权利的主体，如果涉及到非人领域，也只是把它们作为从属于人的。我们在这里提出的建议，是对价值的范围加以扩展，使自然不再仅仅被看作'财产'，而是被看作一个共和国。"[1]他肯定自然价值的内在独立性——"生态伦理学现在要讨论的，是我们能否进一步将我们的伦理关注普遍化，承认生物生态圈中的每一物类都有其内在价值。"[2]

其二，自然价值的内在性与自为性。针对传统自然价值的客体性与附庸性观点，罗尔斯顿认为，"自然及其万物具有其自身的、不依赖于其他目的的客观内在价值，也就是说自然中的价值是客观存在的，是'自在自为的'、不以人的意志为转移。"[3]自然的客观内在价值不以人类价值判断为准绳，是独立于人的"实在"。自然的内在价值标准是"自为的存在"，"这些事物是有价值的，不管是否有人来衡量其价值。它们能照顾自己，能自为地进行它们的生命活动。"[4]

其三，价值的整体性与系统性。罗尔斯顿指出，这种内在性与自为性，又不是绝对与闭环的。"如果放在一个整体的生态网中看，'内在'之含义中'自为的存在'这方面是有点成问题的。'自为的存在'过于内在，过于初级、以至忽略了联系性和外显性。"[5]事实上，他强调并肯定内在价值的系统价值转化乃至"牺牲"："没有任何生物体仅仅是一个工具，因为每一个生物体都有其完整的内在价值。但每一个生物体都有可能成为其他生物体的牺牲，这时它的内在价值崩溃，化作了外在价值，其中一部分被作为工具

---

1 霍尔姆斯·罗尔斯顿：《哲学走向荒野》，第 20 页。
2 霍尔姆斯·罗尔斯顿：《哲学走向荒野》，第 20 页。
3 程琳：《罗尔斯顿与马克思关于人与自然关系问题的比较》，载《青海师范大学民族师范学院学报》，2014 年第 2 期。
4 霍尔姆斯·罗尔斯顿：《哲学走向荒野》，第 190 页。
5 霍尔姆斯·罗尔斯顿：《哲学走向荒野》，第 190 页。

价值转移到另一个生物体。从系统整体来看，这种个体之间的价值转移，是使生命之河在进化史上沿生态金字塔向上流动。"[1]

这就是罗尔斯顿强调的整体性与系统性问题，罗尔斯顿的自然价值论是一种整体价值，也是一种系统性价值论。他认为，"一事物之有价值，正如一事物之有颜色，可以有多种形式和不同的程度。"[2]就狭义而言，自然具有多种角度的价值，而非单一的客体价值。他梳理了自然的经济价值、生命支撑价值、消遣价值、科学价值、审美价值、生命价值、多样性与统一性价值、稳定性与自发性价值、辩证的（矛盾斗争的）价值、宗教象征的价值，以及他多次提及的文化价值、美学价值等。这些价值包括了罗尔斯顿从未否认的自然的工具价值与自然资源性价值，即其所具有的"多用性"。

就广义而言，罗尔斯顿完成了自然价值的体系性建构。他基于整体主义自然观认知，在内在价值与工具价值之上，构建了系统价值理念。罗尔斯顿认为，自然由内在价值、工具价值与系统价值组成，同时看到工具价值与内在价值的关联性与系统性，"在生态系统层面，我们面对的不再是工具价值……也不是内在价值……我们已经接触到了某种需要用第三种术语——系统价值（systemic value）——来描述的事物。"[3]他多次强调自然系统内在价值关联与"集群性"："我们认为小溪与溪边的腐殖质有价值，是因为在这基质上长出了延龄草；也因为它们为湖提供了养分和水，从而有潜鸟在湖上鸣叫。出于对种群、基因库、环境的关心，我们需要'内在'也有一种'群落中的善'的集群性含义。每一种内在价值在其前后都有一个'与'，指向它所由来的一些价值和它所朝向的一些价值。个体的生命被自然放于一个特定的位置，要适应自然环境，这使得个人主义式的内在价值显得过于独立于系统了。没有任何一个主体，也没有任何一个客体是独立存在的。"[4]

总之，罗尔斯顿批判了功利主义自然工具价值，倡导与论证了自然内在价值的合理性，同时对自然系统价值进行了合理建构。罗尔斯顿认为，自然的系统价值高于并统领着内在价值和工具价值，但并非两种价值的叠加。在坚持"自然具有内在价值"的基础上，罗尔斯顿将内在"自为"与"多用性"融合，将自然价值"人为/社会/系统性"与"自然内在性"融合，从而推动整个生态系统价值认知向更深层次前进。

3 布伊尔的绿色写作与文学想象

劳伦斯·布伊尔是美国生态文学批评的领军人物之一。1995年、2001

1 霍尔姆斯·罗尔斯顿：《哲学走向荒野》，第190页。
2 霍尔姆斯·罗尔斯顿：《哲学走向荒野》，第122页。
3 霍尔姆斯·罗尔斯顿：《环境伦理学》，杨通进译，北京：中国社会科学出版社，2000年，第255页。
4 霍尔姆斯·罗尔斯顿：《环境伦理学》，第190页。

年和2005年，他相继发表了三部生态批评著作《环境的想象：梭罗、自然文学和美国文化的构成》（1995）、《为一个濒危的世界写作》（2001）、《环境批评的未来：环境危机与文学想象》。其研究独树一帜，均以"环境"而非"生态"为主题和着眼点，但这组"三部曲"对生态批评的学术探索和贡献却受到学界公认，为推进生态文学批评的研究深度，提高其学界关注度发挥了重要作用。[1]

从"生态批评"到"环境批评"

布伊尔的作品均以"环境"而非"生态"为主题和着眼点，这是否与一般生态文学批评有所分歧？他为什么强调"环境性"？这就涉及其对生态文学批评与环境批评的内涵与外延的理解。在布伊尔看来，第一浪潮的生态批评，更多与"自然"相关，而在部分理论者的理解中，这种自然往往流于肤浅："'生态批评'在某些人心目中仍是一个卡通形象——知识肤浅的自然崇拜者俱乐部。这个形象树立于这项运动的青涩时期，即使曾经属实，今天也已经不再适用。"[2]

因此布伊尔认为，"环境批评正在致力于挖掘的'环境概念'近年来有所拓宽——从'自然'环境发展到把城市环境、'人为'与'自然'维度相交织的所有地方以及全球化造成的各个本土的相互渗透都囊括在内。"[3]生态文学批评不应该仅仅停留于青涩肤浅的"自然"批评，更应该具有"社会性"、人造"景观性"以及跨学科性。"第二，也是更为重要的，我相信，'环境'这个前缀胜过'生态'，因为它更能概括研究对象的混杂性——一切'环境'实际上都融合了'自然的'与'建构的'元素；'环境'也更好地囊括了运动中形形色色的关注焦点，其种类不断增长，对大都市和/或受污染的景观，还有环境平等问题的研究尤其越来越多——它们突破了早期生态批评对自然文学和着重提倡自然保护的环境主义文学的集中关注。第三，环境批评也在一定程度上更准确地体现了文学和环境研究中的跨学科组合——其研究对人文科学和自然科学都有所涉猎；近年来，它与文化研究的合作多于与科学学科的合作。"[4]也就是在此种理论内涵与外延的开拓基础上，生态文学批评才有可能也必然从"自然"的第一浪潮转向社会领域的第二浪潮、以及跨学科视域的第三浪潮。这无疑是布伊尔的重要理论贡献。

---

1 刘蓓：《着眼于"环境"的生态批评——劳伦斯·布伊尔的研究特色及其启示》，载《东方丛刊》，2010年第3期。
2 劳伦斯·布伊尔："序言"，载《环境批评的未来：环境危机与文学想象》，刘蓓译，北京：北京大学出版社，2010年，第9页。
3 劳伦斯·布伊尔：《环境批评的未来：环境危机与文学想象》，第14页。
4 劳伦斯·布伊尔："序言"，载《环境批评的未来：环境危机与文学想象》，第9页。

瓦尔登湖畔的小屋

绿色书写问题

布伊尔注重研究生态文学批评与文学写作的关系，强调绿色书写的意义，并对如何具体展开绿色书写展开深入探讨。

首先，他强调绿色书写的重要意义以及如何书写。《环境批评的未来》"集中探讨的是：（某些种类的）文学在多大的程度上可以被看作具有典型的生态中心价值。这方面的范例，一是亨利·大卫·梭罗的事业所建立的具有指导作用的运动；二是更加广泛意义上的美国自然写作。"[1] 他关注美国自然写作，把文本生态批评与"挽救濒临危险的自然世界"结合起来思考。"文学对自然的描述往往涉及生态环境的想象问题，这些想象又会影响到读者对生态环境的理解和对待生态环境的态度。他据此认为，生态环境的想象将促进读者和环境之间形成一种关联。"[2] 比如他从第一次生态批评浪潮的生态中心主义视角，重新解读麦克维尔的《白鲸》。他强调要直面生态危机，重新审视经典文本中人与自然的关系，质疑与批判人类中心主义。他的《环境的想象》立意以书写关照生态批评理论，探索书写与理论之间的复杂张力，反对"人文主义的傲慢与自大"，提倡自然的独立价值与尊严，反抗二元对立思维之下人对自然的破坏、异化。布伊尔因此把自己这部作品归纳为

---

1 劳伦斯·布伊尔：《环境批评的未来：环境危机与文学想象》，第 25 页。
2 西方文学理论编写组编：《西方文学理论》，北京：高等教育出版社，2018 年，第 382 页。

生态批评第一次浪潮的代表作。

事实上，布伊尔对生态绿色书写的认识是逐步深化的。在《环境批评的未来》中，他明显认识到，仅仅将绿色书写局限于人与自然的关系书写，是狭隘的。"我发现自己现在已经认同了这样的观点：把注意力集中在等同于'自然'的'环境'、把自然写作看作最具代表性的环境文类，都是过于局限的；一种成熟的环境美学（环境伦理学或环境政治）一定要考虑到：无论是繁华都市和偏远内地之间，还是人类中心和生态中心的关注之间，都是互有渗透的。"[1]他认为修正和拓展"环境性"会改变生态批评经典的定义。而这种修正与拓展，是城市环境对自

瑞秋·卡逊，摄于1961年

然环境的补充与拓展，也是综合性非自然元素对自然书写的杂糅。他对比瑞秋·卡逊的《寂静的春天》与处女作《海风下》，指出"《海风下》有着相当传统的自然写作风格，而二十余年后的《寂静的春天》，即使采取了相同的资源来源和价值观，风格却有了巨大的转变。"[2]其原因就"在于对环境的定义所有扩大，不再从似然性入手"，不将环境简单等同于自然，而是同泰瑞·坦佩思特·威廉姆斯和桑德拉·斯塔格拉伯一样"自觉地融入了大城市和城市郊区文学的题材特征"。[3]

而将文本想象中的绿色书写由自然环境拓展到地方、城市是布伊尔的进一步理论深化。对于环境人文学者来说，地方是一个不可或缺的概念。在全球化时代，为濒危的世界写作已经不局限于为"自然"写作，也无法割裂人与自然的社会性关联。地方或许在传统观念里还被理解为与自然和地理紧密关联，但是事实上，人与自然的关系由于环境地点稳固性遭到"转变的过程产生的侵蚀……被环抱或身在某地方的意识，开始屈从于存在者与其居住地之间的一种更加自觉的辩证关系"。[4]如果不能正确与辩证地理解自然、空间

1 劳伦斯·布伊尔：《环境批评的未来：环境危机与文学想象》，第 25 页。
2 劳伦斯·布伊尔：《环境批评的未来：环境危机与文学想象》，第 28 页。
3 劳伦斯·布伊尔：《环境批评的未来：环境危机与文学想象》，第 28 页。
4 劳伦斯·布伊尔：《环境批评的未来：环境危机与文学想象》，第 69 页。

与地方社会的关系，就无法正确理解与处理现代社会人与自然的关系问题，因为"在当今世界，越来越多的人所生活的地方，在很大程度上被超越地方的（最终是全球化的）力量所塑造"。他认为"地方的概念至少要指示三个方向——环境的物质性、社会的感知或者建构、个人的影响或者约束。"[1] 在其具体论述中，又涉及对地方的文化性、地方与空间、非空间关系的深入分析。布伊尔关于地方的系列论述对开拓文学的自然想象空间具有重大意义。

对跨学科与跨体裁的思考

布伊尔认为，生态批评是多元、跨学科性的，"因此文学研究的环境转向最好被理解为一个汇聚了各种差异显著的实践的中央广场，而不是一块卒然独耸的石碑。"[2] 生态批评融合了多学科的复杂组合，"更像是一场搜寻，在一大堆可能中挑选适当的研究模式，而且他们可以从任何学科区域挑选。控制论、进化生物学、景观生态学、风险理论、现象学、环境伦理学、女性主义理论、生态神学、人类学、心理学、科学研究、批评领域的种族研究、后殖民理论、环境史学……及其他等等领域……都为文学理论已有的配备进行了纠偏或强化。研究方法的菜单继续在扩充，它们之间的组合也日益错综复杂。"[3] 跨学科性赋予了生态批评理论开放性和生命力。同时，布伊尔也探讨了跨体裁的问题，限于篇幅，此处不赘述。

三　结语

生态文学批评自 20 世纪 70 年代兴起至今，已历五十余年，经历了生态中心主义批评阶段、环境生态正义批评阶段、多元行动/跨际生态批评阶段等多个时期的历时侧重与转向。20 世纪 90 年代末，生态文学批评正式传入我国，之后在我国迅速发展起来，成为文学批评的一门显学。生态文学批评作为后现代思潮之一，以质疑与解构现代性为起点，以对全球自然与人关系的紧张为现实关照，以对人类命运未来的忧思为情怀，在生态关系、生态价值、人类社会未来愿景，乃至文学想象与实践等方面都作了掘进式探索。其批评视域从环境与绿色革命到共同体伦理观，到生态整体观，到自然学科与文科艺术的融合引渡，直到社会、文化精神生活领域的开拓。当生态文学

---

1 劳伦斯·布伊尔：《环境批评的未来：环境危机与文学想象》，第 70 页。

2 劳伦斯·布伊尔：《环境批评的未来：环境危机与文学想象》，第 12 页。

3 劳伦斯·布伊尔：《环境批评的未来：环境危机与文学想象》，第 12 页。

批评从关照大地伦理深化到深层整体性研究、从强调内在价值的自足自洽转向对系统性的多元阐释时，已经告别了以自然环境为始发点与终点的线性旅程。与人、社会乃至心灵紧密贴连的生态文学批评，其论域由"自然、生态哲学与生态学"向"多元与社会"转型已成为必然。当代生态文学批评的第二次与第三次浪潮，已经将生态文学批评推到多元行动、跨际生态批评的高地，它毫无疑问成为 21 世纪重要的文艺显学理论。其局限性在于，目前的生态文学批评主要代表性理论与观点以西方理论为主，随着学术话语共建的加深与升级，东方与发展中国家的生态文学批评尚有更多可开拓的理论空间。

思考题：

1 如何看待人与自然的伦理关系？

2 如何理解生态价值的多元性与谁为优先性问题？

3 如何看待生态文学批评边界的开放性？

4 如何理解布伊尔的"地方"观念？"地方"与"自然"的关系是什么？

第十八章

叙事理论研究

一 叙事理论研究的概述与背景

叙事学（narratology），又译为"叙述学"，是20世纪60年代末在法国结构主义运动影响下出现的一种批评理论。不过，叙事学很快就摆脱了结构主义的影响，与更为宽泛的后结构主义、后现代主义、各种文化理论思潮，甚至科学技术思潮及其研究方法相结合，演化成直到现在仍然方兴未艾的"新叙事学"叙事理论研究。

从最宽泛的意义上说，"叙事"无处不在。罗兰·巴特强调"对人类来说，似乎任何材料都适宜于叙事：叙事承载物可以是口头或书面的有声语言，是固定的或活动的画面，是手势，以及所有这些材料的有机混合；叙事遍布于神话、传说、寓言、民间故事、小说、史诗、悲剧、正剧、喜剧、哑剧、绘画、彩绘玻璃窗、电影、连环画、社会杂闻、会话，而且，以这些几乎无限的形式出现的叙事遍存于一切时代、一切地方、一切社会。"[1] 因此，"叙事"虽然是从文学文本分析开始发端的，但其有效性范围从来不限于文学，甚至不局限于各个艺术门类，而是可以用来指涉和分析人类一切有意义的文化活动及其形式，如戏剧叙事、影视叙事、图像叙事、新媒介叙事等等。《劳特里奇叙事理论百科全书》将全世界各个民族国家及区域的叙事历史区分为"叙事传统"和"叙事理论"两个方面。以古希腊罗马文化为代表的西方，以及以中国、日本、印度、中东为代表的非西方世界，既有自己的叙事传统，也发展出富有特色的叙事理论；而诸如非洲、澳大利亚以及北美印第安等土著文化则只有口头的叙事传统，并没有形成自己的叙事理论。[2]

叙事理论研究分为三个阶段：第一个阶段可以上溯到古希腊时期的柏拉图、亚里士多德，下沿到俄国形式主义、巴赫金、福斯特（E. M. Foster, 1879—1970）、韦恩·布斯等。这段漫长的时期中，虽然没有"叙事学"之名，但积累了极其丰富的叙事经验传统和叙事理论研究。第二个阶段是受结构主义影响而形成的经典叙事学时期，主要是以茨维坦·托多罗夫、热拉

1 罗兰·巴特：《叙事作品结构分析导论》，载《叙述学研究》，张寅德编选，北京：中国社会科学出版社，1989年，第2页。
2 David Herman, Manfred Jahn and Marie-Laure Ryan, eds., *Routledge Encyclopedia of Narrative Theory*, Routledge, 2005.

尔·热奈特、布雷蒙（Claude Bremond, 1929—2021）等为代表的一批法国学者奠定的研究基础。第三个阶段则是 20 世纪 80 年代之后的各种五花八门的叙事学研究。

进入 20 世纪 80 年代之后，结构主义影响逐渐消退，叙事学重新打开自己的研究视域，在广泛吸收各种理论资源的同时，积极介入当代正在发生的文学、艺术和文化现实，实现了一场"小规模的叙事学复兴"。这一波新的叙事学研究浪潮又被称为"新叙事学"或"后经典叙事学"。1997 年和 1999 年，戴维·赫尔曼（David Herman）两度提议用"后经典叙事学"来命名当前的叙事学研究。不过，"后经典叙事学"与"经典叙事学"之间的关系并不能简单用"后-"这一前缀来涵盖。正如杰拉尔德·普林斯（Gerald Prince）所指出的："后经典叙事学不怎么说法国方言……它并不是对经典叙事学的否定或排斥，而是一种延伸，一种拓展，一种扩大，一种提炼。"[1] 赫尔曼自己也认为，后经典叙事学同时在两个方面推进叙事学的理论发展，要么是"遵循框架"，即重新思考与完善经典叙事学；要么是"打破框架"，即探索经典叙事学从未曾涉及的叙事领域。"经过这些年的积极发展，一门'叙事学'（narratology）实际上已经裂变为多家'叙事学'（narratologies），结构主义对故事进行的理论化工作已经演化出众多的叙事分析模式。"[2] 因此，用"新叙事学"来突显叙事学应对新叙事形态、新叙事问题，提出新叙事理论的现状，或许更为恰当。

新叙事学的发展呈现出非常鲜明的"复数"特征，即同时存在多种不同的理论取向。戴维·赫尔曼将它们概括为：

（1）"经典的问题，后经典的方法"，即对经典叙事学基本问题的重新表述。其中比较有代表性的是詹姆斯·费伦（James Phelan）的"修辞性叙事"、布莱恩·理查森（Brian Richardson）的"非自然叙事"等。"修辞性叙事"将叙事引入修辞维度，进而展开叙事的可靠性和不可靠性分析；而"非自然叙事"则试图建构起一个具有整合性的普适性叙事学，能够同时包容非虚构叙事、模仿虚构叙事和违反模仿实践与目的的非自然虚构叙事。其中，"非自然叙事"特别强调对表现故事的场景、叙述者、人物、时间性或现实世界中不可能存在的空间的分析，进而与"可能世界"理论相勾连，扩展了叙事研究的边界。

（2）"新技术与新兴的方法论"，主要围绕以计算机、互联网、人工智能为代表的新技术革命对叙事产生的影响。比较有代表性的是玛丽-劳

1 杰拉尔德·普林斯：《"经典叙事学"和"后经典叙事学"》，徐强、徐月译，载《艺术广角》，2020 年第 1 期。
2 戴维·赫尔曼："引言 新叙事学"，载《新叙事学》，马海良译，北京：北京大学出版社，2002 年，第 1 页。

尔·瑞安（Marie-Laure Ryan）的新媒介叙事学和赫尔曼的认知叙事学。

（3）"走出文学叙事"，即叙事学研究将虚构性叙事分析拓展到对历史、社会的分析，发展出女性叙事学、社会叙事学、历史叙事学等。如苏珊·兰瑟（Susan S. Lanser）提出"女性主义叙事学"的理论构想，强调要关注"群体声音"、重视"否定情节"、解构"虚构的权威"；鲁斯·佩琦（Ruth E. Page）则进一步引入语言学研究的视角，对女性主义和叙事理论之间的关系予以重新概念化。

（4）"叙事媒介，叙事逻辑"，即将文化研究视角与叙事学研究相结合，发展出叙事的文化分析理论。[1]

以上四类可以再凝练为两种取向：一种是对经典叙事学议题的再阐释，另一种则是直接面向新兴的叙事类型，不断吸纳多学科知识，拓展叙事学的边界。比较有代表性的新叙事学理论家及其理论有：詹姆斯·费伦的"修辞性叙事"、玛丽-劳尔·瑞安的"新媒介叙事"、戴维·赫尔曼的"认知叙事"等等。

叙事学不限于文学文本的叙事研究。结构主义叙事学时期，民间故事、电影等叙事类型就已进入研究者视野；后经典叙事学时期，叙事学更广泛地介入电影、电视、传播、数字新媒体、人工智能等诸多领域，并焕发出蓬勃生机。

二 代表人物及其核心理论

"叙事学"之前的叙事理论研究

1 古希腊古罗马时期的叙事学萌芽

早在古希腊时期，柏拉图就已区分了"叙述"和"摹仿"。这一区分也成为 20 世纪叙事学得以确立的重要理论基石。在《理想国》中，柏拉图借苏格拉底之口提出了"他们说故事，是用简单的叙述，还是用摹仿，还是两者兼用？"这个问题。通过对《奥德赛》的分析，柏拉图区分出"纯粹的叙述""通过模仿来叙述"以及两者兼有这三种不同的表现方式。所谓"纯粹的叙述"就是"诗人处处出现，从不隐藏自己"，于是"模仿便被抛弃，他的诗篇就成为纯纯粹粹的叙述"；所谓"通过模仿来叙述"是指诗人"完全同化于那个故事中的角色"，"模仿他所扮演的那一个人"，让观众感受不到诗人（演员）自己的存在。在柏拉图看来，抒情诗体是"纯粹的叙述"，

---

1 戴卫·赫尔曼："引言 新叙事学"，载《新叙事学》，第 13—23 页。

戏剧则是"完全的模仿"，史诗则居于两者之间，时而诗人自己出来说话，时而诗人模仿人物来说话。[1] 亚里士多德的《诗学》中也将摹仿作为极为重要的不同艺术类型的区分原则提了出来，认为所有的艺术"总的说来都是摹仿"，而"摹仿中采用不同的媒介，取用不同的对象，使用不同的、而不是相同的方式"则成为区分不同艺术类型的标准。在《诗学》中，亚里士多德明确提出"悲剧是对行动的摹仿"，"摹仿者表现的是行动中的人"，"摹仿的方式是借人物的动作来表达，而不是采用叙述法"，悲剧中"情节是第一，也是最重要的成分"[2]——这些看法对后世的小说理论分析和叙事学研究产生了极为重要的影响。

2 俄国形式主义的小说理论研究

20 世纪以来对小说叙事的分析在许多批评理论思潮中都得到了重视。俄国形式主义学者进一步将柏拉图、亚里士多德基于摹仿的叙述观念理论化。不同于亚里士多德将情节从经验层面区分为线性的开头、中间、结尾的结构，鲍里斯·托马舍夫斯基在明确将"主题"（即"所谈论的东西"）视为"作品具体要素的意义统一"的同时，进一步提出根据主题来分析作品的方法："把作品分解为若干主题部分，最后剩下的就是不可分解的部分，即主题材料的最小分割单位"，也就是"细节"。各种细节之间的相互组合形成作品的主题联系，其中具有关联关系的细节则构成作品的"情节"。[3] 从托马舍夫斯基的分析来看，情节分析的方法已经包含了此后法国结构主义运动中的某些思想，而其对"细节印证""情节分布"的讨论又与普通读者的阅读经验和感受相契合，更能够将通俗文学、先锋小说等不同类型的创作技巧和叙述方式纳入其中，因而具有很大的理论解释力。什克洛夫斯基的《作为手法的艺术》明确提出了"陌生化"理论。陌生化理论在小说中的体现即如什克洛夫斯基以列夫·托尔斯泰小说创作为例所概括的"第一次"——"列夫·托尔斯泰的反常化手法在于，他不用事物的名称来指称事物，而是象描述第一次看到的事物那样去加以描述，就象是初次发生的事情。"也就是说，如果要描绘一个事物，首先要做的，不是从知识论的角度客观介绍其名称，而是从认识论角度，调动观者的感官及生活经验的积累来加以描绘，也即什克洛夫斯基所说的"创造对客体的'视象'，而不是对它的认知"。[4]

1 柏拉图：《理想国》，郭斌和、张竹明译，北京：商务印书馆，1986 年，第 94—96 页。

2 亚里士多德：《诗学》，陈中梅译，北京：商务印书馆，1996 年，第 38、74 页。

3 鲍里斯·托马舍夫斯基：《主题》，载《俄国形式主义文论选》，方珊等译，北京：生活·读书·新知三联书店，1989 年，第 113、114 页。

4 维克托·什克洛夫斯基：《作为手法的艺术》，载《俄国形式主义文论选》，第 7、8 页。

3 巴赫金的小说理论研究

将俄国形式主义视为"最好的对手"的巴赫金也在小说理论方面卓有成就。他不仅通过分析陀斯妥耶夫斯基的小说发展出"复调小说理论"、通过挖掘拉伯雷小说中的民间文化而提出"狂欢化诗学",而且还通过对欧洲小说的历史诗学研究,提出了"时空体"理论。所谓"时空体"是巴赫金借鉴爱因斯坦相对论的术语而来,用来强调"文学中已经艺术地把握了的时间关系和空间关系相互间的重要联系"。[1] 巴赫金借"时空体"这个概念来强调文学作品中在时间和空间以及时空关系方面的诸多值得关注的特点:1. 时空的不可分割性,即时间即是空间的第四维,没有无时间的空间,也没有无空间的时间。2. 文学中时空标志具有情节意义。即如巴赫金所说的,"在文学中的艺术时空体里,空间和时间标志融合在一个被认识了的具体的整体中。时间在这里浓缩、凝聚、变成艺术上可见的东西;空间则趋向紧张,被卷入时间、情节、历史的运动之中。"正是在这个意义上,巴赫金强调"时空体在文学中有着重大的体裁意义"。[2] 3. 文学中的时空体是被艺术地把握了的,因此是相对固定、经常重复且易识别的。如巴赫金在分析希腊小说时提炼出"传奇时间中的他人世界"时空体,指出传奇时间存在"超时间空白"的显著特征:"道路""相逢"时空体具有情节意义;"城堡""小省城""沙龙客厅"乃至于"门坎"都是包含现实生活中各种时间关系(诸如骤变、危机、转变等)的时空体形式。

4 福斯特和韦恩·布斯的小说理论研究

福斯特对小说情节问题的探讨也是从亚里士多德的情节观开始谈起的。在他看来,因为古希腊时期还没有小说这一体裁,更无从知晓现代小说的写作特点,因此,亚里士多德"对内在活动从来不感兴趣",而现代小说的特点正在于"作家可以大谈人物的性格,可以深入到人物的内心世界,让读者听到人物的内心独白。他还能接触到人物的冥思默想,甚至进入他们的潜意识领域。"[3] 因此,要分析现代小说的情节,就不能像此前的民间故事那样,只强调事件的时间顺序,还要增加更多的关注,比如事件之间的因果关联,以及引发读者好奇的"以后呢?"问题。即如福斯特所说的,按时间顺序来

---

1 米哈伊尔·巴赫金:《小说的时间形式和时空体形式——历史诗学概述》,载《巴赫金全集》第三卷,石家庄:河北教育出版社,1998年,第274页。

2 米哈伊尔·巴赫金:《小说的时间形式和时空体形式——历史诗学概述》,载《巴赫金全集》第3卷,第275页。

3 E. M. 福斯特:《小说面面观》,苏炳文译,广州:花城出版社,1984年,第74页。

叙述的事件被称为故事；情节虽然也有时间顺序，但更强调因果关系。更重要的是，"情节是要凭智慧和记忆力才能鉴赏的。"[1]"国王死了，不久王后也死去"，这是典型的故事；"国王死了，不久王后也因伤心而死"就成为了情节，因为这里增加了"因伤心"这一致死的原因，使得这两个人的死产生了因果关联。而恰恰是这一"因伤心"，即"王后为什么死去？"这一让读者好奇的悬念，才构成了情节设计的关键所在。

韦恩·布斯的《小说修辞学》也是从"早期故事中专断的'讲述'"开始分析的。布斯分析了《约伯记》中撒旦对上帝的诱惑和约伯最初的损失与悲哀这两个场面，指出虽然"作者好像不要求我们相信他的未经证明的话"，但是"上帝陈述的可靠性最终还是取决于作者本人"。布斯同时援引《伊利亚特》开头的几行假托引文，认为"尽管亚里士多德赞扬荷马，说他比其它诗人更少以自己的声音讲话，但即使荷马也很少写下一页不对事件的主旨、预测和相对重要性作某种直接阐述的诗篇。"[2]此类中断的"讲述"直到福楼拜才被彻底打破。从此之后，"许多作家和批评家都确信，'客观的'或'非人格化的'或'戏剧式的'叙述方法自然要高于任何允许作者或他的可靠叙述人直接出现的方法，"进而将它们"简单地归纳为艺术的'显示'和非艺术的'讲述'的区别"。[3]韦恩·布斯正是从这一区分入手，对一系列诸如"真正的小说一定是现实主义的""所有的作者都应该是客观的""真正的艺术无视读者""感情、观念和读者的客观性"等所谓普遍规律一一提出质疑，进而将"小说中作者的声音"和"非人格化的叙述"作为《小说修辞学》的重点研究对象，并直接影响了20世纪80年代之后新叙事学思潮中"修辞性叙事"分析的形成。

叙事学之前的各种文学批评方法对"所叙之事"关注较多，因此叙事学对"叙事"的拓展也多沿着对"所叙之事"的维度展开。如福斯特在《小说面面观》中根据"所叙之事"的时间和逻辑关系，将之区分为"故事"和"情节"；俄国形式主义者什克洛夫斯基和托马舍夫斯基等人将"所叙之事"区分为"情节"和"情节分布"（也有人将它们分别译为"本事"与"情节"），"有情节作品的主题是许多由此使役、相互联结的事件在一定程度上统一的系统。我们把这种内部相互联系的事件之总和叫作情节"；"作品中事件的艺术建构分布叫做作品的情节分布"。[4]普罗普的民间故事形态学分析也是基于对"所叙之事"的分析进行的。他通过对众多民间故事

1　E. M. 福斯特：《小说面面观》，第76页。
2　韦恩·布斯：《小说修辞学》，华明等译，北京：北京大学出版社，1987年，第6页。
3　韦恩·布斯：《小说修辞学》，第10页。
4　鲍里斯·托马舍夫斯基：《主题》，载《俄国形式主义文论选》，第111、113页。

中出现的相同或相近的因素进行排列，发现可以从民间故事抽离出不变的因素和可变的因素两大类型，"变换的是角色的名称（以及他们的物品），不变的是他们的行动或功能。"因此，"角色的功能"可以成为研究故事的重要入口。[1]

结构主义运动中的"经典叙事学"研究

经典叙事学又称"结构主义叙事学"，将"叙事"确立为叙事学的基本概念。1969 年，茨维坦·托多罗夫在《〈十日谈〉语法》一书中首次提出这一名称，用以指称"关于叙事作品的科学"。茨维坦·托多罗夫是保加利亚籍法国理论家，法国结构主义运动的重要理论家之一，"叙事学"的命名者，著有《结构主义是什么？》《幻想文学导论》《象征理论》《批评的批评》《征服美洲》《我们与他人》《文学的危殆》等。早期的叙事理论也被称为"结构主义叙事学"，主要受现代语言学、俄国形式主义以及结构主义思想的影响。索绪尔将普通语言学的研究对象确定为"语言"而非"言语"的思想、俄国形式主义学派的普罗普在"民间故事形态学"中对"功能"的区分，以及列维-斯特劳斯的"结构人类学"对神话的结构分析等，都极大地刺激和影响了结构主义叙事学的发展。这一时期的主要代表性学者及其理论有：罗兰·巴特的"叙事作品结构分析"、茨维坦·托多罗夫的"叙事作品语法"、格雷马斯（Algirdas Julius Greimas, 1917—1992）的"语义方阵"、布雷蒙的"叙述可能之逻辑"、热拉尔·热奈特的"叙事文话语"等等。

1 罗兰·巴特的叙事作品结构分析

罗兰·巴特的《叙事作品结构分析导论》是应用结构主义思想进行叙事作品结构分析的纲领性著作。在这篇文章里，罗兰·巴特不仅通过强调叙事的普遍性表达了创造一种涵盖古今、包罗万象的叙事理论的雄心，而且直接套用语言学模型来建构叙事作品的结构分析框架，并"将叙事作品分为三个描写层次：一，'功能'层（用普罗普和布雷蒙著作中所指的含义）；二，'行为'层（用格雷马斯把人物看成'行动元'时所指的含义）；三，'叙述'层（基本上与托多罗夫的'话语'层相同）。"[2]在"功能"层的分析中，罗兰·巴特将"功能"区分为分布类功能和归并类功能。分布类

1 弗拉基米尔·普罗普：《故事形态学》，贾放译，北京：中华书局，2006 年，第 17 页。
2 罗兰·巴特：《叙事作品结构分析导论》，载《叙述学研究》，第 9 页。

功能即普罗普所界定的"功能"，如买手枪的目的就是以后的情节中能够用到手枪；与拿起电话这个动作相衔接的自然是打完之后挂上电话。这些行动相连构成事件、情节，相当于索绪尔语言学中的"组合轴"。无论是故事的时间顺序还是情节的因果联系，都可以在这一轴线上确立好位置，所谓"顺叙""逆叙""插叙"也是在这个组合轴上展开的叙事分析。归并类功能则相当于在索绪尔语言学中的"聚合轴"上发生作用的功能，罗兰·巴特将之命名为"迹象"，"比如有涉及人物性格的迹象，与人物身份有关的情报，'气氛'描写，等等"。[1]"迹象"的提出解决了普罗普"功能"说所剥离掉的各种"非功能"或者"功能性不强"的因素无法纳入叙事分析的问题，使得罗兰·巴特提出的分析模型能够分析叙事作品中的任何一个因素。不仅如此，罗兰·巴特还依据这些功能在叙事作品中的重要程度，将其区分为"主要功能"（或者叫"核心"）和具有补充性质的功能（被命名为"催化"）。主要功能具有推动情节发展的重要意义，催化功能虽然微弱，但也并非可有可无，"叙事作品和句子一样，可以无限地催化。"[2]托多罗夫在《文学作品分析》中与罗兰·巴特一样，把文学作品中的因素区分为"同存关系"和"非同存关系"，并分别映射到索绪尔的组合轴（同存）和聚合轴（非同存）之上。[3]

2 热奈特的叙事话语研究

在《叙事话语》中，热奈特区分了"叙事"的三个不同含义：（1）"承担叙述一个或一系列事件的叙述陈述，口头的或书面的话语"；（2）"指的是真实的或虚构的、作为话语对象的接连发生的事件，以及事件之间连贯、反衬、重复等等不同的关系"；（3）"指的仍然是一个事件，但不是人们讲述的事件，而是某人讲述某事（从叙述行为本身考虑）的事件"。[4]经过不同学者从不同角度展开的研究，"叙事"已经成为一个包含多个层面的复杂交织的概念。所谓"叙事"，还可以分为"所叙之事"和"事之所叙"两个层面。不同的叙事理论便是通过从不同的角度改造传统的小说理论和文学批评方法来推进叙事分析的。

这些理论对结构主义叙事学理论家产生了巨大的影响。如格雷马斯就在普罗普的模式基础上明确将"事件"（événement）和"行动"（action）

---

1 罗兰·巴特：《叙事作品结构分析导论》，载《叙述学研究》，第 13 页。
2 罗兰·巴特：《叙事作品结构分析导论》，载《叙述学研究》，第 17 页。
3 茨维坦·托多罗夫：《文学作品分析》，载《叙述学研究》，第 44 页。
4 热拉尔·热奈特：《叙事话语 新叙事话语》，王文融译，北京：中国社会科学出版社，1990 年，第 6 页。

区分开来，进而提出与扮演者（即"角色"）相区分的"动元"概念。在他看来，"动元属于叙述句法，扮演者则是表现在具体话语中的可识别的人物"。[1]它们之间的关系不是一一对应的，也不是简单的包含关系，而是具有双重性的关系。即一个动元的功能可能由多个扮演者承担，或者一个扮演者也可能承担多个动元的功能。正是基于这种双重性的关系，格雷马斯才能建构起叙事文本的动元结构及其语义方阵。布雷蒙的"叙述可能之逻辑"也是沿着普罗普对"行动""功能"的界定出发，将叙事的基本单位确定为"功能"，进而认为"三个功能一经组合便产生基本序列""基本序列互相结合产生复合序列"。[2]以此为分析工具，便可以用来分析各种叙事了。

3　托多罗夫的叙事语法研究

对"事之所叙"——即托多罗夫的"叙事语法"、热奈特的"叙事话语"——的关注是叙事学最重要的贡献。托多罗夫将"叙事语法"分为"叙事时间""叙事体态"和"叙述语式"三个部分。"叙事时间"处理的是"时间的歪曲""连贯、交替和插入"以及"写作时间和阅读时间"的问题。"叙事体态"即我们通常所说的"叙述视角""聚焦"问题，托多罗夫将之区分为"叙述者>人物（'从后面'观察）""叙述者=人物（'同时'观察）"和"叙述者<人物（'从外部'观察）"三种。"叙述语式"分析的是叙述者陈述和描写的方式，主要分为描写和叙述两种。

热奈特的"叙事话语"也有异曲同工之妙。热奈特对叙事时间的讨论很多，如"时序"问题，讨论的是"逆时序""跨度、广度""追述""预述"等；"时长"问题，讨论的是"非等时性""概略""休止""省略""场景"等；"频率"问题，讨论的是"单一性和综合性"等。热奈特对叙事体态的讨论是放在"语式"中展开的，讨论了"距离""对事件的叙述""对话语的叙述""透视点""焦点""（观察点的）变化"等。而在"语态"中，热奈特着重讨论的是"叙述行为的时况""叙述层次"以及"元虚构域的叙述""僭述""人称""叙述接收者"等问题。这些问题的区分梳理以及在叙事文中的识别，极大地丰富了我们对叙事行为及其话语的认识，进而以"叙事"为基础确立起叙事学知识体系的总体框架。

在各种结构主义叙事学的分析模型中，格雷马斯的"语义方阵"和布雷蒙的《叙述可能之逻辑》比较特别。格雷马斯借鉴的是语义学思路，将叙事作品中的角色及其功能重新界定为"行动元"和二元矛盾项。布雷蒙则试图

1 阿尔吉达斯·格雷马斯：《论意义——符号学论文集》下册，冯学俊、吴泓缈译，天津：百花文艺出版社，2005年，第47页。
2 克洛德·布雷蒙：《叙事可能之逻辑》，载《叙述学研究》，第154、155页。

在普罗普的"功能"基础上提出真正具有叙述可能性的"序列"说，即"行动和事件组成序列后，则产生一个故事""三个功能一经组合便产生基本序列""基本序列相互结合产生复合序列"。[1] 按照布雷蒙的设想，所有的叙事都可以被分析为不同的复合序列及其组合，由此便能把握叙事得以发生、前进和转换的动力。

20世纪80年代以来的各种"新叙事学"研究

1 詹姆斯·费伦的修辞叙事研究

詹姆斯·费伦是美国叙事学家，俄亥俄州立大学英文系教授，《叙事》杂志主编。主要著作有《来自词语的世界》（1981）、《阅读叙事》（1989）、《解读人物，解读情节》（1989）、《作为修辞的叙事：技巧、读者、伦理、意识形态》（1996），被誉为"美国叙事理论界的权威"。詹姆斯·费伦的"修辞性叙事"研究是对经典叙事学议题进行再阐释的代表。从"修辞"的角度来重新理解"叙事"其实早在韦恩·布斯出版于1961年的《小说修辞学》中即已开始。不过，那时布斯还只是用修辞来重新描述作者、叙述者、人物和读者之间的关系，着重于强调"作者叙述技巧的选择与文学阅读效果之间的联系"[2]，而费伦则试图"阐明为什么说叙事是修辞的"[3]。这里"叙事作为修辞"的意思是指，任何叙事行为都是由特定的叙事主体出于特定的叙事动机和目的，针对特定的叙事对象，希望实现特定的叙事效果而选择的特定方式。因此，这里所涉及到的诸多"特定"因素直接与不同的主体间关系、不同的动机与效果、目的与手段等密切相关。在《作为修辞的叙事：技巧、读者、伦理、意识形态》一书中，詹姆斯·费伦以凯瑟琳·安·波特的短篇小说《魔法》为例，细致剖析了小说中女佣的讲述、波特的讲述，以及布兰查德夫人在女佣讲述中所扮演的看似听众实则主人的复杂角色。通过对小说中女佣叙述的叙事内部层面、由故事外的叙述者所讲述的叙事中间层面，以及波特作为隐含的作者所建构的叙事外部层面的多层分析，詹姆斯·费伦揭示出不同叙事主体及其所处的不同叙事层面之间的重大分歧及其叙事张力，进而揭示出"'作为修辞的叙事'这个说法不仅仅意味着叙事使用修辞，或具有一个修辞维度。相反，它意味着叙事不仅仅是故事，

---

1 克洛德·布雷蒙：《叙事可能之逻辑》，载《叙述学研究》，第154、155页。
2 华明等："译序"，载《小说修辞学》，韦恩·布斯著，华明等译，北京：北京大学出版社，1987年，第3页。
3 詹姆斯·费伦：《作为修辞的叙事：技巧、读者、伦理、意识形态》，陈永国译，北京：北京大学出版社，2002年，第5页。

而且也是行动，某人在某个场合出于某种目的对某人讲一个故事。"[1] 通过这种对叙事动机、目的及其效果的分析，詹姆斯·费伦成功地将叙事引入修辞层面。因此，詹姆斯·费伦强调"修辞含有一个作者，通过叙事文本，要求读者进行多维度的（审美的、情感的、观念的、伦理的、政治的）阅读，反过来，读者试图公正对待这种多维度阅读的复杂性，然后做出反应。"[2]

在詹姆斯·费伦的"修辞性叙事"理论中，与"隐含作者"问题有关的"不可靠叙事"理论发展得最为充分。"隐含作者"和"不可靠叙事"的提法都来自韦恩·布斯，但是詹姆斯·费伦对之进行了全新的阐释。在费伦看来，对"隐含作者"的规范并不能直接解决读者对叙述者可靠性的认知问题。以叙述者与"隐含作者"之间的距离为尺度，詹姆斯·费伦将"不可靠叙述"区分为"亲近型不可靠叙述"和"疏离型不可靠叙述"，[3] 并根据三轴建构起六类细分类型：位于"事实和事件轴"上的误报和不充分报道、位于"知识和感知轴"上的误读和不充分解读，以及位于"伦理和评价轴"上的误评和不充分评价。[4]

2 玛丽-劳尔·瑞安的新媒介叙事研究

20 世纪 80 年代之后，影视叙事的异军崛起为叙事学打开了巨大的空间；90 年代之后，随着计算机、互联网的普及，数字技术也开始广泛用于开展叙事活动；21 世纪之后，人工智能技术推动的"人工智能写作"继续颠覆人们以往将叙事视为人类特有精神活动的认知。在这一背景下，新媒介叙事学、跨媒介叙事学、数字叙事学等直接面向这些新媒介情境的叙事行为及其成果的研究开始如雨后春笋般全面勃兴。

电影叙事

1 詹姆斯·费伦：《作为修辞的叙事：技巧、读者、伦理、意识形态》，第 14 页。
2 詹姆斯·费伦：《作为修辞的叙事：技巧、读者、伦理、意识形态》，第 5 页。
3 詹姆斯·费伦：《〈洛丽塔〉中的疏离型不可靠性、亲近型不可靠性及其伦理》，肖向阳译，载《叙事》中国版（第一辑），广州：暨南大学出版社，2008 年，第 6 页。
4 詹姆斯·费伦等：《威茅斯经验：同故事叙述、不可靠性、伦理与〈人约黄昏时〉》，载《新叙事学》，马海良译，北京：北京大学出版社，2002 年，第 41 页。

玛丽-劳尔·瑞安就是其中致力于数字新媒介叙事研究的重要学者之一。她早年学习的是文学研究，赴美国之后攻读了计算机科学专业。作为一位独立学者，她担任过《文体》《叙事前沿》等丛书的编委，承接过"文学制图学"（Literary Cartography）项目并因此获得古根海姆奖金。她的《可能世界、人工智能与叙事理论》《作为虚拟现实的叙事：文学与电影媒体中的沉浸与交互性》《故事的变身》等著作开辟了叙事学研究的全新空间：

（1）"可能世界"。瑞安在《可能世界、人工智能与叙事理论》中引入"可能世界"的理论用以修正此前关于"文学虚构"的观念，认为"可能世界理论对文本符号学有两点影响：其一是'世界'隐喻，描述文本所建构的语义域；其二是模态的概念，对文本组成的语义域的状态、存在和事件进行区分。"[1]瑞安此处引入的"世界"强调了一种对叙事（包括"所叙之事"和"事之所叙"）的整体性认知的明确意图，即叙事活动所建构的人、事、物、环境及其关系都具有整体性特征，而且这一整体性是可以通过作者、叙述者、读者等从外部进行观察的，这就将"可能世界"与"真实世界"、"故事世界"与"虚构世界"打通了。

（2）"媒介"。从"媒介"的角度来理解叙事，是瑞安非常重要的研究视角。她从"符号学的、物质/技术的、文化的"三个方面重新界定了媒介，进而指出"倘若一种媒介对故事、话语、社会或个人的叙事使用产生了影响，那么该媒介就可被看作具有叙事关联。"进而，她从时空延展、运动属性、符号渠道的数量、媒介的类型等不同角度对跨媒介叙事问题进行了分类，并指出，叙事文本具有"对另一种媒介的向往，将自身媒介的限制'再媒介化'"的潜能。[2]

3 戴维·赫尔曼的认知叙事研究

新叙事学不仅仅以新媒介、新技术的叙事作为研究对象，而且进一步将前沿科技作为研究方法，推进叙事学与社会科学、自然科学的交叉融合，这也是新叙事学发展的重要方向。其中最具代表性的，就是认知叙事学。戴维·赫尔曼指出，"认知叙事学是一个跨学科领域。它将（经典）叙事学的概念和方法与源自认知科学（如心理学、人工智能、心灵哲学等）的概念和方法相结合，旨在为从事叙事结构和叙事阐释研究的理论家们所提出的范畴和原则建构一个认知基础。"[3]经过三十多年时间的发展，认知叙事学已形

1 Marie-Laure Ryan, *Possible Worlds, Artificial Intelligence, and Narrative Theory*, Bloomington & Indianapolis Press, 1991, p. 3.

2 玛丽-劳尔·瑞安：《故事的变身》，张新军译，南京：译林出版社，2014年，第29页。

3 David Herman. Introduction, *Narrative Theory and the Cognitive Sciences*, Stanford: CSLI Publications, 2003, p. 20.

成一个庞杂的话语体系。其中比较有代表性的有戴维·赫尔曼的"故事逻辑"说、莫妮卡·弗卢德尼克的"自然叙事学"、曼弗雷德·雅恩的"窗口聚焦"说、玛丽-劳尔·瑞安的"认知地图"理论、安斯加·纽宁的"认知方法与修辞方法的结合"、鲍特鲁西和迪克森的心理叙事学等。因此，认知叙事学体现出极大的综合性和包容性：既包含经典叙事学的基本问题，又面向新媒介的叙事实践，而且还借鉴新的科技方法。"认知叙事学接过经典叙事学所要解决的根本问题，即叙事文本系统的内在规则是什么？并将它转化为另一个问题：究竟是什么样的思维工具、进程及活动使我们有可能去建构和理解叙事？另外，认知叙事学还聚焦于作为认识工具的叙事本身，也即研究叙事如何有助于人类去组织和理解经验。这样一来，认知叙事学并非将结构语言学当作其学科模型，而是运用认知科学的理念，包括（认知）语言学、认知心理学、进化心理学、社会心理学、心智哲学及其他领域。"[1]

认知叙事所涉及的领域非常广，从神经感知到情感意识再到观念伦理，均有涉猎并逐渐成为体系。在此仅举一例：戴维·赫尔曼专文探讨了叙事与思维的关系。他以对詹姆斯·乔伊斯的《死者》中加布里埃尔这一虚构人物的心理分析为例，探讨了叙事中意识再现的各种方法。在他看来，我们对小说中虚构人物心理的把握"必须同时分析读者的心理，即读者如何通过特定文本细节来解读小说人物对周围世界的认识"。现代小说突显对人物内心意识的描写，这使得小说叙事能够充分展开笔下人物对场景和事件的认知以及情感立场变化的过程，这些精微细腻的笔触也方便读者对虚构人物意识及其复杂因素展开重构。为此，郝尔曼提出阐释叙事中意识再现的四个维度："①在故事世界中，从一个或多个视角对事件的读解或概念化；②人物对自己及他人意识的推断；③与情感相关的话语的使用；④'感受性'（这是思维哲学家用来描述意识体验的感受性和主观性的术语）。"在认知语言学家看来，"读解"或"概念化"具有特殊的叙事意义，"同一个情形或者事件在语言上可作不同编码，从而反映心理对世界进行读解时的不同可能性。"举个例子来说，"那株西红柿苗被兔子吃掉了"与"兔子吃了那株西红柿苗"指涉的情形和事件是完全相同的，但在叙事中呈现出主动与被动之别，从而形成不同的"焦点调整"。同样，叙事中的虚构人物也经常有对自我意识和他人意识的推断，这使得我们对思维的思考超越内心活动和个体自我交流的层面，进一步扩展到社会现实维度，指向"行动中的社会思维"。叙事与情感的关系也极为密切，一方面，情感学能够为叙事分析提供理论资源，

1 罗伯特·斯科尔斯、詹姆斯·费伦、罗伯特·凯洛格：《叙事的本质》，于雷译，南京：南京大学出版社，2015年，第303—304页。

另一方面叙事也"具有（重新）构建情感学的能力"。在小说中，可述性、体验性与感受性是浑然一体、相互促进的。正是"在这种互动关系中，故事既构建了人物的所见、所想、所忆、所感，同时也在人物的所见、所想、所忆、所感中构建了自身。"[1]通过这一案例可见，认知科学对叙事分析的影响既可以包含和激活传统叙事分析的视角和结论，还可以打开极为广阔的研究空间。

三　结语

叙事理论研究的发展呈现出几个非常典型的特点：

其一，从最简单的民间故事到最复杂的现代派小说、从图画叙事到影视叙事，叙事理论都广为涉猎。激发理论家对叙事问题展开研究的动因来自于探究人类讲故事能力奥秘的冲动。人类的语言能力既得益于人类头脑的进化，也促进了人类认知能力的提升。而认知革命的后果即人类拥有了通过语言建构想象世界的能力，这就导致了神话、传说、宗教等虚构性、叙事性类型的产生。20世纪小说叙事出现的最大变革就是以意识流小说为代表的现代小说不断推动叙事技巧的创新。这种不断从"可读的文本"向"可写的文本"（罗兰·巴特语）的发展，既提高了读者理解的难度，也对批评家的叙事分析能力提出了更高的要求。同样，电影艺术的诞生一方面来源于达盖尔照相术的发明，另一方面也受到"西洋景"（panoramen，即"全景画"）娱乐装置的影响。电影摄影机发明之后，"停机再拍""多次曝光"等拍摄方式不断更新，发展出以"蒙太奇"为代表的剪辑体系，电影叙事能力也由此得到极大提升。随着数字技术、人工智能技术的不断发展，早年以"任天堂"为代表的电子游戏已经发展为基于数据库导航、神经-影像、"用户-角色"的交互-沉浸式游戏电影（或电影游戏），其叙事能力也不断迭代升级。这些新现象、新情况、新问题正是不断推动叙事理论研究发展的重要基础。

其二，从深受结构主义语言学的启发到重新与社会、历史、文化、技术相结合，叙事理论研究出现从"向内转"到"向外转"的学术转向。经典叙事学无疑几乎全盘照搬了索绪尔结构主义语言学的基本模型，无论是"语言"与"言语"的二分，还是"组合"和"聚合"的坐标，经典叙事学研究者希望找到构成叙事的最小元素，并以尽可能有限的规则来实现对无限

---

[1] 戴维·赫尔曼：《认知、情感与意识：叙事人物的后经典研究方法》，唐伟胜、陶炜婷译，载《叙事》（中国版）第一辑，广州：暨南大学出版社，2008年，第92—104页。

的叙事文本的分解。而新叙事学则一方面依托经典叙事学确立的诸如"视角""叙述者""叙事时间""叙事空间"等论域，另一方面则尽量向外拓展。如不再仅仅谈论"角色""行动元"，而且重新恢复"人物"的地位，以此与文化研究所提出的阶级、种族、性别等议题相衔接；再如"读者"的叙事功能也不断得到重视，从"受述人""潜在读者"到"不可靠叙事"再到认知叙事中的各种研究议题，无不使"读者"得到更为精细的叙事分析。

其三，叙事分析的手段也不断更新升级。早期的叙事分析是基于经验的归纳。如柏拉图对"叙述"和"摹仿"的区分是从戏剧表演中演员与角色的关系来辨析的；亚里士多德对"情节"有头有尾的分析也基于观剧经验而来。经典叙事学研究则主要来自概念的演绎。无论是托多罗夫还是罗兰·巴特，无论是格雷马斯还是布雷蒙，基于最小的叙事单位的确立，进而模拟出最小的叙事规则，并以此获得分析具体叙事文本的理论工具。到了新叙事学，直接来自社会科学、自然科学的技术工具的引入成为显著特点。不仅电影叙事研究、跨媒介叙事分析都需要对新的叙事媒介技术的认知和研究，而且基于大数据、可视化、神经网络、人工智能等新兴技术也开始成为叙事理论借鉴的方法。从这个意义上说，叙事理论研究成为一个极其古老又极为年轻，不断丰富发展的研究领域。

思考题：

1 如何认识经典叙事学与法国结构主义运动的关系？

2 查阅相关文献，了解新叙事学有哪些研究领域，各有哪些代表性的学者。

3 查阅相关文献，了解数字人文技术对叙事作品的主题分析、情感分析和情节分析各提供了哪些方法。

主要参考文献

Acquisto, Joseph. *French Symbolist Poetry and the Idea of Music*. Abingdon and New York: Routledge, 2016.

Aquinas, Thomas. *Summa Theologiae*, *Opera Omnia*, iussu impensaque Leonis XIII P. M. edita, T. 4. Roma: Ex Typographia Polyglotta, 1888.

Aquinas, Thomas. *Summa Theologiae*, *Opera Omnia*, iussu impensaque Leonis XIII P. M. edita, T. 9. Roma: Ex Typographia Polyglotta, 1897.

Augustinus, Aurelius. *Confessionum libri XIII*, *Opera Omnia*, Tom. I, PL XXXII. Paris, 1841.

Augustinus, Aurelius. *De civitate Dei libri XXII*, *Opera Omnia*, Tom. VII, PL XLI. Paris, 1841.

Augustinus, Aurelius. *De doctrina christiana libri IV*, *Opera Omnia*, Tom. III, PL XXXII. Paris, 1841.

Augustinus, Aurelius. *De vera religione liber unus*, *Opera Omnia*, Tom. III, PL XXXII. Paris, 1841.

Barthes, Roland. *Œuvres complètes, tome 2: Livres, textes, entretiens, 1962-1967*. Paris: Seuil, 2002.

Barthes, Roland. *S/Z*. Paris: Seuil, 1970.

Benjamin, Walter. *Walter Benjamin Gesammelte Schriften Band I. 1*. Frankfurt am Main: Suhrkamp Verlag, 1974.

Benjamin, Walter. *The Arcades Project*. Trans. Howard Eiland and Kevin Mclaughlin. Cambridge and London: Harvard University Press, 1999.

Bilsky, Manuel. "I. A. Richards' Theory of Value". *Philosophy and Phenomenological Research*, Vol. 14, No. 4 (Jun., 1954).

Brooks, Cleanth. "Irony and 'Ironic' Poetry". *The English Journal*, Vol. 371, February, 1948.

Brooks, Cleanth. *The Well Wrought Urn: Studies in the Structure of Poetry*. New York: The Harvest Book, 1956.

Castelvetro, Ludovico. *Poetica d'Aristotele vulgarizzata et sposta*. Basel: Pietro de Sedabonis, 1576.

Cicerone. *Tuscolane*, Testo latino a fronte. Milano: BUR, 1996.

Coffman, Jr., Stanley K. *Imagism: A Chapter for the History of Modern Poetry*. New York: Octagon Books, 1977.

Conkin, Paul K. *The Southern Agrarians*. Nashville: Vanderbilt University Press, 2001.

Cuddon, J. A. *A Dictionary of Literary Term and Literary Theory*. Hoboken, N. J.: Wiley-Blackwell, 2013.

Dante, Alighieri. *De vulgari eloquentia, Opere*, Volume primo. Milano: Mondadori, 2011.

Dante, Alighieri. *Epistola XIII, Opere*, Volume secondo. Milano: Mondadori, 2014.

De Bruyne, Edgar. *Etudes d'esthétique médiévale*, T. 2. Paris: Albin Michel, 1998.

Denham, Robert D. *Northrop Frye on Critical Method*. University Park: Pennsylvania State University Press, 1978.

Derrida, Jacques. "La Différance". *Tel Quel, Théorie d'ensemble*. Paris: Seuil, 1968.

Derrida, Jacques. *L'écriture et la difference*. Paris: Seuil, 1967.

Fekete, John. *The Critical Twilight*. London: Routledge & Kegan Paul, 1977.

Fish, Stanley. *The Living Temple: George Herbert and Catechizing*. Berkeley: University of California Press, 1978.

Gilbert, Sandra M. and Susan Gubar, eds., *The Norton Anthology of Literature by Woman: The Tradition in English*. New York: W. W. Norton & Company, 1985.

Glotfelty, Cheryll and Harold Fromm, eds. *The Ecocriticism Reader: Landmarks in Literary Ecology*. Athens: University of Georgia Press, 1996.

Greenblatt, Stephen and G. Gunn, eds. *Redrawing the Boundaries*. New York: Modern Language Association of America, 1992.

Greenblatt, Stephen. "'Intensifying the surprise as well as the school': Stephen Greenblatt interviewed by Noel King". *Textual Practice* 8 (1994).

Greenblatt, Stephen. *Renaissance Self-Fashioning: From More to Shakespeare*. Chicago: University of Chicago Press, 1980.

Guberman, Ross Mitchell, ed. *Julia Kristeva, Interviews*. New York: Columbia University Press, 1996.

Hall, Kim Q. and Ásta, eds. *The Oxford Handbook of Feminist Philosophy*. New York: Oxford University Press, 2021.

Harasym, Sarah, ed. *The Post-Colonial Critic*. New York: Routledge, 1990.

Hartland, Richard. *Literary Theory from Plato to Barthes*. London: Palgrave Macmillan, 1999.

Herman, David, Manfred Jahn and Marie-Laure Ryan, eds. *Routledge Encyclopedia of Narrative Theory*. Routledge, 2005.

Herman, David. *Narrative Theory and the Cognitive Sciences*. Stanford: CSLI Publications, 2003.

Hopkins, Gerard. *The Correspondence of Gerard Manley Hopkins and Richard Watson Dixon*. C. C. Abbott, ed. London: Oxford University Press, 1935.

Jameson, Fredric. "Third World Literature in the Era of Multinational Capitalism". *Social Text*, No.15 (Autumn, 1986).

Jameson, Fredric. *Marxism and Form: 20th Century Dialectical Theories of Literature*. Princeton: Princeton University Press, 1974.

Jameson, Fredric. *The Ideologies of Theory, 1971-1986*. Minneapolis: University of Minnesota Press, 1988.

Jameson, Fredric. *The Political Unconscious*. Ithaca: Cornell University Press, 1981.

Jameson, Fredric. *The Political Unconscious: Narrative as a Socially Symbolic Act*. New York: Cornell University Press, 1981.

Jauß, Hans Robert. *Literaturgeschichte als Provokation*, Suhrkamp, 1970.

Kristeva, Julia. "General Principles in Semiotics". In Ross Mitchell Guberman, ed., *Julia Kristeva, Interviews*. New York: Columbia University Press, 1996.

Kristeva, Julia. *Je me voyage*. Paris: Fayard, 2016.

Kristeva, Julia. *Séméiôtiké: Recherches pour une sémanalyse*. Paris: Seuil, 1969.

Lehan, Richard. "The Theoretical Limits of the New Historicism". *New Literary History*, 21.3 (Spring 1990).

Leitch, Vincent B. *American Literary Criticism, from the Thirties to the Eighties*. New York: Columbia University Press, 1988.

Leitch, Vincent B., ed. *The Norton Anthology of Theory and Criticism*. New York: W. W. Norton & Company, 2018.

Lentricchia, Frank. *After the New Criticism*. Chicago: University of Chicago Press, 1980.

Litz, A. Walton, Louis Menand and Lawrence Rainey, eds. *The Cambridge History of Literary Criticism*, Vol. VII. Cambridge: Cambridge University Press, 2000.

Miller, Hillis. "Presidential Address (1986): The Triumph of Theory, the Resistance to Reading, and the Question of the Material Base". *PMLA* 102 (1987).

Montrose, Louis Adrian. "Shaping Fantasies: Figurations of Gender and Power in Elizabethan Culture". *Representations* 2 (Spring 1983).

Morris, Wesley. *Toward a New Historicism*. Princeton: Princeton University Press, 1972.

Nelson, Cary and Larry Grossberg, eds. *Marxism and the Interpretation of Culture*. Urbana: University of Illinois Press, 1988.

Pease, Allision, ed. *The Cambridge Companion to To the Lighthouse*. New York: Cambridge University Press, 2015.

Plain, Gill and Susan Sellers, eds. *A History of Feminist Literary Criticism*, Cambridge: Cambridge University Press, 2007.

Ransom, John Crowe. "Ubiquitous Moralists". *The Kenyon Review*, New Series, Vol. 11. No. 1 (Winter, 1989).

Ransom, John Crowe. *Beating the Bushes, Selected Essays, 1941-1970*. New York: New Directions, 1972.

Regan, Tom. *The Case for Animal Rights*. University of California Press, 1986.

Richards, I. A. *Science and Poetry*. London: Kegan Paul, Trench, Trubner, 1926.

Richards, I. A., C. K. Ogden and James Wood. *The Foundation of Aesthetics*. New York: Lear Publishers, 1925.

Richter, David H., ed. *A Companion to Literary Theory*, John Wiley & Sons Ltd., 2018.

Ryan, Marie-Laure. *Possible Worlds, Artificial Intelligence, and Narrative Theory*. Bloomington & Indianapolis Press, 1991.

Said, Edward W. *Culture and Imperialism*. London: Vintage Books, 1994.

Said, Edward W. *Orientalism*. New York: Vintage Books, 1978.

Sale, Roger. "The Achievement of William Empson". *The Hudson Review*, Vol. 19, No. 3 (Autumn, 1966).

Samoyault, Tiphaine. *L'intertextualité: Mémoire de la littérature*. Paris: Armand Colin, 2008.

Sartre, Jean-Paul. *Situations II: Qu'est-ce que la littérature?* Paris: Gallimard, 1948.

Scaliger, Julius Caesar. *Poetices libri septem*. Geneva: Apud Johannem Crispinum, 1561.

Selden, R., P. Widdowson and P. Brooker. *A Reader's Guide to Contemporary Literary Theory*. 北京：外语教学与研究出版社，1997年。

Shafer, Robert E. "The Practical Criticism of I. A. Richards and Reading Comprehension". *Journal of Reading*, Vol. 14, No. 2 (Nov., 1970).

Symons, Arthur. *The Symbolist Movement in Literature*. London: Archibald Constable, 1908.

Tate, Allen. *The Man of Letters in Modern World*. New Haven: Meridian Books, 1955.

Thomas, Brook. *The New Historicism and Other Old-Fashioned Topics*. Princeton: Princeton University Press, 1991.

Veeser, Aram, ed. *The New Historicism*. London: Routledge, 1989.

Vivas, Eliseo. "Four Notes on I. A. Richards' Aesthetic Theory". *The Philosophical Review*, Vol. 44, No. 4 (Jul., 1935).

White, Hyden. *The Fiction of Narrative: Essays on History, Literature, and Theory, 1957-2007*. Ed. Robert Doran. Baltimore, Maryland: The Johns Hopkins University Press, 2010.

Williams, Raymond. *Marxism and Literature*. Oxford: Oxford University Press, 1977.

Zabel, Morton D., ed. *Literary Opinion in America*. New York: Harper Brothers, 1962.

E. M. 福斯特：《小说面面观》，苏炳文译，广州：花城出版社，1984年。

H. R. 姚斯、R. C. 霍拉勃：《接受美学与接受理论》，周宁、金元浦译，沈阳：辽宁人民出版社，1987年。

H. R. 姚斯：《审美经验与文学解释学》，顾建光、顾静宇、张乐天译，上海：上海译文出版社，2006年。

J. M. 布洛克曼：《结构主义：莫斯科—布拉格—巴黎》，李幼蒸译，北京：中国人民大学出版社，2003年。

M. A. R. 哈比布：《文学批评史：从柏拉图到现在》，阎嘉译，南京：南京大学出版社，2017年。

M. H. 艾布拉姆斯、杰弗里·高尔特·哈珀姆：《文学术语词典》（第10版），北京：北京大学出版社，2014年。

M. H. 艾布拉姆斯：《镜与灯：浪漫主义文论及批评传统》，郦稚牛、张照进、童庆生译，王宁校，北京：北京大学出版社，2004年。

T. S. 艾略特：《艾略特诗学文集》，王恩衷编译，北京：国际文化出版公司，1989年。

V. 厄利希：《俄国形式主义：历史与学说》，张冰译，北京：商务印书馆，2017年。

阿尔吉达斯·格雷马斯：《论意义——符号学论文集》下册，冯学俊、吴泓缈译，天津：百花文艺出版社，2005年。

阿里夫·德里克：《后革命氛围》，王宁等译，北京：中国社会科学出版社，1999年。

阿纳托利·卢那察尔斯基：《艺术及其最新形式》，郭家申译，天津：百花文艺出版社，1998年。

阿瑟·兰波：《兰波作品全集》，王以培译，北京：作家出版社，2011年。

埃塞尔·珀森、彼得·冯纳吉、S.奥古斯托·菲格拉：《论弗洛伊德的〈创造性作家与白日梦〉》，吴珩译，北京：化学工业出版社，2018年。

爱德华·W.赛义德：《赛义德自选集》，谢少波、韩刚译，北京：中国社会科学出版社，1999年。

奥尔多·利奥波德：《沙乡年鉴》，侯文蕙译，北京：商务印书馆，2016年。

奥古斯丁：《忏悔录》，周士良译，北京：商务印书馆，1963年。

奥诺雷·德·巴尔扎克：《巴尔扎克论文学》，王秋荣编，北京：中国社会科学出版社，1986年。

巴特·穆尔－吉尔伯特：《后殖民理论——语境·实践·政治》，陈仲丹译，南京：南京大学出版社，2001年。

柏拉图：《柏拉图文艺对话集》，朱光潜译，北京：商务印书馆，2013年。

柏拉图：《理想国》，郭斌和、张竹明译，北京：商务印书馆，1986年。

保尔·瓦雷里：《瓦莱里散文选》，唐祖论、钱春绮译，天津：百花文艺出版社，2006年。

保罗·弗莱：《文学理论》，吕黎译，北京：北京联合出版社，2017年。

保罗·沃伦·泰勒：《尊重自然：一种环境伦理学理论》，雷毅、李小重、高山译，北京：首都师范大学出版社，2010年。

北京大学西语系资料组编：《从文艺复兴到十九世纪资产阶级文学家艺术家有关人道主义人性论言论选辑》，北京：商务印书馆，1973年。

北京大学哲学系外国哲学史教研室编译：《西方哲学原著选读》上卷，北京：商务印书馆，1982年。

彼得·伯格：《制造路易十四》，郝名玮译，北京：商务印书馆，2007年。

彼得·盖伊：《启蒙时代（下）：自由的科学》，王皖强译，上海：上海人民出版社，2016年。

彼得·琼斯编：《意象派诗选》，裘小龙译，桂林：漓江出版社，1986年。

查尔斯·E.布莱斯勒：《文学批评：理论与实践导论》，赵勇等译，北京：中国人民大学出版社，2014年。

查尔斯·查德威克：《象征主义》，郭洋生译，石家庄：花山文艺出版社，1989年。

查尔斯·查德威克：《象征主义》，张汉良译，台北：黎明文化出版有限公司，1973年。

陈杰：《十七世纪法国的权力与文学：以黎塞留主政时期为例》，上海：复旦大学出版社，2018年。

陈晓明：《20世纪西方哲学东渐史：结构主义与后结构主义在中国》，北京：首都师范大学出版社，2011年。

陈永国、赖立里、郭英剑主编：《从解构到全球化批判：斯皮瓦克读本》，北京：北京大学出版社，2007年。

程琳：《罗尔斯顿与马克思关于人与自然关系问题的比较》，载《青海师范大学民族师范学院学报》，2014年第2期。

茨维坦·托多罗夫编：《俄苏形式主义文论选》，蔡鸿滨译，北京：中国社会科学出版社，1989年。

大卫·布尔柳克、阿列克谢·克鲁乔内赫、弗拉基米尔·马雅克夫斯基、维克多·赫列勃尼科夫等：《给社会趣味一记耳光》，张捷译，载《文艺理论研究》，1982年第2期。

戴维·赫尔曼：《新叙事学》，马海良译，北京：北京大学出版社，2002年。

戴维·赫尔曼主编：《新叙事学》，马海良译，北京：北京大学出版社，2002年。

但丁：《神曲》，朱维基译，上海：上海译文出版社，2011年。

德尼·狄德罗：《狄德罗美学论文选》，张冠尧等译，北京：人民文学出版社，1984年。

厄内斯特·琼斯：《弗洛伊德传》，张洪量译，北京：中央编译出版社，2018年。

方珊等译：《俄国形式主义文论选》，北京：生活·读书·新知三联书店，1989年。

弗吉尼亚·伍尔夫：《到灯塔去》，瞿世镜译，上海：上海译文出版社，2008年。

弗吉尼亚·伍尔夫：《关于阅读》，贾辉丰译，北京：人民文学出版社，2013年。

弗吉尼亚·伍尔夫：《一间自己的房间》，贾辉丰译，北京：人民文学出版社，2013年。

弗拉基米尔·普罗普：《故事形态学》，贾放译，北京：中华书局，2006年。

弗拉基米尔·普罗普：《神奇故事的历史根源》，贾放译，北京：中华书局，2006年。

弗朗索瓦·多斯：《结构主义史》，季光茂译，北京：金城出版社，2012年。

弗雷德里克·詹姆逊：《后现代主义与文化理论》，唐小兵译，北京：北京大学出版社，2005年。

弗雷德里克·詹姆逊：《政治无意识》，王逢振、陈永国译，北京：中国社会科学出版社，1999年。

伏尔泰：《路易十四时代》，吴模信、沈怀洁、梁守锵译，吴模信校，北京：商务印书馆，1996年。

福柯：《规训与惩罚》，刘北成、杨远婴译，北京：生活·读书·新知三联书店，1999年。

戈特霍尔德·莱辛：《汉堡剧评》，张黎译，上海：上海译文出版社，1981年。

戈特霍尔德·莱辛：《拉奥孔》，朱光潜译，北京：人民文学出版社，1979年。

古典文艺理论译丛编辑委员会编：《古典文艺理论译丛》（5），北京：人民文学出版社，1963年。

海登·怀特：《后现代历史叙事学》，陈永国、张万娟译，北京：中国社会科学出版社，2003年。

海登·怀特：《话语的转义——文化批评文集》，董立河译，郑州：大象出版社，2011年。

海登·怀特：《元史学：十九世纪欧洲的历史想象》，陈新译，南京：译林出版社，2004年。

汉斯－格奥尔格·伽达默尔：《伽达默尔著作集第1卷 诠释学 I 哲学诠释学的基本特征》，洪汉鼎译，北京：商务印书馆，2021年。

汉斯－格奥尔格·伽达默尔：《伽达默尔著作集第2卷 诠释学 II 真理与方

法——补充和索引》，洪汉鼎译，北京：商务印书馆，2021 年。

胡经之、王岳川编：《文艺学美学方法论》，北京：北京大学出版社，1994 年。

胡志红：《西方生态批评史》，北京：人民出版社，2015 年。

黄晋凯、张秉真、杨恒达主编：《象征主义、意象派》，北京：中国人民大学出版
　　社，1989 年。

黄梅：《码字的女人》，南京：南京师范大学出版社，2012 年。

霍尔姆斯·罗尔斯顿：《环境伦理学》，杨通进译，北京：中国社会科学出版社，
　　2000 年。

霍尔姆斯·罗尔斯顿：《哲学走向荒野》，刘耳、叶平译，长春：吉林人民出版
　　社，2000 年。

吉尔·德勒兹、皮埃尔－菲利克斯·加塔利：《资本主义与精神分裂：千高原》，
　　姜宇辉译，上海：上海书店出版社，2010 年。

吉尔·德勒兹：《哲学与权力的谈判》，刘汉全译，北京：商务印书馆，2000 年。

《简明不列颠百科全书》编辑部编：《简明不列颠百科全书·5》，北京：中国大
　　百科全书出版社，1986 年。

纪秀明：《想象与抵牾：生态视角中的文学荒野及现代启示》，载《外国语文》，
　　2021 年第 1 期。

姜海波：《〈神圣家族〉郭沫若译本考》，沈阳：辽宁人民出版社，2019 年。

蒋孔阳、朱立元主编：《西方美学通史》第三卷，上海：上海文艺出版社，1999 年。

杰克·A. 戈德斯通：《早期现代世界的革命与反抗》，章延杰、黄立志、章璇
　　译，上海：上海人民出版社，2013 年。

杰拉尔德·普林斯：《"经典叙事学"和"后经典叙事学"》，徐强、徐月译，载
　　《艺术广角》，2020 年第 1 期。

捷尔吉·卢卡奇：《小说理论》，燕宏远、李怀涛译，北京：商务印书馆，2012 年。

居斯塔夫·福楼拜：《福楼拜文学书简》，丁世忠译，桂林：广西师范大学出版
　　社，2020 年。

卡尔·马克思、弗里德里希·恩格斯：《德意志意识形态》，中共中央马克思、恩
　　格斯、列宁、斯大林著作编译局编译，北京：人民出版社，2018 年。

卡尔·马克思、弗里德里希·恩格斯：《共产党宣言》，中共中央马克思、恩格
　　斯、列宁、斯大林著作编译局编译，北京：人民出版社，2018 年。

卡尔·马克思、弗里德里希·恩格斯：《神圣家族，或对批判的批判所做的批
　　判》，中共中央马克思、恩格斯、列宁、斯大林著作编译局编译，北京：人民
　　出版社，1958 年。

卡尔·马克思：《〈政治经济学批判〉序言、导言》，中共中央马克思、恩格斯、
　　列宁、斯大林著作编译局编译，北京：人民出版社，1971 年。

卡尔·马克思：《1844 年经济学哲学手稿》，中共中央马克思、恩格斯、列宁、
　　斯大林著作编译局编译，北京：人民出版社，2018 年。

卡尔·荣格：《荣格自传》，艾琦译，广州：广东旅游出版社，2021 年。

卡尔·荣格：《心理学与文学》，冯川、苏克译，南京：译林出版社，2011 年。

凯特·柯克帕特里克：《成为波伏瓦》，刘海平译，北京：中信出版集团，2021 年。

克洛德·列维－斯特劳斯：《从蜂蜜到烟灰》，周昌忠译，北京：中国人民大学出
　　版社，2007 年。

克洛德·列维-斯特劳斯：《结构人类学》，张祖建译，北京：中国人民大学出版社，2006年。

克洛德·列维-斯特劳斯：《神话学：生食与熟食》，周昌忠译，北京：中国人民大学出版社，2007年。

劳伦斯·布伊尔：《环境批评的未来：环境危机与文学想象》，刘蓓译，北京：北京大学出版社，2010年。

雷纳·韦勒克、奥斯汀·沃伦：《文学理论》，刘象愚等译，北京：生活·读书·新知三联书店，1984年。

雷纳·韦勒克：《近代文学批评史》第一卷，杨岂深、杨自伍译，上海：上海译文出版社，1987年、1997年。

雷纳·韦勒克：《近代文学批评史》第二卷，杨自伍译，上海：上海译文出版社，2009年。

雷纳·韦勒克：《近代文学批评史》第三卷，杨自伍译，上海：上海译文出版社，2009年。

雷纳·韦勒克：《近代文学批评史》第四卷，杨自伍译，上海：上海译文出版社，1997年、2009年。

雷纳·韦勒克：《近代文学批评史》第五卷，章安棋、杨恒达译，上海：上海译文出版社，2002年。

雷纳·韦勒克：《近代文学批评史》第七卷，杨自伍译，上海：上海译文出版社，2006年。

雷纳·韦勒克：《批评的概念》，张金言译，杭州：中国美术学院出版社，1999年。

李圣传：《实践"新历史主义"：格林布拉特及其同伴们》，载《学术研究》，2020年第2期。

联合国大会：《世纪自然宪章》，1982年。

列夫·托尔斯泰：《列夫·托尔斯泰论创作》，戴启篁译，桂林：漓江出版社，1982年。

列夫·托尔斯泰：《列夫·托尔斯泰文集》第十四卷，陈燊、丰陈宝等译，北京：人民文学出版社，2000年。

列夫·托洛茨基：《文学与革命》，刘文飞等译，北京：外国文学出版社，1992年。

刘蓓：《着眼于"环境"的生态批评——劳伦斯·布伊尔的研究特色及其启示》，载《东方丛刊》，2010年第3期。

刘若端编：《十九世纪英国诗人论诗》，北京：人民文学出版社，1984年。

柳鸣九：《柳鸣九文集卷13·雨果论文学、磨坊文札》，深圳：海天出版社，2015年。

罗伯特·斯科尔斯、詹姆斯·费伦、罗伯特·凯洛格：《叙事的本质》，于雷译，南京：南京大学出版社，2015年。

罗尔夫·魏格豪斯：《法兰克福学派：历史、理论及政治影响》（上），孟登迎等译，上海：上海人民出版社，2010年。

罗钢、刘象愚主编：《后殖民主义文化理论》，北京：中国社会科学出版社，1999年。

罗曼·雅各布森：《俄罗斯新诗》，黄玫译，载《社会科学战线》，2020年第3期。

罗芃、冯棠、孟华：《法国文化史》，北京：北京大学出版社，1997年。

马克斯·霍克海默、西奥多·阿多诺：《启蒙辩证法》，渠敬东等译，上海：上海人民出版社，2006 年。

马奇主编：《西方美学史资料选编》上卷，上海：上海人民出版社，1987 年。

马泰·卡林内斯库：《现代性的五副面孔》，顾爱彬、李瑞华译，北京：商务印书馆，2002 年。

玛丽−劳尔·瑞安：《故事的变身》，张新军译，南京：译林出版社，2014 年。

米哈伊尔·巴赫金：《巴赫金全集》第三卷，石家庄：河北教育出版社，1998 年。

米歇尔·福柯：《知识考古学》，谢强、马月译，北京：生活·读书·新知三联书店，2003 年。

尼古拉·布瓦洛：《诗的艺术》，任典译，北京：人民文学出版社，1959 年。

尼古拉·车尔尼雪夫斯基：《车尔尼雪夫斯基论文学》上卷，辛未艾译，上海：上海译文出版社，1978 年。

尼古拉·车尔尼雪夫斯基：《艺术与现实的审美关系》，周扬译，北京：人民文学出版社，2009 年。

尼古拉·杜勃罗留波夫：《杜勃罗留波夫选集》第二卷，辛未艾译，上海：上海文艺出版社，1961 年。

诺斯罗普·弗莱：《批评的剖析》，陈慧译，北京：北京大学出版社，2017 年。

钱翰：《二十世纪法国先锋文学理论和批评的"文本"概念研究》，北京：北京大学出版社，2015 年。

乔国强、薛春霞：《什么是新批评》，上海：上海外语教育出版社，2011 年。

乔治·莱文：《世俗主义之乐》，赵元译，南京：译林出版社，2019 年。

瞿世镜：《意识流小说家伍尔夫》，上海：上海译文出版社，2015 年。

让·鲍德里亚：《生产之镜》，仰海峰译，北京：中央编译出版社，2005 年。

让·鲍德里亚：《消费社会》，刘成富、全志钢译，南京：南京大学出版社，2014 年。

让−保罗·萨特：《萨特文集 7：文论卷》，施康强译，北京：人民文学出版社，2000 年。

让−弗朗索瓦·利奥塔：《非人：时间漫谈》，罗国祥译，北京：商务印书馆，2000 年。

让−弗朗索瓦·利奥塔：《后现代状况》，岛子译，长沙：湖南美术出版社，1996 年。

让−雅克·卢梭：《论科学与艺术》，何兆武译，北京：商务印书馆，1963 年。

让−雅克·卢梭：《论戏剧》，王子野译，北京：三联书店，1991 年。

热拉尔·热奈特：《叙事话语 新叙事话语》，王文融译，北京：中国社会科学出版社，1990 年。

桑德拉·吉尔伯特、苏珊·古芭：《阁楼上的疯女人：女性作家与 19 世纪文学想象》，杨莉馨译，上海：上海人民出版社，2014 年。

森谷公俊：《亚历山大的征服与神话》，徐磊译，北京：北京日报出版社，2020 年。

生安锋：《后殖民主义的"流亡诗学"》，载《外语教学》，2004 年第 25 卷第 5 期。

盛宁：《二十世纪美国文论》，北京：北京大学出版社，1994 年。

史亮：《新批评》，成都：四川文艺出版社，1989 年。

司汤达：《拉辛与莎士比亚》，王道乾译，上海：上海人民出版社，2006 年。

斯达尔夫人：《论文学》，徐继增译，北京：人民文学出版社，1986 年。

斯蒂芬·格林布拉特：《俗世威尔——莎士比亚新传》，辜正坤、邵雪萍、刘昊译，北京：北京大学出版社，2007 年。

斯坦利·费什：《读者反应批评：理论与实践》，文楚安译，北京：中国社会科学出版社，1998年。

苏珊·兰瑟：《虚构的权威：女性作家与叙述声音》，黄必康译，北京：北京大学出版社，2001年。

唐纳德·沃斯特：《自然的经济体系——生态思想史》，侯文蕙译，北京：商务印书馆，2007年。

唐伟胜主编：《叙事：中国版（第一辑）》，广州：暨南大学出版社，2008年。

特里·伊格尔顿：《二十世纪西方文学理论》，吴晓明译，北京：北京大学出版社，2007年。

特里·伊格尔顿：《理论之后》，商正译，北京：商务印书馆，2009年。

托马斯·L.汉金斯：《科学与启蒙运动》，任定成、张爱珍译，上海：复旦大学出版社，2000年。

王逢振主编：《2000年新译西方文论选》，桂林：漓江出版社，2001年。

王诺：《生态批评——界定与任务》，载《文学评论》，2009年第1期。

王诺：《生态危机的思想文化根源——当代西方生态思潮的核心问题》，载《南京大学学报（哲社）》，2006年第4期。

王岳川：《后殖民主义与新历史主义文论》，济南：山东教育出版社，1999年。

王岳川：《新历史主义的文化诗学》，载《北京大学学报》，1997年第3期。

威廉·巴特勒·叶芝：《幻象：生命的阐释》，西蒙译，上海：上海文艺出版社，2005年。

威廉·燕卜荪：《朦胧的七种类型》，周邦宪等译，北京：中国美术学院出版社，1996年。

韦恩·布斯：《小说修辞学》，华明、胡晓苏、周宪译，北京：北京大学出版社，1987年。

韦清琦：《绿袖子舞起来：对生态批评的阐发研究》，南京：南京师范大学出版社，2010年。

维吉尔：《牧歌》，杨宪益译，上海：上海人民出版社，2015年。

维克托·什克洛夫斯基：《词语的复活》，载《外国文学评论》，1993年第2期。

维克托·什克洛夫斯基：《马步（选译）》，张冰译，载《苏联文学》，1989年第2期。

维克托·什克洛夫斯基：《散文理论》，刘宗次译，南昌：百花洲文艺出版社，1997年。

维萨里昂·别林斯基：《别林斯基选集》第二卷，满涛译，上海：上海译文出版社，1979年。

维萨里昂·别林斯基：《别林斯基选集》第六卷，辛未艾译，上海：上海译文出版社，2006年。

维萨里昂·别林斯基：《别林斯基选集》第三卷，满涛译，上海：上海译文出版社，1980年。

维萨里昂·别林斯基：《别林斯基选集》第一卷，满涛译，上海：上海译文出版社，1979年。

沃尔夫冈·伊瑟尔：《本文的召唤结构——不确定性作为文学散文产生效果的条件》，章国锋译，载《外国文学季刊》，1987年第1期。

沃尔夫冈·伊瑟尔：《阅读活动——审美反应理论》，金元浦、周宁译，北京：中国社会科学出版社，1991 年。

伍蠡甫、胡经之主编：《西方文艺理论名著选编》，北京：北京大学出版社，1985 年。

伍蠡甫、翁义钦：《欧洲文论简史》，北京：人民文学出版社，2004 年。

伍蠡甫主编：《西方文论选》上卷，上海：上海译文出版社，1979、1988 年。

伍蠡甫主编：《西方文论选》下卷，上海：上海译文出版社，1979 年。

伍蠡甫主编：《现代西方文论选》，上海：上海译文出版社，1983 年。

《西方文学理论》编写组编：《西方文学理论》，北京：高等教育出版社，2018 年。

西格蒙德·弗洛伊德：《梦的解析》，方厚升译，杭州：浙江文艺出版社，2016 年。

西蒙·布莱克伯恩：《牛津哲学词典》（英文版），上海：上海外语教育出版社，2000 年。

西蒙娜·德·波伏瓦：《第二性 I》，郑克鲁译，上海：上海译文出版社，2011 年。

夏尔·波德莱尔：《波德莱尔美学论文选》，郭宏安译，北京：人民文学出版社，1987 年。

谢·马申斯基：《苏联批评界和文艺学界反对形式主义的斗争》，载《世界艺术与美学》第 7 辑，北京：文化艺术出版社，1986 年。

雅克·德里达：《书写与差异》，张宁译，北京：生活·读书·新知三联书店，2001 年。

雅克·朗西埃：《马拉美：塞壬的政治》，曹丹红译，开封：河南大学出版社，2017 年。

亚里士多德、贺拉斯：《诗学·诗艺》，罗念生、杨周翰译，北京：人民文学出版社，1962 年。

亚里士多德：《尼各马可伦理学》，廖申白译注，北京：商务印书馆，2015 年。

亚里士多德：《诗学》，陈中梅译注，北京：商务印书馆，1996 年。

亚里士多德：《诗学》，罗念生译，北京：人民文学出版社，1962 年。

亚里士多德：《亚里士多德全集》第九卷，苗力田主编，颜一、秦典华译，北京：中国人民大学出版社，1994 年。

亚里士多德、贺拉斯：《诗学·诗艺》，罗念生、杨周翰译，北京：人民文学出版社，1962 年。

亚历山大·鲍姆嘉通：《美学》，简明、王旭晓译，北京：文化艺术出版社，1987 年。

杨冬：《文学理论：从柏拉图到德里达》，北京：北京大学出版社，2012 年。

杨宏芹：《格奥尔格圈子：以"教育的爱"为核心的共同体》，载《国外文学》，2015 年第 4 期（总第 140 期）。

伊莱恩·肖瓦尔特：《她们自己的文学：英国女小说家：从勃朗特到莱辛》，韩敏中译，杭州：浙江大学出版社，2012 年。

衣俊卿：《西方马克思主义概论》，北京：北京大学出版社，2008 年。

以赛亚·柏林：《浪漫主义的根源》，吕梁、张箭飞等译，南京：译林出版社，2020 年。

约翰·戈特弗里德·赫尔德：《论语言的起源》，姚小平译，北京：商务印书馆，2009 年。

约翰·克娄·兰瑟姆：《新批评》，王腊宝、张哲译，南京：江苏教育出版社，2006 年。

詹姆斯·费伦：《作为修辞的叙事：技巧、读者、伦理、意识形态》，陈永国译，北京：北京大学出版社，2002年。

张锦：《作者弗洛伊德——福柯论弗洛伊德》，载《外国文学》，2017年第4期。

张京媛主编：《新历史主义与文学批评》，北京：北京大学出版社，1993年。

张寅德编选：《叙述学研究》，北京：中国社会科学出版社，1989年。

赵红梅：《罗尔斯顿"荒野"三题》，载《鄱阳湖学刊》，2017年第1期。

赵一凡等编：《西方文论关键词》，北京：外语教学与研究出版社，2017年。

赵毅衡：《新批评——一种独特的形式文论》，北京：中国社会科学出版社，1986年。

赵毅衡：《重访新批评》，天津：百花文艺出版社，2009年。

赵毅衡编：《符号学文学论文集》，天津：百花文艺出版社，2004年。

赵毅衡编选：《"新批评"文集》，北京：中国社会科学出版社，1988年。

赵勇等：《西方人与自然伦理关系思想述评》，载《西北林业科技大学学报（社科）》，2005年第6期。

郑体武：《老一辈俄国象征派的"象征"观》，载《俄罗斯文艺》，2008年第4期。

中共中央马克思、恩格斯、列宁和斯大林著作编译局编译：《马克思恩格斯选集》第一卷，北京：人民出版社，1995年。

中共中央马克思、恩格斯、列宁和斯大林著作编译局编译：《马克思恩格斯选集》第四卷，北京：人民出版社，1972年、1995年。

中共中央马克思、恩格斯、列宁和斯大林著作编译局编译：《马克思恩格斯全集》第十三卷，北京：人民出版社，2006年。

中共中央马克思、恩格斯、列宁和斯大林著作编译局编译：《马克思恩格斯全集》第三十卷，北京：人民出版社，1974年。

中国社会科学院外国文学研究所、外国文学研究资料丛刊编辑委员会编：《外国理论家、作家论形象思维》，北京：中国社会科学出版社，1979年。

中国社会科学院外国文学研究所《世界文论》编辑委员会编：《文艺学和新历史主义》，北京：社会科学文献出版社，1993年。

中国社会科学院外国文学研究所外国文学研究资料丛刊编辑委员会编：《欧美古典作家论现实主义和浪漫主义》（二），北京：中国社会科学出版社，1980年。

中国社会科学院文学研究所编：《古典文艺理论译丛》卷一第二册，北京：知识产权出版社，2010年。

周启超：《俄国象征派文学理论的建树》，合肥：安徽教育出版社，1998年。

朱光潜：《西方美学史》上卷，北京：人民文学出版社，1963年、1979年。

朱光潜：《西方美学史》下卷，北京：人民文学出版社，1979年。

朱光潜：《西方美学史》，北京：人民文学出版社，2002年。

朱光潜：《西学门径》，郭君臣编，上海：上海文艺出版社，2019年。

朱立元主编：《法兰克福学派美学思想论稿》，上海：复旦大学出版社，1997年。

茱莉亚·克里斯蒂娃：《互文性理论对结构主义的继承与突破》，载《当代修辞学》，2013年第5期。

茱莉亚·克里斯蒂娃：《诗性语言的革命》，张颖、王小姣译，成都：四川大学出版社，2016年。

推荐阅读书目

H. R. 姚斯、R. C. 霍拉勃:《接受美学与接受理论》,周宁、金元浦译,沈阳:辽宁人民出版社,1987年。

H. R. 姚斯:《审美经验与文学解释学》,顾建光、顾静宇、张乐天译,上海:上海译文出版社,2006年。

柏拉图:《柏拉图文艺对话集》,朱光潜译,北京:商务印书馆,2013年。

查尔斯·查德威克:《象征主义》,郭洋生译,石家庄:花山文艺出版社,1989年。

陈永国、赖立里、郭英剑主编:《从解构到全球化批判:斯皮瓦克读本》,北京:北京大学出版社,2007年。

茨维坦·托多罗夫编:《俄苏形式主义文论选》,蔡鸿滨译,北京:中国社会科学出版社,1989年。

戴维·赫尔曼:《新叙事学》,马海良译,北京:北京大学出版社,2002年。

德尼·狄德罗:《狄德罗美学论文选》,张冠尧等译,北京:人民文学出版社,1984年。

方珊等译:《俄国形式主义文论选》,北京:生活·读书·新知三联书店,1989年。

弗吉尼亚·伍尔夫:《一间自己的房间》,贾辉丰译,北京:人民文学出版社,2013年。

弗朗索瓦·多斯:《结构主义史》,季光茂译,北京:金城出版社,2012年。

胡志红:《西方生态批评史》,北京:人民出版社,2015年。

黄晋凯、张秉真、杨恒达主编:《象征主义、意象派》,北京:中国人民大学出版社,1989年。

捷尔吉·卢卡奇:《小说理论》,燕宏远、李怀涛译,北京:商务印书馆,2012年。

雷纳·韦勒克:《近代文学批评史》,杨岂深、杨自伍译,上海:上海译文出版社,2020年。

罗钢、刘象愚主编:《后殖民主义文化理论》,北京:中国社会科学出版社,1999年。

尼古拉·布瓦洛:《诗的艺术》,任典译,北京:人民文学出版社,1959年。

诺斯罗普·弗莱:《批评的剖析》,陈慧译,北京:北京大学出版社,2017年。

钱翰:《二十世纪法国先锋文学理论和批评的"文本"概念研究》,北京:北京大学出版社,2015年。

让·鲍德里亚:《消费社会》,刘成富、全志钢译,南京:南京大学出版社,2014年。

让－弗朗索瓦·利奥塔:《后现代状况》,岛子译,长沙:湖南美术出版社,1996年。

桑德拉·吉尔伯特、苏珊·古芭:《阁楼上的疯女人:女性作家与19世纪文学想象》,杨莉馨译,上海:上海人民出版社,2014年。

威廉·燕卜苏：《朦胧的七种类型》，周邦宪等译，北京：中国美术学院出版社，1996 年。

沃尔夫冈·伊瑟尔：《阅读活动——审美反应理论》，金元浦、周宁译，北京：中国社会科学出版社，1991 年。

伍蠡甫、胡经之主编：《西方文艺理论名著选编》，北京：北京大学出版社，1985 年。

伍蠡甫主编：《西方文论选》，上海：上海译文出版社，1988 年。

亚里士多德：《诗学》，陈中梅译注，北京：商务印书馆，1996 年。

亚历山大·鲍姆嘉通：《美学》，简明、王旭晓译，北京：文化艺术出版社，1987 年。

杨冬：《文学理论：从柏拉图到德里达》，北京：北京大学出版社，2012 年。

衣俊卿：《西方马克思主义概论》，北京：北京大学出版社，2008 年。

约翰·克娄·兰瑟姆：《新批评》，王腊宝、张哲译，南京：江苏教育出版社，2006 年。

张京媛主编：《新历史主义与文学批评》，北京：北京大学出版社，1993 年。

张寅德编选：《叙述学研究》，北京：中国社会科学出版社，1989 年。

中国社会科学院外国文学研究所《世界文论》编辑委员会编：《文艺学和新历史主义》，北京：社会科学文献出版社，1993 年。

朱光潜：《西方美学史》，北京：人民文学出版社，1979 年。